［登龍門］
Kappa-One
カッパ・ワン

幻《げん》神《しん》伝《でん》

浅《あさ》田《だ》靖《やす》丸《まる》
Asada Yasumaru

長編伝奇小説＊書下ろし

KOBUNSHA
カッパ・ノベルス

目次

デザイン／泉沢光雄

しかし見よ、騒がしい芝居のなかに
這らばうものが闖入する。
しんとした舞台から
悶えでる、血塗れのものよ。
それは悶えて、のたうちまわる。　――臨終の悲鳴をあげて

エドガー・アラン・ポー「勝利のうじ蟲」より

プロローグ

目の前の奇妙な光景を見て、松川《まつかわ》は無意識に喉を鳴らした。

「むう」

——なんだ？　これは？

松川の横で、屈んでそれを検分している監察医の顔にも、困惑の色が滲んでいる。

「松川さん……」

松川の右隣にいる川崎が、戸惑うように松川の名を呼んだ。

松川は一度背けた視線をそれに戻した。

それは人間だった。

いや、かつては人間だったもの、と言った方が正しいのかも知れない。

捲《めく》られた青いビニールシートの下に横たわっているのは、裸の死体だった。

若い女性である。

生前は整った顔立ちだったのだろうが、今、その両目は眼窩《がんか》から眼球がこぼれ落ちそうなほど一杯に見開かれ、大きく歪《ゆが》んだ口からは舌がべろりと覗いている。

その表情は死と出会ったときの恐怖や苦痛が尋常でなかったことを存分に物語っていた。

その女性はうつ伏せに倒れている。四肢が、普通ならあり得るはずのない角度に曲がっていた。

まるで踊っている最中に急に崩れ落ちたかのようである。

しかしそんなことは余り大した問題ではない。それだけではこれまでに何体もの死体を見てきたはずの刑事や監察医達の注目を集めることは出来ない。

彼らの困惑の原因は、その死体の異常な状態にあった。

川崎が吐き気を催したのだろうか、足早に走り去っていった。

松川はその死体を凝視した。

その女性には髪の毛どころか頭皮すらなかった。なにかの冗談のようにつるりと頭蓋骨が光っていた。まるで髪の毛を皮膚ごと強引にむしり取ったかのようだ。所々に見える赤いものは、凝固した血か、かろうじてむしり取られずに残った皮膚だろうか。今にもぽろりと落ちそうになっている耳と、その周りに残っているわずかな髪の毛が、その死体を余計に無惨なものにしていた。

しかしそれすら驚くに値するものではなかった。今回のような、山奥に捨てられた死体にはよくある光景といえなくもないのだ。野犬や鳥などが死体を啄《ついば》んでしまっているというケースがあるからだ。目の前の死体にも、よく見ると頭蓋骨にそれらしき歯や爪の跡が残されているのが分かる。松川らが瞠目《どうもく》したのはそこではない。

彼女は――人としての尊厳を守るために敢えてそう呼ぶが――その背中の皮膚が綺麗に捲《まく》り上げられているのだった。

その薄く捲られた皮膚は、ちょうど両肩の鎖骨の辺りで止まっていた。その所為《せい》で彼女はまるで赤い天鵞絨《ビロード》の外套を羽織っているように見えた。てらてらと禍々《まがまが》しく光る、赤いマントだ。

生皮を剝ぐ、という言葉があるが、実際にそんな死体を見るのは刑事達も初めてのことだった。皮膚を剝がされた部分からは乾燥して黒く変色した筋肉が見て取れた。

――まるで理科室にあった人体模型だな。

松川はそんなことを思った。そしてそんな感想を持った自分の不謹慎さに唇を歪めて笑った。

――それにしても、ここまで綺麗に皮膚を剝ごうとすれば、かなりの労力がいるはずだ。

松川は意を決したように死体の横にしゃがみ込んで、

皮膚の切れ目を観察した。

切れ目は体の後ろ半分、つまり尾骶骨《びていこつ》の辺りから脇腹を通って肩胛骨《けんこうこつ》、そして肩までと入れられ、皮膚はそれに沿って綺麗に剝がされていた。

その整った状態が逆に、この作業を遂行した者の凄まじい執念を表現しているように松川には感じられた。

――しかし、なにかがおかしい。

死体をつぶさに観察していた松川の脳裏にちょっとした疑念が湧いた。

この死体の頭部を啄んだのが野犬達だとすると――何故胴体の方は無事なのだ？

松川は改めてその死体の全身を見渡した。

頭部には多くの傷が生々しく残されているが、その他の部位、腕や足、それに剝がされた皮膚の下の筋肉まで、頭部以外の場所は全て無傷だった。微《かす》かな歯形すら見当たらない。

――こいつは……どういうことだ？

松川は心の中で唸《うな》った。

頭部の傷が野犬共の仕業なら、間違いなく腹や腕も喰われているはずである。固い頭ばかりを狙って喰う道理などない。この死体が遺棄されてから発見されるまでの時間にもよるのだろうが、しかしいくら野犬でも、いや野犬だからこそ、体の方が無茶苦茶に喰い散らかされていて、頭は無事だという方がむしろ自然な状態ではないだろうか。

――頭を喰っただけで腹一杯になっちまいやがったか？

松川は自分のそんな想像を即座に否定した。そんな馬鹿なことがあるか。犬は喰い溜めという習性を持っている。いつ食料にありつけるか分からないという状況の中で、とりあえず目の前にあるものはすべて腹の中に入れてしまおうという本能が働くのだ。そんな連中が、こんな風に中途半端に食料を残しておくことはない。

――では、野犬の仕業ではないのか？

しかしそれこそが無理な想像だった。

野犬以外にこんな咬《か》み傷をつける動物が他にどれだけいるというのだ。

松川は全身が総毛立つのを感じながら、死体の頭部を凝視していた。

そのときである。

「うっ」それまで黙々と作業をしていた監察医から、嗚咽《おえつ》にも似た唸り声が上がった。

「どうした」

松川の問いかけに監察医の志村が恐る恐る振り向く。

志村はこれから口にしようとするその事実の衝撃の所為か、体を小刻みに奮わせながら、しゃべりだした。

「詳しく解剖するまでは確かなことは言えないんですが――」

言い淀むように言葉を切る志村の顔を、松川が覗き込む。

「――この死体の、剝がされた皮膚、この皮膚には生活反応があるようです」

「な……！　なんだと！」

松川は今度こそ驚愕に全身が震え出すのを止めることが出来なかった。

いつの間にか帰ってきていた川崎が、松川の隣で悲鳴を上げる。

「そんな……それじゃあ、この娘《コ》は――生きながら皮を剝がされたって言うんですか！」

周りを囲む捜査員からも驚愕と苦渋《くじゆう》の混ざった呻《うめ》きが漏れる。

それまで静かだった現場は一転してざわつき始めた。

松川の喉がぐうと音を立てた。

――まさか……これは……。

松川は目の前に横たわる死体を見た。

じわり、と手の平に汗が滲み、顔が苦悶に歪む。

「馬鹿な……」松川の口から、独り言のような小さな声が漏れた。

その言葉はこの場所にいる捜査員達全員の心情を代弁するものだったが、しかしその言葉の真の意味を理解しているのは松川ただひとりであった。

幻神伝

第一章

1

——京都。

日本の霊的中心地として古来より栄え続けてきた都市であり、他を圧倒する格式と伝統を持ちながら、一方で国内有数の近代的発展も遂げた、極端な二面性を併せ持つ街である。

日々、日本国内はおろか世界中からやって来る何万人という観光客を飲み込み、また吐き出し続ける街。

日本のあらゆる文化や伝統が、ここでは観光客の耳目を楽しませるショーへと変換され、それによって変質し続ける新たな文化をも矛盾なく内包し続けている街。

しかし、それだけでこの街を単なる観光都市だと決め付けるのは早計だろう。

慌《あわただ》しく移り変わる時代の流れに歩調を合わせながら発展するその裏側で、何百年という悠久の時を、変わらずに存在し続けるものがこの街にはある。

近代的な高層ビル群が無遠慮に立ち並ぶことを許し、車の排気ガスや人々の喧騒《けんそう》にまみれながら、自らを切り売りすることで今日の繁栄を見た京都という都市には、しかし同時に、他者の介入を拒むことでひっそりと守り続けられて来た古代からの歴史の闇とでもいうべきものが、今もなお存在する。

明らかに俗の世界での発展を遂げながら、しかしそれを決して受け入れようとしない街。

その二面性こそが、この京都という街の最大の特異性なのである。

現在、京都市と呼ばれる地域の中でも中心に位置する、近代的発展の先駆となってきた地区も、古く平安時代の初期、桓武《かんむ》天皇によって造られた平安京を拡大させる形で形成されている。

街は南北と東西に真っ直ぐ伸びる道によって等しく正方形に区画され、その北端、京都御所のある場所から南に向かって、大通りによって一条から十条までに分けられている。

その京都御所と八条の京都駅との間にある、中京区と呼ばれる一帯は現在、京都の中で最も栄えている地区の一つであり、その中でも特に、河原町通と烏丸《からすま》通という南北に走る二本の道に挟まれた一角は、他の追随を許さぬ繁栄ぶりを示している。

有名なホテルや大企業のビル、あらゆる業種の商店がひしめき合うように乱立し、人々の喧騒と熱気が絶えることのない場所である。

その街の片隅に、そのビルはあった。

見せかけの華やかさだけを競い合っているような、自意識過剰な建物が並ぶ中で、そのビルはひとり、時代に逆行するかのようにひっそりと佇《たたず》んでいた。

三階建てのビルである。

どれほどの時間、その身を風雪に晒《さら》してきたのだろうか。その時間の長さを示すように、そのビルの壁はあちこちの塗装が剝げ落ち、コンクリートの地肌がむき出しになっている。場所によっては、そのコンクリートにまで穴が空き、錆びた鉄骨が顔を覗かせているところまであった。

そのビルの一階の右端に、ぽっかりとだらしなく口を開けた空間があった。それがこのビルのエントランスのようだった。

ドアもなにもない二畳ほどのエントランスに足を踏み入れると、目の前はすぐに階上へと続く階段になっている。右側の壁には郵便受けがあり、左には一階の部屋の扉が付いている。

郵便受けは全部で三つあった。どうやら一つの階に一つの部屋という間取りになっているらしい。

現在は一階と二階は空き部屋になっているようだった。それぞれの郵便受けの扉には、剝がされたシールの跡だけがある。

唯一、三階の部屋用の郵便受けにだけ、名前が書かれた紙が貼ってあった。

「春海霊障相談所」と書かれたその紙は、幾分気恥ずかしそうに三階の部屋の居住権を主張していた。

見るからにいかがわしい名前の事務所である。

今にも崩れそうなビルの、そんないかがわしい看板を掲げた事務所を、訪れようとする人間が数多くいようはずがない。

しかし今、このビルの前で立ち止まって、煙草を吹かしながら三階の事務所を見上げている一人の男の姿があった。

修文十四年二月十八日、昼を少し過ぎた頃のことである。

男の着ている上等そうなコートが、冬の黄昏《たそがれ》どきの曇った空気にゆったりと揺れている。

男は三階の窓の辺りを眺めながら、深い溜息を一つ吐《つ》いた。

——やれやれ。厄介事を任されるのは決まって俺だ。何だって俺がこんなところまでやって来ないといけないんだ。

しかめっ面をして、男はぶつぶつと独り言を呟いた。

そして覚悟を決めたように煙草を携帯灰皿に押し潰し、ビルの玄関をくぐった。

天井を気にしながら、ゆっくりと階段を昇る。

それはその事務所を訪ねようとする人間にとっての共通の関門だった。

このビルの階段を昇るものは皆、自分の足音でビルが倒壊するのではないかという不安と闘う羽目になるのである。

それはこの男のように、何度もこの事務所に来ている人間にとっても逃れられない試練であるようだった。

冷や冷やしながらも何とか三階に辿り着いた男は、ドアをそっとノックした。

はーい、というドア越しのくぐもった返事を聞いてから、男はゆっくりとドアを開け、部屋の中へと入った。

「悪かったですね、〝こんなところ〟で」

ドアを開けた途端、そんな言葉が部屋から投げかけられた。

少し驚いたように立ち止まった松川は、しかしすぐににんまりと笑って応える。

「何だ、安倍晴明《あべのせいめい》の真似か？　ここは一条戻橋《いちじょうもどりばし》じゃないはずだが」

「最近は物騒な事件が多いですからね。用心のためにですよ」

全身黒尽くめの、端麗な顔をした男が、松川に笑いかけていた。

彼がこのビルのオーナーであり、事務所の所長である。

「お前が用心しなきゃならん事件が多発しているなら、京都の未来も暗いな」

「松川さんがサボってるからですよ」

笑う松川を、やれやれといった様子で眺めながら男は応えた。

安倍晴明——平安中期に実在した、稀代の陰陽師《おんみょうじ》である。陰陽師とは、古代中国で発祥した陰陽五行思想や道教、仙道などが日本の神道や雑密《ぞうみつ》と混ざって成立した魔術——陰陽道を用い、未来を予言し吉凶を占う術を極めた者達のことで、安倍晴明はその知識と能力で現代にまで名を残す人物だ。

彼が為《な》した術や呪法は数多く記録されているが、その中でも彼が得意としたのは式神《しきがみ》を使った術だった。式神、式鬼《しき》や式とも表記されるこの術は、人型に切った紙や木片を依代《よりしろ》にして、精霊や低級霊を憑依《ひょうい》させ、自分の思うままに使役するものである。

安倍晴明という術師はこの式神を日常的に、何体も操っていたという。

晴明が式神を使ったという話の中に「一条戻橋に住む式神」というものがある。これは晴明が式神を一条戻橋の橋詰めに常駐させ、そこを通る人々の独り言や噂話を家に居ながらにして仕入れていたという話である。

つまり、先ほどの会話を説明すれば、この倒壊しかかったビルの入り口辺りには式神が仕込まれていて、松川の独り言を三階の事務所にいる男が聞いた、ということであり、それに気が付いた松川が、その悪趣味を、晴明の説話になぞらえて茶化したのである。

「――そんなところにいつまでも立っていないで、中に入ったらどうです？」

部屋にいた男が声をかける。

松川は軽く頷いてから、ぼんやりと部屋を眺めた。

汚い部屋であった。

いや、汚いのはこの部屋の住人の所為ではない。このビルの所為である。

むき出しになったコンクリートの壁は持久力の限界を訴えるように所々ひび割れ、天井から下がっている裸電球は心なしかゆらゆら揺れているように見える。

窓のガラスは針金の入った分厚い物だが、窓枠が腐りかけた木で出来ているため、せっかくの耐久性が発揮できていない――いたずらに日光を遮っているだけのようである。

調度品がほとんどなにもない部屋だった。

ドアを入ってすぐ正面にはスチール製の事務机と椅子。その後ろの窓の下には背の低いソファが一台。左側には簡易なキッチンと隣の部屋へ通じるドアがあるが、衝立《ついたて》で仕切られていて松川からは見えない。右手に、粗末な接待用のソファとテーブル。今はここに部屋の主である若い男が座っている。

何気なくその方向に顔を向けた松川は、次の瞬間ぎょっとした表情になった。

それまで、この事務所にいるのは部屋の主だけだと思っていたのだが、実はもう一人いたことに初めて気が付いたのだ。

「ちょうど良かった。松川さんにも話を聞いてもらいましょうか」

その言葉にも反応せず、そのもう一人の人物はこちらに背を向けて置かれているソファに座ったまま、値踏みをするようにじっと松川を見つめていた。

「お、おい春海《はるみ》、まさかこれは――」

松川は信じられないものを見るような口調で訊ねる。

「もしかして、きゃ、客か？」

春海、と呼ばれた男は、何故松川がそんなに驚いているのか分からないといった様子で、しかし素直にこくりと頷いた。

「この事務所にまさか客が来ているとは――」

そう言うと松川は大袈裟《おおげさ》に首を振った。

そこでようやく、松川に馬鹿にされていることに気が付いたらしい春海が、憮然として抗議した。

「あの、ひょっとして、ここにお客さんが来ていることに驚いているんですか？　ちぇっ、失礼だな、まったく。そりゃ暇なときの方が多いですけどね、客のひとりやふたりくらい来ますよ、ここにだって」

「そうなのか？」

「そうなのかって……私のこと、馬鹿にしてるでしょ？」

「わかるか？　わはは、いや、すまん、しかし本当に珍しいことなんじゃないか？　俺は初めて見るぞ、ここに客が来ている風景は」

「まだ言いますか」

松川は真剣に怒っている春海に苦笑しながら、客に目を向けた。

ソファに座ったまま首だけで振り返って松川を見ている客が、松川と目が合って申し訳程度に頭を下げる。

こりゃ、客と言うよりも――親戚の甥《おい》っ子みたいな感じだな。

松川は心の中でそう呟きながら、会釈《えしゃく》を返す。

ソファに座っているのは十五、六歳の少年だった。体の線が細く、その所為で手足が長く見えてアンバランスな印象を与えている。長い髪が目を半分ほど隠しているのも、ひどく不健康そうだ。

少年は青いシャツの上から太い毛糸で編まれたフィッシャーマンズセーターを着ていた。その左の袖から見えている、手首に巻かれている白いものは包帯だろうか。

「ご紹介しましょう、こちら、当事務所のお客様で、生方《うぶかた》次郎《じろう》君です」

　春海が松川に客を紹介する。

　紹介されたその人物は再びぺこりと松川に頭を下げた。しかし、会釈するだけでしゃべろうとはしない。そんな様子を見かねたのか、春海が客に話しかける。

「はは、そんなに緊張しなくても良いですよ、このおじさんは、ちょっと見た目は怖いけど、とっても良い人ですから。一応、警察に勤めている刑事でね。出世の見込みのない、万年ヒラ刑事ですけど」

「悪かったな」

「この刑事さん、松川さんって言うんだけど、この人にも相談に乗ってもらいましょうよ。依頼をいただけるのは嬉しいんだけど、どうもあなたの話は私には専門外のことみたいだし……そりゃあ、どうしてもと言われれば引き受けますけど、その場合、お金が幾らかかかってくるでしょ。でも、警察ならタダですよ、無料。市民の安全を守るのがこの人達の仕事ですからね」

「おいおい、勝手に話を進めるなよ、どういうこった？」

　松川の問いかけに、

「ですから、この依頼者の方に、あなたにも事情を聞いてもらっても良いかどうか、許可をもらおうとしてるんですよ」春海は面倒臭そうに松川に言い返してから、生方に問いかける。

「ね？　いいですか？　なに、大丈夫ですよ、この人見かけによらず頼りになりますから。きっと力になってくれると思います」

　春海の説得に、生方は首を縦に振った。

2

「兄を、探して欲しいんです」

　その少年が「春海霊障相談所」の壊れそうなドアを叩いたのは、松川が来る十分ほど前のことだった。

　生方次郎と名乗った少年は、ソファに座るなり、本題を切り出した。

「あに？　……あにって……お兄さん？　あなたの？」

生方の目の前に腰を下ろした春海が、場違いに間延びした声で聞き返す。

「……そうです」

「はあ」

しばらくの沈黙の後、生方がきつい目で春海を睨《にら》んだ。

「出来ませんか？」

その目にたじろいだように、体をもじもじと動かしながら、春海は応える。

「いや……出来ないってことはないんですが……。あの、ウチの事務所の名前、知ってます？

ウチは一応、霊障相談所という看板を掲げさせてもらってるんですが……えっと、どういう風に言えばいいのかなあ、ちょっと説明が難しいんですけど、霊障っていうのは、例えばほら、コックリさんとかをやってて質《たち》の悪いモノに取り憑《つ》かれたりしてしまった人がいるとするでしょ、そういう人達を治してあげたりとか、あと、理由がわからないまま、家族に不幸が重なったり、人生に不運を被り続けている人の、その不運の原因――専門用語では厭魅《えんみ》って言うんですけど――を突き止めて改善してあげたりってことを仕事にしてるんです。

だから、そういう行方不明者の捜索とかはちょっと……。そういう話は警察に届け出たほうが良いんじゃないですか？　――それとも警察には行けない理由でもおありになるんでしょうか。それなら知り合いに腕の良い探偵がいますんで紹介……」

「分かってます！」

生方が大声で春海の言葉を遮った。なにか思い詰めているような、固く強張《こわば》った声だった。

「分かっているからこそ、ここにお願いに来たんです」

今まで春海をきつく睨んでいた生方の目が、不意に揺れた。しかしそれも一瞬のことだった。次の瞬間にはまた、無感動な強張った顔に戻る。

彼の頑な態度は、耐え難い感情を無理に押し込んでいた所為なのだろうか。

それとも、感情そのものを消し去りたいという葛藤《かっとう》の所為なのか。

そんなことを考えながら、春海は生方を数秒無言で見つめた後、言った。

「……分かりました。それでは、詳しい話をお聞かせ下さい」

それは今までの口調とはうって変わって、とても真剣な、それでいて優しい声だった。

松川がこの事務所の、今にも外れそうなドアをノックしたのは、生方が詳しい事情を話しだそうとした直前のことだった。


少年——生方次郎は兄と二人暮らしをしていた。

十七歳、現在高校二年生である。

両親は彼が幼い頃、相次いで病気で亡くなったらしい。

亡くなった両親にも係累《けいるい》はなく、今では四つ上の兄、遼一《りょういち》だけが彼の唯一の身内だった。

今年で二十一歳になる兄の遼一は、建設会社の作業員の仕事をして、二人きりの兄弟の生活を支えていた。

弟である生方次郎は、兄のことをとても尊敬していたし、大好きだった、と語った。

「だって兄さんは、本当は奨学生として大学に行けるほど頭が良かったんです。なのに、大学に行きながら家計を支えることは無理だって、大学を断念したんです。僕も中学を卒業したら働くからって言ったんですけど、せめて高校くらいは出ておけって……俺は大丈夫だからって……。僕のために、僕を育てるためだけに兄さんは大学を諦めたんです。

毎日泥だらけで、くたくたになって帰ってくる兄さんを見ていると、自分の不甲斐なさに苛立って、僕も高校を辞めて働くって何度も兄さんに言いました。でもその度に兄さんはひどく怒って……僕達の兄弟喧嘩の一番の理由はそれでした。僕の気持ちをどうして分かってくれないんだって、そんな風に兄さんを責めたり、兄さんの頑固さに腹を立てたりしたことも確かにあったけれど……でも……僕はそんな兄さんが大好きでした。とても誇りに思っていました。僕のためにこれほど頑張ってくれる人がいるってことは、僕にとってとても大きな支えでした。なのに……」

その兄弟に事件が起こったのは、次郎の今年の誕生日のときだった。

ふたりきりとはいえ、彼らは決して楽な生活を送っていたわけではなかった。

経済的にも、精神的にも、彼らは周囲からの押し潰されそうな重圧の中で、身を寄せ合って暮らしていたのだ。

そんな暮らしの中で、年に二度の誕生日だけが彼らにとって唯一贅沢《ぜいたく》を楽しめるときだった。彼らはそれぞれの誕生日が来ると、ケーキと特上の寿司を注文し、彼らの住むアパートでふたりきりのパーティを催すのが常だった。

だが、今年の生方次郎の誕生日ではそれは行われなかった。

兄の遼一が、ホテルのレストランに弟を招待したのだ。それも、これまでに何度も雑誌やテレビで紹介されている、その方面に疎《うと》い次郎ですら知っている有名な店に、である。

兄からのプレゼントはそれだけではなかった。

立派なレストランに入るには身だしなみが肝心だと、次郎にスーツを一式買い与えたのだ。

当然、次郎は喜んだが、同時に訝《いぶか》しくも思った。

いくら貯金をしていると言っても、そこまでの贅沢が出来るほどの余裕などないことは、次郎にも分かっていた。

なにか事情があるのではと次郎は勘繰《かんぐ》ったが、そのときは兄にそれを問い質《ただ》すことは出来なかった。

誕生日から数日が経《た》った頃、次郎は思い切ってその事情を兄に訊いた。

初めのうち、遼一は笑って次郎からの問い詰めを誤魔化していたが、しつこく訊ねる次郎に、やがて自慢そうに打ち明けた。

「――実は、割の良いバイトを見つけたんだ」

遼一は勿体《もったい》つけるように、わざと遠まわしな言い方をした。

「バイト？」

オウム返しに聞き返す次郎に、遼一は自慢気に微笑んで見せる。

「そう。ああ、ただしウチの会社はバイト厳禁だから、この話は誰にも言うなよ。バレたらクビになってしまうからな」

「分かった」

「よし、約束だ。絶対だぞ。――それはな、ある薬品会社のバイトだ。その会社で作った新製品のモニターをしているんだ」

「モニター？　なに、それ？」

「ま、いわゆる実験台だな。その会社が作った新しい栄養剤なんだが、それを新製品として市場に出す前に、特定の人間にある一定期間試飲してもらって、その人の血液や尿を検査するんだ。で、本当にその製品が体に良いのかどうかとか、それを飲んでいてどんな効果があるのかというようなことを調べるらしい。俺も今までそんなバイトがあるなんて知らなかったんだが、このバイト代が結構高いんだ」

「ふーん。でも、いつからそんなバイトをやってたの？　そんなことなら、そのバイトを始めるときに、言ってくれれば良かったのに」

「ああ、もう二ヶ月くらい前になるのかな。お前に黙っていたことは謝る。すまん。だが秘密にしておきたかったんだ。おまえの誕生日まではな。驚かせてやろうと思って」

「それは分かるけど……でも、そんなバイトって、本当に大丈夫なの？　新製品とかって偽って、変な薬とか飲まされてるんじゃないの？」

「ははは、そんないかがわしい会社じゃないよ。おまえでも知っている、テレビでコマーシャルも流している会社だぞ。会社との約束で今はまだ名前は言えないんだけどな。ちゃんとした会社だ。それにバイトって言っても週に一度、その会社に行って、尿と血を採ってもらって、そのときに渡される栄養ドリンクの小瓶を毎日飲むってだけだからな。だから、そんな心配は不要だ。それにほら、最近俺、帰ってきてもそんなにくたびれていないだろ。それもその栄養ドリンクのお陰じゃないかと思っているくらいだ。確かに元気になるぞ、あれは。その製品が店に並び出したらお前にも買ってきてやるよ」

このとき遼一は笑いながらそう言ったのだが、次郎の危惧を拭い去ることは出来なかった。

そして、その予感は結果的に的中することになる。


遼一に異変が起こったのは、それからしばらく経ってからのことだった。

最初は些細《ささい》なことだった。

生方家では、弟の次郎が料理を作り、兄の遼一が仕事から帰ってくるのを待って、二人で夕食を迎えるのが習慣だったのだが、その夕食のときに、遼一が食べる食事の量が、少しずつ増えていったのである。

初めは兄の体の調子の良さを喜んでいた次郎だったが、しかし彼の食料の摂取量が尋常なものでなくなってしまっていることに気付くまで、そう長い時間は必要ではなかった。

三人分ほどの料理をぺろりと平らげた後、それでも満足しないのか、コンビニで買ってきたスナック菓子を延々と頰張り続けるのである。その量は、以前の遼一では考えられないものだった。

そのうち遼一は、寝ているとき以外は、何かしら食べ物を口に入れているというような状態になった。

明らかに異常な状態である。

だが、遼一の異変はそれだけにとどまらなかった。

建設現場の作業員という、体力を必要とする職場に勤めている割に、遼一はどちらかと言えばほっそりとした体つきをしていた。顔立ちも、どこか女性的で、穏やかなものだった。

しかしそれが、食事の量が増え始めた頃を境に、徐々に変わり始めたのだ。

その細長く伸びていた腕や太腿に、わずか数日間でみるみる筋肉が付いていった。

首周りが太くなり、胸板は以前の倍ほどまで厚くなった。

それはどう考えても異常な変化だった。

次郎は、そんな兄の変化に、得体の知れない恐怖と不安を覚えていたが、遼一自身はその変化に何の疑問も感じていないようだった。

このままでは兄が別人になってしまうのではないかという不安が現実になってしまったのは、次郎の誕生日から数えて二週間ほど経ったある日のことだった。

風呂上がりでトランクス一枚のまま寝転がってテレビを見ている遼一に、何気なく目をやった次郎は、兄の肉体的な変化が極《きわ》まってしまったことを思い知った。分厚くなった胸板に、以前の兄には決してなかったものがあったのだ。

——胸毛である。

いやそれはもう胸毛と呼べるようなものではすでになかった。

鎖骨の下から臍《へそ》のあたりまでに、びっしりと濃い獣毛が生え揃っていたのだ。

「に……兄さん……それは……」

驚愕のあまり言葉にならない次郎を振り返って、遼一は応《こた》えた。

「あ？　ああ、これか？　この胸毛、なかなか男らしくて格好良いだろ。前から生やしたいとは思っていたんだ。どうだ、羨ましいか？　自分で言うのもなんだが、ここまで生え揃うと、さすがに圧巻だよな」

ごつくなった指で、胸毛を摘《つま》みながらにたにた笑う遼一を見て、次郎は絶望した。

その笑みは今までの遼一では考えられない、粗暴で下卑《げび》たものだった。

次郎は全身の力が抜けていくような絶望を感じながら、悟った。

いつの間にか、遼一は遼一ではなくなってしまっていたのだ。

兄の変貌は、単なる肉体的なものだけではなかった。

肉体の変化に伴って、その精神までもが、がらりと入れ替わってしまったのだ。

――いったい何がどうなってしまったというのだろう？

――何故、こんなことになってしまったのだろう？

そんな、応えようのない問いばかりが、次郎の頭を巡った。

次郎はどうすることも出来ないまま、突然襲ってきた圧倒的な不安と困惑の中でただ呆然《ぼうぜん》と立ち竦《すく》むだけだった。

激流の渦に飲み込まれてしまったかのような――混乱。

しかし「現実」は彼がいつまでもその渦に巻き込まれていることすら許さなかった。

「現実」が用意した決定的な――そして最終的な結末は、渦に巻かれた彼を、そのまま滝壺に突き落とすかのようなものだった。

――絶望という名の滝壺へ。

「……事件が起きたのは、僕が兄の胸に獣毛が生えているのを見た、その晩のことです」

生方次郎は、淡々としゃべり続けていた。

その静か過ぎる口調が逆に、彼が受けたショックがどれほどのものだったのかを物語っているように、松川には思えた。

「その夜は、いつまで経っても眠れませんでした。ベッドに潜り込んだまま、じっと朝が来るのを待っているような状態でした。そのとき僕が何を考えていたのか、自分でもよく覚えていません。たぶん、何も考えていなかった……いや、何も考えられなかったんでしょう。ただ、早く朝が来て欲しいと思っていました。朝が来てくれさえすれば、きっと何もかも元に戻っているはずなのにと、そんなことをぼんやりと考えていたように思います。

あれは……夜中の二時頃でした。台所の方で、何かがさがさと物音がしたような気がして……不審に思って廊下へ出てみると、電気が消えているはずの台所に、ほのかな光が見えました。何だろうと思いながら近付いてみると、冷蔵庫の扉が開いていたんです。ほのかな光は、その冷蔵庫から漏れる明かりでした。何で冷蔵庫の扉なんかが開いてるんだろうと思いながら、とにかく閉めようと台所に足を踏み入れたときでした。冷蔵庫の前の、テーブルとの間に、誰かが蹲《うずくま》っているのが見えたんです。びっくりして足を止めたんですが、よく見ると、それは兄でした。僕の方へ背中を向けて、床に直接座り込んでいたんです。何をしているんだろうと、声を掛けようとしたとき、僕の足音に気付いたのか、兄がふと僕を振り返りました」

そこまで言うと、生方は一旦口をつぐんだ。

体がぶるりと震える。

今から口にしようとしている事実の、その衝撃に体が先に反応したかのようだった。

生方の目の前に座っている松川と春海は、そんな彼の様子を黙って見ている。

体の震えを無理やり押さえ込むように、生方は顔を歪めながら、ゆっくりと息を吐いた。

「兄は……兄は、僕を認めて、にたりと笑いました。笑った瞬間、兄の口からぼたぼたと床に何かが落ちました。何だろうと思って目を凝らすと、それは肉でした。冷凍庫に保存しておいたはずの、生肉だったんです。僕は心底驚きました。このところの兄の異常な食欲は僕も知っていましたが、まさかそんなものまで口にするなんて思ってもいませんでした——」

唖然《あぜん》としている次郎を見つめながら、遼一はのっそりと立ち上がった。

元々、次郎より三センチほどは背が高かった遼一だったが、そのとき次郎は十センチ以上の身長差を感じていた。遼一の異様な迫力に気圧《けお》されてそう感じただけなのかも知れないが、それだけではなかっただろう。冷蔵庫の明かりを受けて、シルエットになっている遼一の姿は、もう以前のものとは全く違っていた。全身の筋肉が瘤《こぶ》のように隆起していて、体全体がひとまわり大きくなったようだった。遼一はぎこちない歩き方で、次郎の方へゆっくりと近付いた。

そして、その場にへたり込みそうになるのを必死にこらえていた次郎の目の前に、右手を差し出し、言った。

「ほら、お前も喰え。うまいぞぉ」

見ると、その手の平には、今まで頬張っていた生肉がのっていた。

我慢の限界が来た。次郎は足元に胃の中のものをぶち撒《ま》けた。蹲り四つん這いになって、何度ももどした。いくらもどしても吐き気は治まらなかった。

遼一はそんな弟を見ながら、手に持っていた肉をまた口に運んだ。

くちゃくちゃという咀嚼音《そしゃくおん》。

その音に次郎は再び吐き気を覚えた。喉から嫌なすっぱい匂いがして、目から涙が溢れ出す。しかし、そんなことを気にする余裕などなかった。胃の中のものをあらかた出してしまって、胃液しか出なくなっても、次郎はまだ吐き続けていた。

遼一は、立ったまま弟を見ていた。

口の中の肉をごくりと飲み込んでから「この肉もうまいんだけど、何か足りねえんだよなあ」と呟いた。

そして弟を見て「お前の肉はうまそうだなあ。暖かい血がこう、ぎゅっと詰まっていてよう。なあ、ちょっとだけでいいから、お前の肉を喰わせてくれねえか。ちょっとだけだからよう、いいだろう？　お前は昔から兄貴思いの良い弟だったよなあ。素直な良い弟だった。だから今回も俺の言うことを聞いてくれるだろう？」

今にも涎《よだれ》を垂れ流しそうな、恍惚の表情を浮かべる遼一が、次郎の目の前にいた。

両目を爛々《らんらん》と輝かせて、じりじりと次郎に迫る。

それは凶暴な肉食獣の目だった。

次郎は床に這いつくばったまま遼一を見ていた。あ、ああ、という言葉にもならない呻き声が、断続的に喉から漏れていた。

逃げることも、悲鳴をあげることさえも出来なかった。

頭の中に、優しかった頃の、細くてどこか頼りなげだった遼一の顔が浮かんでは消えた。

「たったふたりだけの、血を分けた兄弟だもんなあ」

遼一は遠くを見るような、ぼんやりとした視線を天井に向けながら呟いていた。

それは昔を懐かしんでいるというより、このあとすぐに訪れるであろう快感を想像して、その快感を少しでも長く楽しもうとしているかのようだった。

遼一はゆっくりと目を床に戻した。

そこにはうまそうなでかい肉の塊があった。

その肉にずぶりと歯を立てて、ちゅうちゅう血を吸いながら引き千切るのだ――。

そんなことを考えただけで、全身に歓喜の痺《しび》れが走った。

ごうわ！　体を襲う快感に耐え切れず、喉が鳴った。

それはもうすでに、人間の呼吸器官から漏れるような音ではなかった。

摑みかかるように、両腕を次郎に向けて伸ばす。

次郎は逃げようともせず、ただ床に座り込んで遼一を見ていた。

「んん？　どうしたんだ？　何か怖いことでもあるのかい？　そんなにぶるぶる震えて……大丈夫だ、心配することは何も無いぞ、お前はこれからずっとお兄ちゃんと一緒にいることになるんだからな……お兄ちゃんの血肉となって生きていくんだ……だからもう何も怖がることなんてないんだよ……」

血肉となる――なんてそそる言葉なんだ……。遼一はしゃべりながら喉の奥で笑った。

肉を引き千切る瞬間を想像しただけで、身悶えしそうだった。股間のものがいきり立ち、トランクスの中に熱い液体を迸《ほとばし》らせた。それでもその勢いは萎《な》えることなく、さらに固く大きくなっていった。

「かわいいなぁ、弟よぉ、口の周りにこびりついた反吐《へど》が、一層食欲をそそるなぁ。何だい、泣いているのかい？　可哀想にぃ……もう大丈夫だぞぅ……安心しろぉ……。お前もお兄ちゃんの役に立ちたいってずっと言ってたもんなぁ。役に立ちたいんだったらさぁ……」

遼一の右腕が、次郎の左腕を摑んだ。びくっと次郎が震えた。

遼一は左腕を引っ張って、次郎を無理やり立たせた。もの凄い力だった。

しかしその力による激痛も、次郎の脳には届いていないかのようだった。

次郎は放心したような表情で、よろよろと立ち上がった。

遼一はそんな次郎の頭を、愛《いとお》しそうに撫でた。

そして次郎の左腕を口まで持ち上げ、べろりと皮膚を舐《な》めた。

次郎の腕を舐めながら、遼一は低い声で呟いた。

それは、耐え難い快感をあえて押し殺した、淫靡《いんび》な――それでいて何故か奇妙に優しい声だった。

そしてそれは、遼一がしゃべった、人間としての最後の言葉だった。

「――お前の肉を、俺に、喰わせろ」

話し終わると生方は、セーターの左腕を捲り上げ、シャツの袖のボタンをはずした。

シャツの下から出てきた左腕は、肘《ひじ》の辺りまでが包帯で覆われていた。が、それでもその異常さは分かった。

「む！」松川が声を飲み込む。

その左腕は、常人の半分ほどの太さしかなかったのである。

「これでも回復した方なんです」

生方は自分の左腕を見ながら言う。

「気が付くと僕は病院にいました。兄に襲われてから一週間が経っていました。あの後どうなったのかは全く覚えていないんですが、医者の話によると、道に血まみれで倒れていた僕を、近所の人が見つけてくれて、病院に運んできてくれたということでした。そしてそのとき、僕の左腕は何かの動物に喰い千切られたみたいになっていたそうです」

次郎は目を瞑《つむ》り、大きく息を吸い込んだ。

ぼそりと、感情を表さない声で続ける。

「——兄が、僕の左腕を食べたんです」

黙って話を聞いているふたりに視線を戻して、次郎は淡々と話す。

「僕が意識を取り戻してから、刑事さんが何度か事情を聞きにやってきましたが、僕はそのことを言いませんでした。もちろん、医者や看護婦にも。……本当のことを話したところで誰も信じてはくれないだろうということは分かっていましたし……。言ったところで、きっと精神科に連れて行かれて、変な質問をされたり、絵を描かされたりするくらいのことでしょう、それは嫌でした。

それに僕にはそんな無駄な時間はありませんでした。入院中、僕はずっと考えていました。何故兄は僕を一度に食べ尽くしてしまわなかったのだろうか、何故僕を屋外に引っ張り出したのだろうかと。そして僕はひとつの結論を出しました。たぶん兄は、僕をじっくりと時間をかけて食べたかったのではないだろうか、僕を食料として保存しておきたかったのではないかって。そして、そのためにどこかへ移動しようとして、それが何かの理由で果たせなくなってしまっていたのではないだろうかって。

僕のこの考えがもし当たっているのならば、大変なことになると思いました。兄は僕を逃してしまったことで、次の獲物を探そうとしているはずです。まず間違いなく次の犠牲者が出るでしょう。それだけは、そんな事態になることだけは避けなければならないと僕は思いました。

でも、だからといって何をしたら良いのか、それが分かりませんでした。病院をこっそり抜け出して、家に帰ったりもしましたが、やはり兄はいませんでした。僕を襲った次の日から、会社にも出勤していないそうです。でも、兄は確実にこの町のどこかに潜《ひそ》んでいます。そして新しい獲物を物色しているはずなんです。

人に襲いかかっている兄の姿を想像しながら、焦りばかりを覚えていたときでした。他の入院患者のところへ見舞いにきていた客が、この事務所の噂をしているのを耳にしたんです。中京区に、憑き物落しや妖怪退治なんかを専門に請け負っているところがあると。僕は、それだと思いました。そこの人なら、僕の話もきっと信用してくれる。それで、病院を勝手に退院して、このあたりを虱潰《しらみ》しに探し回って、今日やっとこうして見つけることが出来たんです。

先生、どうかお願いします。兄を探して下さい。兄はきっと何かに憑かれてしまっているんです。兄を探して、その憑き物を落としてやって下さい。お金は少ししかないですけど、あるだけ全部お渡しします。それでも足りないんでしたら、僕が働いてお支払いします。ですから、どうか、兄を助けてやって下さい。お願いします」

生方は深々と頭を下げた。

春海は、生方の包帯の巻かれた左腕を見つめたまま、じっとしている。

隣に座る松川が、どうするんだよと、彼を肘で突っつく。

彼は松川を一瞬睨んでから、生方に向かってにっこりと笑った。

「……分かりました。そういうお話なら、私の専門です。お引き受けしましょう」

その口調には、次郎の話を胡散臭《うさんくさ》く感じているような響きはまったくなかった。

顔を上げる次郎に、春海は笑顔のまま続ける。

「大丈夫、もう何も心配することはありませんよ。あなたのお兄さんは私が必ず見つけ出してあげます」

春海の声には、聞くものを安心させる不思議な力があるようだった。

春海の顔を凝視する次郎の表情が、ふわりと溶け出すように崩れた。

それは、彼がこの部屋に来て初めての、感情の揺れが表れた瞬間だった。

春海はそんな次郎を優しく見つめながら、照れくさそうに宣言した。

「誓いますよ。私の名——勘解由小路《かげゆこうじ》春海の名にかけて」

3

「……さっきの話、どう思います？」

生方が帰った後、二人になった事務所で、春海は松川に話しかけた。

「クサくて笑いそうになった」

松川は台所の流し台の隣にある冷蔵庫を、勝手に物色しながら応える。

「は？」

松川の背中をぼんやりと眺めながら、春海は間の抜けた声で聞き返した。

探し出した缶ビールを片手に持ちながら、松川は来客用のソファに座り直す。

そしてプルトップを開けて一口ビールを飲んでから言葉を繋ぐ。

「なーにが、勘解由小路春海の名にかけて、だ。漫画の読み過ぎなんじゃねーか、お前」

松川の揶揄《やゆ》に春海は怒る風もなく、合点がいったというように頷いた。

「ああ、あれねえ、あれは私もちょっと格好つけすぎたとは思いましたけどね。いや、でも聞きたいのはそういうことじゃなくって、依頼者の話ですよ、依頼者の話」

「分かってるよ。……生方とか言ったっけ、あの少年。彼の話がどうかしたか？　まさかお前、あの少年の話を疑ってるんじゃないだろーな。あの左腕を見ただろ、どう考えてもあれは尋常な様子じゃなかったぞ」

「ええ、私も別に彼が嘘をついているなどと疑っているわけではありませんよ。ただ……」

「ただ？」

「彼の言うように、彼の兄さんは何かに憑かれたんだろうか、と」

「違うって言うのか」

「まだ何とも言えませんが……おそらくは」

「憑かれたんじゃあないって言うなら、何だって言うんだよ。あっ、それがもしかして――これに繋がるのか？」

松川はテーブルの上に置いてあった茶色い小さな瓶を手に取った。

「ええ、まあ」

「しかしなぁ、飲ませるだけで、人の肉を喰いたくなってしまうような薬なんて、本当にあるのか？」

ラベルも何も貼られていないアンプルを、松川はまじまじと見つめる。

「さあね。だから、それを調べるんですよ」

「調べるって言ってもよ……まさかこれを飲むわけにもいかんだろ。どうするんだ？」

「どうしましょうか？　まあ、生方さんの話ですと、一二、三ヶ月飲んでやっと効果が出るようですから、一本飲んだくらいじゃあ、何も変わらないと思いますが――試しに飲んでみます？」

「ば、馬鹿言うなよ。何で俺が飲まなきゃなんねえんだよ。お前が受けた依頼なんだから、お前が飲め」

「私だって嫌ですよ。そんな得体の知れないもの」

「自分の嫌なことを人に押し付けるな。まったく、どういう教育を受けてきたんだ？」

「そんなこと言わずに。ね？　まだそれが原因だと確定したわけではないですし……それにもし、それを飲んであなたが化け物に変身したら、私が迷わず成仏させてあげますから」

「あっ、テメッ、お前の本当の狙いはそれか！　冗談じゃねえぞコラ！　そういうことならなおさらお前が飲め！　そしたら俺がお前を喜んで安楽死させてやる！」

松川は手にしていた瓶を春海に投げつけた。

飛んできたそれを、春海は左手で難なく受け止めた。

「うーん、生方さんはこれが怪しいと決めつけてましたが、でも、どうなんでしょう？　ここまであからさまに怪しいと、かえって怪しくないようにも思えますよね」

そのアンプルは、生方が調べて欲しいと置いて帰ったものだった。

遼一の鞄の中に、何本か転がっていたうちの一本なのだという。

生方によると、これは遼一の言っていた栄養ドリンクに間違いなく、そしてこれこそが兄を化け物に変えてしまった原因であるはずだというのだが……。

「ああ、そう言われれば、確かにそうだな。だが、その栄養ドリンクが原因ではないとしたら、何が原因なんだ？　ヤツの話の中では、他に怪しそうなものはなかったと思うが」

「それはそうですよ。彼はこれが原因だと思い込んでいて、そのエピソードしか話しませんでしたからね。でも、いくら二人きりの兄弟といっても、四六時中一緒にいるわけではないでしょうし、互いに秘密にしていることもあったでしょう。現に遼一さんのアルバイトを次郎さんは言われるまで気付かなかったわけですから。だから、もしかしたらこの栄養ドリンクが原因なんかではなく、例えば遼一さんの仕事関係で何か事件があったということなのかも知れませんし」

「ふん、なるほど。お前の言いたいことは分からんでもない。しかしその推論は、そのドリンク剤が怪しくないと言えるほどの根拠にはならないな。それに今のところ、そのドリンク剤しか判断の材料がないわけだから、まずはそいつを調べて、それが原因なのか、或いはそうでないのかを確定させるべきだと思うが」

「うん。それはそうなんですけどね。でもこれが原因じゃないとすると、また一から調べ直さないといけないわけでしょう？　それは面倒臭いですよねえ」

「馬鹿野郎。それが捜査ってゆーもんだ」

「じゃ、その捜査のプロとしてその件を引き受けてくれません？」

「何を言ってやがるんだ、お前は。俺は俺で、結構忙しいんだ。そんなことくらい自分でしろ。それにそもそも捜査というのはだなあ、己の足を使って地道にこつこつと……」

「ああ、もう分かった、分かりましたよ。もう、ホントにケチなんだから」

「ケチじゃない。お前が甘えてるだけだ」

ビールを呷《あお》りながら、松川は冷たく言い放った。

「それじゃあ、このドリンク剤の分析を警察に頼めませんか？」

しかし春海はまったくめげていない様子である。

「……お前、何が何でも俺を巻き込もうとしてるだろ？」

そんな春海を、松川は呆れたように見返した。

「あ、分かります？」

「分からいでか。ま、預かるくらいなら良いけどよ、しかしもしそれが〝当たり〟だったらどうするよ。科研なんかで分析させて、そこで見たこともないやばいものが出てきたら、それこそ大騒ぎになるぞ」

「それはそうですねえ。じゃ、どうしましょうか……？」

「自分で考えろ」

「冷たいなあ」

「当たり前だ。それはそうと、さっきお前が言ってた、その、憑かれているんじゃないってやつ、あれはどういうこった？　そう言い切れる材料が何かあるのか？」

「ああ、そのことですか……そうですね……それでは逆に聞きますが、そもそも憑かれる、とはどういう状態のことを言うんでしょう？」

「え？　何だよ突然。そんなもん決まってるじゃねーか。つまりよ、この辺をこう、漂っている低級霊とか動物霊とかがだな、何かのきっかけで人に憑依《ひょうい》するわけだよ、がばっとよ。それで、人の意識や肉体を乗っ取ってしまうわけだな。それがまあ、つまり憑かれたということだろ」

「そうです。本当はもっと複雑な定義があるんですが、まあ、ありていに、頭悪そうに言ってしまえばそういうことですね」

「悪かったな。頭悪そうで」

「つまりです。一般に言う、憑かれるという状態は、松川さんが先ほど言われたように、人の意識や肉体が何ものかに乗っ取られた状態を指しますよね。それが憑依という現象であり、最大の特徴でもある、ということなんです。狐憑きとかがわが国では割とポピュラーなものですが、憑き物に憑かれた人間は、憑いたものが狐ならば狐のような行動を取り、そして憑き物が落ちた後は、そのときの行動を全く覚えていないものなのですよ」

「……だから、それがどうした？」

「だから、今回の生方逵一の場合はそうではない、ということです。いいですか、彼は、劇的な変貌を遂げた後も、そして弟の肉を喰らおうとしていたときでさえ、生方逵一という人間の人格を持っていたではありませんか」

「……あっ！」

「分かりましたか？　いくら性格が別人のようになってしまったからと言って、本当に別人に入れ替わったわけではないんです。それは次郎さんに襲いかかろうとしたときに、兄弟の関係を口にしたことでも証明出来ますよね。生方遼一は、生方遼一のままで変貌を遂げたと見るべきでしょう」

「……そうか。言われてみるとその通りだな。しかし、そうなるとどうなるのだ？　憑かれていないなら他に何が原因なんだ？」

「だから、それを今から調べるんですよ」

「なるほど。あっ、それでお前、そのドリンク剤を調べるんだな。……あれ？　このセリフ、さっきもどっかで言わなかったか？」

首を傾《かし》げる松川を横目で見ながら、春海がぼそっと呟いた。

「……ホントに、馬鹿なんだから」

「何だとう？」

松川が春海に向かって殴る振りをする。春海はお茶を啜りながらそれをひょいとよけた。

「それに、憑かれるというなら、私はむしろ次郎さんの方が心配です」

「？」

「松川さんも気が付いたとは思いますが、生方さんの様子は明らかに尋常ではなかったでしょう？　普通、あんな目に会った人間は、もっと取り乱すか、逆に落ち込むかしているはずですよ。でも彼は取り乱すどころか、妙に冷静だったじゃないですか」

「そうだな。何と言うかこう、不自然なくらい淡々と話してたな。それがかえって真実味を感じさせて、恐ろしいと思ったが」

「感情とか、気力とかっていうものが、根こそぎ奪われたって顔をしてましたね。しかし自分ではそのことに気付いていない。まるで他人事みたいに、客観的に事実を捉えて、推論を組み立てているような気になっている」

「実は思い込みに捕らわれているだけなのに――か……。確かに異常な状態だとは思うが、そういうことってよくあるらしいぞ。あまりにひどい体験をするとだな、脳がそれを記憶しておくことを拒否したり、記憶はしていても感情が反応しなくなったりするらしい。ヤツも今はそういう状態なんじゃないか？　それほど心配することでもないだろう。きちんと精神科に通って、時間をかけて治せば……」

「うん、それはそうです。でもね、そういった心身のバランスを喪失している状態、そのときが一番何かに憑かれ易い状態でもあるんですよ」

「ああ、そうだな。確かに」

「私が心配しているのはそこです。あんな状態で、何か質《たち》の悪いものに憑かれでもしたら、大変なことになりますよ。下手をすると、自我が崩壊して、二度と戻って来れなくなってしまうという可能性も出て来ます」

「ふん。あり得ないことではないな」

「ましてや彼は今、兄を探すことに躍起になっています。何かに憑かれそうになったとき、特別な力が手に入ると勘違いして、自ら望んで取り込まれようとするかも知れませんし……」

「厄介な話だな」

「ええ、ですから、彼の護衛を……」

「しないって言ってるだろ！　しつこいな、お前も」

「もう、冷たいなあ」

「冷たくて結構」

大袈裟にいじけて見せる春海を、松川はビールを飲んで無視する。

「……ところで、今日は何でここに来たんですか？　何か用事でも？」

少しの沈黙の後、春海は仕切り直しとでも言うように改まって松川に問い質した。

松川が、おおっと声をあげた。

「そうだった。忘れるところだった。実は、お前に話しておいた方が良いだろうと思ったことがあってだな……」

松川は缶ビールを一気に飲み干し、言葉を繋いだ。

「……今朝のことなんだが、鳩ヶ谷で女性の死体が発見されてな、その死体というのが……」

幻神伝

第二章

1

太陽が空の頂上にある時間だというのに、その部屋には一切光が射し込んでいなかった。

屋上に会社名の書かれた看板がある、七階建てのビルの一室である。

扉の表に会長室という札がかけられているその部屋には、ふたりの男がいた。

「……それで？」

豪奢《ごうしゃ》な机の向こうに座る男が、目の前に立っている男に向かって訊ねる。

椅子に座っている方の男が会長のようである。

貧相な男であった。骨に直接皮を張り付けただけの、病的に痩せた体の上に、へしゃげた猿のような顔が乗っている。窪んだ眼窩から覗くのは、いつも媚《こ》びを売っているような、それでいてどこか高慢そうな光を宿している目。

髪は薄く、牛に食い散らかされた牧場のような様相である。

身につけている高価そうなスーツも、腰掛けている革張りの豪奢な椅子も、左腕に見え隠れする金の腕時計も、何もかもがこの男には不釣り合いだった。

「はい。それが……今朝方、贄《にえ》の一つが警察によって発見されてしまったようで……」

机を挟んで、男の目の前に立っている黒いスーツの人物が応える。

「何だと！」

会長の驚愕にも、スーツの男は眉ひとつ動かさない。淡々と話を進める。

「鳩ヶ谷に置いた一体だけのようですが……」

「……うむ」

「たかが警察に我等の計画を阻止する力はないと思いますが、しかし万が一ということもあります。一応気を付けておいた方が良いかと……」

「そ、そうだな」

己の狼狽《ろうばい》ぶりを恥じたのか、平静を装おうとしている会長だが、平然と構えているスーツの男に対して、その姿は悲しいほど滑稽《こっけい》に見える。

「それにこれはまだ未確認ではありますが、贄が発見されたことで、どうやら勘解由小路家が動き出したとの情報も入ってきました。もしそれが本当だとすれば厄介です。

「う、うむ。どう処理しますか」

「う、うむ。確かに勘解由小路は面倒だな」

「はい」

黒いスーツの男は、椅子に座る会長とは対照的に、立派な体軀の持ち主だった。

スーツの上からでも、その盛り上がる筋肉の量感が見て取れる。

窮屈そうにネクタイで絞められている首は、常人の二倍ほどはあるだろうか。

その上には、浅黒い、岩のような顔と、短く切り揃えた髪。

ただ立っているだけで、強靭《きょうじん》な精神力が男の全身から滲み出ているような、武骨な存在感があった。

「何故、贄を発見されるような場所に放置したんだ？」

その男を睨みながら、会長は大きすぎる椅子に深々と体を沈めた。

会長の背後には窓があるが、窓には黒い板が張り付けてあり、日光を完全に遮っていた。蛍光灯も消してあるので、部屋の中は薄暗い闇に沈んでいる。

その所為で、男が椅子に座ると、その姿は椅子のシルエットに隠れて完全に見えなくなってしまっていた。

「贄を発見したのは木を伐採するために無断で入山していた山林業者のようです。そうでなければあのような場所に人が入り込むなど予想されることではありません。確かに発見されたのは痛手ですが、落ち度はなかったかと」

「他の贄は大丈夫だろうな」

「呪法の性格上、贄は開放空間に置かなければなりません。土の下などに埋めるというわけにはいかないのです。ですから、発見される可能性がないと言い切ることは出来ません。万が一を考えて、これ以上発見されぬよう計画を早める必要があるのでは……」

「今のペースで目一杯だということは貴様も知っているだろうが！　万が一の失敗も許されんのだぞ！　慎重に慎重を重ねねばならんのだ！」

　下痢をしている猿のような風体《ふうてい》をした会長は突然激《げっ》昂《こう》した。

　どうやら部下に指図されたことが気に食わないようだ。

　しかしその行動は自分の小心さを露呈させただけだった。

　部下であるスーツの男は驚きもせず、静かに立つばかりである。

「失敗しましたじゃ済まんのだ！　贄の一つを失ったことで呪法の効果も薄れるかも知れんではないか！　その上計画を早めろだと！　馬鹿を言うな！　もし計画が破綻したら長瀬、お前が責任を取るとでも言うのか！　勝手なことを言うな！　それよりも、他の贄を移動させるなり、新しい贄を探すなりしたらどうなんだ！　ええ！」

　サルは机をばんばん叩きながら吠えた。

　長瀬、と呼ばれたスーツの男はその様子を白々と眺めている。

「あのお方に認めてもらうチャンスなんだぞ！　この計画が成功すれば他のセクションと大きく水を開けられるのだ！　それがどれほど重要なことか、お前にも分からんとは言わせんぞ！」

「承知しております。ですが警察はもとより勘解由小路家の介入まで予見される今、我々が贄を移動させるために再度入山するのは余りにも危険かと存じます」

「では、どうしろというんだ！」

　サルは顔を真っ赤にして問い質した。

　何のことはない、この男は何の策も思い付かないだけなのだ。

「私に考えがあります。お任せ頂けますでしょうか」

その言葉と、長瀬から発せられた威圧感とで、サルは突然声をつまらせた。ひっと喉の奥で何かを飲み込んだような音が鳴る。

「う、うむ。……そういうことならばお前に任せよう。しかし、何度も言うようだが失敗は許されんのだぞ」

気圧《けお》されたように目をうろうろさせながら虚勢を張るサルに、静かに一礼してから長瀬はその部屋を後にした。

長瀬が退室し一人になった会長室では、サルが未《いま》だ怒りを爆発させていた。

「くそっ！　どいつもこいつも俺を馬鹿にしやがって！　今に思い知らせてやる！　思い知らせてやるぞ！　この呪法が完成すれば、世界はこの俺のものだ！　見てろよ！　愚か者共め！　誰がこの世の支配者なのか！　誰がこの世界で一番偉いのか！　見せてくれるわ！」

サルは、なにもない真っ暗な空間に向かって、泡を飛ばしながら喚《わめ》き続けた。

2

全身黒尽くめの男だった。

黒のシャツと黒のスリムパンツ。その上に黒のジャケットと黒のロングコート。

首に巻いたストゥールも黒ならば、ぼさぼさに伸ばされ、うなじの辺りだけを申し訳程度に束ねている髪も、濡れたような漆黒《しっこく》だった。

男はひとり、灰色に曇った冬の夕闇の中を歩いていた。

男はいかにも面倒臭そうに、足を一歩一歩、投げ出すようにしながら、だらだらと歩いている。

顔だけが、唯一真っ白だった。

それも、水に浸かった紙のような、青い病的な白である。

赤黒く沈んだ唇の色とも相まって、男はひどく不健康そうに見える。

――勘解由小路春海、である。

春海は人の気配が全くしない、寂《さび》れた裏通りを事務所に向かって歩いている。

病院の帰りだった。

病院へ戻っている生方次郎のところへ、彼が発見したドリンク剤の残りを受け取りに行っていたのである。

彼のコートのポケットに納まっている、五本の茶色い瓶が、彼が歩くたびにかちゃかちゃと音を立てている。

その瓶を手渡しながら、「兄のことをよろしくお願いします」と妙に冷静に頭を下げる生方次郎に、体が完全に回復するまで退院しないようにと強く念を押して、春海は病院を後にしたのだった。

白い息を吐きながら黙々と歩いていた春海が、何度目かの四辻にさしかかったとき、ふと足を止めて、空を見上げた。

すうっと目を細めて、ゆっくりと左右を見渡す。

そして突然その角を右に折れた。事務所に帰るならば、真っ直ぐ行かなければならない角を、である。

歩くスピードが、今までよりも心持ち速くなっている。

彼は迷うことなく何度か角を曲がり、歩き出したときと同様、また突然に足を止めた。

そこは錆びついて所々穴が空いているトタンの塀に囲まれた、古い廃工場だった。

手前にはいつの間にか粗大ゴミのゴミ捨て場になってしまっている、広い空き地があり、捨てられた冷蔵庫やテレビなどの家電製品や、材木などが山のように積み上げられている。

いつの間にか、黄昏《たそがれ》どきの白い闇が幕を引き、冬の静かな夜が辺りを暗く染めようとしていた。

春海はトタンの塀をくぐり、工場の敷地内へと足を運んだ。

そして空き地の右奥――なぜかタンスやベッドなどの家具ばかりが山積している一帯に目を向けた。

動かない。

数分ほどそうしていただろうか。

すでにシルエットになっている家具の山の頂上が、もこりと動いたかと思うと、そこから一陣の風が、春海に向かってさあっと流れた。

春海はその風を避けるように、体をひねりながら左横に飛び退《の》いた。

黒いコートが風にたなびき、蓬髪《ほうはつ》が勢いよく真横に跳ねる。

春海のすぐ側《そば》を通り抜けた風は、そのまま円を描いて家具の山の頂上まで戻った。

自然の風ではあり得ない動きだった。

何事もなかったように立つ春海に、山の頂上から声がかかった。

「さすがやなあ。今の阿我《オウガ》の動きを見破ったんも見事やが、ようあの目印に気が付いたもんや。俺としては、可能な限りさりげなく置いといたつもりやってんけどなあ。自信無くすわ、ホンマ」

緊迫感のない、場違いなほど間延びした声だった。

「勘解由小路春海さんやね。あんたには別になんの恨みもないいんやけど、ちょっと付き合ってもらいたいねん」

春海はその声にぴくりとも反応しない。

「さっきのは挨拶っちゅうか、小手調べや。こっからが本番やで」

声と共に、山の頂上に人のシルエットが浮かび上がった。今までそこに座っていた人物が、立ち上がったのだ。

「ほな阿我、も一回行こか。頼むで」

一旦は浮かび上がったシルエットが、その瞬間、消えた。

と同時に、再び漆黒の風が、今度は春海の右真横から彼に襲いかかった。

しかし春海は前回のようにその風を避けようとはしなかった。

それどころか彼は、その風に向かって走り出した。

風が春海とぶつかるかに見えたそのとき、春海の体が地面すれすれにまで沈んだ。彼の頭の上を風が音を立てて通り過ぎる。そして次の瞬間、彼はその曲げた膝のバネを利用して、空中に飛び上がった。すると、彼がいたはずの——飛び上がった彼の足元を、もうひとつの風が通り抜けた。

再び地面へ降り立った春海は、足元を通り過ぎた風の方へ顔を向けた。

それだけの動きをしたにもかかわらず、春海は息ひとつ乱していないようだった。

「かなわんなあ、マジで。俺と阿我のコンビネーションが外されたんは、初めてやわ。ごっつショック」

春海が顔を向けた方角から、また呑気な声が響いた。春海を襲った二陣目の風は、どうやらその声の主であるようだ。

「奇襲は通用せんか。しかしそうかと言うて、術合戦は俺が苦手やしなあ。どないしょ」

じゃりじゃりと砂を踏む音が聞こえる。どうやら声の主が春海に近付こうとしているようだった。

トタン塀の向こうから漏れる街灯の明かりで、声の主の姿が徐々に露《あらわ》になる。

まずは、足。そして胸。スポットライトを浴びるように全身が光に包まれたところで、声の主が足を止めた。

若い男だった。年齢を当てようとするなら、十五、六歳と言ったところだろうか。

短く刈った髪を、目一杯固めて立たせている。やたらとビスの付いた革ジャンと、サイズが合っていないのではと思わせるほど細い革のスリムパンツ。襟や袖から覗くのは、ドクロやクロスなどの形に作られた、クロムハーツのブレスレットとネックレス。

どこからどう見ても、時代遅れのハードロッカーを気取る、変な兄ちゃんである。

「阿我！」

ハードロッカーが闇に向かって叫んだ。すると、一陣の黒い風が彼の左肩で止まった。

一陣目の黒い疾風の正体、それは一羽の大きな鷹のようなものだった。

ようなもの、と呼ぶにはもちろん理由がある。

広げれば体長の何倍にもなるであろう翼と、刃物の切っ先のようなくちばし、それに独特の感情のない鋭い目は、確かに鳥類のものである。だが、男の肩の上に置かれた足が、違っていた。四本あるのだ。それも鳥類の細い足ではなく、短く所々黒いぶちのある毛に覆われた足――それは間違いなく豹のものだった。

尾も、孔雀《くじゃく》のそれのように、きらびやかで長い。

「へえ」

今まで一言も発していなかった春海が、その動物を見て初めて感嘆の声をあげた。

ハードロッカーが、自慢気に阿我と呼ばれた動物の喉の辺りを撫でる。阿我は気持ち良さそうに目を細めてそれに応じる。

「合成獣《キマイラ》――いや、エーテルの混合体、ですか。それはまた珍しいですね」

春海の称賛に、その少年が得たりという表情で笑った。

「阿我ちゅうんや。俺の一番の友達や。カッコええやろ」

「うん。カッコいい」

「おおきに」

「どうやって造ったんです？」

「あほ、造ったなんて言い方があるかい。誕生させたんや」

「ああ、ごめんなさい」

素直に頭を下げる春海に、少年は胸を張って言う。

「苦労したでえ。知ってると思うけど、エーテルっちゅうのは本来ぼんやりした、空気みたいなもんやからな。そん中から、これっちゅうのを抜き出すだけでも大変や。それに依代《よりしろ》の問題もあるしな」

「そうでしょうねえ」

「ま、正直、奇跡みたいな偶然に助けられた部分もあるんやけど、やっぱり俺の尽きることのない情熱と天《てん》賦《ぶ》の才能のお陰かな。わははっ」

「お見事です」

高らかに笑う少年に、春海は呑気に拍手を送った。

奇妙なふたりだった。

明らかに敵である相手を素直に誉める春海も春海だが、それに応えて呑気にしゃべっているハードロッカーもどこか抜けている。

しかし奇妙というならそもそも、ふたりともが今の状況に疑問を挟まないということこそが奇妙である。襲った少年も己の素性や襲った理由を明らかにしようとはせず、春海もそれを問い質そうとしない。

不思議な男達であった。

ひとしきり笑った後、ハードロッカーがぽそりと呟いた。

「やっぱり、こうなったら肉弾戦かなあ。うん、それしかないいな」

「もう止《や》めませんか？」

春海が拍手を止めて、少年に応える。

「嫌や。兄ちゃんの実力も見んまま終わるのは悔しいしな。それに、そんなもんか言うて見くびられんのも好きやないねん」

「そんな、誰も見くびるなんて……」

「阿我、ちょっと危ないから退《ど》いとき。飯でも食べてええから。ここからは男と男、一対一の勝負や」

「止めましょうよ、ホント」

「いくで！」

阿我が少年の肩を飛び立ったのと、彼が春海に向かって走り出したのは、ほぼ同時だった。

もの凄いスピードである。

有無を言わせず春海との距離を縮めた少年は、左手を広げたまま春海の顎に向けて突き出した。掌底《しょうてい》である。体を後ろに反《そ》らしてどうにか難を逃れた春海に、彼は掬《すく》うように左足を引っ掛ける。そして伸ばしていた左腕をさらに突き出した。バランスを崩し、数歩たたらを踏む春海をしつこく彼が追いかける。右足を大きく踏み出しながら、右拳を春海の胸へ突き上げる。

中段突き。体を捻《ひね》って躱《かわ》す春海のコートの襟をその右手で摑み、一気に引き寄せながら、曲げた左肘で鳩尾《みぞおち》を打つ。入った。

「ぐっ！」

春海の喉から呻き声が漏れる。

コートを摑んでいた右手を離し、少年がにやりと笑う。

春海はふらつきながらも地面を蹴り、後方にジャンプした。

「痛《い》てて、少しは手加減して下さいよ」

胸を擦《さす》る春海を、今度は追いかけることなく少年が応える。

「格闘は苦手みたいやな。せやけど俺はまだ半分も実力出してへんで。さ、ほなもう一回やろか」

言うが早いか、すっと腰を落とす。

「まったく、仕方がないですねえ。では私は武器を使わせていただきます。素手の相手に少々卑怯かも知れませんが、私もこれ以上怪我をしたくないのでね」

「よっしゃ、そうこんとあかん」

「それでは失礼して」

油断なく身構える少年の目の前で、春海はすっと目を閉じた。大きく息を吸い、ゆっくりと吐き出す。何度かそれを繰り返していると、その吐く息に合わせて、春海の右腕がぼんやりと光り出した。

「……何や？」

少年が警戒して、少し距離を取った。

春海の腕はどんどん輝きを増している。

春海の青白い顔が、その光によって、闇の中にさらに青く浮かび上がる。

不思議な、幻想的な感動をもたらす光景だった。

少年も、身じろぎ一つせず、春海を凝視している。

しばらくすると、その光が変化し出した。

まず変わったのは色である。最初は眩《まばゆ》いほどの金色だったのが、徐々に薄い緑色に変わり始めたのだ。

その変化に伴って、光自体の輝きもやや衰えたように見える。

次に変わったのは、その形状だった。腕の周りに集まっていた光が、いつの間にか腕から地面に向けて垂直に伸び、長い棒のような形になっていた。それはまるで氷柱《つらら》――淡く緑色に光る氷柱のようだった。地面すれすれにまで伸びたその棒は、先端でV字形に、細く鋭く尖っていた。

「――剣だ」

眩《まぶ》しさに目を細めながらその光景を見ていた少年が、小さく呟いた。

そう、それはまさしく剣だった。長く細い刃と、その根元には大きく横に張り出した鍔《つば》、広げられた手の平の中には太い柄が見える。

その形は、古代日本において神々に奉納された、神の威光の象徴であるとされる神剣に酷似《こくじ》していた。

緑色に輝く神剣である。

春海が、広げていた指を曲げ、剣の柄を握った。そしてゆっくりと目を開く。

すると真横に張り出していた剣の鍔が、突然、まるで触手のように何本にも分かれ、春海の腕に巻き付いた。それはするすると伸び、見る間に肘の辺りまでを侵食する。

その触手は植物のようなものに見えた。所々に葉や実のようなものが生えている。

呆然とその光景を見ていた少年が、ごくりと唾を飲み込み、呟いた。

「……エーテルか……いや違うな。もっと上位からのもんや。それが兄ちゃんの武器かい。まったく、とんでもないもん持ち出しよって。体が震えてきたやないか」

言葉通り、彼の体は小刻みに震え出していた。

しかしその震えの原因は恐怖ではなく、歓喜のようだった。

その証拠に、彼の顔には、これ以上ないほどの笑みが浮かんでいる。

「せやけど、それやからこそ俺も全力が出せるっちゅうもんや。ええぞ。めっちゃ嬉しいわ。全身が爆発しとうてうずうずしよる。これや、こういうのを待ってたんや。兄ちゃん、あんた最高や」

春海がそれに応えるように、にやりと笑った。

少年は息を吸い込みながら、両腕を顔の前で交差させた。吐く息に合わせてその腕を、曲げたままゆっくりと腰まで振り下ろす。

「ふうう……ああ、あああああ‼」

息を吐きながら、少年が雄叫《おたけ》びをあげた。

合気《あいき》、あるいは爆発呼吸といわれる呼吸法である。

肉体と精神を同調させ、気を開放したのだ。

雄叫びを上げながら、少年は春海に向かってダッシュした。先ほどと同じような展開だが、そのスピードは前回の比ではなかった。五メートル以上はあった相手までの距離を一瞬にして詰める。

そして春海の目の前で回転しながら大きくジャンプした。右の飛び回し蹴り。体を沈めてそれを躱す春海に、着地と同時に左正拳を繰り出す。

剣を盾に防ごうとする春海。その春海の剣と少年の左拳が接触した瞬間、きいんという金属音が鳴り響いた。

「なるほど、隠剣《おんけん》かよっ。最初の回し蹴りはそれを取り出すためのフェイントだな！」

一瞬動きを止めた少年に向かって、春海が怒鳴った。

「へへ、バレたかって……なんか兄ちゃん、いきなり人格変わってへん？」

少年は驚いたように目を見開いた。

次々と突きや蹴りを繰り出しながら、少年は春海を観察する。

変わったのは言葉遣いだけではなかった。

一見今までと何ら変わりのない人物に見えるが、その身にまとっている気の質が明らかに変化していた。深い山の清流のような、爽やかとも言えた気が、いつの間にか、どこか禍々《まがまが》しい毒を持ったものになっている。

その原因を探りながら攻撃を続けていた少年が、ふと何かに気付いたように唇の端を吊り上げた。

彼が見たのは春海の目だった。

春海の目の、黒い部分が、先ほどまでと違って明らかにひと回り小さくなっているのだった。

「邪視か！　分かったで！　兄ちゃん、その剣を出そうと思ったら、意識も一緒に上位界に置いとかんとあかんのやろ。その所為で普段は眠ってる魔性が表面に出てくるんやな！」

少年の言葉に、春海は一旦距離を置いて立ち止まった。

ぺっと地面に唾を吐いてから応える。

「……だったらどうだというんだ？」

その雰囲気は今までの春海とは全く違うものだった。少年の言う通り、まるで人格が変わってしまっていた。ひと回り小さくなってしまった黒目には、凶暴な、毒々しいまでの獰猛《どうもう》な光が宿っていた。

普段が茫洋としているだけに、春海のこの変化は凄まじいものだった。

「……別に、どうもせんわ。益々おもろなってきたと思うだけや！」

しかし春海の変貌に少しも臆《おく》することなく、少年は再び襲いかかった。

その途切れることのない攻撃を、春海は剣とフットワークで逃れている。

少年の拳と春海の剣が触れ合う度に、金属音が響く。

春海の動きが一段と良くなっているようだった。

「こんな早い段階で隠剣がバレるとは思わへんかったわ。けど、バレたらバレたで、使い道はあるんやで！」

よく見ると、彼の両手、中指と薬指の間から五センチほどの釘のようなものが出ていた。

春海が隠剣と呼んだ武器がそれである。

隠剣、これは暗器とも呼ばれる隠し武器である。素手で闘っているように見せかけて、相手の意表を突くために使用する、奇襲のための武器で、用途や隠す場所によって様々な形状がある。少年が持っているものはシンプルなT字型をした金属の棒だった。そのT字の縦棒の先端部が、鋭く研いであり、それを指の間から突き出しているのである。

言うと同時に、少年の動きが変わった。

それまで突き一辺倒だった両腕が、横や縦に薙《な》ぎ払うものに変化したのだ。

春海の黒いコートが、所々裂ける。

隠剣はその性質上、使い方が非常に制限される。相手に見破られないように使用しなくてはならないからである。

先程の場合で言うと、もし春海が顔に向けて出された少年の突きをスウェーバック——つまり後ろに退くことで避けようとしたなら、その時点で春海の敗北は決定していたであろう。避けたつもりの拳から十センチ突き出した鉄の棒が、彼の眉間に刺さっていたはずだからだ。

しかし春海は、少年の攻撃をスウェーバックで躱そうとはせず、剣で防いだ。それが結果的に幸いだったのである。それによって春海は少年が何か武器を持っていることに気付き、それが隠剣であることを見破ることが出来たのだ。

偶然とはいえ、隠剣を見抜いた春海の実力は相当のものだが、少年もまた並みの使い手ではなかった。隠剣を見抜かれたと同時に、攻撃のパターンを変えたのである。

それまで彼は隠剣という武器の威力を最も効果的に発揮させるために、正拳突きを主体とした攻撃をしていた。

たかが五センチの金属棒とはいえ、うまく急所に突き刺すことが出来れば、一発で相手を絶命させることが可能であり、少年はそれを狙っていたのである。しかしそれが見破られたと気付いた途端、彼は突く動きの中に薙ぎ払う動きを織り交ぜ始めたのだ。つまり、突き刺すことを狙っていただけの攻撃に、切り裂く攻撃を加えたということである。

しかしそれは相手に致命傷を与えるための一撃を放棄したということではない。少年の狙いはあくまでもそれである。ただ、その一撃を狙うために、少年は春海の隙を作ろうとし始めたのだ。春海が彼の隠剣を見破ってしまったことが、かえって彼の攻撃の幅を広げてしまったのである。

万が一、春海が少年の攻撃にバランスを崩したり、不用意な避け方をしてしまったりしたとき、そのときこそ彼は容赦なく絶命させるための一撃を春海に見舞うことだろう。

そして、そのときが訪れた。

後退しながら攻撃を避け続ける春海に、少年が業《ごう》を煮やしたように大きく右足で踏み込んだ。

同時に腰の辺りで溜めていた右腕を、斜め上に向かって振り上げる。ボクシングでいうアッパーカットのような動きだが、もちろんこれもただ殴るためではなく、切り裂くための攻撃である。

それを避けようとして、春海が右足を退いたとき、不意に春海の体勢が崩れた。

地面に転がっていた廃材が、その右足に当たったのだ。

「くっ！」体を捻ることで何とかその攻撃からは逃れた春海だったが、バランスを崩し、体が大きく右へ流れた。

今までの戦いから見ても、少年の格闘の技量は春海の何枚も上である。その少年がそんなチャンスを見逃すはずはなかった。

「もろた！」勝利を確信した少年が、叫びながら左腕を突き出した。

隠剣を握った拳が春海の顔面に襲いかかる。隠剣が正確に春海の眉間に向かって伸びる。

それは相手を殺すための、遠慮のない攻撃だった。

だが、次の瞬間、信じられないことが起こった。

少年の左腕が空を切ったのである。

目の前にいたはずの春海の姿が、突然消えたのだった。

勝利の確信から、少年の顔に浮かんでいた笑みが、一瞬にして凍りついた。

腕を突き出した状態で、固まったように攻撃を止めた少年は、目だけで春海の姿を探した。

——いた。下だ。

なんと春海は、地面に仰向けに寝転がっていたのだった。

少年の攻撃を避けられないと悟った春海の、苦肉の行動だった。

春海を発見し、さらに攻撃を加えようとした少年が、再びその動きを止めた。

春海が少年を見上げたまま、にやりと笑った。

いつの間にか、春海が緑に光る神剣の切っ先を少年の喉元に押し当てていたのである。

あと二センチでも腕を動かせば、確実に少年の喉を掻っ切ることが出来る状態だ。

数秒の間、二人はその体勢のまま動かなかった。

まるで時間が止まったかのようだった。

少年の額から流れ落ちる大粒の汗が、地面に数種類の模様を描く。

それだけが、時の流れを証明する唯一のもののようだった。

長い数秒のときが流れ、ふと少年が体から力を抜いた。

そして小さく息を吐き出す。

「俺の、負けや」

少年の呟きに、春海は剣を退くことで応えた。

勝負が終わったことに気が付いたのか、どこからともなく阿我が飛んできて、少年の肩に止まった。

春海はゆっくりと立ち上がって、服に付いた砂埃を払っている。

いつの間にか、右腕の神剣が消えていた。

「兄ちゃん、強いなあ、俺の完敗や」

少年は阿我の喉を撫でながら、春海に話しかけた。

「まぐれですよ、まぐれ」

春海はぼんやりと笑いながら応える。人格も元に戻っている。

「いや、まぐれも実力のうちや。今回は俺の負けや」

その豹変ぶりに、少年はちょっと驚きながら、言葉を返した。

「だから、違いますってば。最後のあれも、あなたの意表を突くために倒れたんじゃなくって、ただ転んじゃっただけだし」

春海の言葉に、少年は驚いて聞き返した。

「……マジで?」

「マジで、です。……まあ、あなたが本気で私を殺そうとして来なかったら、転んじゃうこともなかったんでしょうけど」

そう言うと、春海は意味ありげに笑った。

その笑顔を見て、少年は不意に気が付いた。――春海の言葉の意味、それは、彼の攻撃に臆して、パニックになって転んでしまったというような、額面通りのものではない。

少年が本気で春海を殺そうとしているならば、必ず再び隠剣を使って顔面を攻撃してくるという確信があったということである。そしてそれはつまり、勝利に酔い、単調になった少年の攻撃を見事に読んだ行動だったということだ。

さらに刮目《かつもく》すべき点は、生死の境目であるその一瞬に、地面に寝転がるという突拍子もないプランを立てられる発想力と、それを実行に移せる不敵なまでの胆力である。

それらは修行によって身に付くものではない。春海という人物の持つ天才なのだろう。

少年は空を見上げて呟いた。

「……やっぱりかなわんなあ。そんなこと、真似せえ言われても出来へんよ。世の中は広いわ。兄ちゃんみたいな化けモンがおるんやから」

「化け物って……失礼な」

二人は顔を見合わせて笑いあった。

ひとしきり笑った後、少年が今更気付いたように頭を下げた。

「挨拶が遅れてスンマセン。俺、一応、御山《おやま》で修行してます、慈舜《じしゅん》と申します。以後お見知りおきを」

「ああ、これはこれは、どうもご丁寧に。私は勘解由小路春海です。よろしくお願いします」

馬鹿丁寧に挨拶を交わした後、ふと春海が聞き返した。

「え？　御山？　御山って……もしかして言家《ごんけ》の？」

「そう」

「何でまた、そんな人がこんなところに？」

慈舜と名乗った少年は、春海の質問に困ったように右頰をぽりぽり掻いた。

言家、あるいは御山というのは、和歌山にある密教の総本山、高野山の金剛峰寺《こんごうぶじ》のことである。空海が開いたこの宗派は、真言密教と呼ばれていて、言家という呼び方はそこから来たものだ。ちなみに最澄が開いた天台密教は、台家《たいけ》と呼ばれている。

金剛峰寺という、空海が開祖であるあまりにも有名なその寺は、今日でも数千人の人間が修行僧として暮らしている。観光や参拝として一般人が訪れることも可能だが、しかしその敷地の殆どが未だ立ち入り禁止になっている。

本堂から最も遠い、奥の院と呼ばれる建物の中には、空海のミイラが現在も安置されているが、そのミイラは今でもまだ生きているという。そして、堂の中で呪法を施し、我々をあらゆる災厄から護ってくれているというのだ。

高野山——そこは、密教宗派、真言宗の本山としてだけではなく、呪術や秘法の独特な体系を作り上げたオカルティズムの総元締めとして、今もなお多くの人々からの畏怖と崇敬を集めている、日本最大の聖地のひとつなのである。

慈舜という名の少年は、その高野山からやって来たと言ったのだ。

つまりはこの男、僧なのである。

「いや、話せば長くなるんやけど、ウチの月占《つきみ》のじいちゃんが、何か京で不吉な出来事が起こるかも知れんとかいう予言をしよってな、京は日本の要《かなめ》やから、このまま放っておくわけにもいかん、早急《さっきゅう》に京を守護する勘解由小路と接触し、その旨を伝えろっていうことで、その連絡役として派遣されたんがこの俺っちゅうことや。まあ、つまりメッセンジャーやね」

「……月占のじいちゃんというと……唯円《ゆいえん》さんですか？」

「そうそう、唯円のじいちゃんや……って、兄ちゃん、知ってんのか？」

「ええ、昔に一度、お会いしたことがあります」

「そうなん？　何や、それやったらそれで、じいちゃんも言うてくれたらええのに……。なあ？」

「なあって言われてもねえ……」

「ま、とにかくその、唯円のじいちゃんからの命を受けて来たわけや」

「ふーん」

「ふーんて何や、信じてへんのか？」

「いや、そうじゃないですよ、あなたの話は信じます。だけど……」

「だけど？」

「だけど、そんなことなら、何でいきなり私を襲ってきたりしたんです？　そんな必要まったくないじゃないですか」

慈舜は悪戯が見付かった子供のように、バツが悪そうに、でへへと笑った。

「そのことはすまんと思てる。気い悪うしたんやったら、謝るわ。ホンマゴメン」

悪気など全然なさそうな適当さで、慈舜は春海に頭を下げる。

「これは俺の悪い癖なんや。強そうなヤツ見たら、ちょっと試してみたくなるねん。兄ちゃんはこの京都を任されてるほどの人物やし、じいちゃんから名指しされるくらいのお人や。こりゃ闘こうたらおもろいやろなあ思うて、つい、な」

「ついって……」

「わははっ、まあええやんか、済んだことやし。ほら、この通り、阿我も謝ってるやん」

慈舜の肩の上で羽を休めていた阿我が、春海にぺこりと頭を下げた。

春海は呆れた顔で彼らを見ていた。

春海に襲いかかってきたとき、彼らは明らかに殺意を持っていた。

何のためらいもなく春海を殺そうとしてきた。

だが、闘いが終わったいま、彼らからは微かな殺気も感じられない。

それどころか、妙にあっけらかんと親しげに話しかけてくる。

春海にはそのことが信じられなかった。

それに、この少年が高野山から来た僧であるかどうかも、まだ怪しい。

高野山のことを御山と呼んだり、唯円という僧の名を知っていたりということは、証拠にはならない。

そんなことは、その気になればすぐに分かることだ。

だが、もし高野僧でないのであれば何者なのかとなると、皆目《かいもく》見当がつかない。

その正体を摑むためにも、もう少し話を聞かなければならないようだった。

「……いつまでもこんなところに居ても仕方ないですし、私の事務所に来ませんか。詳しい話はそこで聞かせて下さい」

春海の言葉に慈舜は嬉しそうに頷いた。

「そうそう、それを言うてくれんのを待ってたんや。なんや急に寒うなってきたし。やっぱり汗をかいた体をいつまでも風に晒してたらあかんよね。風邪ひいてしまうわ」

慈舜はしゃべりながらさっさと歩き出した。

トタン塀まで行ったところで突然振り返る。

「……ところで、兄ちゃんの事務所ってどっち？」

呆れてその様子を眺めている春海に、慈舜が派手なくしゃみをした。

3

京都御所のすぐ西側を南北に真っ直ぐ貫いている、

烏丸通と呼ばれる道がある。その烏丸通と七条通との交差点にあるのが、東本願寺である。

　この東本願寺のすぐ西隣、堀川通と七条通が交わる場所には西本願寺があり、この二つの本願寺は、京都駅から近いこともあって、京都市内のメジャーな観光スポットのひとつである。

　日中は多くの観光客で溢れかえっている東本願寺も、さすがに夜になると本来の寺の静けさを取り戻し、その存在をひっそりと闇の中に沈めている——はずだった。

　この夜、東本願寺の周辺はいつになく騒々しい空気に満ちていた。

　烏丸通を埋め尽くさんばかりに集まったパトカーと、慌しく走り回る何人もの警官達、そしてそれらを遠巻きに眺めている大勢の野次馬。

　パトカーの回転灯が夜の街を真っ赤に染め上げ、サイレンが静寂を引き裂いている。

　期せずして喧騒の的となってしまった烏丸七条通に、今一台のタクシーが到着した。

　タクシーは周りの喧騒を気にする風もなく、東本願寺の御影堂門の前まで進むと、そこでゆっくりと止まった。

　後部座席から男がひとり降りる。

　タクシーを追い返そうと走り寄ってきた数人の警官が、その男の姿を認めて、慌《あわ》てて敬礼する。男は、警官に応えるように面倒臭そうに手を振った。

　仕立ての良い、見るからに高価そうなヘリンボン柄の三つ揃えのスーツに、カシミアのコート。シルクのマフラーから覗くのは、ひと昔前の映画俳優のような、彫りの深い甘いマスク。

　松川秀樹《ひでき》警部補である。

　タクシーから降りた松川は、コートのポケットから煙草を取り出し、火をつけた。

　たっぷりと煙を吸い込み、吐き出す。

　そして眼前にある東本願寺の全姿をつくづくと眺めた。

おそらく、大勢の警官や野次馬達の視線を集めていることを意識して、格好をつけているのだろう。確かにそうやって煙草を吸いながら辺りを眺めている松川の姿は、久しぶりに撮影現場に現れた往年の映画スターのような雰囲気を醸《かも》し出しているように見えないこともない。だが、よく見ると口に咥《くわ》えた煙草は微かに震えているし、顔に浮かぶ笑みは中途半端に強張っている。

観客を意識し過ぎて緊張しているのだ。

馬鹿である。元々の風貌やファッションが決まり過ぎているために、その余裕のなさが余計に際立って見え、滑稽ですらある。

極度の緊張下にいた松川を救ったのは、後輩の川崎だった。

「松川さん！　何そんなところでぼーっと突っ立っているんですか！　現場はこっちですよ、こっち！」

門の奥にいた川崎が、松川を認めて大声で呼んだのだ。

「お、おう」

川崎の呼びかけに松川はぎくしゃくと頷いて、足早に東本願寺へ向かった。

東本願寺の境内は大勢の警官や鑑識員で埋め尽くされていた。

慌しく辺りを走り回っている背広姿の男達や、ところかまわず白い粉を振り撒き、指紋を採取している鑑識の者達の姿を、道路側に設置された大光量のライトが浮かび上がらせている。

「こらぁ！　松川！　そんなとこで何やっとんのや！　来るんが遅いぞ！」

広い東本願寺の庭に、怒号が鳴り響いた。

驚いて声の方へ振り向く。庭の奥の隅に、白いテントが張ってあるのが見えた。

おそらく臨時に設営された捜査本部であろう。声はそこから聞こえたのだ。

松川は慌ててそちらへ足を向けた。

「小言は後でたっぷりと聞かしたる。今はこの事件のことや。お前、詳しい状況を知っとるか？」

泡を飛ばしながら松川を詰問しているのは、京都府警捜査一課一係、倉本厳一《くらもとげんいち》係長である。

ノンキャリアながら府警の捜査一課の係長まで登りつめた倉本は、正に叩き上げの刑事の典型だった。己にも他人にも厳しいその姿勢は、部下から「鬼厳《おにげん》」と呼ばれるほどである。

しかしそう呼ばれつつも彼が周りから尊敬を集めているのは、彼がその厳しさを上司や上の階級の者にまで、分け隔てなく向けている所為だ。府警の係長といっても、それはノンキャリアから見ればこそ出世だが、キャリア組から見ればただの中間管理職である。松川らヒラの刑事と何ら変わらない。そんな立場の人間が、臆することなく上の者に意見するのだ。その姿は部下からの大いなる尊敬と信頼を集めていた。「この仕事は、誇りと自信を失《な》くしてしもたらお終《しま》いや」というのが彼のいつもの口癖だった。

「……いえ、詳しいことは何も知りません。何しろ今来たばかりなもんで……」

少しも悪びれず返答する松川を、倉本がきつく睨む。

「まあ、ええ。日吉、ちょっとこいつに今の状況を説明したってくれ」

倉本が横に立っていた人物に顎を振って命令した。日吉と呼ばれた男は、倉本に軽く頷いてから、松川に今回の事件の経緯を説明し始めた。

事件が起こったのは、今日の夕刻だった。

観光客もまばらになり、冬の早い夜が辺りを暗く包もうとし始めた頃。

寺の管理人が、日課としている境内の掃き掃除をしていた。

杉岡昌平という名の、七十二歳の老人である。

彼はいつものように、同じ敷地内にある宗務所から御影堂、阿弥陀堂を時計回りに回るルートで庭を掃いていた。阿弥陀堂を過ぎ、裏手に回った頃にはもうとっぷりと日も暮れてしまっていたが、それでも彼は休まず竹箒を動かしていた。

御影堂の裏手を過ぎ、もう少しで一周しようかという頃、彼の前方で何かが動く気配がした。彼は手を止めてその方向を見た。初めは観光客かと思った。しかし観光客がこうして寺の裏手に回ってくることはまずない。中にはこの広大な敷地を一周して回る酔狂な人間がいないではなかったが、しかし今はもう夕暮れ時をとっくに過ぎた、夜である。こんな時間にわざわざこんな場所で何をしているのだろうか。不審に思いながらも声をかけようと杉岡老人はその人物の方へ歩み寄った。

その人物は建物のすぐ側で、こちらに背を向けて蹲っていた。「大丈夫ですか?」病人が倒れているのではないかと思った杉岡は、その人物に話しかけた。するとその人物はゆっくりと杉岡の方を振り返った。良かった、病人ではなかったと安心したのもつかの間、杉岡の目は奇妙な物を捉えた。その人物は手に何か太い棒のようなものを持っていたのである。暗い所為で初めはそれが何か分からなかったが、その正体に気が付いた途端、杉岡の喉が引きつったように鳴った。

それは、人間の腕だった。

驚愕に金縛りのようになった杉岡を睨みつけたまま、その人物は手に持った腕を口に近付けた。そして噛み付き、肉を引き千切る。

ぼたぼたと血が地面に落ちる音と、くちゃくちゃと肉を咀嚼《そしやく》する音。

杉岡は動けなかった。恐怖や混乱や、そんなあらゆる感情がどこかへぶっ飛んでしまっていた。何も考えられない。体が動かなくなっていることにさえ気が付かない。

目の前の人物がゆっくりと立ち上がった。持っていた腕を、ぽいと地面に投げ捨てた。

そして杉岡を睨んだまま、にたりと笑った、ような気がした。

次の瞬間、杉岡はその人物が自分に向かって飛びかかってくるのを見た。

しかしそれでも杉岡は動けなかった。呆然と自分に襲いかかる人物を見ていた。

ずぶりと左肩に何かがめり込んでくる感覚が走った。飛びかかってきた人物が、杉岡の肩に牙《きば》を立てているのだった。痛みはなかった。脳が現状を受け入れることを拒否している。ただ、ああ、俺は喰われてしまうのだなと、そんなことを他人事のように思っただけだった。

杉岡の口から、静まり返る境内を震わす絶叫が響いたのは、左肩の肉を引き千切られ、脳がその痛みをようやく認識した後のことだった。


「――杉岡は悲鳴を聞きつけた他の管理人によって発見された。瀕死《ひんし》の状態で、今は市内の病院に収容されている。発見者である杉岡の同僚――岡部という男だが――は現在別の場所で事情聴取を受けているが、ショックが大きかったのか、そちらの方はあまりはかどっていない。連絡を受け駆けつけた救急隊員が、現場で杉岡とは別の、もう一人の人間を発見した。それはもうすでに死体だったのだが、右腕がもぎ取られ、全身に嚙み千切られたような跡や、歯形などが残っていた。その死体はすでに監察医務院に運ばれて、解剖されている。結果はまだだ」

日吉は順序よく事実だけを説明した。松川もそれを黙って聞いている。

パイプ椅子に座り、目を瞑《つむ》って日吉の説明が終わるのを待っていた倉本が、後を引き継いで、口を開いた。

「――救急車で搬送中に意識を取り戻した杉岡が、奇妙な囈語《うわごと》を繰り返していたそうや」

「………」

「鬼だ。俺は鬼に喰われそうになったってな」

「まさか、そいつは――」

松川の言いたいことが分かったのか、倉本が頷いて続ける。

「そうや。お前のお友達向きの事件かも知れんっちゅーことや。そしてすでにその友達には連絡が取ってある。もうそろそろここへ到着する頃だろう。お前は彼と連携して独自の捜査を進めろ。お得意の特権を使ってな」

倉本の苦々しい口ぶりに少々苛立った様子で、松川が反論する。

「しかし、まだこっち側の事件と決まったわけではないでしょう？　なら、この段階であいつを呼ばなくても――」

「それはそうや。せやからこっちはこっちで通常の捜査を続ける。お前らはあくまでも念のためや。後になってごちゃごちゃ文句を言われんのはかなわんからな」

「……係長、それは私に通常の捜査をするなということですか？」

詰め寄る松川を、倉本は鼻で笑った。

「通常の捜査？　お前いっつもそんなん無視して勝手にやっとるやないか。今更そんなことでぐずぐず言うな。それにな……現時点で少なくとも二人の死傷者が出とるんは事実や。お前も刑事やったらまずこの事件を解決することを一番に考えろ」

「……分かりました」

納得出来ないまま頭を下げてテントを後にしようとした松川の背中に、倉本が声をかけた。

「松川。俺はまだ正直言うてお前らの立場が分からん。どう割り切ってお前らを扱えばええのか、よう分からんのや。せやけどな、これだけは言えるで。俺は目の前の事件を解決するためやったら何でも使う。それがたとえ俺に理解出来へんヤツでもや。何が何でも事件を解決する、それが刑事のプライドやからな。分かるか？　お前も刑事やったらな、お前の持っとる特権や立場を最大限に利用して、事件を解決することを考えろ。俺らが出来へんことでも、お前やったら出来るんやから。手柄なんぞは誰が立ててもええんや。俺が立ててても、お前が立ててもな。俺はそう思とる。肝心なんは、お前が刑事として、お前の持っとる能力を存分に使《つこ》うとるかどうかや。分かったか。分かったんやったら、さっさとお仲間を迎えに行って来い！」

倉本の怒声に、松川が大きく息を吸い込んだ。

……覚悟を決めたか？

背筋を伸ばす松川の後姿を見つめながら、倉本は考える。

倉本に限らず、長く捜査一課にいる人間は皆、松川が純粋な警察官ではなく、どこかの組織から派遣された人間であることは知っている。

だが、その組織が何であるのか、何のために松川が派遣されているのか、そんなことまでは知らされていない。

もちろん、推測はできる。

そして少なくとも倉本は、自分の推測にある程度の確信を持っている。

が、どのような推測を立てるにせよ、それは推測でしかない。

松川本人に問い質したところで素直に応えるわけがなく、倉本にもそんなつもりは毛頭ない。

だが、どのような事情があるにせよ、捜査一課に配属されている以上、彼は警官なのだ。

倉本はそう思っていた。

……俺は目の前の事件を解決するためやったら何でも使う。何が何でも事件を解決する、それが刑事のプライドやからな。

松川に向けて言い放った言葉は、倉本にとっては、まぎれもない本心だった。

松川が、倉本に背を向けたまま深々と頭を下げ、テントから走り去った。

松川がいなくなったテントでは、倉本が大きく溜息をついていた。

「なんや格好つけ過ぎたか？」

前を向いたまま倉本が日吉に訊ねる。

「いえ、自分も係長と同じ気持ちです」

日吉も姿勢を崩さず応える。

「そうか」

「ほな、この事件を解決するために、俺らも全力で働こか！」

「はい！」

「はい」

松川が再び御影堂門前に出てきたのと、門前に止まったタクシーから春海達が降りてきたのとは、ほぼ同時だった。

「よう。すまんな、面倒をかけて」

松川が片手を挙げて、春海を迎える。

「いえ、構いませんよ。しかし、どういうことです？　この事件ってもしかして……」

「ああ、そうだな。そのもしかして、かも知れん」

「詳しい状況を聞かせていただけますか」

「わかった。だがその前に……」

松川は春海の隣に立っている人物を見た。

「ああ、すみません、紹介が遅れました、こちらは、この度わざわざ高野から来られた、慈舜さんです」

「お初にお目にかかります。慈舜言います。よろしゅう」

慈舜がにかっと笑って挨拶する。

「高野？　このちっこいの、坊主か？　しかしそれにしてはえらく派手な格好だな」

松川は慈舜の頭に手を乗せて、ぐしゃぐしゃと髪を掻き回す。

そんな松川の態度に、慈舜の言葉遣いががらりと変わった。

「ちっこいは余計や、おっさん。それにな、他人の服の趣味のことも放っといてくれや。毎日しみったれた法衣ばっかり着てんねん、たまに街に出てきたときくらい派手にしたいだけや」

松川の手を払い除《の》けながら慈舜が噛み付くように言う。

「おっさんだと。失礼な、これでも俺はまだ四十だ。おっさんじゃない」

「何言うてんねん。立派なおっさんやんか」

「何だと？」

「おっさんにおっさんや言うてどこが悪いねん」

「まだ言うか。あのな、それ以上失礼なことを言うなよ。あんまりしつこいと、温和な俺でも終いに怒るぞ」

「なんぼでも言うたるわ。おっさん、おっさん、おっさん」

「……おい坊主。大人をからかうのもいい加減にしろって言ってるんだよ。仏の顔も三度までって言うだろが。俺を本気で怒らせる前に、その軽口を止めとけ」

「おっ？　おっ？　怒るかおっさん。おっさんみたいなんがなんぼ怒ったところで怖くも何ともないわ」

慈舜のからかいに、松川がついに切れた。今にも殴りかかりそうな勢いで、慈舜に詰め寄る。

「言いやがったなてめえ、もう怒った、堪忍袋《かんにんぶくろ》の緒《お》が切れた、小僧こら、覚悟しろよ」

「へへっ、覚悟すんのはおっさんの方や。やれるもんならやってみい」

殴り合いを始めそうな二人に、春海が仲裁に入る。

「まあまあ、お二人さん。ここは私の顔に免じて収めて下さいよ。ね？　何も喧嘩するために集まったんじゃないんですから。そんなくだらないことで言い合いをしないで」

「ちょっと待て。くだらないとはどういう言い草だ」

「そうや。くだるぞ。俺のプライドが傷つけられたんや。大問題や」

「ああ、もううるさい！　今は事件の話の方が先でしょうが！　これ以上くだらない言い合いが続くんなら、私は帰りますよ」

「おっ、春海が怒った」

「ほんまや。兄ちゃんが怒った。わー、怖ーい」

「まったく、もう」

踵《きびす》を返す春海を、慌てて松川が止める。

「待った待った。そう怒るなよ。ちょっと悪ふざけが過ぎただけじゃねえか。悪かったよ。帰られると俺が困る。事件の話、ちゃんとするから。な？」

春海は足を止めて、松川にくるりと振り向いた。

「本当ですね？」疑わしそうに、春海はじーっと松川の目を睨む。

「ああ」

「事件の話だけを、ちゃんと、真面目にして下さいよ」

「分かってる」

「情けないなあ、おっさん」松川の隣でからかうように笑っている慈舜に、春海からの叱責《しっせき》が飛ぶ。

「慈舜さん。あなたもです。邪魔をするんなら帰ってもらいますよ」

春海の咎《とが》めに慈舜は大袈裟に肩を竦めながら「はーい」と返事をした。

寒さをしのぐため、松川は二人をエアコンの効いたパトカーに案内した。松川が助手席に座り、二人は後部座席に乗り込む。

松川は先ほど聞いたばかりの話を、二人に詳細に伝えた。

二人は出された紙コップのコーヒーを飲みながら、黙って話を聞いた。

パトカーの無線が音を立てたのは、松川の話が終盤に差しかかっていたときだった。

ががっという耳障りなノイズの後、混乱したような甲高い男の声がスピーカーから聞こえてきた。

「こちら北門警備班！　たった今、犯人と思《おぼ》しき人物と偶然接触！　格闘になっております！　取り押さえようとした警官が二名負傷！　あっ！　くそっ！　逃げやがった！　犯人は新町通方面へ逃走！　数人の警官が後を追っています！」

「こちら本部、分かった、すぐに応援を出す、あまり無茶をするな！　各警備班は北門に集合！　六条から五条にかけての一帯を緊急包囲！　急げ！」

倉本が叫んでいる。

辺りがにわかに慌しくなった。

松川も急いで運転席に移り、パトカーを発進させる。

「救急車を北門に回せ！　すぐにだ！　北門警備班、民間人に負傷者はないか確認せよ！　それから犯人の逃走ルートを詳しく話せ！」

「こちら北門警備班！　犯人は下京総合福祉センター横の路地を、北に向かって逃走しました。一般人には、今のところ被害はない模様！」

「こちら犯人を追走しましたが見失いました！　犯人は新町通を横切り、若宮町へと逃走しました！」

「よし、分かった。応援の部隊が到着次第、新町通から西洞院《にしのとういん》通までを封鎖し、包囲しろ！　間違っても民間人に被害が出ないよう、出来る限り避難させるんだ！」

倉本から細かな指示が飛ぶ。

警備に当たっていた警官が総動員され、新町通一帯が完全に包囲された。

「これまでの経緯から、犯人は極めて凶暴性の高い人物であると思われる。見つけても捕まえようとするな！　包囲網から逃がさないことをまず考えろ！　これ以上犠牲者を出してはならん！　いいか！　決して手は出すなよ！　本庁へ機動隊の出動を要請した。彼らが来るまで、我々だけで何とか持ちこたえるんや！」

松川は、無線機の前で顔を真っ赤にしながら指令を出している倉本の姿を想像した。

激昂するとすぐに顔が赤くなるのも、彼が「鬼厳」と呼ばれる所以《ゆえん》のひとつである。

「それから、北門警備班、犯人の特徴を詳細に伝えろ！」

倉本の指示に、即座に北門警備班から応答が入る。

「こちら北門警備班！　犯人は……」

数秒、間が空いた。早く報告しろという倉本の檄《げき》が飛ぶ。

「犯人は……年齢推定二十歳から三十歳、ジーパンに黒っぽいシャツ、裸足。身長百七十センチ以上、性別は男！　一見……一見、鬼のようであります！」

「鬼……だと！」

絶句する倉本の声をパトカーの中に置き去りにして、現場に着いた松川らが車から飛び出してきた。警官の制止を振り切り、包囲網の中へ突っ込んでいく。

「気を付けろよ！　敵は鬼だ！　獰猛さと俊敏さは俺達以上だぞ！　バラバラにならないで、三人一緒に行動するんだ！」

走りながら松川が叫ぶ。

「いいか坊主！　勝手な行動はするなよ！」

「分かってるわ！　ごちゃごちゃやかましいな！」

慈舜は笑いながら大声で応える。何故かとても嬉しそうだ。

「よし、まずはこのビルから捜索する。俺についてくるんだ」

ぎぁあああああ!!

松川が近くのビルに飛び込もうとした瞬間、遠くで悲鳴が聞こえた。

「ちいっ！　あっちか！」

三人は悲鳴がした方角へと再び走り出した。いくつもの路地を曲がり、ただひたすら走る。

上錫屋町《かみすずやちょう》に入り、曲がり角を折れようとしたとき、春海がふと足を止めた。

右の袋小路になっている細い路地を睨む。その奥で、何かが動く気配がしたのだ。

松川と慈舜もそれに気がついたらしい、足を止めてそこを見ている。

「この奥やな」慈舜の小さい呟きに春海がこくりと頷く。

そこは三方を背の高いビルに囲まれた、細い路地だった。おそらく普段はゴミ捨て場として使われているのであろう。饐《す》えたような、嫌な臭いが充満している。

三人は音を立てないよう注意しながら、その路地へと足を踏み入れた。

路地を半分ほど進んだとき、三人は同時に足を止めた。

突き当たりの壁の前に、人影を認めたのだ。

闇に慣れた三人の目はその影を正確に捉えた。赤く鈍い光を放つ炯眼《けいがん》、シャツを破くほど盛り上がる全身の筋肉、捲れあがった唇からは、異常に伸びた犬歯。

それはまさしく鬼だった。

よく見ると、鬼の足元には人間が一人寝転がっていた。先程の悲鳴はその人物が出したのだろう。しかしすでに息をしていないのは見ただけで分かる。若い男だ。逃げ遅れた一般人だろうか。松川がぎりっと歯を軋ませた。

辺りに生ゴミの所為だけではない、生暖かくねっとりとした臭いが漂いだした。

鬼が横たわる死体を持ち上げて、その首筋にがぶりと喰らいついた。

恍惚の表情で、鬼がゆっくりと肉を食《は》む。

「てめえ……！」松川が怒りに顔を歪ませて、喉を震わせた。

一歩足を踏み出した松川を、左隣にいた慈舜が引き止める。

「待ちいや、おっさん。そんなに血圧上げとったら勝てる喧嘩も勝たれへんで。ここは俺に任せとき」

言うが早いか、慈舜は路地の奥に向かって一直線に走り出した。

「お、おい！」

止めようと追いかける松川に、春海が立ちはだかった。

そしてのんびりとした口調で話しかける。

「ま、やりたいようにさせたら良いんじゃないでしょうか。彼なら鬼にもひけを取らないと思いますよ」

「そんなこと言ったってお前……」

二人が言い争っているうちに、慈舜はすでに鬼と間近で対面していた。

両者とも動かず睨み合っている。

すると突然、慈舜が右腕をすうっと持ち上げ、人差し指を鬼に向けて突き出した。

「鬼よ！　その身を醜く歪ませ、人の肉を喰らう鬼よ！　汝はその凶状の果てに何を望まんや！　汝にまだ人としての心根が残っているならば、今この場で自ら命を断たれよ！　さもなくば、この慈舜、力の限りを以て汝の因果を断ち、その身を滅ぼさん！」

大上段に構えて見得を切る慈舜を、松川は啞然として眺めた。

「……何なんだ、何を考えているんだ、あいつは。大丈夫か？」

ぐるっ！　ががががああ‼

慈舜の口上に応えるように、鬼が吼《ほ》えた。それはもうすでに、人間の声ではなかった。

叫びながら、鬼が慈舜に襲いかかった。抱えていた死体を慈舜に向かって投げつける。

受け止めようと慈舜が一瞬気を逸《そ》らした瞬間、鬼が慈舜との距離を詰め、右腕を振り下ろした。凄まじいまでの殺気のこもった攻撃だった。薙ぎ払うように腕を振り回し、慈舜を捕まえようとする。

「あさましや、人ならぬ汝よ。かくなれば、我が汝の悪《あ》しき輪廻《りんね》の輪を断ち切ろうぞ！」

慈舜は鬼の腕をかいくぐり、密着しそうなほど体を近付けた。

次の瞬間、鬼の体が後ろへ吹っ飛び、壁に激突した。双掌《そうしょう》と呼ばれる技である。両手の平で相手の腹部を打ち据えたのだ。

「むっ！」

驚いたように首を振りながら立ち上がる鬼を見て、慈舜が低く呟く。

「思ったより発勁《はっけい》も効かへんな。やっぱり鬼は、普通の攻撃じゃあかんということか」

再び鬼が慈舜を捕まえようと暴れまわる。そのスピードは、わずかに慈舜を上回っているように見える。ぎりぎりのところで攻撃を躱す慈舜だが、それでも徐々に後退している。

横殴りに振り出された左拳を、スウェーバックで避けたときだった。

慈舜の背中が、どんと後ろの壁に当たった。動きが一瞬止まる。

その隙を鬼は見逃さなかった。右手で慈舜の首を摑み、壁に押し付けたまま彼を持ち上げた。もの凄い力で締め付けられているのだろう、げはっと慈舜の喉から空気が搾《しぼ》り出され、顔が見る見る赤黒く膨れ上がる。

「馬鹿っ！　格好つけて油断するからだ！」

慈舜のもとに駆け寄ろうとする松川の腕を、春海が摑んで再び引き止めた。

「何故だ！　何故止める！　早く助けないとあいつは死んじまうぞ！」

摑まれた腕を振り払いながら叫ぶ松川に、春海が静かに応える。

「大丈夫ですよ。彼の実力はあんなものじゃありません。むしろ、ここからが本番です」

「しかし……」

「そんなに心配しなくても、彼の反撃はすぐに始まりますよ。逃さずに見ておかないと」

必死の表情で睨んでいる松川に、「ほら」と春海が涼しい顔で促した。

慌てて振り返った松川は、信じられない光景を見た。

慈舜が、首を絞められたまま、両足を使ってじりじりと背中の壁を登っているのだ。

「何をやってるんだ！　そんなことをしたら、余計に苦しいだろうが！」

松川の言う通りだった。

慈舜にしてみれば、鬼が力を向けている方向、すなわち上方へと逃れることでその力のベクトルを逸らそうとしているのかも知れないが、それは全くの思い違いである。壁をよじ登ればその分だけ、絞められている首に自身の体重が上乗せされ、かえって苦しくなるだけだ。

「おお」春海が呑気な声を上げる。

「これぞまさしく、自分で自分の首を絞める、という状態ですね」

「つまらんことを言ってる場合か！」松川の叱咤《しった》が飛ぶ。

「もう知らん！　お前が何と言おうと俺はあいつを助けに行くからな！」

鬼に向かって体当たりでも食らわそうかとするような勢いで走り出した松川は、しかし途中で足を止めた。顔が驚愕と絶望に歪む。

慈舜が、両足だけで体を支えているような体勢になっていた。限界まで壁を登り続けた結果であろう。壁が地面になり、真横になったまま、そこで屈伸をしているような姿勢になってしまっていた。

それは事態が深刻な状況に極まったことを意味しているように松川には見えた。

赤く膨れていた慈舜の顔が、いつの間にか紫色になっていた。

「小僧！」

松川の叫び声に、紫色に落ち込んだ慈舜の両瞼がかっと見開いた。

慈舜がありったけの力を振り絞って、縮めていた足を伸ばした。壁を蹴ったのである。

慈舜の体が半円を描くように空中を舞った。しかしまだ首は摑まれたままである。慈舜が飛んだというより、鬼が慈舜を持ち上げたというような形になった。

事実、鬼は慈舜の首を摑んだまま、回転する慈舜の体を止めた。片腕で彼の体重を支えている。あわよくば鬼の背後に着地しようとした慈舜の行動を、文字通り力ずくで阻止したのだ。慈舜は今、鬼に持ち上げられた大きなボールのようになっていた。

慈舜の反撃がそれ以上続かないことを確認したのか、鬼がグロテスクに笑った。

「小僧おおおお！」松川の悲痛な叫びが細長い路地に反響する。

しかし次の瞬間、松川は何故慈舜がひとりで闘うことを買って出たのか、そして何故春海が悠然と構えていられるのか、それらの理由を一度に知ることになった。

それは慈舜の天才を実感した瞬間でもあった。

鬼が再び壁に彼の体をぶち当てようと慈舜を振り上

げた、そのとき。

慈舜が自分の首を絞めている鬼の腕を摑み、足を上空へ伸ばした。ちょうど倒立したような格好である。一瞬その体勢で止まったかと思うと、かああああっ、と慈舜の喉から鋭い呼気が走った。合気だ。同時に伸ばした足を縮めながら体を丸めた。そして壁にぶつけようとする鬼の顔面に、強烈な右膝を入れた。

壁にぶつかると思った慈舜の体が、そのすれすれのところで止まっていた。鬼がその動きを止めたのだ。慈舜はっと慈舜が息を吐いた。首を絞めていた鬼の腕から力が抜けたのだろう。鬼がそのままがくりと地面に膝をついた。

しかし慈舜の攻撃はそれで終わりではなかった。倒れかかる鬼の腕に絡みついたまま、慈舜は右足を鬼の肩と頭部の間に差し入れ、両足の太腿で鬼の頭部を挟んだ。そしてそこを支点にしてぐるりと腕を背中へ回す。めしり、と嫌な音がして鬼の腕と首がありえない角度に曲がった。肩と首の関節を同時にはずしたのだ。

ぐおうああ、ぐるぎいいい、獣のうなり声を上げながら、鬼が地面に倒れた。

鬼の腕を離し、飛び退いて鬼から距離を取った慈舜も、その場にへたり込んだ。

ぜいぜいと肩で息をしている。

松川はそんな慈舜を啞然と見つめていた。

言葉を出そうとしても、出なかった。

信じられなかった。あの状態から反撃できる気力、朦朧《もうろう》としているであろう意識の中でも、的確に相手の急所である眉間《みけん》に膝を入れることの出来る格闘センス、そして止《とど》めとばかりに繰り出した首と肩を同時に極《き》める体術。慈舜の持つそれらの常人離れした能力に、松川は心底驚き——そして感動していた。

慈舜が松川に向かって親指を立ててにかっと笑った。

「ばっ、馬鹿野郎！　余裕見せてんじゃねえぞ！　危なかったじゃねえか！」

慈舜に走り寄り、肩を貸してやる。

さすがの慈舜にもすでに動く力は残っていないよう

だった。松川が横から支えてやらなければ、今にもその場に崩れ落ちそうである。

よく見ると、慈舜の首にはぞっとするような痣《あざ》が出来ていた。鬼の手の痕である。爪が喰い込んでいたのか、皮膚が所々裂け、肉が見えている。

慈舜を抱きかかえながら、松川は春海の待つ方へゆっくりと歩いた。

春海はそんな二人を笑って眺めている。

——全く呑気なヤツだな。

苦笑しながら見返す松川は、春海が突然驚いた顔になったことに気がついた。

「何だ？」

春海の視線につられて後ろを振り返った松川は、そこに立ち上がって今にも襲いかかってきそうな鬼の姿を認めた。

「くそっ！」

慈舜を抱えたまま、松川は慌てて左横に飛び退いた。

今まで二人がいた場所を、鬼が颶風《ぐふう》のように襲った。

地面に転がる二人を、首を曲げたまま鬼が睨む。凄まじいまでの生命力である。

その目は激しい怒りの所為で、より赤く炯々《けいけい》と燃えていた。

「やれやれ。今度は俺の出番か」

慈舜を降ろしながら松川が呟く。

「いいか、小僧、お前はここにいろ。止《とど》めはおれが刺す」

慈舜は荒い呼吸を繰り返しながら松川を見た。どうやら悪態をつく元気もないらしい。

松川が立ち上がり、鬼と対峙《たいじ》した。

その距離およそ一メートル。

ちょっと腕を伸ばせば触れる近さである。

先に動いたのは鬼の方だった。

喉を鳴らし、涎《よだれ》を振り撒きながら松川に襲いかかる。

しかし松川は鬼の攻撃を難なく避けた。

スピードが明らかに落ちている。

「お前、相当ダメージが溜まっているようだな。誰にやられたんだ？　ん？」

挑発するように松川が叫ぶ。

「どうした？　かかってこいよ！　今度は俺が相手だ！」

鬼の背後に回りこみながら、松川は挑発を続ける。鬼の注意を慈舜から逸らせ、距離を稼ごうとしているのだ。

果たして、鬼は松川の挑発に乗った。左腕をメチャクチャに振り回しながら、松川に突っ込む。

あまり知能が感じられない動きだった。ただ捕まえて肉を喰らいたいという衝動のみで動いているように見える。慈舜との攻防で、微かに残されていた理性すら失ってしまったのだろうか。

そんな動きで捕まえられる松川ではなかった。殴りかかろうとした鬼の目の前で、松川がふとジャンプした。音もない、軽々とした跳躍だった。カシミアのコートが闇にはためく。

鬼を飛び越えながら、松川は奇妙な角度に曲がった頭頂部にぽんと手を当てた。

一瞬痺れたように動きを止めた鬼は、しかし松川の着地を狙って再び攻撃を仕掛ける。

その鬼の攻撃を避けながら、松川は鬼の体に右手を当てていく。

両肩。鳩尾。丹田《たんでん》。喉。眉間。

鬼の攻撃を軽やかに躱しながら、体の各所に触れている松川の姿は、まるでダンスを踊っているかのようだった。

優雅、ですらある。

ただ触っているだけのように見えるが、松川が手を当てる度、鬼の動きは確実に鈍くなっている。松川が急所に気を当てているのだ。何度かの攻防の末、松川がすっと鬼の背中に回り、どんと腰を突いた。

直後、鬼がまるで糸の切れた操り人形のように地面に崩れ落ちた。

「これだけ急所に聖気をくらったら、さすがのお前でもだめだろ。意識はあっても体が動かなくなる」

びくびくと痙攣《けいれん》する鬼から目を離し、松川は春海らを振り返った。

「終わったぞ」

松川は懐から無線機を取り出した。本部に、決着がついたと報告する。

そこへ春海と慈舜が集まってきた。慈舜はまだふらついているが、なんとか自力で歩くまでは回復したようだ。

「いやあ、お二人とも、凄いなあ。私なんか鬼って聞いただけで震え上がっちゃいますけど、さすがですねえ」

相変わらずとぼけた口調で春海は松川と慈舜を誉める。

「何言ってやがる。ひとりだけ楽しやがって」

「そうや、誉められても嬉しないわ」

あらら、そうですか、そりゃすみません、などとひとりごちながら、春海は倒れている鬼に近付き、その傍らに屈み込んだ。

「安心して下さい。あなたを殺すことはしません。あなたは人間に戻るんです。必ず私が戻してみせます」

ぴくりとも動かなくなった鬼と、それに話しかける春海を眺めながら、慈舜が松川に囁《ささや》いた。

「おっさんもなかなかやるなあ」その口調には素直な感嘆の響きがあった。

「ああ、お前もな」

ポケットに無線機を仕舞いながら、松川も応える。慈舜が松川に手を差し出した。その手を松川がしっかりと握る。

どちらからともなく忍び笑いが漏れ、それはすぐに大笑いになった。

声を張り上げて笑いあう二人を見て、春海が小さく呟いた。

「……馬鹿が二人に増えた……」

幻神伝

第三章

1

開け放たれた障子の向こうに見えるのは、桃色の庭園だった。

何かの比喩《ひゆ》ではない。庭の一面が全て桃色に統一されているのだ。様式こそ日本庭園のそれであるが、全ての樹という樹、草という草が桃色に染まっている。それも後からペンキか何かで塗られたような不自然な色ではなく、それがあたかも草木達の本来の色であるかのように馴染んで見える。

桃色なのは庭だけではなかった。庭の上方に広がる雲一つない空も、鮮やかなピンク色のグラデーションを描いていた。

そのピンク色の空に、巨大な球体がくっきりと浮かんでいる。

月ではない。

その証拠に、その球体は五つもある。

奇妙な空間だった。

あらゆる物理現象を完全に無視した、悪夢の中の風景。

見る者の脳に直接不快感を植え付け、美意識や価値観を歪ませ、胸をむかつかせる景色。

常人ならその風景を数秒眺めただけで、襲ってくる吐き気に抵抗できなくなるのではないだろうか。

しかし今、和室からその庭を眺めている二人には、そんな現象は微塵《みじん》も起こっていないようだった。

二人とも、平然とその風景を眺めている。

いや、それどころかむしろ和《なご》んでいるようにすら見える。

下座に座っているのは、勘解由小路春海だった。相変わらず黒尽くめの服装である。

顔色が普段よりよく見えるのは、庭から入ってくるピンクの光が反射している所為だろうか。

春海の目の前に座っているのは、老婆である。

二人は三十畳ほどの日本間に、向かい合って座っている。

茫洋と捉えどころのない春海に対して、老婆は、そこにそうしているだけで相手を威圧するような、無言の迫力がある。

「……で、どうでしたか？」

長い沈黙の後、春海がぼそりと呟いた。目はまだ庭に向けたままである。

春海はその老婆の迫力を少しも気にしていないようだ。

老婆はじろりと春海をひと睨みしてから、ゆっくりと口を開いた。

「……どう、とは？　何がじゃ？」

老婆は焦《じ》らすように、手にしているキセルの灰を、ぽんと火鉢の中に落とす。

「ですから、先日からお預けしている、鬼の容態のことなんですけど……」

春海は桃色の庭から、老婆へ視線を移した。

東本願寺の管理人が鬼に襲われた事件から、一週間が過ぎていた。

春海らにとっては多忙を極めた一週間だった。

東本願寺の鬼の事件を皮切りに、鬼が関係する事件が立て続けに六件も起こったのだ。

鬼による被害者はすでに二十名を超えていた。

警察はそれらの事件を、大がかりな強盗集団の犯行の可能性がある、と発表していた。警察としては、そう言わざるを得ないだろう。間違っても、人外の者――鬼による犯行などということは公には出来ない。

だが京都市民にとっては、それが鬼の犯行だろうが強盗集団の犯行だろうが、同じことだった。一貫した動機も脈絡も見当たらない、無差別に発生する一連の事件に、そこに住む人々は容易《たやす》く恐慌に陥った。

夜ともなると街から人影が一切なくなり、人々は家から一歩も出ない生活を送るようになった。飲み屋のネオンが次々と消え、タクシーは姿を見せなくなった。旅行社へのキャンセルも相次ぎ、京都を訪れる観光客の数が激減した。

しかし、そんな人々を嘲笑うかのように、鬼による犯行は続いた。彼らは家の中で怯えながら眠れない夜を過ごす一般市民を次々と襲撃した。

警察は完全に後手に回っていた。何しろ、鬼達が襲撃する場所も、時間も分からないのだ。後手に回ってしまうのは当然だった。

春海達も警察と連携を取りながら独自の捜索をしていたが、捕獲出来た鬼は、東本願寺の鬼を加えても三体だけだった。事件の発生率から推し量ると、少なくともその倍はいると考えなければならなかった。

春海は捕らえた鬼達を、目の前にいる老婆に預けていた。もちろん、人間に戻すためにである。

くくっ、と老婆は喉の奥を鳴らして笑った。

「安心せい、我を誰だと思うておる。三人とも人に戻しておいたわ」

「本当ですか！」

「我が嘘を言う必要があるかえ？　それとも、我を信用しておらんということかの？」

「いえ、決してそんなことは……あ、有難うございます」

深々と頭を下げる春海を、老婆は妖しく笑いながら眺めている。

春海は居心地悪そうに姿勢を正した。さすがの春海も、この得体の知れない老婆が少し苦手のようである。

老婆は鮮やかな鴇色《ときいろ》の着物を着ていた。それも、振袖である。

黒々と輝く髪は肩の辺りで綺麗に切り揃えられている。

一見、十代の女の子のようだが、その艶のある髪の下からは、過ごして来た時の長さを克明に物語る皺だらけの顔が覗いている。

その姿は滑稽を通り越して、不気味ですらあった。

春海が頭を上げて老婆を見た。

「御前《ごぜん》」

春海の呼びかけに、老婆は大仰に顔をしかめた。

「その呼び方はよせと、何度も言うておろうが。静流《しずる》で良い」

「は？　いや、しかしそういうわけには……」

　春海は居心地悪そうにひとつ空咳をしてから続ける。

「……それで、その三人は今どこに？」

「奥の部屋で静かに眠っておるわ。あと二、三日は目を覚まさんじゃろうな。あれだけ急激な変形《へんぎょう》を遂げたのじゃ、無理もないとは思うがの」

「そうですか……」

「心配せずとも、目を覚ましたら呼んでやるわ。もっとも目覚めた途端に狂い死にするかも知れんが」

「えっ……！」

「驚くことではあるまい。鬼になったとは言うても、奴らは完全に鬼になったわけではない。肉体が変形し、本能的欲望が暴走した状態になっただけじゃ。そうでなければ我にも元に戻せなかったじゃろうがな。そしてそれはつまり、奴らは鬼になったときの記憶も有してるかも知れんということじゃ。人を殺し、その肉を喰ろうておるときの記憶が、ちゃんとこの中に――」

　老婆は自分のこめかみをとんとんと叩いた。「残っておるのなら、意識が戻った途端、発狂してもおかしくはないじゃろうて。一応、その記憶を封印する暗示はかけておいたがの、その強烈な記憶が後々奴らの精神にどのような影響を及ぼすのか、それればかりは我にも分からん」

「そう……ですか……」

　老婆の言葉に落胆を隠せない春海だったが、それを振り切るようにふと顔を上げた。

「あの、彼らを見せていただけませんか？　少しの間で良いですから」

　怪訝な顔をする老婆に春海は言葉を重ねた。

「実は、私の依頼人の関係者が、彼らの中にいるかも知れないんです。お願いします」

　再び頭を下げる春海に、老婆は立ち上がって応えた。

「ついて参れ」

　廊下は、一片の光も差し込まない、暗闇だった。

老婆はその暗闇の中をためらいもせず歩いて行く。速い。春海は、ともすれば闇の中に溶けて見失ってしまいそうになる老婆の後姿を、必死で追いかけなければならなかった。

いつまで歩き続けるんだろうと春海が不思議に思い始めたとき、老婆が唐突に歩みを止めた。驚いて立ち止まる春海に、老婆が振り返る。「ここじゃ」

音もなく開いた襖の奥の部屋には、さらに濃い暗闇の中で三人の人間が横たわっていた。

春海は目を凝らして部屋の様子を眺めた。畳敷きの狭い部屋である。家具どころか治療道具と思われるものも、何ひとつない。

微かに嫌な臭いがする。春海も何度か嗅いだ臭いだ。鬼に変形した人間が放つ、独特の獣臭である。しかしそれほど強烈な臭いでもない。彼らが人間に戻っている証拠だろうか。

三人は布団の中で眠っていた。ゆっくりと上下する胸が、彼らが生きていることの唯一の証明だった。

春海は部屋の中に静かに足を踏み入れた。左端の人間の顔を、屈んで覗き見る。

その途端、春海の肩がびくりと震えた。誰に言うでもない呟きが春海の口から漏れる。

「ご老人でしたか……」

左端の人間は、年老いた男性だった。頬の肉が抉《えぐ》られたかと思うほど、痩せこけている。

「そう、そやつは汝が三番目に連れてきた男じゃ。体力的にも精神的にもその男が回復する確率が一番低い」

「そうですか……」

春海は眠る老人の顔を、慈《いつく》しむようにそっと撫で、カメラを取り出し老人の顔を撮影した。言うまでもなく、あとで松川に身元の確認をしてもらうためである。

そして中央の人間に移る。

彼はまだ若い男性だった。二十二、三歳というところだろうか。春海はジャケットのポケットから写真を出し、中央の男と見比べた。次郎から預かってきた、遼一の写真である。そこにはどこかの海を背景に満面の笑みを浮かべている二人の姿が写っている。

　春海は遼一の顔と眠っている男の顔をじっくりと見比べていた。暗い所為でよく見えないのだ。何度も視線を写真と男の顔との間を往復させた後、微かに溜息をついた。

「お目当ての人物ではなかったのかえ？」

　囁くような老婆の声に、春海は首を縦に振って応えた。

　三人目、右端の男についても同様だった。若い男ではあったが、遼一ではなかった。

　春海は悔恨とも焦燥とも安堵ともとれる、複雑な表情で立ち上がった。

　三人の写真を撮ってから、春海は老婆を促し、部屋を後にした。

　真っ暗な廊下を進みながら、春海は老婆に話しかけた。

「……それで、やはり原因はあのドリンク剤ですか？」

　春海は鬼をここにつれてきたとき、同時にドリンク剤の分析も頼んでいたのだ。

　春海の問いに、老婆は前を向いたまま頭を横に振って応えた。

「いや、違うな」

「えっ！」

　驚く春海に老婆が言葉を繋ぐ。

「似てはいるが、違うものじゃ」

　じゃあ、何です？　という春海の問いかけを無視するかのように、老婆はしばらく黙ったまま闇の中を歩いた。そんな状態が数十秒続いただろうか。突然老婆が口を開いた。

「……ウィルスじゃ」

「ウィルス？　……ウィルスってあの……インフルエンザとかエイズとかの、あのウィルスですか？」

「そうじゃ」

「あのアンプルの中には、ウィルスが入っていたんですか？」

「うむ」

「それはまた、いったいどういうような……」

焦《じ》れるように先をせかす春海を一瞥《いちべつ》して、

「汝は、そもそもウィルスというものがどういうものか、知っておるのか？」

「は？」

静流の問いかけに一瞬固まった春海だったが、記憶を手繰るように数秒考えてから応えた。

「……確か、生物とも無生物とも言える中途半端なもので……無害なものも数えれば人間の体内にも日常的に膨大な数で存在しているというようなことしか……」

「ふん。素人の認識ではそのあたりじゃろうな」

「……すみません。勉強不足で」

「まあ良い。それでは、猿でも分かるように説明してやろう」

「はあ……。有難うございます」

ううん、とひとつ咳を落としてから、老婆はしゃべりだした。

2

ウィルスは生物である。しかしそのあり方が、生物としては不完全なのだ。

分裂を繰り返して自己増殖を図るということは出来るのだが、外から栄養分を摂取し、それをエネルギーに変換して活動するということが出来ないのである。子孫は増やそうとするが、食べ物は摂らない、そう言えば分かり易いだろうか。その特性がウィルスを生物と無生物との中間体と呼ばせしめる原因であり、その意味では春海の言ったことも間違いではないのだが、ウィルスが分裂、増殖を行い自己保存する物体である以上、基本的には生物と位置づけなければならないものだ。

しかし、外部から栄養を摂取することも、それをエネルギーに変えることも出来ないウィルスは、いったいどのようにして生命活動を行っているのだろうか。

その解答は「寄生」である。

ウィルスは、自分の好みに合った細胞に「寄生」し、そこから養分をもらって自己増殖活動をするのだ。

その、好みに合う細胞を宿主《しゅくしゅ》細胞と呼ぶのだが、例えば、春海の言ったインフルエンザウィルスの場合なら、その宿主細胞に選ばれるのは咽頭喉頭《いんとうこうとう》細胞や肺細胞などの呼吸器の細胞である。それ以外の細胞には寄生出来ない。そしてそこに腰を下ろして自己増殖をしたウィルスは、やがて咳やくしゃみなどで体外へ放り出され、それが別の人間の体内へと取り込まれてまた繁殖するということになるのだが、それでは、別の人間に取り込まれなかったウィルスはどうなるのかと言えば、実は約二時間ほどで死んでしまうのである。

それがエネルギー変換機能を内部に持たないウィルスの特徴であり、弱点でもあるわけだが、では何故、そのような脆弱《ぜいじゃく》で不完全な生命体が、人間の体内に侵入してきた途端、体内の機能を狂わすほどの脅威になり得るのか。

ウィルスがその性質に合った宿主細胞を選《え》り好みすることは先ほども言った通りだが、それと同じように、人間の体細胞もまた、ウィルスを選ぶのである。

それは体細胞がウィルスの増殖を手伝う働きをするという意味ではなく、ウィルスが体細胞に取り付いても、そのウィルスとの相性が合わなければ、取り付かれた体細胞上ではウィルスは増殖しない、という意味なのだが、インフルエンザウィルスの例で続ければ、インフルエンザウィルスは人間の呼吸器細胞の表面にあるシアル酸という分子にしか結合しない。シアル酸という分子は哺乳類であればすべての種が持っているし、人間の体細胞も呼吸器細胞に限らず全身の細胞が持っているものだが、何故か呼吸器細胞のシアル酸にしか定着しないのである。このような特徴は、インフルエンザウィルスに限らず色々なウィルスも持っていて、例えばエイズウィルスは免疫細胞表面にあるCD

4という蛋白質にのみ結合するし、ポリオウィルスは霊長類しか持たない特定の蛋白質だけに結合する。ウィルスと宿主細胞との間にはそのような特別な結びつきがあるのだが、宿主細胞と結合したウィルスは、自己増殖を始める過程においても、独特の進行の仕方をする。

相性の良い宿主細胞に取り付いたウィルスは、すかさずその細胞の内部に侵入し、自己増殖のための手続きを始める。自分ひとりでは分裂、増殖の力を持たないウィルスは、その手続きの過程で、宿主細胞の遺伝子を利用するのだ。どういうことかと言えば、ウィルスは、自己の遺伝子情報を宿主細胞の遺伝子の一部に転写するのである。

ウィルスの遺伝子情報に書き換えられた宿主細胞の遺伝子は、その核内で次々とウィルスの遺伝子を複製する。複製されたウィルスは核の外に飛び出し、宿主細胞の細胞膜を引き千切るように奪い、それで全身を覆ってから、新たな宿主細胞に取り付くために、細胞

内から出てゆくのだ。

最初の方で「細胞から養分をもらう」と言ったのは、実はこの働きのことである。実際にウィルスが宿主細胞からアミノ酸などの栄養分をもらって動いているということではなく、宿主細胞の遺伝子を書き換え、その細胞の複製機能を利用して自己増殖をしているということなのだ。

ウィルスが、何故体内の機能を狂わせるほどの脅威となるのか、その疑問に対する答えがここでようやく見えてくる。体内の機能が狂うのは、侵入したウィルスそのものが原因であるだけでなく、そのウィルスによって書き換えられた宿主細胞の所為でもあるのだ。遺伝子情報を書き換えられた宿主細胞は、本来担っていたはずの役割を放棄して、死滅するまでウィルスの遺伝子を複製し続ける。

例えば、一個のウィルスが一個の宿主細胞にのみ感染したとしても、その複製機能の能力は凄まじく、一時間のうちに三、四千個まで増えるものもある。増え

たウィルスは新しい宿主細胞に取り付いてまた同じことを繰り返すのだ。

体内に侵入したウィルスは、そのような手続きを経て爆発的に増殖する。

ウィルスに取り付かれ、宿主細胞となってしまった細胞は、ウィルスの増殖に伴って広がり続け、次々に誤作動を引き起こす。

これがウィルス侵入のメカニズムである。

だが一方で、ウィルスに侵入された体細胞も、ウィルスによって遺伝子情報を書き換えられ続け、誤作動を始める細胞が増えてゆくのをただ黙って見ているわけではない。

ウィルスに侵され、誤作動する細胞が出来たことを確認すれば、その宿主細胞ごとウィルスを排除しようとする働きが発動するのである。これを免疫機能と呼ぶのだが、この免疫機能によって、侵入してきたウィルスの種類やその特性が判明し、抗体という対ウィルス撃退物質が生成され、宿主細胞となってしまった体細胞の誤作動やその増殖が最小限に食い止められるのだ。

インフルエンザウィルスが侵入してきたとき、極端な発熱や下痢などに襲われるのは、宿主細胞が誤作動を引き起こすためだけではなく、この免疫機能とウィルスとの間で繰り広げられる、熾烈《しれつ》な闘いの所為でもあるのだ。

だが、さらにここでも問題は起きる。

免疫機能が発動するのは、免疫細胞が体内に異物を確認したときに限られる、ということである。ウィルスやそれに乗っ取られた宿主細胞が、体内でなりふりかまわず暴れまわるからこそ、それが本来体内にいてはいけないものだと認識され、免疫機能が動き出せるのである。

では、体内に侵入したウィルスが、異物として認められない場合はどうなるのか。

その場合、免疫機能は発動せず、ウィルスによって遺伝子情報を書き換えられた宿主細胞も体内に居座り続けることになる。異物として感知されないウィルスは、宿主細胞を使って自己複製をし続け、それに感染する宿主細胞は無限に増え続けてゆくことになる。体内に取り込まれても、異物として認識されないウィルス。

これこそが、アンプルに入っていた溶液の正体なのだった。

おそらくそれは、採取された血液細胞を利用して作られた人工ウィルスであろう。それならば、元々は自分の体細胞と同じものであり、再度体内に取り込まれても異物として感知される可能性はかなり低くなる。

書き換えられる遺伝子情報も、最初は少ない分量にしておき、徐々に増やしてゆけば、宿主細胞に変質する体細胞の誤作動は最小限に抑えられる。

体内に侵入した人工ウィルスは、免疫細胞に気付かれないほど徐々に、しかし確実に宿主細胞を変質させ、ゆっくりと自分の複製を作り出す。

免疫機能によって自分の複製を作り出す。

免疫機能によって排除されないウィルスは、やがて全身に広がり、すべての体細胞の遺伝子情報をわずかな量ずつ書き換える。そこにまた新たな、少し強い効果を持ったウィルスが侵入し、同じことを繰り返す。

こうしてウィルスを取り込み続けていけば、最終的に体細胞はまったく別の体細胞へと変貌してしまう。すべての体細胞が正常に動いていると勘違いしたまま、異物を監視するはずの免疫細胞ですら変質させられ、全身の細胞ははがらりと別の遺伝子に入れ替えられてしまうのだ。

これが、ドリンク剤を摂取することで鬼に変貌してしまうメカニズムの全貌だった。

何ものかによって作られたこの人工ウィルスは、インフルエンザウィルスのように寄生細胞がなければ数時間で死んでしまうような弱いものではなく、少なくとも数日間は生き延びられる強靭なもので、結合する分子は、免疫細胞のひとつであるT細胞である。これには、侵入した際にまず免疫細胞を取り込んでおけば、体細胞の変質がより確実に進められるという作者の意図が明確に感じられる。遺伝子は二本鎖のDNAを持っているが、これも複製を作る際に最もミスが出難《でにく》い形態だからであろう。

――ともあれ。

と、この長い説明を、老婆は自身の感想で締めくくった。

これほどまでに慎重で、かつ大胆な手法によって鬼を作り出そうとしているのじゃ。その執念には何か恐ろしいものを感じるの。おそらく実験体になっている人間もひとりやふたりではあるまい。何十人、いや何百人という数の人間が知らないうちにこのウィルスを飲まされているはずじゃ。そのすべてが鬼に変貌するとは考えられんが、これほどの計画を進めている奴らじゃ。探し出そうとするなら、汝もよほど気を引き締めてかからねばなるまい。下手をすると、その尾さえ摑めずに終わるぞ。

「――分かったかの？」

闇に沈む廊下を静々と歩きながら、老婆が質した。

「……はあ、何となくは」

老婆の後ろを付いて歩く春海が、自信無さそうに応える。

「汝から預かったアンプルに入っていたのは、鬼のDNAを持ったウィルスじゃよ」

老婆の話を咀嚼するかのように何度か頷いたあと、春海は質した。

「……アンプルの正体は、大体ですが、分かりました。つまり、鬼の遺伝子を組み込まれたウィルス溶液を摂取し続けると、体細胞が影響を受けて、徐々に鬼に変わっていくということですよね。でも……」

春海は少し言い淀んだ。老婆は先を促すように黙ったまま歩いている。

「……治りますか？」

春海の問いに、老婆は即答する。

「分からんな」

「……しかし……」

諦めきれないのか、春海は食い下がる。

「鬼になった人間も、人間であったときの記憶は持っているようなのです。人としての記憶が残っているのであれば、人に戻る可能性もあるのでは……」

老婆がちらりと春海に目をやり、応える。

「その鬼になった人間を探し出すのが汝の仕事かえ?」

「……ああ、いえ……それはそうなんですが……」

口ごもる春海に、ふんと鼻を鳴らして、

「汝の言いたいことは分かる。が、そうではない。記憶とは、極論すれば電気信号じゃ。脳内を駆け巡るただの信号なのじゃ。であるからこそ、遺伝子がいくら変質しようとも変わらずに残る。この場合の問題は、その先にあるのじゃ。電気信号として受け取った情報に反応する細胞自体が変えられておるのじゃからな。つまり……」

老婆は数瞬考え込むように視線を闇に漂わせた後、口を開く。

「情報を入力する段階での変換ではなく、処理する段階での変質なのじゃ。たとえば、鬼と、そうでない者が、目の前に人間を見たとする。その場合、人間ならば、その者が同じ人間である、という認識をするが、鬼は、目の前にうまそうな肉の塊がある、とそのような認識をするじゃろうということじゃ。入ってくる情報が同じでも、それを受け取り送り出す神経細胞が変われば認識にそこまでの差異が生じる。遺伝子が書き換えられるというのは、つまりはそういうことじゃ」

老婆の説明に、春海は改めて気が付いたことを口にした。

「……そう言えばその鬼も、自分の肉体が極端に変化していることに、何の疑問も感じていないようでした。それどころか自然にその状態を受け入れているような……」

「当然じゃ。情報を受け取る受容体……神経細胞自体が変わっておるわけじゃからな。犬が四本足で走ることを疑問に思わないように、遺伝子をいじられた鬼が、自らの肉体の変化に疑問を持つわけがない」

「……なるほど……。ではやはり、人間に戻すことは難しいですか……」

独り言のように問う春海に背中を向けたまま、老婆は応える。

「変質する前の体細胞がどこかに残っており、それをウィルスに加工して摂取すれば……つまり、今回の逆をやるわけじゃが……長い時間をかけて元に戻る可能性はあるがの……その可能性もあまり高いとは言えんじゃろう」

「……そうですか……」落ち込む気持ちを振り払うように、春海は話題を変えた。

「――ところで」

何じゃ、と老婆が応える。

「ここで診てもらった人達は、それが原因ではないとおっしゃいました。あのアンプルが原因ではないと。それでは何が原因なんです？」

春海の問いに、老婆は声を上げた。

「おお、そうじゃった。その話をまだしておらなんだな」

頷くと、言葉を選ぶように少し間を置き、

「やつらが鬼に変化させられたのは、ウィルスによって遺伝子を組替える、などという悠長なものではないぞ。もっと単純で、乱暴なものじゃ」

春海が老婆の背中に聞き返す。

「というと？」

「簡単に言えば、虫じゃ」

「ムシ？」

「そう。寄生虫じゃな。顕微鏡で覗けばすぐに分かることじゃが、やつらの頭の中には何万という数の、小さな虫が蠢《うごめ》いておった」

「寄生虫……ですか」

「そうじゃ、〇・一ミリほどの虫が、うねうね動いておったわ」

春海は脳の中を体をよじらせながら泳ぐ無数の虫を想像して、唸った。

「それは……気持ち悪いですねぇ」

春海はうんざりとした顔つきで相槌を打つ。

「その虫は何らかの方法で人の体内に注入され、脳に送られる糖分を栄養にして、脳が制御しているあらゆる機能——ホルモンや感覚の情報処理、果ては記憶まででをも——を徹底的に破壊し、暴走させるのであろう」

「はあ」

「……それにその虫には、もうひとつ大きな特徴がある」

「というと？」

「どうやら虫達は、何ものかの思念によって動かされているようじゃ」

「どういうことでしょうか？」

「詳しく調べてみんことには分からんが、その何ものか……おそらくは虫を植え付けた本人じゃろうが……と虫は、念波のようなもので繋がっておるようなのじゃ」

「？　……とするとですよ……。その本人には、今虫達が、いや虫を植え付けられた人達がどこで何をしているのかということが分かる、ということですか？」

「おそらくな」

「では、この屋敷に連れてこられているということも？」

「ほほっ！」

春海の疑問を老婆は笑い飛ばした。

「我の屋敷がそう簡単に見つけられるものかえ？」

嘲《あざけ》るような軽い口調の裏に、絶大な自負があった。

春海は老婆から放たれた怒気にも似た気配に少々たじろぎながら、無理矢理話題を戻した。

「……しかし、よくそんな脳にびっしり張り付いている虫を取り出せましたね」

白々しいほどの春海の感嘆ぶりに、老婆はころりと気分を変えて、

「ふん、我を誰だと思うておる。原因が分かればあのくらいのもの、赤子の手を捻《ひね》るようなものじゃ」

「……はあ、さすがですね」

「汝も知っていると思うが、気というものは個人によって微妙に違う。波動の周波——質とでもいうようなものがな。その個人の質を見極め、体内にその質と最も異なる気を探すと、今回の鬼達は見事にそれが脳に集中しておった。それはつまり、奴らの脳の中に、本来ならあるはずの無い異物が入り込んでいるということじゃ。そしてそこまで分かればあとは簡単じゃ。奴らの体内に清浄な気を流して、チャクラを活性化させ、脳を虫にとって居心地の悪い場所にしてやれば良い。そして、逃げ場所を求めて一箇所に固まったところを外科的手術でぽんと、取り出してやれば終わりじゃ」

静流は事も無げに言い放った。

が、それは静流が言うほど簡単なことではない。

チャクラとは、人間の体内にあるとされる霊的な器官のことである。

肉体には無数のチャクラがあるとされているが、その中でも最も重要なものが七大チャクラといわれるものである。これは体の中心線に沿って七つあり、これはホルモン腺と密接な繋がりがあるとされている。

頭頂にある、サハスラーラチャクラは松果腺。

眉間のアジナチャクラは脳下垂体。

咽喉のヴィシュダチャクラは甲状腺。

心臓のアナハタチャクラは胸腺。

腹部のマニピュラチャクラは各消化器官。

下腹部のスワディターナチャクラは生殖腺。

尾骶骨のムーラダーラチャクラは脊髄。

とそれぞれに対応する。チャクラはそれぞれが完全な円であり、それが互いに影響しあいながらゆっくりと回転している。縦に並んだ七つの歯車がきっちりと嚙み合って動いているところを想像すれば、分かり易いだろうか。

チャクラを活性化させるというのはつまり、それぞれのチャクラの回転を速めてやるということである。

活性化したチャクラを霊視すれば、体の中心線に沿って七つの大輪の花が開花したように見えるという。チャクラを活性化させるには様々な方法があるが、その中でも代表的なものに「周天法《しゅうてんほう》」というものがある。
これは、まず下腹部にあるスワディターナチャクラに気を一杯に溜め、それを一旦尾骶骨のムーラダーラチャクラに降ろしてから、ひとつひとつのチャクラを通しながら頭頂のサハスラーラチャクラまで押し上げ、またそれをムーラダーラチャクラまで下げる、という運動を繰り返すもので、体内に取り込んだ気でチャクラを回すという方法である。

しかしチャクラを最大限まで回すことに成功したものは、心身の能力が飛躍的に向上し、人としての霊的進化が促進されるとされている。

しかし「周天法」にしても、他のどのような方法にしても、チャクラを回すための最大の条件、というものがある。

それは、回そうとする人間の強固な意志と鍛錬、である。

つまり、チャクラの回し方を知らない人間に対して、外から気を流し込んで無理矢理チャクラを回そうとすると、その人間を肉体的にも精神的にも破壊してしまう危険性があるのだ。

自ら行う場合であってさえ、少し間違えば己を廃人にしてしまうこともあるのだ。それほどの微妙な作業を、外からコントロールしようとするのは、まず不可能と断じても良いはずのことである。

しかし静流は「外から気を与え、チャクラを活性化させる」という普通では考えられない、実行不可能なことをあっさりとやってのけ、しかもそれを、簡単だと言ってのけたのである。

従来のオカルティズムやあらゆる魔術の常識を平然と覆《くつがえ》し、それをあたかも当然のように考えているこの不可思議な屋敷の主人は、やはり並みの人物ではなかった。

「……なるほど」

いつ、どこへ着くとも知れない、漆黒の闇に沈んだ廊下を、ただのんびりと歩きながら、春海は呟いた。

「……しかしそうなると問題は、誰が何のためにこんな手の込んだ真似をしたのかということですね……。

いったい誰が……」

そしてふと足を止め、前にいるはずの老婆へ声をかけた。

「あの……そろそろ最初にいた部屋に着く頃だと思うんですけど……というか、もうすでに行きの倍は歩いてませんか？」

と、突然春海の胸に誰かが抱きついてきた。

それは今まで春海の前を歩いていたはずの静流だった。

驚く春海に一向に頓着することなく、静流は春海の体を撫で回しながら、胸に囁く。

「そのようなことは、どうでも良いではないか……それより……の？」

その声には皺だらけの老婆のものとは思えないような、欲情した色気が充満していた。

突然の老婆の変貌ぶりに、春海はただ呆然と突っ立っている。

ええっと……どういうことでしょうか。遠慮がちに問う春海を無視して、老婆は春海に抱きついている。

その老婆の右手が、春海の股間へと伸びた。

「我は汝を一目見たときから気に入っておったのじゃ」

春海の股間をゆっくりと擦りながら、春海の左手を取り、着物の裾の奥——自分の股間へと導く。

「……汝が欲しくて堪らんのよ」

すると信じられないことに、そこは生暖かく粘ついた液体が溢れていた。

春海の指先が、そのとろりとした液体で濡れる。

ああ——、静流は歓喜と陶酔の声をあげる。

それはすでに、不気味を通り越して、恐ろしいとさえ言える光景だった。

何歳になるか分からない皺だらけの老婆に、襲われそうになっているのだ。

常人なら容易く恐慌に陥り、矢も盾もたまらず逃げ出したくなる状況である。

しかしこの場合の真の恐ろしさは、欲情した老婆に肉体関係を迫られているという、その状況自体にあるのではなかった。

その誘惑に身を委ねてしまっても良いのではないか——。

そんなことを考えさせてしまうような、老婆の悪魔的魅惑。

それによって否応なく喚起され、増幅させられる性欲。

この状況を積極的に受け入れてしまいそうになる、魔力にも似た強烈な色香。

それこそが最も恐ろしいものなのだった。

一寸先も見えない暗闇の中で、全身から仄《ほの》かな燐光を放っているかのような、匂い立つ情欲を静流は発散させていた。

「汝の逞しいモノで、我を貫いておくれ。我はもう我慢出来ぬ。さあ、汝のその熱く昂ぶるモノで、我を痺れさせてくおくれ——」

淫らに息を荒げながら、静流が魅惑《チャーム》の呪文のような、思考を麻痺させる蠱惑《こわく》的な台詞を囁き続ける。

媚道《びどう》という魔術がある。媚とは女性の視線に含まれている性的な魔力のことで、それを増幅させ相手を惑わす術のことを媚道と呼ぶのだが、静流の場合、この媚を、視線からだけではなく、全身から放出させているようであった。

普通のものなら、その媚に触れただけで、頭が痺れ、訳も分からないうちに性欲の虜《とりこ》になってしまうであろうほどの、それは強烈な魔力だった。

静流の、全身を撫で回している左手にも段々と力が入り、揉みしだくような動きになっていた。

右手も春海の股間を責め続けている。よじるように体を密着させ、首筋に唇を押し当て、ねっとりと舐《ねぶ》る。唾液が糸を引き、熱い吐息が耳にかかる。

昂ぶる性欲に身を任せ、欲情の赴くままに春海を挑発する静流。

しかしその静流の動きが、次の瞬間、急に止まった。

春海を襲い続けていた両手の力が緩み、うなじを責めていた唇も感電したかのように離れる。

——何じゃ？

静流は怪訝《けげん》そうに春海を見上げた。

春海は何事もないように、茫洋と前方の暗闇を見つめている。

しかし何かが変わっていた。

目の前の人物が突然別人になってしまったかのような、微かな、しかし確かな違和感。

静流は弾かれるように春海から飛び退いた。

あれほど昂ぶっていた性欲が、嘘のように消えていた。

静流の体が小刻みに震え始めた。

しかし静流の意識はそのことにも気が付かない。驚愕の表情で春海を凝視している。

——突然、雰囲気が変わったようじゃ……いや、そんな生易しいものではない。人格が入れ替わったのか……まるで……まるで、この暗闇よりも深い暗黒が、不意に出現したかのような……。

静流の皺だらけの肌が急激に粟立《あわだ》っていく。

何じゃ、この感じは……。

静流の額から顎にかけて、一筋の汗が糸を引いて流れた。

今さら気が付いた体の震えを止めようと、静流は握った両手に力を込めた。

と、中空を見つめていた春海が、ゆっくりと静流を見た。

「御前、そのようなお戯れはおやめ下さい」

春海が慇懃《いんぎん》な調子で言う。

しかしその言葉には、聞くものを縛り付けるような、底知れない圧力があった。

数分前の春海とは明らかに違う禍々しい気配が、圧倒的な力を持って老婆を締め付けた。

「私のようなものが、御前の眼鏡に適《かな》うはずがありません。それ以上のご冗談は、お互いに無礼になるものと思われますが」

そう言うと、春海は静流を見つめたまま、にたりと笑った。

うむ、と静流は返事をしようとした。が、出来なかった。頭を縦に振った拍子に、潰れたような声が喉の奥で鳴っただけだった。

静流は、春海から発せられる得体の知れない迫力に、心底恐怖を感じてしまっていた。

それほどの春海の豹変ぶりだった。

茫洋とした、どこか頼りなげな青年は、すでにそこにはいなかった。

代わりに、相手を一瞬で死に至らしめるほどの猛毒を孕《はら》んだ、危険な牙を持つ毒蛇がいた。

その毒蛇は、いつ静流を嚙み殺し飲み込もうかと、鎌首を持ち上げて、静流を見つめていた。

――我がこの若僧に気圧されているというのか。

不気味な圧迫感に押し潰されそうになっている静流の脳裏に、ふとある感情が湧きあがった。

――そのようなことは、あってはならぬ。

――我を誰だと思うておる。この桃源郷《とうげんきょう》を統《す》べる、嘉神静流《かがみしずる》ぞ！

――いくら勘解由小路の跡取とはいえ、汝のような若僧に我が怖気《おじけ》づくなどということがあろうはずがない！　あってはならんことじゃ！

静流に理性を取り戻させたのは、その強烈なプライドだった。

彼女にとって他人とは、ただ彼女を楽しませるためだけに存在しているのだった。

人が彼女の意に添うのは、彼女にとっては当たり前のことだった。そうあるべきだ、というのではない。信者から盲目的な崇拝を受ける教祖のように、そうあって当然のことなのだ。

しかしその当然の主従関係が拒絶された今、目の前の男はすでに憎しみの対象でしかなかった。

――汝のようなものは、ただ我の玩具になっておれば良いのじゃ！

もはや身勝手や自己中心的などという言葉は当ては

まらないほどの、純粋な欲望のみに支えられている静流のプライドだった。

しかしその歪んだプライドこそが、彼女を恐怖と混乱から救ったのである。

身じろぎひとつせず、じっと彼女を見つめる春海を、静流はきつい視線で睨み返した。

その瞳には、憎しみと恨みが存分に込められていた。

――おのれ！　我に恥をかかせおって！　我が他人に怯えるなど、屈辱じゃ！　この上ない恥じゃ！

憎しみの視線に乗せて、侮蔑の言葉を投げかけようとしたとき、静流は春海の変化に気付き、口をつぐんだ。

春海の体が、淡い光を放ち出したのだ。

それは見る間に強くなる。

漆黒の闇に、春海の体が光り輝いて浮かんでいるように見えた。

やがてその光に色が付き始めた。

緑色である。

全身を覆っていた光が急に収束した。

左腕に集まっていく。

緑色の光は、それ自体がまるで意志を持つ物体のように、春海の左腕から足元に向かって、すうっと細長く伸びた。

――剣だった。

静流を見つめ続ける春海の顔が、剣からの緑色の光を受け、闇の中に白々と浮かび上がった。

おお……。静流から感嘆とも畏怖《いふ》ともつかない声が漏れた。

呪詛《じゅそ》の言葉を投げつけようとしていた静流の口から、全く違う言葉が流れ出た。

「……何と……美しい……」

それは静流にとってもまったく予想し得ない、無意識のうちに口をついて出た言葉だった。しかし、自分の発した言葉に、彼女の知的好奇心が刺激された。

静流は先ほどまでとは明らかに違う興奮に目を輝かせて、訊いた。

「……それは……何じゃ？」

春海は左腕を上方へと伸ばした。剣が、真っ直ぐ暗黒の天へと突き出される。

「……八《や》握剣《つかのつるぎ》」

静流の両目が驚愕に見開かれた。

わなわなと全身が震える。

「何と……それが……十種神宝《とくさのかんだから》の……！」

慄然と剣を凝視する静流を横目に、春海はついと、左足を一歩前に踏み出し、体を捻りながら剣を右側の空間に振り下ろした。

すると、暗黒の廊下に亀裂が生じた。

剣が通り過ぎた空間に裂け目が入り、その向こう側から、桃色の光が線となって廊下を照らした。その桃色の線は上から次第に大きく太くなり、まるでファスナーが開いていくかのように左右に割れた。

その空間の向こうには、彼らが先ほどまでいた日本間があった。

「……我の結界を……いとも簡単に断つか……。それが顕現世界の最高位にある、アートマ界の力か！」

静流は絶句した。

春海の剣が、静流の作った、輪のように閉じられた迷路的結界を切り裂いたのである。

切り裂かれて開いた空間に、春海は悠然と足を踏み入れた。

静流は、そのあとを慌てて追いかけた。

3

ひっきりなしに鳴り続ける電話とそれに応えている人間の怒号、大勢の人が走り回る足音や、つけっぱなしになっているテレビとラジオから垂れ流されている音で、そのオフィスは台風のような騒々しさだった。

しかしそれもこの場所では日常のことだった。

三階建てのビルの二階のフロアをぶち抜きで使われているこの事務所には、常時二十人から三十人の人間が、それぞれに忙しく動き回っている。

道路に面した窓には大きな文字で「京《きよう》報《ほう》スポーツ新聞社」と書かれていた。

三枝《さえぐさ》祐子《ゆうこ》は社内の喧騒にうんざりしながら、目の前のパソコンの画面を見るとも無く眺めていた。

「おい！　ユウ！　何ぼーっとしてんねや！　原稿は出来たのか！　原稿は！」

窓にある京報スポーツ新聞社という文字の、報の字の前にいる人物が、三枝に向かって怒鳴った。

部長の富岡である。

「はい！　ただいま！」

三枝は苛立った返事を返しながら、出来上がったばかりの記事を部長宛に送信した。

富岡がパソコンの前に座り、三枝の記事を読み始めた。

三枝はその姿をぼんやり見ながら、煙草に火をつけた。

すでに灰皿は、三枝の吸った煙草の吸殻で山盛りである。


——京報スポーツって、何か嫌な名前だよね。

三枝は部長の後ろにでかでかと書かれている社名を見る度にそう思う。

——京報っていうのが、凶報に聞こえるんだ。不吉なんだよ、響きが。

京報スポーツ新聞社は京都の地方新聞である。従業員は、契約社員も含めると百八十二名。地方新聞としては中規模の新聞社で、朝刊と夕刊を毎日発刊している。一面はプロ野球よりも地元にチームがあるサッカーの話題になることが多く、たまに、宇宙人からのメッセージか？　謎の文字盤発見される、などという馬鹿な記事が一面を飾ったりもする。

それ以外のページは、芸能ネタや風俗関係に大部分を占領され、社会部の記事はいつも申し訳程度である。

三枝はその社会部の記者だった。今年で五年目である。

本当はこんな地方のゴシップ紙になど入社したくなかったのだ。だが、手当たり次第受けた大手の新聞社はことごとく不採用で、唯一受かったのがこの京報スポーツだったのだから仕方が無かった。

――こうなったら、サッカーの取材か何かで、男前で金持ちのスポーツ選手を捕まえて、さっさと結婚退社でもするしかないわ。

そんなことを思いながら勤務し始めた三枝だったが、その野望も、研修が終わって社会部に配属になった時点で、泡と消えてしまった。

社会部ではスポーツ選手と知り合う機会など皆無だった。

しかしだからといって、社内恋愛などまっぴらごめんだった。

こんな三流のタブロイド紙の社員なんか、下品で低俗な人間しかいないと思っていた。

そんな気持ちが態度に出るのだろう、珍しい女子社員として最初はちやほやされていた三枝も、近頃は妙に浮いた存在になっていた。

関東で生まれ育った三枝には、この京都には親しい友人もいない。

京都弁も、ここに住む人々の独特の人間性も、習慣も、何年経っても馴染めない。

部長を含め、社員は馬鹿な連中ばかりだし、社会部の不当に軽い扱いも気に入らない。

そんな不満だらけの生活が、しかしもう五年も続いていた。

三枝も気が付けば二十七歳になっていた。

――そろそろ辞めどきかしら。

何度か真剣に考えた。

だが、辞めるための口実も、その口実を捏造《ねつぞう》するほどのやる気もないまま、だらだらと時間だけが流れる生活だった。

「ユウ！　何やこれは！　ふやけた記事書いてんやないぞ！　使い物にならんやないか！」

部長から檄《げき》が飛ぶ。

「はい、書き直します！」そう応えて、三枝は煙草を灰皿にすり潰した。

そんなやる気の出ない三枝に、最近ちょっとした変化が訪れていた。

きっかけはひとつの事件だった。

「東本願寺の鬼」と名付けたその事件が起こったのは、今日から七日前のことだった。

事件を取材していた三枝は、その過程で数度、不可解な証言を聞いた。

警察の公式発表とは裏腹に、関係者の口からは、鬼という言葉が何度も聞かれたのだ。

三枝は早速それを記事にした。その記事を読んだ富岡は、三枝に引き続きこの事件を担当せよと命じ、社会部を増員させた。その記事は三枝にとって初めての一面記事になった。

「イメージの刷新や！　部数倍増や！」という富岡の号令が響き渡り、三枝はチーフに任命された。

それから一週間が過ぎた。

この一週間で三枝を囲む環境ががらりと変わっていた。まず個人的には、チーフになって極端に忙しくなった。自分の記事だけでも手一杯だったのに、他の記者の記事の校正や添削もしなければならなくなった。その所為で三枝はここ二日ほど風呂にも入れずにいた。家に帰っても、何も出来ずにベッドに倒れこんでしまうのだ。疲労と、それを隠すための濃い化粧で、三枝の肌はぼろぼろだった。セミロングで軽くウェーブのかかった髪も、煙草の脂《やに》の所為で臭い。

しかし変わったのは彼女の生活だけではなかった。

この七日間で、京都の街全体が変わってしまっていた。

街から観光客がいなくなった。毎日朝まで騒がしかった飲み屋街の店も、次々とその灯りを消した。

深夜、家までの道を歩いていると、街全体が死んでしまったことを実感した。所々にある二十四時間営業のコンビニの光が、余計に街を侘《わび》しく見せていた。

いつの間にか、街には、不気味で不穏な空気が充満してしまっていた。

べとべとになっている髪の毛を掻き毟《むし》りながら、三枝はダメだしをくらった記事を読み返した。

今回も鬼関係の記事だった。

東本願寺の事件を皮切りに、今日までで、実に六件もの類似の事件が発生していた。

警察は大がかりな強盗集団の犯行という見解を決して崩さなかったが、三枝は最初からそんなことを少しも信じてはいなかった。それよりも関係者が口を揃えて言う、犯人は鬼だという言葉の方に真実味を感じていた。

しかしそうは言っても、三枝は本気で犯人が鬼であるなどとは考えていなかった。確かに犯行は残忍で容赦が無い。人肉を食べていたという証言があったことからも、犯人が尋常な精神の持ち主ではないことが分かる。しかし、犯人は断じて鬼などではない。犯人はもちろん人間である。鬼に見えるのは犯人がそのように偽装しているからだろう。映画や何かで使われる特殊メイクを利用すれば、そう難しいことではないのではないか。

三枝はそう考え、犯人はそういう特殊な技術を身に付けたパラノイアではないかという方向で記事を書いたのだ。しかしそれらは部長によって悉《ことごと》く却下された。

部長曰く「犯人は鬼だろうが！　鬼にしとけ！　新世紀の京都に突如蘇《よみがえ》った鬼！　目的は復讐か、それとも狂った怨念《おんねん》による無差別大量殺人か！　これで決まりや！」

今回の記事も書き直しを覚悟の上で書いたものだった。

部長の指示は到底納得できるものではなかったからだ。

――なにがイメージの刷新よ！　やってることは何も変わらないじゃない！　そんな下らない記事は、芸能人の尻を追っかけてる連中にでも書かせればいいのよ！

三枝はパソコンのキーボードを壊すほどの勢いで叩きながら、怒りもあらわに独り言を呟いていた。腐っても社会部の記者としての意地があった。部長の言いなりに仕事をしたくなかった。しかし、かと言って、部長の富岡に気に入られる記事を書かなければ、新聞に載せることは出来ない。新聞に載らなければ、結局記者として仕事を放棄したのも同然だ。それはそれで、プライドが許さない。

三枝は苛立ちながら原稿に大幅の訂正を加える作業に没頭した。

——本来なら、こんなことをしている場合じゃないのよ。こうしている間にも、事件は新しい展開を見せているかも知れないのに。

三枝を焦らせているのは、京都府警の動きだった。

最近、京都府警の様子がおかしいのだ。記者として頻繁に顔を見せている三枝に、刑事達が急によそよそしくなった。普段親しく話をしている刑事ほど、三枝を敬遠するようになっていた。何かを隠していることは明白だった。それも口が裂けても言えないほどの、重大な何かを。

そして一昨日、そんな刑事達の中でも、特に違った動きをしている人間を見つけたのだ。

大概の刑事の顔を知っている三枝にも、不思議なことに全く面識の無い刑事だった。

一昨日、民間人がまた襲われたとの通報により現場に急行した三枝は、そこで見たのだった。

機動隊によって包囲された区画に、勇敢にも飛び込んでいくひとりの刑事の姿を。

無謀すぎる。とそのとき三枝は思った。相手はおそらく凶暴なパラノイアだ。説得が通じる相手ではないだろう。危険ではないのか。

しかし、その場にいた警官達は誰もその刑事を止めなかった。それどころか、道を開けて敬礼するものまでいた。

三枝はその光景を見て啞然とした。警察は良くも悪くもその巨大な組織力を以て事件を捜査するものだ。その刑事のような、スタンド・プレイは警察という組織が一番嫌うもののはずだった。しかしそのありえないはずの光景が目の前で展開されていた。

何百という警官や機動隊が囲む包囲網の中を、ひとり猛然と突っ走っていく刑事。

——刑事のクセに妙に気障《きざ》な服を着ていたわ。

三枝はそのときの刑事の後姿を思い出す。

——そう言えば、その刑事のあとを追いかけるように、もうひとり走っていったわね。……あれは誰だったのかしら？　どう見てもイカれたパンク野郎にしか見えなかったけれど……。

記事を新たに書き上げて、三枝は富岡に叫ぶ。

「部長！　書き直しました。校正宜しくお願いします！」

そして椅子から立ち上がり、コートを摑む。

コートに腕を通しながら、机の上の写真を見る。その写真は昨日、必死になって写したその刑事の写真だった。

——悪いけど、今日からあなたを張らせてもらうわよ。

三枝は写真に向かって言った。

——あなたを張っていれば、きっと他社を出し抜くスクープが……いいえ、そんなチャチなものじゃなく、一連の事件の真実が見られるはず。私は何としてもそれを手に入れてやるわ！　京都中を私の記事であっと言わせてみせる！

「それでは今から府警に行ってきますんで、あとは頼みます！」

フロア全体に聞こえるように大声でそう言ってから、三枝は部屋を飛び出した。

エレベーターを待つのももどかしく、階段を駆け下りる。

息を弾ませながら、三枝は誰に言うとも無く吼えた。

「さあ、それじゃあ、私のために存分に働いてもらうわよ！　覚悟しておきなさい！　松川秀樹！」

4

京都市東山区。

神社仏閣が密集する京都の地にあって、清水寺《きよみずでら》、建仁寺《けんにんじ》、六波羅蜜寺《ろくはらみつじ》、知恩院《ちおんいん》、八坂《やさか》神社、霊山護国神社《りようぜんごこく》など、その知名度においても数においても他区を圧倒している場所、それがここ、東山区である。

その東山区の北方に円山《まるやま》公園という広大な面積を持った公園がある。この公園周辺の一帯は元々小高い丘であり、知恩院や八坂神社、さらに現在では短大や女子校までをも内包しながら、なおその自然の姿を少しも損なわずに存在している稀有《けう》な場所である。

八坂神社はその丘の西南の端、四条通りの東の終点とぶつかる場所、祇園《ぎおん》と呼ばれる街の東にある。祇園という繁華街のすぐ側にありながら、八坂神社はいつも冷たい静寂に包まれている。訪れる者に、突然どこかの山奥に迷い込んだような錯覚を覚えさせるほどの独特の雰囲気が、この場所にはある。

その屋敷はその八坂神社の本殿の東隣にあった。八坂神社の敷地内である。

大きな屋敷であった。

通常、神社の敷地内にそのような邸宅が建っているなどということはまずあり得ないことである。神社に仕える神官の住居でもすぐ側にはあっても敷地内にはない。それは神社という場所が人外の地であり、神の住まう、汚されざるべき場所であるからだ。

しかしその屋敷は堂々とした風格を持ってそこ――あってはならない場所、あるはずのない場所――に建っていた。まるで自分こそがこの地の主人であると主張しているかのようだった。

しかし奇妙なことにこの屋敷は地図には載っていない。それどころか、写真にも撮られることがない屋敷なのである。

写真には整然と造り上げられた庭が写し出されるだけだ。

さらに不思議なことは、八坂神社にやって来る参拝者達の中には、この屋敷が建っているはずの場所を楽しそうに散策する者さえいるということであった。

彼等にはその屋敷が見えていないのだ。

彼等は屋敷の見事に黒光りする柱にも、行く手を遮る白壁にも気付くことなく、何の苦もなく通り抜ける。そしてその代わりに、目の前に広がる庭園の素晴らしさに目を細めたり、緑の香りを存分に楽しんだりしてそこを後にするのである。

人にその存在を全く知られることがなく、しかし厳然と存在している屋敷。

奇妙な——実に奇妙な屋敷であった。

今、誰もいない八坂神社の庭園に、その見えない屋敷から出てくる一人の男の姿があった。

男が足を踏み出したその一瞬だけ、男の背後に巨大な屋敷が出現した。

しかし次の瞬間、その屋敷はすっと音もなく消え、そこはいつもの庭の風景に戻った。

信じられない現象だった。

もしここに誰か他の人間がいたとしても、果たしてこの光景を現実として受け止められたかどうか。おそらくは無理だろう。目の錯覚だと無理矢理自分を納得させることしか出来ないに違いない。よしんば自分の見たものを信用した人間がいたところで、幽霊屋敷を見たと騒ぎ立てるくらいが関の山ではないだろうか。

ここで行われたことが確たる現実であるという認識が出来る者はきっと誰一人としていないであろう。ましてや男の取った行動を完全に理解する者などいようはずがなかった。

しかしもし、ここにいる者がかなりの力を持った者だったならどうだっただろうか。

つまり、本物の霊能者や、その道に通じ、修行を積んだ者であったなら。

彼等なら、出てくる男の手の平がうっすらと光るのが見えたかも知れない。そして男の行動をぼんやりと理解出来たかも知れない。

則ち、そこには常に結界に護られた屋敷が建っているのだと。

そして男はその結界の力を瞬間的に滞《とどこお》らせ、屋敷から出てきたのだと。

しかし彼等がその男と同じことをして屋敷に足を踏み入れようとしても、それは無駄なことである。

なるほど、彼等の考えは間違ってはいない。確かにこの屋敷の周辺には結界が張られていて、先ほどの男はその結界の輪を少し弛《ゆる》めることで屋敷に出入りすることが出来ているのだ。

しかし考えてみると良い。この屋敷は常人では触れることも出来ず、見ることさえ出来ず、それどころかそこに足を踏み入れる者に対して、あたかも庭を歩いているかのような仮想体験を植え付けるという役目まで果たすほどの結界に護られているのである。

空間を捻《ね》じ曲げることで出来る歪みを利用し、錯覚を現実として見る者に与える結界。

あらゆるものの侵入を拒み続けるためだけに張られた結界。

それが並みの結界であるはずがないのだ。

生半可な人間がその男と同じように空間に手を当てても、何も感じないか、或いは手に火傷をする程度で終わってしまうだろう。

それほど強力な結界なのだった。

そしてその事実は、屋敷から出てきた男の技量を同時に示すものである。

男はその結界をいとも簡単に弱めることが出来るのだ。

強力な結界を、壊すのではなく一瞬ではあるが己と同調させ、その力を弛めることが出来る人間——彼の技量もとっくに人の出来る能力の限界を超えていた。

「桃源郷に棲む妖怪か……」

男はすっかり元に戻っている八坂神社の庭園を振り返りながらそう呟いた。

八坂神社の境内に、結界に護られながら建っているその屋敷は、桃源郷と呼ばれているらしい。

桃源郷とは中国の詩人である陶淵明《とうえんめい》によって書かれた「桃花源記」という書物にある理想郷のことである。そこは様々な草花が年中枯れることなく咲き乱れ、あらゆる天災にも遭遇することなく、豊かな作物と家畜に囲まれながら、人々が平和に暮らしている場所だという。

もちろんこの屋敷が本物の桃源郷であるはずがないが、余人には訪れることさえ許されない、幻の場所であるという共通点故に、そう呼ばれているのだろう。

しかし理想郷であるはずの桃源郷に「棲む」のが「妖怪」であるとはどういうことなのだろうか。

「相変わらず強欲な婆さんだなあ、怖い怖い」

男は苦笑しながら独り言を呟いている。

「いや、一番怖いのはあの凄まじいまでの執念だな……やっぱりここに鬼の治療を頼んだのは間違いだったかなあ、手持ちの札は全部さらけ出しちゃったし、おまけにレイプまでされそうになるし、参ったなあ、ホント」

男はぶつぶつと独り言を呟きながら、参道を歩いている。

黒尽くめの服を着た男――勘解由小路春海である。

春海は事務所までの帰り道を急ぎながら、桃源郷の妖怪――即ち、嘉神静流との会話を反芻《はんすう》した。


「――ここまで言うても、駄目かの？」

静流と春海は、最初にいた日本間に戻っていた。

座っている場所も同じである。

ただ、静流が顔を紅潮させ、身を乗り出すようにして春海に話しかけていることが、先ほどと違うと言えば違う。

静流が、春海にこの屋敷に客分として住んでくれないかと、懇願しているのである。

静流は春海に惚れ込んでしまっていたのだった。

春海の持つ特異な能力にも、もちろんその美貌にも、そして得体の知れない彼の人格にさえ、静流はぞっこんになっていた。

——絶対にこの男を手に入れてみせる。

こうなるとこの老婆はしつこい。

ついさっきまで、同じ男を殺したいほど憎んでいた人物とは思えないくらいの、それは熱烈なラヴ・コールだった。

しかし春海はその提案を固辞し続けていた。

当然である。立場が下僕から客分に少し格上げになっただけで、静流の言っていることは、自分の愛人になれと言っているのと同じことだ。春海には到底承諾出来るはずのないことだった。

しかし静流は勧誘を止めようとはしない。

何度も同じ台詞《せりふ》を繰り返して、春海を口説き落とそうとしている。

その攻勢に痺れを切らしたのか、とうとう春海はひとつの提案を持ち出した。

「——すみません。何度頭を下げられても、私はここに住む気はありません。細々とですが、私も自分の事務所を経営していますし、この街を護るという責任もあります。今も、京都中を震え上がらせている鬼のことで手一杯ですし……とてもここに住まわせていただくような余裕はありません。残念ですが」

そこまで言うと、春海は軽く咳をして間を作り、

「……そこでですね、ひとつ提案というか、お願いなんですけど……。鬼以外に、この京都にもうひとつ、面白い事件が発生しています。その情報をお伝えする代わりに、今日はここをひとまず退座させていただくということにさせてもらえませんでしょうか？」

春海の言葉に、静流の眉がぴくりと動いた。

この老婆、あらゆるものに対する執着が極端に旺盛だが、それは好奇心においても例外ではなかった。面白い事件と聞かされて、食指が動かぬはずがない。

「面白い事件とな？」

「はい」

「何じゃ？」

「……ええっと、それは、話したら帰れるという確約をもらってからですね……」

春海の台詞に、静流は鼻白むように眉間に皺を寄せた。

「ふん……まあ、よいわ。今日のところは勘弁してやろうかの。約束じゃ、その話が面白ければ、汝を帰してやるわ。……それで？　面白い事件とは何じゃ？　話してみよ」

「……はい」

一言返事をしてから、春海は何かを思い出すように目を細めて天井を見上げた。

少しの沈黙のあと、おもむろに口を開いた。

「実はですね……」

春海は一週間前に、松川から聞いた事件を語りだした。

「ちょうど一週間前、朝早くに四明岳の、あー、鳩ヶ谷だったかな、変な名前の場所ですね――そこで奇妙な死体が発見されたと言うんです」

「奇妙な死体？」

「ええ、若い女性の死体らしいんですが、なんでも体の後ろ半分の皮を、腰の辺りから、べりっと剝がされた死体だっていうんですよね」

「背中の皮を？」

「そうです。それもまだ生きているときに剝いだ痕跡があるっていうことで、これは何か呪法を施された死体ではないかって……」

「ふむ。なるほどの……それで？」

「はあ、まあ、それが面白い情報、ということなんですが……」

「ふん、その事件のことを訊ねておるのではないわ。汝はそれをどう見るのじゃ？　それを聞いておるのじゃ」

「ああ……えと、そうですね……生剝《いけはぎ》と逆剝《さかはぎ》を同時に狙ったものではないかとは思いますが……」

春海はそう言って、不愉快そうに顔を顰《しか》めた。

「生剝、逆剝……の……」

春海の言葉に、静流は不審そうに眉を寄せた。

生剝、逆剝とは神道における罪の定義の中の一つで、「延喜式」の六月《みなづきの》晦《つごもりの》大祓《おおはらえ》の祝詞《のりと》にその記述が見られる。ここでは人が決してしてはならぬこと、即ち、罪が「天《あま》つ罪《つみ》」と「国《くに》つ罪《つみ》」の二つに分けて説明されている。

（前略）安国《やすくに》ト平《たひら》ケク所知食《しろしめさ》ム国中《くぬち》ニ、成出《なりいで》ム天之《あめの》益人等《ますひとら》ガ過《あやまちをかし》犯ケム雑々《くさぐさの》事罪《つみこと》ハ、天津《あまつ》罪《つみ》ト、畔放《あなはち》・溝埋《みぞうみ》・樋《ひ》放《はなち》・頻蒔《しきまき》・串刺《くしさし》・生剝《いけはぎ》・逆剝《さかはぎ》・屎戸《くそへ》、許許《ここ》太久《だく》ノ罪《つみ》ヲ、天津《あまつ》罪《つみ》ト法別《のりわ》ケテ、国津《くにつ》罪《つみ》ト、生膚断《いきはだたち》・死膚断《しにはだたち》・白人《しろびと》・胡久美《こくみ》・己母犯罪《おのがははをかせるつみ》・己子犯罪《おのがこをかせるつみ》・母与子犯罪《ははとことをかせるつみ》・子与母犯罪《ことははとをかせるつみ》・畜犯罪《けものをかせるつみ》・昆虫《はふむし》ノ災《わざはひ》・高津神《たかつかみ》ノ災《わざはひ》・高津《たかつ》鳥《とりの》災《わざはひ》・畜仆《けものたふ》シ、蠱物為罪《まじものするつみ》、許《こ》太久《だく》ノ罪出《つみいで》ム。如此出《かくいで》バ、天津宮事《あまつみやこと》以《もち》テ、大中臣《おおなかとみ》、天津金木《あまつかなぎ》ヲ、本打切末打断《もとうちきりすゑうちたち》テ、千座置座《ちくらのおきくら》ニ置足《おきたら》ハシテ、天津菅曾《あまつすがそ》ヲ、本刈断末刈切《もとかりたちすゑかりきり》テ、八針《やはり》ニ取辟《とりさき》テ、天《あま》津《つ》祝詞《のりと》ノ太祝詞事《ふとのりとごと》ヲ宣《の》レ（後略）

（訳）この平安な国内に、多くの人々が過ち犯すであろう種々の罪は、高天原《たかまがはら》にあった罪として、田の畔・溝・木製水路の破壊、種を重ねて蒔くこと、他人の田に棒をさし立てて横領すること、生きたまま動物の皮を剝ぐこと、汚物を撒き散らすことなどである。地上で起こった罪としては人を傷害し、殺して遺体を損壊すること、ある種の病気、自分の母を犯す罪、自分の娘を犯す罪、ある女性とその娘を犯す罪、ある女性とその母を犯す罪、家畜を犯す罪、蛇やムカデなどの災難、雷の災難、鳥の災難、人の家畜を殺すこと、人を呪うことなどである。

これら多くの罪が起こってきたならば、神聖な朝廷の行事として、大中臣の者は、堅い木を切ってたくさんの台に載せ満たし、清浄な菅を刈ってたくさんに撒き散らすという祭儀によって、穢《けが》れを祓《はら》い、神聖な祝詞を唱えよ。

（岩波書店　日本古典文学大系「古事記　祝詞」／角川

選書　神道用語の基礎知識　より抜粋）

生剝、逆剝はこの中の天津罪——つまり高天原における罪の中に挙げられているものであり、神話において素戔嗚尊《すさのおのみこと》が高天原で犯した罪に基づいている。祝詞にある通り、この二つの罪は生きたまま動物の皮を剝ぐことであり、特に逆剝については多分に呪術的要素が濃く、あらゆる秘術に利用されてきたようである。

皮を生きたまま剝ぐことによって、その動物の恨みや苦痛——断末魔のエネルギーを利用出来ると信じられてきたのだ。生贄としては馬や犬などが用いられてきたらしいが、ときには人間を使うこともあったという。言うまでもなく、人間は他の動物を圧倒して思念のエネルギーが強いからだ。さらに同種族殺しという禁忌の中の禁忌をあえて侵すということにおいても、生きた人間の皮を剝ぐということは、秘術を行う者にとっては最高にして究極の手段であった。

「……生剝、逆剝か。現代においてその儀法を知る者が多くいるとは思えんが——しかし、死体があった場所が四明岳だと言うたの。彼処《あそこ》は叡山の山じゃ、もし逆剝をなにかの呪法に使おうとするものがいるとするなら、其奴《そやつ》は余ほどの強い力を欲しているやも知れんな。……其奴に心当たりは？」

「いえ、未だなにも……松川さん達——ああ、これは知り合いの刑事ですが——も鬼のことで忙しいみたいですし、捜査はあまり進展していないようです。——しかし今のご時世は空前のオカルト・ブームですからね。怪しい本が巷に出回っています。その中に天津罪について書かれている物があっても不思議ではないし、興味本位で、或いは悪戯でそれを実行しようとするものがいるかも知れません」

「悪戯で人を殺すかの」

「分かりませんよ、今の若者は怖いですからねえ。想像もつかないことを平気でやってのけます……それが宗教がらみだと特にそうですよね。近頃のカルト集団には物騒なものも多いですから」

「世も末じゃの」

この婆さんだけには言われたくないな、などと思いながらも春海は頷く。

「全くです」

「しかし汝は素人の仕業じゃとは思うておらんのだろ。すぐに片の付く話ならわざわざ我に話はせんじゃろが」

「……参ったな、やっぱり分かりますか。でも今の段階ではまだ、何か気になるってだけなんですけど……御前のおっしゃる通り、死体のあった場所が場所なだけにですね……幾ら生剝逆剝の死体でもそれ一体だけで叡山が汚されることはないと思うんですけど、どうも、ねえ」

「まどろっこしいの。はっきり言わんか」

「ええ、何か引っかかるんですよね。死体は松川さん達が発見した一体だけなんだろうかと……それなら助かるんですがね、本当はもっとあるんじゃないでしょうか、発見されていない死体が。あくまでもこれは私の直感に過ぎないんですが、もしこの直感が当たっていればですよ、今回のこの事件は決して素人の悪戯なんかじゃなくて、犯人はやはり相当の知識と実行力を持った人間ということになります。……そしてその場合犯人の目的は一つです。つまり——」

春海は言葉を止めて、ふいに静流の目を見つめた。

普段と変わらない、ぼんやりとしたその視線の中に、少しだが相手を見定めようとする針のような意識が混じっている。

そんな春海の視線には気付いていないのか、静流が春海のあとを引き継ぐ。

「反転的崩壊《フォール・ダウン》——か」

静流がそのたるんだ頰を一瞬震わせた。笑った、のかも知れない。

「——かも知れませんし、そうではないかも知れない。現時点では材料が少なすぎて判断のしようがないんですが」

「じゃが、だとしたら大事じゃぞ。昔ほどの力は失われたとはいえ、叡山は京都の鬼門を守護する重要な山じゃ。その山の呪場が崩壊するとなると……京都は未《み》曾《ぞ》有《う》の混乱に晒されることになる」

「そうですね……」

しかし静流は自分の言葉ほどその事実を真剣に捉えているようではなさそうである。それどころか、面白がっているようにも見える。

春海はそんな静流から顔を外し、開け放たれている障子の向こうに見える庭園をぼんやりと見返した。

春海の視線につられるように、静流も庭の方に顔を向けた。

静流は庭を眺めたまましゃべりだした。

「……なるほどの。確かに面白そうな情報じゃ。今日のところはそれを土産ということにして、許してやるわ」

春海がほっとしたように応える。

「有難うございます」

「しかし、その代わり、と言っては何じゃが、ひとつ条件がある」

礼を言い、腰を上げようとした春海がその言葉に動きを止めた。

「その事件に関しては、我の主導によって収拾をつける。それが条件じゃ」

「……は？」

話の先が見えず、とりあえず春海は座り直した。

「汝の話を信用していないというわけではないが、我も独自に調べてみる。それが確かに反転的崩壊であり、我の調べで犯人が誰か分かった場合、そやつの身柄は我が預かる、とそう言っておるのじゃ」

「はあ……」

「無論、汝らが先に犯人を見つけた場合は汝らの好きにすれば良い。じゃが、我は我で動く、汝らに協力はしない。そういうことじゃ」

静流の言葉が予想外だったのだろう、春海は首を傾げて考え込んでいる。

「はっきり言うてやろうか。我はこの京都がどうなろうと構わんのじゃ。汝の話が本当だとして、久しく行われていなかった反転的崩壊を狙う者の犯行じゃとするのなら、むしろ我はそれを見てみたいと思うておるくらいじゃ。退屈しのぎにはもってこいの話ではないか。我とこの屋敷はたとえどんなことがあろうと被害は受けん。結界はそのためにあるのじゃからな。じゃから我は存分に楽しませてもらう。そういうことじゃ。分かるかの？」

どこまでも身勝手な言い分に、春海は当惑している。

「はあ」

「じゃが、汝が今後、我のこの屋敷に住むというのであれば、我も真剣に汝らに協力してやらんでもない。どうじゃ？」

汚い交換条件だ。春海でなくとも呑むものはいないだろう。

「いや、でもそれはちょっと……」

「何の不都合がある？　勘解由小路宗家の跡取りじゃと言うても、一族の血を引く者はすでに汝一人なのであろう？　誰に義理立てする必要もあるまいに」

「それはそうなんですがね……要は僕に、貴女の退屈しのぎのためだけに動く駒になれということでしょ？それはやはり出来ない相談だと……」

さすがに春海もむっとしたのであろう、この男には珍しく刺《とげ》のある言葉を返す。

「くくっ、汝も言うではないか。しかし、ならば我の協力はいらんということじゃな？」

「はあ、残念ですが」

「分かった。じゃが、それならば、もうひとつ条件を加えねばならん」

「……何でしょうか？」

早く帰りたいという気持ちを露骨に表情に出しながら、春海が質した。

「……我を御前と呼ぶな」

「はあ？」

また何かとんでもない無茶な注文を言いつけてくるかと構えていた春海が、その言葉に気の抜けた返事を返した。

「静流と呼べ」

春海を見返しながら、静流は平然と、

「我がこれほど懇願しても、ここには住まない、我の協力もいらない、そう言うのであれば、せめてそれくらいは呑んでくれても良いじゃろうが」

「はあ」

春海は困っている。

「……ですが、では何とお呼びすれば……」

「じゃから言っておろうが。静流と呼べば良い」

「いや、……しかしそれはあまりにも……」

「ならばやはりここから帰さん」

「……分かりました。それでは失礼ですが、ご要望の通り、そう呼ばせていただきます。……静流……殿」

静流はむっとした表情で言い返す。

「それはここにずっと居てくれるという意思表明かの？」

「いえ、すみません、殿はやめます。それでは……静流……嬢？」

上目遣いに顔色を窺う春海に、静流がにんまりと笑って応えた。

どうやら、嬢という呼び方が気に入ったらしい。

ほっとしながら頭を下げる春海に、上機嫌になった静流が言う。

「まあ、今日はこのくらいで許してやるかの。じゃが、気が変わればまたいつでも来るが良いぞ。これでも我は汝のことを気に入っておるのじゃ。汝ほどのものはなかなかおらんからの」

「……はあ、有難うございます。それでは、今回はこの辺で……どうもお邪魔しました」

春海は頭を再び下げた。そして部屋を出ていこうと左手の障子を開けた。

その背中に静流が声をかける。

「——とんだ見当違いで、汝には残念なことじゃったの」

春海は静流に背を向けたまま応えた。

「見当違い？　……いえ、何のことかさっぱり……」

そして春海は後ろ手に障子を閉め、暗く長い廊下へと消えていった。


春海が八坂神社を後に歩き出した頃、屋敷の中では残った静流がほくそ笑んでいた。

「細野、聞いたかえ？」

その声に反応するように、老婆の正面の襖が音もなく開いた。

「はい」

襖の向こうには黒いスーツを着た男が座っていた。どうやら先ほどの春海との会談のときからそこにいたらしい。男は正座し、頭を少し下げた姿勢で言葉少なに応える。

「そうか、それでは何をするかは分かっておるな」

「はい」

「何としてもあの若僧や警察より先に犯人を見つけるのじゃ。五日、いや三日以内に見つけだして来い」

「はい」

「……それにしてもあやつ、なかなかの食わせ者じゃわい。面白い情報を教えると言いながら、逆に、我が犯人ではないかとカマをかけてきよった。じゃがまだまだ甘い。我が反転的崩壊などという面倒なことをすると思ったのであろうかの。何の得もないではないか。そのようなことをせずとも我はすでにこの世を統べる王のひとりであるというのにな」

静流は独り言のようにそう呟いてから、再び細野に指示を出す。

「叡山の坊主共は我が抑えておく。主《ぬし》らは全力で今回の犯人を捜せ。何人使っても良いが、くれぐれも刑事の松川やあの若僧に気付かれぬようにな。若僧に過ぎぬと言うても宗家の跡取りじゃ。油断するでないぞ」

「分かりました」

男は一礼すると、部屋を出ていった。

「くくっ、久しぶりに面白そうな事件じゃわい」

残った老婆は笑いながらそう呟いた。

「ちょうど退屈していたところじゃ。存分に楽しませてもらうぞ」

第四章

幻神伝

1

春海が「桃源郷」で静流と対面していた頃、光の一切差し込まない会長室で、サルは長瀬の報告を聞いていた。

「……警察も勘解由小路も、例の鬼の事件で手一杯のようです」

「そうか、それではこちらの件に介入してくる余裕はないな」

「ええ、今のところは」

サルは、相変わらず似合わないスーツを着て、似合わない椅子にふんぞり返っている。

長瀬はそんな彼に冷徹な視線を送りながら、言葉少なに応対している。

「よくやった。では計画を予定通り進めてくれ」

「分かりました」

礼をする長瀬に、サルが言い難そうに声をかけた。

「ところで……」

言い淀むサルに再び視線を戻して、長瀬は言葉を促す。

長瀬からの固い視線に怯えるように、暗い壁の方へ顔を動かしながら、サルは訊ねた。

「……今、京都中を暴れまわっている鬼達は、やはりお前の……」

サルの質問の意図を察して、長瀬がにやりと笑った。

それは五臓を縮み上がらせるような、狂気の混じった怖い笑みだった。普段の落ち着いた雰囲気は所詮《しょせん》仮面に過ぎないと、その笑顔は存分に主張していた。

「——はい。私の細胞を少しばら撒いておきました」

「……そうか。しかし良いのか？　あの方の了承も得ずそのようなことを……」

サルは、長瀬に完全に気圧されている。

しかしそれをまだ気付かれていないと思っているのか、机の上のヒュミドールに手を伸ばし、中から葉巻を取り出した。

サルの精一杯の虚勢である。

長瀬はポケットからガス・ライターを出し、サルの咥《くわ》えた葉巻に火をつける。

闇の中にサルの怯えた顔が赤く浮かび上がった。

「……大丈夫です。あの方も今回の計画には大いに期待しておられますので……。確かに今回の件は私の独断でしたが、計画が中止になるよりはマシです」

長瀬の顔にはまだ怖い笑みが張り付いている。

うむ、と広い額に汗を滲ませながら、サルは頷く。

ライターの火が消え、部屋は再び闇に沈んだ。

サルの咥える葉巻の火だけが、その闇の中で細かく振動している。

「……それでその、鬼は、あと何人ほどいるのだ？」

サルの脳裏には、火をつけてもらう間数秒見ただけの、長瀬の笑みがこびりついていた。沈黙に耐え切れず、どうでもいいような質問を投げかけている。

「捕らえられたものを除けば、あと五体」

怯えるサルとは対照的に、長瀬の声は落ち着いている。

「ほ、本当に大丈夫なのか？　その五人の鬼が、我々の思惑を超えて暴れだすと、それこそ収拾のつかない事態に……」

「ご心配には及びません。鬼とは言っても、私の細胞を少し与えられただけの連中です。いざとなれば、責任を持って回収します。……以前から行っている鬼化実験のサンプルくらいにはなるでしょう」

「そ、そうか」

相槌を打ちながらも、サルは長瀬の言葉など聞いてはいなかった。

――くそっ、余計なことを訊くんじゃなかった。さっきこいつが頭を下げたときにさっさと追い出せば良かった。完全に帰すタイミングを逃してしまった。まだこいつは笑っているんだろうか。こいつの笑みはいつ見ても気味が悪い。いいや、決してビビっているわけじゃないぞ。何でこの私がこんなやつにビビらなければならない？　いくらこいつがあの方の直属の部下だと言っても、今は私の秘書ではないか。私の方が偉いのだ。ビビるわけがないだろう。――そうだ、私は忙しいのだ。忙しいから早くこいつに出て行ってもらいたいのだ。そうだそうだ。こいつも気が付かないやつだな。上司が忙しそうにしていれば、気を利かせて退室するのが有能な部下というものだろう。全く馬鹿なやつだ。――電話でも鳴らないだろうか、そうすればそれを口実にこいつを追い出せるぞ。そうだ、それが良い。電話よ、鳴れ。お前の仕事はそれだけだろうが。早く鳴らないか！　何でどうでもいいときには鳴りやがるくせに、鳴って欲しいときにはうんともすんとも言わないんだ！　まったく、どいつもこいつも無能なやつばかりだ！

サルが電話に八つ当たりしているのをよそに、長瀬は言葉を続ける。

「……そういえば、鬼化実験の方で、面白い実験体を捕らえました。こいつは三ヶ月間、例のアンプルを服用していたやつですが、多くの実験体に見られた拒絶反応も無く、順調に融合しているようです。こいつを遺伝子レベルから調べれば、あるいは鬼化する人間の適性が判明するかも知れません。もう少しで安定期に入りますので、それから早速検査したいと考えています。鬼化する人間の適性さえ解明すれば、この計画も飛躍的に……」

そこまでしゃべっていた長瀬が、急に言葉を止め、後ろを振り返った。

目を細め、暗闇の空間を凝視する。

彼が見つめる先にはドアがあるはずだった。

「失礼」

長瀬がサルに声をかけ、そのドアに近付こうとしたとき、ばたんと勢いよくドアが開き、明るい光が差し込んできた。

その光の中央に、人型のシルエットが浮かんでいる。

闇に目の慣れた二人は、手で光を遮りながら開いたドアを見つめる。

「誰だ！　ノックもしないでこの部屋に入ってくるや

つがあるか！　まったく揃いも揃って無能なやつばかりだ！　この会社は！」

　サルが激昂する。

　すると、その台詞に同調するかのように、その影がうんうんと頷いた。そして影から場違いに間延びした声が聞こえてきた。

「……あんたの言う通りやな。ここの人間は無能なやつばっかりや。喧嘩も全然強うないしな。一分も経たん間に、みんなやられてもたで。やったんは俺やけど。こんなんじゃホンマ面白うないわ。いちから社員教育し直さんとあかんで」

　影はしゃべりながら壁にある部屋の明かりのスイッチを押した。

　何回かの点滅のあと、部屋が人工的な光に満たされた。

「誰だお前？」

　長瀬が値踏みをするように、低い声で訊ねる。

「あかんで、昼間っからこんな暗いトコにおったら、健康に悪いで。お天道さんの光を一日一回は浴びとかんと」

　つんつんに尖らせた髪、鋲の一杯ついた皮ジャン、軽い、間の抜けた声——。

　慈舜である。

「おっ、あんたがＦＦ製薬の会長さん？　なんや若いな。さっき出会《でお》うた社長さんより若いんとちゃう？　せやけど、さすが飛ぶ鳥を落とす勢いの会社の会長さんやね。貫禄あるやんか。ちょっと強面《こわもて》やけど、男前やし」

　慈舜は長瀬を見ながら言う。

　完全に取り違えている。

「会長は私だ！」

　入ってきたのが訳の分からない——しかしひょろひょろした若僧だと知ってか、サルが安堵の微かに混じった声で猛然と抗議する。

「ええっ！」

　慈舜はサルに目を向けて大袈裟に驚いた。

「なんや、そこにも人がおったんかいな。見えへんかったわ。ごめんごめん。……せやけど、ホンマに？　ホンマにあんたが会長さん？　言うたら悪いけど、なんや……」

猿みたいな顔やね。という言葉を慈舜は辛うじて飲み込んだ。

他人の気を悪くさせないよう、細かく気を配れる人間だと、慈舜は常々自分を評価している。

代わりにサルの服を見ながら言葉を繋げた。

「そのスーツ、似合うてへんのとちゃう？」

「放っとけ！」

「ほな、こっちはどなたさん？」

長瀬を指差して訊ねる。

「それは私の秘書だ！」

サルは大声で喚く。完全に慈舜のペースに巻き込まれている。

「へぇー、秘書さんですか。近頃は物騒な人が秘書をするんやね。……それとも、何？　こういう人を秘書として雇わんとあかんほど何かヤバいことをしてんのかな？」

「何が言いたいんだ！」

「そんな大声出さんでも……」

慈舜は改めて長瀬を眺めた。大きい。身長は慈舜と二十センチ、体重になれば倍ほどの差があるだろうか。

「秘書さんは何か格闘技してんの？　それはどう見ても素人の体つきやないよね」

慈舜の問いに、しかし長瀬は応えない。

鉄のように硬い視線を慈舜にぶつけているだけだ。

その長瀬を、慈舜は挑発するように数瞬見つめ返してから、くるりとサルの方に振り返った。

「今日は別に世間話をするためにここに寄せてもろたんとちゃうねん。ちょっと訊きたいことがあって、来させてもろたんやけど」

「何だ？　私は忙しいんだ！　用件があるならさっさと言え！」

まあまあ、と慈舜は手を振ってサルを牽制した。

「……ＦＦ製薬ゆうたら今急成長中の一流企業よね？　そんな会社の会長さんの部屋に来るのに、ああいう連中の歓迎を受けるとは思わへんかったわ。あれ、ヤクザやろ？　客分としていてもらってんの？　それとも正規の社員かな？　どっちにしても、あかんで。あんなやつらと仲良うしとったら、色々痛くも無い腹を探られることにもなりかねんで」

「だから、何が言いたい！」

慈舜はターゲットをサルに定めたらしい。隣に立つ長瀬よりも御《ぎょ》しやすいと判断したのだろう。そして、それは正解だった。

慈舜の挑発に、サルはいとも簡単に乗ってしまっている。

「喧嘩もめちゃくちゃ弱いしな。用心棒としても失格や」

サルの声を無視して、慈舜は勝手に話を進める。

「やっぱりあれ？　最近京都に出没しとる鬼に襲われへんように、護衛してもらってんのかな？　ま、身代わりくらいにやったら役に立つかも知れへんよな」

慈舜の口から鬼という単語が出た途端、明らかにサルの顔色が変わった。

どこまでも小物である。

「そ、そうだ。鬼だ。護衛をしてもらっているのだ！」

話の内容を冷静に考えれば、取り乱すほどのものではないことは、容易に気付くはずである。しかし慈舜の揺さぶりに嵌《は》まって苛立っていたサルには、そんなことも分からなくなっていた。

「そらそやな、誰だって鬼は怖いもんなあ。鬼に襲われて喰われるような死に方だけはしたないしなあ」

慈舜は畳みかけるようにサルを煽《あお》る。

「そうだな、そんな死に方はイヤだな」

うわずって応えるサルを見ながら、

「何やおっさん、ええ年した大人が、一連の猟奇事件の犯人は鬼やて、そんなアホなこと本気で信じてんのんか？　あんな大勢のヤクザモンに護衛させるほど本気で？」

　ぎくりとした表情をするサルに、慈舜はなお畳みかけるように言葉を繋げる。

「……それとも逆か？　鬼の面倒を見させてんのか？」

　慈舜の声が不意に冷たくなった。口元には薄く笑みが浮かんでいる。

　サルの顔色が見る間に蒼白になり、次に真っ赤になった。

　自分の言動が不自然だったことに気付き、それが目の前に立つおかしな格好の若者による罠《わな》だったことに、今更ながら感付いたのだ。

　出て行け！　そう喚こうとサルが椅子から立ち上がった瞬間、目の前に大きな壁が立ち塞がった。

　長瀬だった。

　長瀬が慈舜に向かい合う形、つまりサルに背を向けるようにして、二人の間に割って入ったのだった。

　ちっ、と背中を向けた長瀬から舌打ちが漏れたのをサルは確かに聞いた。

　――怒っている。まんまと若僧の口車に乗せられた私を、怒っている。

　サルはへなへなと再び椅子に腰を下ろした。

「誰だ、お前？」

　長瀬が、低い声で慈舜が部屋に入ってきたときと同じ台詞を口にした。

　しかしそのときとは彼の肉体が発する迫力に格段の違いがあった。

　長瀬の体が少し膨れ上がったように、慈舜には見えた。

「何ものだ？　何をしに、ここへ来た？」

　長瀬の詰問に、慈舜は肩をすぼめて応える。

「まあ、良い。貴様が何もので、何を知っているのか、それは後からじっくりと訊くことにしよう」

　長瀬はゆっくりと腰を落とした。ただそれだけの動作だったが、長瀬の発する殺気が圧倒的な量感を伴って慈舜を襲った。

おっ、と口の中で小さく驚きを表現して、慈舜は二十センチほど後退した。

しかしそれは長瀬の殺気に気圧されての行動ではない。長瀬の攻撃範囲を見切り、そのぎりぎりのところまで下がったのだ。

ほう、と長瀬も小さく感嘆の声を上げた。慈舜の行動の本質を理解したのだ。

長瀬が両拳を眼前に持ち上げ、ファイティング・ポーズを取った。

「……無事に帰れる、などという甘い考えは今すぐ捨てた方が良い」

長瀬の言葉に反応したかのように、慈舜が肩幅に足を広げ、浅く腰を落とす。

右足が前、左足が後ろ。体重はその中心に置く。手の平は広げたまま、肩の高さで揃える。相手がどんな攻撃を仕掛けてきても、即座に対応できる姿勢だ。

「それは困るわ。早《は》よ帰って晩飯にせんと。腹減ってきたし」

軽い台詞を吐きながらも、慈舜の目は油断なく長瀬を捉えている。

距離をとったお陰で、長瀬が攻撃をしようと思うと一歩踏み出さなければならない。その一歩を踏み出す動作が、隙になる。大抵のものなら、その踏み出した瞬間どのような攻撃を仕掛けてくるのか、読める自信が慈舜にはあった。

しかし目の前の男の力量は尋常なものではなかった。踏み込んでくるタイミングもスピードも、まるで分からない。

慈舜は内心舌を巻いていた。

――こらきっついで。兄ちゃんに騙されたわ。何が簡単な仕事やねん。

腹の中で愚痴る。

だが動けないのは長瀬も同じだった。

普通、闘いの前には、お互いの気のぶつかり合いがまずある。それによって相手の力量がある程度予測できるのだ。無自覚に、コントロールできないまま気を送ってくるようなものは、相手にならない。そういうものからの気は、不細工な殺気として長瀬に伝わる。チンピラヤクザなどの中途半端に喧嘩慣れしたものなどがそういう部類に属する。

　武道を真剣に何年も学んだものと対峙すると、もう少しレベルの高い気の攻防になる。ぶつけた気の量と同じ強さの気が返ってきたり、送られてきた気をすかしたりと、お互いの実力の探りあい、駆け引きが出来るのだ。長瀬は今までそういうことが出来る人間と何度も渡り合ってきた。そんな相手すら、長瀬にとっては不服だった。

　だが、今目の前にいるイカれた格好の若僧は出会ってきた誰とも違っていた。

　探りを入れるように気をぶつける。と、ぶつけた気とまったく同じ質の気を、送り返してきた。

　感動に値する程、気のコントロールに長《た》けた相手だった。

　気の質には、人によって差がある。それは、指紋や体臭などのような、微妙ではあるが明確な、個性とでも呼ぶべきものである。

　長瀬には長瀬独特の気の〝個性〟があり、相手には相手の〝個性〟があるのだ。

　しかし眼前の若僧は、長瀬の〝個性〟をそっくりそのまま真似た気を、送り返してきたのだった。

　一瞬の驚きの後、それならばと、長瀬は極力〝個性〟を滲ませない、無味無臭の気を放った。

　すると今度は、サルの〝個性〟を持った気が返されてきた。

　どこまでも人を喰ったことをする相手だったが、腹が立つよりも先に、素直に驚嘆した。

　――これほどのものとは。

　今まで出会ったことのない、底の知れない相手だった。

　気の内圧が否応なく高まっていく。

　びしびしと空気に亀裂が入りそうな、硬い静寂。

　ふたりがぴくりとも動かないまま、数分が過ぎた。

突然、びしり、というガラスの割れるような音が部屋中に響いた。

ふたりの間の空気が、気の重圧に耐え切れず、悲鳴をあげたのだ。

その音が戦闘開始の合図だった。

先に動いたのは、長瀬だった。長瀬は慈舜の顔面に向けて右腕を突き出した。当たれば一撃で頭蓋を砕いてしまうであろう、重く巨大な一撃だった。

慈舜はその拳を右にずれて躱した。いや、完全には躱せなかった。左のこめかみの辺りに水ぶくれのような赤い筋が通った。ぶちぶちと髪が引き千切られる。長瀬の拳がそこを通り過ぎたのだ。慈舜は驚嘆した。その攻撃は重いだけではない。予想以上に、速い。

しかし慈舜もまた天才だった。ワン・ツーを繰り出してきた左腕を避け、その腕が戻るのと同じタイミングで長瀬の懐に入った。リーチでは圧倒的に不利なのを悟って、接近戦に持ち込もうとする慈舜の作戦だった。

慈舜の右肘が、空いている長瀬の左脇腹を突いた。しかしその瞬間、慈舜は再び驚愕した。分厚い岩を叩いたような感触が返ってきたのだった。その程度の攻撃ではびくりともしない、頑強な一枚岩。いったいどのような鍛え方をすれば、そんな肉体が手に入るというのか。

慈舜は自分の攻撃が決して軽いものではないことを知っていた。つまり、相手の装甲が人間離れしているのだった。

隙を突いて下から突き出された右アッパーを辛うじて避けながら、慈舜は後ろに飛び退いた。その距離は、最初に対峙したときの倍はあった。

——ホンマ、割に合わん厄介事を引き受けてしもたで。せやけど……。

充分に距離を取っていることを確認して、慈舜は両足を横に広げた。

ふう、と息を吸い込み、
ああああああ！

吐き出す息に合わせて、足を揃え、両手を前方に突き出した。

慈舜の腰から脳天にかけて、膨大な熱量を持ったものが駆け昇った。

爆発呼吸によって、気道を開放し、チャクラを回したのだ。

――せやけど、これやからおもろいんや！　俗世間にも、まだまだおもろいことが転がっとる！

ぐう！　長瀬の喉が知らずに音を立てた。

――底の知れない相手だとは思っていたが、まさかこれほどとは！

今度は長瀬が驚愕に震える番だった。

一直線に走り寄ってくる慈舜のスピードは、長瀬がかつて経験したことのないほどのものだった。つられるように右足を蹴り上げる。しかしそれは慈舜に当たらなかった。それどころか、その瞬間に長瀬は、慈舜の姿を完全に見失っていた。

闘っている相手の姿を、一瞬でも捕捉出来なかったことなどなかった。

慈舜の動きは、長瀬の動体視力の限界を超えていた。

左足の脛《すね》、脇腹、心臓、左頬、そして左側頭部に次々と鋭い痛みが走った。

慈舜が通り過ぎながら攻撃をしてきたことは、その痛みで理解したが、その姿はまだ捉えられない。

慈舜の攻撃は見事なものだった。

相手が長瀬でなかったら、この時点で勝負はついていただろう。

しかし長瀬は鋼鉄の肉体を有するものだった。

慈舜の攻撃を受けながら、長瀬は左腕を横に薙ぎ払った。慈舜が横に飛んだとするなら、自分の左側にいるはずだった。体の痛みがそれを証明している。姿は見えなくても、それくらいの予測は出来る。

しかし、左腕は空を切った。そこには誰もいなかった。

――どこだ！

「ひっ！　う、上だ！」

サルの絶叫が聞こえたと思った途端、長瀬の後頭部に重い衝撃が襲った。それが何なのか確認出来ないまま、長瀬は前方に吹っ飛んだ。受身も取れずに、床に顔から突っ込む。

「あかんで、おっちゃん。一対一の闘いにしゃしゃりでてきたら」

倒れたまま声のする方向に振り返った長瀬は、奇妙な状態の慈舜を発見した。

なんと慈舜は天井からぶら下がっていたのだ。

右手が上に伸び、なにかを摑んでいる。

それを見て長瀬はすべてを察した。

隠剣だ。

慈舜はそれを天井に突き刺し、それにぶら下がったまま、蹴りを後頭部に入れたのだ。

慈舜が、とんと床に降り立った。

天井に突き刺さったままの隠剣は、春海との闘いのときに使ったものとはまた違っていた。クナイと呼ばれる、忍者が持つ手裏剣の一種である武器と酷似している。菱形に尖った刃の一端に、丸い輪の取っ手が付いているものだ。

長瀬はすぐに立ち上がる。

相手が隠剣を使ったことを卑怯だとは思わなかった。この闘いは試合ではない。殺し合いなのだ。殺し合いであるならば、どんな手を使っても相手を倒さねばならない。

相手が卑怯なのではなく、自分が甘かったのだ。捕らえて口を割らそうなどと考えていたのが間違いだった。目の前の敵は、自分と同等か、それ以上の力を持っている。

——次は、殺す。

距離を詰めようと一歩足を踏み出したとき、長瀬は額に何か生暖かいものがこびり付いていることに気付いた。それはとろとろと鼻の左横を伝い、顎へ移った。

血だった。倒れたときに、額を切ったのだ。

長瀬は無意識に唇の端を流れる血をべろりと舐めた。

「い、いかん!」

サルが再び絶叫した。

慈舜は長瀬からサルに目を移そうとした。しかし出来なかった。

長瀬に訪れた変化に気付いたからだった。

長瀬は中途半端に右足を踏み出した姿勢で止まっていた。

全身が細かに震えている。

「ひいい！　やめろ長瀬！　それだけはやめてくれ！」

サルが狂ったように叫び回っている。

しかしその声も長瀬には届いていないようだった。

長瀬はだらしなく口を開け、虚空《こくう》を睨んでいた。と、その目がぐりんと上に回転した。白目だけになる。びくんと大きく体がうねった。ごあっ！　あぐぐ！　人間では決して出せない獣声が喉から漏れる。

げふっ！

長瀬が何かを吐き出すように喉を鳴らした。同時に大きく裂けた口から紫色のものが垂れ出てきた。舌だった。それはすでに人のものではなかった。三十センチほどもある、長く尖った舌だった。

めりめりと長瀬の体が膨張した。ぶちぶちと何かが千切れる音がする。それは長瀬の体を包みきれなくなった服の、ボタンの飛ぶ音だろうか。見る間に服はただのボロ布となり、その下から、見事にビルド・アップされた鉄のような肉体が出てきた。しかしそれも次第に別のもので覆われだした。全身に信じられないスピードで獣毛が生え出したのである。その獣毛は背中といわず顔といわず、まさに全身を覆った。

ふひっ！　ふひっ！　サルが叫び疲れたのか、泣き笑いのような、しゃっくりのような、妙な声を出している。

慈舜は長瀬を見つめたまま動かなかった。いや、動けなかった。

眼前で起こっている現象は、未だかつて見たことのないものだった。

憑き物や呪いによってメタモルフォーズ――変形《へんぎょう》

する人間を見たことは何度かあったが、このように急速な変化を遂げるものはいなかった。

人間の肉体がこんなにも早く変化するなど、あり得るはずがなかった。

しかし次の瞬間、慈舜はもっと信じられないものを見ることになった。

めりめりと音を立てて、長瀬の額から伸びるものがあったのだ。

それは髪と血を絡ませ、ぐんぐん伸びた。

角《つの》、だった。

「鬼……か！」

慈舜が驚愕に震える声で呟いた。

「まさか……今京都に出没している鬼は……こいつがオリジナル……」

ここでようやく慈舜はサルに振り向いた。

サルはその問いに頭をがくがくと振って頷いた。

慈舜が京都で何度か対峙してきた鬼達と、それは非常に似通っていた。

全身を覆う獣毛。

鋼鉄のような肉体。

凶暴な犬歯。

しかしひとつだけ違う点があった。

街を恐慌に陥《おとしい》れている鬼達には、角がなかった。

それは彼らの変形が完全ではなかったからだった。

慈舜は今、それを悟った。

目の前にいる男が、鬼の完全なる変形体なのだ。

——こいつはヤベエ。

ごくりと音を立てて、からからに乾いた喉に、無理やり唾液を流し込んだ。

不完全だった鬼達ですら、そのパワーとスピード、凶暴性は常軌を逸していた。彼らを取り押さえるのは、慈舜や松川でさえ命懸けだったのだ。完全な鬼——しかも人間だったときから尋常でない戦闘能力を有していたもののメタモルフォーズが、いったいどれほどの力を持つ怪物になるのか、見当もつかなかった。

ふうう、今までぴくりとも動かなかった長瀬が、大きく息を吐いた。

それは変形が終了したことを示すものだった。

完全な鬼と化した長瀬が、ゆっくりと首を回し辺りを見回した。

「俺ェとしとぁことぐぁ、づい自分の血ィで衝動を開放ゥしてしばっだ……」

長い舌の所為か、それとも口の構造自体が変わってしまった所為か、彼の言葉は極端に聞き取り難くなっていた。

しかし言葉の内容とは違って、その口調は晴れ晴れとしたものだった。

慈舜は目を剝いた。

メタモルフォーズの完了した鬼が、言葉をしゃべったのを初めて見たからだった。

やはり今まで出会ってきた鬼達とはレベルが違うようだった。

「本来ィの姿に帰るどいうのは、何度経験しでェもォ素晴らじぃく気分が良いものだぁが……じがじこうなァると自分でも湧ぎ上がっでくるエェネルギーを持て余しでな、ゴンドロールが効かなくなっでしばうのだ」

充血した目で慈舜を刺すように見つめながら、長瀬は淡々としゃべる。

「残念だ。ああ、非常ゥゥに残念だよ。貴様どは心ゆくばァで、存分に闘っでいだかっだのだがなァァ。ぐぉの姿になっでしまっだ以上それぼ期待出来ない。……一撃で、一瞬の内にィィ殺じでじばうだろうからだ」

慈舜は自分の体が小刻みに震えていることに気付いた。

額に滲み出ている脂汗をじっとりと手で拭う。

——恐怖か……。この俺が恐怖を感じてんのか……。

それは慈舜にとって初めての感情だった。

魔性を現した春海との闘いのときでさえ、慈舜は恐怖を覚えてはいなかった。

死の覚悟。

それは闘いの中にしか生の実感を見出せないと気付いたときから、常に心の中心に置いていた、慈舜の誇りとさえ言えるものだった。

死はいつも彼の身近にあった。死ぬことは怖くはない。

今、慈舜が恐怖しているのは死に対してではなかった。

では何に対してか——。

闘うことは自身の肉体的、霊的な成長を促す最良の手段だと慈舜は考えていた。

どこまでも、もっともっと強くなりたい。

そんな単純とさえいえる気持ちが慈舜の行動基盤であり、彼を格闘の天才にまで引き上げた純粋な動機だった。

人を超え、あらゆるものを超越するほどの強さを手に入れることが、神へ近付ける道だと、彼は信じていた。

闘うということはつまり、彼にとっては修行であり、祈りだったのだ。

しかし目の前の怪物もまた、人を超えたものだった。

神に近付く、それは人を捨てるということなのだろうか。究極の強さとは、人のままでは得ることの出来ないものなのか。人を捨て、異形のものになることこそ神への道なのだろうか。

——神に近付くために、人を捨てなければならないのだとしたら、俺も喜んで捨てるだろう。

鬼化する長瀬を見て、慈舜の胸の中に湧き上がってきたのはそんな闇《くら》い情熱だった。

人間であることを捨ててまでも強くなりたいという、盲目的でがむしゃらな欲求。

それは目の前の鬼に対する強烈な嫉妬となって慈舜の胸に渦巻いた。

慈舜の恐怖の正体は、そんな闇く濃い嫉妬の昂ぶりを抑えきれない、自分自身に対してのものだった。

鬼と化した長瀬が、ゆっくりと慈舜に向かって歩き出した。

巨大なエネルギーを抱えたマグマが、ふつふつと己を滾《たぎ》らせながら爆発する瞬間を待ち望んでいるかのようだった。

——あかん、何を考えとんねや、俺は……。

慈舜は理性を振り絞って頭を回転させた。

——いくら強うなりたいゆうても、あんな化け物になるのはごめんや！　そうやろ？　俺は俺のままであいつを超えてみせる！

慈舜は目を細めて、静かに息を吸い込んだ。

——パニックになるな！　冷静に呼吸を整えろ！　チャクラはどうなっている？　……まだいけるな。肉体のコンディションは……完璧や。よし、大丈夫。いつあいつが襲ってきても対応出来る体勢を取っとくんや。

慈舜は両足を真横に肩幅程度に開き、つま先に体重を乗せた。

スピード重視の姿勢である。

慈舜が再び戦闘態勢に入ったのを見て、長瀬が紫の舌を出して笑った。

「ほうゥゥ、俺のごの姿を見でェ、まだ気力が萎えないぐァ。それでごぅそ久じく現れながっだァ好敵手よォ。せいぜい俺が失望ォじないよおぉに、あがいでみせでくれ！」

言いながら長瀬は左拳を突き出した。

まだ射程距離外だと思っていた慈舜は、躱すことが出来なかった。

咄嗟《とっさ》に両腕を十字に組んで、それを受けた。

信じられなかった。リーチまで長くなっていた。

慈舜は後ろの壁までぶっ飛んだ。背中を打った衝撃で、一瞬息が詰まる。

慈舜が体勢を整えるのを、鬼は許さなかった。

立ち上がろうとする慈舜の左側から、鬼の右手が薙ぎ払うように襲いかかってきた。

体を右に倒して逃れる慈舜の左腕に、激痛が走った。

見ると、革ジャンが裂け、腕の肉が抉り取られている。

鬼の爪が彼の腕を襲ったのだ。

しかしそれも僥倖《ぎょうこう》と言わざるを得なかった。あと少し逃げるタイミングが遅かったなら、抉られたのは腕ではなく頭だったはずだ。

ぺちゃ、と音がした。鬼が右手の指を舐める音だった。

「うめぇェェ。貴様の肉ば、うめぇェェなあァァァ」

鬼が慈舜から抉り取った左腕の肉を喰っているのだった。

魂をとろかされているような、恍惚の表情。

自分の肉が喰われているという、耐え難い嫌悪感に金縛りになるだろう状況で、慈舜はしかしその瞬間を見逃さなかった。

逃げ場のない壁際を避け、斜め右前方に飛ぶ。

鬼は名残惜しそうにいつまでも指を舐めながら、慈舜の動きを目で追った。

「逃がずがァよ」

余裕の声で、鬼は左側に廻り込もうとした慈舜に、左足を蹴り上げた。

鬼にとっては、もうこれは闘いではなかった。手負いの獣を追い詰め、いつ仕留めようかと舌なめずりをしている、肉食獣の狩りのようなものだった。

一方的な殺戮《さつりく》。

その快感に、鬼は酔い痴《し》れていた。

左足のつま先に、肉のぶち当たる感触がする。

それだけでなんとも言えない恍惚感が全身を走る。

天井に向かって、慈舜の吹っ飛ぶ姿が見える。

その慈舜に向かって、鬼が殴りかかる。

頭は狙わない。まだ殺すのは早い。

——もっと逃げ回れ！　もっと俺を楽しませろ！

鬼の右手は、正確に慈舜の腹を打つ、はずだった。

しかし鬼の手は空を切った。

空中を落ちてくるはずの慈舜が、天井に張り付いていたのだ。

——馬鹿な……！

長瀬が、驚愕に一瞬動きを止めた。

攻撃のタイミングを外したと悟った慈舜が、どん、と天井を蹴った。

矢のように上方から襲いかかってくる慈舜を見ながら、鬼はようやく気付いた。

慈舜はただ壁際から逃げるために前に飛び出たのではなかったのだ。

——俺が蹴り上げた場所は、さっきやつが隠剣を突き刺した場所と同じだった！

慈舜は天井に刺さったままの隠剣に摑まり、鬼の攻撃をすかしたのだった。

しかしその隠剣は、すでに天井には見当たらなかった。

それは今、慈舜の手の中にあった。

「あああああ！」

慈舜が雄叫びをあげながら、鬼に向かって右腕を突き出した。

その手には鋭く黒光りする隠剣が握られていた。

隠剣は正確に鬼の体の正中線上にある、喉に向かって伸びていた。

鬼はこのとき、かつて松川や春海らが慈舜に対して覚えた感想と同じことを思った。

すなわち、こいつは格闘の天才である、と。

隠剣の伸びる場所が喉以外の部位であったなら、鬼はその攻撃を余裕で受けていただろう。鋼《はがね》の筋肉を有する異形の怪物にとっては、隠剣の攻撃などかすり傷を負うくらいのものでしかなかった。逆に、体に刺さってくる隠剣を筋肉で絡み止め、動きの止まった慈舜に攻撃を仕掛けるというプランまで、一瞬の内に立てたほどだった。

しかしいくら鬼でも喉だけは別だった。

鋼の筋肉も喉を覆ってはいないのだ。

致命傷になるまではなくとも、多大なダメージを受けることは間違いなかった。

慈舜はその鬼の弱点を正確に見抜いていたのだった。

鬼は首を捻って隠剣を逃れた。

相手の攻撃に、反撃することも出来ずただ躱すのに精一杯になるなど、鬼にとっては初めての経験だった。

隠剣が、鬼の左の鎖骨の下に深々と突き刺さった。

ぐるおあ！　鬼が獣のように叫んだ。

慈舜は鬼の反撃を恐れ、刺した瞬間、後方に飛び退いた。

しかし予想していた反撃は来なかった。

鬼は凄まじい形相で、突き刺さったままの隠剣と、慈舜とを、交互に睨んだ。

——この俺が、人間ごときにこのような傷を負わされるとは！　ただの人間ごときに！

その目が屈辱と怒りによってさらに赤く爛《ただ》れた。

——俺に傷を負わせ、恥辱を感じさせた罪は、貴様の血と肉によってのみ償われる！　もはやぶち殺すだけでは気が済まない。生きたまま貴様の肉を喰らい、血を啜り上げ、骨を舐ってやる。俺の怒りは、貴様の恐怖と後悔と絶望と哀願と激痛と、地獄からの絶叫をもってしか鎮めることは出来ない！　足の爪から髪の毛の一本まで、喰らって喰らって、喰らい尽くしてやる！

鬼はゆっくりと隠剣を引き抜いて、慈舜の足元に投げ捨てた。

慈舜はしかしそれを拾い上げることも出来なかった。

全身に膨大な量の汗をかいていた。

左腕の出血も止まらない。

先程の攻撃で、慈舜はその体力を使い果たしていた。いや、あのような攻撃が出来たことすら、奇跡に近いものだった。

意識が朦朧とし、視界が霞む。立っているのもやっとの状態だった。

狂ったように回転していたチャクラが、急速に冷えていくのが分かる。

チャクラを回転させれば、確かに通常では考えられない領域にまで己の能力を引き上げることが出来る。しかし、その限界を超える動きに、肉体がすぐに悲鳴をあげてしまうことも、また事実だった。

体力と気力を限界まで使い切ることでチャクラを回

せば、あとは廃人同然の肉体が残されるだけだった。そしてそのことは慈舜本人も当然知っていたことだった。

——ここまでかっ……！

ぼんやりと崩れていく意識の中で、慈舜は歯軋りをした。

死ぬことは怖くなかった。闘って死ねることに、彼はむしろ満足さえ感じていた。

だが、どうせ死ぬなら相手を倒してから死にたかった。

相手が自分とは桁違いの能力を持つ人外の者だとしても、その後悔の気持ちは消えなかった。実力の違う相手によくここまで闘ったなどという慰めは、体のどこを探しても見当たらなかった。

蹴り上げられたときに折れた肋《あばら》が、今ごろになってずきずき痛み出した。

結局、致命傷となるような傷はお互いに相手に与えることは出来なかった。

しかしそれは引き分けを意味するものではなかった。ダメージは明らかに慈舜の方が甚大だった。それにここで意識を失って倒れてしまえば、容易く殺されてしまうことも明白な事実だった。

——相手にひと太刀も返せないまま終わってしまうのか……。

慈舜は浮遊する視線で、ぼんやりと床に転がる隠剣を眺めていた。

隠剣による攻撃も、寸前のところで躱されてしまった。それが〝ひと太刀〟だったなどとは思いたくなかった。

今にもその場に崩れてしまいそうになる体を辛うじて支えているのは、闘いに対する彼のプライドと、それによって生まれた激しい自責、そして強烈な悔恨だった。

——くそったれめえ……！

鬼の姿を捉えようと、慈舜は力を振り絞って顔を上げた。

——ただでは死なへんぞ！　死ぬときはお前も一緒や！

ゆっくりと自分の方へ歩み寄ってくる鬼の姿が、霞む視界の中で確認できた。

そのとき。

慈舜は突然、自分の体が床を転がるのを感じた。訳が分からなかった。気を失って倒れたわけでもなく、かといって自らの意思で床に伏せたわけでもなかった。

意思に反して、勝手に体が動いている。肉体が自分の意識から急に乖離《かいり》したかのような違和感。混乱する意識に対して、しかし慈舜の肉体は知っていた。

慈舜の、自責や後悔といった激烈な感情と、そしてそれらを抱えたまま、なお闘おうとする強靭な精神力とが、彼の中に眠る生の本能を呼び覚ましたことを。

その本能が、意識を超えて体を動かしたことを。

一瞬遅れて、慈舜の意識ははっきりとした声を聞いた。それは己の中から発せられた、しかし同時に己を超越した場所から届いた声だった。

本能、そう呼ぶのが一番近いのかも知れない。しかしそれは慈舜という人間の、個体としての肉体の中に眠る本能ではない。それはもっと別の、深いところにある何か巨大なものの本能と言うべきものだった。

その巨大な何かの本能に、慈舜の個体としての本能が強く共鳴している。

そんな感覚だった。

生きとし生けるものすべてが内含し、共有している〝生きる〟ための意思。

あらゆる生命体を〝生きる〟ために突き動かしている、その根源となるもの。

それはその巨大な根源からの声だった。

『生きよ！』

その声は慈舜にそう告げていた。

全身を貫くほどの衝撃。それは感動と呼ぶのも生易しいほどのものだった。

『生きよ！』

慈舜は、知らないうちに涙を流していた。喉からも、炎のような咆哮《ほうこう》が爆発している。

『死を覚悟するとは、生を投げ出すことではない！』

『生きるのだ！』

激しい混乱の中で、慈舜はこれまで経験したことのないほどの熱いエネルギーの塊が体内に生じているのを感じていた。

——なんや、なんなんやこの感覚は！

床を転がりながら、慈舜の体はぶるぶる震えていた。

それは、慈舜の体を駆け巡る膨大なエネルギーが出口を求めて暴れまわる、強烈な歓喜の震えだった。

後にこの経験が、慈舜を新たなる境地へと導くことになるのだが、慈舜本人がそのことに気付くには、もう少し時間を待たねばならなかった。

床を転がる慈舜は、会長用の机にぶつかって止まった。

そしてそのとき初めて、部屋に絶叫が響いているのに気付いたのだった。

「あきゃああああああ！」

それはサルの声だった。

サルの叫び声と共に、断続的な破裂音も聞こえてきた。

錯乱したサルが、鬼に向かって銃を発砲しているのだった。

「近付くなあああ！　こっちに来ないでくれえええええ！」

すでに鬼の体には、当たった弾丸による穴が三つ空いていた。

四つ、五つ、六つ、銃声が響くたびに長瀬の体に黒い穴が空く。

血が噴水のように噴き出し、床をべとべとに濡らしている。

朦朧としていた慈舜の意識は気付いていなかったが、彼の生の本能は聞いていたのだ。

狂乱するサルの、ひきつったような悲鳴と、彼が机の引出しを開け、拳銃を取り出す音、そして撃鉄を起こす音までをも。

慈舜の本能は、錯乱したサルの銃の乱射を躱すため、肉体を床に転がせたのだった。

断続的な破裂音はすぐに、かちっかちっという間の抜けた音に変わった。

サルが銃弾を撃ち尽くしたのだ。

鬼は凄まじい形相で、サルを睨んでいた。

サルは涙と汗と涎で顔面をぐしゃぐしゃにしながら、なおも鬼に向かってかちかちと引き金を引いていた。

「ぎア……貴様あ！」

鬼がありったけの殺意を込めた声で言う。

「……よゥぐも！　……貴様などに……！」

鬼が一歩、二歩とサルに近付く。

凄まじいまでの生命力だった。

腹と胸に、七、八発も銃弾がめり込んでいるのだ。

それも、普通の弾ではない。退魔の呪《しゅ》が施された、銀の銃弾なのである。

死亡してもおかしくないはずの負傷に、しかし鬼は立っているどころか、歩き出している。

だがそれも五歩までが限界だった。

さすがの鬼もこの大量の出血に意識を失いそうになっていたらしい。膝ががくがくと震え、体が右に傾いている。

一歩も動けなくなった鬼が、まだ諦めきれないように、右手をサルに向けて伸ばした。

鬼の呪詛《じゅそ》と怨念が、その手から放出されサルを搦め取っているようだった。

「へひいいいい！」

サルが気の触れた表情で、泣きじゃくりながら手にしていた拳銃を鬼に投げつけた。

とん。

本来の用途ではない使われ方をした拳銃は、情けないほど軽く鬼の胸に当たって、床に落ちた。

しかし、それが致命傷になったかのように、鬼の体がゆっくりと前のめりになり、どおん、と大きな音を立ててうつ伏せに倒れた。

床に転がったままの慈舜は、信じられない気持ちでその様子を見ていた。

えぐっ、ふぎっ、へひっ！

動くものがひとりもいない部屋に、サルの嗚咽だけがいつまでも響いていた。

2

「……というわけで、ほうほうの体《てい》で帰ってきたっちゅうことやねんけど」

頭に包帯を巻いた慈舜が、前に座るふたりの男にしゃべっている。

春海の事務所である。

慈舜がＦＦ製薬を訪れたときから、二十数時間が経っていた。

あのあと、ふらふらになりながらもなんとかこの事務所に辿り着いた慈舜は、春海によって手当てを受け、今まで泥のように眠っていたのだった。

「阿我は連れて行かなかったのか？」

慈舜から見て右側にいる松川が、ビールを飲みながら訊く。

その問いに、慈舜は恨めしそうに目の前にいる春海を睨んだ。

慈舜の視線に、春海は困ったように苦笑した。

「兄ちゃんがな、今日は阿我君と遊ぶんやーとかゆうて、離してくれへんかってん。それで仕方なくひとりで行ったんや」

松川は呆れた。

「……春海、そりゃお前わがままってもんだろ」

「だって、そんな大変なことになるなんて思いもよらなかったんだから、仕方ないじゃないですか。あの時点ではＦＦ製薬が怪しいというのもまだ低い可能性のひとつにしか過ぎなかったわけで……」

「だからってお前、人に仕事をさせておいて、自分は遊んでるっていうのは、ちょっとおかしくないか？」

「でも昨日は阿我君と遊びたかったんだもん。ねー、阿我君、昨日は楽しかったよねー」

慈舜の座るソファの背もたれに、寄り添うように乗っている阿我に、春海は同意を求める。阿我は春海を無視するように、ぷいとそっぽを向いた。

ああ、怒ってる、阿我君に嫌われたあ、と大袈裟に嘆いている春海をよそに、松川は話を進める。

「まあしかし、これでＦＦ製薬が今回の鬼事件の黒幕だということは、はっきりしたわけだ。問題は次の事件をどう防ぐかということだが……そのサルみたいな会長、そいつは何も知らないのか？」

松川に慈舜は頷く。

「うん、どうやら鬼事件に直接関わっとったのは、秘書の長瀬——会長室におった本元の鬼のおっちゃんやけど、そいつだけやったみたい。街に放った鬼はあと五人ほどおるらしいけど、今どこで何をしてるかは分からんねんて」

「くそっ、役に立たんやつだな。その会長も」

「でもあのサルみたいな会長さんがおったお陰で、こうして逃げてこられたんやしな……」

「アホな上司を持って、長瀬って男も大変だな」

「ホンマ、ちょっと気の毒や」

妙なところで敵に同情する二人である。

「それじゃ、動機も不明ってことだな？」

「うん。詳しいことは何にも聞かれへんかってん。俺もこんな状態やし、サル会長は完全にあっちの世界に行っとったしな」

「役に立たねえやつだなあ」

「どっちが？　俺がか？　それともサル会長か？」

「どっちも」

松川の揶揄に慈舜が突っ込む。

「やかましわ。それやったら松川さんも一回あの鬼と闘うたらええねん。一発であの世に送ってくれるで」

「そいつは願い下げだ……。しかしそうなると、次の事件を防ぐ手立ては何もないということだな」

「そうやな……あと五人もおるしな」

悩むふたりに、春海が事も無げに声をかけた。

「いや、それは簡単なことだと思いますよ」

ふたりは怪訝そうに春海を見返す。

「鬼達が出没する場所は、まちまちだとは言ってもこの京都の市内に限られています。彼らが何故そうなのかは分かりませんが、どうやらこの京都から出て行くつもりはないらしい。となると、我々が探す範囲もおのずと決定します」

春海の言葉に、松川は怪訝な顔をして、

「やつらがどういうつもりなのか、そんなことは誰にも分からん。それに京都市内といっても広い。とても俺達だけでは捜索しきれんぞ」

松川に、春海は余裕の笑みを返す。

「彼らの放つ独特の獣臭、皆さんも何度も嗅いだでしょ、あの、腐りかかった人肉のような、何とも言えない匂い、あれがポイントです」

ふたりは春海の例えに嫌気がさしたのか、それともその匂いを思い出したのか、顔をしかめながら話を促す。

「あの匂いをね、昨日阿我君に覚えてもらったんですよ。阿我君はとても優秀です。獣臭の染み込んだ服で何度か実験したんですが、全部ぴたりとその場所を当ててくれました」

ねー、阿我君、という春海の笑顔に阿我はこくりと頷いた。

「やったあ！　阿我君の機嫌が直ったあ！　良かったあ！」抱きしめようと近寄る春海を、げしげしと足で蹴りを入れて阿我は牽制《けんせい》した。どうやらまだ本心では気を許していないらしい。

「なるほど。そういう手があったか。鬼の着ていた服を持ってきてくれと言われたときは、そんなもん何に使うんだと思ったが……お前もただ遊んでいたわけじゃあなかったんだな」

「そうですよ」

阿我に振られたのがショックだったのか、いじけたような声の春海である。

「せやけど、そんなことやったら何でもっと早く言うてくれへんかったん？　俺が危険を冒してFF製薬に乗り込まんでも良かったたんやんか」

なー、阿我、お前も臭い匂い嗅がされて大変やったなー。喉を撫でる慈舜に、阿我は気持ち良さそうにごろごろと音を立てて応える。それを見て春海が嫉妬した。あっ、何でだ？　僕なんか近付くだけで蹴りを入れられるのに！

アホ、そんなこと当然や。俺と阿我の友情に割って入ろうなんて、百年早いわ！　阿我君、僕の君への愛の深さを分かってくれえ！　好きだあ！

「いや慈舜、お前の怪我は無駄じゃねえぞ。いくら鬼の居場所が分かって、俺達がじゃんじゃん捕まえたとしても、それ以上に量産されていたらイタチごっこだ。だがお前のお陰で、鬼の親分は死んではいないにせよ当分再起不能だろう、これ以上鬼が増えることはないと思って良い。お前の手柄だよ」

松川の台詞を、しかしふたりとも聞いていない。阿我をダシにじゃれあっている。

――くそっ、人がせっかく誉めてやってんのに……聞けよ！　お前らよ！

「……ところで」

阿我とひとしきり遊んで満足したのか、春海が唐突に真面目な顔で松川に話しかけた。

「これからどうします？　FF製薬にでも乗り込みますか？」

松川は少し考えてから応えた。

「いや、今さら乗り込んでももうその会長らはどこかに逃げたあとだろう。慈舜の話だと社長や社員はまるで無関係のようだし、問い詰めても何の収穫もないだろうな」

「……そうでしょうねえ」

「会長の本宅や別荘の場所を探してみる。FF製薬の会長ともなれば、割り出すのも簡単だと思う。こんなときこそ警察の組織力を活用しないとな」

「お願いできますか」

「ああ。場所が分かれば張らせてもいいだろうが……」

「それはちょっと危険かも知れないですね」

「そうだな。なんせ慈舜をのしちまうやつも一緒にいるんだからな」

「のされたわけやないわ！　誤解されるようなこと言わんといてくれ！」

慈舜の抗議に、松川は彼の胸をどん、と叩いた。

「そんな体にされちまって何言ってやがる。そりゃ完全にお前の負けだ。命があっただけでもありがたいと思え」

あぐぐっ、折れた肋を叩かれて、慈舜は前のめりに屈みこんだ。

当たり前のことだが、昨日やられた傷はまだ完治にはほど遠い。

「くそう！　負けたわけやないぞ！　ちょっと油断しとっただけや。今度会《お》うたら返り討ちにしたる！」

「脂汗垂らしながら強がるな。怪我人はおとなしくしてろ」

「イヤや！　兄ちゃん、あいつらがおる場所が分かったら俺も連れて行ってや！　あの鬼のおっさんと復讐戦《リターン・マッチ》や！　今度こそやっつけたる！」

息巻く慈舜を、まあまあと宥《なだ》めながら、春海は話題を変えた。松川に顔を向ける。

「そういえば、表のあれは何です？」

「表のあれ？」

慈舜が聞き咎《とが》めた。

「ああ、あれか……」

慈舜には何のことか分からなかったが、松川は理解したらしい。意味ありげに頷く。

「たぶん記者《ブンヤ》だと思うが、はっきりしたことは分からん。尾行も気配の消し方もまるで下手クソだからその筋のものでもないだろうが、正体が判明するまで放っておこうと思ってな」

「ふうん、記者さんですか。また何でそんな人が松川さんを尾《つ》けてるんです？」

「知らん」

「知らんて……。なにかネタを摑まれたから尾行されてるわけでしょ？」

「だから知らんって。俺には尾行されるような覚えはこれっぽっちもない」

「ホントに……？」

「本当だとも。俺ほど品行方正、公明正大、綱紀粛正な人間は警察の中にもいないほどだ」

「最後のは何だか分かりませんが……」

「しがない中年のヒラ刑事のスキャンダルを狙うてどないすんねや。そんなもん記事にもなれへんわ」

痛みが引いたのか、慈舜も口を挟む。

「何だと？」

「まあまあ」

ふたりを手で制しながら春海は話を続ける。

「今回の事件では松川さんも慈舜君も派手に動きましたからね。その辺りで目を付けられたのかも知れません」

「そうかもな」

「えっ！　ほな俺の写真が新聞に載るの？　俺って一躍有名人？　みんなのヒーロー？」

「アホか。載ったらヤベェだろ。御山の師匠に怒られるぞ」

「……そうか。それもそうやなあ」

「ま、あまり害はなさそうだから放っときゃいいだろ」

「そうかなあ……また妙なことにならなければ良いけど……」

「大丈夫だ。ああいう連中は日頃は報道の自由だ知る権利だと騒ぐくせに、自分が危なくなったらさっさと逃げ出すからな」

「そういうもんですか」

「そういうもんだ。関わっても面倒なだけだ。放っておくに限る」

松川は二本目のビールを飲むために冷蔵庫に近付い

ていった。

「あれ？　もうビールがないぞ！」冷蔵庫のドアを開けた松川が高い声を上げた。

春海、てめえ、俺が買い置きしておいたビールを、黙って飲んだだろ！　詰め寄る松川を無視して、春海は慈舜に声をかけた。

「……じゃ、晩御飯でも食べに行きますか？」

「焼肉！」

春海の提案に慈舜が間髪入れずに応える。

「お、いいねえ。久しく食べてないな、焼肉」

ころっと調子を変えて、松川もそれに同調する。

「でも、いいんですか？　怪我したばかりなのに、そんなもの食べて……」

「怪我したからこそやないか！　血いっぱい流してしもたから、補給しとかんと」

「その意気だ！　よっしゃ、それじゃ俺がとっておきの店に連れて行ってやる」

「じゃあ、松川さんの奢《おご》りということで」

「決まりや！」

「何でだ？　何でいきなりそういうことになるんだ？」

「そら、一番金持ってるからとちゃうか？」

「馬鹿！　薄給の公務員を捕まえて何を言う」

「薄給なもんですか。ブランド物で全身を固めているくせに」

「ホンマや。伊達《だて》コキでケチて、最低やで」

「やかましいわ！」

三枝祐子は冬の切れるような寒さに身を縮めながら、そのビルを見張っていた。

ボロいビルだった。

三階建てのくせに、隣の十階建てのビルより不安定に見える。

このビルに松川が入っていったのは、今から一時間ほど前のことだった。

昨日の夜から尾行を始めて、やっと動いたと思ったら行き先はこの倒壊しそうなビルだったのだ。

三枝はそれからずっと外にいた。

喫茶店などのもっと楽に見張っていられるような場所も探してみたのだが、無駄だった。

このビルの周辺に、そんな気の利いたものは存在しなかったのだ。

——だいたい、何なのよこの場所は！

三枝は同じ愚痴をもう何度も吐いていた。

そのビルの玄関は、繁華街の裏手に面していた。

つまり、そのビルの横にずらりと並ぶ高層ビルはすべて、逆側の表通りにエントランスがあるのだ。それは向かいのビル群も同じだった。

その所為で三枝の見る風景は、寂れた非常階段や勝手口、それに散乱するゴミ箱ばかりだった。

ビルに挟まれた道も、車が一台やっと通れるかどうかというものでしかなかった。表通りは何度も歩いたことがある三枝でも、その裏にこんな道があるとは知らなかった。

このビルを訪れようとする人間は、よほど探し回らないと辿り着けないに違いない。

いやそもそも、わざわざこんなビルを探そうとする人間がいるとは思えなかった。

三枝はそのビルから二十メートルほど離れた、看板の陰に立っていた。

看板と言っても、それは明らかに客寄せのために置かれたものではなく、捨てようと思いながらもそのまま放置されていただけの、恐ろしく古く汚れたものだった。

冬の夜は急にやって来る。

見張りを始めたときははっきりと見えていたビルの玄関も、今では夜の薄闇に紛れて判然としない。

——今日のところは諦めるしかないか。

これ以上松川が姿を現さなければ、もう尾行は出来ない。

らしくないとはいえ、相手はプロの刑事なのだ。夜の闇の中で慣れない尾行を続けるとなると、気付かれる危険も高くなる。バレないように何日も尾行を続けるためには、慎重に慎重を重ねねばならなかった。

——松川の立ち寄り先がひとつ分かっただけでも良しとするか。

電灯も付いていないビルの玄関口を眺めながら三枝は考えた。

しかしやはり何かが腑《ふ》に落ちなかった。

——松川は何でこんなところに用事があるんだろう？

三枝は、松川がビルの階段を昇って行ったあとすぐに、道に迷った観光客を装いながらそのビルの様子を窺ったのだが、その郵便受けに書かれてあった事務所の名前の意味が、未だに分からなかった。

春海霊障相談所。そこにはそう書かれていた。

春海というのはおそらくその相談所の経営者——そんな形容が、こんな場所のこんなビルを事務所にしている人物に当てはまるかどうかは疑わしいが——の名前だろうとは推察出来る。

分からないのはそのあとの言葉である。

——霊障……何のことだろう？　耳に馴染みのない言葉だった。だが、どことはなくいかがわしい。霊という文字の所為だろうか。霊による障害を相談しに来る場所？　そんなところが実際にあるのか？

三枝の脳裏には、一時期世間を騒がせた新興宗教の道場の風景が浮かんでいた。

それは三枝もテレビで見ただけのものだったが、色は派手だがいかにも安い生地の服を着た大勢の信者が、狭い道場に何十人と集まり、あるものはヘッドホンをしてあぐらをかいたまま居眠りしているようだったり、あるものは奇声を発しながらぴょんぴょん飛び跳ねていたりしていた。何とも薄気味悪いと思ったものだった。

——あるいは松川もそういう教団の信者なのかしら？

そうは思ったものの、あの気障《きざ》なスーツを着た中年男が、テレビの新興宗教の信者のようにぴょんぴょん跳ねる姿は、想像しただけで笑ってしまうくらい、全くイメージにそぐわないものだった。

——でも、じゃあ彼はこんなところに何の用事があるんだろう？

その疑問が三枝の足を引き止めていた。

しかし闇は次第に濃くなってゆく。

三枝の体も、寒さと疲労と空腹とで、すでに限界に達していた。

——もう帰ろう。

そう思った、そのときだった。

もう完全に視認出来なくなっていたビルの玄関に、わいわいと人のしゃべる声がしたのだ。

その気配で、三枝は数人の人間が階段を降りてきているいると察した。

ほどなく、声は屋外へ出たようだった。

反響していた声が、突然クリアになる。

三枝はそこに三人の人間の影を確認した。

ひとりは松川のものだろう、ロングコートとオールバックの髪。

もうひとりは……ああ、いつか見たパンクの子だ。

最後のひとりは知らない人間だった。

三人の中では一番背が高い。一八五センチくらいはあるだろうか。

ばらばらに伸ばした髪を、無造作にうなじの辺りで束ねていた。

もう少しよく見えないだろうかと目を凝らしたとき、

「ああ……これか」

と言う関西訛りの、高い声が聞こえた。パンクの男の子のものだろうか。

「これは女のもんとちゃうか？」

「えっ？　そうか？」と松川が応える気配。

「うん。勘やけど、たぶん間違いないで。なあ、兄ちゃん」

「そうですね。女性です」兄ちゃんと呼ばれた背の高い男は敬語を使っている。

——何の話をしているんだろう？　……さっぱり分

からない。

三枝は疲れも忘れて耳をそばだてる。

「おいおい。何でそんなことが分かるんだよ？」

「私は気配を読んだんじゃなくて、これで――」と背の高い男が空中を指差した。指先は電柱を指しているように見えた。

「見たわけですから、絶対です」

「これって……ああ、式神か。そう言や、俺も見られてたんだっけ」

シキガミ……何のことだろう？　さっきから話の内容がまったく理解出来ない。

「美人かなあ？」と関西弁の子。

「さあ？」松川の声が応える。

「ちょっと確認して来よか？」

「おいおい、止めとけ。デリカシーってもんがないのかお前には」

「デリカシー？」

「そうだ。そんなことをしてみろ、俺達が気付いているって気付かれるだろうが」

「それはそうやけど、それとデリカシーとどう関係があるの？」

「まったく、これだから子供は……。あのな、誰だって自分のやってることが無駄な努力だったって気付くのはイヤなものだろ？　そういうのに気付いてもらおうと思うと、相手を傷付けないさりげない伝え方とタイミングっていうのが重要になってくるんだ」

「……なるほど。つまり、この会話もその一環ですね」長身の男の台詞に、三人は声を上げて笑った。

――まさか……。

三枝は血の気が引くのを感じた。

――尾行がバレてる？

――いや、そんなはずはない。向こうからは私の姿なんて絶対見えないはずよ。

「甘いなあ、無駄なもんは無駄やって、はっきり言わなあかんと思うで、俺は」パンクの子がしゃべる。

――絶対バレていないわ。尾行の初日でバレるなんて、そんな間の抜けたことをこの私が……。

「それにな、名案が浮かんでん。今から行く焼肉屋、この姉ちゃんに奢ってもらうっていうのは、どう？」

――違う。絶対に違う。姉ちゃんというのは私のことではない。

「たまには良いこと言うじゃねえか、お前も」

「そやろ？　たまには、は余計やけど」

「よっしゃ、そういうことなら出て来てもらおうかな。いつまでも寒空に立たせとくのも可哀想だしな」

――これはまた誰か別の人の話よ……。そう。絶対そうに決まってる。そうだ！　私の他にも誰か彼らを見張ってる奴がいるんだわ！　これはその人の話よ！　そうよ！　間違いない！

「……いいのかなあ、そんなにいい加減で……」

「ほな、兄ちゃんが奢ってくれんのか？」

「それは絶対にイヤ」

「相変わらずわがままだな」

看板の後ろで、体を強張らせながら会話を聞いていた三枝の淡い希望は、次の慈舜の台詞で脆くも崩れ去った。

「おーい、姉ちゃん。いつまでもそんなとこにおらんと、一緒に焼肉食べに行かへん？　姉ちゃんが尾《つ》けとった松川さんが、ええ店教えてくれるんやて！」

3

――私はいったい、こんなところで何をしているんだろう……。

肉の焼ける煙がもうもうと立ち込める店内で、三枝は呆然となっていた。

目の前では松川と、パンクの子――道中の彼らの会話で、彼が慈舜という名前だと分かった――が、これ以上ないというほどの真剣な表情でメニューを睨んでいる。

店員が注文を取りに来た。

ふたりが息巻いて大量の注文をしているのを、三枝はぼんやりと見ていた。

近頃は昔と違って、焼肉屋といってもとても綺麗な店が多い。

肉を焼いたときに出る煙も、テーブルごとに付いている消臭器が吸い取ってくれたりするし、焼肉以外の料理がメニューに数多く載っていたりもする。

三枝は、洒落ものの松川推薦の店と聞いて、そういう流行の店を思い浮かべていた。

しかし現実は全く違った。

いつから改装していないんだと思うくらいの薄汚れた店内に、所狭しと備え付けられた鉄板つきのテーブル。店員も客も、店の中にいるものは皆、冬だというのに汗をだらだら流している。由緒《ゆいしょ》正しい、かどうかは分からないが、昔ながらの、ど真ん中直球の焼肉屋である。

――あーあ、今日はいつもより念入りにお風呂に入らなきゃ。この服も外に干しておかないとダメだろうなあ。

肉の焼ける匂いと、たれやにんにくの匂いが充満する店内を眺めて、三枝はうんざりした。

ここは絶対女性の来るべきところではない。

しかし慈舜と松川はそんな三枝に一向に頓着することなく、注文を続けている。

「あ、それとビールな！　生ビール！」

松川が店員に叫ぶ。大声で言わないと他の客の騒音にかき消されてしまうのだ。

「俺も、俺も！」慈舜が同調する。

「お前なあ、仮にも俺は刑事だぞ。未成年に酒を飲ませられると思うか？」松川が突っ込む。

そう、どう見ても慈舜は未成年だった。歳は訊いていないが、十五、六くらいだろうか。

「ええやん。固いこと言わんといてよ。大体な、法律が有効なのは、この世界だけのことやろ？　俺らの世界には未成年が酒飲んだらあかんなんて法律はないで」

この世界……俺らの世界……。いったい何のことだろう。

慈舜は頭に包帯を巻き、左頬からこめかみにかけて、大きなガーゼを当てていた。

怪我をしているようだった。未成年であるなしに拘らず、私ならそんな怪我をしている人間に酒を飲ませない。

「それもそうだな」

しかし松川は気にも留めていないようだ。慈舜の言葉に素直に頷く。

「じゃ、姉ちゃんと兄ちゃんの分も入れて、四つな！」

慈舜が三枝の了解も得ずに勝手に注文する。

三枝は兄ちゃんと呼ばれた黒尽くめの男を覗き見た。

彼は三枝から見て左斜め前に座っている。正面が慈舜でその隣、三枝の右斜め前には松川がいる。三枝は彼らとひとりで向かい合っている形だ。

男は、慈舜に逆らうこともなくにこにこ笑っている。

綺麗な顔をした男だった。

決して男性的な顔立ちではない。しかし、かといって女性的なものでもない。

そういった性の生々しさを削ぎ落とせば、あるいはこのような顔になるのかもしれなかった。

——もう少し表情が引き締まれば、美しいとまで言えそうな顔なのにな。

三枝はどこか茫洋とした、芯の抜けたような表情の春海を見ながら思った。

——でもそうなると逆に、ものすごく冷たい印象を与えるようになってしまうかも。作りがなまじ端麗なだけに、ちょっと怖い感じになっちゃう気がするわ。

「姉ちゃん、何、ぼうっと兄ちゃん眺めてんの？」

慈舜の声で、三枝はふと我に返った。

「あ、もしかして兄ちゃんに惚れたな？　いや、分かる分かる。兄ちゃん美形やもんなあ」

「ばっ……！」

馬鹿、そんなんじゃないわよ！　と反論しようとした三枝だったが、不思議そうに見つめる春海の視線とぶつかって慌てて下を向いた。

だが、本当のところはどうなのだろう、と三枝は自問する。

あのとき……尾行に気付かれ、声をかけられたときに、帰ろうと思えば帰れたはずなのだ。

あるいはこの店に来る道中でも良い。いつだって彼らとは逆の方向に足を向けることは出来た。

しかしそれをしなかったのは何故だろう？

三枝は薄々気が付いていた。それはこの左斜め前に座る、黒尽くめの男の所為であると。

しかしそれは慈舜の言う、惚れた、などというものではない。いやもしかしたらそれに近い気持ちが少しはあるのかも知れないが、心の大部分を占める感情ではない。

では何か？　何が三枝を引き止めているのだろうか？

それは、ありていに言えば、好奇心だった。

この男をもっと観察してみたい、というやや不躾《ぶしつけ》な、だがある意味純粋な好奇心。

それが彼女をこの場に留めさせているのだった。

ビールが運ばれてきた。四つある。ジョッキ全体に、薄く氷が張り付いている。きんきんに冷えた、見るからにうまそうなビールだ。

松川は待ちかねていたように嬉々としてそれを四人に配る。

そして慈舜と声を揃えて「乾杯！」とジョッキを高々と持ち上げた。

いったい何に乾杯するのか分からないまま、三枝も二人に従う。見ると、春海も苦笑しながらジョッキを掲げている。四つのジョッキが、空中で派手な音を立ててぶつかった。三枝は無意識にビールを口に運んだ。うまい。連日の激務によって溜まりに溜まったストレスが、一気に霧散していくようだった。

「おかわり！」「俺も！」松川と慈舜はもう二杯目を注文している。しばらくするとそのビールと一緒に肉も運ばれた。いったい何人前注文したのだというほど、器に山盛りになっている。「さあ焼け！」「さあ喰え！」ふたりがまた声を揃える。抜群のコンビネーションである。

塩タン、カルビ、ロース、バラ、ミノ、センマイ、ありとあらゆる肉が鉄板の上で踊っている。松川と慈舜は競い合うように次々と肉を平らげている。その姿に食欲を刺激され、三枝も鉄板に箸を伸ばした。まずは塩タン。おいしい。店内に入ってきたときは正直うんざりしてしまったが、さすがに松川が推薦する店である。絶品だ。

三枝は忘れていた空腹を急に思い出し、一心に肉を頬張った。

それは目の前の男ふたりに勝るとも劣らない、旺盛な食欲だった。

——やっぱりちょっとはしたなかったかも。

我に返ったようにそう思ったのは、一通り焼肉を食べ終え、ビールを一気に飲み干したあとだった。

「姉ちゃんもなかなか見事な食べっぷりやんか」慈舜が驚いたように揶揄する。

「うむ。飲みっぷりも見事だ」と松川。

「お腹が減ってたんです」

そう応えながら、三枝はまた春海を盗み見た。

春海は、ひとり黙々と焼肉を口に運んでいた。量もそれほど食べていないようである。

ビールも乾杯したときからさほど減っていない。

隣のふたりとは対照的に、それは静寂とさえ言える姿だった。

——似合っていない。

三枝はふとそう思った。

この男と焼肉は、決定的に似合わない。

何故そんなことを思ったのか、自分でも一瞬分からなかった。少し考えてみる。

どうして彼が焼肉を食べている姿は、こんなに違和感があるのだろうか。仮にこれが別の食べ物だったら、違和感はないのだろうか。

例えばフランス料理とか、懐石料理なら、どうだろうか。

……まだ似合うような気がする。ゆったりと落ち着いた空間で、ひとつひとつ料理をじっくり味わうように食べる……。

そんな春海を想像して、三枝はまた気が付いた。

確かに焼肉よりはそういう料理の方が、彼には格段に似合っている。

だが、想像の中のそんな春海の姿にも、やはり違和感を覚えてしまうのだ。

何故だろう？

そもそもこの男が何かを食しているという光景、それ自体に違和感があるからだろうか。

その思いつきに、三枝はぎくりとした。

そうなのだ。そういうことなのだ。

三枝はその思いつきを驚きと共に受け入れる。

この男には、食事をするというそのこと自体が似合っていないのだ。

それは、生活をしている、という匂いを感じさせないということと同じ意味だ。

それが違和感の正体だった。

三枝は、春海と隣の男ふたりとを見比べてみた。

真冬とはいえ、大勢の人間がひしめき合うようにして肉を焼く店内は、かなり熱い。

慈舜は革ジャンを脱ぎ、髑髏《どくろ》のマークの入ったTシャツ一枚になっているし、松川もスーツの上着を脱ぎ、ネクタイを緩めシャツの袖まで捲っている。三枝もすでに汗だくだ。店の中にいる誰もが、そういう状態だった。

だが、春海だけは違っていた。

コートこそ脱いでいるが、黒いタートルネックのセーターの彼は、この熱い店内でただひとり、汗ひとつ流していない。

青白い顔に微かに浮かぶ笑みにも、店内の熱気は届いていないように見える。

不思議だった。

生活臭を感じさせないというだけの人物なら、三枝も何人かは知っている。

だが春海はそんな人達とは明らかに一線を画していた。

それは生活臭がないというレベルのものではなく、生命感を感じない、とさえ言えるほどのものに思えた。

食事をする姿に違和感を感じるのと同様に、彼が眠ったり、洗濯をしたりトイレに行ったりという姿も想像出来ないのだ。

無理に想像すると、妙に戯画的な、滑稽な情景になってしまう。

――でもそれって凄く変なことじゃない？

三枝は自問する。

ものを食べる、ということは人間が生きていく上で最も基本的な、自然な行為である。

そんなことは今さら考えるまでも無い。当たり前のことだ。

だが春海の場合、その当たり前のことが、全然当たり前に見えないのだ。


それは人間臭さがないということですらなく、肉体の細胞が生命活動を行っていないからなのではないだろうか――などという馬鹿げた発想まで浮かんでくる。

しかし、まさに彼はそんな感じなのだった。

三枝は再び春海を眺めた。

そんなことを考えながら見る春海の姿は、さっきまでとはまるで別人に見えた。

春海はそんな三枝に気付いているのかいないのか、もぐもぐと口を動かしている。

最も人間らしくない人間。

そんな感想がふと頭をよぎる。

だがそれは存在感がない、というのではない。それを言うなら、彼には隣でまだ肉をがっついているふたりにも負けないほどの、存在感がある。

しかしその存在感の質が違うのだ。

松川や慈舜のそれは、明らかに人間臭いものだ。出会ったばかりの三枝にも、彼らの人間臭さはひしひしと伝わってくる。彼らの泣いたり怒ったりするときの表情も、漠然とだが安易に想像出来る。

だが春海はそうではない。

春海が表情を変える様子を、三枝は想像出来なかった。

彼はいつ、どんなときでもその微かな笑みを崩すことは無いのではないか。

そんな風に見えてしまう。

――まるで……まるで、そう、人間と見間違うほど精密に作られた人形を見ているみたいな……。

そこまで考えて、三枝は目を瞬かせた。

突然、春海が消えてしまったかのような錯覚に陥ったのだ。

――思い過ごしだ。

当の春海は、慈舜から何か冗談を言われて笑って応えている。

しかし一旦覚えてしまったその錯覚は、簡単に拭い切れるものではなかった。

ふと気が付くと、春海などという人間は初めからいなかったみたいな、いつそうなってもおかしくないような、そんな不安定な感覚。

実体感の欠落、とでも言うのだろうか。春海という人間はすぐそこに、手を伸ばせば触れられるほどそばにいるのに、何故か永遠に触れることは出来ないだろうと思ってしまうような、頼りなさ。

――きっと、いつまで経っても、私は彼の本質を見極めることは出来ないのではないか……。だって、彼はもうすでに、人としての枠を越えたところに存在しているんだもの……。

そう思った途端、微かな恐怖が、三枝を襲った。

人としての枠を超越した人間。

自分で思いついたその言葉に、三枝は言いようの無い畏《おそ》れを感じてしまったのだ。

――本当に春海という人間は存在しているのだろうか……。目の前にいる人物は、本当にそこにいるのだろうか……。私が見ているのは、果たして現実なのだろうか……。

宙を浮遊するかのような酩酊《めいてい》感。それに伴い、じわじわと畏れが全身に広がっていく。

ついさっきまで平坦な日常だったはずの光景が、ふいに違う顔になる。体が斜め下にずれ落ちていくかのような、ぞっとする違和感。

三枝はそれに抗《あらが》うように、大きく頭を振った。

——何を馬鹿なことを考えているんだ、私は。

体を包む不安定感を振り払うために、三枝はあえて強く心の中で呟いた。

——私は今、能天気な男三人に連れられて焼肉屋に来ているのよ。この状況はそれ以上でも、それ以下でもない。ただ、その中のひとりが、私には理解出来ない風変わりな人間だというだけのことよ。私はずいぶん疲れていて、その上少し酔っているから。そう、ただそれだけのこと。何を恐れる必要があるというの。

自分に言い聞かせる三枝の脳裏に、ようやく職業意識が戻ってきた。というより、職業意識にすがることで、体を覆う畏れから逃れようとした。

——そうだ。尾行に失敗したのは痛かったけれど、今のこの状況も、考えようによっては情報収集の絶好のチャンスなんじゃない。

三枝はわざとらしくひとつ咳き込んで、目の前の三人の男に目をやった。

三人はやっとひと心地ついたのか、箸を下ろしてビールを飲んでいる。

「ところで」

三枝は三人に向かって声をかけた。

三人が一斉に三枝を見る。

「詳しい自己紹介がまだだったわよね。私、京報スポーツ新聞社で社会部の記者をしています、三枝祐子です。以後、お見知りおきを」

そう言って三枝は三人に名刺を配った。

「松川さんの勘、当たっとったな」名刺を見ながら慈舜が言う。

「だろ?」松川は得意げな顔で頷く。

三枝はもう少しで声を上げそうになった。

――まさか、尾行がバレていただけでなく、素性まで見透かされていたっていうの?

しかしその問いを必死で飲み干す。

ここで弱みを見せてしまったら負けだ。

三枝はあえて、背筋を伸ばし胸を張った。それは戦闘態勢に入るときの彼女の癖だった。

背中に力を入れて、ゆっくりと、しかしはっきりと口を開く。

「松川さんが警察の方だということは存じ上げているんですが……」

三枝は慈舜と春海を見ながら言葉を切った。暗にふたりを紹介しろと訴えたのである。

「あ、それじゃ俺から」と慈舜が手を上げた。

「慈舜といいます。お察しの通り本名は別にあんねんけど、慈舜でええよ。小さい頃からそう呼ばれてきたし。職業は……えっと、俺に職業なんてあんのかなあ、俺、何か仕事してんの?」

「知るか」問われた松川が、そっけない返事を返す。

「ま、そういうことで。よろしく」ぺこりと頭を下げる慈舜。

「じゃあ、次は私ですね」

隣にいる春海が三枝に笑いかけた。

さっきまで妙なことを考えていた所為か、そんな春海を見ただけで何故かどぎまぎしてしまう三枝だったが、表面上は平静を保つ。

「もうお気付きかも知れませんが、先ほどのビルの三階で、霊障相談所というのを経営しております、勘解由小路春海です」

どうぞよろしく、と春海は名刺を差し出した。会社名と名前だけの、電話番号も住所も書かれていない、味気ない名刺だった。

「あの……ずっと気になっていたんですが、この霊障ってどういう意味ですか?」

三枝は春海に問いかけた。

取材の開始、である。

まずはこの辺の当り障りの無い質問をしながら、相手の警戒心を解いていくのだ。

しかし春海は、三枝のそんな思惑にまるで気が付いていないように、ひとつ小さく頷いてから話し出した。

「ああ、確かに一般の方にはあまり聞き慣れない言葉でしょうね。霊障というのは……」

何度も同じような説明をしているのだろう、妙に慣れた口調で春海はしゃべる。しゃべっている間も、彼の微笑は崩れない。

一通りの話が終わると、三枝は尾行していたときから気になっていたことを訊ねた。

「……ということはつまり、テレビなんかでときどきやっている、イタコとか悪霊祓《あくりょうばら》いとか、ああいうのを職業にされているということですか？」

思わず怪訝そうな口調になってしまった。

それは春海が胡散臭い人物に思えたからではない。むしろその逆だ。

三枝もよくは知らないが、そういう世界の人間は、人の弱みに付け込んで財産を掠《かす》め取ろうとするような、狡猾でいやらしい雰囲気を醸《かも》し出しているはずだと思っていた。三枝の中では、霊能者と呼ばれる人間は詐欺師と同じだった。

しかし春海にはそんな気配は微塵も感じられない。それが三枝には不思議な驚きだった。

だが、と三枝は思う。

一流の詐欺師というのは皆そうなのかも知れない。人に警戒心を抱かせない術を熟知しているからこそ、人は簡単に騙されるのだ。この春海という人間がもしそういう人種と同じであるなら、彼も自分の胡散臭さを上手に消す術には長《た》けているだろう。見かけだけで判断するのは危険だ。

三枝は探るような挑戦的な視線を送った。

しかし春海は一向に動じることも無く、

「はあ、まあ言ってしまえば、同じなんでしょうねえ。彼らが本物かどうかは別として、やってることというか、カテゴリーとしては同じところに分類されるんじゃないでしょうか」

三枝は呆れた。春海の言葉は、自分も詐欺師であると認めたことになるのだ。

周りを否定して、自分だけが本物であるという言い方も、彼らがよく使う手法だ。

「では」三枝の口調が厳しいものになる。「あなたはご自分が詐欺師であるとお認めになるんですね？」

春海の顔が笑ったまま固まった。

「は？　……詐欺師？」

「そうです。罪も無い一般市民を捕まえて、彼らを不安と絶望に叩き落としてから、さも自分が救世主であるかのように手を差し伸べる。そして彼らが必死になって貯めた財産を根こそぎ掠め取る。そういう卑劣な輩《やから》を、詐欺師と呼ばなくてどう呼ぶんですか？」

単なる会話のきっかけにしようと思っていただけの話題が、少し違う方向に流れ出した。興奮してはいけないと思いつつも、語気がつい荒くなってしまっている。

「はあ、そりゃ確かに詐欺師ですよねえ」

春海はしたり顔で頷き、逆に三枝に質問する。

「……じゃあ、三枝さん。あなたは霊の存在とか、そういうものを信じない人ですか？」

「当たり前です」

三枝は憮然として応える。

相変わらず茫洋とした雰囲気で三枝の詰問を躱す春海に、段々腹が立ってきた。

松川と慈舜が、にやにや笑ってふたりを交互に眺めているのも癇《かん》に障る。

「二十一世紀にもなったこの時代に、霊だの祟《たた》りだのと、そんなことを信じている人間がいるなんて本気でお考えですか？　馬鹿らしいったらないわ。そりゃ、あなたみたいな人達にとっては飯の種ですから、信じていらっしゃるんだろうとは思いますけど、そういう人達が、信心深いご老人や病人を喰いものにするから、下らないオカルトがいつまで経っても無くならないんです！」

三枝は一気にまくし立てた。

みっともなく興奮しているのは自分でも分かっていたが、どうしようもなかった。

あるいはそれは、詐欺師のような人種に、一瞬でも畏れに似た感情を抱いてしまった自分に対する侮蔑と苛立ちの所為かも知れなかった。

しかし春海はどこまでも平然と応える。「同感です」

その様子に、三枝はとうとうキレた。

「なんですか、その態度は！　いけしゃあしゃあとよくもそんな台詞が吐けるわね！　はっきり言ってあげるわ！　私はね、あなた達のような人間が大っ嫌いなの！　弱いものから金を搾り取ることしか考えていないくせに、正義づらしてのうのうと生きているあなた達のような人間がね！　そのにやけた笑いを止めなさい！　虫酸《むしず》が走るわ！　ええ！　どうせあなたはこう言うんでしょうね！　他のものはどうか知らないが、私は本物だってね！　或いはこう言うの⁉　誰かが騙してやることで安心する人もいるんだって！　ええ！　そうなんでしょうよ！　そういうこともあるんでしょうね！　でも、それじゃあ訊くけど、あなたを信じてすがりつきさえすれば、病人は病気が治るの⁉　あなたに全財産を投げ出せば、老人は寿命が延びるの⁉　ふざけんじゃないわよ！　あなたのような人間に騙されて、不幸になった人達がいったいどれだけいると思ってるのよ！　下らないオカルトを振りかざすあなたみたいな人間がいるから、それを利用して金儲けを企む連中もあとを絶たないのよ！　私は認めないわ！　絶対に認めない！　見てなさいよ！　そのうちにあなたの悪行を全部暴《あば》いて、白日の下にさらけ出してやるから！　覚悟しておくことね！」

知らない間に、三枝は椅子を蹴って立ち上がっていた。

あれだけ騒がしかった店内が、水を打ったように静まりかえっていた。皆、三枝を驚いたような顔で凝視している。

その静かさに、三枝ははたと我に返った。しかしここで引くことは出来ない。はあはあと肩で息をしながら、春海を睨む。

「まあまあ、とにかく落ち着いて。座れよ」

数秒の静寂のあと、松川が場を取り繕うように言った。

さすがにいつまでも立っているのが恥ずかしくなっていた三枝は、内心ほっとして、表面的には渋々、その言葉に従った。

椅子を戻して、座る。と、春海はまだ笑ったまま、三枝を見つめていた。

「すっきりしましたか？」

春海が声をかけた。どうやらこの男には、三枝の怒りの発露も、どこ吹く風のようである。

なお言葉を募らせようとする三枝を手で制して、春海はしゃべりだした。

「……確かに、霊能者を名乗るもの達の中には、詐欺師に近い連中もいます。あなたのおっしゃるように、そういう連中に騙されて人生を狂わされている人達も少なからずおられるでしょう。そういう事件は社会一般に明らかにされるべきだし、詐欺師のような人種は告発されるべきだとも思います。しかしですね、そういう詐欺師まがいの『偽者』が多いということが、すなわち『本物』はいない、ということにはならないのではないでしょうか。どんなに『偽物』が多くても、その中に『本物』は必ずあります。……絵画などの世界でも、贋作が作られるのは、その上位に『本物』の名画があるからですよ。『本物』というバック・ボーンがあるからこそ、『偽物』は作られるのです」

分かりますか？　と訊ねるような目つきで、春海は三枝を見つめている。

口元にはうっすらと笑みが浮かんだままだ。

——気に入らないわ……。まるで自分が『本物』の名画だとでも言うような口ぶりじゃない。こういうことを言うヤツに限って、実は大したこと無い『偽者』だったりするのよね。私は騙されないわよ。絶対化けの皮を剝がしてやる。

睨む三枝を気にも止めないで、春海は淡々としゃべり続ける。

「……あなたに信用して欲しいとは言いませんよ。それに、あなたの義憤《ぎふん》に水を差す気も毛頭ありません。むしろ、詐欺師まがいの連中をどんどん糾弾して欲しいと願っているくらいです。ただね、あなたもジャーナリズムの一端を担う人間なら、あまり感情的にならずに、理性的に事実を拾い上げた上で告発して欲しいですね」

三枝はぐっと喉を詰まらせた。そのことだけは悔しいが春海の言う通りだった。感情に任せて騒いでしまった自分を恨んだ。

しかしそんな気持ちを表面には見せない。少しでも動揺を悟られたら、その時点で負けだ。三枝は再度胸を張った。

「……さすがに人を騙し続けているだけのことはあるわね。口がお上手ですこと。羨ましいわ。それでは、お言葉に甘えて、納得するまであなたの周辺を調べさせてもらいます。その上で、きちんと告発させてもらいますよ。そのときになって泣きついて来られても知りませんから」

どうぞお好きに、と春海は肩を持ち上げて応えた。

「それから松川さん」

三枝は標的を松川に変えた。

「仮にも現職の刑事ともあろうものが、このような胡散臭い人間と関わっているというのは決して見過ごすことの出来ない問題です。いずれはあなたも窮地に立たされることは間違いないでしょう。その覚悟はされておいた方が良いでしょうね」

ふふん、と松川は鼻で笑った。

「ああ、そうだな。そうならないことを祈っているよ」

軽口を返す松川をきっと睨んで、三枝は席を立った。

これ以上ここにいると、また激情に駆られてがなりたててしまう。今も必死でその衝動と闘っているのだ。

「それでは、またいつかお会いすることになるとは思いますが、今日のところはこれで失礼します」

形ばかり頭を下げて、くるりと三人に背を向けた。

出入り口へ足早に歩き出す。

と、その背中に声がかかった。

「姉ちゃん！」

関西弁の高い声は、慈舜だ。

「何よ！」

苛立ちを隠そうともせず振り返った三枝に向かって、何かが飛んできた。

驚きながらもそれを胸のあたりで受け止める。

「肝心なもん忘れたらあかんやん！」

見ると、それはこの店の伝票だった。

「ご馳走様！　また奢ってな！」

金額を見て、眩暈《めまい》を起こしそうになった。

三枝は無言で伝票を慈舜に投げ返して、店を後にした。

4

「……おい、どうするんだよ」

三枝が帰り、三人になったテーブルで、松川が春海に突っ込んだ。

「そうですねえ、やっぱり怒らせてしまったのはまずかったですかねえ。でもまあ、探られて困るようなことは何にも無いですし、放っておけばそのうち諦めるんじゃないですか？」

「そうか？　なんや気の強い姉ちゃんやったで。ああいうタイプは思い込んだらしつこいんとちゃう？」

慈舜の懸念に春海は顔をしかめる。

「嫌なこと言わないで下さいよ。それでなくても私はああいう感じの人、苦手なんですから。何かこう、今にも取って喰われそうで」

あはは、慈舜は困った顔をしている春海を見て笑った。

「せやけど、なかなか美人やったで。兄ちゃんと並んで歩いてたら、似合いのカップルやと思うけど」

「止めて下さい。ホントに」

ふたりが軽口を言い合っている横で、松川がどんとテーブルを叩いた。

「違う。俺が言いたいのはこいつのことだ」

松川は右手を振り上げて訴えた。

手には三枝から投げ返された伝票が握られていた。

「どうすんだよ、これ？」

松川はそこに書かれている金額を見て、情けない声を出した。

「俺はあのブンヤの姉ちゃんが払うと思って、しこたま喰っちまったぞ」

慈舜が呆れた顔で松川を見た。

「そんなん、決まってるやんか」

なあ？　と同意を求めるように春海を振り返る。春海も後ろでうんうんと頷いている。

「当初の予定通り、松川さんの奢りということですよね」

「ばっ！　馬鹿言うなよ！　こんなに使っちまったら、俺は明日からどうやって暮らしていけばいいんだ？」

「そんなこと知らんやん」

肉を頬張りながら応える慈舜の手を、松川は摑んで止めた。

「待て！　もうそれ以上喰うな！　残っている肉は全部返品だ。返品！」

えーっ！　と慈舜と春海が不満の声を上げる。

やかましい！　そう言い返したとき、松川の胸ポケットから小さな音が聞こえた。

携帯電話が鳴っているのだ。

慌ててそれを取り出し、通話ボタンを押す。

「はい、松川です」

この隙に、と慈舜が残った肉を鉄板の上にぶち撒けようとする。

それに気が付いた松川は、携帯電話を耳と肩で挟んで、必死に止めに入る。

あ、テメ、何するんだ、もう止めろ、止めてくれ。ええやんか、もうちょっとだけ食べよ、な？　食べ物残したらバチ当たるで。

立ち上がって後ろから慈舜を羽交《はが》い絞《じ》めにする松川と、それでも皿を放さず肉を鉄板に並べようとする慈舜。ふたりともかなり真剣である。

——電話の内容、ちゃんと聞いているのかなあ。

春海がふたりの熾烈な闘いをぼうっと眺めながら、そう独り言を呟いた、そのとき。

「えっ！」

松川が突然大声を上げて動きを止めた。

やった。松川から解放された慈舜が嬉々として肉を焼き始めた。

しかし松川にはそれを止める余裕が無くなってしまったようだった。

真剣な顔で電話を聞いている。

「……はい。分かりました。……では早速向かいます」

電話を切って振り返った松川は、ふたりを交互に見て、言った。

「また鬼が出たそうだ。現場は四条畷《しじようなわて》通、ここのすぐ近くだ」

松川の言葉を聞いた後の、ふたりの反応は素早かった。

春海はコートを摑み、風のように店を飛び出していった。

慈舜も、口一杯に肉を頰張りながら、革ジャンを羽織り、春海の後に続く。

一番時間がかかったのは当の松川だった。折っていた袖を直し、ネクタイを締め、ジャケットを羽織る。コートとマフラーを脇に抱え込んで店を出ようとすると、目の前に店員が立ち塞がった。伝票を鼻先に突きつけてくる。

「ああ！　そうだった。支払ね、でも今俺急いでるんだ。後で払いに来るから……てのはやっぱりダメだよな」

店員は仁王立ちのまま無言で頷く。

「それじゃあ、こうしよう、俺は刑事だから、京都府警の方へツケておいてくれ。ええと、名刺は……あった、あった。な？　これで頼むよ。今持ち合わせがないんだ」

怪訝そうに名刺を眺めてから、店員はぼそりと一言呟いた。

「もう一枚」

「え？」

「名刺を、もう一枚」

——畜生、身分を偽っていると疑ってやがるな。名刺一枚だけじゃ信用出来ないってことか。しかし嘘をつくにしても、よりによって警察官を名乗るヤツなんていないだろ、普通は。……まあ、いい。ぐだぐだ言い争っている時間は無い。もう一枚名刺をやれば良いんだろ？　ほらよ、お望みのものだ。これで分かったか、馬鹿野郎。ついでに警察手帳も見せてやろうか？　ビビんじゃねえぞ。

胸の中で毒づく松川を一瞥《いちべつ》して、店員はゆっくりと道を開けた。

松川は脱兎《だっと》のごとく焼肉店を飛び出した。


きゃあああ！


静かな夜の闇に沈む、京都の街に悲鳴が響いた。

春海と慈舜はその悲鳴の方向へと走っていた。

速い。特に慈舜は、肋骨を骨折しているにも拘らず、ぴたりと春海に並んで走っている。驚異的な運動能力である。

「阿我！」

走りながら、慈舜が叫んだ。

すると、どこからか、一陣の疾風のように、阿我がするすると姿を現した。

「事件や。兄ちゃんと特訓した成果を見せるチャンスやで。鬼のおるトコまで先導してくれ！」

慈舜の言葉に、こくりと頷いて、阿我はスピードを上げた。

そのあとを慈舜と春海が追う。

何度目かの角を曲がったとき、ふいに獣臭が濃くなった。近い、そう思ったとき、前方に人影が見えた。ふたりに向かって走ってくる。ふたりは足を止めて前方の闇を見つめた。

女性のようだった。ハイヒールが地面を叩く甲高い音が聞こえる。

女性は錯乱しているようだった。意味の分からない叫び声を上げながらジグザグに走っている。と、びたん！　と派手な音を立てて女性がこけた。相当錯乱している様子である。

「大丈夫ですか？」

春海が大声で女性に声をかけた。

女性も春海の声が聞こえたらしい、叫び声が一瞬止む。

春海と慈舜は女性に向かって再び走り出した。

女性まであと五十メートルはあるだろうか。

薄明るく地面を照らす街灯の光の輪の中に、女性が姿を見せ始めていた。

なんと彼女は転んだ体勢のまま、這いつくばってこちらに向かって来ている。

立ち上がって走った方が速い、という当たり前のことにさえ気が付かなくなるほど、動揺しているらしい。後ろが気になるのか、何度も振り返りながら体を引きずるようにして近付いてくる。

必死の形相だった。

「あれ？」

街灯の明かりの輪の中に浮かび上がった女性を見て、慈舜が声を上げた。

「ええ」

走りながら春海も頷く。

極度の錯乱状態に陥ったまま、ふたりに向かってにじり寄ってくるのは、さきほどまで一緒にいた三枝祐子だったのだ。

「助けてぇえ！」

ふたりの足音が近付くのを聞いたのか、三枝が初めて意味のある叫び声を上げた。

あと五メートルほどの距離まで二人が近付いたとき、初めて三枝はふたりが春海と慈舜であることに気が付いたようだった。

しかし二人の姿を認めても、三枝には驚いたり羞恥心を感じたりする余裕など無かった。

「春海さん！　慈舜君！」

ただ泣きじゃくりながら二人の名前を交互に叫んだ。

しかし次の瞬間三枝は、ふたりが自分を見ていないことに気が付いた。ふたりは三枝の向こう、三枝が逃げて来た道の、闇に沈んだ空間を見つめていた。

三枝は二人につられて振り返った。

そして、絶叫した。

三枝の足元、そこから二メートルほど向こうに、いつの間にか鬼が立っていたのだった。

それは紛うことなく鬼そのものだった。

炯々と光る赤い目と、大きく横に裂けた口。そこからは長い舌と不気味に伸びた歯が覗いている。

服はびりびりに裂かれ、その下には全身を覆う獣毛が見て取れた。

角こそ生えていないものの、それは三枝が漠然とイメージしていた鬼と呼ばれる怪物とぴたりと重なるものだった。

「えいおああああ!!」

鬼の咆哮《ほうこう》と三枝の悲鳴が重なり、不協和音となって空気を震わせる。

鬼が右腕を振り上げた。標的はもちろん三枝だ。

三枝は動くことが出来なかった。

体に力が入らない。いや、入れようという意識すら、どこかに吹き飛んでいた。

鬼の腕が振り下ろされる。

死ぬ！　そう思ったとき、「どりゃあああ！」という声とともに、倒れている三枝の上の空間を何かが通り過ぎた。

がつんとぶつかる音。

三枝はその光景をぼんやり眺めていた。何が起きたのか、理解出来ない。

頭の中の、大切な回線が、突然ぷつりと途切れてしまったようだった。

三枝の脳は、その理解出来ない現象を解析しようと躍起に動き出した。

だが、分からない。

目に見えてはいるが、それが何なのか分からない。

いつの間にか、鬼と自分との間に障害物が出来ていた。

何だ？　これは？

地面から垂直に立つ細い二本の棒が、途中でひとつになっていて、その上の方でまた二本に分かれて生えている枝のようなものがある。

そのさらに上は、少しくびれた部分に楕円形の球体が乗っかっている。

何だったっけ？　これは……よく知っているもののはずなんだけれど……。

三枝は必死になって考える。

しかしうまく考えられない。

思い出そうとすればするほど意識が霧散していくようだ。

「あまり無茶はしないで下さいよ！」

頭上で声がした。

「わかってる！」

その障害物が応えた。

あっ！　そうだ！　これは人間だ。

三枝は唐突に思い出した。

誰かが、私と鬼との間に割って入ってきたんだ！

断絶されたときと同様に、脳の回路は突然繋がった。

と、体がふわりと宙に浮いた。

抱きかかえられたのだ。

たちまち恐怖に襲われ、全身の力を振り絞って暴れようとした三枝だったが、「もう大丈夫ですよ」と言う声にふと我に返った。

春海だった。

春海は、慈舜が三枝を飛び越えて、その勢いで鬼に飛び蹴りをくらわせているのを確認しながら、三枝を抱き起こしていた。

慈舜に声をかけてから、三枝を抱えたまま、今来た方向に駆け出す。

三枝を安全な場所まで連れて行かなければならなかった。

曲がり角の向こうまで連れて行くとして、その曲がり角までは約百メートル。往復すれば二十〜三十秒はかかってしまう。

その間、鬼を慈舜ひとりに任せるのはあまりにも危険だった。

普段の慈舜ならいざ知らず、今の彼は怪我をしているのだ。それも生半可なものではない、立っているのが不思議なほどの重傷なのである。

春海の顔に、珍しく焦燥の色が見えた。

三枝が、春海の首にもの凄い力でしがみついてきた。

しかし三枝自身は、自分がそんなに力を込めているとは気が付いていないだろう。

どこを見ているのか分からない、弛緩した表情だった。

「大丈夫。もう大丈夫ですよ。安心して下さい」

春海は三枝に声をかけた。だが、三枝は無反応である。

曲がり角まであと二十メートルほどになったとき、そこから誰かが飛び出してきた。

暗闇の所為で顔ははっきりと見えないが、春海にはそれが誰であるのかすぐに分かった。

松川である。

松川は春海の姿を確認して軽く頷いた。瞬時にして状況を把握した松川は、駆け寄ってくる春海へと走り出した。

春海が松川に、抱えていた三枝を渡そうとしたとき、「危ない！」という叫びとともに松川が春海を通り過ぎた。

がっ！

肉と肉がぶつかり合う鈍い音が響く。

春海は背後を振り返った。
そして、信じられない光景を見た。
松川が、鬼と対峙している！
——何故鬼がここにいるんだ！
——まさか……慈舜君がやられたんじゃ……！
再び走り出しながら、春海は慈舜を探す。
いた。慈舜は百メートル向こうでまだ鬼と闘ってい
る。
——二体いる！
何ということだ。鬼が二体出現したのだ。
ようやく曲がり角に辿り着いた春海は、放心状態の
三枝を電柱の陰に寝かせた。
そしてすぐに引き返す。
十五メートル先には鬼と向かい合う松川、そしてそ
こからさらに八十メートル向こうには、別の鬼と闘っ
ている慈舜がいた。
まずい配置だった。
——どうするべきか。
春海は迷った。
慈舜の方へ加勢に行ったなら、松川に三枝を守りな
がら鬼との闘うことを押し付ける形になる。しかし、
だからと言って松川に加勢すれば、慈舜をむざむざ見
殺しにすることになってしまうだろう。
しかもこの場合、最優先で考えなければならないの
は、鬼を仕留めることではなかった。
優先するべきことは、三枝を守ることだった。
三枝に鬼をこれ以上近付かせてはならない。
三枝が襲われること、それは春海達の敗北を意味し
ていた。
そのための最終防衛ラインを、松川ひとりに任せる
わけにはいかなかった。
松川の方ではまだ闘いは始まってはいない。
お互い睨み合ったままだ。
だが慈舜はすでに劣勢だった。鬼の攻撃を躱すこと
で精一杯のようだった。彼の動きにまったく精彩がな
い。あれだけの傷を負っていれば当たり前のことだ。

むしろ、よく逃げ続けている。

立ち止まって逡巡している春海に、松川が怒鳴った。

「何をしている！　早くあの小坊主を助けに行かないか！」

「いやっ！　しかし……」

「テメエ！　俺のことをもうちっと信用しろよ！　こっちは大丈夫だ！　何とかする！」

松川が鬼と睨み合ったまま叫ぶ。

その言葉で、春海は覚悟を決めた。

慈舜に向かって走り出す。

松川と対峙していた鬼が、走り寄って来た春海に反応した。

横を駆け抜けようとする春海に、腕を振り回して行く手を遮ろうとする。

その鬼に向かって松川が声をかけた。

「やっぱり、所詮鬼は鬼だな。頭を使うってことを知らねえ」

そしてコートの内ポケットに手を入れて、拳銃を取り出した。

「この隙が欲しかったんだよ、俺は。こいつを取り出すだけのちょっとした時間がな。春海に気を取られて、その隙を見せてしまった時点で、もうすでにお前の敗北は決まった」

そう言うと松川は、照準を鬼の右腕に合わせて、引き金を絞った。

ごうん、破裂音が響き、鬼の腕が真後ろに弾かれる。

ぐぎゃるがあああ‼

激痛の雄叫びを上げながら、鬼が松川を睨んだ。凄まじいまでの憤怒のこもった、野獣の目だった。

しかし松川はひるまなかった。

「出来れば無傷で人間に戻してやりたかったんだがな。今回はそういうわけにもいかねえ。そんな余裕はないんだ。悪いな」

襲いかかってくる鬼に向かって、二発目を打ち込む。左足の大腿部である。

鬼の動きが一瞬止まる。その一瞬に三発目の号砲があがった。今度は右の大腿部だ。

あぐぎゃりぃいい!!

鬼が地面に倒れて、狂ったように暴れ出した。

見る見るうちに、地面に濁った色の血溜まりが出来る。

「慈舜の敗戦はいい教訓になったよ」

松川は転げまわる鬼に悠然と近付く。

「いくら鬼でも鉄砲には勝てねえってことが分かったからな」

無造作に血溜まりの中に足を踏み入れる。びしゃりと赤い飛沫《しぶき》が上がる。鬼は近付いてくる松川に対して、四つ這いになって応戦の態勢を取る。その怒りと敵意に満ちた目はまだ力を失っていなかったが、それもこの出血では数分と持たないだろうと思われた。

松川が鬼の手の届く距離に入った。

と、ここで信じられないことが起こった。

太腿を打ち抜かれたはずの鬼が立ち上がったのだった。

「あれ？」

動けないはずと高を括《くく》っていた松川が、怪訝そうに足を止めた。

鬼が松川を捕まえようと左腕を突き出してきた。

「おわっ！」

間の抜けた声を上げ、松川は何とか鬼の攻撃を躱した。

体勢を崩しながらも、大きく後方へ飛び退く。

血溜まりの中心に立つ鬼を見る。

すでに出血は止まっているようだった。

右腕と両腿に空いた銃痕から、同時にぽろりと銃弾が押し出された。

銃痕が、見る間に塞がってゆく。

凄まじい鬼の回復力だった。

「ちっ！」松川から小さな舌打ちが漏れた。

「慈舜のヤツ、ガセネタを摑ませやがって！　鬼は銃に弱いんじゃなかったのかよ！」

サルが長瀬に対して使った銃弾は特殊な退魔弾であ

り、だからこそ長瀬に甚大なダメージを与えることが出来たのであるが、そんなことは、慈舜はもとより、松川が知る由もないことだった。

ぶつぶつと愚痴る松川に向かって、鬼が血溜まりの中から大きく飛び上がった。

があああぁ!

口から大量の涎を撒き散らしながら、腕を無茶苦茶に振り回して鬼が宙から降ってくる。

正確さなどまったく感じられない、理性のぶっ飛んだ攻撃だったが、それがかえって厄介だった。

何を狙っているのか、見当がつかない。

「くそっ!」

松川は体を低く屈めて、前方に飛び込んだ。

勢い余って、地面をごろごろと転がる。

とん。

今まで松川がいた場所に、鬼が軽やかに降り立った。

少しでも逃げるタイミングが遅ければ、全身をズタズタに引き裂かれていたに違いなかった。

松川は体を捻りながら、間髪入れずに立ち上がった。

鬼が振り向きざまに襲いかかってくると予測したのだ。

だが、鬼は振り返らなかった。

松川に背を向けたまま、駆け出したのだった。

「しまった!」

鬼の行動を読んだ松川が、思わず叫んだ。

鬼が走っている方向、その先には、気を失った三枝がいるはずだった。

まさかの鬼の行動に、一瞬松川は愕然と固まった。

一度定めた標的を、本能的欲求に従ってただ追いかけているだけなのか、それとも、松川よりは捕らえ易い獲物がすぐ近くにいることを思い出したのか。

鬼の行動原理を理解することはできなかったが、数瞬の空白の後、松川は走り去る鬼の背中に、銃口を向けた。

……着弾から回復するまでの時間は、およそ三十秒。

松川は先程の攻防を思い返しながら考える。

……その三十秒の間に鬼の機能を停止させなければ、俺の負けだ。

松川は慎重に狙いを定めて、引き金を絞った。

がん！　がん！　がん！

立て続けに三発打ち出された銃弾は、正確に鬼の背中と両方のふくらはぎにめり込んだ。

その衝撃に、鬼が地を転がる。

銃を撃ち終わった直後、倒れた鬼に向かって松川は一気に走った。

三十秒。何としてもその間に決着をつけなければならない。

鬼が、激痛と怒りに血走った目で、松川を睨みつけた。

ぐがりゅあああ！

獣の咆哮。

鬼は今度こそ標的を松川に定めたようだった。

四つ這いのまま体を捩《よ》じり、正面から松川と対峙する。

鬼までの距離、約三十メートル。

まだ傷は回復していないようだ。

強烈な異臭とともに、ぼたぼたと背中と両足から血が流れ出している。

十五メートル。

鬼が再び吼えた。

びりびりと痺れるほどの殺気を全身に叩きつけられながら、松川はなおも足を止めない。

五メートル。

二メートル。

鬼の攻撃範囲に足を踏み入れた。

瞬間、鬼が狂ったように腕を振り回した。

しかし鬼の腕は松川には当たらなかった。

鬼の射程圏内に入ったと同時に、松川は鬼を飛び越えるようにジャンプしたのだった。

松川は鬼の頭上を飛び越えながら、ぽんと頭頂部に手を乗せた。

鬼の頭を支点に、逆立ちの状態になる。

ふん！

口から呼気が漏れ、次の瞬間には鬼の背後に立っていた。

さほどスピードはないが、華麗にして滑らかな動きだった。

鬼は四つ這いのまま松川を振り返ろうとしていた。

しかし出来ないようだった。

電気が流れているかのように全身が細かく振動している。

頭部に手を当てた瞬間、松川は聖気を鬼の脳内へと流し込んだのだった。

半分ほど振り返ったところで、鬼の眼球がぐるりと裏返った。

びくんと体をうねらせ、口から泡立った涎を吐き散らしながら、鬼はゆっくりとうつ伏せに倒れた。

「ふう……」

ぴくりとも動かなくなった鬼を見やりながら、松川が短い溜息を吐いた。

「危なかった。間一髪だったな。いくらいけ好かない女とは言え、俺の所為で殺されてしまうのは、どうも寝覚めが悪いだろうし……それに、春海に任せろと言ってしまった手前、助けられませんでしたじゃあ、俺の立場もなくなるしな……」

三枝を助けたことを後悔しているのか、ぶつぶつと言い訳めいた独り言を呟きながら、松川は倒れている鬼に近付いた。

「それにしても、銃、効かねえじゃんか。慈舜の野郎嘘ばっかり言いやがって。お陰でひでえ目に会っちまった。後できつくお仕置きをしてやらんとな……」

松川は鬼を摑んで側の電柱まで引きずった。

電柱を抱え込むような姿勢にさせて手錠をかける。

「これで、よしと」

ポケットから携帯電話を取り出し、警察の本部へ連絡する。

電話を仕舞いながら、松川はちらりと鬼を見た。

「お前もひでえ目に会ったな。でもまあ、次に目が覚めたときは人間に戻ってるよ、たぶん」

無残に空いた三つの銃創から流れる血は、見る間に少なくなっていた。

「人間に戻る前に、その傷も治ってるといいな」

傷そのものを作った本人とは思えないような台詞を残して、松川は三枝の元へと走っていった。

松川が鬼に一度目の発砲を試みていたとき、春海はすでに慈舜とともにもう一体の鬼との闘いに参加していた。

瀕死の状態になっている慈舜を後ろから抱き留めながら、走っているうちに発現させておいた光の神剣で鬼の攻撃を牽制する。

改めて鬼を見たとき、春海は、何故慈舜がこの鬼に対して一度も攻撃を加えなかったのか、その理由に気が付いた。

慈舜が鬼の攻撃を避けるのに精一杯で反撃出来ないのは、重傷を負っている所為だと思っていた。だが、それは間違いだった。

その鬼は、今までの鬼と比べてひと回りは体つきが小さかった。

それに、獣毛で覆われた胸の辺りがうっすらと盛り上がっている。

女だったのだ。

もちろん、ひと度鬼となってしまえば、その凶暴性に性別は関係ない。そんなことは重々承知していながらも、慈舜にはこの鬼を攻撃することは出来なかったのだ。

「へへっ、ごめんな兄ちゃん。下手打ったわ」

ぜいぜいと息を切らせて、慈舜が春海に言う。

「意外とフェミニストですね、あなたも」

慈舜を庇《かば》うように動きながら、春海が応える。

「そう言う兄ちゃんも甘いやんか。さっきから全然反撃もせんと。それに、剣を出したからゆうて人格がいつも変わるわけやないんやな。力を抑えてんのか？　そんなことも出来るんや。……せやけどこういう場合は、怖い兄ちゃんの方が、容赦なく攻撃出来るんとちゃう？」

鬼が貫手《ぬきて》を繰り出してきた。春海は慈舜を抱えたまま寸前のところでそれを躱す。

「あまりしゃべらない方が良いですよ。余計な体力を消耗します」

しかし慈舜の指摘は当たっていた。

春海は、人格が入れ替わらないように、剣の出力を最小限に抑えているのだった。

間断なく襲ってくる鬼の攻撃を、辛うじて避けている春海と慈舜だったが、しかしそれにも限界が近付いていた。

女性だからだろうか、その鬼の動きは、軽やかで、速かった。

重傷の慈舜を抱えたままの春海では、いずれ鬼の攻撃を喰らってしまうだろうと思われた。

と、そのとき。

春海が慈舜を抱えたまま、大きく後方に飛び退いた。

足を蹴り上げていた鬼は、一瞬春海らを見失ったように、動きを止めた。

春海はその瞬間を見逃さなかった。

深く息を吸い込み、剣を持つ左手に意識を集中させる。

すると驚いたことに、剣が倍近くの長さまですうっと伸びた。

剣は、伸びながらしなやかに波打ち出す。

剣が鞭に変わったのだ。

どうやら、春海の腕から伸びる武器は、その用途に応じて形状を変化させることが出来るらしい。

「おおっ！」

春海の隣で慈舜が声を上げる。

春海が腕を振ると、鞭がびしりと地面を叩いた。

鬼がその春海に向かって突進してくる。

春海は無造作に再び左腕を動かした。

と、鞭がまるで意志を持つ生物のようにするすると鬼に伸び、全身に巻きついた。

ぐがっ！

緑色に光る鞭に体を搦め取られて、鬼が動きを止めた。

げはっ！

引き千切ろうと体を捻るが、それによってさらにきつく縛られてしまうらしい。鬼は苦しそうに息を吐いた。

「……さて、何とか捕らえはしましたが、このあとどうしましょう？　すごい力で、今にも千切られそうなんですけど」

春海が慈舜に困ったような顔をして言った。

すると、にかっと笑って慈舜が応えた。

「いや、それがええねや兄ちゃん。動かれへんように縛り上げる、それだけで充分。それが最高にええ状態や」

がくがくと膝を震わせながら慈舜が立ち上がって鬼に近付いていった。

ごうっ！　鬼が慈舜に向かって吼える。

慈舜は鬼の背後に回ると、ついと左腕を振り上げて、手刀を鬼の首に落とした。

とん、という首に手が当たる音と、うごっ、という鬼の声が重なり、次の瞬間、鬼の頭が、がっくりと前に倒れた。

慈舜が当身を当てて、鬼を気絶させたのである。

ゆるゆると鞭が解け、支えを失った鬼は、前のめりに地面に突っ伏した。

「一件落着やな」慈舜が言うと、春海は軽く頷き、松川のいる方を振り返った。

松川は三枝を見守っているのか、それとも上司に事情を説明しているのか、姿がなかった。ただ、電柱に括られた鬼が一体、街灯に照らされているだけだった。

「……恋人同士、だったのかも知れませんね」

倒れた鬼を見ながら、春海が呟いた。

二体の鬼が今夜ここで偶然に出会ったという可能性は極めて低いだろう。おそらく、この二体はずっと行動をともにしていたに違いない。

「あと三人か……」慈舜が応える。

「やはり、動機ですね。犯人はＦＦ製薬の会長とその秘書に間違いないとしても、分からないのはその動機です。ここまでなりふり構わず鬼化人間を増やすのには、それ相応の理由があるはずです。それを突き止めない限り、この事件は終わりませんよ」

おーい、遠くからふたりを呼ぶ声が聞こえた。

松川である。

「大丈夫かぁ！」手を振って呼びかけている。

「呑気なおっさんやなあ、緊張感というもんがないで」

慈舜の言葉に、春海は肩をすぼめて笑った。

「あっ、なんやその、お前も同類やとか言いたそうな顔は」

慈舜も笑い返す。

春海が松川の方に歩き出した。

慈舜もあとに続こうとする。だが、すぐに立ち止まった。


「あかん。兄ちゃん。なんかもう俺限界や。歩かれへん」

その場にへたり込みそうになる慈舜を、慌てて春海が支える。

「すまんなあ。せやけど、どうせやったらおんぶの方がええな、俺は」

「それは遠慮します」

「相変わらずわがままやな。それにちょっと言葉の使い方間違えとるで」

――気を失いそうなほどふらふらなのに、憎まれ口だけは減らないな。

春海は苦笑した。

幻神伝

第五章

1

——その夜。一時きっかりに、高平美樹《たかひらみき》は、懐中電灯を片手に病棟の巡回を始めた。

深夜の病院の廊下は、骨が冷たくなるほど寒く感じる。

もちろん、エアコンは常に、病院を快適な温度に保っている。日中なら、忙しく動き回る看護婦には少々暑いくらいの温度だ。

だが、その人工的な温度では夜の病院の不気味な寒さまで追い払うことは出来ない。

美樹は常々そう思っていた。

だからこの深夜勤が彼女は嫌いだった。

そもそも看護婦になりたくてなったわけではない。

大学にも行きたくなかったし、かと言って働きたくもなかった美樹は、せめて何かの資格くらいは取っておいて欲しいという母の強い勧めもあって、仕方なく看護学校に入学したのだった。

実務に就いてまだ二年目、新人である。

新人だから、深夜勤などというきつい仕事を、人より多く回されるのだと彼女は思っていた。

実際はきちんと公平にスケジュールは組まれているし、彼女のような新人の面倒を見ながら通常の業務もこなさなければならないベテランの看護婦の方がきつい仕事なのだが、そんなことは爪の先ほども彼女は考えていない。

照明の落ちた廊下には、非常口を示す看板と、彼女の持っている懐中電灯の明かりだけが白々と浮かんでいる。

——この不気味さだけは、何度経験しても慣れないわ。……先輩が行ってくれれば良いのに。楽になることばかり考えているんだから、あの人は。

美樹は心の中で愚痴る。

同じ深夜勤になっている先輩は、美樹より四歳年上の中堅の看護婦だった。

彼女が見回りに行かないのは楽をしたいからではなく、患者からの緊急のベルが鳴ったときなどに備えて、常時ナース・センターに待機しておかなければならないためで、それは新人には任せておけない仕事であるからだが、もちろん美樹にはそんなことは関係ない。

——さあ、いつものようにさっさと見回りを終わらせて、トイレに行こう。

美樹はポケットの中の携帯電話を触った。

——淳《あつし》はまだ起きているかしら。

深夜勤の巡視のときは、適当に仕事を済ませて、余った時間にトイレから彼氏に電話をするのが彼女のパターンだった。

一度、それが先輩に見付かりそうになって、慌てて下痢のふりをしなくてはならない羽目になったこともあったが、そんなことで彼女はめげなかった。

つまり、なんだかんだと愚痴を言ったところで、彼女は自分から巡視を買って出ているのだった。

外科病棟は夜になってもなかなか寝静まることはない。骨折などの比較的軽い怪我の人達のいる、大部屋は特にそうである。深夜までテレビやラジオを付けていたり、本を読み耽っていたり、ひどいときには四、五人が集まってトランプや何かで賭け事をしていたりする。病気ではなく怪我で入院している人が殆どだから、エネルギーがあり余っているのは分かる。でも、そんな人達に限って、朝遅くまで起きなかったり、リハビリをサボって昼寝をしていたりするのだ。いつまでも入院していたいのは勝手だけれど、私達に必要以上の面倒をかけないで欲しい、と美樹は思っている。

美樹はその大部屋へと向かった。

いくら静かにしようと気を配っていても、人が起きていれば空気がざわつくものだ。

しわぶきや、シーツの衣擦れや、イヤホンから漏れてくるテレビの声や、そんな微かな物音が、渾然《こんぜん》とした気配となって部屋の入り口から漂ってくるのだ。

しかしこの日は違っていた。

いつもなら感じるはずのざわつきが、今晩に限って感じられなかった。

——珍しいこともあるものね。みんなおとなしく眠っているのかしら？

美樹は少し不審に思いながらも、大部屋の扉をゆっくりと開けた。


……このときの彼女にあと少しの思慮深さを求めるのは酷なことだっただろうか。

部屋の前で感じた不審さを少しでも信じていれば、このあと訪れようとしている出来事から、彼女は自分を守ることが出来ただろうか。

それとも、いくら臆病なほど用心深く行動しても、結果は何も変わらなかっただろうか。

いずれにせよ、彼女はこれから自身に降りかかろうとしている災難を予見してはいなかった。

このあと遭遇するであろう不幸な事件の結果、彼女は顔に大きな傷を負うことになり、この病院に患者として入院することにもなり、その傷が原因で彼氏に振られることにまでなるのだが、彼女はそんなことにまったく気が付いていなかった。


——大部屋には冷たい静寂が満ちていた。

この部屋にはベッドが六つあり、今はそのすべてが埋まっていたのだが、こんなに静かにこの六人の患者が眠りについているのは、初めてのことだった。

左右に三台ずつ置かれたベッドは、カーテンによって一台ずつ仕切られていた。

美樹は扉から一番奥の、窓際のベッドまで行き、カーテンを少しだけ開けた。

懐中電灯でベッドの上を照らす。

静かに眠っているだろうと思っていた彼女の予想は、簡単に裏切られた。

ベッドの上に患者はいなかった。

いや、それは誰もいなかったということではない。いることはいたのだ。

ベッドの上で眠っているはずの人間は、その下の、リノリウムの床にうつ伏せになって倒れていたのだった。

それも、頭から血を流して。

その患者の姿を見た途端、美樹の中から容易く看護婦としてのプロ意識が消え去った。

――何？　どうして？　何でこんなことになってんのよ？

恐慌に陥った彼女は、よろけた拍子に側のカーテンに縋《すが》りついた。

体重を支えきれないカーテンが、ぶちぶちと千切れて床に垂れた。

「きゃあああ！」という悲鳴が、一瞬遅れて彼女の喉から迸った。が、それが頭を割られて気絶している患者を見たためか、それとも支えを失って転んでしまったためなのか、美樹自身にも判断はつかなかった。

カーテンが剝がされた所為で、右側の三台のベッドが見通せる状態になった。

無意識に顔を上げてそこに目を向けた美樹は、再び叫び声を上げた。

二台目の、真ん中のベッドに人が横たわっていた。

しかし寝ているわけではないのは一目見て分かった。いつも陽気で、美樹達看護婦を笑わせることに躍起になっているヘルニアの五十七歳の中年男が、両腕をバンザイの格好のように大きく振り上げ、足をベッドから落としそうな位置まで放り出した、不自然に捻じ曲がった姿勢で倒れていた。彼も、美樹の足元に倒れている男性と同じように、頭から血を流していた。

その向こう、病室の扉に一番近いベッドには人はいなかった。

そこには一週間ほど前に個室から移されてきた、十七歳の少年がいるはずだったが、今はどこに行ったのか、姿がない。

本来なら看護婦として、この異常な状況を誰かに報告することや、倒れている患者を介抱することを考えなければならないはずだったが、今の美樹にはそんな意識は消え失せていた。カーテンがかかっている左側の三台のベッドの様子を窺うことさえ出来ずにいた。

　この病室に、まだ意識のあるものがいたとすれば、美樹の悲鳴を聞いて起きてこないはずはないのだが、そんなことさえ気が付かない状態だった。

　美樹は、子供がいやいやをするように頭を振りながら、ふらふらと扉の方へと歩き出した。

　もう嫌だった。怖い。こんな部屋にはあと一秒だっていたくなかった。怖い。気持ち悪い。看護婦としての責任や義務なんて知ったことじゃない。だからこんな仕事嫌だったのよ。看護婦なんてなりたくなかったんだから。深夜勤なんて嫌。巡視だってもうしてやるもんですか。どうして私がこんな恐ろしい目に会わないといけないのよ。逃げ出してやる！　もう嫌だ！　怖い！誰か助けてよお！

　涙と鼻水でぐしょぐしょになりながら、美樹は病室の扉に手をかけた。

　ぶつぶつひとり言を呟く美樹は、このとき、左側のカーテンがふわりと揺れたことに気が付かなかった。

いや、一瞬遅れて気付きはしたのだ。

「何？」

　恐怖に強張った顔を、その方向に向けた美樹は、次の瞬間、右側の、誰もいないベッドの方へ弾き飛ばされていた。

　何が起こったのか、まるで分からなかった。

　壁と床に全身を強く打ちつけたが、痛みは感じなかった。というより、ぶつかった衝撃すら感じてはいなかった。

　ただ、強烈に混乱していた。

　思考力が普段の半分以下にまで下がってしまっていた。

　何、と言ったときの、『に』の形のまま、唇が固まっている。

　美樹は起き上がろうとした。いつの間に床に倒れてしまったのかは分からなかったが、きっとショックで数瞬気を失っていたのだろうと思った。

　私って普段から貧血気味だからと、まるで関係のないことを思い出して、『に』の形のまま、少し笑った。

起き上がれない。全身に力を入れて立ち上がろうとするのだが、痒《かゆ》みに似た痺れを感じるだけで、体がまったく言うことを利かない。

ナース・キャップが床に転がっていた。美樹はそれを拾い上げた。

きっと倒れた拍子に落としたんだわ。

ぶるぶると震える腕で、美樹はなんとかそれを被り直そうとした。しかし何度やってもうまくいかない。髪の毛が乱れている所為だ、と美樹は思った。いつもナース・キャップを被るときは、髪をきちんとセットして、ヘアピンで何箇所か留めるようにしているのだ。でも今は髪の毛もぐしゃぐしゃで、ヘアピンもどこへ行ったのか、見付からなかった。畜生。こんな状態じゃあ、また婦長に叱られる。ナース・キャップが被れていないくらいで叱られるのは嫌だった。あなたには緊張感というものがないんですかとか何とか、いつもぐちぐちと小言を言われているのだ。あの陰険ババアめ、そんなことだからいつまで経っても結婚出来ねえんだよ。ギスギスして、女の色気も何にもない神経質なババア。あんたなんかに私のことをとやかく言われたくねーっつーの。若くて美人な私に嫉妬するのは分かるけど、いちいち細かいことで新人をいびるんじゃねーよ。キャップが被れねーくらい何だっていうのよ。仕事には関係ねーだろが。くそっ、本当に被れやしない。どうしてやろうか。あっ、何だこれは？　顔に何かぬるぬるしたものが付いてる。何だろう。こんなものを顔に塗った記憶はないんだけど。妙に生温かくって、ねばねばしてる。何だか分からないけど、ちょうどいいや。これを頭に塗って、髪の毛をセットしちゃおう。この粘り具合もいい感じだ。バシッとキメて、婦長なんかに文句を言わせねーよーにしてやる……。

………。

………。

いつまで経っても巡視から帰ってこない高平美樹の

ことを不審に思い、先輩の看護婦が捜索を始めたのは、美樹が気を失ってから三十分ほどあとのことだった。

先輩の看護婦は、大部屋で倒れている美樹と、五人の患者をすぐに発見することになる。

美樹は、左頰を何か鋭い刃物のようなものでざっくりと切られていた。

すでに固まりつつあった血溜まりの中で、何故か美樹は、その血をべっとりと髪の毛に撫で付け、律儀にナース・キャップを被っていた。

そのあと、いくら探しても、六人目の患者が発見されることはなかった。

それは美樹が倒れていたすぐ横のベッドにいるはずの患者、個室から大部屋に移されてまだ間もない、十七歳の少年だった。

少年の名は、生方次郎と言った。

2

炎だ。

——炎が、目の前にある。

なん百匹もの大蛇が、重なり合って天へと身を捩じらせているような、巨大な炎。

緑色の炎だった。

緑色の炎？

だが、それは炎だった。

何故、炎だと分かるのか？

それは、私がそれを呼び出したからだ。

私が、みんな燃えてしまえと念じたからだ。

私の願いが、炎となってこの世界に現れたのだ。

炎の中には、ふたりの人間がいた。

父と、母だ。

私の、父と、母だ。

ふたりは、踊っていた。

ひらひらと両手を上げて、踊っていた。

いや、踊っているわけではない。

炎に巻かれて、悶え苦しんでいるのだ。

うひひゃはははは‼

炎の中から、笑い声が聞こえる。

甲高い、狂った笑い声だ。

父の、声だ。

全身を焼き尽くされながら、父が笑っている。

素晴らしい！

父が、笑いながら、叫ぶ。

なんという力だ！　素晴らしいぞ！　さすがは我が息子よ！　途轍《とてつ》もない才能だ！　歴代の宗家にもこれほどの才能を持つものはいなかっただろう！　最強だ！　お前は最強だ！　うひ！　うひゃはははは‼

憎悪が膨れ上がる。

炎が、一層強く、燃え上がる。

臭い。

肉の焼ける、嫌な匂い。

足元に、液体が流れてくる。

炎から、どろどろと流れてくる。

両親の肉体から流れ出る、血とも肉汁とも判別のつかない、真っ黒な液体だ。

ぐぼあ！

父が、断末魔の咆哮を上げる。

いや、叫んだのは父ではない。

炎だ。

炎が、父の喉を、肺を、気道を、内臓を焼き尽くし、歓喜の雄叫びを上げたのだ。

黒炭と化した父は、しかしまだ笑っているように見えた。

化け物！

父の隣の黒炭が叫んだ。

母だ。

悪魔め！　なんて恐ろしい！　私達を、両親を焼き殺そうとするなんて！　なんて恐ろしいことを！　お前なんか私の子じゃない！　悪魔の子よ！　悪魔が生んだ化け物よ！

化け物！　化け物！

母の絶叫に、炭になったはずの、父の声が、重なる。

化け物め！　化け物め！

この化け物めえええええええ！

目が、開く。

母の形をした黒炭が、ゆっくりと私の方へ向く。

恐怖や侮蔑や、怒りや嫌悪や、あらゆる負の感情を溢れんばかりに宿した目が。

大きくなる。

大きくなりながら、どんどん近付いてくる。

目が。

目は、私を飲み込もうとする。

私は、床に這いつくばって、必死に耐える。

炎は、まだ燃えている。

ふたりも、まだ、燃えている。

私は、四つ這いのまま、母に近付く。

炎の中にいる、黒く固くなった母に、しがみつく。

違うんです！

私は叫ぶ。

違うんです！　母さん！

私は泣きじゃくる。

――何が違うんだね。

炎の向こうから、目が問う。

私は泣きながら叫ぶ。

僕だって……僕だって本当はこんな力なんていらなかったんだ！　こんな……何かを傷付けるだけの力なんて！　いらなかったんだ！　いらない！　僕は人間だ！　普通の人間だ！　化け物なんかじゃない！

――そうかな？

目だ。あらゆるものを呪《のろ》わんとする目だ。

――お前は存分にその力を使ってみたかったんだろう？

――その力で、父を焼き殺してしまいたかったんだろう？

違う！

――そしてお前はその欲求の通り行動した。これはお前が望んだ結果ではないのかね？

違う！

――さぞかし満足しているだろう。己の力が、想像以上に強大なものだったことを知り、その力で、お前をいたぶり続けた父を殺し、一度も愛を与えてくれなかった母をも殺し……。

違う！

――次は誰を殺す？　その力があれば、どんなことでもお前の思うがままだ。何だってお前の望む通りになる。邪魔になるものは、どんなやつだって殺せる。さて、お次は誰だ？　誰でもいいぞ。

違う！

私は母の膝にすがりつく。

信じて下さい。母さん。僕は母さんを殺す気はなかったんだ。母さんとずっと一緒に居たかっただけなんだ。母さん。僕の母さん。ずっと一緒に居たかった。ただそれだけだったんだ。ただそれだけのことだったのに！　信じて下さい！　許して下さい！

母が、私の髪を、優しく撫でた。

私は母の顔を見た。

黒焦げのミイラ。

だが私は、いつか見た聖母マリアの絵のような笑顔をそこに見た。

穏やかで、慈愛に満ちた笑顔。

母は私の髪を撫でながら、言った。

――いいや、許さない。

母の声には、安らぎと祝福が詰まっていた。

――お前の生命は穢《けが》れに満ちている。私はお前を一生呪い続けるだろう。この肉体が滅んだとしても、私はお前を呪い続ける。この呪いは、決して消えることは無い。

無限の愛情と、清らかさを映し出す、母の笑顔。

――呪われし子よ。咎なる子よ。お前はその罪を償うことは出来ないだろう。罪がさらなる罪へとお前を導き、光は一切届かず、救いは一生訪れない。煉獄《れんごく》の業火《ごうか》にその身をさらし、永劫《えいごう》の闇を、さまよい続けるがよい。


限りない優しさに満ち溢れた、母の言葉。

狂う。

父の、歓喜の雄叫び。

私は、狂っている。

母の、呪詛。

狂い、続ける。

緑の、炎。

ぐるぐる。

狂気の輪廻《りんね》を。

ぐるぐる。

回る。

回る。

回る。

——。

3

足を乗せれば、その弾力で体が弾んでしまうのではないかと思ってしまうほどの、毛足の長い、見るからに高級な絨毯《じゅうたん》の上で、ひとりの男が土下座をしていた。

額を、その絨毯に埋めるように擦りつけ、全身の毛穴という毛穴から嫌な汗を噴出させながら、がたがたと小刻みに震えている。

乳児の産毛のような頭髪と、慢性的な栄養失調に見える体を持つ、貧相な男——。

サルである。

サルが頭を下げる方向には、二人の人間がいた。

たっぷりとした大きさの、重厚なマホガニー製の机に、軽く肘を乗せて座っている男と、もうひとり、その隣に微動もせず立っている、岩のような体格の男。

立っている男は、長瀬だ。

長瀬は、今にも襲いかかろうかというほどのもの凄い形相で、サルを睨んでいた。

いつも通りの黒いスーツを着ていたが、ネクタイはしていなかった。白いシャツを、襟元からボタンを三つ外して着ている。サルに撃たれた傷はすでに完全に治っているようだった。

恐るべき鬼の治癒力であった。

窓も人工灯もないが、しかし何故か奇妙に明るい部屋だった。

壁や天井が、薄赤く光を放っている。

蛍光塗料などの光ではない。

部屋を構成している壁や天井や床の分子一つひとつが、まるで生命体のような、それ自体が意思を持って自ら発光しているような、それはひどく生々しいエネルギーに満ちた光だった。

その光に照らされて、三人の姿がぼんやりと赤く浮かび上がっている。

この部屋はまるで、巨大な怪物の、赤く爛《ただ》れた胃袋だった。

長時間いると、その赤い燐光《りんこう》で、肉体をどろどろに溶かされてしまうのではと、そんな想像をしてしまうほどの、不気味な圧迫感があった。

サルはこの部屋で、すでに一時間以上、土下座をし続けていた。

そしてその姿勢のまま、今回の事件の経緯を、椅子に座る男に報告していたのだった。

いや、それはもう報告というより、懺悔《ざんげ》の告白に近いものだった。

サルは、顔を絨毯に埋めるようにしながら、独り言のような口調で、要点もまとめず脈絡も考え得ないまま、ぼそぼそとしゃべり続けていた。

この部屋に満ちている、魔気とさえ呼べるほどの気配に、しゃべるのをやめた途端、己の心臓を握り潰されてしまうのではないかという不安が、サルの口を必死に動かしているのだった。

そのサルの話を、椅子に座る男は、目を閉じたまま黙って聞いていた。

隣に立つ長瀬ほどではないが、男もまた立派な体躯を持っていた。

適度な脂肪に包まれてはいるが、その下には強靭な力が潜んでいるような、緊迫感のある体つきである。

年齢は、五十を半分ほど越えた辺りだろうか。

その年齢で、ここまでの肉体を維持していることは、かえって驚異ですらある。

歳相応に、その顔には何本か太く深い皺が刻まれていたが、それは彼の内側から迸る熱量を少しも損なわせるものではなかった。

そこにそうして、目を閉じて座っているだけで、対峙するものは彼の持つ巨大なエネルギーに気圧される。

長瀬の持つ迫力を武骨な一枚岩と譬えるならば、彼のそれは、虚空に聳《そび》え立つ巨大な活火山であった。

内に秘められた生命力が、桁違いに濃く、強いのだ。

その鍛え上げられた肉体にすら収まり切れない膨大なエネルギーが、爆発する寸前で煮え滾《たぎ》っているようだった。

うっかり触れるものがあれば、火傷どころか一瞬で跡形もなく焼き尽くしてしまうだろうほどの、それは危険すぎるエネルギーだった。

部屋に充満する魔気は、間違いなくこの男の放出する熱量が原因だった。

彼の全身から滲み出る激烈な生命力の波動は、凄まじい禍々しさと毒を孕んでいた。

——それまでぴくりとも動かなかったその男が、ゆっくりと目を開いた。

へげっ!

しどろもどろになりながらしゃべり続けていたサルが、妙な音を喉から搾り出した。

男が目を見開いただけで、部屋の魔気の密度が一段と濃くなったのである。

その強烈なプレッシャーに、サルが喉を詰まらせたのだ。

ぼそぼそとお経のように続いていたサルの囈語が止むと、一転して部屋には静寂が訪れた。

体を鉄鎖で縛り付けられるような、ぎりぎりと痛い静寂だった。

何分ほど続いただろうか。

その静寂に耐え切れなくなり、サルが気絶しそうになったとき、部屋に低い声が響いた。

「――信頼とは」

椅子に座る男の声だった。

サルの体が跳ねるようにびくりと震えた。

部屋に満ちる魔気を、固形化して投げつけられたような感じがした。

「己の一部を相手に託すための鎖だ。夢や、成すべき望みを共有するための、鎖。それは、夢の実現に向けてともに闘うことによって、より強固なものになる」

固形化した魔気が、蛇のようにねっとりと体に巻きついてくる感覚を、サルは味わっていた。

男の言葉を、もはやサルは聞いてはいなかった。いや、聞いてはいるが、理解することが出来なかった。

極限の恐怖に、意識を繋ぎとめておくだけで精一杯だった。

「しかしお前は私の信頼を裏切った」

その貧相な体の、どこにそれほどの水分があったのかと思うくらいの大量の汗を、サルは全身から流していた。

男の声には鬼気迫る圧力が込められていた。まるで、言葉だけでサルをくびり殺そうとしているかのようだった。

「お前は、私との鎖を、自ら断ち切ったのだ」

部屋に、妙に生温かく湿った、臭い匂いが漂った。

サルが失禁したのである。

細かく震えていたサルの体が、ふと弛緩した。

呼吸困難に陥った金魚のように口をぱくぱくと動かしている。

涎が、絨毯にたらたらとこぼれる。

眼球が裏返って白目だけになった。

もう限界である。

サルの意識が、逃げ場所を求めて別の世界へ飛び立とうとしていた。

……もう死ぬ。死んだ方がましだ——。

サルが、己に訪れようとしている最期の瞬間を覚悟したそのとき。

サルの体を締め付けている物質的な圧力を持った魔気が、不意に緩んだ。

サルが我に返ったように、頭を細かく振った。

——何故だ。何故ひと思いに俺を殺さないんだ。

サルはぼんやりとした視線を、椅子に座る男に向けた。

麻痺した脳が訝しむ。

せっかく楽になれるチャンスだったのだ。それを何で……。

——まさか……。まさか、じっくりいたぶってから止めを刺そうとでも……。

ひいいい……。


サルの口から、蚊の羽音のような情けない悲鳴が漏れた。

——それだけは……。それだけは止めてくれ。いや、止めてください。いっそのこと今、殺すんなら今殺してください。お願いします。もう限界だ。もう駄目だ。狂ってしまう。このままでは狂い死にしてしまう。嫌だ。それだけは嫌だ。嫌だ嫌だ嫌だ嫌だ……。

サルは叫びまわって懇願しているつもりだった。

だが実際には声は出ていなかった。

ただ、壊れた玩具のように、絨毯に頭を何度も叩きつけているだけだった。

サルの精神は今、崩壊の鍔際《つばぎわ》にまで迫っていた。

何もせずとも、そうして放っておくだけで、彼は確実に廃人になってしまっていただろう。

彼を寸前で救ったのは、椅子に座る男の短い声だった。

「おい」

それはサルに向けられたものではなく、隣に立つ長瀬に対するものだった。

はい。長瀬が小さく応えて、懐から一通の封筒を取り出した。

「読んでみろ」

封筒を受け取った男は、それをそのままサルに放り投げた。

サルはのろのろと顔を上げて、封筒から便箋を取り出した。

訳も分からないまま、広げて目を通す。

しかし一度読んだくらいでは意味が分からない。

日本語だ。それは分かる。

しかし文章の意味が理解できなかった。

脳が完全に活動を拒否していた。

目には入ってくるが、読めない。

サルは何度も読み直した。

読み返す度に、少しずつその手紙の内容が分かってきた。

徐々にだが、文章が頭の中に入ってくる。

手紙の内容が理解出来始めると、それに伴ってサルの両目が大きく見開かれていった。

活動を再開した脳に、最初に訪れたのは、強烈な混乱と驚愕だった。

「これは……！」

サルはひれ伏すのも忘れて、呆然と男を見返した。

そんなサルの様子を見て、男は薄く笑った。

「何で……こんなところから……」

サルは視線を便箋に戻した。

手紙の最後に書かれている差出人の署名を、信じられないものを見るように凝視する。

「まさか……。しかしこれは……かの桃源郷の……」

嘉神静流。

それが差出人の名だった。

「そうだ」

男が薄い笑みを浮かべたまま応えた。

「私も正直驚いた。あの桃源郷の妖怪ババアから、手紙が来るとはな」

長瀬は、直立不動のまま、ちらりと男を盗み見た。

――どうやら、心底楽しんでおられるようだ。

男の様子を窺いながら、長瀬は胸の中で呟く。

――サルに絡み付いていた魔気が、いつの間にか消えているのがその証左だ。

長瀬は視線だけを動かし、部屋を見渡した。そして、椅子の男に戻す。

これほど上機嫌な男の姿を見るのは、長瀬にとっても久しぶりのことだった。

長瀬は、その封筒が届けられたときのことを回想していた。


嘉神静流の使いと称するものが、ここにやってきたのは、今朝早くのことだった。

応対に出た長瀬は、ひと目見てその男が並みの技量ではないことに気付いた。

長瀬に勝るとも劣らない体格を有していたこともその原因のひとつだったが、それよりも長瀬が驚いたのは、男の持つ桁外れの胆力だった。

この建物には、椅子に座る男の、猛毒にも似た魔気が充満している。

いや、それはもう、魔気そのものがこの建物を形成していると言った方が良いほどである。

空気よりも濃い濃度で、魔気は常にこの建物全体を覆っているのだ。

現世に慄然《りつぜん》と存在している魔界――その魔気は、慣れているはずの長瀬にとってさえ、ときに苦痛を感じさせるほどのものだった。

しかし、その男はこの魔界へ足を踏み入れてなお、平然としていた。

何も感じていないわけでは決してない。

肉体の全感覚、それどころか精神までをも、鋭い痛みによって刺激し続ける魔気に対して、おそらく男の内面では、凄まじい気の攻防が繰り広げられているだろう。

しかし男はその闘いをおくびにも出さなかった。

長瀬がこの男を、桁外れの胆力を持つものと評したのは、まさにそれが原因だった。

男が懐から封筒を取りだし、頭を下げて長瀬に差し出した。

長瀬はそれを受け取りながら、男に向かって不意に気をぶつけた。

それは一撃必倒の威力を持った、鉄のような殺気だった。

だが、それにすら男は動じなかった。

常人なら、気力が萎えてその場にへたり込んでしまうほどの殺気を浴びせられてなお、男は眉ひとつ動かさなかった。

――面白い。

長瀬の唇に、太い笑みが浮かんだ。

長瀬の放った気を、男は軽々と弾き返したのだった。躱したわけでもなく、同量の気を当てて防御したわけでもない。ただ平然と受け止めて、弾き返したのである。


――本気で攻撃を仕掛けてみたい。

長瀬は唐突にそう思った。

そう思ったことに、理由など何もなかった。ただ、そこに強い男がいる。その男と自分とでは、果たしてどちらが強いのか、命を懸けてでもそれを知りたい。ただそれだけのことだった。それだけが、長瀬の行動原理だった。

長瀬はゆっくりと体内に気を溜めた。

丹田――スワディターナ・チャクラに気が集まってくる。特別な動作や呼吸法をせずとも、闘う意志さえ固まれば、自然と肉体が反応してしまうのである。

丹田に集まった気は、爆発するように背骨を駆け上がる。

全身が燃えるように熱くなり、神経が鋭敏になる。

戦闘態勢が整った。

ともすれば体外に噴出しそうになる気を、長瀬は鉄の意志で押さえ込んだ。

気を爆発させるのは、肉体による攻撃が始まってからでないと効果がないことを、長瀬は充分に理解していた。

気とは基本的に、相手に触れなければ伝えられないものである。

たまに、合気道や気功術の達人と称する人間の、気を飛ばして離れて立つ人間を倒すというようなパフォーマンスを、テレビなどで見かけることがあるが、あれは間違いである。

絶対に不可能かと言えばそうではないだろうが、それを成そうと思うのであれば、想像を絶するほどの強い思念と、それを最大限に引き出す技術、そして人間離れした集中力が不可欠であろう。

茶番だと長瀬は思っている。

やろうと思えば出来るかもしれないが、仮に成功したところで、そのあとは歩くことすら出来ないほど体力を消耗しているに違いない。

ただ単に相手を倒すだけなら、一気に間合いを詰めて殴りつけた方が話は早い。

その方が余計な集中力もいらず、体力も消耗せず、しかも効果は絶大である。

そもそも、気に物質的な力がある、という発想自体が間違っているのだ。

気とは本来、気配や雰囲気というようなものと同じである。

先程長瀬が男に向けて放った殺気もそうだが、その気配や雰囲気といったものに、強い思念を乗せて相手にぶつけることは、相当の修練を積めばだが、出来る。

気をぶつけられた相手は、それを突風が吹きつけてきたように、或いは石をぶつけられたように感じるだろうが、しかしそれはあくまでも感じるだけである。

気を放っただけでは、相手の髪の毛一本すら動かすことは出来ない。

驚かせて体を仰《の》け反《ぞ》らせたり、不意打ちで相手を振り返らせることくらいは出来るが、それはただそれだけのことだ。それは、伝えた気――強い思念に相手の意識が勝手に反応したというだけのことである。気によって物体を動かせたということではない。

テレビで見る気功術の達人のパフォーマンスは、しかしそれを指して、気で物体を動かしたと主張しているのだ。

それが間違いであることを証明したければ、気を当てられて倒される役を、彼らの弟子ではなく、マネキンや、もっと軽い、例えば木の葉や羽毛などに置き換えてみれば良い。

きっと何時間やっても、一ミリも動かせずに終わるだろう。

つまり気とは、相手の意識や精神にのみ訴えかけるものであり、それだけでは物質を動かすことも破壊することも出来ないものなのである。

しかしそれも、肉体と肉体との接触によって流された場合は別である。

その場合に限ってのみ、気は物質的な力を持って、相手の筋肉や神経や骨に影響を与えることが出来る。

もちろん、その対象が石や金属などの無機物であっても影響を与えることは出来るが、やはり有機物の方が効果は高い。

気とは、そういう性質を持つものである。

そして今、長瀬は、体内に溜めた気を、男に悟られないために細心の注意を払っていた。

長瀬の気はすでにたっぷりと強い思念――殺意を孕んでいる。

それを一瞬でも見せてしまえば、すぐに気付かれ、警戒されてしまうだろう。

殺意だけで相手を倒すことが出来るなら、長瀬はためらわずにそれを放出していただろうが、しかしそういうわけにはいかないことを彼は知っている。

気は、あくまでも触れて流さなければ意味がないのだ。

特に、目の前にいるような鋼鉄の意志を持った人間に対しては、いくら殺意の込められた気を当てても、何の反応も期待出来ない。

それは、すでに先程試したことでも分かっている。

長瀬は差し出された封筒を、確かめもせずに懐に入れた。

そうしながら、長瀬は攻撃のタイミングを計っていた。

チャンスは一度きり、それも一瞬だ。

玄関を出るために相手は後ろを向く。

そのときが勝負だ。

相手が一歩踏み出したときではもう遅い。間合いを詰めるために長瀬まで踏み込まなければならない。

仕掛けるなら、相手が後ろを向いて足を踏み出す前の一瞬である。

長瀬はそのときを待った。

男は長瀬に軽く頭を下げ、玄関のドアに向き直った。

長瀬はその瞬間、その男の頭部へ右のストレートを叩きつけるように伸ばした。

一瞬先に、全身に溜まっていた殺気が右腕から放出され、男の後頭部にぶち当たった。

殺気の通った道を綺麗になぞるように長瀬の右腕が走る。

遠慮も容赦もない、当たれば一撃で命を奪ってしまうであろう渾身の拳だった。

しかし長瀬の右腕は本人の意図に反して、伸びきる前で止まっていた。

相手の後頭部に拳が当たる寸前、その手首を摑まれたのだ。

摑んだのはもちろん、長瀬に背を向けて歩き出そうとしていた男である。

男は背中を向けたままだった。

長瀬の全体重の乗った右ストレートを、右腕一本で押し返しながら、男がゆっくりと振り返った。

長瀬の手首がぎりぎりと音を立てて軋む。

男の視線と長瀬の視線が空中で激しくぶつかった。

「……物騒なことは止めませんか」

そう言う男に、長瀬は右腕の力を抜くことで応えた。

男も摑んでいた手を放す。

視線を外さないまま、長瀬は体勢を戻した。

男に訊ねる。

「……名は？」

姿勢は元に戻っていたが、長瀬の体から溢れ出ようとする殺気は、依然その勢いを保ったままである。

男が長瀬を睨みつけながら応えた。

「……細野」

「長瀬だ」

数瞬視線を交わしたあと、細野と名乗った男は、ゆっくりとドアを開け、その向こう側へ音もなく消えていった。

その後姿を見ながら、長瀬は、細野とはいずれ再び相まみえるだろうことを確信した。

そしてそのときが、どちらかの命が尽きるときであろうことも。

長瀬と細野、異界の支配者に仕える、ふたりの怪物の、初の対面だった。

「……自分勝手極まりない文面だが、要は、お前の計画に協力したいということだ」

男の言葉に、ふと長瀬は我に返った。

「はあ……しかし……どうやってこの計画を知ったのか……」

サルが呆然と応える。

応えたあと、サルは自分の失言に気付いた。

どこからか情報が漏れたことを認めるのは、自身の管理能力のなさを露呈することだった。責任問題である。

しかし男はそのことを問題視しなかった。

「私もあの妖怪ババアのことは噂でしか知らないが……もし噂通りの力の持ち主だとするなら、お前のことをあぶり出すなど造作《ぞうさ》もないことだろう。それくらいの力は充分過ぎるほど持っている。お前の迂闊《うかつ》さも原因のひとつではあるだろうが、今はそのようなことを云々《うんぬん》している場合ではない。問題は、そのババアの申し出を受けるか、否か、だ」

「ははっ」

サルが頭を下げた。

自分に火の粉が飛んでこなかったことに、心底ほっとしている様子である。

「……出来るか？」

「は？」

「……プロジェクトを継続することが出来るかと聞いている」

「は、はい！　もちろんでございます！」

サルは再び土下座した。

サルの全身に、先程までとはまったく違う感情——安堵が滲み出ていた。

己の失敗によって、計画は凍結、自身の命まで奪われる覚悟をしていたのである。

それが、一転してプロジェクトの続行を言い渡された。生き延びたのだ。

悪運だけは、どこまでも強い男だった。

「……桃源郷の妖怪に命を救われたな。感謝することだ。だが、決して油断はするな。妖怪とまで評されるババアだ。食わせ者に違いない。利用するだけはしても良いが、肝心の情報は隠し通せ。良いな」

「はっ！」

「……お前をもう一度、信頼する」

男の言葉に、サルは涙を流して応えた。

「有難うございます！」

——許された。その思いがサルを強く揺さぶっていた。

「だが、またこの信頼を裏切るようなことがあれば……分かっているな」

その瞬間、サルにこみ上げていた感動は、凍りついた。

不意に魔気がその密度を増し、再度彼を締め上げたのだった。

「は……い……。今度こそは……。私、の……命に代えても……」

耐え難い苦痛に、気を失いそうになりながらも、サルは必死に訴えかけた。

重圧は容赦なく高まり続ける。すでに疲弊し切っていたサルの精神は、そのプレッシャーに容易く音《ね》を上げた。

意識が途切れる直前、サルは、

——絞り上げられる雑巾の気持ちを理解した。

などと埒《らち》もないことを思った。

4

それは、何の変哲もない近代的な高層ビルだった。七階建てで、屋上にＦＦ製薬と書かれた看板が、大きく掲げられている。

一階が全面ガラス張りで、ロビーとエレベーターホールになっていて、裏にはちょっとしたパティオまである。

比較的新しい、先鋭的なデザインのビルである。

今も、多くの人が出入りしているのが見える。皆、びしっとしたスーツに身を固めていて、一流の企業戦士であることに絶大な自信とプライドを持っているかのように、きびきびと忙しそうに動き回っている。

——あのスーツはいったい俺の給料の何ヶ月分なんだろうか？

その人波を眺めながら、川崎はぼんやりとそんなことを考えていた。

二、三ヶ月分くらいはするだろうか？　しかし、そんなスーツを買ってしまえば、それに合わせて小物も揃えなければならないだろう。まさか、今自分が付けているような、ゴム底の合成革の靴や、三本千円のネクタイや、ディズニーのキャラクターが文字盤に描かれている腕時計などをするわけにはいくまい。しかしそうなるといったいいくらくらいかかるんだ？　百万か？　二百万か？

川崎はこの二日間、憂鬱な思いに耽《ふけ》っていた。

考えても仕方のないことだと思いながらも、自分と同年代くらいの若者が、ビジネスマンとして高級なスーツに身を包んで、ばりばり働いているのを見ていると、それに比べて俺は何をやってんだという気持ちが、むくむくと頭をもたげてくるのだ。

——いくら高級なスーツを着ていても、刑事なんていう仕事をしているとすぐにボロボロにしてしまうだろうな。

だから、自分はこれでいいのだ。

でも、あいつのスーツはいったいいくらなんだ?

昨日から、それの繰り返しだった。

いい加減疲れてくる。

川崎は空欠伸《からあくび》をしながら、車の中からビルを見上げた。

——何だって松川さんは、このビルを張り込めなんて言ってきたんだろう?

その疑問が、ずっと川崎の中でくすぶっている。

川崎は京都府警の捜査一課に配属されている捜査員である。

名前は真吾《しんご》、今年で二十七歳になる。

それまでは所轄の刑事課にいたのだが、三年前、捜査員の補充として府警に大抜擢されたのだ。

ひょろりとした痩身に、優しそうな、しかし気の弱そうな目をした丸い顔が乗っている。府警に配属されてから付けられたあだ名は「カワサギ」。こんな頼りなさそうな人間が府警にいるのは詐欺だというのがその由来、らしい。この不名誉なあだ名の名付け親はもちろん、松川である。

府警に配属されてもう三年になる川崎にとっても、松川は謎の人物だった。

何かと松川と組むことが多い川崎だったが、松川がどの階級に属しているのかさえ分からなくなるときがある。

一応、警部補だということは聞いている。が、松川の行動は、警部補としての範疇《はんちゅう》を明らかに逸脱していた。

例えば今回がそうである。

鬼の事件が勃発《ぼっぱつ》してからというもの、松川は捜査本部に姿を見せなくなった。

たまに現場で見かけても、川崎ら捜査員と行動を共にすることはない。

完全な単独行動である。

それはすでに、警部補云々ではなく、警察官としての規律さえ破ってしまっているように見える。

一度、川崎は彼の身勝手な行動に堪りかねて、鬼厳こと倉田厳一係長に進言したことがある。だが、係長からの応えは川崎にとって意外なものだった。

「放っておけ」その一言だけだったのである。

どうも納得がいかない。

この張り込みの件にしてもそうだ。

昨日、久しぶりに松川から電話がかかってきたと思ったら、このFF製薬の本社ビルを見張れと指示されたのである。鬼厳に確認を求めたら、「行って来い」とこれまた一言だけ。そして川崎は、ひとりで、訳も分からないまま、こうしてFF製薬を張り込んでいるのだった。

「何か不審な動きがあったら、連絡して来い」と松川は言ったが、今のところ何も不審なことはなかった。いや、そもそもどういうことが不審な動きなのか、それさえも分からないのだ。川崎にとっては、この仕事は不可解な上に、途轍もない徒労のように思えるのだった。

警察という組織は、良くも悪くも厳格な縦割り社会である。

この世界で通用するのは、階級と実績、年齢、それに出身大学、それのみである。

川崎でさえ、言えばある程度尊敬の眼差しで見られるくらいの、名前の通った大学を出ている。

川崎の年齢と出身大学で、府警の捜査一課に配属されるのは確かに異例のことではあったが、それでも、川崎は自分がこれから先どういう道筋で生きていくのか、ある程度の設計は出来る。定年退職するまでの期間に、給料は総額でいくらくらいになり、階級はどの辺りまで上がるのか、そういうことが計算出来るのだ。

それが警察という機構の、縦割り社会ゆえのシステムであり、逆に言えば、警察という組織は、そのルールを頑なまでに遵守しようとしている世界でもあるのだ。

それが良いか悪いかは川崎には分からない。

そのルールが、ときおりマスコミなどで叩かれるような、閉鎖的で偏狭で融通の利かない警察の体質の原因になっているかも知れない。

しかし一方で、そのルールによって得られるものもある。

それは、安心だ。

警察という組織に属してさえいれば、そしてそのルールに守られてさえいれば、平凡ではあるが確実で安定した人生を歩めるのだ。

その安心感には絶大なものがある、と川崎は思っていた。

眼前を行き交う若いビジネスマンにしても、現時点では自分より収入もあり、人生を楽しんでいるのかも知れないが、それがいつまで続くのかという将来への不安は、自分とは比べ物にならないほど大きいものに違いない。

もちろん警察にいたってそういう不安はある。しかしそれは、割合としてはかなり低いものだろう。自分の人生を狂わせてしまうほどの出来事は、この警察という世界の中ではまず起きないのだ。だからこそ、その世界に身を委ねてしまうのは大きな安心に繋がるのだ。

思えば、松川に対する不満も、その辺りに原因があるのかも知れなかった。

自分が安心してすがり切っている世界に突然現れた異分子。その異分子に自分の価値観や人生を覆されるのではないかという漠とした不安。

どちらが正しくて、どちらが間違っているという問題ではないのだろう。ただ、理解し得ないものとの接触には、それを必死になって排除しようとする防衛本能が自然と働く。そのために自己を正当化し、相手を非難する。

どちらにも言い分はあり、どちらにも欺瞞《ぎまん》はあるのだ。

——ただ、と川崎は思う。

松川には間違いなく何かの特権が与えられている。

それは倉田係長でさえ抑えきれないほどのものだろうとは想像がつく。

しかし抑えられないにしても、倉田係長は松川の特権が何であるのかは知っているはずだ。もしかすると、他にも知っている人間はいるのかも知れない。

自分が知らないのは、自分が下っ端だからだ、と川崎は思う。

自分が何の権力も持たない、ただの若僧だからなのだ。

だから、自分には何も知らされないのだ。

そんなことを考えると、すごく辛い気持ちになる。

他のことに関しても、肝心なことは何ひとつ教えてもらっていないのでは、という除け者になったような気がしてくる。

——胃の辺りが重くなってきた。憂鬱だ。

そこまで考えて、川崎はふと腕時計を見た。

十二時を十五分ほど過ぎていた。

昼飯どきである。

腹が減っているから後ろ向きな気分になるのだと自分を無理矢理納得させながら、川崎は買っておいたコンビニ弁当を広げた。

車外に目を向けると、三人のＯＬがベンチに座って、楽しそうに食事をしている。

それに比べて俺は……。と川崎はまた寂しい気持ちになった。

狭く煙草臭い車の中で、ひとりっきりで、冷え切ったコンビニ弁当を、缶コーヒーで流し込んでいる俺って……。

——いかんいかん。マジでへこんできたぞ。何とか歯止めをかけねば。

川崎は弁当を膝の上に置き、空いた左手でポケットから携帯電話を取り出した。

右手でご飯をぱくつきながら、慣れた手つきでボタンを押していく。

インターネットに繋がり、画面に掲示板が現れた。

そこは川崎が常連として訪れている、二十代から三十代の独身男性を対象にした掲示板で、男同士が会社や恋愛での愚痴を言い合ったり、慰め合ったりするという、非常に健全な――と川崎は思っている――サイトだった。

この掲示板には常連が十数名いる。というより、十数名の常連だけで運営されている、といった方が正しい。

新しく書き込んでくる人もたまにはいるが、皆早々に退散していく。

何か常連側に原因があるのだろうかと、その現象を疑問に思わないでもなかったが、常連だけの方が居心地が良いので放っておいている。

川崎は、この顔どころか本名すら知らない十数名のことを、親友だと思っていた。

このサイトの中でだけ自分は素直な裸の自分になれるし、他の誰よりも彼らは自分を理解してくれている。そう思っていた。

言わば、彼の唯一の心の拠り所なのだった。

顔も名前も知らないが、彼らの個性や思いやりは文字を通して充分伝わってくる。

例えば、ハンドル・ネーム「コーちゃん」さんは、少し慌てもので、それが原因でよく上司に叱られてるという人だが、愚痴《ぐち》ばかりで掲示板が暗い雰囲気になっているときに、自分の失敗談を明るく楽しく書いて、場を盛り上げようとする、繊細な気配りの出来る人でもある。また、「マルボロマン」さんは、気さくで頼れる、皆の長男的な存在の人だ。悩み事が書かれていると、それに適切なアドバイスを送ったり、ときには叱咤激励したりしてくれる。

ここは、そんな個性溢れる人間達が、本音をぶつけ合って友情を深めていく場所なのだった。

画面にはまだ川崎が読んでいないコメントが二件あ

ると表示されていた。

一件は「ラビットムーン」さんの書かれたものだ。この人はちょっと気の弱そうな人で、いつも同じような悩みを書いている。今回も、生きていても仕方がないんじゃないだろうかとか、そんなような内容だった。

もう一件は「ノーサイド」さん。「ラビットムーン」さんの話に同情しながら助言しているというものだ。

川崎はそれらを熟読してから、自分のコメントを書き込むために、新しいページを呼び出した。

思いつくままに文字を打っていく。

川崎にとっては携帯電話で文字を打つ作業は苦でも何でもなかった。

画面さえ見ていれば文字盤を確認しなくてもすらすらと打てる。

ひらがなだけでよければ画面を見なくても打てるだろう。

川崎は打ち終わった文章をひと通り読み返すと、送信した。

警察官だということは秘密にしているから、表現に気を使うことはあるが、言いたいことが言えて、いくぶんすっきりとした気分になった。

『送信者：マーくん
題名：愚痴ってばかりでごめんなさい。

本文：でも今回もちょっと言わせて。今日もまたあの馬鹿な上司に面倒な仕事を押し付けられちゃいました。今それをひとりで黙々とこなしているところです。でも、何でこの上司はこんなに自分勝手なことが言えるんだろうかと、ここまでくるともう腹が立つというより尊敬しちゃいそうです。きっと彼のような人生は、本人にとっては楽なんだろうなあ。真似ようと思っても出来ないけどね。でもひょっとして僕は何も知らない生意気な若僧に過ぎないんじゃないかとか、そんなことを考えてしまってちょっとブルーになっちゃってます。ところで、ラビットムーンさん、あまりくよくよしないで。辛いこともたくさんあるけど、僕も頑張ります。一緒に頑張りましょう』

5

……目を覚ますと、病院にいた。

鬼に襲われて、殺されそうになった翌日である。

自分では二、三日意識不明になるくらいのショックを受けていてもいいはずだと思っていたのだが、実際はまだあれから十時間くらいしか経っていない頃に、お腹《なか》が減って目が覚めた。

午前中に、富岡部長が見舞いにやって来た。

言葉の上では不運を見舞ってくれていたが、顔はこみ上げてくる喜びを必死に抑え込もうとしているのが見え見えだった。

自分の部下が、今世間を騒がせている事件の当事者になったのだ。

モラルのある新聞社なら、その記者を担当から外し、自粛する方向へ持っていくのだろうが、この富岡はあいにくそんな良識は欠片《かけら》も持ち合わせてはいなかった。

また時間が出来たら来ると言っていたが、あの様子ではそのときにパソコンを持ってきて、入院中に体験記事を書けとまで言ってきそうだ。

三枝はうんざりしていた。

どのみち明日には退院出来そうだった。

幸い外傷はなかったし、精神的なショックの影響を見るために、大事を取って入院しただけだったのだ。

個人的にはもう少し入院してゆっくりしたかったのだが、それも、私が今朝の朝食を残さず平らげてしまうのを見ていた医師に「大丈夫そうだね」と言われた瞬間、淡い夢と消えた。

だが、決してショックを受けていないわけではなかった。

逆だ。

受けたショックが大き過ぎて、咀嚼出来ずにいるだけなのだ。

価値観を根底から覆される出来事に、脳が麻痺しているだけなのだ。

自分で自分に麻酔を打ったようなものだ。麻酔を打つことで、崩壊しそうな人格を辛うじて守っているのだ。

ただ、その麻酔は効き目が強すぎるようだった。

それはともすれば、昨日の事件が夢だったのではないかと思ってしまうほどであった。

編集長の喜色満面の見舞いがなければ、そう思っていただろう。

……昨日のことはぼんやりと覚えている。

気を失ったのか、ところどころ記憶が抜け落ちている部分はあるが、大半のことは思い出せる。

涎を垂らしながら、残忍な笑みを浮かべて襲いかかってくる鬼の、黒光りする爪も、黄色い犬歯も、腐ったような体臭さえくっきり思い出せる。

――もう駄目だ、殺される。

そう思ったときの極限の恐怖と、諦観にも似た脱力感もありありと反芻《はんすう》出来る。

だが、そのあとのことが思い出せないのだ。


どうして私は助かったのだろう？

誰かが私の名前を呼んだことは覚えている。だが、それが誰だったかは分からない。

すごく知っている人のはずなのだ。

職業柄、顔を覚えることは得意だ。職場の人間や、今まで取材で出会ってきた人までを思い出しながらその声に当てはめてみるが、皆違う。

誰だったんだろう？

誰が私を助けてくれたんだろう？

――駄目だ。思い出せない。

思い出そうとすればするほど、深い靄《もや》の中に、その声の主が溶け込んでいってしまうようだった。

だが、その声に私はとても安心したのだ。

もう大丈夫。この人がいれば、もう大丈夫だと、心からそう思ったのだ。

その人は私を抱き締めて、鬼から守ってくれた。

とても温かな、大きな安心感で私を包んでくれた。

今は、顔も名前も思い出せないけれど、そのときの安心感ははっきりと覚えていた。

だからこそ、その人物を思い出せないことに、言いようの無いもどかしさと寂しさを感じてしまうのだった。

もう一度会えば、きっと思い出せる。

それは予感というよりも、確信に近いものだったが、それでそのもどかしさが消えるわけではなかった。

——それにしても……。

三枝は、元は白かったはずの、薄く黄ばんでしまっている天井を見ながら思う。

——鬼が実在したなんて……。

三枝は京都を襲ったこの一連の事件の犯人を、鬼の姿を装った偏執的な人間の犯行であると考えていたのである。関係者から鬼という言葉が出るのは、彼ら犯行グループの偽装が巧妙な所為と、恐怖に駆られた人達の、極度の神経の錯乱の所為だろうと。

しかしそれは間違っていた。

鬼は、本当に、この世界に、存在していたのだ。


三枝は自分が出会って初めてそれを理解した。

目撃者の証言に嘘はなかったのだ。

あれはまさしく鬼そのものだった。

だが、ショックはただ単に、持論を覆されたというだけのものではなかった。

もっと根源的な何かを、土台から壊された衝撃があった。

拠《よ》り所《どころ》、と呼ぶには当たり前過ぎる、普段意識することもなく、そうであって当然と受け入れている「現実」。或いは日頃から慣れ親しんで、どっぷりと頭まで浸かっていながら、それに何の疑問も持たなかった「日常」。

それらが根底から崩されたのだ。

三枝は、それまで住み慣れていた「現実」が、一瞬にして瓦礫《がれき》と化してしまったことを実感していた。

そしてそれは同時に、自らが作り上げ、信じ切っていた世界観の崩壊の瞬間でもあった。

今まで自分が信じていた世界が「現実」であると言

うのなら、鬼に襲われ、命を奪われそうになったこともまた、「現実」だった。

不平を言いながらも、毎日何かに追われるようにして仕事をしていたのが「日常」なら、こうして病院のベッドで横たわっているのも、「日常」の延長線上にあるのだ。

三枝は極度の不安定に陥っている自分を認識していた。

鬼が現実に存在していると認めることは、今まで妄想の生んだ絵空事と一笑に付していた下らないオカルトの世界をも、現実のものとして容認しなければならないということである。

それを認めてしまえば、自分が作り上げてきた世界観を否定することになってしまう。

認めるわけにはいかない。

だが、認めないわけにも、いかない。

鬼がこの世に確実に存在しているということも。

ずっと当たり前だと思ってきた世界観が、すでに跡形もなく崩壊しているということも。

相反する思考に、三枝は激しく葛藤していた。

それは、重力も光も何もない、暗黒の宇宙空間に突然放り出されたようなものだった。

そこには頼るべき大地も、すがれるはずの視界も、あって当然の大気も、何もかもがなかった。ただ、肉体だけが、己の意思に関係ないまま、くるくると回っているのだった。

世界観の崩壊、それは自己の喪失にも等しいものだった。

それは耐え難い恐怖を伴って三枝を間断なく責め続けていた。

その苦悩は、三枝の意識を極度に疲弊させていた。

今も、ふと気を許すと、天井の染みが鬼の顔に変化して、襲いかかってくるのではないかという妄想に捕らわれてしまいそうになる。

矢も盾もたまらず叫び声を上げながら、ベッドから飛び降りて、どこか身を隠せる場所まで逃げ出したい衝動に駆られてしまうのだ。

三枝はその衝動を必死になって抑え込んでいる。

その衝動に身を任せてしまえば、本当に狂ってしまうような気がする。

恐怖に負けてはならない。

負けてたまるもんか。

その思いだけがぼろぼろになった三枝を支えていた。

だが、それもいつまでもつかは分からなかった。

いっそのこと、その衝動に身を委ねてしまえば、楽になるのかも知れなかった。

いっそのこと、狂ってしまえば、楽になる。

——狂う？

いや、すでに、そんな衝動を抱えながらも、表面上は何もないかのように平然と振舞えてしまう今の状態こそ、狂っているのかも知れなかった。

いつまで耐えられるのか。

何故耐えようとするのか。

耐えられなければ、どうなるというのか。

耐え抜けば、その先に何があるのか。

………。

……何も分からなかった。

三枝の精神は今、果てしない暗黒の宇宙空間でがむしゃらにもがいていた。

——そのとき。

ノックもなく病室の扉が、がちゃりと開いた。

三枝の体がびくりとベッドの上で跳ねた。

ドアノブの回る音を聞いただけで、ぎりぎりのところで保たれていた精神バランスが容易く崩れた。

今まで抑え込んでいた衝動が、絶叫となって彼女の喉から噴き出そうとした。

が、それは入ってきた男のとぼけた声によって遮られた。

「……姉ちゃん、大丈夫か？　元気にやってる？」

つんつんに立てた短い髪に、人をおちょくっているような垂れ気味の瞳。髑髏のマークのTシャツの上には、じゃらじゃらと鎖のついた革ジャン。

悲鳴を飲み込んだまま固まっている三枝に、その少年はつかつかと無遠慮に歩み寄った。

「どうしたん？　そんな、幽霊でも見るようなびっくりした顔して」

少年は三枝に向かって、にかっと笑いながらそう言った。

その笑顔を見た途端、三枝の全身から、すうっと力が抜けていった。

――ああっ……。

目を閉じて深い溜息を吐く。

――そうだった……。

ついさっきまで彼女を捻り潰そうとしていたものとは明らかに違う温かい感情が、彼女の体に少しずつ流れ込もうとしていた。

彼女はその感情の奔流に自然とその身を委ねた。

――私を助けてくれたのは、彼らだった……。

――やっと……やっと思い出せたわ……。

三枝は目を開いた。

その少年は、笑ったまま三枝を覗き込んでいた。

「まだちょっと顔色悪そうやけど……。えっ、なんや？　起きんのか？」

上半身を起こそうとする三枝の背中を、慌てて支える。

「……慈舜くん……」

三枝の口から、自然と言葉が漏れた。

何？　と問うように慈舜の眉が上がる。

「……ありがとう……」

その言葉と同時に、彼女の瞳から涙が溢れ出した。

体を縛り付けていた恐怖が、徐々に氷解していくのを三枝は感じていた。

――これで二度目だわ……。

彼女は泣きながら思う。

――また、彼らに助けられた。

静かに流れる涙は、ゆっくりと彼女を浄化してゆくようだった。

何を思ったのか、慈舜が三枝の額に手を当てた。

次いで、自分の額にも手を当てる。

「……何をしてるの？」

泣きながら問う三枝に、慈舜が応える。

「いや、姉ちゃんがそんな風に素直に礼を言うなんて……熱でもあんのとちゃうかと思てな」

三枝は思わず吹き出した。

「もお、人が珍しくお礼を言ってるんだから、素直に受け取りなさいよね」

「あ、やっぱり自分でも珍しいと思てんねや」

「相変わらず、口の減らないガキね。こっちは怪我人なんだから、ちょっとは優しくしようとか思わないわけ？」

腕を振り上げて殴る真似をする三枝を見て、慈舜は飛び退いた。

「そうや。その憎まれ口こそいつもの姉ちゃんや。調子出てきたやんか」

どっちが憎まれ口なんだか……。

三枝は笑った。

泣きながら、笑った。

笑いながら三枝は、自分が少しずつ癒されていることを実感していた。

慈舜、松川、そして春海——。

ずっと思い出そうとしていたのは、彼らのことだった。

彼らが命がけで私を助けてくれたんだ。

静かに流れる涙が、記憶の靄を晴らし始めていた。

三枝は、ゆっくりと、しかしはっきりと、己の身に起きた昨晩の出来事を思い出していた。

幻神伝

第六章

1

——気分が悪い！　吐きそうだ……！

この部屋に通されてから、絶え間なく襲ってくる頭痛と嘔吐感とに、サルの神経は消耗し切っていた。

三十畳はあろうかという広い日本間である。

サルの右隣には長瀬もいる。

ふたりの目の前、上座に当たる場所は、一段高くなっていて、そこには今、分厚い座布団と脇息《きょうそく》が置かれている。

サルの右側、長瀬の向こうにある障子はすべて開け放たれていた。

そこから見える風景が、サルを襲っている吐き気の原因だった。

そこは、丁寧に手入れされている日本庭園だった。

広さはさほどない。奥の土塀まで五メートルほどだろうか。

木々や草花や岩が、効果的に配置されているのが分かる。

それが何という様式のものか、サルは知らないが、見事なまでに計算されて作られている庭園であることは間違いなかった。

普通ならば、心の落ち着きを感じて、何時間でも眺めていたいと思うはずの風景だろう。

そう、普通ならば。

この異常な色彩さえなければ。

信じられないことだが、その風景は、すべてがピンク色に染まっているのだった。

不思議な形に捻じ曲がるように育てられている松の木肌も、その先の針のように細い葉の一本一本も、地面も、そこに生える草も、岩も苔も、その向こうに見える土壁も、さらに雲ひとつない空までも、放たれた障子から見えるすべてのものが、ピンクなのだった。

その景色は、視神経から直接脳に刺さってくる毒々しい不快さを持っていた。

数瞬眺めていただけのサルでさえ、頭痛を引き起こしてしまうほどの不快さである。

サルは必死に苦痛と闘っていた。

通されたときに出された日本茶は、とっくに飲み干してしまっていた。

全然足りない。もっと飲みたい。

お茶を飲んでも、この頭痛と吐き気が治まるわけではなかったが、それでも喉の渇きは耐え難いものだった。

隣の長瀬は、平然と座していた。

外の風景から流れてくる不快さに気が付いていないはずはなかったが、それを抑え込んでいる素振りもない。

もしかしたら、不快だと感じていないのかも知れない。心地よさを感じているのかも知れない。

——何しろこいつは、常識の通用しない化け物だからな。

サルは、向こうの庭園を見ないように注意しながら、長瀬を盗み見た。

長瀬の前にも、湯呑みがひとつ置かれている。

しかしそれにはまだ長瀬は手を付けていなかった。

ひどくなる一方の頭痛を抱えながら、サルは、どうすれば威厳を損なわずにその湯呑みを長瀬から譲ってもらうことが出来るかを考えていた。

と、そのとき、サルの左側の障子が音もなく開いた。

長瀬の視線につられて、サルは振り返った。

真っ暗な空間から、艶《あで》やかな振袖を着た女性が入ってきた。

長瀬が深々と頭を下げる。サルも慌ててそれを真似る。

女性はちらりとふたりを一瞥してから、ゆっくりと上座へと進み、座した。

「そうかしこまらずとも良い。このようなところまでよう来てくれたの」

上座の女から声がかかった。

口調は柔らかいが、言葉のひとつひとつを石飛礫《いしつぶて》にして投げつけられているような、痛い圧迫感がある。

「この度は、お招き下さり有難うございます。福溝《ふくみぞ》と申します。隣は私の秘書をしております、長瀬でございます。御前におかれましては、お噂はかねがね拝聴しておりましたが、私のようなものがお会い出来るとは思っておりませんでした。この度は誠に、光栄の極みでございます」

一段と深く頭を下げながらサルは応えた。ゆっくりと頭を上げる。

サルの大仰な挨拶に、ほほっと笑う上座の女性を見て、サルは悲鳴をあげそうになった。

派手な鴇《とき》色の振袖を着て、ふたりの目の前に座っている女性が、皺くちゃの老婆であることに気付いたのだ。

サルは全身全霊をかけて悲鳴を飲み込んだ。

それほどにその老婆は異様だった。

鮮やかな色の振袖に、腰まで真っ直ぐに伸びた黒髪。すっきりと眉の上で揃えられた前髪の下には静かな微笑を含んだ顔。

その顔が、皺だらけなのである。

それはもう、滑稽とすら呼べないおぞましいほどの醜悪さだった。

頭痛と吐き気が一段と強くなった。

しかし視線を外すことは出来なかった。

一度目を逸らしてしまえば、二度とその姿を見る勇気を失ってしまう気がした。

——これが……これが、噂に聞く嘉神静流か！

——なんでオレの周りにはこう化け物ばかり出てきやがるんだ！　普通の人間はいねえのか、普通の人間は！

おののきながらも心の中で悪態をつくサルに気付いていないのか、静流は二人を見据えながらゆっくりと口を開いた。

「早速じゃが、本題に入ろうかの。我の送った手紙は読んでくれたか？」

「……はい。拝見しました。本来ならこちらから真っ先にご挨拶に伺わねばならないところ、御前からあのようなご提案を受けるとは我々も恐縮至極ではありますが……」

吐き気を懸命に堪えながらサルが応える。

「待たれよ」

言い募るサルを静流が止めた。

「そのように見えすいた世辞はよい。我は嫌いじゃ。要点だけを述べよ」

「はっ！ これは申し訳ございませんでした。私としましたことが、ご多忙であられることをお察しすることも出来ず、誠に心苦しく存じます。しかしながら、要点だけと申されましてもまずは当方より事の次第を……」

「……もう良い」

再び静流がサルを止めた。

無駄に長いサルの話に少々苛立っているようである。

静流は視線を長瀬へと向けた。

「詳しいことは汝から聞こうかの」

サルはそんな静流の態度に、半分腹を立て、半分はほっとしながら、長瀬の横腹を右肘で突ついた。うまくやれよ、しくじるんじゃないぞ、という合図を送ったつもりである。

「その前に……」

長瀬が口を開いた。長瀬の声は、臆することなどないのではないかと思えるほどの、太いバリトンである。

「ひとつお聞きしたいことがあります」

「何じゃ？」

静流の声色が、サルと対していたときと明らかに違う。

気に入った玩具を見つけた子供のように、目も大きく開いている。

「我々の計画を、どのようにして知られたのか、それをまずお聞きしたい」

長瀬は真っ直ぐに静流を見つめている。

何の感情も示さないその目を、静流は気に入ったようだった。

「……何じゃ、そんなことかえ。簡単なことじゃ。この京都に起こっていることで、我に知り得ないことは何もない。それだけのことじゃ。我がその気になれば、汝らのことなどすぐに分かる。例えば、汝らを束ねている男のことも、我は良く知っておるぞ」

「えっ！　しかしお館《やかたさま》様は御前とは会ったことがないと……」

驚いたサルがつい口を挟んだ。

「ほほっ！　お館様などと呼ばれておるのか。あの男も」

静流は笑って応えた。

しかしサルの方を見ようともしない。

分かり易いと言えば、あまりにも分かり易い感情表現である。

「大層なことよの。じゃが、我があれと会ったのも、まだあれが年端もゆかぬ子供の頃じゃったからの。覚えておらんのも無理はないかも知れん」

ひとしきり笑ったあと、静流は長瀬に顎をついと上げて話を促した。

「我らのお館様をご存知でしたか。それは失礼を致しました。しかし、なれば話は早い。どのみち、我々は御前のお申し入れに関して、お館様からひと言の返事しか預かっておりません。この度はそれを伝えに参っただけであります」

「ほう」

長瀬がわずかに頭を下げた。隣でサルも同じように低頭する。

「有難くお受け致します、と」

礼をしたままそう言った長瀬に、静流は嬉しそうな顔で、

「ほほう。そうかえ、そうかえ。その言葉を聞いて安心したぞ」

「御前のご助力がいただけるのは、我々にとっても望外の喜びであります。これで、我々の計画も必ずや達成されることでありましょう」

「なんの。礼には及ばん。我はただ、退屈しのぎがし

たいだけじゃ。もし汝らが拒むようなことがあれば、勘解由小路の小僧にでもこの情報を売り飛ばせば良いと考えておったくらいのことじゃったからな」

長瀬が頭を上げて静流を見つめた。

怯えや畏れなど、感情を少しも表さない視線である。

「御前、そのことで我らからお願いがございます」

「なんじゃ？」

「我々の計画は秘密裡に遂行するのが最も重要であります。御協力下さるのは有難いことではありますが、我らの計画をどこにも漏らさないと確約していただきたい。もし万が一勘解由小路などの耳に入るようなことがあれば……」

長瀬の言葉に、静流は広げた扇子を口元に当てながら笑った。

「ほほっ、分かっておる。我もあの小僧などに邪魔をされて、汝らの計画を潰されたくはないわ。そのような心配は無用じゃ。言うたであろ？　我は退屈しのぎがしたいだけじゃと。反転的崩壊《フォール・ダウン》などという滅多にない余興をこの目で見られるのじゃ。これ以上の退屈しのぎを邪魔されたくはないのでな」

静流がことも無げに言い放った言葉に、サルはぎくりと肩を震わせた。

「なんと……！」

隣で長瀬も絶句している。

「どうしてそんなことまで……」

動揺を隠せずにいるサルの隣で、長瀬が静流に問い質す。

「どうやって、我らの最終的な狙いが反転的崩壊にあると……。いや、予想は出来るとしても、そこまでの確信を持っておられるのは何か理由が……？」

ふたりの驚きぶりがおかしかったのだろう、静流はくくっと喉を鳴らした。

「分からいでか。叡山という大層な呪場を、生剝逆剝などという大袈裟なもので汚そうというのじゃ。それくらいの目論見がなければ割に合わん話じゃろうが」

「……御前の慧眼《けいがん》にはただただ恐れ入るばかりでござ

います」

　ふたりはまた同時に頭を下げた。

「そこまで言われるほどのことでもない……と言いたいところじゃがな、この程度のことは、勘解由小路の小僧ですら気が付いておるぞ。というより、そう疑って、我に話を持って来たのは、実はあの小僧なのじゃ」

　静流の言葉にサルは再び肩を震わせた。

「……本当でございますか！」

　驚きに目を見開くサルを、汚物でも見るような視線で一瞥して静流は言い放った。

「……我が嘘をついて何となる？」

「いえ、申し訳ございません。しかし……勘解由小路が気付いたとなると……」

「ふん。そう心配することではあるまい。やつとてまだ疑っておるというだけじゃ。確信があるわけではない。それに、やつらは今鬼化人事件の方で大わらわなはずじゃ。気付いたとしてもどうなるものでもないじゃろう」

　静流は意味ありげに長瀬を見ながら言った。

　その視線で、長瀬は直感した。

　──気付いている。

　この老婆は、鬼化人間の事件を、我らが引き起こしたものだと気が付いている。

　──どこまで……。どこまで知っているというのか。

　底の知れない、不気味な相手だった。

　敵に回せば、これほど厄介な相手もいないだろう。

　長瀬は気を引き締め直した。

　桃源郷の妖怪──。この老婆はやはり、ひと筋縄ではいかない人物だった。

「……話を戻すかの」

　静流は長瀬に目を向けたまましゃべりだした。

「叡山を反転的崩壊に導くとして、そのための贄はあと何体あるのじゃ？　まさか、発見された一体のみというわけではなかろう？」

　厳しい静流からの問いかけに、長瀬は表情を崩さず応える。

「おっしゃる通りにございます。我らが用意した贄は、あと六体」

「ほほう」

嬉しそうに頷く静流の前で、サルが固く緊張したのが長瀬には分かった。

長瀬が嘘を言ったのである。

叡山周辺に置いた贄は、本当は八体だった。

そのうちの一体が発見され、今残っているのは七体である。

しかしそれを、長瀬は六体と、一体少なく言ったのだった。

もちろんそれは、長瀬にとっては計算の上でついた嘘であったが、サルと事前に打ち合わせしたことではなかった。サルが緊張したのはその所為だ。だが、サルの態度によって嘘が見破られる事態になることだけは避けなければならなかった。

ちっ、と長瀬は短く舌打ちをした。

名目だけとはいえ、サルは長瀬の上司であり、この計画の責任者だ。連れて来ないわけにはいかなかった。だがそのことを長瀬は後悔した。

――せめて俺の足を引っ張るようなことだけはしないでくれよ。

おろおろと長瀬を見返すサルに目配せをして、任せて欲しいという意思表示をする。

サルは小刻みに頭を振ってそれに応えた。

分かった、というつもりなのだろうが、その動きでさえ充分に不審なものである。

目敏《めざと》い静流が見れば、何か裏があることなどすぐに見破るに違いない。

長瀬はサルに注意を向けさせまいと、慎重にしゃべりだした。

「警察に移動させられた一体の分についても、早急に手配するつもりでございます。すでに何人かの候補はあるのですが、絞り込みに難航している次第でして……」

ふむ、と静流は頷く。どうやらサルの不審な行動には気付いていないようである。

「贄の必要条件は何じゃ？」

静流が質した。

生贄にする人間も、誰でも良いというものではなく、ある一定の条件がいる。

同じ術法を行っても、その条件によって効きが違うのである。条件を厳しく限定すればするほど、術の効き目は強くなるが、その術法によって、或いは術者の意図によって、贄の条件は様々に変わる。

簡潔で、しかも効果的な条件をいかにして設定するか、そしてその条件にどれだけ合う贄を探し出せるか、それらも術法を行う上での重要な要素のひとつなのだ。

「……五月十三日、午前零時生まれの、水性の処女」

長瀬が応える。

「五月十三日？」

「はい。この……」

と、長瀬は隣に座るサルを顎で指し、

「福溝会長のお生まれになられた日であります」

静流が少し驚いた表情をした。

「なんと？　すると汝が今回の術者であるのか？」

静流の問いかけに、サルは平伏して応える。

「はっ、及ばずながら、私めがこの大役を務めさせていただきます。何卒ご助力のほど……」

「なんと、のう」

静流がまたサルの言葉を遮って嘆息した。

心底呆れているようである。

「綱渡りじゃの。……大丈夫かえ？」

「はい」

長瀬が応える。

「そもそも今回の計画は会長が立案されたものであり、我らもこの計画に、すでに三年もの時間を費やしております。会長の得られた知識や能力は、すでに我々の及ぶところではありません。会長抜きではこの計画は実現しないものとお考えいただきたい」

「……なるほどの。ならば、我も相当気を引き締めてかからんとの」

よろしくお願いします、とサルは額を畳に擦りつけた。

だが、心の中は静流への反感で煮え滾っている。

——この妖怪ババアめ！　どこまでも人を見下しやがって！　馬鹿にするのもいい加減にしろよ！　この術が完成すれば、お前なんぞ虫けら以下になるんだ！　そのときになって命乞いしても知らんぞ。真っ先に捻り殺してくれる！

しかし静流はそんなサルに気付きもせず、話題を変えた。

「贄は七体と言うたかの。中心に一体置くとして六体、ふむ、六芒《ろくぼう》か。それでは少なくないかえ？」

サルは一瞬にして凍りついた。

さすがに鋭い。痛いところを突いてくる。

本当は七体ではなく八体である。そして中心には贄ではなくサル本人が収まるつもりなのだ。だが、長瀬が最初に数を偽った以上、そのことを正直に告げることは出来ない。

——どうするつもりなのか。

サルは不安になって長瀬を盗み見た。

しかし長瀬は動揺を欠片も見せることなく、平然と口を開いた。

「つくづくおっしゃる通り。しかし、六芒とは、晴明紋とも呼ばれるように、古来より神道ではあらゆる術に使われてきた強力な型であります。同じく神道の術である生剝逆剝との相性を考えた上でも、これ以上のものはないかと」

六芒とは、正三角形と逆正三角形を重ねた形で表される象徴印《しょうちょういん》であり、ダビデの盾とも、ソロモンの封印とも言われる印である。古代ユダヤ教では魔よけの護符として、また精霊を召喚する魔方陣としても使われたほどの強力なものであり、長瀬の言う通り、神道や陰陽道でも重要視され、安倍晴明の紋としても使われた、呪術を行うものにとっては絶大な効果の期待できる印のひとつなのである。

「……ふむ。一応は良しとするかの。で、贄の場所は？」

——来た。

長瀬は緊張した。この質問をされたときのためにわざわざ嘘をついたのだ。

内心の緊張を悟られないよう、長瀬は慎重にその場所を口にした。

「……まずは、警察によって除かれた一体が鳩ヶ谷。叡山の南西に当たるところです。そこから時計回りに、北西の霞岳《かすみだけ》、北の角山渓谷《かくざんけいこく》、北東の鶴見平野《つるみへいや》、南東の赤石岩《あかいしいわ》、最後に南の菅ノ平《すがのひら》」

淡々とした口調の裏で、長瀬は極度の緊張を押し殺していた。

今挙げた場所はすべてでたらめだった。

そこに行っても生剝逆剝に処せられた死体を見つけることは出来ないのだ。

これは静流との駆け引きのために長瀬が取った、予防策だった。

長瀬は嘉神静流という人物を心底信用したわけではなかった。

むしろ、逆だ。

嘉神静流は、噂以上に狡猾《こうかつ》で油断のならない人物だった。

だからこその嘘だった。

これによって、もし仮に静流が長瀬達を裏切り、その情報を勘解由小路に漏らしたとしても、贄を回収されるといったような妨害がなくなる。

少なくとも、時間稼ぎくらいにはなるであろう。

そのために贄の数を少なく偽り、六芒などというでまかせまで引っ張り出してきたのだ。

本来の計画では、使う印は六芒ではなく、正四角形と菱形を重ねた八芒であり、贄を置いた場所もまったく違う。

だが、この長瀬の取った予防策は、彼らにとっては大胆すぎる賭けでもあった。

静流と勘解由小路らが裏で繋がっていないことが本

当だとしても、万が一、この嘘が途中でバレてしまえば、静流は容易く長瀬らを裏切るであろう。

いや、裏切られるだけならまだましである。

静流に対して嘘をつくということは、その傲慢すぎるプライドを虚仮《こけ》にすることと同じ意味を持つ。怒り狂った静流に報復されれば、計画どころか自身らの命さえ狙われかねない。

あまりにも危険なリスクを背負うことになるのだ。

嘉神静流という人物の恐ろしさは、初めて対面した長瀬でさえひしひしと感じている。

この老婆の力は、予想以上に強大で不気味なものだった。

そんな人物に対して、重要な情報を偽り、その上こちらの意のままに操るなど、到底不可能なことのように思えた。

だが、やり遂げねばならない。

——いくら不可能なことでもだ。

長瀬は静かに覚悟を決めた。


それはこの男らしい、武骨で真正直な覚悟だった。

「……で、実行はいつじゃ？」

静流はさも楽しそうに問う。

長瀬は静流の目を真正面から見ながら、毅然と言い放った。

「——次の満月の夜、つまり、四日後の午前零時」

隣でサルがほっと肩を撫で下ろす気配がした。

実行日に関しては嘘を言わなかったのだ。

長瀬にしてみれば、それは嘘をつくわけにはいかない事柄であるというだけのことだったが、サルにはすでに、その判断の境界線まで分からなくなっているようだった。

長瀬は、挙動不審なサルから、静流の注意を自分に引き付けようと、言葉を繋いだ。

「その日が、この京都のパラダイムが反転する日でございます。言わば、京都の——いや、この世界の命日。御前には、この世界の崩壊と再生の瞬間を、存分に楽しんでいただけるものと存じます」

長瀬の言葉に、くくっと喉を鳴らして静流が応えた。

2

「宗教の目的って、何だと思います？」

コーヒーを飲みながら、春海が雑談をするようにそう切り出した。

春海の事務所である。

脈絡の無い突然の質問に、三枝は応えに窮した。

鬼に襲われて、二日後の朝である。

結局ふた晩入院していた三枝は、退院したその足で、この事務所を訪れた。

仕事に復帰する前に、ひと言お礼を言っておきたかったのだ。

今にも倒壊しそうな階段を昇り、事務所のドアを開けると、春海がふたり分のコーヒーを用意して出迎えてくれた。まるで、三枝がやって来ることをあらかじめ知っていたかのような応対だった。

その疑問を飲み込み、三枝は夕食のときの非礼を詫び、鬼から助けてくれたことの礼を述べた。

慈舜と松川の姿はなく、事務所には春海ひとりだけだった。

そのことを問うと、ふたりとも何だかんだと忙しいようで、と春海は言葉を濁した。

挨拶を済ませれば、すぐにでも辞去する心積もりだったのだが、ソファに腰を下ろし、改めて春海の顔を見ていると、それも出来なくなってしまった。

数々の疑問が三枝の中でむくむくと頭をもたげ、それを解消して欲しいという衝動が彼女の意識を占拠してしまったのだ。

本当にこの世界に鬼などというものが存在しているのか。

私はどうして助かったのか。

どうやってあなた達は、私が鬼に襲われていることを知ったのか。

この世界はどうなってしまったのか。

オカルト、霊能力、魔法、怪物、そんなものが本当にあるというのか。

三枝は衝動に任せて、次々とそれらの疑問を吐き出した。

言い募りながら、三枝は、そんな疑問のひとつひとつが、結局は大きなふたつの疑問に収斂《しゅうれん》していくように思った。

「……結局、こういう多くの疑問は、大きなふたつの問いに絞られると思います」

三枝は少し間を置いて、それを口にした。

「ひとつは……」

今まで自分が信じてきた、この世界に対する認識は、間違っていたのかということ。

そしてもうひとつ。

「──あなたはいったい何ものなのか」

三枝は春海の応えを待つように、口をつぐんだ。

三枝は気が付いていた。

自分の発した問いかけの裏側に深く根を張る、恐怖という巨大な感情に。

慣れ親しんだ風景が突然がらりと変わってしまったことへの、恐怖。

全感覚が、強烈な違和感を伴いながらどんどんずれ落ちていく、恐怖。

何も信じられず、誰も手を差し伸べてくれない、圧倒的な孤独への、恐怖。

三枝が本当に解消したいのは、自らが口にした疑問ではなく、その恐怖なのかも知れなかった。

気丈を装ってはいるが、三枝の精神は今、その恐怖に激しく揺さぶられていた。

目を逸らそうとしていた疑問を、自ら口にしてしまったことで、恐怖はより明確に精神に根を張ったように感じられた。

春海が口を開いたのは、三枝が押し黙ってから、たっぷり三十秒は経った頃だった。

それは、三枝の疑問に応えるでもなく、話の流れに沿ったものでもない、三枝にとってはまったく予想外のものだった。

——宗教の目的って、何だと思います？

それが春海の言葉だった。

「？」

唐突な問いかけに、三枝の思考は一瞬停止した。

何を言っているのか、よく分からない。

思いつきを口にしているとしか思えなかった。

それでも、停止した脳を無理矢理動かして、少し考える。

宗教の目的……。

「それは、やっぱり」

三枝はふと考えついたことを口にしてみる。

「人類、というか、すべての人、を幸福にする方法とか、神——もしそんなものがいればですけど——に近付くためにはどうすればいいのかというようなことを、追い求めたり教えて回ったりすることなんじゃないですか？」

春海は静かに首を横に振った。


「間違いではありませんが、それは目的ではなく、手段です。……魚釣りで言えば、それは魚を釣るという目的のために、針の先につける餌の部分です。人類を幸福に導く、真理を指し示す、などというのは、すべて目的のための手法に過ぎません」

「……つまり、その魚は何だと、そういうことですか？」

「そうです」

数瞬考えて、三枝は恐る恐る口を開いた。

「……人間……ですか？」

得たりと春海は頷く。

「当たりです。人間、つまり、信者を増やすこと。それが宗教の第一の目的です。神のお告げを代行して伝えるとか、奇跡を見せるとかといったようなことは、寿司屋が他の店より値段を安くしたり、良いネタを仕入れたりすることと、根本的に違いはありません。客、つまり信者をより多く獲得するための手法という点ではね」

　春海の言うことは何となく分かる。だが、何故そんな話になるのかが分からない。

「……では次に、パラダイムという言葉はご存知ですか？」

　春海は三枝の当惑などお構いなしに、また話を飛ばす。

「……ええ」

　三枝は困惑しながらも応える。

「広い意味での価値観とか、時代性とか、そういったものを表すものだと……」

「そうです。元々はアメリカの科学史家であるクーンという人が提唱した言葉で、科学理論の歴史的発展を分析するための概念——分かり易く言えば、科学的な研究を行う上での、規範となるべき大きなテーマ、或いは業績といったものを指す言葉だったんですが、今は、広く、ある一時代の人々の考え方やものの見方を規定する、概念的枠組み——常識と言っても良いかも知れませんが——を指すようになりました」

　ちっとも分かり易くない、と心の中で呟きながら、三枝は黙って先を促す。

「例えば、中世のヨーロッパでは、あるひとつの論理を提示するとき、その証拠として実験という手法は有効かどうか、という議論が巻き起こりました。有名な、ガリレオ・ガリレイの時代です。彼は地動説を唱えて教会から死刑を宣告されましたが、教会との対立の根底には、常にその議論があったわけです。彼は急進派でした。つまり、実験を行って証明されなければ、事実は事実として認められないという立場にいたのです。

　しかし、教会側はそういうわけにはいきませんでした。それまでは、論理に破綻が無ければ実験などしなくてもそれは真理である、ということで通用していたし、教会としてはその方が都合が良かったのです。それはそうですよね。彼らにとっては、聖書に書いてあることはすべて真実であるわけですが、その真実は、実験によって証明出来るようなものではありませんから。モーゼのエジプト脱出から始まって、キリストの復活まで、むしろ科学的には証明しようの無い、荒唐《こうとう》無稽《むけい》な話ばかりです。聖書が科学的に証明されるとしたなら、その記述はすべて嘘である、ということでしかあり得ない。それは大変困る、ということで、ここに、科学と宗教、両者の反発——明確なパラダイムの相違の認識——が生まれたわけです。しかし……」

春海はここで一旦言葉を止めて、コーヒーを飲んだ。かちゃり、とカップをソーサーに戻してから、話を続ける。

「現在においては、実験は重要な証明方法ですし、科学的根拠になり得るものです。いくら論理に破綻が無くても、実験でそれが証明出来なければ意味が無い、というくらい、そのことはもうすでに、常識と呼べるまでになっています」

分かりますか？　と言うように春海は眉を上げて三枝を見た。

三枝は黙ったまま頷く。

「このように、ある時代に、時代の要請や意識の転換によって規定された概念——これがパラダイムです。パラダイムは、哲学や数学、芸術など、あらゆる分野で起きてきました。あるものはそれまでのパラダイムを覆す形で、あるものはそれを発展させる形で。

そしてその先端にあるのが、現在のこの世界というわけです。パラダイムはこれからも起き続けるでしょう。いや、小さなパラダイムは、刻々と生まれ続けていると言っても過言ではないかも知れません。そしてその、従来のパラダイムが新しいパラダイムによって書き換えられる現象、或いはその局面のことをパラダイム・シフトと呼びます」

「パラダイム・シフト……」

三枝はオウム返しに呟いた。何でこんな話になってしまったのか、さっぱり分からない。

「科学的な新発見から、世界を揺り動かす社会現象まで、ある常識が新しいパラダイムによって非連続的に、劇的に書き換えられることは、すべてパラダイム・シフトと名付けることが出来るわけですね」

ここで三枝の胸に、ふとある懸念が沸き起こった。

ひょっとして……。彼が言おうとしていることって……。

「ですから、あなたの今までのオカルティズムに対する認識が一旦崩れ、新たな認識が生まれたことも、パラダイム・シフトと呼ぶことが出来るわけです」

やっぱり！

三枝は愕然とした。

そんな馬鹿なという想像が、当たってしまった。

確かに、ここ数日の間に、私は従来の価値観を大きく揺るがされ、新しい価値観を手に入れなければならない状況に追い込まれている。

その現象をパラダイム・シフトと呼ぶならそうなのであろう。

だが、その現象にどんな名前を付けてみたところで、何の解決にもなりはしない。

初めて骨折を経験した子供に、お前の怪我は骨折と言うんだよと教えたところで、骨折が治るわけではないのだ。

そんな通り一遍な、表面的なごまかしを聞くために、私は興味も無い話をこんなにも長々と聞かされていたのか……。

今の話を聞いて、そうか、私はパラダイム・シフトを実際に体験したわけですね、などと目からウロコ的に納得するとでも思っているのだろうか。もしそうだとしたら、馬鹿にしてる。私のことを、徹底的に馬鹿にしてる。

何だか無性に腹が立ってきた。

「あのですねえ……」

三枝は憤懣やるかたないといった様子で、口を挟んだ。

「パラダイムかパラダイスか知りませんけど、私が聞きたいのはそんな話じゃないんです。そんな適当な、上っ面の知識を披露されたところで、私は納得しませんよ。私が聞きたいのはそんなことじゃなくって……！」

て、春海が制した。
言い募る三枝を、まあまあと宥めるように手を振っ
「あなたも割とせっかちな人ですね。そんな風にひと
り早合点して、勝手に怒るもんじゃありませんよ。話
は最後まで聞いて下さい。今までは、言わば前フリで
す。前フリ」
「前フリ？」
「そうです。パラダイム、或いはパラダイム・シフト
という言葉の意味を分かってもらうための、前フリで
す。……ま、一応の説明は済みましたんで、本題に入
りましょうか」
「本題って……これから？　まだ？」
三枝はげんなりした。訳の分からないことばかり言
われて、もうすでにかなり食傷気味なのである。だが、
そんな風に言われて腰を上げるわけにはいかない。ジ
ャーナリストとしての面子《メンツ》が丸潰れになってしまう。
ううん、とひとつ咳をして、春海がまたしゃべりだ
した。

仕方なく、三枝も耳を貸す。
「……パラダイムは、一旦それが全世界的に広がって
しまうと、常識的な、自明なこととして、人々に自然
に認識されます。それがどんな突飛なことでも、一度
広がってしまうと、何の抵抗も無く受け入れられるん
ですね。
先ほどの例で言うと、ガリレオの地動説や実験至上
主義は、当時の人達にとってはかなり突飛なものでし
た。しかし時代が進み、それが当たり前になってくる
と、その当時の、実験批判の思想の方が突飛なものに
見えてきます。
劇的な価値観の転換、その繰り返しが、様々なパラ
ダイムに囲まれて生きる我々人間の歴史そのものであ
るとも言えます。しかしその一方で、原初のパラダイ
ムをいつまでも頑固に守り通そうとする意志を持つ、
或いはそうでなければ存在する意義が無いというよう
なものもあるのです。……何だか分かりますか？」
三枝は首を傾げる。

「宗教です」

春海は三枝の意見を待たず、自ら応えた。

「人間が作り上げてきたあらゆる事象の中で、唯一宗教だけは、最初に認識されたパラダイムを強固に保護しようとするものです。また、そうでなければ宗教は宗教として成り立たないでしょう。宗教の持つパラダイムは、それほどに頑迷で強靭なものなのです」

三枝は話を聞きながら、コーヒーカップに手を伸ばした。

「もちろん宗教の中でも、小さなパラダイム・シフトは起こっています。例えばなん年か前に、当時のローマ法王がダーウィンの進化論を初めて認めました。認めたと言っても、一考の価値がある、と言ったに過ぎませんが、その発言は世界中から失笑を買いました。今さら何を言ってるんだ、と。しかし、それによって激昂した人達もいたのです。聖書には、神が自らに似せて人間を創ったと書いてあるではないか、いくら法王といえども、神の真実を覆すような発言は許さない、とね。

宗教のパラダイムの特殊性は、まさにここにあります。宗教は新しいパラダイムを決して受け入れようとはしないのです。新しいパラダイムを受け入れるということは、自らを根底から瓦解させるものだと知っているのです」

三枝が口をつけると、コーヒーはすでにすっかり冷め切っていた。

「それでは、何故宗教だけがそんな特殊なパラダイムの中に存在しているのか、それを考えてみると、その応えは、宗教の目的にありました。そう、ここでようやく、最初の話に戻ります。三枝さん、宗教の目的とはなんでしたか？」

「……信者の獲得」

「そうです」

春海は頷く。

「宗教は決して、真理を得ることや神に近付くこと、或いは悟ることなどを第一義の目的とはしていません。

それらは信者を得るための、そして得た信者を繋ぎとめておくための、第二義、第三義的な目的です。宗教の第一の目的はあくまでも、ひとりでも多くの信者を獲得するという、ただそれだけのことなのです」

三枝はこくりと頷いた。

春海の話が正鵠《せいこく》を射ているのかどうか、それは正直言って三枝には分からない。分からないがしかし、そう的外れの意見でもないだろうという気はする。

そんなことはどちらでも構わなかった。

今の三枝の狙いは、春海の意見が社会的に認知され得るものなのかどうかを検証することではなく、春海という人物が、どのような思想を持っている人間かを観察することである。その意味では、今彼が話している内容は、かなり有効なものであるような気がする。あまり興味のない話ではあるが、適当に聞き流すのではなく、真剣に耳を傾けてみる価値はありそうだった。

「信者を獲得するために、宗教は信仰というエネルギーを利用します。人々の〝信じる〟というエネルギーには、絶大な威力がありますからね。〝信じる〟という エネルギーだけで国家を作り、政治をしている国はたくさんあります。そのエネルギーを使って、宗教は勢力を拡大させてゆくのです。宗教の第一の目的である信者の獲得とは、換言すれば、宗教のパラダイムによって人々の思想を単一化しようとすることです。国や民族、文化などを飛び越えた、人類の信仰による単一化。極端に言えば、それこそが宗教の目指すところなのです。

しかし、この世界にはすでに、いくつもの宗教が存在します。そしてそれぞれの宗教は、それぞれの違ったパラダイムを内含し、そのパラダイムで世界を単一化しようと動いています。世界のあらゆる場所で起こる民族紛争、宗教対立は、違ったパラダイムを持つもの同士の衝突、という言い方が出来るわけです。キリストの誕生から巡礼、聖書、十字軍の遠征、カトリックとプロテスタントの対立、エルサレム獲得のための戦争、まだまだたくさんありますが、これらはすべて、パラダイムの統一を目指す動きです」

「……あのう……」

三枝が口を挟んだ。話を聞きながらぼんやりと感じていたことを口にする。

「宗教がそれぞれに違ったパラダイムを内含しているということも分かりますし、その思想によって世界を統一しようとするのが宗教の存在理由だということも分かります。でもそれは、キリスト世界だけの話ではないんですか？　先ほどから聞いていると、引用されているのもキリスト教のことばかりだし、歴史を振り返ってみても、この、日本という国はあまり宗教同士のパラダイムの衝突を経験していないのではと思うんですが……」

三枝の言葉に、春海は優秀な生徒を見る先生のように、にっこり笑った。

「とんでもない」

彼は楽しそうに笑いながら、首を横に振る。

「遡《さかのぼ》れば、神話の時代から、日本も数々の宗教的パラダイムの転換、衝突を繰り返してきています。記紀の頃から、近代に至るまでの数々のパラダイム・シフト。それを詳しく説明し出すと話が脱線しそうなので省きますが、日本が宗教によって揺り動かされてきた国であることは、少し調べてみれば一目瞭然です」

春海は三枝の顔色を窺う。「……信じられませんか？」

三枝は首を傾げて、肯定を表す。

「そうですね……それではひとつ具体例を挙げてみましょうか。近代の日本、維新後の明治時代に発生した宗教的パラダイムです。――平田篤胤《ひらたあつたね》、本田親徳《ほんだちかあつ》、或いは出口王仁三郎《でぐちおにさぶろう》という名は知っていますか？」

知らない。三枝は黙って頭を振る。

「……明治の日本というのは、まさに激動の時代でした。新しい政府が立ち上がったとはいえ、政情は不安定で、経済や法律も不完全なまま、欧米の列強に飲み込まれまいと必死にもがいていた時代です。イギリスやフランス、ポルトガルなどの異文化が嵐のように吹き荒れ、日本はそれをがむしゃらに吸収しようとしました。それが近代国家と認められる上での一番の近道だったのです。しかし、そのなりふり構わないがむしゃらさは、古来からの伝統を形骸化させ、日本人としてのアイデンティティを喪失させるほどのものでした。あまりにも性急なその流れに、日本は自身の誇りを見失いかけていたのです。

　そんな混沌と狂乱の時代に、なかば必然として生まれたのが、古神道、でした」

　古神道……。三枝は胸の中で呟いた。聞いたこともない言葉だった。

「古神道とは、怒濤の勢いで荒れ狂う異文化の波に飲み込まれることを良しとせず、古来から綿々と受け継がれてきた日本としてのプライドを取り戻そうとしたもので、その方法論として、神道を見直し、神国日本を復興しようとしたものです。

　当時残っていた、神仏習合によって変形してしまった神道ではなく、原初の日本が有していたはずの、原型としての神道を復活させようとしたもので、だからこそ古い神道……古神道と呼ぶわけですが、発生当初は一部の知識人だけの内輪的運動だったこの古神道は、それと呼応するように起き始めた多くの新興宗教などと結びつき、あっという間に日本全土を巻き込む一大ムーブメントにまで発展しました。

　平田篤胤、本田親徳というのは、当時その古神道を知識の面からバックアップし、学問として確立させようとして、数々の書物を記した代表的な人物です。そして出口王仁三郎は、出口なおという霊能者を義母に持ち、大本教《おおもときょう》という新興宗教を大発展させた傑物で、古神道を実践的に突き詰めようとしました。

　彼ら以外にも、古神道のムーブメントからは数多くの人物が生まれています。大石凝真素美《おおいしごりますみ》、宮地水位《みやじすいい》、川面凡児《かわつらぼんじ》などがそうだし、エリート階級にも矢野祐太郎《やのゆうたろう》や酒井勝軍《さかいかつとき》などの信奉者が現れています。

　発生当初から古神道は熱いエネルギーの塊として出現するのですが、時代の流れに乗って、古神道が彼らの思惑を超えるほど巨大化するにつれて、狂気もまた、制御不能なまでに膨れ上がってゆきました。

……古神道は、日本を神国として定め、世界の核の国——大地の元本であると説きます。そして核である日本にこそすべての霊的秘儀、秘法が眠っているとして、日本語の神秘的解釈や太古神の復活など、それまでの神道とはまったく異なる理論体系を作り上げ、それらを霊学という学問のひとつにまで押し上げようとしました。霊学を体系化しようとした本田親徳は、その中でも特に重要なものを三大霊学と呼び、具体的にそれを〝鎮魂法《ちんこんほう》〟〝帰神法《きしんほう》〟〝太占《ふとまに》〟と名付け……」

そこまで言うと、急に春海は黙り込んだ。

何かもの思いに耽るように目を細め、視線を中空に漂わせている。

しばらくはその様子を不審げに眺めていた三枝だったが、あまりにも長い沈黙に、たまらず声をかけた。

「……春海さん？」

三枝の声に、ふと我に返った春海は、取り繕うように話を再開した。

「ああ、すみません。あまり細かい話をしても仕方ないですね。軌道修正しましょう。

……とにかく、そのようにして爆発的に盛り上がった古神道でしたが、その勢力も長くは続きませんでした。時代の流れとともに、歴史の陰にひっそりと埋没してゆきます。その原因は幾つかありますが、ひとつは、その体系が独特すぎて理解され難くなってしまったことが挙げられます。宗教は信仰がエネルギー源だと言いましたが、その、信仰を支えるための儀式や修行方法が、どんどん現実を逸脱してしまったわけです。理論だけが暴走し、ある種歪んだものになっていったんですね。

それに歩調を合わせるようにして、創始時代から古神道を牽引していたキーパーソンも次々と姿を消してゆきます。あるものは死亡し、あるものは投獄され、古神道はますます空洞化してしまうのです。これには古神道の隆盛をなんとか押し留めようとする政府の思惑も絡んでいました。せっかくこれから、欧米の列強と肩を並べるくらいの近代的国家になろうとしているのに、国の中から、日本こそが世界の中心である、それ以外の国々は〝みな潮の沫《あわ》の凝り固まってなったもの〟――つまり外国はすべて海水の泡が偶然固まって出来たに過ぎない、などということを大上段に構えて叫ぶ宗教があることが、邪魔でならなかったわけです。要するに、古神道のムーブメントは政府には甚だ都合の悪いものだったんですね。

そういう事情もあって、古神道は国家から弾圧を受けます。そしてこの弾圧が、結果的には大きな効果を生むわけです。先ほども言ったように、古神道は古神道で、その教義がどんどん現実から乖離していって信者がついていけなくなっているようなときです。そんなときに、リーダーが捕まったり行方不明になったりしたもんですから、古神道の勢いは急激に萎えていきます。

あまりにも複雑で歪《いびつ》な発展を遂げてしまったために、次代のリーダーが育たなかったんですね。

古神道の不幸、過ちはそこです。日本の精神性を復興させるために神道を持ち出したのなら、素直にその神道のパラダイムを読み取り、研究すれば良かったのです。しかし彼らはそうしなかった。完全性、純粋性を求めるあまり、特殊過ぎる理論体系を作り上げてしまった。その結果、神道の教義を解明、継承するどころか、それから最も遠い、まったく違う別のものになってしまったんです」

分かります？　と言うように春海が三枝の顔を覗き込む。

分かります。と三枝は大きく頷く。

面白い話だった。明治の日本に、そんなことが起きていたとはまったく知らなかった。

いつの間にか、三枝は春海の話に引き込まれていた。

「――ということで、ここで終われば、ふうん、明治時代も大変だったんだあ、ということで終わるんですが、古神道に関しては、もうひとつのオチ、後日談があります。

明治のある時期に、急速に盛り上がって、一瞬にして終焉を迎えてしまったかのように思われた古神道ですが、大正、昭和と移り、二度目の大戦を迎えた頃に、再びその価値を利用されます。それも、一度は古神道を弾圧したはずの、国家の手によって。

戦争に突入しようとするとき、国民の意識を統一し、士気を高める手段として、古神道はかなり利用価値が高いものだったのです。なにしろ、日本は〝イザナギ、イザナミの産みたもうた〟皇国であり、諸外国の信仰は〝皇国の古伝が誤って伝わったもの〟だと、古神道は主張するのですから、国民を鼓舞するための最適の宗教だったわけです。平田篤胤、本田親徳らは、日本の本質を早くから見抜いていた偉大な人物とされ、彼らの記した文献が過剰にもてはやされました。

……が、その古神道の栄華も、終戦を迎えると同時に夢と消えます。またもや国家から、今度は愚かで危険な思想だとして抹殺されてしまうのです。

分かりますか？　古神道という莫大な熱量を持ったパラダイムは、時代の必然として生まれたにもかかわらず、時代に翻弄《ほんろう》され、時代によって二度も封印されてしまうのですよ」

そこで春海が、はたと気付いたように、バツが悪そうに笑った。

「……なんか、結局脱線してしまいました。日本にも宗教的パラダイム・シフトはあるという具体例を挙げるだけだったんですけどね。ついつい熱が入ってしまいました。すみません」

「いいえ、面白かったです」

三枝は謝る春海を慌てて制した。

しかしそれは世辞や慰めではなかった。春海の話は本当に面白かった。

事務所に来てずいぶんと時間が経ってしまっているが、会社に行かなければならないことなど、すっかり忘れていた。

「ともあれ、この世界には数々のパラダイムが存在し、それらが相互に干渉しあってパラダイム・シフトが起こる、ということは何とか理解していただけたかと思います」

三枝は頷く。

「現代の日本のような、唯物論的科学至上主義も、その数多いパラダイムのひとつに過ぎず、そのパラダイムも、決して強固なものではないこと、それも分かっていただけましたでしょうか?」

その言葉に、三枝は一瞬考えた。

確かに、これまでの春海の話によって、自分という存在は、ただひとつのパラダイムに、なんの疑問も覚えずどっぷりと肩まで浸かってしまっていただけだったのだろうということは分かった。

だが、そうなってしまったことの原因は、科学に、他のあらゆるパラダイムとの葛藤に打ち勝つだけの力量があったからではないのか。人々を信じ込ませるだけの説得力と有効性を、科学が持っていたからではないのか。

だからこそ、科学はここまでの発展を遂げ、私達はそのパラダイムに囲まれて安心していたのではないのだろうか。

それとも、こうして科学が急激に発展してきた裏側で、科学的でないと排除されてきたいわゆるオカルティズムなどのパラダイムも、科学のパラダイムが厳然と存在しているのと同じように、まだこの世界に存在しているのだろうか。

それも、科学のパラダイムを脅《おびや》かすほどすぐ近くに?

三枝はその疑問を口にした。

「科学のパラダイムが存在することと同じ確かさで、魔術や、妖怪や、霊能力なんかのパラダイムも存在している、ということですか?」

春海が、ゆっくりと頷いた。

「……あなたも経験したでしょう?」

そう……だった。

鬼などというものが科学のパラダイムに存在するはずは

ずがなかったが、だからといってあれは決して夢ではなかった。厳然たる現実だった。

「パラダイムを作り出すのは人間です。人間の思想であり、感覚であり、感情であり、言語であり、そこから生まれる理論や、世界観です。人間の存在そのものがパラダイムを生み出し、そして生み出したパラダイムによって自らを規定するからこそ、人間は人間たり得るのです。同じパラダイムに住む人間が多くなればなるほど、そして彼らがそのパラダイムを信じれば信じるほど、パラダイムはより強固なものになります。何故ならパラダイムは、人間が作り出し、共有しているものだからです」

「でも……」

知らずに反論が口から出た。口にしてから、三枝は春海の話に飲み込まれている自分を発見した。春海に礼を言いに来たという当初の目的をいつの間にか失念してしまっていたが、もうそんなことはどうでも良くなっていた。

「どのパラダイムが正しくて、どのパラダイムは間違っている、ということはあるんじゃないですか？　例えば、テロリズムを肯定する思想のパラダイムや、現実的に何の効力も無いような神がかり的な奇跡なんかを信じるパラダイムなどは、無くなるべきものではないんでしょうか？」

春海はゆっくりと首を振った。

「パラダイムを正誤や善悪から見ることは無意味です。それはただ、あなたの属するパラダイムから他のパラダイムを評価しているに過ぎません。パラダイムにあるのはただ、それが脆弱なものか強固なものかという違いだけです。先ほどの、古神道の例で言えば、もし古神道が日本を掌握していたなら、今の日本という国や、世界の情勢は、がらりと違ったものになっていただろうし、そこに住む人々は、その世界に何の疑問も持たないに違いありません。そうなる可能性は大いにありました。が、そうはならなかった。それは、古神道というパラダイムが間違っていたからではなく、古神道のパラダイムが脆弱なものだったからです。周りのパラダイムに対抗するだけの力を、古神道は持っていなかった。ただそれだけのことなのです」

「………」

三枝は黙り込んだ。

頭では納得出来る。出来そうな気がする。だが感情が反発していた。

そんな様子を見て取ったのか、春海が問う。

「……英語やフランス語は間違っていて、日本語だけが正しい、というようなことが言えるでしょうか？」

三枝は首を横に振る。

「文化や信仰や習慣などの違いを、どれが善でどれが悪だと、区別することが出来るでしょうか？」

もう一度首を振って、三枝は応える。

「この世界には実に多くのパラダイムが存在します。それらのパラダイムは、互いに影響を与え合いながら、微妙なバランスを保っています。ですが、それらのパラダイムをひとつひとつ取り出して、これは善、これは悪、というように分けることは出来ません。何故ならそれらは、〝そうやってそこにただ存在しているだけ〟のものだからです」

「……何となく分かるような気はします」

三枝は口を挟んだ。

「でも、やっぱりどこか納得がいきません。私が今まで住んでいたパラダイムが、科学のパラダイムだったとして、それとは違う、オカルティズムのパラダイムも、それと同じように存在するんでしょうか？　科学によって裏付けられるあらゆる事実と同じ現実性を、オカルティズムも持っているんでしょうか？　私の肉体が、ここにこうして確実に〝ある〟ように、霊魂や神や、天使や悪魔や、祈禱や呪いや、そんなものらも〝ある〟んでしょうか？」

「……もちろん」

春海は静かに頷いた。

「それらを信じるパラダイムに住むものにとっては、という条件は付きますが」

飲み干したコーヒーカップを持ち上げ、三枝はさらに問う。

「このカップを落とせば、床に当たって割れます。そんな当たり前なことと同じように？」

「ええ」

「カップが落ちれば割れるという当たり前さの裏には、厳然とした物理法則があります。何ものも逆らい得ない、現実としての法則が。そんな確固とした法則は？」

「あります」

「その法則を検証し敷衍《ふえん》する理論体系は？」

「パラダイムによって違いますが、あります」

「オカルティズムがそれだけの現実性を持つのであれば、そのパラダイムが科学と同列に扱われていないのは何故でしょう。何故、今の私達は科学的なものだけを確かなものだと認識しているんでしょう。春海さんの言うことが本当なら、オカルティズムは現在においても科学と同様の力を持っているべきではないんでしょうか？　いや、オカルティズムにそれだけの理論体系があるならば、そもそも科学などという新しいパラダイムが生まれる必要はなかったんじゃないんでしょうか？」

「三枝さんの言いたいことも分かりますが、その発想には根本的な間違いがあります」

「間違い？」

「そうです。科学とオカルティズムは互いに相反するパラダイムであるという認識の間違いです」

「えっ？」

三枝は戸惑った。

科学とオカルティズム、その関係が相反しているなどということは覆しようのない事実だと思っていた。幽霊や超能力などを真っ向から否定するのが科学であり、オカルティズムはその科学を浅はかなものだと攻撃する。そんな関係は、テレビなどでバラエティ番組として放映されるほど、手垢のついた当たり前のものだと思っていた。

「科学とオカルティズムは、相反するどころか、お互いの足りない部分を補い合う形で存在しているものです」

「足りない部分？」

「三枝さんが先ほどおっしゃった疑問のことですよ。オカルティズムに現実としての確固とした物理法則と、それを敷衍する理論体系はあるのか」

「ああ……はい」

「その部分で言えば、確かにオカルティズムは科学に及ばないでしょう。しかしそれはオカルティズムにそういった体系がないからではなく、科学が作り上げた体系の方がより分かり易く、突っ込んだものである、ということであって、そういった意味で科学ははるかにオカルティズムより優れています。オカルティズムの体系は科学に比べるとあまりに直感的過ぎ、また暗《あん》喩《ゆ》的に過ぎます」

「はあ」三枝は曖昧に頷く。

「しかし一方で、どれだけ科学的にこの世界を解明出来たとしても、科学では摑むことの出来ない事柄というのもあるのです」

「何でしょうか？」

「それは、何故この世界はこのような形で成立しているのか、という疑問に対する回答です。先ほどの、コーヒーカップは落とせば割れる、という物理法則で言えば、カップが落ちるというときにはどのような力が働き、どう作用するから落ちるのか、つまり落ちるという現象はどのような力によって成立しているのかを解明するためには、科学は絶大な効力を発揮するでしょう。しかし、何故そんな力が発生する世界が作り上げられたのか、ということを説明することは科学には出来ません。それはたまたまそんな世界が形成されただけのことだと言うことしか、科学には出来ないのです。何故このような物理法則が存在しているのか、何故この世界はこのような形で成立していて、別のありようではないのか」

春海の言いたいことが何となく分かりだした。つまり、科学は〝あるものはある〟ということを前提にして、それがどう作用しているのかということを追いかけているだけなのだ。存在そのものに疑問を挟むことなく、その存在のあり方だけを調べているのが、科学というものの特性だと彼は言っているのである。

春海の言いたいことは分かったが、しかし疑問は残る。

オカルティズムは科学では説明しきれない存在の謎を解明しているのか。

三枝はその疑念を口にした。

「科学が持つ構造的な限界は何となく分かりました。ですが、そうした場合、オカルティズムは科学では解明しきれない、何故この世界がこのように成立しているのかという問いに、応えられるんですか？」

「科学がこの世界の現象のすべてを未だ解明出来ていないように、オカルティズムも存在の謎は解明しきれていません。ですが、長い時間をかけて考えられてきた世界観や理論体系ならあります」

「それは、今まで私が科学のパラダイムの中にどっぷりと浸かっていたから見えなかっただけで、そのすぐ近くに、決して相反する形でなく存在している、ということですか？」

「その通りです。そしてその体系は、原始からのパラダイムが強固に守られている宗教の中にこそ最も多く存在している、ということでもあります」

ここでやっと宗教の話に帰ってきた。長い旅路を終えて、ようやく家に辿り着いた旅人のような心境だった。

「科学のパラダイムが現実であるならば、宗教に守られたオカルティズムのパラダイムもまた、現実であると」その三枝の言葉に、春海は深く首肯した。

「――そして春海さんも、それら秘教のパラダイムの住人であり、その思想体系を受け継ぐものだと、……そういうことですか？」

三枝の言葉に、春海はにっこりと笑って応えた。

うっとりするような、美しい笑顔だった。

「……ようやく、あなたの最初の質問に応えることが出来そうです」

「最初の質問？」

何だったろうか。自分で問うたにもかかわらず、思い出せない。

「あなたはいったい何ものなのか、そう訊いたでしょう？」

そうだった。すっかり忘れてしまっていた。

春海は、三枝を見つめながら、言った。

口元には、綺麗な笑みを浮かべたまま。

優しく囁くような声だった。

「――パラダイム・ガーディアン。私は、時空を守護するものです」

3

人ごみの中を、まるで夢遊病者のように、ふらふらと歩いている人物がいた。

視線を固定させることなく上空にゆらゆらと漂わせ、口元はだらしなく半分開けている。

セーターとジーパンを身に着けてはいるが、その上にはなにも羽織っていない。

だが、寒さも気にしてはいないようだった。

まだ若い男である。幼い、と言ってもいいかも知れない顔立ちだ。

靴も靴下も履いていない。裸足にスリッパである。

その所為で、歩く度に、ぺたぺたと間の抜けた音がする。

白いセーターだが、所々に、黒い色が付いている。編みこんだ模様ではなく、ペンキが飛び散って出来た染みのような、べっとり毛糸に絡んでいる色だ。

彼は、揺れるようにふらふらと歩きながら、中空に視線を泳がせたまま、ときどきにやついた笑いを浮かべた。

側を通り過ぎる人達は、彼のその異様な雰囲気に、一瞬ぎょっとした表情を浮かべるが、すぐに目を逸らし、何事もなかったかのように去って行く。

そんな周りの反応も、まったく目に入っていないようだった。

明確な行き先があるのか無いのか、その様子からは読み取ることが出来ない。

だが、曲がり角に来ると、まるで犬のように、鼻をぴくつかせて、何かの匂いを探しているような素振りを見せる。そしてしばらくすると、お目当ての匂いを見つけたのか、満足そうにそちらに足を向けるのだった。

理性が完全に失われたように見える、野性の獣のような少年。

——生方次郎だった。

〝何が望みだ?〟

そんな声が聞こえたのは、左腕の傷もなんとか快方に向かいかけ、個室から大部屋に移って一週間ほど経った頃のことだった。

〝何が望みだ?〟

その声に、次郎はベッドから上半身を持ち上げ、辺りを見回した。

だが、病室は静まり返っている。ときおり聞こえる寝息や歯軋りの音以外は、何も聞こえない。

幻聴かな?

次郎は思った。

これだけはっきりと聞こえる声ならば、同じこの病室にいる人達にも聞こえているはずである。だが、彼らは誰ひとりとして起きる気配がない。

次郎ひとりにしか聞こえていない声のようだった。

しかし、現実にそんな声があるはずが無い。あるとすれば、それは次郎の幻聴だということである。

〝お前の望みを叶えてやろう〟

また声がした。

それは、空気の振動として、耳から入ってきた情報ではないような気がした。もっとぼんやりとした、譬えるなら、水の中でしゃべったときに聞こえる自分の声のような感じ。

言葉自体もあまり明瞭ではない。明瞭でないどころか、日本語として聞こえているのかどうかも怪しい。ひとつひとつの単語を並べて意味のある文章を作る、という会話には必要不可欠な要素が、すっぽりと抜け落ちているような声だった。

〝お前の望みは、何だ?〟

声は次郎の戸惑いにも頓着することなく、一定の間隔で頭に響く。

——何故そんなものが、このような文章として認識されるのか。

次郎はベッドに再び体を横たえて考える。

それはこれが、文章ではないけれど、明確な意志を持っているからだ。

いやそれは、意志そのもの、と言ってもいいかも知れない。

次郎はシャボン玉を想像した。

そのシャボン玉は、中に言葉ではなく強烈な意志をぱんぱんに詰めて、空中を漂っている。それが頭に当たって割れると、びっしょりと頭を濡らすのだ。

自分はその濡れた感じを、言葉に翻訳しているのだ。

そんな風に思った。

〝お前の望みを叶えてやろう〟

その意志は、何度も頭の上で弾けて、そう繰り返していた。

次郎はその声を違和感無く受け入れている。

それが幻聴だろうが何だろうが、聞こえてくるものは聞こえてくるのだ。

いくら、こんなことはあり得ないと、自分の感覚を疑ってみたところで仕方が無い。

——この声と対話してみようか。

ふと、そんなことを思った。

声は止むことなく、一定の間隔で頭に鳴り響いている。放っておけばいつまでも終わらないのではないだろうか。

それは困る。

声自体はそれほど大きな音ではないが、これから先、ずっとこの声が休み無く頭に鳴り続ける状態というのは、考えただけで疲れる。

現に、今もこの声のお陰で眠れないのである。

何とか止めてもらおうと思うなら、こちらからしゃべりかけるより他に方法はないように思われた。

だが、頭の片隅には、その思いつきに警鐘を鳴らす自分もいた。

——止めろ。

その自分が言う。

お前はおかしいと思わないのか。危険だとは思わないのか。他の誰にも聞こえず、お前だけにしか聞こえない声などというものが、現実にあるわけがない。そんなことは自分でも分かっているはずだ。この何ヶ月かに、普通では考えられないような辛い経験をしたから、ちょっと心身のバランスが崩れているんだ。疲れているんだよ。だからありもしない声が、幻聴が聞こえてくるんだ。ただそれだけのことだ。このまま何も考えずに眠ってしまえば、明日にはきっと何事も無かったかのように目が覚める。きっとそうなる。だから下手に反応しない方が良い。こっちからしゃべりかけるなんて以《もっ》ての外だ。とりあえずいまは、何も考えないでやり過ごせ。それが一番だ。

そんな言葉が、頭の奥の方でちりちりと燻《くすぶ》っている。

次郎自身は気が付いていなかったが、それは次郎に残されていた最後の理性だった。

だが次郎は、その頼るべき内なる声を、無視した。残された最後の理性の欠片を、自らの手で握りつぶしてしまったのだった。

——僕の望みを訊きたいのですか？

次郎はシャボン玉に話しかけた。と言っても、本当に声に出してしゃべったわけではない。空中に浮かぶシャボン玉をイメージして、それに向かって頭の中で強く念じただけだ。元より他の人間には聞こえていない声との対話なのだから、その方法で充分だと思った。

〝……〟

数秒間、鳴り響いていた声が途切れ、沈黙が訪れた。次郎にはそれが、次郎からの反応に戸惑っている時間に思えた。

〝……そうだ〟

しばらくの静寂のあと、頭の中に返事が返ってきた。

——僕の望みを叶えてくれるのですか？

〝そうだ〟

——それがどんな望みでも？

〝そうだ〟

——叶えられっこない、どう考えても不可能な望みでも？

〝そうだ〟

次郎は声との対話が楽しくなってきた。自分が作り出した幻覚と対話しているだけだとは思いながらも、それは結局、鬱積している自分の感情が、どこかで爆発したいと考えているからこその幻覚であり、「どんな望みでも叶えてやろう」としゃべりかけてくる幻覚は、自分自身の願望の表れなのだ。だから、それに乗って会話することは、鬱屈している感情を発露させているに過ぎない。言わば、カウンセリングだ。自分で自分をカウンセリングして、ぼろぼろになった精神を治しているのだ。

次郎はそう思った。

……このときは、まだ。

——じゃあ、僕の望みを教えてあげましょう。僕の望みは……兄を、僕の兄さんを探し出して欲しい、ということです。

〝……〟

——僕は兄さんを助けてあげたいんです。今はちょっとおかしくなってしまっているけど、それは、何かに操られているからなんです。本当は、とても人を傷付けることなんて出来ない、優しい人なんです。僕は何とか兄さんを助けたい。今ならまだ間に合うと思うんです。兄さんが僕以外の誰かを襲う前に、どうしても僕は兄さんを探し出したいのです。

〝……〟

――取り返しがつかなくなる前に、何としてでも兄さんを見つけ出して、元の優しい兄さんに戻して欲しい。そのために、もうすでに人も雇いました。あの人の治療を受けて、きちんと憑きものを落としてもらえば、きっと元に戻ると思うんです。でも、それにはまず、兄さんを見つけ出さないと。僕も出来ることなら、今すぐにでもここを退院して探しに行きたい。じっと寝てなんかいられないんです。本当は。

〝……〟

――これが、僕の望みです。

〝……〟

――叶えてくれますか？

〝……それは、嘘だ〟

――……えっ？

次郎は驚いた。

自分の作り出した願望であるはずの幻聴から、そんな風に反論されるとは夢にも思ってはいなかった。

戸惑う次郎に、声はもう一度言う。

〝それは嘘だ〟

――……どういうことですか？

〝お前が望んでいることは、そんなことではない〟

――……何を言ってるんです？　本心ですよ。僕は兄さんを助けてあげたい。心の底からそう思っています。

〝嘘だ〟

――じゃあ、何だって言うんです？　これが僕の本心じゃないって言うんだったら、何が本心なんですか？

〝……お前が、兄を見つけ出したいというのは本心だろう〟

――そうですよ。

〝だが、それは兄を助けたいからではない〟

――？……どういうことです？　それのどこが嘘だと言うんです？

〝お前は兄を助けたいのではない〟

――……何を言っているのか、よく分かりません。助けたくないんだとしたら、僕はどうしたいと言うんですか？　他にどんな気持ちがあるって言うんです？

次郎は混乱した。

この声は、自分が作り出した幻影だ。

自分の願望が生み出した幻影。

なのに何故こんなややこしい展開になるのだ？

訳が分からない。

ひょっとして僕は、本当に意志を持つ何ものかと会話をしているんだろうか？

そんなことがあるわけがない。

いくら何でも、無茶な想像だ。

では何だ？

この声が僕の想像の産物だとしたら、それはいったい僕に何を伝えようとしているんだ？

深層心理というやつだろうか。

兄を助けたいという僕の意識に、そんなことは到底無理だと、僕の深層意識が反発しているのだろうか。

そうかも知れない。

少なくとも、そう考える方が、意志を持つ何ものかと対話していると考えるより現実的だ。

そうだ。きっとそうに違いない。

必死に自分を納得させようとしている次郎の脳に、声が鳴り響いた。

〝……お前は兄に復讐したいんだろう？〟

体がぶるりと震えた。

何を言ってるんだ？　復讐だって？　何でそんなことを言うんだ？　復讐なんて、考えたことも無い。何で僕が兄さんに復讐しなければならないんだ？

〝お前は兄に復讐したいのだ〟

何でそんなことを言うんだ！　違う！　復讐なんてこれっぽっちも考えたことなんてない！　僕は兄さんを助けてあげたいんだ！　ただそれだけだ！

〝復讐だ〟

違う！　違う！　僕はそんなことを考えてなんかい

ない！

〝お前の兄は、お前の腕を喰った。うまそうに喰った。それが許せないのだ〟

違う！

〝お前も同じように兄を喰い千切りたいのだ。兄の肉を頬張り、骨を舐《ねぶ》り、喰らい尽くしたいのだ〟

次郎は両耳を手で塞ぎながら、頭を振りたくった。

違う！　違う！　違う！

だが声は鳴り止まない。

お前は兄に復讐したいのだそれが本心だお前がされたことをそのまま兄に返してやりたいのだだから兄を見つけたいのだ兄を見つけ出してその腕に齧《かじ》り付きたいのだその肉を喰らって血を啜りたいのだそれがお前だお前の本心だ存分に兄の肉を味わうことがお前の復讐なのだお前は兄に復讐したいのだ――。

気が狂いそうだった。

これは断じて深層意識なんかじゃない。

僕はそんなことは微塵も考えたことなんて無い。

だが――。

それならこれは何だというのか。自分の願望が生み出した幻影でも、深層意識でも無いとするなら、こいつはいったい何ものなのか。

――うるさい！　もうお前なんかいらない！　どっかへ行け！

次郎はありったけの力を込めて念じた。

だが声は去らない。頭の中で、どんどん大きく響き出す。

全身が小刻みに震えていた。

毛穴という毛穴から、汗が噴き出す。

熱い。火の中に飛び込んだのかと思うほど熱い。が、それと同時に、冷たい。血流が止まったように冷たい。

気を失いそうだった。

だからあれほど言っただろう！　声に反応するなって、あれほど警告しただろう！　それを無視したお前が悪いのだ！　お前の責任だ！　もう遅いぞ！　もう引き返せない！　だめだ！　お前が悪いのだ！

内なる声がヒステリックに脳に響く。

歯車がずれていくようにバランスを失ってゆく精神の、最後の抵抗だった。

その声とシャボン玉の声とが重なって、極度に不快な不協和音が神経を逆撫でする。

――うるさい！　お前ら、もうどっかに行け！　弾け飛んでしまえ！

ぎぃあああああああ！

次郎の意識に反応し、断末魔の雄叫びを上げたのは、彼がすがるべきはずの心の声だった。

次郎に残っていた理性の欠片が、断末魔の悲鳴を上げて跡形も無く消え去ってしまったのだ。

――そうだ。

次郎は唐突に思った。

――そうなのだ。

俺は兄さんに復讐したいのだ。

そう思った途端、体の芯がかっと燃え上がった。

えも言えぬ快感が脊髄を駆け上がる。


――そうなのだ！　俺はとっくに気が付いていたのだ！　俺は兄さんに復讐するのだ！　それが俺の使命だそうだそうなのだ俺をこんな風にした兄さんを許すことなど出来ないこの借りは返さなければならないそれが復讐なのだ俺は復讐してやるのだ復讐とはされたことを返してやることだ同じように返してやるのだ兄さんが俺にしたのと同じように兄さんの肉に喰らいつき引き千切ってやるのだぞぶりと歯を立てて噛み千切ってやるのだちゅうちゅうと音を立てて血を啜ってやるのだぺろぺろ骨を舐めてやるのだそれが復讐だ復讐はやり遂げなければならないそのために俺はここにいるのだ！

次郎の叫びに、シャボン玉の声が呼応する。

〝そうだ、お前は復讐しなければならない。そのためなら、私はいくらでも力を貸してやろう。お前はその力で兄を探し出せば良い。そして復讐するのだ。報復するのだ。思う存分恨みを晴らすのだ。怒りをぶち撒けるのだ。兄の肉を喰らい、喰らい喰らい喰らい喰ら

い喰らい尽くさなければ、お前の怨念は晴れることは無いのだ〃

「応ううう！」

次郎は叫びながらかっと目を見開いた。

溢れんばかりの狂気に、その目は爛々と赤く血走っていた。

全身に力が漲《みなぎ》っているのが分かる。

爽快だ。

兄に左手を喰われてから、いや、今まで生きてきた中でも、こんな爽快感を味わったことが無かった。

「ひゃ！　ひゃっはっはははは！」

喉から笑い声のような雄叫びが迸る。止められない。最高の気分だった。暴れ出したい気持ちが抑えられない。爆発しそうだ。

「ひゃはははははは！」

「うるさい！」

次郎はベッドの上に立ち上がって、飛び跳ねた。

「何をやってるんだ！」

「やかましい！　誰だこんな時間に！」

部屋のあちこちから、怒りの声が飛んだ。

他の患者が目を覚ましたのだ。

次郎の隣のベッドの壁際が、ぽっと明るくなった。

電気スタンドが点《つ》いたのだ。

さっとカーテンが開いて、中年の男がそこから顔を覗かせた。

目を瞬かせながら、次郎を睨む。

「うるせえ！　ガキはおとなしく寝てろ！　今度騒ぎやがったらぶん殴るぞ！」

男が怒りも露《あらわ》に次郎を叱責した。

「いったい何時だと思ってんだ！」

「てめえひとりの部屋じゃあねえんだぞ！」

他のベッドからも怒声が飛び、部屋は騒然となった。

次郎は飛び跳ねるのを止め、隣のベッドの男を見つめた。

眼球が零《こぼ》れ落ちそうなほど目を見開き、凝視する。

「な、何だよ」

異常な雰囲気を察したのか、うろたえる男に、次郎はにんまりと笑顔を送った。

それはすでに正常な精神が作り出せる笑顔ではなかった。

今までの、どこか気の弱そうな少年だった生方次郎は、もうそこにはいなかった。

今いるのは、溢れ出す力を持て余しながら、牙を立てる獲物を物色している、凶暴な獣だった。

獣は、隣のベッドにいる中年の男を、今にも舌なめずりしそうな残虐な笑顔で見つめた。

気圧されるように喉を引きつらせる男に向かって、獣——次郎はベッドを降りてゆっくりと歩み寄った。

額がひっつくほど顔を近付ける。

男は驚愕に全身を強張らせ、動かない。

数秒間、男の顔を覗き込んでいた次郎が、何かを思い付いたように、にたりと笑った。

男から顔を離した次郎は、笑ったまま、左腕を振り上げ、叩き落とした。

無造作に振り下ろされたように見えた左腕は、しかし正確に男の顔面にぶち当たった。

男は弾け飛び、ベッドの鉄パイプに側頭部をしたたかに打ちつけて、失神した。

白目を剝きぴくりとも動かなくなった男と、自分の左腕を、次郎は交互に見つめた。

信じられないパワーだった。

兄である遼一に喰い千切られてから、茶碗を持つのにも苦労をしていたはずの左腕が、突然、いとも簡単に人間をぶっ飛ばすほどの力を得たのだ。

失神している男の額が、真一文字に割れて、血が流れ出していた。

殴ったときに、そこを爪で引っ掻いてしまったのだ。

手を見ると、中指の爪に、男の血が付いていた。

次郎は中指を口元に運び、ぺろりと舐めた。

ぞくり。

背中が痺れた。

うまかった。

人間の血がこんなにもうまいものだとは知らなかった。

兄が、自分の血に、肉に、あれほどの執着を見せた理由が分かったような気がした。

突然、喉が狂おしいほどに渇いていることに気が付いた。

血だ。血が欲しい。もっと味わわせろ。血が飲みたいのだ。

内臓が捩《よ》じれるような強烈な渇き。

矢も盾もたまらず、次郎は男の額にむしゃぶりついた。

ちゅうちゅうと音を立てて、傷口から血を吸い込む。

だが、爪で引っ掻いただけの傷からは、とても喉を潤すだけの血は吸い取れない。

苛立ったように、次郎は男の全身を掻き毟り、新たな傷口に吸い付いた。

が、それでも到底満足できるほどの量には及ばない。

「な……何をしているんだ?」

突然聞こえた声に、次郎はびくりと体を震わせた。

ゆっくりと振り返ると、反対側のベッドから、三十代半ばに見える男が、カーテンの隙間からこちらを見ていることに気が付いた。

男は凍りついたように、愕然とした表情で次郎を見つめていた。

次郎は立ち上がって、言った。

「何でもないですよ。ただ……」

男が震える声で返す。

「……ただ?」

「ええ、ただ、少し喉が渇いてしまったんで」

次郎は、血に赤く染まった顔をぞろりと崩した。

笑ったのだ。

その笑顔が、男を固まらせていた呪縛《じゅばく》を解いた。

男は震える体を捻り、ナース・コール用のスイッチに手を伸ばした。

だが、その目的は達成されなかった。

手がスイッチに届くと思った瞬間、脇腹に鋭い痛みが走り、動けなくなったのだ。

何だ？

顔を向けると、すぐ隣に赤い顔をした少年が立っていた。

何日か前に、この病室に移ってきた少年だった。礼儀正しく、おとなしそうな子という印象だった。

だが、今の少年はまるで違って見えた。

どす黒く変色した顔、爛々と血走っている両目、狂気を滲ませている笑み。

魔物だ。

魔物が少年に乗り移ったのだ。

男は次郎を見て、そんなことを思った。

目を離したいのに、離せなかった。

脇腹の痛みの原因を確認したいのに出来なかった。

ナース・コールのスイッチを押したいのに、押せなかった。

ただ、呆《ほう》けたように、少年を見つめることしか出来なかった。

少年が、ゆっくりと右手を持ち上げ、指を口に咥えた。

とろりと舌を出して、舐っている。

たったそれだけの動作だったが、男はすべてを悟った。

――あれは血だ。少年は私の血を舐めているのだ！

そう思った瞬間、目の前から少年の姿が消えた。

確認する暇もなく、首に衝撃が走った。

生温かく、赤いものが、首から噴出する。

男は無意識に、手を首に当てようとした。

だが、それも果たすことは出来なかった。

手と、首の間に、何かが割り込んできたのだ。

薄れ行く意識の中で、男はぼんやりと首筋に目をやった。

そこには顔面を真っ赤に染め、溢れんばかりの邪悪な笑みを湛えた魔物がいた。

次郎は、無我夢中で男の首にむしゃぶりついていた。

喉を鳴らして血を飲み込む。

うまい。

だが、まだ足りない。

飲めば飲むほど、余計に喉が渇いてゆく。

ひとしきり血を飲み終えると、次郎は病室を見渡した。

カーテンによって仕切られているベッドの上には、まだあと三個のでかい血袋があるはずだった。

まずはそれで腹をいっぱいにしようと思った。

やり方は今ので分かった。

首だ。首を狙えば良いのだ。首を切れば、血がいっぱい出てくる。噴水のように勢い良く飛び出してくる。それをぐびぐび飲み干すのだ。たらふく飲むのだ。浴びるように飲むのだ。

次郎は、すぐ側のカーテンをゆっくりと開けた。

でかい血袋が横たわっていた。

全身を襲う快感に耐えるように、舌で上唇を舐めた。

殺戮が始まった。

4

がんがん鳴り響く頭痛に、川崎は目を覚ました。

吐き気がする。

頭を回して辺りを見ようとしたが、出来なかった。

どうやら倒れているらしい。

手足が動かない。

後ろ手に縛られている。

口にもガムテープが貼られているようだ。

何とか体を起こそうと、身を捩じらせてもがいた。

だが、体が言うことをきかない。

妙に湿った、それでいて埃っぽい空気が鼻から気管に入り、むせる。

——ここはどこだ……？

土の上に転がされているようだった。

川崎は再度辺りを見渡した。

暗い所為でよく分からないが、高いところに天井があった。

明かりはないが窓から月の光が入っていて、周囲の様子はぼんやりとだが見える。

どうやら倉庫のような場所にいるらしい。

それも、あまり広くない、四坪ほどの倉庫だ。見事に何もない部屋だった。

川崎はもう一度じたばたと体をくねらせて、移動した。

すぐに壁に辿り着く。その壁をよじ登るように背中を押し当て、上半身を起こした。

と、正面のドアが開いて、誰かが入ってきた。

物音に気が付いて、様子を見に来たのだろう。

ドアが開いた途端、何とも言えないような、不快な臭いがそこから流れてきた。

その臭いに顔をしかめながら、川崎は入ってきた人物を見た。

入ってきたのは、明らかにやくざものと分かる風体の、若い男のふたり組だった。

ふたりはドアを開け放したまま、川崎のほうへ近付いてきた。

「おはようさん」向かって右の、派手なアロハを着た男が軽薄そうな口調で話しかけてきた。

「もう少しへばってるかと思ってたけど、さすがは刑事さんやね。気が付くの早いやん」

アロハの男の声に、隣にいるくちゃくちゃとガムを噛んでいる金髪男が応えた。

「そうやな。もっとも気が付かんほうが刑事さんには幸せやったかも知れへんけど」

「そりゃそうや。あんたも気の毒なことやな。何で俺らを尾けてきとったんかは知らんけど、見つかってしもうたんが運の尽きやね。ジ・エンドや」

川崎は無言でふたりを睨んだ。

「あら？　何か言いたいことがありそうな顔つきやん。ひょろひょろした頼りなさそうな刑事さんやと思てたけど、案外骨のある人なんちゃう？」

隣のガムの男の方を振り返り、訊く。

「テープ剝がしたろか？」

ガムの男が頷く。

「そうやな。大声出してもどこにも届かへんし、辞世の句を読んでもらうくらいのサービスはしてもええやろ」

アロハの男が寄ってきて、口に貼られたガムテープを摑んだ。

川崎を睨んで言う。

「ええか、無駄な抵抗はするんやないで。叫びまわっても助けは来んし、どうあがいてももうあんたは助からん。それを分かってへんかったら、俺らもあんたをおとなしくさせんとあかんようになる。それはあんたも嫌やろ？」

川崎は頷いた。癪《しゃく》だったが今は彼らの言う通りにしておかないと、どうにもならない状態だった。

びっと、口を覆っていたガムテープが乱暴に剝がされた。

ぶはっ、肺から大量の息が漏れる。

「……ここは……どこだ？」

川崎はふたり組を睨みつけながら、訊いた。

ふたりはにやにや笑って取り合おうとしない。

「仮にも俺は刑事だぞ。こんなことをしてただで済むとでも思っているのか！」

その言葉に、ふたりは声を上げて笑った。

「ぶひゃひゃひゃひゃ！　いいねえ！　刑事さん！　テレビドラマの主人公みたいな台詞！　カッコええやん！」

「ホンマや！　そこまで紋切り型の決め台詞言われたら、こっちのほうが恥ずかしなるわ！」

そう言いながら、大笑いしている。

「おい！　お前ら何ものだ！　何を企んでいる！　刑事を監禁することの意味を、本当に分かっているのか！　悪戯じゃあ済まないんだぞ！」

川崎は怒鳴った。

怖くないわけではない。いや、正直言えば、こんな状況は死ぬほど恐ろしい。

何故こんなことになったのか、ここはどこなのか、これから俺をどうしようというのか、何も分からない。

パニック寸前だ。

だからこそ、声を張り上げていないと神経が保てそうになかった。恐怖を誤魔化すために怒鳴っているだけだった。

と、笑いながら金髪ガムの男が近付いてきた。

目の前で、突然真顔に戻ったかと思うと、ぱあんと川崎の頰を張った。

「うるせえよ、あんた」

急に暴力が始まった。

後ろ手に縛られたまま、壁にもたれかかっている川崎に、金髪ガムの男が容赦のない攻撃を与えだした。

それはあまりにも唐突な行動だった。

気が立っているというのではない。川崎に対して真剣に怒っているというのでもない。

もっと根源的なところで、この男は、決定的に壊れていた。川崎は心底恐怖を感じたが、しかし抵抗することは出来なかった。

抵抗すればもっとひどいことをされそうだったし、元々、暴力というものにあまり慣れてはいなかった。抵抗しようにも、どうすれば良いのか分からないのだった。

川崎は、ただ好きなように殴られ続けた。

ガムを嚙む男も、人を殴るという行為を、まるでただ小便をするだけのように、無感動に続けた。

痛いのは最初だけだった。

痛みは、途中から熱さに変わり、そして寒さに変わった。

その頃には、殴られてもそれは、何かに触られているとしか感じなくなっていた。

ただ、殴られる度に、体が左右に揺れた。

初めは黙って見ていたアロハの男が、途中から加勢に入った。

川崎を立たせて、羽交い絞めにし、交互に殴る。

サンドバッグ状態である。

ふたりの男に殴られ、蹴られる状態が十分ほど続いただろうか。

川崎にとっては一生分くらいはある、長い十分だったが、ふたりも殴り疲れたのか、明らかに力の入っていない攻撃に変わってきた。

「けっ！」

不満を漏らしながら、ガムの男が川崎を突き飛ばして、ふたりの暴力は、始まったときと同じように、唐突に終わった。

川崎は壁にもたれかかって、ずるずると地面に腰を下ろした。

顔が、いや、体全体が、重い。

全身が鉄の塊になったようだった。

鏡がなくて良かった、と川崎は思った。

きっと誰だか分からないほど顔は腫れ上がっているだろう。そんな状態を見たら、きっと卒倒していたに違いない。

「おい。忠告したやろうが。これに懲《こ》りたら、おとなしくしとけよ」

アロハの男がタバコに火をつけながら言った。

――そんなもん吸ってるから体力がないんだよ、お前ら。

痛みに耐えながら、川崎は心の中で呟いた。少し笑う。それだけで、全身が軋んだ。

馬鹿にされたのが分かったのだろうか、ガムの男が、川崎の顔面に蹴りを入れた。

もうすでに感覚がなくなっていた顔は、蹴られても痛くもなんともなかったが、衝撃を受け止めるだけの筋力がなくなっていた。

蹴られた反対の方向、左側へ体がゆっくりと傾き、横倒しになる。起き上がる気力も体力も、もうすでにない。

倒れたまま、川崎は金髪ガムの男を睨んだ。

その目に苛立ち、男が再度攻撃を加えようとしたとき、

「おい」

後ろからアロハの男の声がした。

ガムの男は振り上げた腕を止め、アロハに振り返った。

「車だ」

アロハの声に、聞き耳をたてる。確かに、車のエンジン音がする。徐々に大きくなっているということは、近付いてきているということだ。

エンジン音が止むと同時に、ふたり組はドアから飛び出していった。

出迎えに行ったのだろう。

入ってきたときとは違う、川崎のもたれる壁側にあるドアから出て行った。

それが外に通じるドアのようだった。

川崎はふたり組が入ってきた、正面に見えるドアを見つめた。

ドアは開け放たれたままだった。

ぽっかりと暗い空間が見える。

どうやら隣にもうひと部屋あるようだった。


月の明かりも届かない、ぽっかりと口を開けた暗い空間を眺めながら、川崎はこれまでの経緯を思い起こそうとした。

——俺は松川さんからの命令で、ＦＦ製薬のビルを見張っていたのだ。

そう、それは何の怪しいところもない普通のビルで、出入りしている人間も、ちょっとばかり良いスーツを着ているというだけの、普通の人達ばかりだった。

……そうだ。もう俺は、こんな仕事サボってしまえと思っていたのだった。

何で俺が松川さんなんかの命令で動かなきゃいけないんだ、何でこんな何の変哲もないビルを見張ってなきゃいけないんだと、不毛な自問自答を繰り返した末、俺はその任務の遂行を放棄しようとしていたのだ。

だが、出来なかった。

あれは……そう、あれは確か、張り込み始めて三日目の夜のことだった。

午前零時を過ぎた頃だったと思う。

車の中でうとうとしていた俺は、何かの物音に目を覚ましたんだった。

見ると、ビルの裏口から、何人かの人間が、明らかに人目を避けながら車に乗り込もうとしているところだった。

黒いベンツが二台。

そう言えば、今俺を殴っていたふたり組も、その中にいたような気がする。

気がする……が、よく思い出せない。

とにかく、松川さんの言う、不審な動き、らしい出来事とようやく出会った俺は、仕方なくその車を尾行することにしたのだった。

二台の車は、途中どこにも止まることなく、淡々と夜の闇の中を走っていた。

鬼の事件以来、京都の街は死んだように静まり返っていた。

その所為で、尾行には細心の注意を払わなければならなかった。

川崎は、二台のベンツから、五十メートルほど離れて、ゆっくりと後を尾けた。

ベンツは、北へ北へと進んでいた。

市街地を抜け、東に折れる。滋賀県との県境に向かっているようだった。

やがて山道に入った。

その道は、川崎も何度か通ったことのある道だった。

確か、比叡山のスキー場に向かう道だった。

このまま東に向いて走れば、ロープウェイがあり、スキー場に着く。

だが、車はスキー場には向かわず、途中でまた北に曲がった。

急に道が細くなった。

アスファルトが途切れ、土が剝き出しになっている。

山を抜ける林道のようだった。

普段から使うものが少ないのか、整備もされていない。

あるいは、私道なのかも知れない。

川崎はヘッドライトを消した。

こんな道を走っていれば、尾行しているのがバレバレだった。

車が一台、どうにか通れるだけの細い道を、ベンツのテールランプだけを頼りに、慎重に進む。

と、ベンツが急に停車した。

目的地に着いたのだろうか。川崎も静かに車を止めて、闇に沈んだベンツを見つめた。

だが、目的地に着いたわけではなかった。

次の瞬間、川崎はそのことを知った。

ベンツから四人の人間が降りたかと思うと、彼らは一斉に川崎の方へ走り寄って来たのだった。

尾行がバレたのだ。

川崎は慌てて車をバックさせたが、無駄だった。

車は後ろから林に突っ込み、木にぶち当たって止まった。

追いついてきた四人の男に、車から引きずり出され、滅茶苦茶に殴られた。


――そして気が付いたらここにいたのだった。

……マズったなあ。

地面に寝転がったまま、川崎はぼんやりと思った。

あのとき、尾行しようなんて考えないで、松川さんに連絡を取ってさえいれば、こんなことにはならなかったのに……。

だが、そんなことをいくら考えても、もう後の祭りだった。

川崎は、隣の部屋に続いている開けっ放しのドアを眺めていた。

ふたり組の男は、あそこから出てきたのだった。

ここに監禁されてから、どれくらいの時間が経っているのかは分からなかったが、長くとも一日も経過していないだろうと思われた。

そしてまだ夜だということは、尾行がバレて、殴られて気絶してから、まだ数時間ということだろうか。

その間、あのふたり組の男は、隣の部屋でずっと俺を見張っていたのだろう。いや、俺を見張っていたのではなく、今来た車を待っていただけなのかも知れないが、とにかく、ずっとあのドアの向こうにいたことは間違いない。

とすれば、隣の部屋には何か、武器になるようなものがあるのではないか。

俺が暴れだしたり、逃げ出そうとしたときのために、何か用意がしてあるのではないだろうか。

拳銃とまではいかなくても、ナイフくらいはあるのではないだろうか。

そこまで考えて、ふと気が付いた。

ふたり組は、俺が刑事であることを知っていた。

それは当然だろう。尾行者が何者なのかということは、まず最初に調べられることだ。

しかし、ということは、連中は俺の鞄の中の警察手帳を見たということだ。

その鞄は今、この部屋にはない。向こうの部屋に置いてあるのではないだろうか。

鞄の中には、いつも使っているソーイングセットが入っているはずだった。

職場の人間から、何でそんなものをいつも持ち歩いてるんだ、などと馬鹿にされながらも、ずっと手放さなかったソーイングセット。

仕事中の、少し空いた時間に、それを使ってちまちまとボタンのほつれなんかを直していたのだ。

川崎は自分の足を見た。

足を縛り付けている紐は、荷物の梱包などに使う、ナイロン製のものだった。

これなら何とか、ソーイングセットの中にあるハサミで切ることが出来るかもしれなかった。

いける、それだ。

川崎はずるずると背中で壁をよじ登って、立ち上がった。

外へ出るドアを振り返って、様子を窺う。

あのふたり組はまだ帰ってきそうにない。

川崎は奥の部屋へ向かった。

足が縛られているので、少しずつしか前に進めない。

それでも、歩く度に全身が悲鳴を上げた。

バランスを失い、その場に倒れそうになりながら、川崎はじりじりと歩を進めた。

だが、部屋の中央、ちょうど半分ほどまで歩いたときには、もう一歩も歩けない状態になってしまった。

視界が霞み、頭がぼうっとする。立っているのがやっとだった。

部屋の真ん中で、左右にふらふら揺れながら呆然と立ち竦んでいると、外へ繋がるドアが荒々しい音を立てて開いた。

「あっ！　てめえ！　何してやがる！」

「まだ歩くだけの体力を残していやがったか！」

ドアから入って来た人物が口々に叫んだ。

あのふたり組だった。

アロハが猛然とダッシュして、殴りかかってきた。躱すことも出来ず、左頬に拳を受ける。

地面に滑り込むようにぶっ倒れた。

アロハは倒れた川崎に、蹴りを入れた。

何発も何発も蹴り上げる。

川崎はされるがままになっていた。

起死回生を狙った計画がいとも容易く破綻したことで、最後に残されていた気力が消し飛んでしまっていた。

アロハの蹴りが、偶然鳩尾に入った。

激痛に全身が痙攣した。胃が逆流し、口から酸っぱい液体が溢れ出した。

我慢出来ずにむせ返る顔面に、また蹴りを入れられた。

「やめとけ」

そのとき誰かがアロハを止めた。

金髪ガムの男の声ではなかった。

もっと低い、力のある声だった。

「死なれたら元も子もない。あれは生きている人間の肉しか喰わんからな」

川崎は声のする方向を見た。

ドアの付近に圧倒的な量感の肉体を持つ男が立っていた。

黒いスーツを、鍛え上げられた肉体に張り付けるように着ている。

月明かりにシルエットになっているため顔は良く分からないが、男の持つ迫力は充分に伝わってきた。

男はゆっくりと倉庫に足を踏み入れた。

「貴重な食料だ。無駄にするな」

男の言葉に、アロハが怯えたように従った。

川崎への攻撃を止め、男に走り寄る。

「すみません」

謝るアロハに応えず、男は川崎を一瞥しながら隣の部屋に足を向けた。

「あれはどうしている?」

歩きながら、男がふたり組に問う。

「はい。よほど麻酔が効いたのか、まだ眠っています」

ガムの男が応える。

「そうか。ところで……」

男が足を止め、奥の部屋へ続くドアを眺めながらふたり組に訊いた。

「どうしてドアが開けっ放しになっているんだ?」

ふたり組が緊張したのが分かった。

アロハが怯えるような口調で返す。

「いや……あの、それはですね……。どうせここにいるのは我々と、あの」

と親指で川崎を指し、

「ひょろひょろした刑事しかいませんし、開けっ放しにしたところで大した問題じゃないと思いまして……」

アロハは最後までしゃべれなかった。

黒スーツの男が、アロハを睨んだのだ。

それだけで、アロハはひっと喉を詰まらせて黙った。

「大した問題じゃない?」

男は言う。

「そうだな。確かにお前らのそういう油断の方が、大した問題だな」

「す、すみません！」

アロハが頭を下げた。金髪ガムも同時に低頭する。

地面に突っ伏したままその様子を見ていた川崎にも、ふたり組の怯える気持ちが手に取るように分かった。

それほどまでに、黒スーツの男が持つ迫力は、圧倒的だった。

人間としての格が、まるで違う。

原因もなく突然キレる金髪ガムの男も恐ろしかったが、それも、スーツの男から受ける恐怖に比べればまるで子供だましだった。

そもそも、その男と、普通の人間とを比べること自体が間違っている、そう思わせるほどの、巨大で重厚な雰囲気を、男は身に纏っていた。

「その刑事の血の匂いで、あれが目を覚ましたらどうする」

スーツの男の台詞に、金髪ガムが唖然とした顔をした。

「い、いや！　しかし……。象を捕獲するための麻酔を使ってるんですよ……それも三頭分も……。それが、そんな僅かな血の匂いに反応するなんてこと……」

「もうあれは人間ではないんだ。何が起こるか分からん。だからこそ油断するなと言っているんだ」

「分かりました」

金髪ガムの男が頷いた。

「以後気を付けます。長瀬さん」

アロハが頭を下げながらそう言った、その瞬間、アロハの体が壁までぶっ飛んだ。

長瀬、と呼ばれた黒スーツの男が、アロハをぶん殴ったのだ。

と言っても、川崎には、男が軽く腕を回したようにしか見えなかった。ちょうど、肩をほぐそうとして腕を持ち上げたら、隣の人にちょっとぶつかってしまった、そんなようにしか見えなかった。

だがそれだけで、アロハは弾かれたようにぶっ飛んだのだ。

信じられないパワーだった。

「第三者がいるときに軽率に名を呼ぶ、それが油断でなくて何だ？」

長瀬は奥の部屋を眺めながらそう呟いた。

アロハのことを少しも気に留めていない、まるで鬱《うっ》陶《とう》しく飛び回る蠅《はえ》を追い払っただけのような態度だった。

長瀬の隣では、金髪ガムが驚愕と恐怖に、顔を蒼白にして立っていた。

その金髪ガムの男に長瀬が言う。

「これから、あれを移動させる。もう一度麻酔を打っておけ」

「は……はい！」

ガムの男が震える声で返事をした。

「あの刑事も連れてゆく」

「はい！」

長瀬は、汚物を見るような視線で川崎を一瞥してから、奥の部屋へと入っていった。

ガムの男はアロハに駆け寄り、失神するアロハを引きずりながら同じように向こうの部屋へと消えた。

ドアが、ゆっくりと閉まった。

川崎は、極度の混乱と恐怖の中にいた。

人間離れした肉体とパワーを持つ長瀬という男。

その男が〝あれ〟と呼ぶもの。

〝もうすでに人間ではないあれ〟。

象三頭分の麻酔を打ってなお警戒しなければならない〝あれ〟。

それは何だ？

虎とかライオンとかという大型の肉食獣か？

そんなものが隣の部屋にいるのか？

そんなものを使って何をしようというのだ？

〝死なれたら元も子もない。あれは生きている人間の肉しか喰わんからな〟

〝貴重な食料〟

長瀬の言葉が蘇る。

俺か？　貴重な食料というのは、もしかして俺のことか？

俺を、その怪物の餌にしようとしているのか？

そんな馬鹿なと、その思い付きを笑い飛ばそうとして、失敗した。

今の状況は、とっくに常識の範疇を超えていた。

何が起こるか分からない。その恐怖が全身を貫いた。

思えば、こうして生きていることが不思議だったのだ。

殺そうと思うなら、いつだってそう出来たはずなのだ。

だが、俺はまだ生かされている。

そして奥の部屋にいる怪物と一緒に、どこかへ連れ出されようとしている。

何のために？

〝生きている肉〟

ただそれだけのためだ。

俺は猛獣の餌なのだ。

——嫌だ！

川崎は心の中で叫んだ。

嫌だ嫌だ嫌だ嫌だ嫌だ！

猛獣の餌になるなんて、まっぴらごめんだ。

そんな死に方って、あんまりだ。

川崎は倒れたまま体を捩じらせた。

手足を縛っている紐を解こうと暴れる。

だが、それはますます肉に喰い込むばかりで、一向に解けようとはしなかった。

髪の毛や安物の背広が、自分の吐いた反吐や土埃で、どろどろに汚れた。

殴られた所為で、全身が腫れぼったく熱を持って痛む。

だがそんなことにはかまっていられなかった。

とにかく、ここから逃げようと思った。

ソーイングセットのハサミを使って紐を切る、という当初の計画は実行不可能になってしまったが、だからと言ってこのままおとなしくここにいるのは、耐えられなかった。

無駄な抵抗になるのかも知れない、だが、諦めるわけにはいかなかった。

ここで諦めてしまえば、もう二度と自分の意志で動くことは出来ないだろうと思った。

気力も感情も根こそぎ奪われて、ただやつらの思うままにむざむざと猛獣の餌にされてしまうだろうと思った。

川崎は立ち上がろうとした。

立って歩くのだ。

外へ繋がるドアまで、四、五メートル。たったそれだけだ。

外へ出れば、何とかなる。

長瀬という男が乗ってきた車には、鍵が付けられたままかも知れないし、何か紐を解く道具が転がっているかも知れない。そんなにうまくはいかなくても、林の中に入って、隠れながら逃げれば、かなりの時間稼ぎにはなる。

このままここにいるよりはマシだ。

顔を地面に押し付けて、膝で立とうとした。

だが、体が震えるばかりで、まったく力が入らない。

すでに体力は底を突いていた。

——駄目か。

このままむざむざと殺されるのを待つしかないのか。

絶望と諦観が、彼から気力を奪い去ろうとした。

全身からみるみる力が失われてゆく。

と、そのとき。

彼の背広の内ポケットから、何かがことりと地面に落ちた。

何気なく目を向けた川崎は、次の瞬間、信じられない思いに駆られた。

内ポケットから滑り落ちたもの。

それは、携帯電話だった。

へへっ、川崎の喉から無意識に忍び笑いが漏れた。

長瀬の言う通りだった。

あのふたり組は油断していたのだ。

鞄を押収しただけで、背広のポケットを調べなかったのだ。

やっぱりあのふたりは馬鹿だった。川崎はふたり組の馬鹿さ加減に、心の底から感謝した。

川崎はもう一度地面に寝転がり、携帯電話に背を向けて、後ろで縛られた手で、携帯電話を掴もうとした。なかなかうまくいかなかったが、何度目かのトライで、ようやく右手に取ることが出来た。そしてそのまごろごろと地面を転がり、壁際まで移動する。

上半身を壁にもたれかからせるようにして座り、体で携帯電話を隠した。

携帯電話が見付かったことは信じられない幸運だったが、軽率にその幸運を手放すことだけは避けなければならなかった。

落ち着いて、慎重にその使い道を考えるべきだった。

電話をかけ、会話をすることは出来るだろう。小声で話せば、隣の部屋には聞こえないかも知れない。だが、しゃべっている途中に誰かが隣から出てくる可能性もないとは言えないし、声が聞こえないという保証もない。つまり、会話をすれば、携帯電話を持っているということがバレる可能性が高くなってしまう。

となれば、残る方法はひとつしかない。

メールだ。

メールなら、打っている最中に誰かが出てきても、中断することが出来るし、このまま体で携帯電話を隠したまま操作することも出来る。

会話することに比べると、リスクは極端に減るのだ。

川崎は、右手の親指でゆっくりと携帯電話のプッシュボタンを撫でた。

大丈夫だ、いける。

この体勢のまま文章を打つということは、当然液晶画面を見ないまま打つということだったが、それは何とか出来そうだった。

携帯電話からインターネットの掲示板に書き込みをすることが多い川崎にとっては、それくらいは慣れたものだった。

ただ、漢字に変換することまでは出来ないから、文章が全部ひらがなになってしまう。

それくらいは勘弁してもらうしかなかった。

川崎は目をつぶり、慎重にメール機能を立ち上げるボタンを押した。

これで自動的に、宛先を選ぶ画面になったはずだ。頭にその画面を思い浮かべながら、確認する。

宛先は、もちろん松川さんだ。

メールを使うことに決めたとき、送り先は何故か松川だとも決めていた。

今の時代、携帯電話は誰でも持っているし、メール機能はどんな携帯電話にだって付いている。あの鬼厳こと、倉本厳一係長ですら人並みにメールが使える時代なのだ。

だが、彼ら職場の上司や同僚に連絡しようという考えはちっとも浮かばなかった。

連絡をするなら、松川さんだ。

松川さんなら、何とかしてくれる。

その予感が、何故か確信としてあった。

それは、他の同僚を信用していないというわけではない。それを言うなら、松川こそ、他の同僚以上に信用していない人物だった。

刑事としてというより、人間としてもあまり好きなタイプではなかった。

高そうなブランドもののスーツで着飾って、人を小馬鹿にするような適当な発言しかせず、肝心の捜査ではいつも単独行動ばかりでろくな働きもしない、とんでもなくいい加減な人間だと思っていた。

だが、自分でも不思議なのだが、今の状況の中では、頼れるのは松川しかいないと思った。

川崎は自分の勘を信じた。

その勘が、吉と出るか凶と出るかは、運に任せようと思った。

川崎は迷わず、松川のメールアドレスを呼び出した。

タイトルは何も書かずに飛ばした。

どんなタイトルを付ければ良いのか分からないし、そんなことを考える時間もなかった。

あとは本文を打つだけだ。

川崎は少し考えて、要点を箇条書きにすることにした。

ひらがなでしか打てないので、だらだらと文章を書くと読めなくなる可能性がある。それに携帯電話のメールには字数制限があるから、あまり長い文章を打つと途中で入力できなくなってしまうからだ。

川崎は、文字をひとつひとつ頭の中で確認しながら、ゆっくりとボタンを押していった。

汗で指が滑りそうになり、なん度か携帯電話を落としそうになった。

じりじりと焦る気持ちを押さえつけ、慎重に川崎は文字を打ち続ける。

電話に切り替えて、早く助けに来てくれ！　と叫びたくなる衝動を必死に押さえつけ、冷静になれと言い聞かせる。

ようやく文章を打ち終えた。打ち間違いはないか、何度も反芻して確認し、送信しようとして、少し考えた。

最後に一言だけ、今の気持ちを伝えようと思った。

この、ふつふつと湧いてくる強い感情を、松川に伝えたかった。

川崎はその感情を、短い文章で表した。

その文章は、助けを請うものでも、死の恐怖を訴えるものでもなかった。

もちろんそんな気持ちもあるにはあったが、それらをはるかに超える強く熱い感情が、今の川崎を突き動かしていた。

すべてを打ち終わったあと、川崎は静かに送信ボタンを押した。

やるべきことはやった。あとは松川さんを信じるだけだ。

そう思うと、不思議と体が軽くなった。

しばらくして、車の近付いてくる音がした。

長瀬のときとは違い、大きくやかましい音だった。

猛獣を運ぶためのトラックに違いなかった。

車のエンジン音が止むと、隣の部屋からばたばたと大勢の人が歩き回る物音が聞こえた。やはり猛獣を運び出しているのだ。

ひとしきり騒がしい音が続いたかと思うと、倉庫には再び静けさが戻った。

隣の部屋に繋がるドアが開き、金髪ガムの男が出てきた。

ひとときわくちゃくちゃと盛大に音を立てているところを見ると、新しいガムを放り込んだのだろうか。

その変化がおかしくて、川崎は少し笑った。

「何笑ってやがる」

ガムの男は川崎に近付いてきて、一発頬を殴った。

だが、もう痛くなかった。笑いも止まらなかった。

ガムの男は、無理矢理川崎を立たせた。

背広の襟を摑み、引っ張るようにして川崎を歩かせる。

よろよろとふらつきながら、川崎は従った。

まだ、顔には薄く笑みが浮かんでいた。


外に出た。

案の定、分厚そうな鉄板の張られた大きいトラックが止まっていた。

その隣に、二台の黒いベンツ。

川崎は左側のベンツの後部座席に放り込まれた。手に隠し持っている携帯電話は、どうやら気付かれなかったようだった。

ガムの男は、そのまま隣に乗り込んできた。

運転席を見ると、アロハの男が乗っていた。

長瀬はもう一台のベンツにいるらしい。

トラックを先頭にして、三台の車が走り出した。

川崎の乗るベンツが最後方だった。

ガムの男が、川崎を眺めながら毒づいた。

「こら、さっきから何をにたにた笑っとんねん。頭のネジが一本はずれたか？」

川崎は男に返した。

「そうかも知れないな」

その態度にガムの男は一瞬むっとした表情を見せ、

また顔を殴った。

「まあ、ええわ。移動の間、ちょっとおとなしいしといてもらおか」

そう言ってポケットからハンカチを出した。

それを川崎の口元に押し付ける。

睡眠剤が染み込ませてあったのだろう、川崎の意識はすぐに霞がかかり、眠気が全身に覆いかぶさってきた。

ぼんやりと薄れゆく意識の中で、川崎は松川に打った最後の文章を思い出し、もう一度心の中で強く祈った。

〝松川さん　このクソ野郎どもをかならず逮捕してください　頼みましたよ〟

幻神伝

第七章

1

ＦＦ製薬。昭和三十四年に、資本金二十七億五千万円で創立されたこの製薬会社は、現在五百名以上の従業員を抱え、四百億を超える売上を叩き出す大企業へと成長した。

製薬会社の中では後発になるこの会社の大躍進の原因は、主に医療機関への薬剤類の卸しに喰い込めたことにあった。

そのため長い間一般にはあまり名前が知られることはなかったが、今から二十年ほど前、一般の市場に新薬となる風邪薬を売り出し、それが空前の大ヒットを記録、一流企業への仲間入りを果たした。その後も、精力的に様々な新薬の開発を成し遂げ、日本の経済界でも屈指の企業として君臨するまでに至った。

この会社の最大の特徴は、その徹底した秘密主義にあった。他の企業がまだどこも成功していない新薬の精製を次々と独力で成し遂げ、しかしその情報をまったく公開しないのだ。

この企業の大躍進の裏には、必ず特定の医療機関や医学団体との癒着があるはずだと、マスコミを中心に騒がれたこともあった。結局、この件は証拠不十分としてうやむやになったが、この事件の眼目は、ＦＦ製薬という企業の、会社としての体制を問うものではなく、当時の社長、現在の会長である福溝富士夫氏の、会社のトップとしての資質を問うものだったとの意見もあった。当時の福溝社長を知る関係者によれば、どうみても彼は、企業をあれほど成長させるだけの実力はなく、社長としての器を持つ人物でもない、と評価されていたのだ。その不信が、裏取引の疑いを引き起こしたとも言えるのだった。

その福溝富士夫氏は、現在では養子縁組した息子である則之氏に社長の座を譲り、会長職に就いていた。

五月十三日生まれの、現在六十五歳。第一線を退いて会長職に移るには、少し若いだろうか。

福溝富士夫の個人的な不動産としては、京都の市内にある自宅と、滋賀県と長野県にある別荘、その三件だった。

問題は、その滋賀にある別荘である。

松川は、もうすでに何度も読み返した資料に、再び目を通しながら考えていた。

会社の支社は東京と福岡にあり、研究所は奈良にあったが、身を隠す場所に会社の施設を選ぶ可能性は低く、となれば当然、その別荘を使うはずだった。

慈舜がFF製薬を訪れた日から、福溝会長が自宅には帰っていないことは確認済みである。息子である則之をはじめ、家族にも行き先を告げないまま姿を消していた。

一応長野の別荘にも見張りを付けてはいたが、そちらにいる可能性はほとんどないように思われた。長野では遠すぎる。

しかし、滋賀の別荘を張っているチームからも、未だになんの連絡もなかった。

松川は苛立っていた。

念のため、範囲を関西一円まで広げて、あらゆる宿泊施設に当たってもみたのだが、すべて無駄足に終わっていた。

マスコミにはまだ発表していなかったが、すでに警察内部では、一連の鬼事件の犯人として、FF製薬の会長である福溝富士夫に狙いを絞っていた。

それは松川の属する組織からの、アドバイスという名の圧力による結果ではあったが、警察が組織的にまとまって動き出した今になっても、福溝会長の行方は杳として知れなかった。

——くそ。

松川は煙草を灰皿ですり潰した。

やはり初動が遅すぎたのだ。警察を動かすのに、予想以上に時間がかかってしまったのだ。こんなことなら、犯人の割り出しを春海や慈舜に任せず、最初から警察が動いていれば良かった。そうすればもっと違う展開が出来たはずだった。いくら春海らが人にはない特異な能力の持ち主だからといっても、やはり個人では動き方に限界があった。人探しのときこそ、警察の組織力をもっと早くから活用するべきだったのだ。

だがその反面、春海や慈舜らの活躍があったからこそ、ここまで早い段階で犯人を絞れたという事実もあった。彼らがいなければ、警察は今もまだ犯人を割り出せず、多発する鬼事件に右往左往しているだけなのかも知れなかった。

松川の苛立ちの原因は、まさにそこにあった。

松川を含め、春海や慈舜ら、異能力者が社会から隠《いん》蔽《ぺい》されなければならない状況、その存在を知っていながらも決して認めようとしない科学的パラダイムの体質、嫌悪すら露にしながら、しかも都合よく取り込もうとする権力者達。

今回は、その矛盾が前面に露呈した事件だった。

――俺が春海達を頼りすぎているからだ。異なるパラダイムの狭間《はざま》で、両者の橋渡しをするのが俺の役割ではなかったのか。そのために俺はここにいるのではなかったのか。

松川は自戒していた。だが、いくら考えても仕方のないこともある。

今は、姿を消した福溝会長を探し出すことが先決だった。

松川はもうひとつの資料に目をやった。

それはここ三ヶ月の間に提出された、失踪人の捜索願のリストだった。

春海に頼まれて作ったものである。

数ページにわたって、延々と行方不明者の氏名や住所、連絡先が連なるそのリストの一番上には、九枚の写真がクリップで留めてあった。

松川は、その写真を、固い表情でなん度も見返した。やる方のない憤《いきどお》りと無力感が、その視線には滲み出ていた。

その写真に写っている九人の人物には、いくつかの共通点があった。

全員が十代後半から二十代前半の若い女性で、生活や人間関係や金銭などでのトラブルはなく、失踪した原因が分からないごく普通の人達ばかりなのだった。

さらに共通点はもうひとつある。

松川にとっては、こちらの方が重要なものだった。

それは、彼女達九人の女性の生まれた日だった。

五月十三日。

九人の女性達は皆、年齢は違えど、誕生日が同じだったのだ。

そしてそれは、あの福満富士夫が生まれた日ともぴたりと重なるのだった。

松川は、京都府警捜査一課の雑然とした室内を見渡した。

黄色く汚れた天井、ばたばたと走り回る捜査員達、苛立ちを代弁するかのようにあちこちで立ち上る紫煙。

それらを眺めながら、必死に頭を回転させる。

すでに深夜二時を過ぎていた。

だが、この場所に時間は関係なかった。

鬼の事件が起こって以来、捜査員は休暇も勤務ローテーションも返上して、府警の庁舎に詰めていた。

犯人特定の経緯が詳しく伝えられなかったことを不満に思っている人間も少なくなかったが、それでも目的がはっきりした所為か、士気は低くはなかった。

疲れを超える職務意識が、捜査員達を突き動かしていた。

その高いモチベーションが熱気となって渦巻く室内を眺めながら、松川は考え続けた。

何か……何か打つ手はないか。まだあるはずだ。考えろ。考えるんだ。

松川の携帯電話がメールの着信を告げたのは、そんなときだった。

思案を巡らせながら、松川は無意識にポケットから携帯電話を取り出した。

送り主を確認すると、川崎からだった。

松川は、川崎にＦＦ製薬の京都本社を見張らせていたことを思い出した。

福溝会長が今になって本社に戻ってくる可能性はかなり低かったが、万が一のことを考えて、川崎を配置させていたのだった。

元々望みの薄い、あまり重点の置かれていない場所だった。

だからこそ川崎ひとりに任せていたのだ。

川崎は、刑事としてはどこか頼りない性格だった。浮世離れしているというのか、現実から少しずれているようなところがあり、それが周りのものをいつも心配させていた。

死体を見ればいつも必ず吐くし、時間があればひとりちまちまと縫い物をしたり携帯電話で遊んだりしているし、それを注意されたり揶揄されても、でへへと笑うだけでまったく気にしない。

人間的には決して悪い人間ではないが、いつもぼうっとして手応えのない、何を考えているのか今いち分からないやつ――それが捜査一課の中での、彼に対する一致した見解だった。

松川は携帯電話の液晶画面を見て、ちっと舌打ちをした。

タイトルがなかったのだ。

また暇つぶしのメールだろうか、と松川は思った。

これまでも何度か川崎からメールをもらったことはあったが、それは大概時間を持て余して暇つぶしに送られてくるものだった。

今回もそうだろうか。張り込みに嫌気が差して、遊び半分で打ってきたんじゃないだろうか。もしそうならば、怒鳴りつけてやる。

そんなことを思いながら、松川は本文を開いた。

ひらがなばかりの文章で、一見しただけでは何が書いてあるか分からなかった。

だが、書かれている内容が飲み込めると、松川の両目が驚愕に見開かれた。

『くろいべんつびこうしたぱい　かんきん　ひえいざんすき・じょうのちかく　そうこ　ふたりぐみのやくざ　ながせというおとこ　もうじゅう　これからばし

ゅをいどう　このけいたいを　えいせいかいせんでおえば　ばしょをとくていできる　まつかわさん　このくさやろうどもをかならずたいほしてください　たのみましたよ』

所々打ち間違いがあり、ひらがなばかりなのは、どうやら目で文章を確認出来ない状況で打ったためのようだった。

松川は頭の中で情報を整理した。

携帯電話を持つ手が、わなわなと震えた。

『黒いベンツ』

『尾行失敗』「したぱい」は「しっぱい」の打ち間違いだろう。

『監禁』

『比叡山スキー場の近く』「・」は「ー」だ。

『倉庫』

『ふたり組のやくざ』

『長瀬という男』

『猛獣』

『これから場所を移動』「ばしゅ」は「ばしょ」だろう。

『この携帯を衛星回線で追えば、場所を特定できる』

『松川さん、このクソ野郎どもを、必ず逮捕してください。頼みましたよ』「クソ野郎」が「くさやろう」になっている。

――くそったれめ！

松川は腹の中で吼えた。

――まさか大穴の川崎が、ジョーカーを引き当ててしまうとは……！　俺のミスだ！　いくら予想していなかったとはいえ、最低でもふたりひと組で張らせるべきだった。半人前だからこそ、きっちりフォローしてやるべきだったのだ。畜生、俺の所為だ。川崎に何かあったら、それは俺の所為だ！

「パソコンを貸せ！」

松川は隣のデスクに置いてある、署の備品のノート型パソコンを引《ひ》っ手繰《たく》るように奪い取ると、電話線を繋ぎ、京都府警専用の衛星回線にアクセスした。

　それは署の捜査員全員の携帯電話が登録してあり、衛星回線を通してひとりひとりの居場所が確認出来るシステムだった。

だが、プライバシーの保護のため、パスワードを入力する必要があった。

　パスワードは松川も知らなかった。

「係長！」

松川が叫んだ。

大声に何人かの捜査員が一斉に松川を振り返った。その中に、倉本係長の怪訝そうな顔もあった。

「パスワードを！　衛星回線に入るパスワードを教えてください！」

切羽詰まった松川の口調に、何事かと倉本係長が歩み寄ってきた。

　ぞろぞろと捜査員達がその後ろを付いてくる。

　松川は苛々しながら、倉本に向かって携帯電話を投げつけた。

　画面を読む倉本の顔が歪んだ。

　血相を変えて松川に駆け寄り、パソコンにパスワードを打ち込む。

　画面が変わり、京都全域の地図が映し出された。

　川崎の携帯電話の番号を打ち、エンター・キーを押す。

　と、地図上に赤い点滅が出てきた。

　それが川崎のいる場所だった。

　点滅は、ゆっくりと移動していた。

　松川は地図の倍率を変えた。

　川崎は、いや、川崎の持っているはずの携帯電話は、比叡山の北側を、東に向かって移動していた。

　移動速度から見て、車に乗っているに違いない。地図にも載っていない道を走っているようだった。

「畜生！」吼える松川に、倉本が訊ねた。「メールが送られてきたのはいつだ？」

「二分ほど前です！」松川が応える。倉本は携帯電話の着信時間と腕時計の時刻を見比べる。着信が二時二十三分。今が二時二十五分だった。

「聞け！」倉本が叫んだ。「川崎が尾行中に気付かれ、犯人と思われる連中に連れ去られた！　やつの携帯電話を衛星回線により追尾したところ、比叡山の北を東に移動しているようだ！」倉本の声に、捜査一課がどよめきに包まれた。それに負けじと倉本が声を張り上げる。「これよりここにいる全員で、川崎の後を追う！　十中八九、川崎の行き先は、今回の事件の黒幕である福溝のいる場所だろうが、そこに着くのを待ってはおれん！　やつの命が危険に晒される！　何としても移動している間に川崎を救出するんだ！　分かったか！」

はい！　捜査員の返事が、怒号となって室内に響いた。

「よし！　それでは各員ふたりひと組になって追え！　急げ！」捜査員がそれぞれに出発の準備に取りかかり、室内は騒然となる。「パソコンを忘れるな！」倉本が衛星回線のパスワードを繰り返し叫ぶ。

次々と捜査員が飛び出していく中で、松川は椅子から立ち上がり、倉本に近付いた。

「すみません。今回の件は、おれの責任です」肩を震わせながら頭を下げる松川に、倉本は怒鳴り返した。

「アホが！　今は責任がどうのこうの言うとる場合と違うやろが！　お前もさっさと川崎を助けに行かんか！」

ぱあん、と頭を張られた松川は、しかししばらくそこを動かなかった。

爪が手の平に喰い込むほど、拳を握り締めていた。奥歯がぎりぎりと軋んだ。

松川は、己の迂闊さを心底恨んでいた。

だが、いくら自分を責め立てても事態は変わらなかった。

それは倉本の言う通りだった。

責任があるなら、まずそれを果たすのだ。何としても、川崎を助け出すのだ。

松川は無理矢理気持ちを切り替え、パソコンを抱きかかえて、部屋を飛び出した。

階段を駆け下りながら、松川は春海に電話をかけた。

「春海か！　俺だ！　同僚の川崎が敵にさらわれた！　場所は分かっている！　今からお前らを迎えに行くから、慈舜と一緒に外に出て待っていてくれ！　ああ！　詳しいことは拾ってから話す！」

車に乗り込み、シートベルトを付けるのももどかしく、エンジンをかける。

パソコンに携帯電話を繋ごうとして思い返し、川崎からのメールを再度呼び出した。

『まつかわさん　このくさやろうどもをかならずたいほしてください』

松川は無理に笑顔を作った。

――肝心なところで字を打ち間違えるなんて、ホントお前らしいな。だが、分かったよ。お前をさらった「くさやろうども」は、必ず俺がとっ捕まえてやる。だから、死ぬな。何があっても死ぬんじゃねえぞ！

松川の心情を代弁するように、車がエンジンの咆哮を上げた。

2

いつの間にか、深い山の中に入っていた。

匂いを追いかけて歩いていたら、いつの間にかこんなところに来てしまっていたのだ。

裸足になっていた。スリッパは知らない間に脱げてしまっていた。

足はすでに細かい切り傷で一杯だった。だがまったく気にはならなかった。

病院を抜け出してから、まる一日が経っていた。だが、空腹は感じなかった。目に付いた血袋を、何体か襲ったからだ。血は、うまいのもまずいのもあった。肉が固いのも柔らかいのもあった。どちらかというと、胸が盛り上がっているやつの方がうまかった。盛り上がっていないやつはだめだ。固い。盛り上がっているやつの方がうまい。何だったたっけ。呼び方が何かあるはずだった。……そうだ、メスだ。メスと言うんだった。肉はメスの方がうまい。断然そうだ。ぷちぷちとしてとろっとして何とも言えない甘さがある。ああ、想像したらまた喰いたくなってきた。だが、山に入ってから、街にいるようなでかい血袋は見かけなくなってしまった。小さい血袋なら何体か見たが、街にいるやつほど食欲は沸かなかった。メスかどうかも分からなかった。やっぱり、街にいるメスが喰いたかった。何て言うんだったけ……人間？　そう、人間だ。やっぱり喰うなら人間のメスに限る。人間のメスが一番うまい。だがそれはもう少し我慢しなければならないようだった。山に入ってからとんと見かけなくなってしまったからだ。その代わり、追いかけてきた匂いは段々強くなってきた。途中出会ったでかい箱には、鼻がもげるほど強い匂いが充満していたが、もうそこには誰もいなかった。だからこうしてまた匂いを追いかけているのだった。そしたら知らない間にこんな山の中に来てしまっていたのだ。山の中にはメスの血袋はいない。それが少し不満だ。でも匂いは強くなる一方だ。すぐ近くにいるに違いない。減った腹はそいつで満たせば良いのだ。これは復讐なのだ。そいつの肉はどんな味がするのだろう。きっと今まで食べたことのない素晴らしい味に違いない。もうすぐだ。もうすぐご馳走にありつける。それが復讐なのだ。俺は復讐するのだ。そいつの肉で腹一杯になることが俺の復讐なのだ。


「急げ！　松っつあん！」

「分かってるよ！」

深夜の京都の街を、松川の覆面パトカーが爆走していた。

街灯も点《とも》っていない街を、満月が皓々《こうこう》と照らしている。

春海と慈舜は、後部座席に座っていた。春海が運転席の後ろ、慈舜は助手席の後ろだったが、先ほどから慈舜は、助手席のシートに齧り付くようにして、松川を煽っていた。

春海は松川から渡されたパソコンを見ながら、ナビゲーションをしていた。

慈舜は松川の呼び方を「松っつあん」に固定したようだった。

松川は明らかに不満そうだったが、今は突っ込む余裕もなさそうだった。

車は京都市街を抜け、比叡山へ向かう道へ入った。

春海が細かく最短距離を指示する車は、かなり短い時間で赤い点滅に近付いていた。

川崎のメールにあった通り、車が比叡山スキー場に向かって右折したとき、

「あっ」と春海が声を上げた。

「どうした？」「どないしたん？」

松川と慈舜が同時に問いかける。

「点滅が消えました」

春海の言葉に、松川は一瞬ハンドルを強く握り締めた。

くっ、喉の奥から、言葉にならない嗚咽が漏れる。

赤い点滅が消える、それは川崎の携帯電話の電池が切れ、電波の送信が出来なくなったのか、携帯電話が敵に見付かり、電源を切られてしまったか、それとも……。

松川は最悪の想像を外へ追いやった。

慈舜が叫んだ。

「飛ばせーっ！」

それはいつもと変わらない軽い口調だったが、よく見ると、彼の指も助手席の背もたれに喰い込んでいた。

慈舜は慈舜なりに焦っているのだ。

春海は慈舜に声をかけた。

「慈舜さん」

慈舜が春海に振り向く。

「点滅が止まった場所はだいたい記憶していますが、正確な場所までは分かりません。このままでは川崎さんを見失ってしまうでしょう。ですから……」

「あっ」慈舜が春海の言葉を止めた。

「阿我の登場やな。川崎さんと一緒に移動しとる鬼の匂いを追いかけるんや！」

慈舜に春海が頷いた。

慈舜が左腕を目の高さに持ち上げて、叫んだ。

「阿我！」

と、何もなかったはずの空間に、煌《きら》びやかな光を振り撒いて、阿我が出現した。

阿我は二、三度羽ばたいて、慈舜の腕に降りた。

「聞いたか？　またお前に頼ることになった。鬼の匂いを探りながら、この車を先導してくれ！」

そう言うと慈舜は窓を開け、腕を外に突き出した。

阿我は軽く慈舜に頷き返し、ばっと飛び立った。

ぐんぐん加速し、車を先導する体勢を取る。

そのとき松川は、目標を失った捜査員から届けられる無線を聞いていた。

誰もがパニック寸前になったように、大声で叫びまわっている。

松川は無線のマイクを取り、倉本係長を呼んだ。

倉本はすぐに出た。

「どうした？」

さすがの倉本の声にも焦りと苛立ちが感じられる。

「松川です。今我々は独自の方法で川崎の行方を追っていますが、それも確実かどうか分かりません。ここは二手に分かれてはどうでしょうか。川崎が監禁されていた場所を突き止め、そこに何か手がかりがあるか調べるチームと、このまま比叡山近辺を捜索するチームとに分かれるんです」

「なるほど。確かにその方が効率的かも知れん。よし分かった、一号車から四号車までは川崎が監禁されていた場所の特定に移れ。赤い点滅が最初に確認された場所、地図で言うとGの5の近辺だ。五号車から九号車は引き続き点滅の消えた場所を目指して川崎を捜索しろ。何かあれば、すぐにこちらに報告するんだ。分かったか」

分かりました。了解。と言う声が次々にスピーカーを震わせた。

松川は無線を切り、フロントガラスの向こうに見える、金色に輝く異形の鷹に叫んだ。

「阿我！　頼んだぞ！　うまくいったら、何でも好きなもん喰わしてやるからな！」

「よっしゃー‼」

後部座席で慈舜がガッツポーズをした。

元々貧相だった体が、今は一段と痩せこけ、骨と皮だけのような状態になっていた。

両目も大きく窪み、唇も黒く干乾《ひから》びている。

その餓死寸前のような体に、白い着物が張り付いていた。

山の頂上付近から湧き出ている水で、彼は行水をしているのだった。

彼は行水をしながら、ぶつぶつと低い声で何かを呟いていた。

「掛巻《かけま》くも綾《あや》に畏《かしこ》き神《かみ》伊邪那岐《いざなぎ》大神《おほかみ》筑紫《つくし》の日向《ひむか》の橘《たちばな》の小戸《をど》の檍原《あをぎはら》に禊祓《みそぎはら》ひし給《たま》ふ時に成りませる祓《はらへ》戸《ど》の大神達《おほかみたち》諸々《もろもろ》の禍事罪科《まがごとつみとが》汚《けがれ》を祓《はら》ひ給へ清め給へと白《まを》すことの由《よし》を天津神《あまつかみ》国津神《くにつかみ》八百万《やほよろづ》の神達共《かみたちとも》に聞召《きこしめ》せと恐《かしこ》み畏《かしこ》み白す」

禊祓詞《みそぎはらへのことば》である。

神事を行うとき、その準備として心身を清める必要があるが、神道ではこの禊祓詞を唱えながら行水をするのである。

手と股間を洗った後、目、口、耳、と顔面に水を当て、それから胴体へと移る。胸、腹そして両腕、両足。さらに最後に首から背中に水を浴びせ、禊は完了する。

「富普加美恵多目《とふかみえみため》祓《はら》ひ給へ清め給へ」

「富普加美恵多目祓ひ給へ清め給へ」

禊祓詞の最後の文を二度詠唱し、彼はその場に座り込んだ。

目を瞑り、二礼二拍手一礼した後、瞑想を始める。

すでに三日もの間、彼は何も口にしていなかった。

体内から出来る限り不純物を取り除き、本能的なあらゆる欲求を遠ざける必要があったからである。

その所為で肉体はかなり衰弱してしまっていたが、代わりに神経が凄まじく鋭敏になっていた。

風に混じる植物や土や動物の体臭や、そんなあらゆる匂いを、ひとつひとつ嗅ぎ分けることが出来た。

目を開けると、宙を漂う微生物や細菌や月から届く光の粒子まで見えるようだった。

地中を流れる地脈の波動が、熱気となって体を包んでいる。

その熱が、彼に不思議な力を与えていた。

彼は瞑想をしながら、己の体内に目を向けた。

チャクラが静かに回転している。

今まで何度もチャクラを回したことはあったが、ここまでピュアな状態まで辿りつけたのは初めてだった。

心臓の鼓動。血管を流れる血液細胞。空気を取り込む肺の動き。生命活動が刻む規則正しいリズムに合わせて、チャクラはほど良いスピードで回っていた。

とろとろと体外へ流れ出る気は、すぐに大気と交じり合い、溶けるように消えてゆく。

彼は、己の存在が大いなる自然と同質であることを実感していた。

草や木や、土や砂や石や、鳥や魚や虫や、空や海や宇宙や、この世界を構成するすべてのものと、人間もまた、同質なのだ。

そのことを、彼は実感として理解した。

果てしない幸福感。

限りなく続く連鎖の中に、自分もまた存在しているのだ。

彼はその連鎖の中で咲いた、大輪の華だった。

それは彼自身もう二度と到達し得ないであろうほどの、極限の境地だった。

華は宇宙と溶け合いながら、しかし確固たる意志を持ってそこに存在していた。

肉体と意識は等価だった。内界と外界は等価だった。宇宙と自己は等価だった。

すべてはひとつであり、しかし別のものであり、なおひとつだった。

大いなる連鎖。

大いなる循環。

彼はゆっくりと目を開き、両手を組んで印を結んだ。印の形を様々に変化させながら、縦横に九度動かす。九字護身法と呼ばれる、異界の門を開く呪法である。手の動きに合わせて、彼の口から九個の言葉が迸った。

「臨、兵、闘、者、皆、陣、烈、在、前」

三枝はスクーターを走らせていた。

三十メートルほど前には、松川が運転しているはずの、車のテールランプが見える。

彼女は松川の尾行を諦めたわけではなかったのだ。ただその手法が、一度目の苦い失敗の経験から、絶対にバレないと思えるだけの距離を置いたものに変わっていただけなのだった。

彼女はスクーターを走らせながら、胸の中で喝采を上げていた。

――ラッキー！　退院して、尾行を再開してすぐに、こんなに激しい動きにぶつかるなんて！　なんて私はツイているんだろう！　このチャンスは絶対逃さないわ！　逃してたまるもんですか。大丈夫。今回は前みたいなヘマをしないように細心の注意を払っていたし、向こうももう尾行は諦めたと思っているはずだし、それに、尾行を気にする余裕なんて全然ないくらいの慌てぶりだった。見付かる心配は絶対にない。今度こそスクープを手に入れてみせるわ！　私の記事で、日本中をあっと言わせて見せる！　懲りずに松川を張ってて大正解だった！　ヒャッホー！

三枝自身、自分の行動が、単なる職業意識や記者としての貪欲《どんよく》さから出ているものではないことには、薄々気が付いていた。

確かに記者としてスクープをものにしたいという欲はあるし、同時に、個人的な意地もある。

なにしろ今回の事件では、自分も被害者のひとりなのだ。幸いにして命を奪われることはなかったが、精神的に相当なダメージを負わされたこの事件に対して、何としても真相を知らなければならないという気持ちはある。そうしなければ収まりが付かない。

ジャーナリストとしての使命と、個人的な意地。

そんな気持ちがあることは否定しないが、今三枝を動かしているのは、もっと漠然とした、言いようのない切迫感だった。

それは、しいて言えば、予感、のようなものだろうか。

この事件に、三枝は何か予感めいたものを感じているのだった。

この事件の真相を知ることによって、何かが変わるのではないかという、予感。

この事件をきっかけにして、自分を縛り付けている大きなものから解放されるのではという、予感。

救われたいというのではない。

ただ、変わるなら変わってしまえば良いと思った。

どうせいつかは変わってゆくものであれば、今すぐに変わってしまっても良いじゃないか。

そう思った。

何が変わるのか、どう変わるのか、それは分からない。

だが、何かが変わる。

その予感に、彼女は突き動かされていたのだった。

幻神伝

第八章

1

松川は山の中腹で車を止めた。

その車から三人が飛び降りる。

阿我はこの場所からさらに上の方、山の頂上を指し示していたが、それは到底車で行けるような場所ではなく、ここからは徒歩で行くしかなかった。

三人は深い林の中に分け入った。

獣道《けものみち》のような細い山道を見付け、それに沿って進む。

林に入ってから、誰も口を開くものはいなかった。

ただ、阿我の指す山の頂上へ向かって、無言で足を進めていた。

先頭を行く松川の顔には、明らかな焦りがあった。

冬だというのに旺盛な生命力で生い茂っている雑草が、足に絡み付いて来る。

その所為で歩みはもどかしいほど遅かった。


松川は逸《はや》る気持ちを懸命に抑えながら、一歩一歩慎重に足を運んだ。

登山をするとは思ってもいなかったので、三人とも服装はいつものままだった。

松川はブランドもののスーツにコート、慈舜は革のジャケットとパンツ、春海は黒いタートルネックセーターと黒いロングコート。皆、革靴である。

夜露と汗にじっとりと服が湿り、それが体温によって熱に変わり、大気に滲み出す。

じりじりと細胞を焼き尽くすような焦燥感を抱えながら、三人は黙々と頂上を目指していた。

三人にとっては苛立つほどの遅い歩みだったが、それでもそのスピードは常人の倍はあった。驚異的な身体能力を持つ男達だった。

永劫にも似た時間を、三人の白い息と踏みしめる草の音が刻む。

そんな状態がどれくらい続いただろうか。

松川の数メートル先を飛んでいた阿我が、くるりと左に旋回した。

そのままそこで大きく翼を広げ、滞空する。

阿我の動きに気が付いた三人は、足を速めてその姿を追った。

と、突然目の前に広大な空間が広がった。

そこは今までの鬱蒼《うっそう》とした森林が嘘のような、土とそれにこびり付くように生える背の低い雑草があるだけの、楕円形の広場だった。

ぽっかりと出現したその空間を、月の明かりが白々と照らし出している。

三人は足を止め、その平原を眺めた。

阿我が慈舜の肩に降り、羽を休める。

目を凝らすと、松川らがいる場所からちょうど反対側の、広場が途切れ、再び深い森が始まる辺りに、何台かの車が停まっているのが確認出来た。

そのうちの一台は、四トンはある大きなトラックだった。

川崎のメールにあった車に違いなかった。

どうやら三人が来たのとは別の、車で乗り込むことが出来るルートがあるようだった。

この平地にあるのはその車だけだった。車の中にも人影はないようだし、見張りに立っているものなどもいない。少なくとも松川らから見えるところには動くものは発見出来なかった。

車の奥の林には、細い道が見えた。山頂へと続く道のようだった。

ここに車を停めた連中は、あの道を上へと登っていったのだろう。

松川は右隣にいるふたりを見返し、軽く首を振った。それだけでふたりには通じたらしく、彼らは林の中に引き返し、広場を左に見る形で移動し始めた。

松川はふたりの後姿を数瞬見つめて、彼らとは反対側に走り出す。

この広場には彼ら以外に人のいる気配はなかったが、万が一のことを考えて広場には出ず、林の中を移動することにしたのである。

もちろん広場を突っ切るのが一番早い方法ではあるが、遮蔽物が何もない場所へ乗り出すのはやはり危険だった。気配が読めないほど遠くから見張られている可能性は否定出来ず、迂闊に飛び出せば、こちらの存在を知られてしまうどころか、銃によって狙撃される危険性まで出てくる。そのような危険をあえて冒してまで広場に飛び出す道理などなかった。

二手に分かれたのにも理由はある。

車に近いのは、広場を右にして迂回する、松川の選んだルートの方だった。川崎の安否を知るためには、まず車の中を確認しなければならなかったが、その役を松川が引き受けたのである。

一方、春海と慈舜の移動するルートは、山頂へと続く道に近かった。

車に誰もいない場合、連中は川崎を連れてその道を登っていったに違いなく、そうであるならば、その山道を辿る方が敵と遭遇する可能性が高い。だからこそのふたり組なのである。

松川は車の側まで移動すると、林から広場に出るぎりぎりのところで足を止めた。

五十メートルほど向こうにある山道を見ると、春海と慈舜もその入り口に辿りついたようだった。松川は彼らに頷きを送った。ふたつの影が応えるように揺れ、林の奥へと消えた。

松川は懐から拳銃を取り出した。刑事が所持を許可されているニューナンブではなく、ベレッタである。回転式のニューナンブは六発で弾倉が空になるが、カートリッジ式のベレッタなら十二発打つことが出来るし、殺傷力もニューナンブよりはるかに高い。

松川は銃弾が装塡されているのを確認して、安全装置を外した。

広場に視線を戻し、車までの距離を測る。三メートル、いや四メートルくらいだろうか。

大きく息を吸い込み、そして吐き出しながら、松川は気持ちを整理した。

川崎のことを考えれば、叫び出したいほどの焦燥感に駆られる。だが、戦闘においては、その逸《はや》る気持ちが大きな失態を招く原因にもなりかねないことを、彼は知っていた。

焦りはそれだけで冷静な判断力を奪う。それが結果として致命的なミスに繋がるのだ。

川崎の身の安全が確保出来ない今、その焦りによって松川までが負傷するようなことは、あってはならなかった。松川は胸を焼き尽くすような焦りを抑え込み、これから為すべきことについて考えた。

もし車内に誰かがいた場合は、そいつから敵の人数や居場所を聞き出す。誰もいない場合は速やかに春海達の後を追う。どちらの場合でも、素早く的確な判断が最も重要だった。

車は三台あった。右の二台がベンツで、左端の一台がトラック。

二度の深呼吸の後、松川は二台のベンツの間の空間を目指してダッシュした。

右端のベンツのドアに、しゃがみこむようにして背中を押し付ける。

ドアにはロックがかかっていた。

そっと顔を上げて、窓を覗く。薄い黒のシートが貼ってあり、中の様子は見え難いが、車内に誰もいないことは、何とか確認出来た。

中央のベンツも同様だった。

左端のトラックは、荷台の部分が鉄板で囲われているタイプのものだった。それもアルミなどの薄いものではなく、コンテナに使われているような、分厚く頑丈そうなものだった。

松川は運転席に誰もいないのを確認して、荷台の扉に飛びついた。

扉の錠は、縦に伸びている金属の棒を、横に回転させればロックが解除されるもので、松川はその金属の棒を一気に押し下げた。そしてそのまま手前に引っ張る。

重い扉が、ゆっくりと開いた。

その途端、中から強烈な匂いが襲いかかってきた。

松川は思わず仰け反った。

腐敗した肉に大量の吐瀉物や糞尿を混ぜ、何日もかけて熟成させたような、臓腑《ぞうふ》を捻じ上げる異様な匂い。だがそれは、ここ何週間か、何度か嗅いだことのある匂いだった。

鬼の発する匂いである。

松川はハンカチを口に当て、ベレッタを構えながら、意を決して荷台の中を覗き込んだ。

中には誰もいなかった。

だが、中にいたものの正体は容易に想像出来た。

川崎が猛獣と呼んでいたもの。

鬼の本家本元である長瀬とは別の、もう一体の鬼。

松川はトラックの荷台の扉を開け放したまま、山道へ向かって走り出した。

広場と林の境界線を、腰をかがめて突っ切る。

車に誰もいなかった所為で、敵の人数を把握することはできなかったが、それでも推測することは出来る。

ベンツ一台に四人の人間が乗っていたとして、二台で八人。トラックにはふたりと鬼の三人。その内ひとりは川崎だろうから、敵は全員で十人いることになる。

もちろんこれは最低限の予想である。実際にはまだ数人多いかも知れない。

だが、最低でも十人いるということが重要だった。

一足先に山道を登っていった春海と慈舜は、敵の人数を把握していない。今回の目的は川崎の救出にあるから、敵にこちらの存在がバレるような軽率な行動に出るとは思えないが、それでももし見付かって戦闘になった場合、相手の人数が分からないのは圧倒的に不利である。

普段のふたりなら十人ほどの人間くらい、軽くいなしてしまえるだろうが、今回はそう楽観的に構えていられない。

十人は間違いなくそれぞれに得物を持っているだろうし、その内のふたりは、人間をはるかに凌駕《りょうが》する戦闘能力を有した鬼である。

しかも、さらに悪いことに、今の慈舜は満身創痍《まんしんそうい》の怪我人なのだ。

最悪の事態を避けるためにも、一刻も早くふたりに合流する必要があった。

松川は身を隠すことを諦め、月に照らされた広場を全力で突っ走った。

2

気が付くと、木に縛り付けられていた。

無茶苦茶に殴られた所為で、全身が熱っぽい。垂れ下がっている頭を持ち上げようと思うが、力が入らない。

自分の着ている、泥や血がこびり付くスーツが目に入るが、それもはっきりとは見えない。オートフォーカスの壊れたカメラのように、ぼやけた画像になっている。

きっと、この体を縛っているロープを外せば、そのまま前に倒れてしまうだろうと思った。自分の足で立っているというより、木に縫い付けられているだけといった状態だった。

「川崎さんとおっしゃいましたか」

意識が戻ったことに気が付いたのか、前方から声がかかった。

川崎は、残っている気力のすべてを懸けて、頭を持ち上げた。

それだけで気が狂いそうなほどの痛みが全身を襲った。

殴られている最中は痛みなどまったく感じなかったのに、ここへきて、そのツケがいっぺんに返されているようだった。

ぼんやりとした視界の中で、数メートル先にひとりの男が立ってこちらを見ているのが分かった。

岩のようにごつい体。黒いスーツに黒いネクタイ。

誰だったっけ？

数秒川崎は考えた。

えーと、確か名前をどこかで聞いたような……。

記憶が繋がらなかった。もどかしいほどに頭が回転しない。

暴力は川崎の肉体だけでなく、その精神にまでも深い傷を負わせていた。

脳が、辛い記憶を思い出させないように、勝手に回路を切ったようだと思った。

川崎は己の身に起こった災難な出来事を、最初からひとつひとつ反芻した。

そしてようやく思い出した。

「……長瀬……」

そう、確かそんな名前だった。

男が、にやりと笑った。

「これから、ここで面白いショーが始まるんですよ」

長瀬がしゃべり出した。

丁寧な口調とは裏腹に、背筋をぞっとさせるような薄ら寒い響きが、その声にはあった。

「あなたにもそのショーを是非見ていただきたいと思っていたのですがね、あなたの余計な機転のお陰で、それも出来なくなってしまいました」

俺の余計な機転……。何のことだ？

長瀬が懐からなにかを取り出した。

目を凝らす。長瀬の手に握られているのは、携帯電話だった。それも、見覚えのある携帯電話である。ストラップの先にはミッキーマウスがぶら下がっている。

——ああ。

それを見て川崎はすべてを思い出した。

あれは俺の携帯電話だ。

そうだ、俺は携帯電話を使って、自分の居場所を松川に知らせていたのだった。

しかしそれが、車が停まって外に引きずり出されたときに、バレてしまったのだ。

そのお陰で俺はまた、さんざん殴られたのだ。

車が停まった場所は山の中腹にある空き地のような場所だった。ここはまた違う場所だ。俺が気を失っている間に、また移動させられたのだろう。

辺りを見回せば、明らかにここは森の中だった。

ただ、木を何本か切り倒した跡があり、その分だけ見通しが良くなっている。

長瀬が携帯電話を地面に投げ捨て、足で踏み潰した。残骸に変わってしまった携帯電話を眺めながら、川崎は思った。

松川さんは俺のメールに気が付いてくれただろうか。俺の携帯電話の電波を追って、この近くに来てくれているのだろうか。

分からなかった。だが、携帯電話を取り上げられてからまた場所を移動したのであれば、松川さんがここにやって来る可能性もそれだけ低くなる。そしてそれは俺が殺される可能性が高くなるということだ。

殺される。俺は最初の監禁場所にいた猛獣の餌になるのだ。

不思議と恐怖はなかった。

やるだけのことはやったんだからな。

そんな言葉を、自嘲《じちょう》することなく自然に受け入れることが出来た。

松川を責めようとも思わなかった。

きっと今も、松川さんは俺を懸命に捜索してくれているはずだ。

それで見付けてもらうことが出来ないのなら、それは俺の運命だ。俺はここで死ぬ運命だったのだ。

そりゃ死ぬのは嫌だ。嫌だし、怖い。

よく、死ぬほど恐ろしい、などという言い回しを耳にすることがあるが、その通りだ。

死ぬことは、死ぬほど恐ろしい。

だが、その恐怖に負けて、みっともなく命乞いをするのだけはやめよう。

そう思った。

松川さんが助けに来てくれる可能性が、まだほんのちょっぴりでも残っているのなら、それに賭けてみるのだ。

潔《いさぎよ》く諦めて死を選ぶくらいなら、最後の最後まで抵抗して、少しでも時間を稼ぐのだ。

時間を稼いで、生き延びる可能性をわずかでも大きくするのだ。

そのためなら、何だってしてやる。気の触れたふりをして、泣き叫んでやっても良い、長瀬が靴を舐めろと言うなら、いくらだって舐めてやる。

だが、簡単には死んでやらないぞ。お前らの恐怖に屈して、早く殺して欲しいなんていう台詞は死んだって言ってやるもんか。死んだって恐怖なんかには負けねえぞ。死ぬときは、お前らに勝った顔をして死んでやる。

「ほう」

長瀬が、感心するような、妙に楽しげな声を上げた。

川崎はその長瀬を睨んでいる。

「最初にお会いしたときは、気の弱そうな、甘ったれた若僧――いや、これは失礼。しかしそんなような印象だったんですがね。今はまるで別人に見えますよ。強靭な精神力があなたに宿ったかのように見えます」

「だったらどうだと言うんだ？」

川崎は長瀬を睨んだまま応えた。自分でも驚くほど、力強い声だった。

長瀬は川崎の視線を軽く受け止めながら、

「あなたのその成長ぶりに免じて、ひとつ面白いものを見せてあげましょう。と言っても今夜のショーに比べれば些細なことですがね」

そう言うと、おい、と森の奥に声をかけた。

しばらくすると、がさがさと雑草を掻き分ける音がして、木々の間からふたりの男が出てきた。

川崎も知っている、最初の監禁場所で会った、ふたり組のチンピラだった。

ふたりは長瀬から三メートルほど離れたところで立ち止まった。

居心地悪そうに、視線を長瀬から外している。

こうして改めて見ると、彼らはただのチンピラだった。自分より弱いものをいたぶることしか出来ない、そんなことにしか満足を見出せない、怖がるほどの価値もないただのチンピラ。

こんな連中に心底恐怖を感じていた自分が、滑稽ですらあった。

川崎は、小さく笑った。

その笑いに気が付いたのか、それとも居心地の悪さの捌《は》け口を見付けようとしたのか、ガムを嚙んでいた金髪の男が、凄い形相で川崎を睨んできた。

だが、川崎にはそんなことはちっとも気にならなかった。

「お前ら」

長瀬がふたり組に話しかけた。

ふたりの肩がびくりと震える。

「お前らの無能さのお陰で、こちらの刑事さんに、私の名前を覚えられてしまった。この刑事さんは、お前らよりよほど優秀だ。頭を使うということを知っておられる。監禁され、気を失うほど痛めつけられながら、お前らの会話から必要な情報を読み取り、仲間にメールで知らせる。大した機転と根性だ。そんなことがお前らに出来るか？」

ふたりは黙ったまま突っ立っている。

「だが刑事さんのその行動が、私を今、ちょっとした窮地に立たせている。分かるか？　それは、私の名前が、この刑事さんだけでなく、警察全体にまで知られてしまったということだ」

長瀬がふたり組に一歩近付いた。アロハの男が怯えたように片足を引く。

「安心しろ。お前らにそのヘマの責任を取れとは言わない。私は寛大な人間のつもりだ。今さらお前らを殺したところで、事態がなにも好転しないことは、充分に分かっている。まあ、正直言えば、お前らの馬鹿さ加減には心底うんざりしているが、責任を問うなら、そんなお前らを使ってしまった私にも、その一端はあるだろう。私の名が警察に知られてしまったことは、その罰として甘んじて受け入れようと思う。だが――」

二歩目。チンピラふたり組は、気圧されたように後ろへ下がった。

「お前らはどうする？　このまま、俺に馬鹿にされ、散々虚仮《こけ》にされたまま、この仕事から身を退くか？　役立たずのクソ野郎という烙印を一生背負って、出世も出来ない人生を選ぶか？　お前らがそれで良いというなら俺も何も言わない。この件からは外れたいならそうしろ。なんなら今すぐにケツをまくって帰っても良い。だが、お前らの中に、少しでもプライドが残っていて、男として自分のしでかしたヘマの責任を取りたいという気持ちがあるのなら、ひとつ頼みたいことがある。それを飲んでくれるのなら、お前らの失態はなかったことにしてやる。どうだ？」

ふたりは顔を見合わせて逡巡《しゅんじゅん》していたが、お互いに頷き合うと、頭を下げた。

「何でもします。いえ、させてください」

「このまま引き下がるのは男がすたります。もう二度と馬鹿はしません。役に立たせてください」

ふたりの言葉に、長瀬は満足そうに頭を振った。

茶番だ、と川崎は思った。

長瀬の台詞は一見、二人の自由意志に任せて、自ら道を選択させているように聞こえるが、実は、俺の命令にこれ以上従わなければ、お前らの将来はない、と言っているだけに過ぎない。言わば、脅しだ。やんわりとした言い方だが、二人を脅しているのだ。

だが、やくざにとって一番重要なのは面子である。面子を潰されて黙って引き下がるようでは、やくざの世界で出世は望めない。チンピラふたり組もそれを分かっているからこそ、長瀬の言葉に頷いたのだ。

長瀬ほどの人物であれば、そんなもってまわった面倒な会話をしなくても、ふたりに命令を下すのは簡単なことだろうと思うのは早計である。

長瀬にとっては、ミスを見逃す代わりに、ふたりの生殺与奪《せいさつよだつ》の権利を掌握したという宣言と、それをふたりが完全に了承したという建前が必要なのだった。

つまり、これから先ふたりがまた何か失敗をすれば、長瀬は誰に断ることもなくふたりを勝手に処分出来るということであり、そのことでふたりは、今まで以上にがむしゃらに、長瀬のためだけに働かなければならず、処分されそうになっても、誰にも泣きつくことが出来ない、何故なら、その道を選んだのは他ならぬ自分自身であるからだ、という構図が、これによって完成したのである。

川崎が茶番だと思ったのはまさにそこだった。目に見えるほどはっきりとした、力による上下関係の中でしか動こうとしない、やくざにのみ通用する論理。

果てしなく馬鹿で下らない儀式。

ふたりのチンピラは、その儀式の意味が本当に分かっているのだろうか。

何のために長瀬が、そんな見えすいた面倒臭い会話までして、ふたりの生殺与奪の権利を摑んだのか。

それは、近いうちにふたりを殺す予定になっているからに他ならないだろう。

働かせるだけ働かせておいて、用が済めばあっさりと処分する気なのだ。

いちゃもんなど後からいくらでも付けられる。

そのときになってどこからも文句が出ないように、そのためだけに長瀬はもったいぶった言い方でふたりから了解を得たのだ。

そんな簡単なことも分からないのだろうか。

そんな話に乗るくらいなら、今すぐ尻尾を巻いて逃げ出した方が断然良い。逃げ出せばもう二度とやくざの世界には戻れないかも知れないが、それでも殺されるよりははるかにマシだ。

面子ばかり気にするから、そんな単純な罠にひっかかるのだ。

「……そうか、やってくれるか。それを聞いて俺も安心した」

長瀬が芝居を続けている。

「それでは早速、仕事を頼んでも良いか？」

長瀬の言葉に、はい、喜んで、とふたりが応えた。

敬礼でもしそうな勢いである。

――でもまあ、あれほど馬鹿なチンピラのひとりやふたり、どこでどうなっても俺の知ったことじゃないな。それより、長瀬がふたりにどんな仕事をさせるのか、それが気になる。ここはおとなしく、様子を窺っているのが得策だろう。

川崎はそんなことを考えながら、三人を眺めていた。と、そのとき突然、長瀬がアロハの男を殴った。

無造作に見える動きだったが、殴られたアロハの男は、その一発で地面に倒れた。

アロハの男が長瀬に殴られて失神するのを見るのは、これで二度目だった。

よくよく運のない男だったが、今は、何故男を殴りつけたのか、その理由の方が気になった。

金髪ガムの男も、唖然としながら、アロハと長瀬を交互に見比べている。

その男の肩を、ぽんと長瀬が叩いた。

「お前らの気持ちは分かった。だが、正直あの男は使い物にならん。あいつがいつもお前の足を引っ張っているんだ。あいつがいない方が、仕事は確実になる。お前もそう思うだろう？」

金髪ガムは、がくがくと頷いた。

「よし。それではこれからはお前ひとりに仕事をしてもらう。俺はお前を買っているんだ。お前の方があいつよりよほど優秀だ。出来るな」

金髪ガムは、壊れた玩具のようにがくがくと首を振っているだけだ。

「それじゃあ、まずはそこに座れ」

長瀬が、肩に置いていた手に力を入れて、下に押した。

それだけで、金髪ガムは地面にへたり込んだ。

苦痛に歪んだ顔で、呆然と長瀬を見返している。

どうやら、もの凄い力で肩を押されているらしい。

全身がぶるぶると震えている。必死でその力から逃れようとしているようだが、まったく歯が立たない様子である。

「おとなしくしていろ。何、怖がることはない、痛いのは一瞬だ」

言いながら長瀬は、金髪ガムを抑えているのとは反対の、右手を目の高さに持ち上げた。

「さて、刑事さんお待たせしました。ここからが本番です」

何が始まるのか、川崎には一向に分からなかったが、金髪ガムには長瀬の行動が理解できたらしい、血相を変えて無茶苦茶に暴れ出した。

やめてください！　それだけは！　それだけは嫌だ！　お願いです！　他のことなら何でもします！　だから、それだけは勘弁してください！　助けて！　お願いだ！

手足をじたばたさせながら、金髪ガムは泣き叫んでいた。

よほどひどいことが始められるらしい。

川崎は異様な雰囲気になってきた二人の様子を、息を呑んで見つめていた。

「やかましい」

長瀬が、摑んでいた肩に、一層の力を込めた。

えぐっ、ひげごっ！

奇妙な悲鳴を漏らし、金髪ガムが黙った。暴れまわっていた手足も、一瞬痙攣した後、ぐったりと力が抜けた。

金髪ガムの顔が、一見眠たそうな、呆けた表情になった。だが、その顔からは血の気が失せ、べっとりとした嫌な汗が滲み出ている。

筆舌に尽くし難い激痛を味わわされているようだ。

「本来ならあいつのように」長瀬が倒れているアロハを顎で示しながら言う。

「気絶させてから行う方が効率がいいんですがね。せっかく観客がいらっしゃるんですから、意識があるときにやればどうなるのか、それを見てもらいましょうか」

川崎は、長瀬の言う観客とは、自分ひとりのことだと思っていた。だが、そうではなかったということに、数分後、川崎は気付くことになる。

長瀬が右手の人指し指を立てた。

その指に神経を集中させるように、目を細めて見つめる。

　そんな状態が二十秒ほど続いただろうか、がたがたと震えながら、呆けた表情で長瀬の指を見ていた金髪ガムが、喉を搾らせた。

「あひぃ」

　川崎も長瀬の指を注視していた。よく見えないが、長瀬の指の、爪の先で、何かがむにゃりと動いたような気がした。一瞬、爪が急激に伸び始めたのかと思ったが、そうではなかった。爪の先に現れたその白いものは、一気に膨れ上がり、爪の上に山を作った。

　川崎は卵を産む蟷螂《かまきり》の姿を連想した。テレビで見た蟷螂は、ちょうどそんな風に、めりめりと体外に卵をひり出していた。

　川崎のその連想は、当たらずとも遠からずだった。長瀬の指の先に出現したその白い物体は、卵ではなかったが、生物ではあった。

　コンマ何ミリかの寄生虫である。それが、長瀬の指と爪の間から、何万匹という数でじわりと這い出てきたのだった。

　金髪ガムは長瀬の指の上でもぞもぞと動く虫達を、ただただ呆然と見ていた。

　極限の恐怖とおぞましさに、精神のタガが外れたかのように見えた。

　川崎は自分の尻の穴がむずむずと痒くなりだしたのを感じていた。

　長瀬が指を立てただけで、その行動を金髪ガムは理解していた。ということは、金髪ガムは今までに何度か長瀬のその作業を見ていたことになる。当然、この後どのようなことが行われるかも知っているに違いない。そのとき彼は、長瀬の作業をサディスティックな期待と興奮を覚えながら眺めていたに違いないのだ。彼の恐怖は、それを知っているからこそのものであり、今の状況は当然の報いであるとも言えた。

　だが、この場に流れる気味の悪い雰囲気は、ただ単に金髪ガムが過剰な怯え方をしているからというだけのものではなかった。

何か人知を超えた異様なことが行われようとしている。

それを川崎は本能で察した。

出来れば逃げ出したかったが、それも叶わない。

長瀬が、指を金髪ガムの顔に近付けた。その両眉の中央、眉間の辺りに、指を押し付ける。と、その指の先でもぞもぞと動いていた寄生虫が、すうっと金髪ガムの皮膚に吸い込まれていった。その途端、金髪ガムは白目を剝いて仰向けにぶっ倒れた。

びくんびくんと、打ち上げられた魚のように体を痙攣させ、口からは大量の泡を吹き出させている。あが、あが、言葉にならない呻きを上げている喉が、ぐぼうと大きな音を立てて大量の反吐を吐き出した。

長瀬はもがく金髪ガムを放り出して、気絶したままのアロハにも同じことを施していた。気を失っているアロハの体もびくびくと痙攣したが、金髪ガムほどの苦しみは味わっていないようだった。

作業を終えた長瀬が、立ち上がって川崎に近付いてきた。

途中、のた打ち回っている金髪ガムをひょいと飛び越えながら声をかける。

「すまんな。お前のことを買っているなどと言ってしまったが、あれは嘘だ。お前らはふたりとも、何の役にも立たない最低のクズだ。だから、最期くらい、少しは役に立ってもらおう」

川崎は身じろぎもせずその光景を見ていた。

これか？　長瀬が見せたいと言ったものは、これなのだろうか。奇妙な術を使って人間を殺す、その現場を見せたかったのだろうか。だが、役に立ってもらう、とはどういうことだ？　今にも死にそうな人間が、この後どう役に立つというのだ？

長瀬がすぐ側まで来た。にたりと笑いながら言う。

「まだ何が起ころうとしているのか分からないと思いますが、お楽しみはこれからです。そうですね……あと二、三分といったところでしょうか。どうぞ存分に楽しんでください」

長瀬の不気味な笑みを見たとき、川崎は突然悟った。長瀬が、自分に対して敬語で話しかけてくるのは、俺を馬鹿にしている証拠なのだと。ものの数にも入らない虫ケラだと思っているからこそ、わざと敬語を使ってふざけているのだと。

だが、そのことに気が付いても、不思議と腹は立たなかった。それどころか、それも当然だと感じてしまった。

長瀬という男には、それほどの巨大な威圧感があった。

対峙するものを知らずにひれ伏させる、圧倒的な迫力を持っていた。

初めて間近で長瀬を見た川崎は、そのことを今になって理解した。

とてもかなうものではなかった。時間稼ぎをして松川の到着を待つなどという作戦が、まったく意味をなさないことを悟った。松川が来てくれたところで、長瀬にはとても立ち向かうことは出来ないだろう。ましてや、長瀬を倒して、自分を救出してもらうなんてことは、到底無理だ。

川崎は今までの自分の考えが甘かったことを悟り、同時に死を覚悟した。

すると、川崎を嘲笑うように眺めていた長瀬が、くるりと背を向けた。

そして闇に沈む林に向かって、低い声で告げた。

「さて。いつまでもそんなところでじっと身を潜めていないで、出て来たらどうだ？」

3

そんなところに誰かいるのかと、川崎は訝しんだ。何の気配も感じなかったし、目を凝らしても何も見えない。

弱い月明かりに浮かぶ木々のシルエットが見えるだけだ。

だが、長瀬にはよほどの確信があるらしい、闇の一点を見つめて動こうとしない。

と、その視線の方から、間の抜けた声が聞こえてきた。

「参ったなあ。やっぱりおっさん、凄いわ。極限まで気は断ってたつもりやっててんけど、あっさり見破るんやもんなあ」

暗闇の中から、ざくざくと草を踏みながら誰かが近付いてきた。

驚く川崎の隣で、長瀬は平然とその人物を眺めていた。

「やはり、お前か」

ゆっくりと歩み寄ってくる人物に、長瀬が声をかけた。

予想していたと言わんばかりの口調である。

「あれ？　もしかして俺の正体までバレてる？　かなわんなあ」

林の中から出てきた人物は、その言葉とは裏腹のにやついた顔で、長瀬と対峙した。

月明かりに映える人物を見て、川崎は心底驚いた。

鋲のいっぱい付いた革ジャンに、細い革のパンツ。やけくそかと思うほどにつんつんに立てた髪の毛。

こんな山奥に現れるには、あまりに場違いな人間だった。

しかも、人を小馬鹿にするような笑みを浮かべている顔は、どう見ても十代のものだった。若い、と言うより、幼いと言ってしまってもいいくらいの顔立ちである。

慈舜だった。

もっとも、川崎はまだ彼を知らない。

ただ、ふたりの交わした会話から、彼らが知り合いなのだろうということは予測出来た。

だが彼が自分にとって味方なのか、それとも敵なのか、そこまではまだ分からない。

「いつ気が付いたん？」

長瀬から七、八メートル先で足を止めた慈舜が、訊いた。

「俺がやつらに」と顎を失神しているチンピラふたり組に向けながら長瀬が応える。「俺の細胞を植え付けているときにな」

ああ、と慈舜が大袈裟に嘆いた。

「やっぱりなあ、あのときは自分でも失敗したと思ってん。おっさんのやってることに興味が湧いてしもてな、ちょっと意識を向け過ぎたんや。大丈夫やと思ってんけどなあ。くやしいなあ」

川崎に背を向けている所為で正確には分からなかったが、長瀬は笑ったようだった。

言葉にはしなかったが、長瀬は慈舜の技術を賞賛していた。

気配を完全に遮断する、というのは、口で言うほど容易く出来るものではない。

人に限らず、生物は、そこに自然に存在しているだけで、何らかの気配——存在の雰囲気といったものを発している。それを止めようと思うのであれば、相当な鍛錬が必要となるのだ。

慈舜はそれを完璧に会得《えとく》していた。

一言で気を断つと言っても、それには二種類の状態がある。

「無」と「空」である。

「無」とは、自らが無意識的に発している気を、完全に内に押さえ込み、体外には決して漏らさないようにする状態であり、「空」とは、己の発する気を周囲に流れる気と同調させ、自己を大気に溶け合わせる方法である。

人に気配を感じさせないようにするためには、この両方の技術を、状況に合わせて、バランス良く使い分けることが必要だった。

例えば、今回のような山の中で気配を断とうとする場合、「無」と「空」を、三対七くらいの割合で混ぜ合わせ、それを保持しなければ、気を断った状態にはならない。

山には元々、様々な生物が存在し、その生物がそれぞれに発する気が、渾然一体となって大気に渦巻いている。その、自然の織り成す豊穣なる気の脈動の中では、ただ単に「無」の状態になれば良いというものではない。

これが砂漠や人工の建造物に囲まれた無機質な空間であればまた別だが、溢れかえる生命感の中での「無」の存在は、健康体の中の癌細胞のように、まるで異質なものとして捉えられてしまうのだ。

その状況で気配を断とうとするのであれば、「空」の技術も必要となってくる。

山の気は、その高度や季節、さらにはその日の気候や時間などによって、微妙にあり方を変える、流動的な気の集合体であるが、その気の質を読み、それに己の気を同調させ、溶け込ませる技術が不可欠なのである。

まず「無」の状態になって気を断った上で、最小限の気を周囲の気に馴染ませながら放出するという、超人的な気の制御能力が必要とされるのだ。

その神業とも言える作業を、しかし慈舜は完璧にやってのけていた。

本人の言うように、長瀬の行動に興味を持ち、意識を向け過ぎていなければ、そしてそれによって「無」と「空」のバランスを崩さなければ、いかに長瀬であろうと気付くことは出来なかっただろう。

それほどの完成度を、慈舜の天才は有していたのである。

だが、その意味ではまた、長瀬もただものではなかった。

慈舜が気のコントロールを失ったといっても、それはほんの一瞬のことであり、いくらその道に通じているものであっても、簡単には感じ取れるものではなかったからだ。

そのとき長瀬が感じたのは、視線だった。

正確に言うと、視線に乗せて送られてきた、わずかな気である。

慈舜のかすかな感情の揺れによって生じた、針の先ほどの鋭く細い気。

それが産毛を撫でるように一瞬触れたのを、長瀬は逃さず感じ取り、しかもその気の質を過去に出会ったものの気の記憶と照らし合わせて、正体を割り出すことまでやってのけたのだった。

超人的な技量を持った気の使い手と、怪物の鋭敏な探知能力とによる、常人には計り知れない攻防。

その第一戦は、川崎のまったく知らないところで、長瀬の勝利によりすでに幕を閉じていたのだった。

「さあて、無駄話はこれくらいにして、そろそろ復讐戦《リターン・マッチ》といこか。嫌とは言わさへんで。おっさんもあんな中途半端な結末は居心地悪いやろ」

慈舜と長瀬の会話は続いている。

「確かにな。だが、今日はそうも言ってはおれんのだ。時間がなくてな」

「何やて？」

「お前と闘いたいのはやまやまだが……。今回は遠慮しておこう。こっちにも都合がある。その代わりと言ってはなんだが、今日のところは、こいつら――」と再びチンピラふたり組を顎で示し、「をお前にくれてやろう。こいつらも、人間のままでいるよりは、少しはマシになるだろうと思って俺の細胞を分けてやったんだが、まさかこんなにも早く役に立つ機会がやってくるとはな。まだ完全には鬼化しきれていないだろうが、二体もいればお前さんを足止めすることくらいは出来るだろう。こいつらを倒して、まだ俺を追ってくることが出来たなら、そのときは存分に相手をしてやろう。じゃあな」

長瀬はそう言うとくるりと慈舜に背を向けて、川崎の方へと歩き出した。

「ちょっと待てや、おっさん」

その背中に慈舜が叫ぶ。

「なに自分の都合だけで勝手に動いてんねん。こっちにはこっちの都合があんねや。俺かってな、ここまで来て手ぶらで帰ることは出来ん。おっさんにやる気がなかっても、その刑事の兄ちゃんは返してもらうで」

「それは出来ない相談だな」

長瀬は川崎を見ながら応える。

「この人にはまだ利用価値がある。丁重にこちらでお預かりすることにするよ」

「それこそ出来ん相談や。力ずくでも返してもらうで」

「くくっ、下手な挑発はよせ。会長には通用したかも知れないが、俺には無意味だ。それに、おまえ自身、そんな体で俺と満足に闘えるなどとは思っていないんだろう?」

「言うな!」

慈舜が叫び、身構えた。五メートルほど先にいる長瀬に向かって一気に飛びかかろうとしているかのような、腰を落とした低い体勢になる。

「そっちがあかんかっても、こっちからいかせてもらう。覚悟せえよ」

慈舜は得意の爆発的な瞬発力を使って、一瞬に間合いを詰めようとした。

だが出来なかった。

ふいに発生した異様な気配に気を取られたのだ。それは慈舜から見て左側、倒れているチンピラのいる辺りから伝わってきた。

その方向に顔を向けた慈舜は、唖然とした表情になった。

失神していたはずのふたり組が起き上がろうとしていた。よほどの力を込めているのか、全身がぶるぶると震えている。バランスが取れないかのように、よろよろとよろめきながらも、ふたりはゆっくりと立ち上がった。

だが、慈舜が驚愕したのはふたりのそのような行動ではなかった。

ふたりの肉体が、立ち上がるまでの数十秒の間に、劇的に変化したのだった。

まず変わったのは筋肉だった。どちらかと言えば痩身だったふたりの体が、見る間に元の倍近くまで膨れ上がったのだ。膨張する肉体を包み切れなくなった服が、びりびりと裂けボロ布になる。すると、役割を交代するかのように黒々とした獣毛が生え、全身を覆い隠した。

4

ぐるおう！　あぎるるるる！

ふたりが叫ぶ。それは血に飢えた獣の咆哮だった。

真っ赤に充血した目が大きく前にせり出し、捲れ上がった唇の奥には、長く伸びた犬歯が見える。

あぎいいいい！　うるううううう！

ふたり、いや、二匹の獣が同時に天へ向けて喉を突き出し、吼えた。

その途端、獰猛《どうもう》で荒々しい気が、慈舜の体を叩いた。熱だ。

その気の質を、慈舜はそう感じ取った。

それは熱く猛々しい気の暴走だった。

コントロール不可能なほどの巨大な熱の塊が、辺りを焼き尽くすかのような勢いで、二匹の獣から迸ったのだった。

「ほう」長瀬が楽しげに声を上げた。

「ここまでのものになるとは予想外だったな。もっと早く処置しておくべきだったか」

その声に、川崎は我に返った。というより、その光景が悪夢の中のものではなく、現実のものだということに改めて気が付いた。

その川崎に向かって、長瀬が言う。

「彼らが招かれざる珍客の相手をしている間に、あなたを楽しいディナーへご招待しましょう。もっとも――」

長瀬がにたりと笑った。

それはこの世のものとは思えないほどの残忍で不気味な笑みだった。

今までの長瀬の紳士的な態度は所詮ポーズに過ぎなかったこと、その笑みこそが彼の正体であり、彼は人間の皮を被った化け物であること、そんな様々なことを、川崎はこの瞬間はっきりと悟った。

「あなたは料理を召し上がる側ではなく、召し上がられる側ですがね」

長瀬は川崎の鳩尾に軽く拳を当てた。

それだけであっけなく川崎は気を失った。

川崎を縛っていた縄を解き、肩に担ぎ上げる長瀬に、慈舜が唸る。

「待て言うてるやろ。勝手にどんどん話進めやがって、俺を馬鹿にしてんのか。どうあってもその兄ちゃんは返してもらうで」

「おい、お前ら」

長瀬は慈舜を無視して、鬼へと変貌したふたり組に命令した。

「そのうるさい小僧を黙らせろ。殺しても構わん。お前らも腹が減っているだろうから、喰うなりなんなり、好きなようにしろ。ただ、逃げられるようなことだけは許さん。また周りをうろちょろされると邪魔だからな。俺の仕事が始まる前に、何としてもここで仕留めるんだ。分かったな」

二体の鬼は長瀬の命令に従うように、慈舜の行く手を塞いだ。

鬼と化したふたりにそのような理性が残っているとは考え難いことだった。おそらく、脳に巣くっている長瀬の鬼の細胞が、本能的に長瀬の言葉を理解したのだろう。

川崎を肩に担いだ長瀬はちらりと慈舜を見返して、

「じゃあな、小僧。無事に生き残ることが出来たら、またどこかで会おう」

そう言うと、林のさらに奥へと走り去っていった。

それが戦闘開始の合図だった。

二体の鬼が、慈舜に向かって飛びかかった。

信じられない跳躍力だった。

二メートル以上は飛んでいるだろうか。慈舜の身長より、なお四、五十センチは高い空間に、鬼達は軽々と体を跳ね上げていた。

鬼達がジャンプした瞬間、慈舜は地面を転がって、場所を移動した。

さっきまで慈舜がいた空間を、鬼達の手が走り抜ける。

圧倒的に不利だった。

今まで相手にしてきた、京都の街を襲った鬼達とは比べものにならないほどの、俊敏さとパワーを持っていた。

人間だったときから理性の薄い人物だったのだろう。暴力による快楽を知っている人間、暴力に対するリミッターがそもそも外れている人間が、鬼に生まれ変わったことで、眠っていた潜在的な能力を一気に開花させたのだ。

その攻撃力と凶暴性に、慈舜は内心舌を巻いた。

逃げ回る慈舜を、鬼達は獲物をいたぶりながら追い詰める残虐なハンターのように、明らかな快感を滲ませながら次々と襲いかかってくる。

慈舜はその攻撃を紙一重で躱しながら、必死に考えていた。

鬼の攻撃力は尋常ではなかった。いつまでも逃げ切れるものではない。覚悟を決めてこちらから攻撃に転じる他手段はないが、それすらも出来そうになかった。

一体、一体を見れば、隙はある。理性がぶっ飛び、本能のみで手足を無茶苦茶に振り回しているだけだからだ。だがそれも二体となると難しい。

一方に反撃を加えようとすれば、すかさずもう一方が攻撃してくるだろう。

しかしだからと言って、二体が同時に隙を見せるまで逃げ回り、一度の攻撃で二体にダメージを与える方法などあるわけがない。まず不可能である。

折れた肋骨が軋む。脂汗が額に玉を作っているのが分かる。息が不規則に乱れ、頭痛がこめかみを叩く。

反撃どころか、チャクラを回転させるための精神集中すらままならない。

悔しいが、長瀬の言った言葉は本当だった。

体がこんな状態では、長瀬どころか目の前の鬼になったばかりのやつらとさえまともに闘えない。

慈舜はさっきまで一緒だった春海のことを思った。

実は、闇に紛れて長瀬を監視していたとき、隣に春海もいたのだ。

春海の隠形の技術は、慈舜のそれをはるかに凌ぐものだった。

長瀬の言動に意識を向け過ぎ、発見されてしまった慈舜と違って、春海は何事にも動じない冷静さを持っていた。

隠れていることを長瀬に指摘されたときでさえ、春海の気は少しも揺らがなかった。

長瀬も決して気付くことはできなかっただろう。

だからこそ慈舜は最初から自分しかいなかったように振舞い、春海の存在を隠したのだった。

その春海も、もうすでにここにはいないだろう。

長瀬を追って移動したに違いない。

その判断を責めることは出来なかった。

今回の最大の目的は、松川の同僚である川崎を助け出すことである。

もし慈舜を助けるために春海がここに残り、そのことで川崎の命が救えなかったとしたら、それはこの作戦の失敗と敗北を意味する。

そう思っているからこそ春海は慈舜を助けず長瀬の後を追ったのであり、そのことを慈舜も責めようとは考えていないのだった。

ぼろ布になった派手なアロハシャツを腕に巻きつけている鬼が、横薙ぎに左腕を振るい、慈舜の頭を引き千切ろうと襲いかかってきた。

慈舜は寸前で腰を落としそれを逃れる。と、今度は左にいる金髪の鬼が、右足で胴を狙って蹴りを放つ。胸の前で腕をクロスさせ、足を受ける。が、衝撃を受け切ることが出来ず、体が後ろに吹っ飛ぶ。

ごり。嫌な音を立てて背中が木にぶつかる。一瞬息がつまり、視界が霞む。

「畜生！」

慈舜は叫んだ。声を出すことで、絶望的な状況に萎えようとする気力を奮い立たせようとした。

「ふたりがかりとは卑怯やぞ！　こっちは怪我人なん

や！　ひとりずつ来い！　ひとりずつ！」

　だが鬼に身をやつしたふたり組に慈舜の言葉が分かるはずもなかった。

　心ゆくまで狩りを堪能しようとしているかのように、鬼は二手に分かれて、左右から慈舜に襲いかかる態勢を取り、じりじりと間を狭める。

　もし彼らに人間的な表情を作るだけの理性が残されていたなら、間違いなくサディスティックに引きつった笑みを浮かべていただろう。

　だが今のふたりは、剝き出しにした歯の隙間からぼたぼたと涎を垂らし、空腹を満たすための食料を前に目をぎらつかせている野生の獣だった。

　木にもたれかかったまま動けない慈舜に、鬼が迫る。その距離があと三メートルほどになった。鬼の能力なら、一気に飛びかかれる距離だ。

　実際、慈舜から見て右側の、金髪の鬼が腰を沈め、足に力を溜めた。

　飛びかかろうとした、まさにそのとき、鬼が急にその動きを止め、後ろを振り返った。

　匂いを嗅ぐように、鼻を突き出して辺りを見渡し出す。

　と、その方向から声が聞こえてきた。

「慈舜！　無事か！　どこにいるんだ！　今助けにいくから、待ってろ！」

　松川の声だった。

　松川が追いついてきたのだった。

　さきほどの慈舜の叫び声を聞きつけ、見当をつけてやってこようとしているのだ。

　だが、このまま迂闊に姿を見せ、そこを鬼に襲われたら、状況は最悪になる。

　慈舜は闇の向こうに叫んだ。

「松っつあん！　あかん！　来るな！　こっちには今、鬼がおるんや！　それも二匹も！　下手したらふたりともお陀仏《だぶつ》やで！　慎重に行動してくれ！　気配を消すんや！　それから音を立てんようにゆっくり風上に回れ！　こっちは大丈夫！　松っつあんが来てくれるまで、何とかしのいでみせる！　せやから焦らんと、こいつらに気付かれんように来てくれ！」

返事はなかった。

だが、それは慈舜の声が伝わったという証だった。

匂いを嗅いでいた金髪の鬼が、諦めたように慈舜に向き返った。松川を見失ったのだろう。姿の見えない獲物より、確実に仕留められる獲物を選ぶ。その行動には、やはりあまり知性は感じられなかった。

松川が来てくれたことで、慈舜の気持ちにも余裕が帰ってきた。

鬼達が松川に気を取られ、攻撃を止めてくれたのも助かった。

その一瞬の間に、慈舜は気を静め、丹田に意識を集中させせた。

体中に気が巡り、チャクラをひとつずつ回転させていく。怪我の痛みが引き、気力が充実していくのが分かる。万全ではないが、これでさっきよりはいくらかマシな動きが出来るだろう。


慈舜は真上を見上げた。背にしている樫《かし》の木はかなりの高さがあり、胴回りも太い、立派な木だった。慈舜は一本の枝に目を付け、それに向かって軽々と飛び上がった。右手で枝を摑み、それを支点にして半回転、枝に着地する。

慈舜の動きに気が付いた鬼達が、慌てて木にしがみつき、よじ登ってくる。いくら鬼達の身が軽いとは言っても、慈舜がしたような軽業は真似ることが出来ないようだった。体重があり過ぎるのだ。爪を立ててじりじりと追ってくる鬼を尻目に、慈舜は枝から枝へと渡りながら、鬼からははるかに高い位置に辿り着いていた。

慈舜は木にもたれかかるようにしながら、鬼達を見下ろした。猿を思わせるような見事な体術だったが、それだけで体力を相当消耗した。いくらチャクラを回しているとは言え、怪我の影響は免れない。ともすれば、今にもチャクラの回転がとまってしまいそうだ。それまでに、何としても鬼達にダメージを与えておく必要があった。

鬼が低く唸り声を上げた。その声にはかすかな焦りが混じっているように感じられた。

容易く命を奪えるはずだった獲物が、予想外の動きをしたことへの焦りなのか、それとも、絶対に逃がすなという長瀬の命令を覚えているのだろうか。

二体の鬼の内、慈舜に近いのはアロハの方だった。三メートルほど下だ。そのアロハに向かって、慈舜は右腕を振り下ろした。右手から鈍く光る金属が放たれ、それは正確に鬼の左目に突き刺さって止まった。慈舜が隠剣を投げつけたのだった。

ぐりゅぎゃあああ!!

絶叫しながら、鬼が目に刺さる鉄片を引き抜こうとした。その途端、バランスを崩し、木から転がり落ちていく。もう一方の金髪の鬼が、自分に向かって落ちてくる鬼を、面倒臭そうに薙ぎ払った。

地面に落ちた鬼は、咆哮を上げて、激痛にのたうち回った。だが、金髪の鬼はそんなことを微塵も気にかけていないように、木を登ってくる。もとより、仲間意識などないのだろう、邪魔者がいなくなり、食料をひとりじめ出来るというくらいにしか考えていないのかも知れない。

慈舜は再度、鬼に向かって隠剣を放った。

隠剣が鬼の額に突き刺さるかに見えた。が、次の瞬間、隠剣はあらぬ方向へ飛んでいった。鬼が隠剣を手で弾き返したのだった。仲間の受けた攻撃から、敵が何らかの飛び道具を使ってくるという予測が出来るほどには、知能はあるようだった。

慈舜は鬼と睨み合った。

鬼が笑っているように見えた。

何をしても無駄だ。おとなしく俺の胃袋に納まれと、そんなことを言っているように見えた。

実際、慈舜にはもう打つ手が残されていなかった。

用意していた隠剣は全部で五本。その内一本は落ちた鬼の目に刺さっているし、もう一本は弾き飛ばされてしまった。つまり、残りは三本だ。これからまだどんな状況が待っているか分からない段階で、隠剣をすべて使い切ってしまうことは出来ない。しかも、一度隠剣が通用しなかった以上、よほどの策を立てて臨まなければ、無駄使いになってしまうだけだ。

慈舜は逡巡した。

肉弾戦では圧倒的に不利なことを悟り、遠隔から隠剣を使って攻撃を仕掛けるという作戦が、これほど早く無効になってしまうとは思ってもみなかった。鬼の知能を低く見過ぎていたためのミスだった。

鬼は余裕の表情で距離を詰めてくる。

ようやく獲物を屠《ほふ》ることが出来るという確信に、闇い快感を覚えているようだった。

が、その獰猛な笑みが突然、があん、という破裂音とともに、不思議なものを見るような、唖然としたものに変わった。

破裂音は全部で四度続いた。

その度に鬼の体が小さく震えた。鬼は呆然としながら、体に衝撃を与えた原因を探そうと、辺りを見渡した。だが、闇に沈む森の中には、目を射抜かれて悶えている自分の同胞以外に動いているものはいなかった。

鬼には何が起こったのか分からないようだったが、慈舜には分かった。

松川だ。

松川が木陰から鬼に向かって発砲したのだ。

偶然とはいえ絶妙のタイミングでの銃撃だった。

もう少しでも遅ければ、樹上での鬼との格闘になっていたかも知れず、そうなれば迂闊に銃を撃つことも出来なくなってしまうところだっただろう。

松川の銃弾は、鬼の肩に四つの穴を空けていた。

鬼の手が滑った。木からずり落ちそうになる。慌ててしがみつこうとするが、腕に力が入らない。

鬼は背中から地面に落ちた。どおん、という音が闇に谺《こだま》する。

慈舜はふらつく体を幹に預けたまま、地面に転がる二体の鬼を眺めていた。

松川の登場によって形勢は逆転したが、まだ致命傷を与えたわけではなかった。

アロハの方は、すでに隠剣を目から抜き取っていた。泡のような血を眼窩から溢れさせながら、立ち上がろうとしている。金髪の鬼も、今は体の自由が利かない状態になっているようだが、いつ回復してくるか分からない。

鬼の機能を停止させようとすれば、やはり脳に巣くっている長瀬の細胞に、直接ダメージを与える他方法はないようだった。

鬼達は怒りを露にしながら樹上の慈舜を睨みつけていた。

だが、その怒りに任せて慈舜に襲いかかろうとはしない。

もうひとりの敵、松川からの攻撃を警戒しているのだ。

チャンスは今しかなかった。

松川の存在を警戒し、攻撃を迷っている今しか、チャンスはない。

だがそれは危険な賭けでもあった。

鬼が慈舜の思惑に乗ってくるか、そして松川がその計画に気付いてくれるか、それはやってみなければ分からない。

慈舜はそのわずかな可能性に賭けた。

大袈裟に枝を揺すって鬼の注意を引き付けてから、木から飛び降りる。

地面に着地すると同時に、鬼のいる方とは反対の方角へダッシュする。

走り出しながら、慈舜はちらりと鬼を振り返った。

鬼達は唸り声を上げて、慈舜を追いかけてきた。

——松っつあん！　今や！　俺の作戦に気が付いてくれ！

慈舜の祈りが通じたかのように、鬼達の背後で一発の銃声が鳴り響いた。

銃弾を受けたのは、片目になったアロハの鬼だった。

アロハの鬼は足を止めて、後ろを振り返った。

慈舜はその状況を横目で見ながら、さらに距離を取るために走り続けた。

　慈舜を追いかけてくるのは金髪の鬼一体のみとなった。

　鬼と一対一になる、それが慈舜の作戦だった。鬼の活動を停止させるには脳に直接気を当てるしかないが、それを為そうとするなら接近戦に持ち込まねばならない。だが、彼らが常に二体で行動している限り、接近戦に持ち込むことは不可能に近かった。ならば、鬼達を引き離し一対一で対決するしかない。それが慈舜の立てた、単純ではあるが最も効果的な作戦だった。

　問題はその作戦に松川が気付いてくれるかどうかだったが、それも心配するまでもなかった。瞬時に慈舜の思惑に気付いた松川は、鬼の足を撃つことによって一体のみを足止めさせたのだった。

5

　充分に距離を開けたことを確認し、慈舜は足を止めた。

　後ろを向くと、金髪の鬼がもの凄い形相で突っ込んできた。

　右腕を伸ばし、走りながら慈舜に拳をぶつけようとする。その腕に、慈舜が飛びついた。左足を鬼の肩に絡め、飛びついた勢いを利用して腕を捻る。

　みしり。

　嫌な音がして鬼の腕から力が抜けた。摑もうとして伸びてきた左手から、一瞬早く飛び降りて逃れる。

　鬼の右腕が不自然な長さに伸びていた。慈舜が肩の関節を外したのだ。

　鬼が怨念《おんねん》にも似た咆哮を喉から絞り上げた。

　苦痛のためと言うより、憎悪のために真っ赤にさせた両目で、慈舜を睨みつける。

動きを止めた鬼から距離を取り、慈舜は腰を沈めた。目を半目にし、ゆっくりと息を吸い込む。酸素とともに大気に満ちているあらゆるものの気が体内へと流れ込んでくる。「ふん!」爆発呼吸によって体内に溜まった気を丹田にぶつける。全身がかっと熱くなり、チャクラが狂ったように回転を始めた。気を喰らい尽くしながらどんどん大きくなるチャクラを意識し、戦闘態勢を取る。

右足を前、左足を後ろにして、肩幅より少し大きく構え、深く腰を落とす。右手は広げたまま、目の高さまで上げ、左手は握り締めて腰骨に添える。

「来い」

慈舜が静かに言い放った。

鬼ががむしゃらに突っ込んできた。

外されたはずの右腕を持ち上げ、慈舜めがけて振り下ろしてくる。

慈舜はその右腕を左手で摑み、体を半回転させた。そのまま腕を右肩に担ぐ。慈舜の背中が鬼の腹に触れるかに見えた瞬間、慈舜の右肘が鬼の鳩尾を打った。その衝撃を、体を丸め鬼の右腕を引っ張り続けることによって上方へ流す。最後に、溜めていた腰を跳ね上げ、鬼の体を押し上げる。

一連の動作が一瞬のうちに、滑らかとさえ言えるスピードで行われた。

その結果、鬼の体は見事に宙に浮き、半回転して頭から地面に突き刺さった。

柔道でいう一本背負いのような技だったが、右腕を摑んだ瞬間に関節を極《き》め、肩に担いだときに折り、右肘で急所である鳩尾を打ち、その反動を利用して頭から地面に落とすなどという技は、柔道のそれとは明らかに破壊力が違う。

ゆっくりと仰向けに倒れる鬼から再び距離を取った慈舜だったが、その場でがくりと膝を落とした。

「月輪靠《がちりんこう》という技なんやが……。ちょっとまずったな。お前の食欲を甘う見とったわ」

慈舜のTシャツの、左脇腹の辺りが裂け、そこからどくどくと血が流れ出していた。

投げられる瞬間に、鬼が慈舜の腹の肉を抉り取ったのだった。

鬼がゆっくりと起き上がった。左手の人差し指をぴちゃぴちゃと舐めている。

抉った慈舜の肉を喰っているのだ。えも言えぬ恍惚の表情を浮かべながら、名残惜しそうにいつまでも指をしゃぶっている鬼に、慈舜はおぞましい不快感を感じた。

鬼に肉を喰らわれるのはこれで二度目だった。長瀬と対決したときも、同じように左腕の肉を抉られ、喰われている。だが、二度目の経験だからといって、そのおぞましさは決して慣れるものではなかった。

しかも今回は場所が悪かった。そんなに深く削られたわけではなかったが、脇腹の傷はなかなか出血が止まりそうになかった。

鬼がじりじりと距離を詰めてきた。

ようやく訪れた勝利の確信に酔っているような、ゆっくりとした歩みだった。

外されたはずの右腕も、まったく気にしていないようだ。

慈舜は手近にあった木の枝を、鬼に向かって投げつけた。

蠅を追い払うようにその枝を鬼が弾き返す。

慈舜は、手の届く範囲にある小枝や石を、がむしゃらに鬼に投げ始めた。

鬼は面倒臭そうに飛んでくるそれらを払い除けた。払い損ねた石が、何度かは鬼の頭や肩に当たったが、もともとよりそんなものでダメージを負うはずもなく、鬼は平然と慈舜に近付いて来る。

だが、いつまでも終わらない慈舜の無駄な抵抗に苛立ってきたのか、唇を捲り上げ、低く不満の唸り声を上げたかと思うと、突然走り出した。

慈舜を捕らえようと左腕を伸ばす。

しかしその瞬間、膝を落としていたはずの慈舜の姿が鬼の前から消えた。

このときを、慈舜は待っていたのだった。

苛立った鬼が、がむしゃらに突っ込んでくるこの瞬間を。

そのためにわざと小石を投げ続け、鬼を苛立たせたのだった。

慈舜は鬼の右側の空間に飛び上がっていた。

鬼の横をすり抜けながら、慈舜は鬼の後頭部に手を当てた。

ふん、という鋭い呼気とともに、慈舜の気が鬼の脳に流し込まれる。

びくんと感電したように体を痺れさせた鬼が、白目を剝きながら慈舜を振り返る。

があ！

咆哮を上げて、反撃してきた。

浅かったのだ。

慈舜の送った気は、鬼の細胞を停止させる量に達していなかった。

鬼が怒り狂ったように無茶苦茶に暴れ出した。


側に生えている木に向かって殴りかかり、蹴り、次々と木々を薙ぎ倒し始める。

げぼう！

暴れ回りながら、鬼が口から噴水のように反吐を吐き出した。

それでも暴れることは止めず、目についたものを手当たり次第に襲い続けている。

慈舜の流した気は、鬼の活動を止めるまでには至らなかったが、確実に脳の機能を狂わせていたのだった。

狂ったように無茶苦茶に左腕を振り回している鬼に、慈舜は背後からそっと近付いた。

いかに人をはるかに越える戦闘能力を有した鬼だとは言え、脳の機能が破壊されてしまえば、ただの暴走した肉の塊に過ぎなかった。

慈舜は呼吸を整え、静かに鬼の後頭部に右手を当てた。

次の瞬間、鬼はがくりと両膝を落とし、地面に突っ伏した。

鬼は絶命していた。

慈舜の流した気は、鬼の脳どころか心臓の活動まで停止させていたのだった。

だが、鬼を見つめる慈舜には、何の感慨も読み取ることは出来なかった。

いくら鬼とはいえ、元は人間なのだ。彼は人間を殺したのだ。

しかし彼は、普段と少しも変わらない、ふざけているような軽い視線を鬼に投げかけているだけだった。

敵対するものは殺して当然だと、その視線は語っていた。

殺《や》らなければ殺られる、仕方がないのだ、などという甘ったれた自己正当化は、その視線の中には微塵もなかった。

闘いの究極には、どちらかの死が待っている。

そんなことは慈舜にとっては当たり前の事実だった。

飯を食えば糞が出るといったことと同じの、そうであって当然のことなのだった。


そして、魂が抜けたあとの、生命活動を終えた肉体も、彼にとってはただの肉塊に過ぎなかった。その物体には何の意味も見出すことは出来なかった。

彼にとって唯一意味を持つものは、その肉塊との闘いが、満足なものだったかどうかということだけだった。

そして今回の闘いは、彼にとっては明らかに不満の残るものだった。

真正面から堂々と闘って勝ったわけではなく、立てた策がたまたまうまくいっただけに過ぎないと思っていた。

体の怪我のことを考えれば、まともにぶつかっても勝てるはずがなかったことは充分に承知していたが、だからと言ってその不満さが消せるわけでもなかった。

彼は、壊れた玩具を名残惜しむように、足で肉塊を突ついていた。

と、何かに気が付いたように顔を上げ、視線を暗い藪の中へ巡らせた。

目を向けた方向から、山に住む生物とは明らかに違う気を発するものが近付いてくる。

それは集団で移動しているようだった。

慈舜は気の質を探った。

それはこの数週間で何度も出会ったことのある、そしてさきほどまで地面に転がる肉塊から嫌というほど浴びせかけられていた、異形の獣のみが放つ悪臭にも似た不快な気だった。

さらに注意深く探ってみる。集団は六人で構成されているようだった。同種の気を放つ集団とはいえ、やはり個体によって微妙な質の差がある。その違いを読み、数を数えたのである。それは気の扱いに長《た》けた慈舜ならではの方法だったが、逆を言えば、気をある程度操れる人間ならば、誰にでも出来ることでもあった。

それほど向かってくる集団は、己の存在を明け透けにしていた。

その煮え滾る溶岩の塊のような気は、見る間に大きく膨れ上がっていた。

有無を言わせぬスピードで慈舜に向かってきているのだ。

枯葉や枝を踏む乾いた音が聞こえてくる。そのリズムに合わせるように時折流れる低い音は、やつらの唸り声だろうか。

慈舜は逃げなかった。

いや、逃げることが出来なかった。

体がほとんど言う事を聞かない。

満開に咲き乱れていたチャクラも、すでにすっかり枯れ果てていた。

残されているのは、満身創痍の体と、疲れ切った精神だけだった。

六人。

敵の数を知ったときに、松川と合流して彼らと闘う作戦も、放棄した。

闘いがすでに終わっているのなら、そして無傷でいるのなら、松川はとっくにこちらに向かって移動し始めているはずだった。それがまだ到着していないということは、まだ鬼と闘っている最中なのか、それとも、その闘いによって動けないほどのダメージを受けたかのどちらかだった。そんなところに新たに六人もの敵を誘導して行ったところで、こちらの形勢がさらにジリ貧になるだけだった。

べっとりと体に纏《まつ》わりつくような、反吐の出そうな獣臭が漂いだした。

慈舜の見つめる暗闇の先に、六体の鬼が姿を現した。

鬼達も慈舜を認め、その場に足を止めた。

奇妙な静寂。

普段この山に当たり前のように流れているはずの、しかし今のこの状況にはまったく似つかわしくないはずの、平穏と言っても良いほどの静寂が、唐突に訪れた。

その静寂の中で、慈舜はゆっくりと覚悟を決めた。

深く息を吸い、静かに吐く。

残された武器は三本の隠剣と、丹田の隅に、苔が張り付くほどにだけあるわずかな気。

——まあ、しゃあないな。これも天命というやつや。

慈舜は唇の端をわずかに吊り上げて、笑った。

頭の端に、阿我のことがよぎった。

彼を呼び出せば、あるいは違う展開に持ち込むことが出来るかも知れない。だが、今呼び出せば、彼もまたその命が尽きるまで鬼と闘う道を選択するだろう。

それは出来なかった。

自分のために阿我が死んでゆく姿だけは、見たくなかった。

「すまんな。お前が俺と一緒に闘いたいと思ってることは、俺も充分知ってる。ホンマ言うたら、俺もお前とは最後まで一緒にいたい。せやけど、それと同じくらい、俺はお前が死んでいくのを見たくないんや。俺の最後の我儘やと思て我慢してくれ。ホンマ、すまんな」

地面に向かって独り言のように囁いた後、慈舜は顔を上げて再び鬼達を睨みつけた。

こめかみに走る火傷のような引《ひ》き攣《つ》れた傷。折れている四本の肋骨。抉り取られた左腕と脇腹。

今もその脇腹からは、どくどくと血が流れている。

立っているのが不思議なほどの、ぼろぼろの体だった。

だが、闘わなければならなかった。

目の前の敵から逃げることは、己の人生を全否定することだった。

「我が名は慈舜！」

胸に親指を突き立てて、慈舜が最後になるかも知れない大見得を切った。

その顔には普段と変わらない軽い笑みが浮かんでいた。

死の覚悟など、慈舜にとっては改めてする必要のない、あまりにも慣れ親しんだものだった。だからこそ、死の直前まで普段と変わらない自分でいたかった。死を予感したからといって、急にシリアスになるのはカッコ悪いと思った。

自分は自分のままで、死ぬことさえ何とも思っていない、軽い人間のままで最期を迎えるのだと、決心していた。

そしてそれは同時に、何の呵責《かしゃく》も感慨も覚えずに殺してしまった多くの人間達への、最大の供養にもなると思っていた。

「それが鬼へと身を窶《やつ》した憐れな貴様らの業《ごう》を断ち切るものの名だ！　願わくは我の命も、貴様らもろともに地獄へと向かわんことを！」

ぎゃりあああ‼

慈舜に応えるかのように鬼達が咆哮を上げながら、一斉に襲いかかってきた。

その暴風のような鬼の群れめがけて、慈舜は突進していった。

「うおおおあああああ‼」

慈舜の雄叫びが、蒼く闇い天へと突き上がった。

6

ボロ布となった派手なアロハシャツを体に巻きつけている、独眼の鬼が、松川の姿を認めて飛びかかってきた。

銃弾を受けたはずの足が生み出したとは思えないほどの、抜群の跳躍力だった。

松川は鬼の額に向けて、再び引き金を絞った。

がうん、という破裂音とともに鬼の頭が後方へ弾けたが、それでも勢いは止まらなかった。

着地寸前、鬼は松川を抱き締めるかのように両腕を振った。

だがそこにはすでに誰もいなかった。一瞬早く、松川は体を縮めながらそこから飛び退いていたのだった。

飛び退いた勢いを殺さず、松川は鬼から十四、五メートルほど離れた位置まで走った。

着地した鬼は、しばらく動きを止めていた。

松川はその背中を二度撃ち抜いた。がくんと鬼の体が揺れる。

ふくらはぎに向かってさらに三発。背を向けたままの鬼の両膝が崩れた。

そのまま地面に突っ伏すかのように見えた。

だが、そうはならなかった。

踏み止まった鬼が、銃弾の軌道を探るように、ゆっくりと振り向いた。

その顔面を見て、松川は驚いた。

頭蓋《ずがい》を砕いたはずだと思っていた銃弾が、その額の中央で、半分ほどめり込んだまま止まっていたのだ。

鬼はその銃弾を指でほじくり出した。

まじまじと取り出した弾を眺める鬼の頰を、額に空いた穴からの血が伝う。

その血を長い舌でべろりと舐め上げ、銃弾を放り捨てながら、えぎっえぎっと喉を鳴らした。

——笑ってやがる。

松川は直感で悟った。

だがそれが、驚愕する松川の様子を見たためなのか、それとも敵の持つ武器が大したものではなかったことに気が付いたためなのか、そこまでは分からなかった。

もしかしたら、無意識に舐めた自分の血が、予想以上にうまかったためかも知れなかった。

鬼と睨み合いながら、松川は考えた。

慈舜を追った鬼に五発の銃弾を打ち込み、その後、目の前の鬼に六発。計十一発の銃弾を使ったことになる。ということは、残りは一発。

予備の銃弾は持っていたが、それをカートリッジに装塡し直す時間はないだろう。とすれば、残りの一発で必ず仕留めなければならない。

だが、今回の鬼は今までに出会ったやつらよりもさらに頑丈な肉体を持っているようだった。ベレッタから撃ち出された弾丸を頭蓋骨で受け止めてしまうような生物が、他にいるだろうか。

残り一発。

松川がその銃弾の効率的な使い道を模索していると

き、鬼が何か気になる匂いを嗅ぎつけたかのように、鼻を山の裾側、松川から見て左側に向けた。

鬼の様子に、松川も雑木林に意識を向け、探った。

入り混じる様々な気配の中で、一際大きな気を放つ生物があった。

その生物は意識をこちらに集中させていた。

全身を舐め上げられているような、不躾な視線を感じる。

そのような視線を送ってくる生物は、人間以外にな かった。

鬼との攻防に必死になっていて気が付かなかったが、その人物はずいぶん前から松川を観察していたようだった。

「誰だ！」松川は低く鋭い声を、その人物に向けて送った。

慈舜や春海ではないことは確かだった。彼らなら鬼に気配を悟られるような、下手な真似はしない。

だが、鬼の仲間だとしても妙だった。

松川に向けられている視線には、敵意がこもっていないのだ。

じっとりと意識に絡みつく粘っこい視線ではあったが、それは同時に、対象を観察し、見極めようとする冷静さを持っていた。

「誰かは知らんが、逃げろ！　ここは人間の来るところじゃない！　殺されるぞ！」

松川の忠告にも、その気配は動じなかった。

ぴくりとも動かず、じっと松川と鬼を観察している。

そんな状態が数十秒過ぎただろうか。

鬼が匂いを嗅ぐのを止めるのと、松川が雑木林から意識を離したのは、ほぼ同時だった。

唐突に気配が消えたのだ。

松川は戸惑った。忠告に従って走り去ったとは思えない。それにしては気配の消え方があまりにも突然過ぎた。感覚を信じれば、その人物は、場所は動いていないが完璧に自分の気配を消したというのが正解だとは思う。がしかし一方で、鬼にさえ気配を読まれてしまうほど無防備だった人間が、完全に己の気を断つ隠形の技術にだけ長けているとも考え難かった。

どこか矛盾している。ざらついた違和感が胸に残った。

だがそれ以上、その人物について考えている余裕はなかった。

鬼はすでに気配を探ることを諦め、松川に向き直っている。

いくら距離があるとはいえ、鬼との対決においては、一瞬の油断が命取りになるのは変わりがなかった。

鬼が唸りながら一歩松川に足を進めた。

松川は銃口を鬼に向け、応戦の態勢を取る。

両者の間に、鋭い緊張が走った。

どちらもぴくりとも動かないまま、睨み合っている。

緊張感は見る間に膨れ上がってゆく。

それはまるで大気の温度が、熱されてどんどん上昇しているかのようだった。

――やべえな。

松川は胸の内で毒づいた。

──こんなことだったら、さっき鬼が注意を逸らしたときに、さっさと残りの銃弾を撃ち込んどけば良かった。

あのときが絶好のチャンスだったのだ。こんな膠《こう》着《ちゃく》状態がいつまでも続けば、不利になるのはこっちだ。見ろよ。額の傷も、足も、血がいつの間にか止まってるじゃねえか。このまま睨み合っていても、やつを回復させるだけだぜ。

松川は胸の中で自問する。

……だが、弾を撃ち込むっつってもどこに撃つよ。やつぁ正真正銘の化け物だぞ。なんたって額で銃弾を止めちまうんだからな。そんなやつのどこを狙って撃てば良い？　くそったれ、あと一発しか撃てねえっていうのによ。どうすりゃ良いんだ。

松川の煩悶を察知したのか、先に動いたのは鬼だった。

銃弾などどこにでも好きな場所に打ち込めば良いと言っているような、無防備な体勢で真っ直ぐに突っ込んでくる。

松川までの距離があっという間に縮まる。やはり足に受けた傷は、回復しているようだった。

鬼は低いタックルの姿勢で、松川の両足を抱え込もうとした。

逃げる隙もなく松川が捕まった。そのまま押し倒され、馬乗りにでもなられてしまえば、松川に勝機はなくなる。実際、鬼もそうしようと思っているようだった。

松川の両膝を抱え、低い姿勢のまま全体重を松川に押し付ける。

為《な》す術《すべ》もなく地面に仰向けに倒れた松川に、すかさず馬乗りになろうとした鬼が、途中でその動きを唐突に止めた。

その瞬間を見逃さず、松川は鬼の腕からするりと抜けて、立ち上がった。

何が起こったのか分からないといったような、きょとんとした表情を浮かべた鬼だったが、すぐに獲物を逃したことに気付き、猛然と立ち上がった。

いや、立ち上がろうとした。

体を起こしただけで、鬼はよろよろと体をふらつかせ、二、三歩歩いた。

歩いたというより、勝手な方向に進もうとする上半身に、慌てて足がついて行こうとした、と言った方が正しいようだった。

その結果、鬼は見事にすっ転んだ。

それはまるで足腰の定まらない酔っ払いのような動きだった。

「うは。こりゃ面白い」

何度も立ち上がろうとしてはよろついてこける鬼の様子を見ながら、松川は笑った。

鬼自身は気が付いていなかったが、実は今、その首が横に九十度ほど——つまり肩と平行になるくらいに傾いているのだった。

立ってもすぐにバランスを失い、よろめいて転んでしまうのは、その所為だった。

誰の仕業かと言えば、もちろんそれは松川の仕業だった。

鬼にタックルをされ、組み伏せられそうになった瞬間、松川は両腕で鬼の顔を抱え込み、思い切り捻っていたのだ。

首の骨を折るつもりで仕掛けた攻撃だったが、頑丈な鬼の肉体には、捻挫程度のものだったようだ。

だが、この場合、鬼のその人並み外れた耐久力が、滑稽な状況を作り出していた。

人間なら、首を九十度も捻じ曲げられれば、容易く失神しているはずである。仮に意識はあったとしても体が動かなくなっているはずだ。しかし、異常な耐性を持つ鬼は、それくらいでは気を失わなかった。いや、失えなかったのだ。

ずば抜けた肉体の耐久力に感覚がうまく順応出来ていないのである。苦痛を感じず、肉体の異常に気が付いていない感覚は、普段通りに体を動かそうとし、それが出来ないことによって初めて戸惑いを覚えているのだ。

そのお陰で、首が捻じ曲がったまま、酔っ払いが千鳥足でダンスを踊っているような、奇態《きたい》な行動を繰り返すことになってしまったのである。

松川は、そんな鬼の、妙に力の抜ける腰砕けの踊りを眺めながら、悠々とベレッタに銃弾を装填し直した。煙草を取り出し、口に挟んで火を点ける。

ゆったりと紫煙をくゆらせながら、鬼を睨んだ。鬼はまだダンスを続けている。

ふと、地面に黒光りする金属が落ちているのを発見した。近寄って手に取ってみると、それは慈舜が鬼に向かって投げつけた隠剣だった。深々と左目に突き刺さったそれを、鬼は引き抜いた後そこに放り捨てていたのだった。

松川はその隠剣をコートのポケットの中に仕舞った。

そのときになってようやく鬼は、自らの体の異常に思い至ったようだった。

地に膝をつけたまま、両手で頭を縦に捻り直した。

ぐぢり、と骨の鳴る嫌な音が響いたが、鬼は何も感じていないようだった。首をぐりぐり回し、正常に戻ったことを確認している。

その鬼に、松川はゆっくりと銃口を向けた。

と、松川の動きに気付いた鬼が、ここで予想外の行動を見せた。

右手の深い藪の中に飛び込み、走り去っていったのだ。

——……あれ？

——逃げやがったのか？

松川は当惑した。

今まで、鬼が獲物を目の前に逃亡を図ったことなど一度もなかった。

彼らは皆、破壊欲や食欲という原始的な欲求にのみ従い、とにかく目の前で動いているものを摑まえて喰う、という単純な行動しか示さなかったからだ。逃げるなどという高等な思考を鬼がするなどとは思ってもみなかった。

ちっ、知らずに舌打ちが漏れた。

逃げた鬼を追いかけるべきか、それとも、慈舜の方に加勢に行くべきか。

慈舜のことは大いに気になっていた。本来なら、ゆっくりと安静にしていなければならない重傷患者なのである。動けるような状態ではないのだ。逃げた鬼など放っておいて、慈舜を助けに行くべきだと思った。

だが一方で、何かが警鐘を鳴らしていた。鬼が突然逃げ出した理由。そこには何かあるのではないか。自分という食料を目の前にしながらあっさりと諦めたことには、何か重大な理由があるからではないのか。鬼を追いかければ、その理由が分かるかも知れない。そしてその理由の向こうに、川崎がいるかも知れない。

松川の逡巡はわずかだった。

逃げた鬼を追いかけるため、松川は藪の中に飛び込んだ。

なりふり構わず逃げてくれているお陰で、追跡は楽だった。

薙ぎ払われた木の枝や、踏みつけられた雑草が、鬼の行く手をはっきりと教えてくれる。

松川は鬼の痕跡を追って全力で走った。

と、わずか数十秒で藪が途切れ、細い獣道とぶつかった。

位置からして、山頂へ続く道に違いなかった。

春海と慈舜を追いかけて松川が登ってきた道だ。

その途中で、松川は慈舜の叫び声を聞きつけ、ルートを変更したのだった。

左へ行けば山頂、右へ行けば車のあった空き地へ戻る。

松川は左を見た。

視界の端に何か動くものが映ったように思えたからだ。

「きゃあああああ!」

松川が左に走り出したのと、その悲鳴が聞こえたのはほぼ同時だった。

松川の選んだ方角は正解だった。声は松川より上方から聞こえてきたのだ。

女性の声のようだった。

声のした方へ駆け上る松川は、左斜め前方三十メートルほど向こうに、パニックになって暴れるように腕を振り回しながら斜面を駆け下りてくる人影を見つけた。

悲鳴を上げた女性だろう。

女性のさらに向こうに、月光を遮る巨大な人影があった。

少し傾いた首、闇に煌々《こうこう》と輝く独眼。

松川の追っていた鬼に間違いなかった。

頂上を目指していた鬼が、何かの拍子に林に身を潜める女性に気が付き、身を翻して女性を追いかけているといった構図だろうかと、松川は状況を組み立てた。

ともあれ、一刻も早く女性を助けなければならなかった。

女性まであと二十メートルほど。鬼はすでにそのすぐ後ろまで迫っている。

松川は走りながら叫んだ。

「伏せろ！」

林の中をがむしゃらに駆け下りてくる人影が、松川の声に反応して、呆然と立ち尽くした。人の声に気が付いただけで、その言葉の意味にまで頭が回っていないようだった。

「伏せろって言ってんだよ！　しゃがめ！　しゃがみ込め！」

松川は何度も叫んだ。

ようやく言葉の意味が分かったのか、影が藪の中に消え、その後ろにいた鬼の上半身が露になった。

松川は走り寄りながら、その鬼に向かって引き金を絞った。

十数メートルの近さとは言え、走りながらの射撃に精度は要求出来なかった。

十二発撃ち尽くす。なんとか全弾当たったようだが、どこに当たったかということまでは分からなかった。

だが確実に鬼の前進は止まった。いくら鬼とは言え、十二発もの銃弾を受けながら動くのは不可能のようだった。

その間に松川は藪に座り込んだ女性にあと三メートルほどまで近付いた。

声をかけようとした。が、出来なかった。

銃弾の衝撃から立ち直った鬼が、女性が伏せているだろう藪をめがけて、右腕を振り上げたのだ。

松川は当たりを付けて藪の中にダイビングした。いた。

膝を抱えて、顔を埋めたままがたがた震えている女性が、飛び込んだ目の前にいた。

松川は女性に覆い被さるように飛びついた。と同時に背中に激痛が走った。

振り下ろされた鬼の右手が、背中を縦に切り裂いたのだ。

「ぐっ！」

絶叫が漏れそうになる喉を無理矢理押さえ込んで、土を蹴った。

女性を抱きかかえたまま林の斜面を転がり落ちる。

そのふたりを、鬼は執拗に追いかけてくる。

転がるふたりの方が少しだけ早かった。

図体のでかい鬼は、密集する木々に阻まれてうまく前に進めないのだ。

女性が松川が来るまで逃げ切れていたのも、そんな幸運があったからだった。

だがその幸運もすぐに尽きた。

どん、と一際大きな木の幹にぶつかって、ふたりの体が止まった。

気絶しているのだろう、ぐったりと横たわったまま動かない女性を護るように、松川は鬼に向かって立ち塞がった。

その距離三メートル。目の前と言っても良いほどだ。

松川は真っ直ぐに突っ込んでくる鬼に向かって、突進した。

策を練る余裕などなかった。一か八かの賭けだった。

があああ!!

凄まじい咆哮を上げながら、鬼が腕を横薙ぎに払った。

地面に伏せぎりぎりでそれを躱した松川は、立ち上がる勢いを利用して、右腕を鬼の顔面に向けて突き出した。

ぐぶり。

不気味な感触が腕を伝い、次の瞬間、鬼の絶叫が山に谺した。

ぎいにぃいいいやあああ!!

鬼の、潰されていない右目に、黒光りする金属片が深々と突き刺さっていた。

慈舜の隠剣だった。

さきほど、何気なく拾って、コートのポケットにしまっていたものだった。

鬼は体を反り返らせて、天を仰いで絶叫していた。

さすがの化け物も、目を潰される激痛は耐え難いようだった。

だが、まだ終わりではなかった。

完全に視界を失った鬼は、激痛に悶えながらなお、憎悪を剝き出しにして、無茶苦茶に暴れ始めた。

我を忘れてがむしゃらに暴れる鬼の攻撃を、なんとかひとつひとつ躱しながら、松川は鬼の背後についた。

傾いたままの鬼の頭部を、左手で軽く撫でる。

一瞬体を痺れさせた後、鬼は怒りに任せて振り回していた両腕を、唐突に止めた。

白目を剝き、口からは血の混じった赤い泡を吹き出しながら、ゆっくりと前のめりに倒れた。そして、そのままぴくりとも動かなくなった。

「ありゃ」

松川が間の抜けた声を上げた。

「強く流し過ぎたか？」

鬼はすでにこと切れていた。

「だがまあ、仕方がねえよな。お前も俺を採って喰おうとしたんだし、お互い様ということで。悪《わ》りいな」

松川は煙草に火を点け、深く煙を吸い込んだ。

その煙草の先がかすかに震えている。

だがそれは、人間だったものを殺してしまった自責からくる震えでは断じてなかった。

背中につけられた傷による大量の失血のためだった。

「ああ、俺はもう駄目だ。死ぬかも知れん」

ぶつぶつ弱音を吐きながら、気絶したままの女性を介抱するために、ぶつかった太い木の下まで引き返した。

うつ伏せに倒れている女性を、仰向けにした。と、松川が情けない声を上げた。

「おいおい。俺が命懸けで助けた相手って、こいつかよ。またよりによって余計なやつを助けちまったぜ。これで二度目だぞ、何で二度もこいつを助けなきゃならんのだ。ひょっとして呪われてるんじゃないのか、俺は」

力が抜けたのか、松川はがっくりとその場に膝を落とした。

口に咥えたままの煙草が、一層激しく震え始めた。

「だが、これじゃあまだ俺も死ねねえな。必死で護った相手が、実は全然助けたくないやつだったんで、急に気が抜けて死んでしまいました、なんて笑えん。シャレにもならん」

松川は鼻を鳴らして、ヤケクソ気味に自嘲していた。

松川の膝のすぐ前で、中途半端に顔を強張らせて気絶しているのは、三枝祐子だった。

第九章

幻神伝

1

それは、大型の肉食獣を囲うよりもさらに太い鉄棒で頑強に作られている、大きな檻《おり》だった。

高さは二メートル、幅は四メートルほどあるだろうか。

月明かりの届かない濃い雑木林の中に隠すように置いてあるので、中に何がいるのかは分からない。ただ、檻を作っている鉄棒の尋常ではない太さや、そこから流れ出ている不気味で高圧な気や、辺りに漂う強烈な獣臭から推測すると、よほどのパワーと凶暴さを持っているものが収められているのだろうとは想像が付く。

檻の前にはふたりの男がいた。

岩のようなごつい肉体を持つ男と、その隣に、両手を背中で縛られ、地面にへたり込んでいる男。

ふたりとも背広を着ていたが、黒のスーツを油断なく着こなしているごつい男に対して、地面に座る男の背広は、土埃や油や、それにもしかしたら血で、元の色が分からないほど、どろどろに汚れていた。

細い体つきの、体力のあまりなさそうな男だった。ぴんと背筋を伸ばしたまま地面に座しているが、その体は細かく震えていた。どうやら精神力だけで危うくその姿勢を保っているようだった。

ずっと無言のままのふたりだったが、しばらくすると、黒スーツの男が奇妙な言動を取った。

「おい。俺だ。起きているか？」

檻の中の動物にしゃべりかけたのである。

男の声に反応して、檻の中からじゃりじゃりと金属の擦れ合う音がした。鎖に繋がれているのだろうか。

男はさらに問う。

「俺の言葉が分かるか？　分かるなら返事をしろ。おい、聞いているか？」

男は自分の行動を不自然とは思っていないようだった。

平然として、低い声で檻の向こうに話しかけている。

だが、このような見るからに頑強な、凶悪とさえ言えそうな檻の中に、人間の言語を解するものがいるなどということが、果たしてあり得るだろうか。

いや、人間の言語を解するだけではない。男の問い方は明らかに、相手の応答を期待しているものである。

人間の言語を理解し、人間に分かる言葉で返答する、そんな動物は、人間以外いないのではないか。だが、だとすれば、その檻の中には人間がいるということなのだろうか。どんな人間を閉じ込めようとすれば、ここまで厳重な檻が必要だというのだろうか。

そのとき、さらに信じられない出来事が起こった。

檻の中から、声が聞こえたのだ。

その声は、発音は不明瞭だが、明らかに人間の言葉をしゃべっていた。

「……うるせえな。聞こえてるよ。ぎゃあぎゃあ喚くな」

檻から聞こえてきた声に、男は満足するように肩を揺らした。

ごう。

人語を話す化け物が、深く息を吐いた。彼にとっては、ただ溜息をしただけに違いなかったが、まるでそれは十トントラックのアイドリングのように、聞くものの臓腑を震わせる底の知れないパワーが秘められていた。

「……腹が減った」

化け物が言う。

「腹が減ったぞ。もう何年も飯を喰っていないと思うくらい空腹だ。何か喰わせろ」

「もう少し待て」

黒スーツが応える。

「その前に、ひとつ仕事をしてもらいたい。その仕事を終わらせてくれたら、何でも好きなものをたらふく喰わせてやる」

「仕事だと！」

化け物が火の塊を吐き出すように、怒りを露にした。

「俺をこんなところに閉じ込めておいて、飯も喰わせねえで、その上仕事をしろだと！　ふざけるんじゃねえぞ、てめえ！　俺を舐めてやがるのか！　こんなチャチな檻なんぞ、いつでも抜け出せるんだぜ！　今こでお前を飯にしてやっても良いんだ！　それが嫌ならすぐに代わりの飯を持って来い！」

「まあそう興奮するな」

男は化け物の恫喝にもまったく怯《ひる》んでいないようだった。どころか、楽しげでさえある。

「飯はこの通り」と隣に座る男を指し「用意してある。だが今すぐにというわけにはいかん。彼はまだ利用出来るからな。というより、彼を利用しないとお前の仕事は成立しない。だからこそ仕事を先に終わらせろと言っているんだ」

「うるせえ！　俺に命令するな！　なんでお前の言うことなんかを聞かねえといけねえんだ！　馬鹿が！　俺はお前の部下じゃあねえんだ！　さっさとその……」

化け物の罵倒がいきなり止まった。

驚いて喉が詰まったような止まり方だった。

化け物を黙らせたのは、黒スーツの男だった。

ふいに、黒スーツの男から、巨大な気の塊が放たれたのである。

それはほとんど物質的な力を持って化け物を叩いた。

地上二十メートルほどの高さから地面に叩き落とされたような衝撃だった。

もちろん気を当てられただけなので、肉体に骨折や打撲などの外傷が出来るわけではない。だが、巨大なハンマーで殴りつけられ、全身の骨がばらばらになったかのような衝撃は、化け物にとっては紛れもない現実として体感された。

それは隣に座っている男も同様だった。

気の鍛錬をしておらず、気の存在さえ理解していないはずの男も、驚いて黒スーツを見返した。理解はしていなかったが、男から異様な力が発せられたことを、本能的に察したのだ。

だが黒スーツの男は、まるで何事もないように、涼やかとさえ言える表情で檻の向こうを見つめていた。

一瞬の暴風のように吹き荒れた気が静まると、男はゆっくりと口を開いた。

「……お前のそういう凶暴さは、嫌いではないがな。口の利き方には気を付けろ。こう見えても俺は気が短いんだ。お前は久しぶりに得た我が同胞だ、出来れば殺したくない。だからこれ以上俺を怒らせるな」

大気の温度が二、三度下がったかのような冷たい静寂がしばらく続いた後、化け物が諦めたように応えた。

「……分かったよ。何をすれば良いんだ？」

黒スーツは軽く頷いて、

「実は今、この山中に、招いていない客が紛れ込んでいる。俺の馴染みもいたが、やつひとりではあるまい。おそらく松川という刑事と、勘解由小路という若い男も行動をともにしているはずだ。お前の仕事は、そいつらを見つけて始末することだ」

「そんな簡単なことで良いのか。その三人はただの人間なんだろ？」

「人間だ。だが、ただの、ではない。松川という刑事のことは良く知らないが、慈舜とか名乗っていた小僧の実力は相当のものだ。この俺ですら油断出来んほどにな。今、小僧は急造の鬼化人二体で足止めさせているが、やつらではそう長くは保たんだろう。それくらいの実力者だ。見た目はガキだがな。

……それにもうひとり、一番厄介なのが勘解由小路という男だ。この男のことも俺は良く知らない。が、その名はこの世界では知らないものはいないだろう。古くは平安の世からこの京都を守護している血筋の、最後の生き残りだという話だが、それも本当かどうかは分からん。噂では、二百年ほど生きているらしいが、見た目は若い男のままだそうだ。あくまで噂だがな。だがつまり、そのような噂が立つほど得体の知れない人物ということだ。我々の組織が全力を挙げて調べてみても、こいつのことは何も摑めなかった。皆目《かいもく》分からんのだ。信じられんことだがな」

「けっ！」化け物は吐き捨てた。「大層な扱い方じゃねえか。だがな、そいつらが何者だろうが、殺して喰っちまえば皆おんなじなんだよ。明日んなりゃあ、俺のケツから糞んなってひり出てくるだけだ」げははは っ、と下品な笑い声を上げる化け物を、男は睨みつける。

「いいか。殺した後は喰おうが何をしようが一向に構わん。だが、油断して返り討ちに合うような真似だけはするな。お前は俺の血を譲り受けた貴重な人材であり、サンプルだ。これからまだまだ役に立ってもらわねばならんのだからな」

「勝手なことを言いやがる。そんなに俺が大事なら、あんたが自分で行きゃあいいじゃねえか」

「それがそうもいかん。今夜はこれから重要な儀式が控えているんでな、俺も忙しい」

男は有無を言わせぬ強い口調で続けた。

「……やってくれるな?」

ちっ、と舌打ちをした後、化け物は応えた。「分かったよ」

化け物の返事に満足そうに頷いた男は、

「それでは段取りを説明する。今夜の招かれざる客人は、おそらく、山頂で行われる儀式のことは知らない。やつらはこの——」と隣で座る男を指し「刑事を追って来ているだけだ。だからお前は、この刑事を連れて、山頂から出来る限り遠い場所で三人を迎え撃て。移動するときはわざと大袈裟に痕跡を残しながら移動しろ。そうやってやつらをおびき出すんだ。儀式は明朝には終わる。やつらが予想以上に手強《てごわ》く、お前の力を以てしても仕留められない場合は、明日の朝までこの刑事を連れて逃げ回れ。決して山頂には近付かせるな。それが今回のお前の仕事だ。分かったか」

化け物が低い声で応えた。

「ああ」

男が檻の錠前に鍵を差し込んだ。

「では鎖を外してやる」

そう言って檻の中に足を踏み入れた。

スーツの男の姿が、檻の奥へと消えた。と、ごり、と肉と肉がぶつかる嫌な音が闇に響いた。そして「くくっ。まだまだ甘い」という男の笑い声が聞こえた。

どうやら鎖を解くために近付いてきたスーツの男を、化け物が不意打ちに襲ったのだろう。だが、男はあっさりと化け物の攻撃を受け止めたのだ。

しばらくして、ふたりの男が檻から出てきた。

ひとりは黒スーツの男。そしてその後に、スーツの男よりまだひと回り大きな体格の、素っ裸の男。

末端肥大症という病気がある。これは脳下垂体に腫瘍などが出来、そのためにホルモンのバランスに異常をきたして、全身がごつごつと太く膨れ上がる病気だが、後から出てきた男は、まさにその病気を患っている人間のように見えた。

全身が異常にでかい。特に手足の一本一本の指と、顔のあらゆるパーツが、不自然なほどに大きく腫れ上がっている。これは末端肥大症の典型的な症状だが、しかしそれだけでは説明の出来ない特徴を、その男は持っていた。

ごつごつと固く盛り上がった体には、濃い獣毛が生え揃っていたのだ。

太く短い、熊を連想させるような体毛が、全身をびっしりと覆っているのだった。

姿勢も奇妙である。

背骨が変形し、極端な猫背になっている。その所為で、二足歩行がひどく不釣合いだった。四つ這いで歩く方が楽そうに見える。

糞尿を混ぜ合わせてぐつぐつ煮立てたような、強烈な悪臭がする。

男の体臭である。

男は天を仰いだ。

「おおう。やはり外は良いな。いつまでもあんな狭っ苦しい場所にいたんじゃ、息が詰まっちまう」

黒いスーツの男は、その呟きを無視するように淡々と告げた。

「やはりお前ひとりだと不安だな。増援を呼ぶことにするか」

空を見上げたまま、半人半獣の男が応える。

「いらねえよ。そんな簡単な仕事を、俺がトチるとでも思っているのか?」

「念のためだ。万にひとつの失敗も許されんからな」

黒スーツの男が、懐から笛のようなものを取り出し、吹いた。

横で半人半獣が鬱陶しそうな顔をした。どうやら人間には聞こえない周波数の音で、仲間を呼び寄せているようだった。

「足手まといになるような連中じゃねえだろうな?」

笛を吹き終わった男に半人半獣が問う。

「ああ。今夜なりたての鬼化人ばかりだが、時間稼ぎくらいの役には立つだろう」

「なら良いがな」

とそのとき、ふたりの男が同時に、目の前に広がる雑木林に顔を向けた。

不審と驚愕を混ぜたような表情が、ふたりの顔に滲んでいる。


ふたりの見つめる方向、その雑木林の奥に、人間特有の、明確な意思を持つ気が突然発生したのだった。

そう、それはまさに、突然発生という表現がぴったりの現象だった。

何もなかったはずの空間に、ふいに大きな気の塊が、瞬間移動してきたように現れたのだ。

闇を見つめるふたりの男の気が、ぎゅっと凝縮した。

ふたりにはその気の発生の意味が分かったのだ。

それは明らかに、隠形によって身を潜めていた人物が、その状態を解き、気を開放したことで起きた現象だった。

つまりその人物は、今突然そこに現れたわけではなく、ずっと前からそこにいて、彼らの言動を観察していたことになる。

相当な隠形の技術の持ち主であることは間違いなかったが、何故そのような人物が、今になって隠形を解き、己の存在を知られるようなことをしたのか。

その理由にも、ふたりは気が付いていた。

ふたりの会話から、ふたりがすぐにでも別行動をしそうなことを知り、それを阻止するためにその人物は自分の存在を晒したのだ。

邪魔ものが出現すれば、ふたりとしてもそれを無視して計画を進めることは出来ない。まずそれを排除することを考えなければならないだろう。

つまりは、足止めだ。

彼らが別行動を始めることを、少しでも遅らせようとしているのだ。

そのための最も単純で効果的な方法を、その人物は選択したのだった。

だがその行動は、ふたりにとっては、挑発以外のなにものでもなかった。

気配を読む限り、そこにいるのはひとりだけのようだった。

まだ気配を隠して潜んでいる人間がいる可能性は完全には否定出来ないが、ふたりの別行動を阻止しようとしているのは、二手に分かれて尾行することが出来ないからと考えられ、それも相手がひとりだということの傍証になる。

つまり闇に潜む人物は、ひとりで黒スーツの男と半人半獣の男のふたりを相手にしようとしているのだ。

さらに、黒スーツが増援を呼んだことも知っているはずであり、人数的には圧倒的に不利になることを理解した上で、その人物は気配を露にしたのだ。

甘く見られている。

ふたりはそう判断した。

俺達の実力を甘く見ているからこそ、そんな行動が取れるのだと。

ふたりの視線に怒りが混じった。

と、その怒りをはぐらかすような、間の抜けた声が、闇から響いた。

「すみませんねえ」

妙に軽く、明るい声だった。

だが、ふたりは警戒を解かない。

「最初は、そこの川崎さんを返してもらおうと思って、そのためだけにずっとチャンスを窺っていたんですが……」

地面に座る男が驚いて後ろを振り返った。

声がして初めて、彼はそこに誰かいることに気が付いたのだ。

闇の向こうからがさがさと草を分ける音がして、ひとりの男が姿を現した。

黒尽くめの男だった。黒いタートルネックのセーターに黒のジャケットとパンツ。それにこんな山奥に相応《ふさわ》しくない、黒のロングコート。

その人物は地面に座り込んでいる男を見て、

「あなたが川崎さんですね。大丈夫ですか？」

川崎と呼ばれた男はゆっくりと頷いた。

「今までよく頑張られました。もう安心です。後は私に任せてください」

そう言うと、男はふたりに向き直った。

黒スーツの男が低い声で問う。

「……勘解由小路春海か？」

男がにっこりと微笑んで、肯定した。この状況にはまったく相応しくない、愛嬌たっぷりの笑顔だった。

「長瀬さんですね。そしてそちらが……」と半人半獣を指し「生方遼一さん。何とも変わり果てた姿になっておられますが……」

名を呼ばれた半人半獣の男が、ぺっと地面に唾を吐いた。

「生方？　知らねえな。誰だそいつは？」

半人半獣の男の韜晦《とうかい》にも、春海は動じない。

「あなたの弟さんである次郎君から依頼されたんです。あなたを見つけ出し、人間に戻して欲しいと」

「弟？　ああ、俺が初めて肉を喰ったやつか……。あいつはうまかったなあ。そんじょそこらの女よりあいつの方がよっぽどうまかった。また喰いてえなあ」

「私はそれを受け、必ず果たすと約束しました」

「無駄だ」

「いいえ。どうあってもあなたは私が連れて帰ります。そこの川崎さんと一緒にね」

「……勝手なことを言わないでいただきたい」

遼一と春海の会話に、長瀬が割って入った。

「突然やって来て、さあ見つけた連れて帰るぞと、そんな家出少年を迎えに来た父親のようなことを言われても、納得する人間なんぞ誰もいませんよ」

「うまいこと言いますね」

春海が緊張感のない声で返す。

「それに彼はもうすでに我々の同胞です。骨の髄まで。連れて帰ったところで、人間に戻すことなど出来ませんね」

「ま、そうかも知れませんね」

「この刑事さんにしてもそうです。この方は彼の食料です。返せと言われてほいほい返すことは出来ませんね。どうしても返して欲しいと言われるのであれば、我々を納得させてもらわないと」

にやりと笑う長瀬に、春海が言う。

「……それは、力ずくでという意味ですか？」

「それ以外に何がありますか？」

「仕方ありませんね」

春海の返事に、長瀬と遼一は苦笑した。

遼一が春海に視線を固定したまま、長瀬に向かって言う。

「おい。こいつ本気で俺達を相手にしようとしているらしいぜ。身のほど知らずもここまでくると笑えるな」

「それだけ俺達が馬鹿にされているということだ。……少々予定よりは早いが、これも計画通りだと言えんこともない。お前ひとりで、あの男を始末出来るか？」

「任せとけ。俺達を甘く見たことを、たっぷり後悔させてやる。ばらばらに切り刻んで、ぐちゃぐちゃにすり潰して、肉団子にして喰ってやる」

ひひっと引きつった笑いを零す遼一に、長瀬が釘を刺す。

「何度も言うようだが、決して油断はするな。もうすぐ鬼化人達も戻ってくる。俺の血を継いだお前なら、鬼化人を操れるだろう。そいつらを総動員して、何としてもここでやつを仕留めるんだ。もし万が一逃がしてしまうようなことがあれば、そんな役立たずは俺が直々に引導を渡してやる。その覚悟をしておけ。分かったな」

「ああ、いちいちうるせえな。分かってるよ」

長瀬が春海に慇懃無礼に話しかけた。

「では、私はまだ少し用事がありますのでこれで失礼させてもらいます。これからは彼が相手をします。まだ若いが、あなたの期待は裏切らないと保証しますよ。存分に楽しんでいってください」

挑発するように睨んだまま頭を軽く下げる長瀬に、春海はのほほんと返す。

「そうですか。しかし私としてはあまり遼一君の相手もしていられないと思います。あなたのおっしゃっていた、今夜行われる重大な儀式という方にもとても興味がありますのでね」

「くくっ。やはり聞いておられましたか。残念ですが、そちらの方には招待することは出来ません。我が社のトップシークレットですから。ですが、どうしても出席したいと思われるんでしたら、まず彼を説得されることです。もっとも、その頃にはこちらも終わっているかも知れませんがね。それでは、私はこれで」

そう言うと、長瀬はさっと踵を返して、巨体に似合わない身軽さで闇の向こうへと姿を消した。

2

長瀬の後を追おうともせず、春海は仕方がないといったように首を小さく捻った。

半人半獣となった遼一が、行く手を塞ぐように立っている。その関門を破らなければ、追いかけることは出来そうになかった。

迷っている暇はなかった。

増援部隊が到着する前に遼一を再起不能にし、川崎を安全な場所に移してから、長瀬を追う、それが最良の手段だった。そしてそのためには一秒も無駄にすることは出来ない。

春海は遼一との距離を測りながら、意識を右手に集中させた。

その距離約十五メートル。すぐには襲って来れない距離だ。

右手がじわりと熱くなる。

物質界には存在しない、高次元のエネルギーが、右手に集まってきているのだ。

それは緑色の光を放ちながら、次第にあるものを形成し始める。

春海の右手から地面に向けて細く長く伸びるのは、紛れもなく剣だった。

エメラルドのような、緑色に輝く宝剣。

その剣の鍔が突然長く左右に伸び、春海の腕に絡みついた。

地面にへたり込んだままの川崎が、啞然とした表情で、その光景を眺めていた。

夢をみているんじゃないかと思っているような、気の抜けた様子である。

だが、決してそれは夢の中の出来事ではなかった。

不思議な感動をもたらす幻想的な光景ではあるが、紛れもない現実だった。

神秘学では、この世界は多重構造であり、次元の異なる世界が何層にも重なり合い、それぞれが干渉し、影響を与え合いながら存在しているのだという。

その層は大きく七層に分けられ、物質体のみが存在する最下層から、霊的レベルの違いにより区別されている。上に上がるほど霊的次元が高くなるのである。

最下層であるフィジカル界。

第二層のアストラル界。

第三層のメンタル界。

第四層のブッディ界。

第五層のアートマ界。

第六層のモナド界。

第七層のロゴス界。

とそれぞれの次元は名付けられている。

そして人間は本来、このすべての層に多重的同時的に存在しているものとされている。

人間を構成している物質は、この七層すべての次元から与えられたものであると考えられているのだ。

第七層のロゴス界は神の住まう次元であるが、人はその多層性ゆえに、本来的には神とも繫がっているのである。

だがその神性は普段は眠っているのだという。

肉体への固執や物質への執着、あらゆる欲望などが、自身の存在を低いレベルに留めさせているのだ。

欲望や執着を捨て、魂の純化だけを強く望み、そのための鍛錬を怠らなければ、人は皆、己が神と同一であることに気付くのだとされているのである。

が、それはそう簡単に出来るものではない。

人は普通、第三層のメンタル界と言われる次元に存在している。

個としての存在、あるいは肉体的感覚が主となっている次元である。

霊的に成長すればするほどメンタル界から上の次元へと移行していけるわけだが、その成長も、第五層のアートマ界で一旦留まることになる。

第六層のモナド界と第七層のロゴス界には、肉体を持ったままでは到達出来ないからである。

物質的に肉体を形作っているのは原子や電子、素粒子などであるが、それと同じように、魂を霊的に形成させているものもある。

霊子と呼ばれるものがそれである。

この霊子があるからこそ人は魂を持ち得ているのであり、霊的成長とは即ち、霊子から不純物を取り除き、純化させることに他ならない。

霊子は原子や素粒子などと違い、決して活動が停止することはない。

物質的な活動停止——死が肉体に訪れたとしても、それとともに霊子までが消滅するわけではないのである。

　生への執着や本能的欲望などによって肉体に縛り付けられている魂は、肉体の死亡によりその束縛から爆発的に解放され、急速な霊的成長を遂げる。その劇的な変化は霊子の純粋な結晶化を促し、それによって初めて、霊子は肉体を持ったままでは越えられなかったモナド界への壁を飛び越えることが出来るのである。

　死によってのみ到達できる世界。

　それゆえに、この第六層のモナド界と第七層のロゴス界は、非顕現世界と呼ばれる。対してアートマ界以下の五層は顕現世界である。

　春海の持つ特殊な能力、それはその、顕現世界での最高位とされるアートマ界のエネルギー、すなわち肉体を保持したままで到達出来る最も高次元の力を、メンタル界である現世に呼び出し、己の意のままに操ることが出来る能力だった。

　不可能を可能にする、神にも等しい驚異的な能力だが、しかし一方でそれは、大きなリスクの生じる能力でもあった。

　能力を発現させている間は意識の大半を常にアートマ界とリンクさせておかなければならず、そのため、物質界の春海の肉体に残された意識が、普段は意志の力で抑えられていた魔性に取って代わられるのである。

　まったくの別人になったかのような人格の転換が起こるのだ。

　普段の、どこか茫洋とした摑みどころのない頼りなげな春海は一瞬にして消し飛び、冷酷で非情な、したたかな凶暴さと本能的残虐性を剝き出しにした悪魔が出現するのだ。

　神聖であるはずのアートマ界のエネルギーを行使するために、悪魔に意識を譲り渡さなければならないという、大いなる矛盾を内含する諸刃の剣的な危うさが、春海の能力の特性だった。

　剣を作り出した春海が、ゆっくりと遼一を見つめた。

今は、人格を変換させないために、剣の出力を最小限に抑えていた。

そのために剣自体は今にも消えてしまいそうに薄く頼りない状態だった。

だがそれも仕方がなかった。

一旦意識を乗っ取った魔性は、どこまでも暴走し、敵意を持って対峙するものを葬り去るまで、暴走は止まることがない。

今の状況では、それは最も避けるべきことだった。

川崎の生命を護りながら闘わねばならず、敵である遼一も、殺さずに生きたまま捕らえねばならない。

魔性を決して発現させてはならなかった。

春海と睨み合っていた遼一が、にたりと笑った。

次の瞬間、その遼一の肉体に変化が起き始めた。

髪の毛と、全身を覆っていた獣毛が、もの凄いスピードで伸び、筋肉が倍ほどに膨れ上がったのだ。

天を仰いだ遼一の顔の、鼻から下の部分が、ずるりと突き出た。唇が横にぱっくりと裂け、その中から凶暴な犬歯と紫色の舌が飛び出る。

鬼へとメタモルフォーゼし始めたのである。

めきっ。

骨の割れる乾いた音がした。

全身の骨が、肉体の変貌に付いていけず、砕けているのだ。

だがその骨さえも、割れた途端に再生され、それによって体はますます巨大になる。

額から何本もの骨が突き出す。

小さな筍《たけのこ》のようなもの。

角だ。

角が、毛むくじゃらの頭部から立て続けに何本も生えた。

びくんびくんと体が大きく震え、股間から白濁した液体が迸る。

えも言えない快感が全身を駆け巡っているようだ。

その快感に耐えるように月を仰いでいた遼一――いやもうそれはすでに遼一ではない、鬼が、ふうう、と大きく息を吐きながら春海に再び顔を向けた。

「これええでええ、おたがあああい、じゅんびいいはばああんたああんだああなあ」

鬼がしゃべった。口の形状自体が変わった所為でひどく聞き取り難い。

「そのようですね」

春海が応えた。

とその瞬間、鬼が春海に向かってダッシュした。

凄まじい脚力は、春海との距離を一瞬にして詰めた。だが春海はあくまで冷静だった。その場でジャンプし、頭上の枝を摑みながら、飛び上がった勢いを幹を蹴ることで前へ進む力に変えた。

大砲から発射された砲丸のように、春海の体が上空を舞った。

ダッシュしていた鬼は、急に方向転換出来ず、春海の下を駆け抜けた。

春海が着地したのは、川崎のすぐ側だった。

川崎を縛っていた縄を剣で切りながら、小さな声で指示を出す。

「闘いに巻き込まれないように、少し離れた場所まで移動してください。ああでも、だからと言って、あまり遠くに行かれても困りますが。そうですね、木の上に登っていてくれたら一番安心なんですが……。出来ますか？　無理ならどこか茂みの中に隠れていてください」

川崎は自由になった手足をゆっくりと動かしながら、放心した表情のまま頷いた。

想像を超える出来事を連続して経験した所為で、脳が情報の入力を拒否しているようだった。

春海は川崎に軽く頷き返すと、川崎と鬼の対角線上に躍り出た。

川崎の精神状態は心配だったが、今はそれどころではない。

川崎が逃げるまでの時間稼ぎをしなければならなかった。

川崎は、その春海の背中を眺めながら、無理矢理立ち上がった。

たったそれだけの動作で、気が遠くなるほどの激痛が全身を襲った。

だがその激痛が、彼の意識を正気に戻しつつあった。

歯を喰いしばって痛みに耐えながら、足を少しずつ前に出し、進む。

もどかしいほどの遅い歩みだが、今の川崎にはそれが限界だった。

全身がぐずぐずに腫れ上がっている。だがそれが傷が化膿しているためなのか、打撲のためか、それとも骨折の所為か、何も分からない。たぶんそれら全部だろう。

体がだるい。熱を持っているのに、冷たい。平常な感覚が失われている。一歩足を踏み出すのに、永劫の時間が流れているような気がする。

実はもうとっくに死んでいるのではないだろうかと、川崎はぼんやりと霞む意識の中で考えた。

死んで、地獄を彷徨《さまよ》っているのではないかと。

ようやく一番近い木に辿り着く。

無我夢中で枝に手を伸ばす。

摑む。

が、それ以上力が入らない。

ぶるぶると無駄に体が震えるだけだ。

春海の指示を忠実に実行しようとする川崎だったが、肉体の疲労と怪我は予想以上だった。

正常な思考や判断力が、根こそぎ奪われていた。

木に登るためにはどうすればよいのか、そんなことすら考えられない。

ただ闇雲に枝に縋りつき、飛び上がろうとしているだけだった。

その手が滑った。

弱り切った足は着地の衝撃を吸収出来なかった。

見事にすっ転ぶ。

腕立て伏せの要領で起き上がろうとする。

そのとき、川崎の左足のふくらはぎに、ごつりと音を立てて何かがぶつかった。

出力を最小に抑えた剣が、鬼相手にどこまで通用するか、その不安もあった。

そのようなことを考えながら、春海はじりじりと鬼との間合いを詰めた。

構えを取らず、両腕は下げたままである。

もとより、その用途によって様々に形状を変化させることが出来る武器を持つ春海にとって、剣道などで学ぶような型などは不要のものである。

春海の戦闘術は、どのような流派にも当てはまらない。

相手の視線や筋肉の動き、気の流れなどを無意識に読み取り、その状況に応じて瞬時に武器を変え、的確に弱点を突く。その闘い方に、既存の流派など到底追いつくことが出来ない。

だが強いて言えば、それは流水と呼ばれる戦法に似ているだろうか。

相手の動きに合わせて自らも動き、流れる水のように決して逆らうことなく、相手の攻撃をゆるやかに躱

3

春海と鬼は睨み合ったまま対峙していた。

春海の背中の向こうで、がさがさと音がする。

川崎が木に登ろうと必死にもがいているのだ。

春海はその音を聞きながら、懸命に考えていた。

一刻も早く勝負をつけなければならない。

遅くなればなるほど川崎の生命の危険は増し、長瀬が行おうとしている儀式を止めることも難しくなる。

だが目の前の敵は、殺さずに意識だけを奪うなどといった器用なことが出来るほど甘くはなかった。

肉体を傷付けず、意識のみを断ち切る方法、それはやはり、鬼の頭部にありったけの気を流し込み、脳細胞を麻痺させる以外になかった。

それをしようと思えば、まず鬼の動きを封じる必要があった。しかしその、動きを封じるということこそが最も難しいことだった。

しながら、ふいに岩をも砕く巨大な力で相手を破壊する。

それが流水と呼ばれる戦法である。八卦掌《はっけしょう》や太極拳などがそれを極めた拳法であろうか。しかしもちろんそれは誰にでも出来るというものではない。実践しようとすれば達人級の経験と鍛錬が必要になる。

流水という言葉すら、春海は知らないだろうが、その戦法を、春海は無意識的に会得し、体現していた。

一見無防備に見えるその姿勢こそが、春海の戦闘体勢なのだった。

刃圏《はけん》に入った。

進めていた足を止める。

剣を持つ春海にとっては、腕を伸ばせば斬りつけられる間合いだが、鬼にとっては一歩踏み出さなければ拳が届かない、そのぎりぎりの間合いである。

鬼は春海を睨んだままぴくりともしない。

春海もまた、腕をだらしなく下げたまま動かない。

お互い睨み合ったままである。

そんな状態が数秒続いただろうか。

春海の体が、ゆったりと左右に揺れた。

それは静か過ぎるほど遅い動きに見えたが、次の瞬間、春海の姿が完全に鬼の前から消えた。

驚いたように辺りを見回す鬼の、その左肩から、突然鮮血が噴き出した。

続いて右肩、右膝、左膝。

ぱっくりと筋肉が切れたかと思うと、そこから噴水のように血が流れ出た。

春海が目にも止まらないスピードで鬼を斬りつけたのだった。

春海の剣は、正確に鬼の靭帯を断ち切っていた。

神業と呼べるほどの見事な春海の動きだった。

体重を支えきれなくなった鬼が、がっくりと膝を落とした。

だが、真性の鬼の回復力もまた尋常なものではなかった。

噴き出した血は見る間に止まり、骨が見えるほど切れていた傷が、すうっと跡形もなく消えた。

続けざまに攻撃を加えようとした春海が、立ち止まった。

驚愕に目が見開かれる。

慈舜の天才を以てしても敵《かな》わなかった原因の一端を、春海は理解した。

これほどの回復力があれば、生半可な攻撃はすべて無効にしてしまうだろう。

動きの止まった春海を、鬼は見逃さなかった。

人差し指と中指を立て、春海の目を抉り取ろうと突き上げてきた。

その指を、春海は剣で払った。

いや、払おうとしたのだが、出来なかった。

信じられないことに、春海の剣は鬼の指の骨に当たって弾き返されたのだった。

指に刃が当たったことなど気にも留めず、鬼は腕を突き上げる。

目に指が潜り込むかに見えた瞬間、春海は体を捻ってなんとかその攻撃を躱した。

弾かれはしたが、指に当たった剣が、鬼の力の方向を逸らせていたのだった。

春海は体勢を崩しながらもバックステップを踏み、鬼から距離を開けた。

鬼が刃の当たった中指をぺろりと舐める。

春海は両腕を垂らした自然体の姿勢に戻る。

膝を突いていた鬼が、立ち上がりざまにタックルを仕掛けてきた。

腰を摑もうと伸びてきた右腕に剣を突き刺し、思い切り押す。鬼の、腕を伸ばそうという力と、春海の剣を押す力が重なり、鬼の手首から肩口までの筋肉が、まるで鰹節を削るように、ずるりと捲れ上がった。

うごう！

鬼が吼えた。

しかしそれは痛みの所為ではなく、屈辱の所為のようだった。

その証拠に、腕を削られながらも、もう一方の腕を春海に向けて伸ばしてくる。

その攻撃を寸前で躱して、春海はまた鬼から飛び退く。

鬼が腕を押さえながら、春海を睨んだ。

すぐには襲いかかってこない。どうやら腕を回復させるほうを優先させたらしい。

春海は低い唸り声を上げて威嚇する鬼を、冷静な目で観察した。

かつては遼一だった鬼は、まだ鬼としてのパワーを使いこなせずにいるらしい。

格闘術の心得もないようだった。

いくらパワーとスピードが人間離れしていても、それを百パーセント引き出す技術がなければ無意味だ。

もちろん、一旦摑まってしまえば、春海といえども逃れるのは難しいだろう。鬼のパワーに蹂躙《じゅうりん》され、あっという間に四肢を引き裂かれてしまうに違いない。

しかし、一瞬のうちに攻撃を仕掛け、反撃が来る前に距離をとるという、ヒットアンドアウェイの戦法を取れば、まだ望みはありそうだった。

だがその戦法では、かなり時間がかかることになる。

鬼がいつまでも変わらない回復力を持っているとしたなら、なおさらである。

攻撃をするなら、鬼の回復力が間に合わないくらいに、同じ場所への一点集中の攻撃に徹し、それを何度も繰り返すことで、失血による能力の低下を狙う。

その作戦しかなさそうだった。

時間はかかるが仕方がない。

鬼が余裕たっぷりに笑った。

腕が治ったようだった。

傷が治るまでの所要時間は約十五秒。つまり、十五秒に一度は攻撃を与えなければ回復してしまうということである。

睨み合いが続いてる。

鬼は慎重になっているようだった。

簡単に仕留められるという考えが、思い違いであることに気が付いたのだ。

自らの攻撃はことごとく躱され、それどころか、鬼でなければ致命傷になっていたであろう傷まで与えられている今の状況に、かすかな苛立ちを感じているようだった。

対して、春海の気持ちにはわずかだが余裕が戻っていた。

鬼の持つ驚異的な回復力は確かに面倒だ。

パワーやスピード、総合的な身体能力を比べれば、鬼は春海よりもはるかに高い。

だが、いくら戦闘能力が高くても、経験不足は補えない。

慈舜の闘った長瀬という男と、目の前の鬼との決定的な差はそれだ。

武術を学び、何度も命のやり取りを経験したものと、そうでないものとの差。

その差を考えず、この場を格闘の素人である遼一ひとりに任せてしまったのは、長瀬の失敗だった。長瀬は鬼の能力を高く評価し過ぎているのだろう。経験不足を補って余りあるほどの戦闘能力を鬼は有していると、長瀬は当然のように考えている違いない。

そのプライドが過信に繋がったのだ。

そして、春海が突こうとするのはまさにその点だった。

格闘とは、ただ単に殴り合えば良いというものではない。

高いレベルの闘いにおいては、冷静に戦略を立てることが出来る頭脳と、その戦略を忠実に遂行出来るだけの強靭な肉体が必要不可欠である。

どちらか一方だけがあっても役に立たない。

かつてはただの平凡な青年であった鬼には、その戦略を立てる頭脳と、肉体に馴染んだ戦闘術が決定的に不足していた。

武術の修行どころか殴り合いの経験すらないために、自分の力量が分からない。相手の動きから得意な戦法やタイミング、癖などを見抜き、予測をするだけの眼力もない。それゆえにプランが立てられず、状況判断も出来ず、自分がどう動けば良いのかすら分からない。

そんなレベルのものが、いくら素早く強く動けても、それはそれだけのことだった。

油断出来ないのは、身体能力と回復力、それのみである。

そしてそれならば、闘い方はいくらでもあった。

春海はその場で踵を鳴らし、リズムを取り始めた。

タン。タン。タン。タン。

音楽を聴き入っているかのように、規則的に春海の頭が上下に揺れる。

鬼の視線が無意識に、春海の取るリズムに合わせて動き出した。

タン。タン。タン。タン。

鬼自身は気が付いていなかったが、そのリズムは鬼の呼吸とぴたりと重なっていた。

タン。タタン。

規則正しく揺れていた春海が、突然リズムを崩した。

その途端、春海の姿が鬼の視界から消えた。


鬼が春海を捕捉出来なくなったのはこれで二度目だった。

だがそれは春海の動きがそれだけ早いということではない。

春海にとっては、鬼の呼吸を読み、隙が出来た瞬間を見切って動いているだけである。

春海は上半身を地面すれすれにまで沈めながら、大きく踏み込み、右手の剣を鬼の腹部に向けて伸ばしていた。

鬼の腹に刺さった剣は、分厚い筋肉の繊維に沿ってするすると滑り込み、背中から先端を突き出した。

それでも春海は動きを止めなかった。

刺さった剣を引き抜き、上体を深く折ったまま鬼の横をすり抜け、背後に回る。

そして出来たばかりの背中の傷に向けて、剣の切っ先を力一杯突き刺した。

その衝撃に押され、鬼がうつ伏せに倒れる。

げへっ!

ぐりゅぎにゃあああ!!

鬼が屈辱の雄叫びを上げる。

背中から腹へと抜けた剣は、そのまま地面に突き刺さった。

鬼は剣によって地面に縫い取られたような形になった。

深く地面に刺さるように、思い切り剣を押し込んでから、春海は後方へ大きくジャンプした。

ピンで留められた昆虫のような体勢になった鬼は、それでも必死にもがいていた。

剣を引き抜こうと背中に手を回すが、届かない。分厚い胸板と太過ぎる腕の筋肉が邪魔をしているのだ。

それならばと、今度は腕立て伏せの要領で起き上がろうとするが、それもうまくいかない。深々と地に突き刺さった剣はぴくりとも動かず、鬼の体がずるりと剣の柄の方へずれただけだった。

ごふっ。

鬼が血を吐いた。

があああああああ!

その咆哮にも、痰が絡んだような音が混じり出す。

傷から漏れた血が、気管へ流れているのだ。

鬼は屈辱と怒りに塗《まみ》れた目を春海に向けたが、実際にはどうすることも出来ないようだった。

これが春海の立てた戦略だった。

鬼の回復能力を機能させず、同時にその動きを封じ込める作戦。

ひとまずは狙い通りだった。

春海が鬼の脳を麻痺させようと、近付こうとしたそのとき。

「ぐあ!」

春海の左斜め後ろから、呻き声が聞こえた。

川崎の声だった。

声につられて振り返った春海は、そこに信じられないものを見た。

地面に転がる川崎の左足辺りに、ぼろぼろの布をまとった人物が蹲っていたのだ。

ぶぢゅり、という湿った音と、「あぐあああ‼」という川崎の悲鳴が重なって響いた後、蹲ったまま男がゆっくりと春海を振り返った。

その顔を見て、春海は心底驚愕した。

──まさか。

四つ這いで、口に赤いなにかを咥えたまま、狂犬のような目で春海を見ているのは、がりがりに痩せた少年だった。

春海はその人物に見覚えがあった。

変わり果ててはいるが、間違いない。

生方次郎だった。

乾いてどす黒く変色した血が、全身にこびり付いていた。生傷が体中に付いているが、そこから流れた血だけではないだろう。明らかな返り血の跡も見える。裸足のまま山を登ってきたのだろうか、足の爪がすべて剝がれている。

春海には知る由もないことだったが、病院を脱走した次郎は、兄である遼一の発する獣臭を追って、はるばるこの山までやって来ていたのだった。

松川と鬼が感じた人間のような気配も、彼のものだった。

ばりばりに逆立ったまま固まっている髪に、こぼれそうなほど一杯に見開かれた、真っ赤に充血した目。

恐れていたことが現実になってしまったことを、春海は悟った。

そして激しく後悔した。

次郎は何かに憑かれてしまっているのだった。

心身のバランスを喪失したときが、最も憑かれ易いときだと指摘したのは、春海自身だった。

それが、現実に起きてしまったのだ。

次郎が最初に依頼に訪れたとき、あのときにきちんとケアしていれば、憑かれることはなかったかも知れない。

いや、その後の、病院にアンプルを受け取りに行ったときでも良かった。

チャンスはいくらでもあったのだ。

もっと真剣に次郎の精神状態を考えていれば起こらなかった事態だった。

実の兄が化け物へと変貌していく、その一部始終を彼は見ていたのだ。

それどころか、その兄に腕を喰い千切られたのだ。おかしくならないはずはなかった。正常な精神を保てる方がおかしいことだった。

――気付いてやるべきだった。

兆候はちゃんとあったのだ。

彼の冷静さは、追い詰められ逃げ場所をなくした精神が、現実から乖離しようとしているからこそのものだと、そう分析したのは一体誰だったのか。

そこまで分かっていながら、何故何も手を打たなかったのか。何故見過ごしていたのか。

体を引き裂かんばかりの強烈な後悔に、春海は呆然と立ち尽くしていた。

次郎は口に咥えた赤いなにかを、くちゃくちゃと咀嚼していた。

それは、肉だった。

川崎の左ふくらはぎの肉だった。

春海は顔を歪めて次郎を見つめていた。

次郎の狂気は、すでに極まってしまっていた。

兄に腕を喰われたという記憶、その強烈な恐怖や憎悪やおぞましさや、胸に渦巻く激しい怨念が、憑き物によって極限まで増幅されているのだ。

次郎は血走った目で春海を見つめながら、ごくりと喉を鳴らして肉を飲み込んだ。

いや、違った。

次郎が見つめているのは春海ではなかった。

春海のすぐ隣にいる、地面に縫い取られたままの鬼を見ているのだった。

――しまった。

その視線に気付き、次郎を取り押さえようと走り出した春海だったが、しかしそれは一瞬遅かった。

次郎は猿並みの跳躍力で、走り寄る春海の頭上を軽々と飛び越え、鬼のすぐ側に着地した。

鬼が得体の知れない生き物を見るような怪訝な表情で次郎を見た。

……兄弟の再会。

残酷で抗《あらが》い難い運命に、絆を蹂躙され崩壊させられてしまった兄弟の、再会。

そこには共感も、再会の喜びも、涙も、人間ならば感じるであろうはずの温かい感情のすべてがなかった。彼らの間にはただ、山の深い闇と、凍えるように吹き付ける風があるだけだった。

かつては人生において一番大事だとさえ考えていた、だが今はどこを探しても見つけることが出来なくなってしまった、何か。

その何かが、すでに永遠に失われてしまったことを、彼らは知っているだろうか。

残酷などという言葉ではとても言い表せない、兄弟の再会。

それは妙に乾いた、淡々としたものだった。

「……俺はお前に復讐する」

鬼を見下ろしながら、狂気に歪んだ表情の次郎が言った。

「お前の目を抉り取って喰ってやる。鼻を削ぎ取って喰ってやる。舌を引っこ抜いて喰ってやる全身の皮を剝いで喰ってやる肉を全部喰ってやる脳をちゅるちゅる喰ってやる骨をばりばり喰ってやる内臓も爪も髪の毛もペニスも喰って喰って喰らい尽くしてやるそれが俺の復讐だ復讐はやり遂げねばならない復讐とはやられたことをやり返すことだだから俺はお前に復讐するのだ」

次郎は壊れた蛇口のようにしゃべり、言い終わると途端に口をつぐんだ。

とてもではないが、それは正常な人間の言動ではなかった。

鬼を睨んでいた次郎が、突然鬼の肩口に齧り付いた。

何の予備動作もない唐突な行動に、鬼は一瞬啞然としていたが、腕を回してうっとうしそうに次郎を振りほどいた。

ぶちぶちと肉を引き千切りながら次郎が吹っ飛ぶ。

ごう！

鬼が雄叫びを上げて、立ち上がった。

もちろん剣を体に突き刺したままである。

強靭な腹筋で剣を搦め取り、固定させて地面から引き抜いたのだった。

不死身の肉体を有する鬼ならではの行動だった。

立ち上がった鬼に、狂気の塊と化した次郎が再び飛びかかった。

首筋に嚙み付こうとする次郎の顔面を、鬼が左手一本で摑み、高く持ち上げる。

頭を支点にして宙にぶら下がるような状態になった次郎は、何とか手を振り解《ほど》こうと両足をばたつかせ、腕を引っ掻き回すが、鬼はまったく動じることなくにたにたと笑いながら次郎を眺めていた。

うまい飯を目の前に我慢が出来ないといったように、口元からぼたぼたと涎を垂らす。

そしてさきほどの仕返しだとでも言うように、次郎の左肩にがぶりと齧り付いた。

ぎぃにぃやあああ‼

次郎から甲高い悲鳴が迸った。

「やめろ！」

春海が叫ぶ。

「それはお前の実の弟なんだ！　血を分けた兄弟なんだ！　心まで畜生に落ちる気か！　やめろ‼」

春海の必死の訴えは、しかし虚しく暗黒の空へと吸い取られただけだった。

鬼は次郎の肩に齧り付いたまま、ちゅうちゅうと血を啜り上げていた。

気の遠くなるような絶叫が突然止んだかと思うと、次郎の体が痙攣し始めた。

急激な失血により体機能が停止しかかっているのだ。

憑き物により異常な身体能力を身に付けたように見えた次郎だったが、それは人間の限界を超えた能力を手に入れたということではなかった。

通常、人間は、疲労や怪我を恐れて無意識に力をセーブしている。一度に力を出し切ってしまえば、その反動で体がぼろぼろになることを知っているからである。

次郎の異常な身体能力は、その無意識のセーブをただ取っ払っただけのものだった。

そうなれば確かに能力は極限にまで引き出されるが、それは単に狂気によって精神のタガが外れ、痛みや疲労を感知する機能が狂っただけの状態なのであり、肉体が人間以上のものになったわけではなかったのだ。

次郎はそれを知らなかった。

次郎の暴走する意識は気が付いていなかったが、すでに次郎の体はボロボロだった。

全身のあらゆるところにある裂傷からは止まることなく血が流れ出ているし、限界を越える動きによる負荷に関節という関節が悲鳴を上げ、筋肉は熱を持って腫れ上がっている。

そんな状態では、間違っても勝てる相手ではなかった。

鬼が次郎の肩から顔を離し、地面に投げ捨てた。

そして次郎が地面に落ちた瞬間、鬼はその腹部に再び喰らいついた。

夢中になって目の前の肉に飛びつく鬼には、もうすでに人間だった頃の理性など欠片も残されていなかった。

次郎の体から、急激に生命感が失われてゆく。

狂気のみに支えられていた魂も、破壊された肉体のなかにいつまでも留まることは出来なかった。

すでに痙攣すら止まっていた。

異常に張り詰めていた筋肉が、見る見る萎えてゆくのが分かる。

……ごふ。

次郎が力なく血を吐いた。

と、次郎の目がゆるゆると動き、自分の腹を屠《ほふ》っている鬼に定まった。

次郎は静かに鬼を見ていた。

その目からは、いつの間にか狂気が失われていた。

憑き物が落ちたのだ。

それはかつての、優しくどこか寂しげな、生方次郎の人間としての目の色だった。

その視線に気が付いたのか、鬼がふと顔を上げ、次郎を見た。

次郎の唇が、細かく震えながら開いた。

怪訝そうに眺める鬼に、次郎は小さく呟いた。

それは誰にも聞こえないくらいの、もしかすれば、自分にすら聞こえなかったくらいの、か細く弱々しい声だった。

次の瞬間、次郎の両目が宙に流れた。

同時に、唇の細かい震えも、かすかに続いていた呼吸も、微弱に流れ出ていた気も、生命活動を示すすべてのサインが停止した。

死。

それはあまりにもあっけなく次郎に訪れた。

玩具の電池が切れたように、それはあまりにも唐突で、静かで、無意味だった。

――死。


そのこと自体には、鬼も気が付いていた。

だが彼が考えたのは、弟を殺《あや》めてしまったことの意味などではなかった。

死亡した肉体からは、急速に鮮度が失われてしまう。

それが彼の考える一番重要なことだった。殺したのが弟だろうが誰であろうが、彼にはまったく関係なかった。

彼は肉が冷えて硬くなる前に貪り喰ってやろうと、再度腹に顔を突っ込もうとした。

が、ふと何かに気が付いたように、後ろを振り向いた。

十数メートル向こうに、呆然と立つ全身黒尽くめの男。

感情を失ってしまったように無表情で立ち竦んでいる男。

その男の発する気が、突然変化したように感じられたのだ。

その男を中心に、凶暴で高圧な気が、一瞬爆発したと思った。
だがそれもどうやら勘違いのようだった。
男は腑抜《ふぬ》けたようにぴくりとも動かない。
力のない目を鬼に向けているだけだった。
鬼はそんな男を一瞥すると、次郎へと視線を戻した。
てらてらと赤く光る内臓を頰張ろうと口を寄せたとき、背中に鈍い衝撃を受けた。
鬼が感じたのは、温度だった。
背中から腹にかけての筋肉が、急に熱くなったのである。
そこは確か、剣が突き刺さっている場所だった。
肉を頰張るのに夢中で、剣を抜き取ることを忘れていたのだ。
そこが、熱い。
原因を確かめようとした直前、その熱が腹から左肩に向けて走った。
——なんだ?
左肩を見ると、腕がいつもより一段低いところにあった。
肩の関節が外れているような感じ。だが、それにしては外れ方が極端だった。
腕が、脇腹に無理矢理引っ付けたような状態になっている。
と一瞬遅れて、本来腕のあるはずの場所から、血が噴き出した。
その辺りに傷が付いていたのだ。
よく見ると、その傷は肩から腹へと真っ直ぐに付いていた。
鬼は腹を見た。
そこに刺さっていたはずの剣が、いつの間にか消えていた。
一連の事実から答えを導き出そうとする鬼に、背後から声がかかった。
「……不快だ」
とその声は言った。

鬼は声の方へ振り返った。

声の主は、黒尽くめの男だった。

放心したように遠くで突っ立っていた男が、いつの間にかすぐ後ろまで近付いてきていたのだった。

だが鬼には一瞬、そこに立つ人物が誰なのか分からなかった。

男が発する気の質が、がらりと変わっていたからである。

植物のような、感情や意志がまったく感じられない、冷たいほど透明な静謐《せいひつ》さを有していた男の気が、いつの間にか、まったく別のものに変質していた。

鬼はそこに、稜々《りょうりょう》ととぐろを巻く暗黒の大蛇を見た。

大蛇はゆったりと身を捩じらせながら、全身から毒を含んだ臭気を辺りに撒き散らしていた。

その蛇は、たっぷりと毒気を孕んだ声で、言葉を繋いだ。

「……何が不快なのか。……鬼であるお前が人を喰うことは当然。それが他人であろうが血を分けた弟であろうが、畜生に身を窶したお前には、もはや関係ないだろう。人間には人間の道理があるように、鬼には鬼の道理があり、人間の道理だけでお前を責めることは出来ない。そんなことは分かっている。だがしかし、そんな理屈でこの不快さを消せるわけではない」

毒を吐く暗黒の蛇は、黒尽くめの男の姿をして鬼のすぐ後ろに立っていた。

男は右手に緑に輝く剣を握っていた。

それはついさっきまで、鬼の腹に刺さっていたはずの剣だった。

半透明で弱々しい光しか発していなかった剣が、今は目が眩むほどに光り輝いていた。

「この不快さが、生方次郎との約束を護れなかった自分に対してのものなのか、それとも約束など欠片も気にすることなく突き進む現実というやつに対するものなのか、そんなことはもうどうでも良い」

男が、腹に刺さったままの剣を摑み肩口まで切り裂いたのだと、鬼はようやく気付いた。その傷もすでに治りかけている。

「俺はお前を殺す」

鬼は動けなかった。淡々としゃべる男は、摑もうと思えばすぐに摑める位置にいる。それでも手が伸ばせなかった。男を振り返った姿勢のまま、固まってしまっていた。

「反故にせざるをえなかった約束のためになどと、格好をつけるつもりは毛頭ない。この不快さを軽減させるためだけ、ただそれだけのために、俺はお前を殺す」

緑の剣が今まで以上に眩しく発光した。

その光に呪縛を解かれたのか、鬼が振り返り様に右腕を真横に払った。

春海は一歩下がることで鬼の腕を楽々と躱す。

その春海に、鬼は左足を蹴り上げる。

体を半身にして蹴りをやり過ごしながら、春海は鬼に大きく踏み込んだ。

踏み込みながら右手に持っていた剣を鬼の左腕に向かって振り上げた。

ずぶり。

湿った音がして、左腕が地面に落ちた。

があああああ!!

絶叫しながら、鬼は落ちた左腕を拾おうとした。その左足を、剣を反転させて薙ぎ払う。膝から下があっけなく切断された。

バランスを失い、斜めに崩れるかに見えた鬼だったが、驚異の身体能力は片腕と片足を落とされてもなお健在だった。

鬼は右足だけで踏ん張り、体勢を立て直すと、春海に向かって飛びかかった。

右足だけで飛んだとは思えないほどの跳躍力で飛びかかってくる鬼に、春海はゆったりと近付いた。

鬼と春海がぶつかるかに見えた瞬間、鬼の体と、首がずれた。

何事もないかのように鬼の左横を通り抜ける春海と、

着地とともに地面に倒れ、そのまま手足をじたばたと振り回している胴体を、刎《は》ね飛ばされた鬼の首は上空から見ていた。

宙を舞う首はすぐに引力に負け、落下へと移行し、春海の足元へ着地した。

そのときには、もうすでに鬼の頭部から生命は抜け落ちていた。

中途半端に口を開けた、不思議そうな表情をしている鬼の首に、春海は冷たい視線を投げかけた。

不快さを軽減させるため、と鬼に宣言していた春海だったが、その視線からは不快さなど少しも解消されていないことが窺われた。

ごろりと地に転がる鬼の首に冷たい視線を向けながら、低い声で言った。

「……兄さん」

彼の感じる不快感は、遼一も次郎も、どちらも助けられなかった自分自身に対して向けられているものだということを、その冷たい目は物語っていた。


「次郎は最後にそう言った。お前には聞こえたか？」

その春海の視線がすうっと左に流れ、深い藪に固定された。

春海が言い終わると同時に、そのあたりの草木がざわつき、四つの異形の影が出現した。

鬼化人達だった。

長瀬の笛の音を聞きつけて、この場所にやって来たのである。

その数、四体。

春海は知らなかったが、八体いた鬼化人が四体にまで減ったのは、慈舜と松川の功績だった。

特に慈舜は、アロハと金髪ガムの二体を相手にした後、六体もの鬼化人の襲撃を受けながら、さらに二体の鬼化人を倒していたのである。

長瀬の笛は、同胞を二体倒され四体に減った鬼化人達が慈舜に留めを刺そうとしたまさにそのときに鳴り、彼らの手を止めさせたのだった。鬼化人達にとって長瀬の命令は、眼前の獲物を見過ごしてでも従わなければばならないほど絶対のものだった。その命令の絶対性が皮肉にも、慈舜の命を救っていたのだった。

同じときに、松川と闘っていた鬼をその場から一旦去らせたのも、その笛の音だった。

突然現れた鬼化人は、春海の姿を認めると一斉に襲いかかった。

だが、魔性を現した春海の前では、彼らは脅威でも何でもない、ただの愚鈍な獣だった。

鬼化人達の間断のない攻撃をするすると躱しながら、春海は隙を突いて反撃を与える。

春海の剣が一度振るわれる度に、鬼化人が一体倒れてゆく。

一分も経たないほどで、その場で動いているものは誰ひとりいなくなっていた。

累々たる鬼化人の屍の中で、さして面白くもなさそうな表情で、春海は山の頂上を見つめながら立っていた。

満月の光が皓々と春海の青い顔をさらに蒼く照らし出している。

川崎は朦朧とした意識の中で、その光景を息を呑んで見つめていた。

それは凄絶にして静謐な、不思議な恐怖と感動をもたらす光景だった。

五体もの異形の怪物を相手にしながら、少しも息を乱さず、返り血も浴びず、ただそこに立っている男。

美しい。

何故か川崎はそう思った。

そして同時に、恐ろしかった。

血の混じった獣臭が辺りに立ち込め、切り刻まれた鬼のパーツがあちこちに散らばる現場は、まさに地獄そのものだった。

殺された鬼達の怨嗟《えんさ》が、男を縛り付けているかのように見えた。

しかし男は、充満する鬼の呪詛などものともせず、静かにゆったりと立っていた。

美しい。だがその美しいと感じてしまうことこそが恐怖だった。

この何時間かで、川崎は今まで考えたこともなかった異常な体験をした。

やくざに監禁され、この世のものとは思えない怪物の食料にされそうになり、狂犬のような少年に左足を喰い千切られ……それはもう、今もこうして生きているのが不思議なほどの出来事の連続だった。

そこに突如、川崎を助けようと現れた男。最初川崎にはその男がヒーローのように見えた。

理不尽な死に追い込まれようとしている自分を救い出してくれる、正義のヒーローがやって来てくれたのだと。

だがそれは間違いだった。

命を奪おうとしたのが怪物なら、命を救おうと現れたのもまた、怪物だった。

詳しい事情は分からないが、この黒尽くめの男は当初、鬼へと変貌した怪物を救おうとしていたようだった。いや、救おうとしていたかどうかはともかく、少なくとも殺さずに捕らえようとしていた。

それが、あの狂犬のような少年が現れ、怪物の前に討ち死にしたときに、変わったのだった。

どうやらこの足を齧った少年と怪物は兄弟だったらしい。男の叫んだ台詞で分かったことだが、そのときまでは、男もその兄弟を助けようとしていたのだ。

だが、怪物が弟を殺したときに、男の言動が一変した。

失血と激痛によって意識が途切れがちになっていた川崎でさえ、男のその変貌ぶりには驚愕した。

男に訪れた変化はそれほどのものだった。

川崎も職業柄、精神を患っている人間は何人か見てきた。重度の分裂症や躁鬱の患者、それに多重人格症と診断された人物も知っている。

だが男の変貌は、そんな精神病の患者が見せるものとは、まったく異質なものだった。

男はそのとき、ずっと立ち尽くしているだけだった。唐突に不可思議な行動を取ったり、奇声を上げたりしたわけでもなかった。

ただ静かに、数奇な運命に翻弄されたであろう悲劇の兄弟の結末を、じっと見つめていただけだった。

そうして立っているだけの男が、ふとした瞬間に、まったくの別のものへと移行したのだった。

人格が入れ替わった、最初川崎はそう思った。だがそうではなかった。

入れ替わりに現れたのは、人ではなかったのだ。

——悪魔。

あえてその別のものを表現するなら、そう呼ぶしかないように思えた。

黒い服の男に、突然悪魔が乗り移ったのだと、そう理解するしか出来ないほどの、変貌だった。

目に見える何かが変わったわけではない。言動がおかしくなったわけでもない。

男は相変わらず突っ立っているだけだったのだが、それでも川崎は、その男に悪魔が乗り移ったことを確信として理解していた。


自らが生み出した緑の剣からの光に冴え冴えと照らし出された悪魔は、無感動で冷酷な表情を、闇の中に浮かび上がらせていた。

悪魔はあれほど助けようとしていた鬼の首をいとも簡単に刎ね、そのあと群れをなして襲ってきた怪物達の軍勢を軽やかに蹴散らしたのだった。

そして川崎は、その凄絶で陰惨な光景を目の当たりにしながら、黒い男のことを、美しいと思ってしまったのだった。

怪物と悪魔の闘い。それは川崎から容易く恐怖や怯懦《きょうだ》を奪い去った。恐怖を感じるにはその光景はあまりにも幻想的過ぎたのだ。

映画を見ているような非現実感の中で、恐怖の代わりに彼が覚えたのは、陶酔だった。

怪物からの攻撃を優雅に舞うように躱しながら、無慈悲に次々と斬り倒してゆく黒い男の姿や、そして今、その怪物達の死体の中心に涼やかに立つ男の姿に、川崎は感動していたのだった。

それはかつて経験したことのない、魂が震えるほどの感動だった。

——失血による幻覚を見たのだろうか。

感動に打ちのめされ、呆然とした頭で川崎は考えていた。

——それとも俺はとっくに発狂していて、ありもしない世界に逃避してしまったのだろうか。

幻想でなければ説明がつかない。それほどの、圧倒的な美の光景だった。

だが、狂犬のような少年に喰い千切られたふくらはぎの傷や、そこから来る激痛が、目の前の光景が現実であることを知らせていた。

——どちらにせよ。

川崎は薄れゆく意識の中で思った。

これほどの光景を見てしまった自分は……この光景を美しいと思ってしまった自分は……悪魔に乗っ取られた男を恐ろしいと感じず、彼のことを美しいと思ってしまったことの方を恐れている自分は……。もう二度と元の世界には戻れないだろう。組織の中で平穏だけを求めて生きていた、ぬるま湯のような人生には、もう二度と帰れないだろう。戻ればその世界に安堵を感じるだろうが、それもいっときのことだろう。また再びこの強烈な感動を覚えたいという衝動に駆られてしまうに違いない。きっとそうなる。いや、それは今ですらそうなのだ。……もう戻れない。もう、帰れない。

月を眺めていた男が、ふと歩き始めた。

長瀬が去っていったのと同じ方、山頂へと向かっている。

緑の剣に映える男の姿が、少しずつ小さくなってゆく。

その背中に向かって、川崎は声をかけた。

「……行かないでくれ」

それは自分の耳でも聞き取れないほどの、か細い呟きだったが、川崎にとってその言葉は、全身全霊を懸けた必死の訴えだった。

「……俺を置いて行くな」

顔を苦痛に歪めながら、川崎は消えそうな声で叫んでいた。

「俺は……もう戻れない。もう安穏とした平和なだけの世界には、戻れない。だから、そっちへ連れて行って欲しいんだ。貴方の住むその世界へ、俺も連れて行って欲しい。頼むよ。お願いだ。俺を置いていかないでくれ……」

それはひとりで死を迎えなければならないという孤独や恐怖に怯える訴えではなかった。

悪魔に見える男と同じ世界の住人になりたいという切なる欲求の声だった。

「見捨てないでくれ……。このままだと俺は宙ぶらりんのままだ……。嫌だ、耐えられない……。お願いだ……」

叶わない願いであることへの絶望と、それでも止まない悲痛なまでの欲求の、相反するふたつの激流が作り出す巨大な渦に心を引き裂かれながら川崎は、地に伏したまままいつまでもぶつぶつと何かを呟いていた。

4

長瀬の後を追い、茂みの中を走る春海の顔には、苛立ちの色が浮かんでいた。

行く手を阻む枝や雑草を、緑に発光する剣で斬りつけながら進む。

「くそっ」

春海の目は、黒い部分が通常の半分以下にまで小さくなっていた。

邪眼である。まだ魔性のままであるらしい。

口から吐いて出た悪態は、逸る足に絡み付いてくる雑草や視界を遮る樹木の枝葉に向けられているると同時に、失策続きである今回の己へ向けられたものでもあった。

走りながら春海は、ひとつの推論を構築していた。

それは事件の最初の頃からぼんやりと頭の中にあったものだったが、あり得ないと真剣に考えることをしなかったことだった。

ともすれば己に対する怒りに冷静さを奪われそうになる気持ちを抑えつけて、春海は思考に意識を集中させた。

ヒントはいくらでもあった。

ただそれをきちんと考えなかった自分が甘かっただけだった。

FF製薬の会長である福溝という男。

その男の部下が鬼化人事件の張本人であったこと。

そして会長と誕生日が同じ女性が九人行方不明になっているという事実。

生剝逆剝の死体。

頭上の満月。

この山が京都の鬼門を護る比叡山の、さらに鬼門に位置する場所であること。

長瀬の言った儀式という言葉。

古神道。

これらの事柄は、あるひとつの事実を明確に指し示していた。

——反転的崩壊《フォール・ダウン》、である。

福溝という男は、今夜この山の頂上で、比叡山に対して反転的崩壊の儀式を行おうとしているのだ。

そのための贄を準備している段階で、その内の一体が警察によって発見され、その情報が春海にまで伝わったことを懸念した彼らは、よしんば春海が介入して来ても、儀式を行うときまで春海らの動きを制限出来ればそれで良いという力業の作戦を選択した。

それが京都を震撼《しんかん》させた鬼化人事件だったのだ。

そして敵のその作戦は見事に的中した。

鬼化人事件に忙殺された春海は、その裏で進行していた儀式のことまでを嗅ぎつけることが出来なかった。

偶然によって慈舜が一連の黒幕はFF製薬の会長であることを暴いてはいたが、それを鬼化人事件の首謀者が判明しただけと受け取ってしまい、その裏で彼らがらなかった。


さらに秘密裡に計画を進行させていることまでは分か
　春海は己の迂闊さを呪った。

　京都の街を混乱と恐慌の極致《きょくち》に陥れた鬼化人事件は、彼らにしてみればただ単に春海に対しての罠であり、彼らの仕掛けたその罠に、春海はまんまと乗せられていたのだ。

　……ここで普段の春海なら、もし仮に、と考えていただろう。

　もし仮に、京都に勘解由小路春海という人物がいなかったらどうなっていただろうか、と。

　鬼化人事件が、春海の動きを警戒し、春海の自由を制限するためだけに起こされた事件とするなら、春海がいなければこの事件は起きなかったのではなかろうか。

　京都の住民は、春海がいたために殺されたということにはなりはしないだろうか。

　そう考え、己を責めていたに違いない。

　だが、魔性を現す今の春海が、そんな風に思うはずがなかった。

　彼はただ、腹を立てていた。

　誰のために京都中が震え上がったのか、誰の所為で無関係な人々が殺されたのか、そんな問いは、今の春海にはまったく意味がなかった。

　罪を問うなら、それはやつらの所為である。

　悪いのは、あいつらだ。

　それも、無関係な人々を殺害したという罪ではない。

　俺を罠に嵌めたという罪だ。

　俺を虚仮にしたという罪だ。

　俺の矜持《きょうじ》を傷付けた罪だ。

　その罪は、万死《ばんし》に値する。

　まんまと罠に乗せられてしまった自分への苛立ちは、すべて彼らへの敵意に転換されていた。今の春海にとっては、己のプライドの回復が最も重要なものだった。

　そしてそれは彼らの血と後悔の叫びでしか達成することは出来ないと考えていた。

プライドを傷付けられた罪は、相手への報復でしか償われることはないという、原始的なほどの驕慢《きょうまん》で単純な思考。悪魔へと変貌した春海ならではの思考だった。

雑木林の終点は、高い岩壁によって示されていた。剝き出しになった岩肌が眼前に突如として現れたのである。

岩壁に沿って進み、迂回するルートを探す時間はない。

春海は上空を見上げた。

岩壁の頂点は闇に紛れて見えない。

だが最低でも十五、六メートルはありそうだった。

ちっ。

舌打ちをして春海は左手に握っていた剣を見た。

すると剣がゆるゆるとその形状を変え、円筒状の長い棒になった。

二メートルほどはあるその棒は、一方が鋭く尖っていた。

槍である。

春海はその槍を右手に持ち替え、頭上の岩肌めがけて投げつけた。

槍は岩に垂直に突き刺さった。

その槍を見上げる春海の右手がぼうっと光り始め、鞭が出現した。

春海は真上にジャンプしながら、鞭を突き刺さった槍に向けて振るった。

しなやかに弧を描いて鞭が槍に巻き付く。

飛び上がった勢いと鞭を引っ張る反動を利用して、春海は槍を摑んだ。そしてそのまま逆上がりの要領で体を反転させ、槍の上に立つ。

常人離れしたバランス感覚を有する春海ならではの芸当だった。

不安定な細い棒の上にたった状態で、春海は再び右手に槍を出し、同じことを繰り返した。

垂直に切り立った岩壁を、春海が軽やかとも言える動きで登ってゆく。

六度目の槍を突き刺し、その上に立ったところで、ようやく頂上が見えた。

頭上三メートルくらいだろうか。

春海は槍の上で膝を曲げ、屈伸した。

すると今まで春海の体重を支えてびくともしなかったはずの、硬い槍の柄が、春海の動きに呼応して大きくしなった。

そのしなりを利用して高く飛び上がった春海は、左手で岩壁の縁を掴み、勢いを殺さずに体を持ち上げ、崖の頂上に立った。

幻神伝

第十章

1

山の頂上は、草木がひとつも見当たらない、ごつごつとした地肌を剝き出しにした荒涼たる場所だった。

重なり合う岩と、それにこびり付いている苔が、満月に白々と照らし出されている。

そこはクレーターのように、中央に向かって深く窪んだ地形をしていた。

ほぼ真円の、半径二キロほどはある巨大な窪地である。

春海の立つ場所はそのクレーターの周辺であり、一番高い地点だった。

びょうびょうと吹き荒《すさ》ぶ風にコートをなびかせながら、春海はそのクレーターの中央を凝視した。その一点が赤く揺らめいているのが分かる。

火を焚いているのだ。

そこで儀式が行われようとしているのは間違いなかった。

いや、もうすでに儀式は始まっているのかも知れなかった。

春海は緩やかな下り坂になっている岩の斜面を、中央の炎に向かって走り出した。

すでに左腕には緑の宝剣が握られている。

春海はその緑の光を隠そうとせず、気配を断とうともしないまま、滑るように坂を下ってゆく。

遮蔽物もなく、月明かりによって見通しの良くなっている場所では、いくら気配を断ったところで姿を隠せるわけではなかった。すでに、崖の頂上に立った時点で、春海の存在はバレていると考えた方が妥当だった。そして、バレているのであれば、臨戦態勢を保持したまま移動するのが最良の手段だった。姿が隠せないのは敵も同じなのだ。春海を阻止しようと襲いかかってくるならば、相手も春海にその姿をさらけ出さなければならない。

——が。

今の春海は、そこまで考えて姿を隠そうとしていないのではなかった。

面倒臭い。真正面から斬り込んで、ひとり残らずぶち殺してやる。

春海が考えていたのは、ただそれだけだった。

春海の怒りはまだ少しも衰えてはいなかったのだ。

と、春海が突然足を止め、上空を見上げた。

春海が目を向けた空間に、どこから舞ってきたのか、一枚の封筒ほどの大きさの紙がふわふわと漂っていた。

春海はそれを不審気に睨んだ。

その紙がどこから舞い飛んできたのかは問題ではなかった。それよりも、いつからそこに漂っているのか、その方が問題だった。

紙はいつまで経っても地に落ちようとはしなかった。また、風に乗ってどこかへ飛んで行こうともしなかった。確固たる意志を持って春海の上空に漂っているようだった。

中空に浮かぶ紙が、いつの間にかその形状を変え始めた。

紙と闇の境が曖昧になり、輪郭がぼやける。

水に溶ける泡のようにゆるゆると闇に拡散する紙は、しかしその白く光を反射する性質だけは失わず、ぼんやりと宙に浮かぶ靄のような球体になった。

雲のように薄く広がる球体は直径一メートルほどにまで膨れ、ゆらゆらと揺れていた。

と、その雲の中になにかの像が浮かび出てきた。

最初はぼやけた影のようだった像が、次第にはっきりとした輪郭を見せ始める。

ピントが合ってゆくように、ゆっくりと雲の中に人影が映し出された。

『……久しぶりじゃの』

雲の中の映像から声がした。

それと同時に、映像がはっきりと細部まで見れるようになった。

奇妙な雲の中に浮かび上がったのは、嘉神静流だった。

「………」

春海は静流の映像に応えることもなく、じっと睨みつけたままだ。

『ほほっ』

そんな春海の態度を見て、静流は嬉しそうに笑った。

春海はこの不可思議な現象のからくりを解いたようだった。

驚きもせずに不機嫌な視線を静流に向けたまま黙っている。

伝心通《でんしんつう》。それが静流の使っている能力だった。

遠く離れた相手に瞬時にして己の持つ情報や見えている風景を伝えることが出来る能力のことを呼ぶ。反対に、遠方のものの情報を読み取る能力は読心通《どくしんつう》と言う。どちらにも心という文字が使われているが、この能力は決して相手の心を読み取ったり、自分の思考を送ったりということが出来る能力ではなく、あくまでも自分の見聞きしている情報を同時的に相手に送ったり逆に受け取ったりすることが出来るという、遠隔視能力の延長上にあるものである。

静流はこの伝心通読心通の能力を式神に乗せ、式神を増幅装置にすることでより強力に発現させているのだった。

「……邪魔だ」

今まで黙っていた春海が、ぼそりと呟いた。

静流はほほっとまた笑い声を上げて、

『何故じゃ？』

と応えた。

不審な紙の正体を解明したことでもう興味を無くしたのか、無視して駆け出そうとする春海を、静流が声で留める。

『汝こそ何故邪魔をする？』

その言葉に、ゆっくりと春海は静流を振り返った。

凄まじいまでの殺意が込められた視線に、だが静流は少しも動じることなく、

『反転的崩壊、汝は見たいとは思わんのか？』

薄笑いを頬に張り付けて続ける。

『この薄汚れた退屈な世界が、反転的崩壊によって何か別のものに生まれ変わるのなら、それはそれで面白いとは思わんのか？　今の汝は、いつもの坊ちゃんとは違って我の言うことが分かるであろ。汝も我と同じで、こんな世界などどうなっても構わんと思っておるのではないかえ？　こんな退屈で無意味で脆弱なパラダイムは、消えてしまった方が良いと思っているのではないかえ？』

春海を誘惑するかのように、目を細めて静流はしゃべり続けている。

『この世界など護る価値はない。そこに住む人々も同様にな。その価値のない世界を少しでもマシなものにしようというだけではないか。我らの好きなようにこの世界を変えられるのじゃ。素晴らしいとは思わんのかえ？　汝も創造主のひとりになる資格は充分にある。どうじゃ、今からでも遅くはない。我らと手を組まんか。パラダイム・ガーディアンなどと名乗って粋《いき》がっているようじゃが、そのような使命などとるに足りんと思えるほどの、至高の存在になれる機会じゃ。これを逃すと、もう二度とは来ぬぞ』

「ふん」

優しく囁くように諭す静流を、春海は鼻で笑った。

春海の鼻息ひとつで、静流の態度は豹変した。

侮辱はこの老婆の最も嫌うもののひとつだった。

その豹変ぶりは、今までの猫なで声は春海を懐柔《かいじゅう》しようとして使っていただけのただの上っ面の態度であることを、そしてその裏側には愚かしいほどの高いプライドに支えられた、極端に我儘な本性が潜んでいることを、明確に現していた。

静流はなんの前触れもなく、突然キレた。

『我を愚弄することは許さん！　計画の邪魔をすることもじゃ！　せっかく汝を超越存在のひとりに加えてやろうと言うのに、その我の誘いを断ると言うのじゃな！　何故じゃ！　その故由《ゆえよし》を申せ！　正義のためなどとは言わさんぞ！　そのような愚昧《ぐまい》で青臭い台詞を吐くつもりなら、我は汝を見捨てる！　この場で命を絶ってくれる！　それを覚悟して申せ！』

静流の恫喝に、途中から奇妙な不協和音が重なって聞こえ出していた。

春海の笑い声だった。

「わはははははっ！」

春海は腹を抱えて笑っていた。

何がおかしい！　という静流の怒声も耳には届いていないようだった。

気が触《ふ》れたように笑う春海が、その衝動を抑えようともせず口を開いた。

「……正義か！　そりゃ良いな！　それにしよう、それだ！　ぷっ、わはははっ！　そう、その通り！　俺は正義のためにやつらを倒すんだ！　何故なら俺は正義の味方だからだ！　俺が正義だ！　うわはははははっ！」

『おのれ！　我を嬲《なぶ》る気か！』

笑い転げる春海を静流が凄まじい形相で威圧した。

だがそれも春海には聞こえていないようだった。

しばらくしてようやく笑いの衝動が収まってきたのか、ひいひいと喉を鳴らしていた春海が、唇を吊り上げて静流を睨み返した。

「……まったくあんたの言う通りだ。この世界は下らなさ過ぎる。護る価値なんか全然ねえ。パラダイム・ガーディアンというのも、あんたの言う坊ちゃんの春海が勝手にほざいているだけのことで、俺には関係ない。認めるぜ。もうひとりの春海は、甘過ぎる。てめえの能力を毛嫌いし、罪の意識に悶え苦しみ、出来るなら誰も傷付けることなく生きていきたいなどと本気で考えているただの大馬鹿野郎さ。そして、そんな下らない意識が俺をここまで育ててきたことに気付いてもなお、自害することも出来ず膝を抱えて泣き伏しているだけのガキだ。そうやって泣いていれば、いつか誰かが助けに来てくれると思ってやがる！　とんだ甘ちゃんさ！　救いようのねえ馬鹿だ！　だがな！」

春海は静流を睨みつけたまま、唇の端を吊り上げてにたりと笑った。

それは狡猾で残酷な、しかしそれでいてなお美しい笑みだった。

「その甘ったるい春海も、ただ一点だけ俺と共通した認識がある。それは、このパラダイムをぶっ潰して新しいパラダイムを構築しようなんて真似は、死んでもしたくねえってことだ。動機はまるで違うがな。春海は例によって甘ったるい罪悪感のため、俺はそんな面倒臭えことはしたくないってだけだ。超越的存在？　創造主？　ふん。馬鹿馬鹿しい。そんなものになって何が面白いってんだ。自分の好きなように世界を創り変える、そんな風にして創った世界が、今より面白いものになるはずがねえだろうが。てめえに都合の良いイエスマンばかりを周りに置いて、猿山の大将を気取っているうちに結局会社を倒産させてしまう、脳みそのねえ馬鹿社長と発想が同じだ。そんなクソみてえにくだらねえ世迷いごとに、誰が乗るんだ。見下すのもいい加減にしろっつうんだよ」

『おのれ！』

静流の激昂した声が、月夜に轟いた。

『我を侮辱するのもほどほどにせい！』

その強烈な感情に同調するように、雲の中の静流の像が大きく歪む。

『黙って聞いておれば、よくも！　よくもそれほど我を愚弄しおったな！　許さぬ！　身分をわきまえい！　汝なぞ我にとっては虫けらじゃ！　虫けらは虫けららしく、我の言うことに黙って従っておれば良いのじゃ！　それを！　我を蔑《べっ》したことを思い知らせてやる！』

宙に浮く球体の雲は、もはやひとつの巨大な憎悪の塊と化していた。

それはぐねぐねと身を捩じらせながら、周囲に毒にも似た怨念を撒き散らしていた。

だが、そんな臭気が漂ってきそうな呪詛の眼前にいてもなお、春海はなんの痛痒《つうよう》も感じてはいないようだった。薄く笑ったまま言葉を繋ぐ。

「この世界を護るためとか、正義のためとか、何でも良いが、そんなことは俺にはまったく無意味だ。関係ねえ。だがな、やつらは俺を嵌めた。この俺を侮辱しやがった。その罪は死をもって償ってもらわねばならない。そうしなければ俺の気が治まらない。ただそれだけのことだ。あんたらの創る新しい世界になんぞ毛ほどの興味もないし、この世界がどうなろうが知ったことじゃない。俺はただ、やつらをこの手でぶち殺したいだけだ。俺の精神の安寧のためにな。それを邪魔しようとするなら――」

つい、と春海は剣の切っ先を、屈辱に赤く膨れる静流の顔に向け、言い放った。

「お前も殺すぞ」

数瞬の間、ふたりは睨み合っていた。

憎悪と怨嗟の交錯する、凄まじい睨み合いだった。

静流がその怨念を吐き出そうと口を開きかけたとき、春海の視線が静流から外れ、遠く背後へと移った。

その視線の意味を悟った静流は、かかっ、と痰の絡んだ高笑いを放った。

『気付いたかえ？　もうすでに儀式は始まっておる。そしてひと度始まってしまえば、何ものであろうとこの儀式は止められぬ。汝は我らを殺すと言うたが、それも叶わぬことになりそうじゃの。儀式が終わった頃には、我らがこの世界の王よ。汝の存在を認めぬと我らが思えば、汝はこの世から消えてなくなる。それほどの力を得るがための儀式じゃ。我の仕事は、その儀式が始まるまで汝を足止めしておくことだったのじゃ。その役目ももう終わった。これからはゆっくりと儀式を見物させてもらうとしようかの』

視線を戻した春海に、静流は勝ち誇ったように言う。

『安心せい。汝が苦しまずに済むよう、一瞬にして存在を消去してやるわ。それがいち度は客分に召そうとまで考えた汝への、せめてもの慈悲じゃ。その慈悲を受けたければ、無駄な足掻《あが》きはせずおとなしく……』

言い募る静流の目の前で、剣が、すうっと縦に動いた。

その瞬間、宙を漂っていた雲が静流の映像とともに闇に掻き消えた。

春海がくるりと反転し、駆け出した。

誰もいなくなった空間に、二枚に裂かれた紙片がゆらゆらと舞い、落ちた。

2

ばちばちと木の爆《は》ぜる音がする。

四方で薪が焚かれているのである。

中央に男がひとり立っている。

月の明かりが四隅で燃える薪の炎と混ざり合い、薄赤く男を照らしている。

サルである。

サルは白装束に身を包み、裸足で立っていた。

四隅で焚かれている薪を線で結べば、一辺五メートルほどの正方形になる。

その内側に、ひと回り小さい一辺三メートルほどの垣根が作られている。

照葉樹が等間隔に植えられて出来ている垣根だ。

薪と照葉樹によって、儀式を行うための神聖な場所——結界が、二重に張られているのだ。

その垣根のさらに内側の中央に、サルは立っているのである。

この二重の結界を神道では斎庭《ゆにわ》と呼ぶ。神を迎える特別な場所である。

本来なら二重の境とも、照葉樹を植え込んだ垣根によって作られるはずなのだが、サルはその外側の境を四隅に薪を焚くように変更させていた。

我流の斎庭である。

正式な斎庭と違う点はまだある。

通常、斎庭の中央には、照葉樹の枝である榊《さかき》が刺さっているはずなのだが、今そこにはサルが立っている。そしてサルの眼前にある、白米や神酒が供えられているはずの祭壇には、白米も神酒もなく、朱の盃がひとつ置かれているだけだ。

結界である斎庭の中心を厳《いつ》の磐境《いわさか》と呼び、そこにあり、降臨する神の依代となるべきものを、神籬《ひもろぎ》と言う。そして、通常であれば厳の磐境にあり神籬として神が降りてくるのは、榊であるはずなのである。神官はその神籬である榊に神を降ろし、儀式を執り行うのだ。

が、今はその榊の代わりにサルが神籬に立っている。その意味は、考えるまでもなくひとつしかなかった。サルは榊ではなく己の肉体に神を降ろそうとしているのだった。

独特にして大胆な手法だが、明らかに正道なものではない。

邪道である。

サルは神籬の位置に立ち、朗々と祝詞を詠み上げていた。

「……如此宣《かくのら》ば、天津神《あまつかみ》は天磐戸《あめのいはと》を押披《おしひら》きて、天《あめ》の八重雲《やへぐも》を伊頭《いづ》の千別《ちわき》に千別て所聞食《きこしめさ》む。国津神《くにつかみ》は高山《たかやま》の末、短山《ひきやま》の末に上坐《のぼりまし》て、高山の伊穂理《いほり》、短山の伊穂理を撥別《かきわ》けて所聞食む。如此所聞食しては罪《つみ》と云《い》ふ罪は在《あら》じと、科戸《しなど》の風の天《あめ》の八重雲を伊吹《いぶ》き放事《はなつこと》の如く、朝《あした》の御霧《みきり》、夕《ゆふべ》の御霧を、朝風夕風《あさかぜゆふかぜ》の吹き掃《はら》ふ事の如く、大津辺《おほつべ》に居《を》る大船《おほふね》を、舳解放《へときはな》ち艫解放《ともときはな》ちて、大海原《おほうなばら》に押放《おしはな》つ事の如く、彼方《をちかた》の繁木《しげき》が本《もと》を、焼《やき》鎌《がま》の敏鎌《とがま》を以て、打掃事《うちはらふこと》の如く……」

大祓祝詞《おおはらえののりと》である。

神の降りる場所を清浄なものにするための呪だ。禊によって心身を清め、九字を切って異界の門を開いたとしても、降りてくる場所を清浄にしておかなければ神は降りてこない。

禊をすることで清められた肉体の気を、外界にまで広めなければならないのだ。

己の中の清浄な気と、外界の気とが同質になって初めて、神の降臨する環境が整うのである。

サルは大祓祝詞を詠みながら、不思議な高揚感に包まれている自分を見つめていた。

体内に満ちていた清浄な気が、言霊《ことだま》となって外界へ流れ出しているのが分かる。

放出された気が、大気や岩や石や、苔や虫や微生物や、己を取り巻くあらゆる物質に吸収され、それらすべてが自分の気と同質になってゆく。

——凄い。

統一される気の範囲が、連鎖反応的に急速に広がる。それは譬えようのない快感だった。

すでに大量の気を放出しているにも拘らず、体内からはこんこんと気が湧いてくる。

疲労などはまったく感じない。

禊のときに感じた、己が世界に溶け込んでゆくような感覚とはまた違った悦楽だった。

己が世界に溶けてゆくのではなく、世界が己に同調しているのだ。

己を核として世界が変質しているのだ。

今まで感じたことのない強烈な恍惚感に心を奪われそうになる自分を、サルは必死に制御した。

いつまでもその状態に陶酔しているわけにはいかなかった。


ここからが本番なのだ。

本来ならここからは、大神呪奉唱《だいじんじゆほうしよう》、五大母音《ごだいぼいん》、五天合掌《ごてんがっしょう》を繰り返し、神憑《かみがか》りの状態になることで、神の声を聞き魂を鎮める呪法——鎮魂帰神法《ちんこんきしんほう》へと入っていくことになるのだが、今回はその方法を採らない。

サルの目的は鎮魂などではなく、もっと別のものだった。

そしてその目的を達成させるためには、セオリー通りの儀式をするわけにはいかないのである。

これから行おうとすることは、サルにとっても大きな賭けだった。

おそらくこのような呪法を行うのは、神道史上でも初めてではないだろうか。

どんな文献にも書かれておらず、口伝《くでん》としても残っていない、完全なオリジナルの儀式を、サルは執り行おうとしていた。

それだけに、快感に心を奪われるわけにはいかなかった。

少しの躊躇《ちゅうちょ》や手順の違いで、儀式が失敗に終わってしまう可能性は大いにある。

すべての作業を慎重にかつ断固として進めてゆかなくてはならなかった。

大祓祝詞を詠み終えたサルは、間を置かず次の詞の詠唱に移った。

何度も同じ短い句を、繰り返し唱える。

大神呪の呪文である。

「む、か、り、ま、ぢ、あ、む、か、り、ま、ぢ、あ……」

しかしそれは普通の大神呪ではなかった。

通常の大神呪なら「あ、ぢ、ま、り、か、む」と唱えねばならないはずなのだ。

サルは、その呪文を反対から詠んでいるのだった。

これがサルの考案した儀式の第一歩だった。

これにより彼は、今から行おうとしている儀式が本来のものとは反対の意味を持つものであることを、世界に、そして神に示したのだ。


詠唱を続けるサルは、不思議な現象を捉えた。

雪である。

金色の、雪。

それが天から降ってきたのだ。

雪は金色に光り輝きながら、漆黒の闇の中を軽やかに舞っていた。

それが実際にこの山に降っている雪なのか、それとも意識にのみ見えている雪なのか、サルには判断がつかなかった。

だが、そんなことはもうどちらでも良かった。

すでに外界はサルの体内にあり、サルの肉体は外界とひとつになっている。

意識と現象を区別なく同一として捉えられるのだ。

それほどの境地にいる今、雪が現実のものかどうかなどという問いは、まったく意味を持たなかった。

ただ、その金色の雪を見たとき、サルは直感的に悟っていた。

この雪は、神が降臨してくる前兆なのだと。

サルはさらに精神を集中させた。

神の降臨は狙い通りだったが、そのタイミングが予想よりも少々早い。

今降りてこられるのはまずかった。

神の降臨の前にしておかなければならない大仕事がまだ残っているのだ。

彼は逸る気持ちを抑えながら、意識をゆるゆると体外へ流れ出ている気に集中させた。

これ以上ないほどのピュアな気が、地下から溢れる湧き水のように、こんこんと止むことなく湧き出ている。

その清らかで聖なる気に、彼は慎重にあるひとつの思念を乗せた。

その思念は彼の体内でねっとりと気と絡み合い、体外へと放出された。

すでに彼の気と完全に同調していた外界の気が、思念の混ざった気に引きずられ、見る間にその質を変化させる。

数分のうちに、山の気が彼の思念によって統一された。

大気が、鉱石が、虫が、微生物が、動植物が、山の気を渾然と形成していたすべての気が、彼の思念に汚染されたのだった。

それは先ほどまでの清浄な気による緩やかな統一ではなく、明確な意思による強烈な一体化だった。

サルの意識は、自分の思念によって山の気が変貌してゆく様を、歓喜とともに眺めていた。

まるで巨大なキャンバスに描かれた緻密で芸術的な絵画の上に、原色のペンキをぶち撒けたようだと、サルは思った。

すべてが自分の色に染まってゆく快感。

それは破壊の快楽と創造の愉悦とがごちゃ混ぜになった、強烈な快感だった。

山はすでに彼の発したひとつの思念によって完全に支配されていた。

山全体が、サルから引き継いだ思念を、虚空に向けて高らかに謳いあげていた。

それは、凄まじい怨念だった。

純粋なまでの恨みの結晶となったサルが、そのエネルギーで山全体を染め上げたのだった。

そしてその怨嗟は、サルの発する気によって密度をますます濃く、強くしてゆく。

山は今や、巨大な怨念の塊と化していた。

3

「くそったれが！」

松川は次々と襲いかかってくる低級霊を叩き落としながら叫んだ。

山の気が急に変化したかと思うと、どこからともなく霊達が集まり始め、松川らを攻撃し出したのだ。

低級霊は、一体一体はさほど強くはないが、数が多かった。

いくら倒しても際限なく次の霊がやってくる。


松川の背後にはふたりの人間がいた。

慈舜と三枝である。

三枝は大量の出血で気を失っている慈舜の介抱をしていた。

鬼を倒し、とりあえず三枝を安全な場所まで連れて行こうと山を降りていたとき、草叢に転がる慈舜を発見したのだった。

最初は死んでしまっているのかと思ったが、まだ辛うじて息はあった。

だが、目を疑うほど多くの傷を全身に負い、それによる失血も伴って、慈舜は完全に気絶していた。

生きているのが不思議なほどの重傷だった。

慈舜の側には、二体の鬼化人が転がっていた。

信じられないことだが、これほどの傷を負いながら、慈舜はその二体の鬼化人を倒していたのだった。

松川は着ていたシャツを脱ぎ、それを引き裂いて包帯の代わりにした。

慈舜の体にそれを巻きつけ、余った布を自分の胸にも巻く。

応急処置とさえ言えない雑な処置だったが、薬も治療道具もないこんな場所では、それが精一杯だった。

松川は慈舜を抱え上げ、泣きじゃくっている三枝を宥めながら場所を移動した。

近くに川があった。

まずは慈舜の傷をその川の水で洗浄してやらねばならなかった。

このまま放っておくと、破傷風などの重大な感染症に罹《かか》ってしまう恐れがあった。

川の水では心もとないことこの上ないが、なにもしないよりはマシだろうと思った。

慈舜を抱えて歩きながら、松川は辺りを見渡した。

不思議なことに、このとき山の気がどんどん清浄化していたのだ。

何が原因かは分からなかったが、気の清浄化は松川にとっては有難いことだった。

背中の傷の痛みが引いていき、気持ちにも余裕が出てくる。

川に辿り着いた松川は、枯れ木を集め、火を熾《おこ》した。

誰かが捨てていったのだろう壊れかけのヤカンに水を汲み、火にかける。慈舜の体に巻きつけていた布を一旦解き、ヤカンの中に入れて煮沸消毒をする。

一連の作業を、松川は黙々とこなしていった。

焦りはある。こうしている間に川崎はますます危険な状況に追い込まれているのかも知れず、もしかしたらもうすでに殺されてしまっているのかも知れなかった。

だが、そんな最悪の想像に引きずられて理性を失うわけにはいかなかった。

川崎のことを考えるあまり、慈舜と三枝を見捨てることになってはならない。

今、自分の為すべきことは、慈舜と三枝の身の安全を確保することであり、自分の傷の手当てだった。

それが完了するまでは、川崎のことは春海に任せるしかなかった。

——無事でいてくれよ。

松川は歯軋りをしながら川崎と春海の安全を祈った。

三枝が嗚咽を漏らしながら、濡らしたハンカチで慈舜の体を拭いている。

松川はそれを眺めながら、自分の胸に巻いていたシャツの切れ端を解き、同じようにヤカンの中に放り込んだ。

煙草に火をつけ、大きく煙を吸い込む。

三枝の行為を、無駄だと止めようとは思わなかった。治療として効果があるかどうかは関係ない。彼女は彼女なりに、何かしていなければ精神のバランスが取れないのだ。

松川は意識を己の内部に集中させた。

山の清浄な気を体内に取り入れ、ゆっくりと回す。

背中の傷と失血の所為で弱っていた細胞が、徐々にだが回復していくのが分かる。

——大丈夫だ。これならまだ少しは動ける。

松川はヤカンの中から布を取り出し、きつく搾ってからその中の一枚を自分の胸に巻きつけた。

残りの布を三枝に渡し、ヤカンを洗って新しい水を火にかける。

「いいか」

慎重な口調で松川は三枝に声をかけた。

「これから俺はもう一度山に行ってくる。この山の中にはまだ春海と俺の部下が残っているんだ。そいつらを助けてやらなければならない。お前はここで慈舜の手当てをしてくれ。……俺の言っていること、分かるか?」

松川の言葉に、三枝はこくりと頷いた。だが、その目はきちんと焦点が合っていない。

非現実的な出来事に連続して遭遇した所為で、パニックに陥りかかっているのだ。

松川は子供に言い聞かせるように、三枝の目を覗き込みながら続けた。

「よし。じゃあ、ここで待っていてくれ。何があってもここを動くんじゃないぞ。火を絶やさないように気を付けろ。枯れ木をくべ続けるんだ。それから、水は一度このヤカンで沸騰したものを使え。飲んだり傷を拭いたりするのも、全部このヤカンの水でするんだ。いいな、分かったな」

再度三枝はゆっくりと頷いた。

その仕種には先ほどと違って、わずかだが理性が戻っているように見えた。

「春海らを連れて、必ず俺はここへ戻ってくる。それまでの辛抱だ。心細いだろうが踏ん張れ。慈舜を護るのはお前だ。お前しかいないんだ。こいつを助けてやってくれ」

三枝の視線が松川から慈舜へと移り、再び松川に戻った。

その目にははっきりとした強い光が宿っていた。

それを確認した松川は、すくっと立ち上がり、素肌の上にジャケットとコートを羽織った。そのコートの中からなにかを取り出し、「お守りだ」と三枝に放り投げた。

三枝の膝の先に落ちたのは、ロザリオだった。

少し大きめの十字架の先端にプラチナのチェーンが通してある。

ロザリオを拾い上げる三枝に、松川は声をかけた。

「じゃあ、行ってくる。慈舜を頼んだぞ」

だが、その言葉は、結局無駄になった。

駆け出した松川が、見えない壁にぶつかったように、その足を急に止めたのだった。

驚いたように、天をぐるりと見渡す。

松川が最初に感じたのは、強烈な違和感だった。

肉体の機能を回復させるほどに澄みきっていた山の気が、急激にその質を変え始めたのだ。

何かに操られるように、山の気がひとつの意志に収斂《しゅうれん》してゆく。

ありえるはずのないことだった。

山の気は、様々なものから発せられる質の違う気が、ゆるやかに連帯することで出来上がっている曖昧な集合体であるはずなのだ。

その、本来は別々のものであるはずの気が、今ひとつの強烈な意志によって同質のものへとまとめ上げられようとしている。

松川は、山が一匹の巨大な生物になったように感じた。

山から発せられる意志は、見る間に濃く強くなってゆく。

それは圧倒的な憎悪だった。

これほどまでに純粋で巨大な憎悪を、松川は今まで感じたことはなかった。

このときになって初めて、松川はこの山で何か特別な術が行われていることに気付いた。そして、川崎がこの山に連れてこられたのが偶然ではないことも同時に理解した。

——おそらく、川崎をさらった連中と山の気を操っている連中は同じだ。

松川は皮膚をヤスリで削られるような強烈な憎悪に、必死に抵抗しながら考えた。

——とすれば、それは必然的にＦＦ製薬の会長以外にはいない。

鬼化人がこの山に現れた時点で、彼の一味がこの山に潜伏していることは分かっていたが、まさか彼らが今夜この山でさらに別の計画を遂行しようとしていたことには気が付かなかった。

川崎をさらったのは、自分達を探っている人間を誘い出し、一気に決着をつけようとしているからだと、松川は単純にそう考えていた。

だがそうではなかったのだ。

川崎の救出に松川らがこの山に現れたのは、彼らにとっては予定外の出来事だったはずなのだ。

川崎を餌に松川らを一網打尽《いちもうだじん》にしようとする作戦は、彼らにとっては急ごしらえの作戦であり、居場所が割れたという失態を逆手にとって、急遽《きゅうきょ》一石二鳥を狙ったというだけのことだったのだ。

とすれば、連中が川崎をこの山に連れてきたことには、別の意味があるはずだった。

そしてその意味は、深く考えてみるまでもないことだった。

生贄だ。

山を丸ごと憎悪によって支配する、そんな呪法が生半可なものであるわけがない。

川崎はその呪法の生贄に使われるために連れてこられたのだ。

そこまで考えて、松川は背筋がぞっと凍ったのを感じた。

川崎の機転がなければ、未だに俺達は連中の居場所どころか、彼らが行おうとしている呪法のことさえ気が付かなかったに違いなかった。

連中の思い通りに計画が進められ、すべてが手遅れになってしまって初めて、わたわたと騒ぎ出すことになっていただろう。

まるで細い釣り糸の上を綱渡りしているような気分だった。

今、この場所にいて、連中のしようとしていることに気が付いたということは、それだけですでにとんでもない幸運だった。

だがその幸運もいつまで続くかは分からない。

釣り糸に支えられた心細い幸運であることに変わりないのだ。

——だが。

松川は萎えそうになる気力を必死に奮い立たせた。

——たとえそれが釣り糸のように細い幸運であったとしても、それを摑んだことまでもが幸運のお陰ではない。

今、この場所にいて、連中の計画に気付いたという幸運は、俺達の確固たる意志が摑んだ幸運だ。

川崎の意地や、慈舜の覚悟や、俺の怒りや、そんな俺達すべての強い思いが——この山に満ちる憎悪にも負けないほどの強い気持ちが、細い幸運の糸をしっかりと摑んだのだ。

ならば、その幸運を簡単に手放すわけにはいかない。

この山で連中が何か大がかりな呪法を行おうとしているなら、それを断固として阻止する。

それが俺達の摑んだ幸運の意味だと、松川は確信した。

松川は三枝を振り返った。

三枝はきょろきょろと上空を見渡している。

霊的な能力の薄い彼女も、山に満ちている不穏な空気には気が付いているらしい。

――ロザリオを渡しているから、多少のことは大丈夫だろうが……。

三枝に渡したのは、特殊な工法で作られ、大司教の祝福を受けた、特別なロザリオだった。

持っている人間の周りに聖域を張るくらいの力は、充分にある。

通常ならば、三枝はあらゆる災難から身を護られるはずだった。

だが、不吉な第六感が松川の足を止めていた。

この場から去ってはいけないという、確かな予感。

それは結果的に的中した。

どこからともなく現れた低級霊の集団が、三枝と慈舜の周りを囲み始めたのである。

おそらく、山に満ちる邪悪な気に吸い寄せられて集まってきているのだろう。

見る間に彼らはその数を増し、ぐるぐると三枝達の周りを回り出した。

三枝がロザリオを持っているために、簡単には手が出せないようだった。

だが、いくら低級霊とは言え、数が増えると厄介だった。

ロザリオの力をもってしても対抗出来なくなるかも知れない。

実体を持たないただの思念体である低級霊達は、すでに、山の発する憎悪の波動の影響をもろに受けていた。

普段は、確かな意志も持たず、ただ宙にぼんやりと漂っているだけの彼らが、集団を組んで人間を襲おうとしているのが、その何よりの証拠だった。

だが、三枝は慈舜の体を拭いてやりながら、不安げな視線を周りに巡らせているだけだった。霊が見えない三枝にはそれが当たり前のことだったが、その間にも、低級霊達は見る見るうちに莫大な数に膨れ上がっていた。

「ちっ！」

松川は舌打ちをして、三枝に駆け寄った。

群がる低級霊に聖気を当てて蹴散らし、三枝と慈舜を護るように背後に置いて立つ。

松川の放射した聖気によって一瞬はばらばらに散った低級霊達だったが、すぐに態勢を立て直し、再び三人の周りを回り始めた。

松川は手当たり次第に目につく霊を薙ぎ払いながら、背後の三枝に叫んだ。

「ロザリオだ！　俺の渡したロザリオを高く掲げて祈れ！　護って欲しいと強く祈るんだ！　祈りが強ければ強いほど、ロザリオの力もより強力なものになる！　さあ！　早くやれ！」

訳も分からないまま、三枝は言われた通りにロザリオを頭上に掲げた。

〝私達を護って！〟

「もっと強く！」

〝私達を護ってください！〟

「声に出して叫べ！」

「私達を！　私達を護ってください！」

三枝は叫んだ。すると、今まで全身を重く締め付けていた不気味な空気が、すうっと引いてゆくのが分かった。

ほっと胸を撫で下ろす三枝に、松川の厳しい声が飛ぶ。

「安心するのはまだ早い！　やつらは警戒して輪を広げただけだ！　まだそこら中にうようよしているぞ！　さっきの調子で、ずっと強く祈り続けるんだ！」

〝やつら〟と松川は言った。三枝には見えないが松川には見えるなにかが、周りにいるらしい。それも〝うようよ〟しているらしかった。

目に見えないものというのは、それだけで恐ろしい。しかもその見えないものが、自分に敵意を持って襲いかかってくるのだから、なおさらである。

恐怖に押し潰されそうになるのを懸命に堪えながら、三枝は震える手でロザリオをさらに高く突き上げた。

〝護ってください！〟

力を込めてそう祈る。

「よーし！　その調子だ！」

松川が必死に腕を振り回しながら叫ぶ。

三枝にはまったく見えないが、松川は〝うようよ〟いる〝やつら〟と闘っているらしい。

三枝はロザリオをきつく握り締めたまま松川の背中を見ていた。

松川の着ているコートとジャケットが、縦に大きく裂けている。

ぞっとするような傷だ。

三枝を護るために鬼から受けた傷だった。

そのときのことは、ぼんやりとだが覚えている。

この男は、勝手について来た私のことを、身を挺《てい》して助けてくれたのだ。

そして今も、私達を必死になって護ってくれている。

動けることが不思議なくらいの傷だった。

痛くないわけがない。

全身に、悲鳴を上げたくなるほどの激痛が走っているはずなのだ。

もし私が彼なら、もうとっくに諦めているだろうと思った。

のこのこと何も知らずについて来た馬鹿なジャーナリストのことなど知ったことかと、自分の命くらい自分で護れと、そんな風に自分を弁護することだけを考えながら、他人のことなど放り出して、尻尾を巻いてひとりで逃げているだろうと思った。

だがこの男はそれをしない。

私が足手まといになっているのは明白なのに、恨み言など少しも言わず、それどころかその足手まといを必死に護ろうとしている。

三枝は松川の背中の傷から、自分の膝の上で気を失っている慈舜へと目を向けた。

この少年にしてもそうだ。

これほどの傷を負ってまで、何かと闘うことが私に出来るだろうか。

誰かを護るための覚悟。誇りを護るための覚悟。

そんな覚悟を持って、私はこれまで何かに挑んだことがあっただろうか。

興味本位で事件を追い回し、都合の良い正義と自由を振りかざしながら、批難されるとこれも仕事だと開き直っていただけの傲慢な私に、この少年や松川らと同じことが出来るだろうか。

悔しさが胸を突き上げた。

涙が滲むほど、何故かやたらと悔しかった。

彼らに護ってもらうだけの自分が、そして護ってもらうほどの価値などない自分が、無性に悔しかった。


「くそったれめ！」

松川が叫んだ。

どうやら状況は好転していないらしい。

それどころか、ますます悪化しているようだった。

松川の声には、苛立ちと焦燥が滲み出ていた。

——そうだ。

三枝は松川の背中に視線を戻しながら考えた。

——まだ私にだって出来ることがある。

彼らのような誇り高い人間を、私のためにむざむざと死なすわけにはいかない。

彼らが私のために命を賭けて闘っているのなら、私も彼らのために命を賭ける。

もう、これ以上足手まといにはなりたくない。

三枝は頭上に掲げているロザリオを見た。

頼みの武器はそれだけだった。

このロザリオには何か特別な力があることは、先ほどの体験で分かっていた。

そして、強く祈れば祈るほど、その力も強くなるのだと松川も言っていた。

ならば、全身全霊を懸けて祈るのみだった。

霊感などまったくない自分でも、命を懸けて祈れば、少しは役に立つかも知れない。

三枝は慈舜の頭をゆっくりと膝から降ろし、静かに立ち上がった。

ロザリオを両手でぎゅっと握り締め、高く突き上げる。

目を閉じ、大きく息を吸って、吐いた。

覚悟は、自分でも驚くほどあっけなく、自然な状態で出来た。

正義や自己犠牲などと大上段に構えなくても、誰かを護るための覚悟は、護りたいと思った瞬間に自然に出来るものなのだと悟った。

そして松川や慈舜も、こんな風に自然な覚悟を持って闘っているのだと思った。

半歩でも彼らに近づけたのではと思うと、少し嬉しかった。

三枝はもう一度大きく息を吸い込んだ。

そして一気に吐き出しながら、ロザリオをさらに高く天へと突き上げた。

〝お願い！　私はどうなってもいい！　彼らを護ってください！〟

懸命に心の中でそう祈った。

全身のエネルギーが、両腕を通ってロザリオへと向かっていくような、不思議な感覚を味わった。

ロザリオが生命力を吸い取っているような感じだった。

三枝は目を開けて辺りを見渡した。

最初に視界に飛び込んできたのは、野球ボールほどの大きさの、青白く光る球体だった。その球体は、何百何千という数で群れを為し、ぐるぐると三人の周りを飛び回っていた。

――これか！

三枝は瞬間的に悟った。

これが、松川の言う〝やつら〟だった。

〝やつら〟はロザリオの力に護られていない松川を集中的に襲っているようだった。

今まで見えなかったものが急に見えるようになったのは確かにロザリオのお陰だったが、しかしそれは三枝の狙っていた効果ではなかった。

最初に感じた、体を縛り付けていた気持ち悪い空気がさあっと引いていったような、あの感覚。

あの感覚なのだと思った。

あれがきっとこの不気味な球体を遠ざけたときの感覚なのだ。

あのときと同じ効果を生み出さなければ意味がなかった。

三枝は再度目を閉じ、大きく息を吸った。

ロザリオを再び突き上げようとしたとき、がくんと右膝が折れた。

一度目の挑戦で、ロザリオにエネルギーを吸い取られたように感じたのは、錯覚ではなかったようだ。予想以上に体力を消耗している。

「おい！　どうした！　大丈夫か！」

異状を察したのか、背を向けたまま松川が声を上げた。

「だ、大丈夫！」

軽い眩暈《めまい》に体をふらつかせながら、三枝は応える。

――もう一度……。ロザリオ、もう一度だけで良いから、私に力を貸して頂戴……！

震える体を必死に抑え込んで、三枝は再度ロザリオを天へと伸ばした。

――もう私は本当にどうなっても良い……。この命が欲しいというならあげるわ……。だから、だから彼らを助けてあげて……。あなたのその力で彼らを護ってあげて……。お願い……。

ロザリオに生命力を吸い取られてゆく感覚。

脱力感。

平衡感覚の喪失。

薄れゆく意識。

吐き気を催すほどの眩暈の中で、三枝はしかし、ロザリオが爆発するような感覚を味わっていた。

その爆風は光を伴って八方へと瞬時に広がり、青白い不気味な球体を蒸発させた。

松川が驚いた表情で振り返った。

その松川の顔が、視界の左斜め上へと、ゆっくりと滑るように上がってゆく。

右肩と、それから右頬に、何か柔らかくて温かいものが当たった。

「大丈夫か！　まったく無茶しやがって！　力の加減てものを知らんのか！　これだから素人ってやつは……！」

文句を言いながら走り寄ってくる松川の足が見える。

そのときになって初めて三枝は、自分が地面に倒れてしまっていることに気が付いた。

松川が顔のすぐ側に座り込んで、三枝の髪をぐしゃぐしゃと掻き乱しながら、嬉しそうに言った。

「だが、有難うよ。まさかあんたがそこまでやるとは思ってもみなかったが、あんたのお陰で俺も、あんたの下敷きになっているやつも、助かった。礼を言うぜ」

お礼を言われるのは素直に嬉しかったが、それよりも気になる言葉があった。

あんたの下敷き……。何、それは？　私の下に誰かがいるっていうの……？　どういうこと……？

問い質そうとしたとき、三枝の腹の辺りから「うーん」と声がした。

驚いて目をやると、地面と三枝に挟まれて、慈舜がいた。

今まで気が付かなかったが、どうやら慈舜の上に重なるようにして倒れてしまったらしい。慌てて起き上がろうとしたが、体が言うことを利かない。起こしたはずの上半身は、ごろりと横に転がっただけだった。

砂利の上に仰向けになって、三枝は空を見上げた。

この空を埋め尽くさんばかりに溢れていた青白い球体が、今は一体もいなくなっている。

体を縛り付けていた不気味な空気もどこかへ消え去

り、かなり冷たくはあるが柔らかい風が吹いていた。

「姉ちゃん……」

同じように地面に寝転がる慈舜から声がした。

体が動かないので、視線だけを彼に向ける。

慈舜は空を見上げたまま、ぼそぼそと呟いた。

「かなわんなあ……。これでも俺、一応怪我人やねんで。起こすときはもうちょっと優しくしてもらわんと……」

三枝も空に目を戻しながら応えた。「ん……。ごめん……。でもわざとじゃないのよ……。君を起こそうとも思ってなかったし……。ちょっと立《た》ち眩《くら》みがして倒れたら、偶然そこに君がいたのよ」

「またまた……嘘ばっかり言うて……。あれは立ち眩みで倒れたんとは絶対違うわ。殺気があったで、殺気が」

「今まで気絶してたくせに、何でそんなことが分かるのよ」

「大体な、なんぼ起きんとこと思てても、その体重でのしかかってこられたら熊でも起きるっちゅうねん」

「しっ、失礼な……私はそんなに重くないわよ」

「まっ、自分でそう思てるだけなら幸せやけどなあ」

「何よその言い方……」

隣で黙って慈舜とのやり取りを聞いていた松川が、だははっと笑った。

「それだけしゃべれるんなら、ふたりとも大丈夫そうだな」

煙草に火を点けながら言う松川に、慈舜が真面目くさった調子で応える。

「いや、全然大丈夫と違うで。鬼から受けた傷も重傷やけど、やっぱりさっきの姉ちゃんのボディプレスのダメージが……」

三枝が動かない足を無理矢理動かして、慈舜の頭を小突いた。

「痛っ。……なっ、鬼よりよっぽど凶暴やろ？」

「確かに」

「もう……人を何だと思っているのよ」

三枝は笑いながら応えた。

へへへっ、だはははっ、と慈舜と松川が笑って返す。

「私にも、煙草を頂戴」

仰向けになったまま、三枝が松川に言う。

松川はポケットから煙草を一本取り出し、三枝に咥えさせて、ライターで火を点けてやる。

三枝は目を細めて、大きく煙を吸い込んだ。

うまかった。

体の細胞一つひとつに、ゆったりと煙が吸い込まれていくようだった。

ふふふっ。

知らずに笑いがついて出た。

何故自分が笑っているのか分からない。

分からないが、その衝動は止まらなかった。

止めようとも思わなかった。

するとその衝動に同調するように、松川と慈舜も笑い出した。

白々と月光が射す河原に、しばらく三人の小さな笑い声が響いていた。

4

準備は整った。

山はすでに、憎悪と怨念に汚染された巨大な呪場と化していた。

後は神の降臨を待つのみだった。

本来的に神とは、意志を持つものではない。

キリスト教などではどうか知らないが、少なくとも古神道ではそうだ。

古神道でいう神とは、生きとし生けるものすべてが内含するエネルギーの総称であり、生命力の根源である。

言わば、高レベルな霊子の結晶体なのだ。

それ故に、神は、その存在自体に善悪の区別はない。

それは、ただそこに存在しているだけの熱量である。

ベクトルを持たない膨大な熱量だ。

神秘学の見地から言えば、第六層のモナド界に充満している熱量である。

神秘学とは、数多くある宗教的パラダイムを検証、統合し、一つの体系にまとめ上げようとするものである。

あらゆる宗教のあらゆる教義が徹底的に分析され、神秘学の世界観の中で再構築されている。

その神秘学のパラダイムでは、神とは、非顕現世界である第六層のモナド界と、第七層のロゴス界に存在するものの総称であり、それらを統括する概念であるという。

そしてその中でも第七層に存在する神とは〝意志〟である、と神秘学は説く。

天地の創造、宇宙の創生、この世界が今のように作り上げられたきっかけとなるもの。その大いなる発端には、巨大で何者も逆らえない〝意志〟が厳然と存在しており、宗教によっては、その〝意志〟を神と呼んでいるものがある。


ユダヤ教、あるいは原始キリスト教のヤハウェ。

ヒンドゥー教のアートマン。

密教の大日如来。

神道の天之御中主神《あめのみなかぬしのかみ》。

などがそうである。

そしてその〝意志〟の後には、膨大なエネルギーが生まれた。

そのエネルギーは、あくまでも原初の〝意志〟に忠実に、この世界を今の形に作り上げた。

そしてそのエネルギーは今なお、この世界を維持し発展させていくために、涸れることなく湧き続けているのである。

〝意志〟の次に生まれた、永続的で莫大なエネルギー。それが古神道にとっての神――艮大金神《うしとらのだいこんじん》であり、今、サルが呼び出そうとしているものだった。

すでに儀式によって第六層へ繋がる門は開け放たれている。

宙に舞う金色の雪は、モナド界から漏れている高レベルの霊子の結晶——神の吐息だ。

その霊子の結晶だけでも相当のことが出来るだろうが、サルの計画はそんなものでは追いつかないほど大きなものだった。

開かれた門から神そのもの——巨大なモナド界の霊子エネルギーを体内に降ろし、その力を利用してこの山一帯の気を、自らの意志によって固定させること。

意のままに操ることが出来る巨大な結界を、叡山の鬼門であるこの山に作り出すこと。

それがサルの最終的な目的だった。

それを為すことによって初めて、サルの長年の宿願が達成されるのだ。

サルは天空に大きく開いた異界への門に向けて、全霊を傾けて言霊を迸らせた。

「万物創化《ばんぶつそうか》生み成し造り固め給う天之御中主神、高御《たかみ》産霊神《むすびのかみ》、神産霊神《かみむすびのかみ》、宇麻志阿斯訶備比古遅神《うましあしかびひこじのかみ》、天之常《あめのとこ》立神《たちのかみ》、国之常立神《くにのとこたちのかみ》、豊雲野神《とよくもぬのかみ》、我に降りて気吹可可《いぶきかか》孕ませ給うこと聞召せと恐み畏み白す」

両手で印を結び、呪を続ける。

「アハリヤ　アソバストマウサヌ　アサクラニ　艮《うしとらの》大金神《だいこんじん》　オリマシマセ」

招神《しょうじん》の秘言《ひごん》である。神を招き入れるための秘呪だ。

サルはその呪を朗々と歌うように繰り返し詠み上げた。

一度目の詠唱のとき、宙を舞っていた金色の雪がサルの周囲に引き込まれるように集まり、サルの体内へと次々に吸い取られていった。

二度目の詠唱が始まると、サルの遥か頭上の雲が渦を描き出し、その中心から金色に輝く巨大な球が出現した。

神だ。

モナド界から降臨してきた霊子エネルギーの塊だ。

天が割れんばかりの轟音と爆風を伴いながら、その巨大な球体は雲間から姿を現した。

表層にばちばちと雷のような閃光を走らせている球

体は、ゆっくりと降下を始めた。

押し潰されそうな重圧を必死に耐え、サルは三度目の詠唱に入った。

上空から降りてくる巨大なエネルギー体は、徐々にそのスピードを上げながら、真っ直ぐにサルの頭上目がけて走っている。

スピードが上がるたびに、球の直径が小さくなってゆく。

だが、それはエネルギーが拡散している所為ではないようだった。

むしろその逆だ。

小さくなればなるほど、エネルギーは凝縮され密度が濃くなっていく。

「……アサクラニ　艮大金神　オリマシマセ！」

三度目の詠唱が終わったとき、遥か異世界から降臨してきた、万物の生命力の根源である巨大なエネルギー体は、高密度の純粋な霊子の結晶となって、サルの頭上から体内へと取り込まれた。

激しい地鳴りや暴風が、嘘のように消えてなくなった。

サルは印を結んだまま、呆けたように口を半開きにして突っ立っていた。

ぴくりとも動かない。

視線も、見えない何かを凝視しているかのように宙の一箇所に固定され、瞬きすらしない。

完全な廃人になったかに見えた。

取り込んだエネルギーが巨大過ぎたのだろうか。

いや、そうではなかった。

数分の間、放心したままぴくりともしなかったサルが、突然その頭を天へと振り仰いだ。

「があああああああ!!」

サルの喉から人間のものとは思えない雄叫びが迸った。

がくがくと全身を大きく震わせながらも、その天をつんざくほどの咆哮は止まらない。

それは神と一体になった男の、歓喜の咆哮であり、法悦の雄叫びだった。

長く激しい叫びが終わると、サルはぐるりと辺りを見渡した。

その目には今までの知性の光が戻っていた。

無感動に視線を巡らせた後、サルは両腕を真横に広げ、手の平をどんと跳ね上げた。

オーケストラを操る指揮者のような格好だった。

と、それが合図だったように、山を大きく囲む谷間から八本の光の柱が突如出現した。

ごう！

八本の光の柱は、爆音を上げて天に突き刺さった。

その柱は山の頂に立つサルを中心に、正確に八角形を作っていた。

結界である。

かねてから準備していた贄が、サルの強大な霊力に反応して、結界を張ったのだ。

これにより、サルの放出した憎悪が必要以上に拡散し薄れてしまうことがなくなった。

そして同時に、この山に満ちる膨大な気を己の意のままに行使することが出来るようになったのだった。

サルが喉を鳴らした。

「くくっ」

耐え難い愉悦に思わず漏れてしまったような笑い声だった。

本来的には中立で方向性を持たないエネルギー体である神に、憎悪というベクトルを与え、さらにそれをこの山一帯に固定させること——それがお館様から指示された儀式の目的であり、反転的崩壊の全貌だった。

しかしサルは、それだけでは満足しなかった。

反転的崩壊の儀式に併せて、神を体内に取り込む呪法を行うこと。

それがサルの狙いだった。

そして、儀式は成功した。

サルは今、神となった。

純粋な怨念だけで出来た、破壊神の誕生だった。

5

春海は山の中心に向かって走っていた。

この山の頂は、巨大なシャベルで抉り取られたような、クレーター状になっている。

そのため、山の中心への道は上り坂ではなく、下り坂だった。

樹木が一本も見当たらない枯れ果てた岩場であるクレーターの、その中心に向かって、春海は全力で走っていた。

いつの間にか山の大気には濃い邪悪な気が満ち、それにつられるように大量の雑霊《ざつれい》が辺りを埋め尽くすほど集まっていた。

急ぐ春海の脳裏に、静流の言葉が浮かんだ。

——儀式が始まった。

——一度始まってしまえば、もう誰にも止められぬ。

「ちっ！」

知らずに舌打ちが漏れた。

まさか静流が寝返っていたとは思わなかった。

いや、寝返ったという表現は正しくない。

そもそもあの老婆がこちら側の味方であるなどとは考えていなかったし、そう約束を交わしたわけでもなかった。

だが、こちらに付くことはないだろうが、向こうに荷担することもないだろうと思っていた。

それが甘かったのだ。

春海が静流に渡した情報は、奇妙な死体が発見されたというだけのものだった。

付け加えて、その死体は反転的崩壊の儀式に使われる贄ではないだろうかという私見も伝えはしたが、あの時点ではまだそれは何の確信もない発言だった。

しかし静流はたったそれだけの情報から犯人を突き止め、あろうことか、その犯人——福溝らと手を組んだのである。

だが、春海を苛立たせているのは、静流が福溝と手を結んだという事実だけではなかった。

——退屈しのぎ。

初めて会ったとき、静流はそう言った。

この世界の出来事は、すべて退屈しのぎにしか過ぎない、と。

世界の創造主だとか超越的存在だとか、大層な御託を並べてはいたが、老婆の行動の基本にはいつもその意識が潜んでいることを、春海は見抜いていた。

大きな退屈を埋めるため、ただそれだけのために静流は福溝に荷担したのだ。

春海を勧誘するために述べていた台詞など、静流にとってはどちらでも良いことに違いない。福溝の計画が成功しようが失敗しようが、彼女には別にどうでも良いことなのだ。

ただ、退屈しのぎにはちょうど良い面白そうな計画を知り、傍観しているだけではもったいないと、自らの参加を表明したのだ。ただそれだけのことなのだ。

そんな静流の行動原理が、春海にはよく理解出来た。

何故なら、春海と静流は同じ種類の人間だったからだ。

徹底した利己主義と、傲慢過ぎるプライドと、酷薄で非情な狡猾さ。

静流は春海の合わせ鏡だった。

認めたくはないが認めざるをえない。

いや、認めざるをえないが、認めたくないのだ。

それほど静流の姿は、醜悪だった。

自分も第三者から見れば、同じように醜いのだろうかと思うと、たまらない気持ちになった。

それが春海の苛立ちの最大の原因だった。

だが、そこまで気付いていながらも、彼の本性である魔性は、彼の一番深い部分を死守するようにしか働かなかった。

すなわち、すべてあのババアの所為だ、と。

こんな風に苛立って、ぐずぐずとした煩悶《はんもん》を繰り返してしまうのは、あの気味の悪いババアの所為なのだ
と。

今の彼に、自照や省察を求めるのは完全に無駄だった。

自己に向けて放たれた、反省や後悔に繫がる矢は、いつもぎりぎりのところで自己保存の分厚い壁によって弾き返され、そのすべてが嫌悪や憎しみの矢と変わって、対象へと向け直されるのだった。

彼自身がそのことに気付き、救われようのない絶望感に打ちひしがれるのは、彼が『坊ちゃんの春海』に戻ったときだけだった。

『坊ちゃんの春海』は常に、己の胸の内に巣くう独善的な自己保存の本能に怯え、その怯えがまた己の魔性を育てているという現実に、怯えている。

永劫に続く地獄。

周回する悪夢。

嫌悪と自虐で作られた、閉じた輪の上を、断ち切る術も、それを見つける勇気も持てぬまま、いつまでもぐるぐると回り続ける――。

それが勘解由小路春海の呪われた宿命だった。

大気中に満ちていた低級霊は、走る春海に襲いかかろうとはしないようだった。

彼に近付く霊達は、彼の体に触れるかどうかの瞬間に、すべて雲散霧消してしまうのだった。

彼が全身から発散させているアートマ・エネルギーがその原因だった。

現世に辛うじてしがみついているだけの、不安定な気の集合体である低級霊は、春海の放つアートマ界の力の前では、存在しないも同然だった。

低級霊に体を乗っ取られる心配は皆無だったが、視界の邪魔になっていた。

「ちっ、面倒くせえ」

春海はひとりごちると、剣を持っていない右手を、走りながら目の前にかざした。

すると、眼前を埋め尽くさんばかりに溢れていた低級霊の群れが、弾かれたようにさあっと左右に割れた。

一直線に伸びる無風地帯、それはあたかもトンネルのようだった。低級霊の壁で出来たおぞましいトンネル。

春海がそのトンネルの中央を、疾風のように走りすぎてゆく。

——見えた。

走る春海の前方百メートルほど向こうに、四つのかがり火が見えたのだ。

山の中心であり、福溝会長によって儀式が行われているはずの場所。

近付くほどにそこに作られた祭壇の全貌が見て取れるようになった。

かなり変則的だが、神道の斎庭の様式に間違いないようだった。

古神道のパラダイム。

それは春海の予想していた通りだった。

だが、それにしては何かがおかしい。

春海は目を凝らした。

そして驚愕した。

斎庭の中心、神籬として榊が立てられているはずの場所に、人が立っているのを認めたのだ。

それを見た瞬間、春海は驚きとともにすべてを悟った。

福溝という男の目的、彼が行おうとしている儀式の全貌、それらすべてを一瞬にして理解した。

——馬鹿な。

春海は胸中で呟いた。

——為せるはずがない。今まで誰も考えつかなかった、邪法とすら呼べないほどの力業だ。いくらなんでも、そんな無茶が通るわけが……！

その瞬間、春海は電流に弾かれたように、突然大きく右前方へと飛び退いた。

勢いあまって地面に転がる。

斎庭まであと五十メートル。

そのとき左側から颶風《ぐふう》のような巨大な気が襲いかかってきたのだ。

春海は膝をついたまま、気の放たれた左方向を睨んだ。

春海の気のプレッシャーから逃れた低級霊達が、すでに分厚いカーテンのように視界を遮っている。

と、そのカーテンの向こうから、低く太い声が聞こえた。

「……パーティへの出席は丁重にお断りしたはずですがね」

長瀬だった。

彼はゆっくりと低級霊のカーテンから姿を現した。

「渡した土産にご満足いただけませんでしたか？」

互いに姿を確認出来る位置にまで近付くと、長瀬は足を止めた。

「おや？」

春海を見て不審げに呟く。

鋭く観察するような視線を一瞬投げかけ、にたりと笑う。

「これはこれは。……初めまして、と言えばよろしいですかね」

長瀬は一瞥しただけで、春海の人格が入れ替わっていることに気が付いていた。

春海は動こうともせず長瀬を見ていた。

冷たく重い視線だった。

長瀬はしかし、その視線の圧力をまったく気にせず言葉を繋いだ。

「そちらが本来のあなたでしたか。伝説の人物という割に頼りないなと思っていたところです。しかしこれで得心しましたよ」

「……時間稼ぎのつもりか？　無駄だ」

春海は応えながら、ゆっくりと右側——山の中心へと歩き出した。

視線は長瀬に固定したままである。

「そのつもりですが……」

長瀬もつられるように左へと移動する。

「無駄ではないと思いますよ」

ふたりは対峙したときの距離を保ったまま、ゆっくりと平行に動いている。

長瀬の周辺でも、春海と同じ現象が起こっていた。体外へ流れ出ている気が、自然と低級霊を消滅させているのだ。

同じ作用を及ぼしている気だが、春海のそれと長瀬のものとではその質に大きな違いがあった。

春海の気は、絶対零度のような極限の冷たさを感じさせるものだった。その気に触れれば、物質は否応なくその活動を停止させられてしまうだろうと思わせるほどの、痛いくらいの冷気だ。

対して長瀬のそれは、火傷しそうなほどの熱を感じさせるものだ。

まるでぐつぐつと煮え滾る溶鉱炉である。

ぶつかり合う対極の気が、ふたりの間に不思議な空間を作った。

ふたりに挟まれた四メートルほどの空間に、低級霊が一匹もいなくなったのだ。

その空間にいた低級霊達が、ふたりの気によって瞬間的に蒸発させせられてしまったのだった。

透明なバリアが張られたように、ふたりの周りの空間に低級霊達は近付けなくなっていた。

ふたりの間の気の圧力が高まるとともに、そのバリアの範囲も広がってゆく。

気の内圧が極限まで高まった。

直径十メートルほどにまで膨れ上がったバリアが、風船が割れるように、突然爆発した。

周辺一帯の霊達が逃げる間もなく霧散する。

気の爆発と同時に動いたのは、長瀬だった。

長瀬は春海との距離を一瞬にして詰め、行く手を遮るように蹴りを放った。

左のローキック。

春海は飛び上がって間一髪それを躱す。

爆風のような凄まじい蹴りだった。

春海の能力を以てしても、躱したのが不思議なほどのパワーとスピードだ。

だが長瀬の攻撃はそれで終わりではなかった。

ローキックが躱されたと見るや、その足を軸にして一歩踏み込みながら、今度は右足のハイキックに切り替える。

神業のようなスピード。しかも飛び上がった瞬間を狙われた春海に、避ける術はなかった。

春海の左側頭部に長瀬の足がぶち当たるかに見えたそのとき、しかしその足がぴたりと止まった。

春海が剣を顔の横に立てて、長瀬の蹴りを受けようとしたのだ。

それを察した長瀬が、剣に当たる直前で自らの足を急停止させたのである。

もしそのまま蹴りを放っていたなら、長瀬の右足は脛から真っ二つに切断されていただろう。

長瀬の攻撃を冷静に読んでいた春海も見事だが、思い切り蹴り上げた足を途中で止めた長瀬の筋力も驚異だった。

その状態のまま、ふたりは視線を交わして、にやりと笑い合った。

相手が自分に相応しい強者であることを、互いに認めたのだ。

長瀬がバックステップを踏み、再び距離を取った。

その長瀬に春海が声をかける。

「おい。何であんたほどの人物が、あんな男の下にいるんだ？」

長瀬は応えない。

「今回の黒幕がＦＦ製薬と分かった時点で、俺も色々と探ってみたんだ。だが、どこをどう掘り起こしてみても、あんたの親玉の福溝という男が、一代で会社を大企業へと導くほどの人物のようには見えない。むしろ、その小者ぶりが明らかになるばかりだった。……何故そんな小人物がトップにいる会社が、大企業へと躍進したのか。何故あんたほどの人間が、黙ってそいつに従っているのか」

長瀬が突っ込んできた。

拳を伸ばしてくる。

左ストレート。見事に体重の乗った、速く、重いパンチだ。

しかし春海はそのパンチを、踵を外側に回転させ、体の向きをずらすことだけで、楽々と避けた。避けながら言葉を続ける。

「俺は推理してみた」

長瀬は伸ばした左拳を引き、ファイティングポーズを取る。

「会長の上に、もうひとり真の黒幕と言うべき人物がいるのではないか？　その人物が福溝を利用しているのではないか？　そして、あんたはその人物から福溝の監視役として送り込まれたのではないか？」

長瀬がくるりと春海に背中を向けた。

一回転したのだ。

回転した勢いを殺さず、長瀬は右手の甲を春海の右頬にぶち当てようと振り出した。

裏拳である。

腰を屈めて長瀬の拳を避けながら、なお春海は言葉を止めない。

「そう考えるとすべての辻褄が合う。今回福溝がやろうとしている儀式も、その人物の後ろ盾があったからこそだろう。だが――」

春海は長瀬の攻撃から逃れるように、大きく後方へと飛び退いた。

「お前らが何を狙って福溝にこの儀式をさせているかは知らんが、福溝が最後までお前らの言う通りに動くはずはない」

後退する春海を長瀬は執拗に追いかける。

「福溝――その名前を聞いてすぐピンとこなかった自分が恥ずかしいぜ。福溝って言やぁ、古神道の連中が自分達の隆盛を永続させようとして秘密裡に育てていたガキの名前じゃねえか！」

春海がそのことに気がついたのは、訪ねて来た三枝に、宗教的パラダイムの例として古神道の話を持ち出したときだった。

春海の言葉に長瀬が足を止めた。

春海も後退を止め、長瀬を睨む。

くくっ。

長瀬の喉から含み笑いが漏れた。

怪訝そうに目を細める春海に、長瀬がようやく口を開いた。

「……そこまでご存知とは、さすがですね。しかし……」

春海は警戒を解こうともしないまま、剣を左手からぶらりと下げて長瀬を睨んでいる。

長瀬はそんな春海に余裕の笑みを見せながら続けた。

「我々がそんなことも知らずにあの男がこの儀式を我々のために行っていると、我々がそんなことを本気で信じているとお思いですか？　本当にそうお考えなら、それはあまりにも我々を馬鹿にしています。あまり甘く見ないでいただきたい」

長瀬がにたにたと笑いながら話している様子を、春海は黙って見ていた。

敬語でしゃべっていながら、長瀬は下品で粗野な雰囲気を充満させている。

だが長瀬の言葉から分かったこともあった。長瀬は自分達のことを〝我々〟と呼び、上司であるはずの福溝のことを〝あの男〟と呼んだ。

それは春海の推測を暗に認めた発言だった。

やはり福溝の上に、真の黒幕がいるのだ。そして長瀬はその黒幕の配下にいるのであり、彼らに福溝は利用されているだけなのだ。

しかし長瀬は、そんなことは充分承知しているようだった。

そんなことがバレたくらいでは痛くも痒くもないと、その下卑た笑いが物語っていた。

「……あなたのおっしゃる通り、あの福溝という男は、古神道が現人神《あらひとがみ》として祭り上げようとした一族の末裔《まつえい》です。古神道のパラダイムで日本を染め上げようとした一派が、その中核に坐する人物を作り上げようとして選んだ人間ですよ。正確にはその人間の息子、ですがね。……古神道が国によって抹殺されたあと、彼ら一族を我々が密かに保護していたのです。

歴史に翻弄され、利用されるだけされて捨てられた福溝一族。その嫡男である福溝富士夫は、この世界を、自分達を何度も地獄に叩き落としたこのパラダイムを、心の底から憎んでいます。その怨念、その憎悪、その呪詛は、凄まじい妄執《もうしゅう》となって彼を突き動かしています。彼はこのパラダイムを根底から破壊することを望み、それでしか自分達は救われないと考えています。

我々は、彼のその望みの後押しをしているだけですよ」

仏教や密教、陰陽道などの諸外国からもたらされたすべての宗教の影響を徹底的に排除し、純粋な〝神の国〟を作り上げようとした古神道。

そのエキセントリックなほどの執念は、彼ら古神道の指導者にあるひとつの異常な決断をさせた。

彼らが案じたのは、古神道の行く末のことだった。

猛烈な勢いで日本中に広がり、強力なパラダイムを作り上げたかのように見えた古神道だったが、その勢いが一過性のものであることを見抜いていた古神道の指導者達は、その勢力を永続的に保持させるために、ある秘密の計画を立案したのである。

彼らが立案した計画――それは自らの手で現人神を作り上げることだった。

現人神、それは神官や巫女《みこ》などとは一線を画する存在である。

神を祀る、神の代弁者としての神官などではなく、そのさらに上の存在――神そのものを作ろうとしたのだ。

すでに当時、古神道のムーヴメントの中には、大本教の出口王仁三郎やその義母の出口なお、そして天理教の中山みきなど、強烈なカリスマ性を持つ教祖が存在していた。

しかし彼らもやはり神官としての立場から脱却することは出来なかった。

しかも彼らはその布教活動の中で独自の宗教観を創造し、初期の古神道的世界観から逸脱することで信者の獲得を目指し始めたのである。

それは古神道としては歓迎出来ない事態だった。大物実践者がそれぞれに方向性の違う教義を打ち出し、別々に信者を得ることで安定してしまえば、古神道のムーヴメントはそこで止まってしまうからだった。

すべての宗教を排除し、古神道のみでこの国を統一しようとしていた彼らにとって、古神道が数多くある宗教のひとつとして停滞することは、由々《ゆゆ》しき事態だった。

それを阻止するために彼らは、何としても自分達で現人神を誕生させなければならなかったのだ。

それぞれに違う教義を掲げた宗教団体でも、崇《あが》める最高神が同じであれば、それを中心にひとつにまとまることが出来る。

その最高神が、生きて現世に存在しているなら、なおさらである。

彼らが狙ったのはまさにそれだった。

そして選ばれたのが、福溝一族だったのである。


福溝富士夫の父親である福溝由紀夫は、幼少期に古神道の指導者に引き取られ、そこで徹底的に古神道の教義や霊学を学ばされた。いやそれは、学ぶ、などという生易しいものではなかった。神秘体験を得る為の薬物の使用や、霊力を高めるための脳手術など、思いつく限りのあらゆる方法を彼らは由紀夫に施したのである。

人間が神へと生まれ変わるための実験——そう、福溝由紀夫は、そんな途方もなく無茶な実験の材料にされたのだった。

だが、彼への実験は、政府の古神道弾劾《だんがい》によって、中途半端に終了してしまう。

結局古神道は、自らの手で現人神を生み出せないまま、解体してしまったのである。

しかしそれでも、古神道内部でも極秘中の極秘だった福溝由紀夫の存在は、政府に漏れることはなかった。

彼は世間から完璧に隠匿されることで命を永らえることが出来たのだ。

そしてそんな彼を保護していたのが、長瀬の仕える〝お館様〟と呼ばれる人物だった。

〝お館様〟の庇護の下で由紀夫は、ひとりの男子を儲けた。

富士夫と名付けられたその子供は、父親である由紀夫から、古神道の英才教育を受けながら育った。

幼い頃に、古神道の指導者達によって想像を絶する体験を味わわされたはずの由紀夫だったが、それでも彼は、骨の髄まで染み込んだ古神道への信仰を少しも失ってはいなかった。

洗脳――古神道指導者の実験は、その意味では成功だったと言うべきなのだろうか。

しかし由紀夫の心の中で凝り固まった恨みは、決して消えることはなかった。

本来なら、自分を廃人にまで追い込もうとした古神道に対して向けられるべきその怨念は、そのままそっくり転嫁され、古神道を認めず排除した、神の直系でありながら他国からもたらされた劣悪な宗教を信仰し堕落の一途を辿る、すべての日本人に向けられた。

由紀夫は自分では達成出来なかった現人神へと生まれ変わるという夢を、息子の富士夫に託した。そして富士夫は、そんな父親のすべてを少しも疑うことなく受け継いだのだった。

古神道に対する盲目的な心酔と現世への強烈な憎悪。そのふたつの因子は、富士夫の中で互いに補完し合いながらぶくぶくと醜く膨れ上がった。

そしてその狂気は、父親である由紀夫の死によって決定的に富士夫の中で根を張ることになる。

この世界を形成しているパラダイムを徹底的に破壊し、古神道のパラダイムによる新しい世界を創造すること、そして、その世界に王として君臨すること――それが富士夫の存在理由になった。

その悲願達成のためだけに、彼は今日まで生きてきたのだった。

――福溝富士夫。

彼こそはまさに、古神道の妄執が生んだ遺児であり、怨念と狂気が産み落とした怪物だった。

「……もうひとつだけ聞いておきたい」

長瀬の重戦車のような攻撃を辛うじて躱しながら、春海が問う。

「贄にした女の頭皮を喰らったのは、お前か？　福溝か？」

長瀬が唇の端を吊り上げた。右ストレートを放ちながら応える。

「そんなことを聞いてどうする？　腹を立てる程ヒューマニストでもあるまい！」

長瀬の言葉から敬語が消えた。

長瀬に対して一定の距離を保とうと、春海が大きく後ろに飛び退く。

「別にどうということもない。純粋な好奇心だ。ただ、生剝逆剝の呪を施すのに、頭の皮は関係ないだろうと思ってな」

春海の言う通りだった。

生剝逆剝の呪法に、頭皮を食べるということまでは含まれていない。背中の皮を生きたまま剝ぐ、ということだけで充分なはずなのだ。

「俺だと言えばどうするんだ？」

長瀬が開いた距離を詰めながら言う。

春海は冷たい表情を崩さず、迎え撃つ姿勢を取る。

「応える必要はないがな……」

長瀬の唇がさらに吊り上がった。今にも涎を垂らさんばかりの野獣の笑みだ。

「……会長だ。会長が喰らったんだ。贄との繫がりをより強固なものにするためにな。本当なら内臓か肉を喰らいたかったんだろうが、そうすると生剝逆剝の呪を台無しにしてしまう恐れがあったからな。だが、頭の皮もなかなか美味のようだったぜ！」

くくっ！

長瀬が引きつった哄笑を上げた。

春海はそんな長瀬を注視しながら、想像した。

月の光も届かない深い山の中で、まだ息も絶えていないであろう女の髪の毛を頭皮ごと引き千切り、無我夢中でむしゃぶりついている男の姿。

それは想像するだけでおぞましい、醜悪な光景だった。

長瀬がにやついた笑みを頬に張りつけて、得意げに言葉を続けようとした、そのとき。

ごごごご！

凄まじい轟音と地鳴りがふたりを襲った。

ふたりは同時に上空を見上げた。

白く輝く球体が、天からゆっくりと姿を現す。

「ちいっ！」

「ははははっ！」

春海の舌打ちと長瀬の哄笑が同時に空気を震わせる。

小刻みに震動する地面に辛うじて立つふたりの眼前で、白く輝く球体は凄まじい爆音を響かせながらゆっくりと山の中心――福溝富士夫のいる場所へ降下している。

球体の放つ強烈な光の所為で、周辺一帯は真昼のような明るさに包まれていた。

春海は動けなかった。

福溝を殺るなら、神が乗り移る前の今がラストチャンスだった。

だが、白い球体からの圧倒的な重圧に、体が金縛りになっていた。

アートマ界のエネルギーを行使する春海の能力を以てしても、モナド界のエネルギー体の前ではわずかな抵抗さえ出来なかった。

モナド界の霊子力は、アートマ界のそれを遥かに凌駕《りょうが》していた。

白い球体は体積を少しずつ小さくしながら落下していた。

エネルギーの拡散による縮小ではなく、凝縮による高密度化だ。

球体はスピードを増すごとに小さくなり、最後には直径一メートルほどの大きさにまで縮んだ。

光球が地面にぶつかるかに見えたそのとき、嘘のように光が消えた。

福溝が、光球を体内に吸収したのだ。

それに伴って、爆音や地鳴りも唐突に止んだ。

まるで何ごともなかったかのような静寂と闇が戻り、春海を抑えつけていた金縛りも解けた。

だがそれでも春海は動かなかった。

光が消えた場所に、呆然と視線を投げかけているだけだった。

そしてそれは、隣に立つ長瀬も同じだった。

彼は何かを見定めるように、じっと闇の向こうを睨んでいた。

そんな静かな状態が、数分間続いただろうか。

ふたりの視線の方角から突然、爆発したような絶叫が轟いた。

があああああああああ!!

その絶叫はびりびりと春海と長瀬の体を振動させた。

いや、正確に言えば、声とともに放出された高レベルのエネルギーが、ふたりの肉体に襲いかかったのだった。

爆弾が炸裂したかのような雄叫びは数分の間大気を震わせ続け、すうっと虚空へと溶けて消えた。

と、息をつく暇もなく、今度は遠くで火柱が天へと突き上がった。

火柱は全部で八本あり、正確に正八角形を描いて山を囲んでいた。

――結界だ。

春海は瞬時にして悟った。

贄によってこの山を覆い囲うように結界が張られたのだ。

「やりやがった!」

長瀬が興奮に目をぎらつかせて叫んだ。

「まさか成功させるとはな! 成功する確率は半分以下と見積もっていたんだが、やつの執念がそれほど強かったってことか! 恐れ入ったぜ! しかしこれでやつの悲願は成就されたわけだ! やつは太古神、艮大金神へと生まれ変わり、この山は古神道の聖地になった！」

声を張り上げる長瀬を横目に、隣にいた春海が猛然と山の中心へダッシュした。

それを見咎めた長瀬が春海の進路を遮るように立ち塞がる。

「おっと！　妙な真似はしないでもらおうか！」

興奮に上気している顔面へ向けて、春海が剣を突き上げた。

「どきやがれ！」

長瀬は腰を落として剣を躱しながら、右手を開いて春海の腹部へとするすると伸ばした。

発勁《はっけい》である。

だが、春海の動きの方が一瞬速かった。

剣を振り上げた姿勢のまま体を開いて半回転し、長瀬の発勁を躱す。そして突き出していた剣を今度は長瀬の左足に向けて振り下ろした。

「くっ！」

飛び退いて剣を避ける長瀬を、春海は追いかける。

大きく踏み込みながら剣を頭上に掲げた。

上段。そこから真っ直ぐに振り下ろされれば、容易く頭を割られてしまうだろう。

長瀬は手首を交差させてブロックしようとした。

剣を手首の骨で受け止め、がら空きの顔面に蹴りを放つ。

それが長瀬の立てたプランだった。並外れて強靭な肉体を誇る鬼ならではの作戦である。

だが、手首にぶつかるはずの剣が、いつまで経っても降りて来ない。

フェイント!?

長瀬がそう気付いたときは、すでに遅かった。

振り上げたはずの剣を脇に構えて、春海は長瀬の右横を疾風の如く駆け抜けた。

右脇腹に鋭い痛みが走る。春海が通り抜けざまにそこを斬り付けていったのだ。

長瀬はその場で地面に屈み込んだ。

だがそれは痛みのために倒れたわけではなかった。

長瀬が屈んだ直後、長瀬の首があったはずの空間を、春海の剣が通り抜けたのだ。

長瀬は屈んだままの姿勢で、体を回転させながら右足を地面すれすれに振り出した。

水面蹴り。だが足には何の感触も伝わってこない。

立ち上がろうとした長瀬は、上空に異様な気配を感じ顔を上げた。

緑の剣の切っ先が、自分に向かって落ちてくる。

春海だった。

長瀬の水面蹴りをジャンプして躱した春海が、飛んだことを利用して、落下しながら剣を突き立てようと襲ってきたのだ。

長瀬はごろごろと地面を転がった。

ざく。

背後で剣が地面に刺さる音がした。あと一瞬遅かったなら、突き刺されていたのは地面ではなく長瀬の肉体だっただろう。

長瀬は何回転かして春海の刃圏外へ逃れ、すぐに立ち上がった。

「太古神の復活だと⁉」

春海が剣を地面から引き抜きながら吼えた。

「俺にはやつがそんな上等なものになったようには思えんがな！　見ろよ！　この大気に満ちるどろどろとした邪悪な波動をよ！　やつは自分の中で燻《くすぶ》っていた怨念を、モナド界のエネルギーを使って辺りにぶち撒けただけだぜ！　こんなものは古神道でも何でもねえ！　やつはモナド界のエネルギーを利用してとことん自分の欲望を満たす気でいやがる！　そんなやつのどこが神だ！　最低に下劣で醜悪な化け物じゃねえか！」

くくっ！

春海の言葉に、長瀬が喉を震わせながら右手を振り上げた。石飛礫《つぶて》だ。転がったときに掴んだ砂利を、春海に向かって投げつけたのだ。

「ご忠告有難うよ！」

春海が剣を使って石を弾き返すその一瞬の隙を狙っ

て、長瀬は距離を詰め、左足を蹴り上げた。首を下げて避ける春海に、続いて軸足である右足を跳ね上げる。二段蹴りである。時間差で襲いかかった右足は、春海の胸をぶち抜いた。

その衝撃に春海が後方へ吹っ飛ぶ。

吹っ飛ぶ春海を追いかけながら長瀬が叫んだ。

「だが、我々にとってはあいつが何になろうが関係ねえんだ！　化け物だろうが、神だろうがな！　我々の目的はただひとつ！　叡山のさらに鬼門であるこの山を、反転的崩壊で汚すこと！　それだけだったのよ！　そしてそれは達成された！　この後やつが何になろうが何をしようが、俺達は知ったこっちゃねえ！　思う存分好き勝手に暴れてくれりゃあそれで良いんだ！」

転がらないよう、何とか持ち堪えた春海に、足を振り上げる。右のハイキック、と見せかけてその足を踏み込み足にし、真正面から正拳をぶち込んだ。

長瀬のスピードについて行けず、春海はもろに拳を喰らった。

体勢を立て直せないまま、またもや後方に弾き飛ばされる。

がはっ！

口から血が吐き出された。

どうやら今の長瀬の攻撃で肋骨が折れたようだった。少なくとも三本は折れているだろう。

痛みに一瞬息が止まる。

長瀬はその隙を見逃さなかった。

一気に決着をつけようと春海を追いかける。

長瀬は勝利を確信した。いかに伝説の男とはいっても、格闘はあまり得意ではないようだった。あの慈舜とかいう小僧の方が腕は数段上だろう。

春海はスピードのあるフェイント攻撃にまったくついてこれていない。

——それがやつの命取りだ。

長瀬は春海に詰め寄りながら、一瞬にして攻撃のプランを立てた。

大きく右足で踏み込みながら、右拳の甲を顔面に向けて振り上げる。

裏拳である。

頭を屈めて避ける春海に、今度は左掌を突き出す。

春海は慌てて背伸びするように体を切り返す。

——狙い通り。

ここまでの二撃はフェイントだった。

左足を前に出し震脚《しんきゃく》を踏みながら、突き出した左腕の肘を、がら空きになった春海の胸に思い切り叩きつける。

それが長瀬の狙ったとどめの一撃であり、春海の肋骨が折れているのを見越した上での攻撃だった。

当たれば、いかに春海といえども絶命してしまうだろうほどの、強烈な一撃である。

だが長瀬は、その左肘を春海に落とさなかった。

いや、落とせなかったのだ。

左肘を中途半端に折り曲げたまま、固まったように動きを止めた長瀬を、仰け反るような体勢の春海がにやりと笑って見返した。

肘を叩きつけようした直前に長瀬が感じたのは、何か軽いものが胸に当たる感触だった。とん、と左胸を挨拶するように叩かれたような感じ。だがとどめの一撃を加えようとしていた長瀬は、それを無視した。足を踏み込んだときに弾かれた石が当たったのだろうと、それくらいにしか考えなかった。

だがその直後、ぴたりと体が動かなくなってしまったのだった。

渾身の力を込めて動こうとしても、体はまったく言うことを聞かない。

腕や足どころか、眼球や喉まで固まってしまっていた。瞬きすら出来ず、呼吸さえ出来ない。

何が起きたのか、さっぱり分からなかった。だが、幻覚や催眠などといった陳腐《ちんぷ》な術をかけられたわけではないことは確かだった。春海に術をかけるほどの時間的、精神的余裕があったとは到底思えない。

だが、それでは何故、と考えると分からなかった。

何故突然全身が石のように固まってしまったのか。

そんな長瀬の胸中の問いに応えるかのように、春海が口を開いた。

「……縛心穴《ばくしんけつ》、というツボがあるのを知っているか？」

春海は凶悪なまでのねっとりとした笑みを顔に張り付かせている。

春海もまた、長瀬の攻撃を避けようとして背を反らせた格好のまま停止していた。

「ちょうど今、俺の右手が当たっている場所。心臓の中心から内側の斜め下へ二センチほどずれたところのことを言うのだが、ここを強く押さえられると心臓の筋肉が過敏に緊張して動きが止まる。心臓が止まると血流が止まり、血流が止まると筋肉が固まる、と種明かしをするならそういうことなのだが……」

春海はしゃべりながらゆっくりと姿勢を正した。

彼の言うように、右の手の平がぴたりと長瀬の胸に張り付いている。

「大きな賭けだったが、鬼だろうと急所は人間と同じはずだと踏んで正解だったな。そして」

春海がすうっと右手を長瀬の胸から外した。

と、その長瀬の胸に一本の細い棒が刺さっているのが見えた。

いや、棒と言うには細過ぎる、髪の毛ほどの太さのもの——針だった。

針はかすかに緑の光を放っていた。

「指で押さえる代わりに、針を突かせてもらった。この針は縛心穴を貫き、お前の心臓にまで達している。このまま数十秒放っておけば、人間なら確実に死に至るだろう。鬼であるお前が何分持ち堪えるのか見てみたい気もするが、今はあいにくそんな時間はなさそうだ。一気にケリをつけさせてもらうことにする」

春海は淡々としゃべりながら、右手に剣を出現させた。

——流水。それが春海の格闘術の最大の特徴だが、それを可能にしているのは春海の持つ人並み外れた鋭敏な感覚だった。

対峙する相手の視線や気の流れ、筋肉の動きなどを無意識的に察知し、次に相手がどう出るのかという予測を立てることが出来る能力。その能力の前では、スピードやパワーといったような単純な差はほとんど意味を為さない。

そしてその能力は、相手が油断や慢心などによって単調な攻撃を繰り出したときに、最大の効果を発揮するのだった。

春海と長瀬を比べた場合、戦闘力に関しては明らかに長瀬に分があった。

肉体的にも、格闘の経験でも、長瀬の方が圧倒的に有利だろう。

事実、この闘いにおいて終始優勢だったのは長瀬だった。メタモルフォーゼこそしていなかったが、鬼の持つ肉体的なポテンシャルと、達人の域にまで練熟された格闘術は、春海を遥かに凌駕していた。

剣で斬りつけられた腹部の傷も致命傷には程遠く、逆に、春海の胸部に肋骨を折るほどのダメージを二度に亘って与えたのだ。

長瀬が、春海の限界を見切ったと考え、勝利を確信したのも無理はなかった。

——だが。

相手を冷静に観察し、動きを見切ろうとしていたのは、実は春海の方だった。

長瀬の攻撃が尋常なレベルではなかった分、完全に見切ったと確信する前に多大なダメージを負うことになってしまったのは誤算だったが、しかしそれでも春海は諦めなかった。

どこの筋肉がどう動けば、どのような攻撃が出されるのか。

そのとき視線はどこにあるのか。

その動きの裏にあるのはどのような感情なのか。

それらを冷徹な目で観察し、長瀬の攻撃に移るタイミングや間合いを読み取る。

その作業が完了したのは、長瀬がとどめの一撃を春海に与えようとした、まさにそのときだった。

長瀬は春海がフェイントに弱いと考え、最後の一撃の前に二度のフェイントを織り交ぜたが、しかしそれはすでに、春海にとってはフェイントでもなんでもなかった。

長瀬の攻撃スピードや動きのパターン、そしてそのときの感情までをも完璧にシミュレートしていた春海は、長瀬が左肘を叩き落とそうとしたその一瞬を狙って、針に変化させたアートマ・エネルギーを彼の心臓に突き刺したのだった。

このときこそ春海の恐るべき才能が発露した瞬間であり、同時に、その才能が長瀬の怪物的な資質を凌駕した劇的な瞬間でもあった。

春海が剣を目の高さに持ち上げた。と、剣の切っ先に小さな炎が灯った。

春海にしか生み出せない、緑の炎だ。

春海は炎の灯った剣を、すうっと長瀬の胸へと伸ばした。

緑の炎に照らし出された長瀬の顔は、すでに呼吸困難によって紫色に変色していた。

石像のように動かない長瀬の全身に、汗だけが不自然なほど大量に噴き出ている。

その長瀬に、春海は優雅とも邪悪とも取れる悪魔的な笑みを湛えながら語りかけた。

「……この俺をここまで追い詰めたほどの男だ。本来なら、激痛と後悔と恐怖を狂うほど味わってもらってから殺すんだが、今回はそうも言ってられない。俺に血を吐かせた報いは、地獄でたっぷりと償ってくれ」

春海は剣の先の炎を、長瀬の胸に突き刺さったままの針へと移した。

「心臓を焼かれて悶え苦しみながら死を迎えるというのも一興だろう。最期を見取ってやれないのは残念だが、せめて苦しみの極限で怨念にまみれて死ね。それが俺からの手向《たむ》けだ」

針に移った炎は、すぐに長瀬の体内へと吸い込まれた。

「……じゃあな」

春海はそう言い残し、くるりと長瀬に背を向け、走り出した。

があああああああああ!!

数秒後、背後から身の毛もよだつほどの絶叫が聞こえた。

針が焼け落ち、縛心穴から逃れた長瀬の、断末魔の悲鳴だった。

6

長瀬一嗣《ひとし》。

彼は、古代から連綿と続く、獣人の一族の末裔だった。

獣人とは、人の血に、別の種の血が混じっている者達のことを言う。名の通り、混ざっている血の多くは獣のものである。

狼男、蜥蜴《とかげ》人、魚人などから、神話や伝説の中に名を残す半人半獣の者達はすべて、この獣人というカテゴリーに含まれる。

何の血と最も強く混ざり合うかによって、獣人達の特徴もそれぞれに違うが、長瀬の一族の場合、最も濃く混ざっているものは、牛の血だった。

牛鬼。

それが長瀬の背負う血の宿命である。

ただ単に牛の血と強く混ざり合っただけではなく、彼らは様々な特殊能力を有する一族であった。

人の血を好み、口にするだけでメタモルフォーゼを起こす性質、己の体細胞を種に変化させて他人に植え付け、その者を意のままに操ることができる能力などがそれである。

もとより人間に分類されるべき者達ではない。

異形の怪物である。

だが彼らも、メタモルフォーゼを起こさない状態では、普通の人間と同じレベルのものだった。

人間と子を成すことも出来る。

それが彼ら一族の血を薄くし続けた原因でもあるわけだが、その所為で、牛鬼の血を濃く受け継ぐ個体は、現在では長瀬ひとりになっていた。

元々長瀬の一族は、人間と同化することを強く望んでいた一族だった。

自らの体内に流れる怪物の血を忌み嫌い、己の運命を呪い続けた一族。

何千年というときをかけてようやく弱まってきた呪われし血が、先祖返りとも言うべき強さで長瀬に発現してしまったことを知った一族は、彼を葬り去ろうとした。

だが、薄くなっていた彼らの能力では、長瀬ひとりを止めることさえ出来なかった。

長瀬は、己の命を狙う一族をすべて皆殺しにし、同胞を探すための旅に出た。

長瀬は、己の体に流れる鬼の血に、誇りを持っていた。

彼が信じたのは、力だった。

天より与えられた己の能力は、その力を示すためのものだと理解していた。

そして、あらゆるものを凌駕する力を持っている自分こそが、すべての生物の頂点に君臨するべき存在だと思っていた。

だが、彼のそのような思いは、悉《ことごと》く裏切られることになる。

彼が己の能力を最大限に発揮し、牛鬼としての本能を解放すれば、その度に、彼の目の前からは誰もいなくなっていった。

対峙した人間を、喰らい尽くしてしまうからだった。

一族の者達。両親。数少ない同志達。

すべての者を喰らい尽くすまで、彼の暴走した本能は止まることがなかった。

そして、人間として初めて愛した女を殺《あや》め、その肉を喰らったとき、彼は鬼であることをやめた。

一族の者達が、何故これほど鬼の血を呪うのか、その意味をようやく長瀬は理解した。そして、それを理解した自分自身を呪った。

――この体に流れる血が忌むべきものならば、何故天は我にそのようなものを与えたのか。

答えはなかった。

彼は、人間として強くなることを決心した。

それが己の中に巣くう獣人の本性を封印する最良の手段だと思った。

彼は世界各国を巡りながら、貪欲にあらゆる武術を学んだ。

獣人としての資質は、彼を容易く達人へと導いた。

だが、いくら鍛えても、時折訪れる本能の疼《うず》きは止めることが出来なかった。

本能に身を委ねたときの、強烈な甘美の震えは、忘れられるものではなかった。

彼は血の涙を流して、人を喰った。

その度に彼は、己の精神の脆弱さと、逃れられない業を呪った。

永劫に続く、地獄を彷徨う旅。

その旅の途上で彼は、お館様と呼ばれる男と、劇的な出会いを果たしたのだった。

倒れている長瀬から、さらに二十メートルほど上空。

枯れた風が吹き荒《すさ》ぶだけの、何もないはずの空間に、細い亀裂が走った。

真横に伸びるその亀裂は、次の瞬間突然上下に大きく弾けた。

まるで貝が口を開くように中空に出現したのは、結界によって作られた異次元の空間だった。

結界は鈍く重たい光を発して宙に浮かんでいた。

濁った桃色の光だ。

その光の中に、ふたつの人影が見える。

右側の影が小さく揺れたかと思うと、同時に甲高い笑い声が響いた。

「ほほほっ！　あの若僧もなかなかやりおるわ！　さすがは勘解由小路家の跡取りといったところかの！」

笑っているのは、嘉神静流だった。

突如として山の上空に現れた異空間は、彼女の屋敷の客間だったのだ。

「汝の部下も大したことはないの？」

静流は意地悪そうに薄く笑いながら、隣の人物に話しかけた。

「……ふん」

左側に座る人物は、面白くなさそうに鼻を鳴らし、言葉を繋ぐ。

「長瀬の悪い癖だ。やつは闘いを楽しみ過ぎる。それがやつの唯一の弱点であり、甘さだ。今回も、最初から鬼にメタモルフォーゼしていれば、一瞬にして勝負は付いていたはずだ。だがやつ自身がそれを許さんのだ。真っ向から勝負を挑み、正々堂々と勝利を得ようとする。そのプライドの高さがやつの敗因だ」

「格闘家の誇り、というやつかの？」静流が嘲るように口を挟む。「……阿呆じゃの」

「その通り」

「じゃが見捨てるには惜しい素材じゃ。……細野！」

静流は屋敷の奥へ声をかけた。

と、ふたりの背後にある襖が音もなく開き、スーツを着た男が現れた。

「あの男を助けてやれ」

細野に目を向けることもなく、倒れる長瀬を眺めながら、静流は命令した。

細野は軽く頭を下げた後、外界へと繋がるぽっかりと開いた空間に、躊躇《ためら》うことなく身を乗り出した。

二十メートル上空から飛び降りたにも拘らず、細野は事もなげに地面に着地した。

素晴らしいバランス感覚と身の軽さを持った男だった。

細野はうつ伏せに倒れる長瀬に近付き、無造作に彼を肩に担いだ。

「……ううっ……！」

体を動かされた長瀬から、低い呻き声が漏れた。

心臓を焼かれてもなお、長瀬は絶命しなかったのだ。

恐るべき鬼の生命力だった。

うっすらと目を開いた長瀬は、力のない視線を隣の男に向けた。

自分を助けようとしているのが細野であることに気付き、長瀬は自嘲的に唇の端を歪めた。

「……ま……まさか……お前に助けられるとはな……」

呟く長瀬を無視し、細野は彼を抱え上げた。

そしてそのまま静流らの待つ異空間への窓の真下まで移動し、顔を上空へと向けた。

細野の、蛇のような冷たく粘着質な両目が、闇の中にどろりと垂れている桃色の光を捉えていた。

それはただ眺めているというより、なにかを測っている視線だった。

上を見上げたまま、立ち位置を決めるように細かく移動している。

と、次の瞬間、細野は長瀬を抱きかかえたまま真上にジャンプした。

百キロを超す人間を抱えながら、二十メートルの高さまで飛び上がる、無謀と言うよりも考えるだけ無駄に思えるその試みは、しかし細野にとっては当たり前に実行可能なことのようだった。

異空間の窓に平然と降り立った細野は、静流に一礼すると、無言のまま隣に座る男の前に、長瀬を横たわらせた。

「……お……お館様……」

震える声で眼前の男を呼んだ。

鬼の回復力を以てしても、心臓を燃やされたダメージからはそう簡単に抜け出すことは出来ないようだった。当然と言えば当然のことである。むしろ、生きていることの方がおかしいのだ。

お館様と呼ばれた男は、ぶるぶると震えながら詫びるような視線を向けてくる長瀬を、ただ黙って見つめていた。

「も……申し訳……ございません……」

男の視線に耐えかねたのか、長瀬が再びしゃべり出した。

「私としたことが……油断を……」

長瀬の言葉に、男の眉がぴくりと反応した。

「——油断」

男が口を開いた。

聞くものの臓腑を押し潰すかのような、圧倒的なパワーを秘めた声だった。

長瀬は喉を詰まらせて言葉を止めた。

「お前は敗北の原因を、油断の所為だと言うのか」

長瀬は返答出来ないまま、男を見つめていた。

視線を外せない。

ダメージによる震えとは違う、また別の震えが肉体に生じている。

「本気でそのようなことを考えているなら、私は今ここでお前を見捨てる。油断などという下らない理由で負けるようなやつは、私の部下にはいらんのだからな」

男の発する魔気が、ねっとりと長瀬を包む。

「それにお前はもうひとつ、重大な命令違反を犯した。……分かるか？」

何百メートルという海底に突然引きずり込まれたかのような圧迫感に、長瀬は言葉を返せない。意識を保っているだけで精一杯だった。

「私は邪魔ものはすべて殺せと命じたはずだ。そして、初めからお前が本来の姿で対峙していれば、それは何の問題もなく遂行出来た。だがお前はそうしようとはせず、純粋に闘いに没頭したいという己の欲求を優先させたのだ。その結果、我々に敵対しようとしている小者らは誰ひとりとして死んでおらず、お前までそのザマだ。これを命令違反と言わずしてなんと言う？」

「も……」

申し訳ございません、と謝ろうとして、出来なかった。

巨大な手で握り潰されようとされている虫の気持ちが分かった。

途切れそうになる意識にはただ、お前を見捨てる、と言った男の言葉が、永遠に続く呪詛のように巡っていた。

長瀬は、これから起こるであろう出来事――己の生命が刈り取られるだろう、その場面を思い浮かべ、覚悟を決めた。

眼前の男が、自らの言葉を違《たが》えるような人物ではないことは、長瀬が一番良く分かっていた。

見捨てると言った以上、彼はなんの痛痒も感じることなくそれを実行するだろう。

そして、命を奪うなどということは、彼にとっては赤子の手を捻るよりも造作のないことなのだ。

この男に仕えてから何十年と経つが、男のことを本当に理解したと思ったことなど一度もなかった。部下として信頼されていると感じたことも、ない。

男の持つ壮大な野望に共感し、心酔したのは確かだ。だからこそ、男の右腕になって、男のために働こうと決意したのだ。

――だが。

それは敗北ではなかったか。


霞む視界の中に男を捉えながら、長瀬は自問する。

――俺の能力は、この男に仕えるために与えられたのだと思っていた。だがそれは、闘わずして屈伏しただけなのではなかったか。

お互いを理解し合うこともなく、信頼関係も築けずに、何が夢の共有だ。

何が〝野望に共感した〟だ。

そんなものはまやかしだ。

俺はそうやって自分を誤魔化していただけだ。もう認めてしまおう。いや、認めなければならない。

初めて出会ったとき、俺は男の底知れない力に、恐怖を覚えたのだ。

死を恐怖したのだ。

夢に共感した、などと自分を偽って、闘いもせずに全面降伏したのだ。

――くそっ。

長瀬は自分を呪った。

闘うこと。

そこにしか自分の存在価値を見出すことは出来ないと、ずっとそう思っていた。

闘いの中で死ぬこと、ただそれだけを求めていたと思っていた。

だが、本当はもう、とっくの昔に俺は負けていたのだ。男に恐怖し、闘いを放棄したときから、俺はずっと負け続けていたのだ。

──くそったれが！

自分で自分を裏切っていた。

それが何より許せなかった。

命令違反だか何だか知らないが、要は自分の行動が男の意にそぐわなかっただけだ。

そのことで男は気分を害しているだけだ。

殺すのなら、殺せ。

俺が気に喰わないと言うのなら、好きなようにするが良い。

だが。

だが、俺は簡単には殺されんぞ。

俺はもう、俺を裏切らない。

──闘って死んでやる。

知らないうちに、両拳に力が入っていた。

皮膚を裂こうとばかりに、爪が手の平に喰い込んでいる。

春海から受けたダメージは深刻なものだった。

いくら鬼とはいえ、そう簡単に回復するわけではない。むしろ、命が助かったことだけでも奇跡に近いほどのものだった。

だが闘わねばならない。

たとえ体が動かなくとも、いや、動かないからこそ闘うのだ。

闘う意志とともに気が体内に満ちてゆくのが分かる。

焼け焦げたはずの心臓が活動を再開し、血液が徐々に体内を巡り始める。

万全にはほど遠いコンディションではあったが、最期に少しくらいは動けそうだった。

「……お館様」

長瀬は男に話しかけながら、立ち上がろうと上半身を起こした。

絞め殺さんばかりに体にまとわりついていた魔気が、いつの間にか弛んでいる。

空気中の魔気の量が減ったわけではなく、長瀬の肉体から滲み出る闘気が魔気を押し返しているのだ。

ぐっ！　ぐがあああああ‼

魂が燃え尽きそうなほどの咆哮を上げ、全身をぶるぶると震わせながら、長瀬は強引に立ち上がった。

「お館様！」

長瀬は男の視界を遮るように、真正面に立った。

「やつらを始末出来なかった責任は、確かに私にあろう！　死んで詫びろと言うなら、甘んじて受け入れる！　……だが、だが私は格闘家なのだ！　格闘家であることに矜持と自負を持っている！　そして、格闘家ならば最期のときに望むことはただひとつ！　同じ死ぬのなら、己よりも強い男と闘って死にたい！　ただそれだけ！　ただそれだけなのだ！」

長瀬は泣いていた。

泣きながら吼えていた。

「お館様！　私と一局お手合わせ願いたい！　いや、どうあってもしていただく！　格闘家として、武人として、私に誇りある死を！」

長瀬の肉体から、気が爆発し、迸った。

爆発した気に合わせて、長瀬の右拳が男に放たれた。

真正面から相手をぶち抜き、叩きのめす。

それのみを狙った一撃だった。

もとより、勝利を得るための闘いではない。己の誇りを取り戻すための闘いなのだ。そうであるならば、フェイントなどの小細工ではなく、一発で相手をねじ伏せる、真っ向勝負での渾身の一撃を放つだけだった。

——これだ！

長瀬は拳を突き出しながら恍惚感に酔い痴れた。

拳のスピード、力の入り具合、肩と肘の回転、タイミング、重心移動、それらすべての要素が最高のバランスで発揮された攻撃だった。

生涯最高の正拳突き。

——俺が求めていたのはこれなのだ！　この感覚を味わいたいがために俺は闘っていたのだ！

拳は真っ直ぐに男の顔面へ向かって伸びてゆく。

恍惚感とともに、長瀬は勝利を確信した。

この男を倒し、俺は誇りを取り戻すのだと思った。

だが、その確信が、次の瞬間、驚愕に変わった。

男の顔面をぶち抜くはずの拳が、男の鼻先で止まってしまったのだ。

——何だと！　……何故だ！

長瀬は目を見開いた。

全身を流れる汗が、冷たいものに変わる。

——何故だ！　何故突然止まる！　何故届かない！

驚愕と混乱にパニックになった長瀬の耳に、低い笑い声が響いた。

くくっ！　くくくっ！

その声は伸ばした右拳の一ミリ向こうから聞こえてきた。

「面白いな」

男が笑いながら言った。

「実に面白い。それでこそお前を拾った甲斐があったというものだ」

長瀬の拳を鼻先に、しかし男はまったく動じる様子もない。

「欺瞞に生きるより誇りある死を選ぶか。……この上なく無価値な考え方だが、嫌いではない」

男は長瀬の殺気の込められた視線を真正面から受け止めていた。

「だが、まだまだ甘い。私に勝とうと思うのなら、もっと実力をつけなくてはな。この程度の力では、私を倒すどころか、自分の身を護ることすら出来んぞ」

しゃべりながら男は、すうっと右腕を上げた。人差し指と中指、二本の指を長瀬に向けて伸ばし、そのまま手首を百八十度くるりと回転させた。

すると信じられないことが起こった。

腕を中途半端に伸ばして硬直していた長瀬が、男の手首の動きに合わせて、ぐるりと回転したのだ。

腰を中心に、まるで巨大なファンの羽のように回転した長瀬は、一回転半したところで顔面を床にぶち当て、崩れ落ちた。

床にぶつかった衝撃に鼻血を流しながら、長瀬は倒れたまま男を見つめた。

長瀬は心底驚愕していた。

洋の東西を問わずありとあらゆる武術を体得し、中でも八卦掌や合気道といった発勁を重んじる流派を得意としていた長瀬は、その経験において絶対的な法則として考えていることがあった。

すなわち、気は相手の精神にのみ働きかけるもので、物質や肉体に直接的に働くものではない、と。

発勁によって人を倒したり山を半分吹っ飛ばしたり出来るのは、漫画やSFの世界でだけだと思っていた。

実際にそのようなことが出来るのであれば、武術など習う必要はない。それどころか、銃やナイフなどの武器を持つ必要さえなくなる。

武術や武器の扱い方を学ぶ前に、気を飛ばして敵を倒す術を学べば良いのだ。

しかしこれまで長瀬が学んだいかなる武術も、気を飛ばして相手を倒すなどという術理を持ってはいなかった。というより、武術を深く極めれば極めるほど、気というものが万能ではないということが理解されるようになっていた。

気は決して物質に対して働くものではなく、相手の精神、或いは感覚にのみ影響を与えるもので、気のみで相手に物理的なダメージを与えたいと思うのなら、一度はその対象に接触しなければならない。

これは長瀬のみならず、武術を極《きわ》めんとするものの基本であり、誰にも覆せない大原則だと思っていたのだ。

だが、今この瞬間に、その大原則が脆くも崩れ去ったことを長瀬は悟った。

男の長瀬に対する攻撃は、明らかに気によるものだった。

男は、長瀬に一度も触れることなく、気だけで長瀬の体を吹っ飛ばしたのだ。

体を回転させられたとき、長瀬は自分の全身にまとわりつく魔気を確かに感じていた。

抗うことの出来ない、強く物質的な力だった。だが、確かにそれは気の力だったのだ。

超能力や念力を使ったというなら、まだその方が納得出来る。

長瀬は、井の中の蛙《かわず》が初めて大海を知ったときの気持ちを理解したと思った。

自分が住んでいた世界の向こう側に、まったく異質な世界が広がっている。

それを知ったときの恐怖と混乱を理解した。

これまで、何十年という時間を、ただ武術の真髄を極めたいという欲求だけで生きてきた。血の滲むような、命さえ落としかねないほどの修行を繰り返してきた。

決して才能の上にあぐらをかいて、鍛錬を怠っていたわけではない。

強くなること、ただそれだけを求めて生きてきたのだ。

だが、そのさらに上に、まだまだ届かない場所がある。

今のままでは、決して辿り着けない場所がある。

その事実が長瀬を叩きのめした。

男が真っ直ぐに長瀬を見つめたまま口を開いた。

「……今回の失態については水に流してやる。殺しはせん。お前がまだ俺の側にいたいというのなら、それも許そう」

男は長瀬ににやりと笑った。

「――お前は俺を殺したいと思ったんだろう？」

長瀬の背中にぞくりと悪寒が走った。

「俺を殺そうなどという、その無謀さが気に入った。お前は俺に仕え続けろ。寝首を掻くチャンスを窺うのも良し、俺を倒せると思えるまで力を蓄えるのも良し、それはお前の好きなようにするが良い。いつでもかかってこい。己の首を狙うものを側近に置くというのも、面白い刺激になる」

男は平然とそう言い放った。

はったりではない。

長瀬は直感した。

男は本気でそう考えている。そしてそれは、己の実力に対する絶対的な自信という裏付けがあるからこその言葉だった。

〝お前などにこの俺が殺せるわけがない〟

男は長瀬に向かってそう言っているのだった。

長瀬は床に突っ伏したまま、己の存在のすべてが押し潰されて塵になってしまいそうな恐怖と必死に闘っていた。

鬼の本性を有する長瀬を怪物と呼ぶのなら、男はまさしく魔王であった。

怪物を遥かに凌ぐ底知れない実力を持ち、戦慄と恐怖によって彼ら怪物達の頂点に厳然と君臨する魔王。

それがお館様と呼ばれる男だった。


……ほほっ。

そのとき場違いに嘲るような笑い声が響いた。

男の隣に座る気味の悪い老婆――静流の声だった。

「なかなか楽しい見世物じゃったが、その辺りで一旦止めておけ。――それより」

静流は顎で現界へ繋がる窓の向こうを指した。

「見ろ。あちらでもそろそろ始まりそうじゃぞ。あの見世物も負けじと面白そうじゃ。あの猿みたいな小汚い男が神として生まれ変わったのかどうか、そして勘解由小路の小僧がどれだけの実力を持っているのか、とくと拝見させてもらおうかの」

7

春海は動けなかった。

四方に薪を焚いた独特の斎庭の中心に、男が立っていた。

春海からその男までの距離、わずか五、六メートル。

焚き火の結界のすぐ外にいる春海からは、男の容姿がはっきりと見えていた。

〝下痢をした猿みたいな、可哀想なくらい貧相なオッサン〟という慈舜の批評が、本当に可哀想なほど当たっている男だった。

触ればポキリと折れてしまいそうな痩せ細った体に、白い襦袢を一枚だけ羽織っている。

除草剤を撒かれたのかと思うような、無残な有様の頭髪に、眼窩の形が分かるほど落ち窪んだ目。

その目が、じいっと春海を捉えていた。

今にも息絶えそうな重病人のようだった。

だが、そんな外見の様子とは裏腹に、発散させている気には膨大な圧力と精気が漲っていた。

圧倒的なパワーと勢力を持って渦巻く気が、春海の足を止めさせていた。

——神……か。

静かに立っている福溝を見返しながら、春海は観察していた。

——いや、違うな。ただの化け物だ。

春海の言う通りだった。

サルの気は、神と呼ぶにはあまりにも禍々し過ぎた。

サルの中で溜まりに溜まっていた恨みや憎悪が、純粋な怨念になって気に染み込んでいるのだ。

それはまるで、放射能に汚染された大気のようなものだった。

そして、春海は凝り固まった怨念の放射能を、近距離で浴びているのだった。

動けなくなって当然と言えば、当然のことである。

春海は視線をサルから外し、中空に漂わせた。

同時に意識を内面に集中させ、体外に放出されている気を完全に止める。

「無」の状態である。

怨念に汚染された気に、自らの気が反応するから動けないだけなのだ。ならば、気を絶てば良い。気を絶ち、怨念を素通りさせてしまえば良いのだ。

そう考えた上での春海の作戦だった。

とそのとき、それまで黙っていたサルが、初めて口を開いた。

「ほう」

それは感心するような、羨ましがるような口調だった。

「なるほど。気のコントロールとはそのようにして行うのか。どれ、私もちょっと挑戦してみよう」

そう言うと、サルは春海を真似て目を細め、宙を仰いだ。

と、それまで無造作に垂れ流されていた気が一瞬にして止まった。

「おお、素晴らしい。意識を自分の内面へ向けただけで、このような芸当が出来るとは。……で？　この次はどうするんだ？　気の使い方は、もっと他にもあるんだろう？　それを私に見せてくれ」

「無」の状態を保ちながら楽しそうにしゃべるサルを、春海は驚愕して見ていた。

気をコントロールする、それは口で言うほど易しいものではない。

相当の修練を積み、感覚を研ぎ澄まさねば出来ないものである。

だが、サルは見よう見真似でそれを会得してしまったのだった。

しかも、さらに驚くべきことに、サルは「無」を保ったまましゃべったのである。

それは素人には決して出来ない作業のはずだった。

しゃべろうとすれば、そこには意志が発生する。意志が発生すれば、それは自然に気となって体外へ滲み出る。

「無」の状態を保ちながら、なおかつしゃべろうとすれば、要する技術の難易度が格段に高くなるのだ。

だが、サルはそれをもいとも簡単に体現してしまっていた。

人間離れした学習能力である。

彼が吸収したモナド界のエネルギー。

その力の片鱗をまざまざと見せられた気がした。

春海はサルの頼みには応えず、「無」の状態を保っていた。

本来ならここからさらに「空」へと移行し、己の気を完全に大気と同化させる作業が必要だが、それをサルの目の前で行うのはかなり危険だった。

――「空」の技術まで教えてやることはない。

春海は「空」へと移らず、「無」のまま再び意識を練り上げた。

気による攻防が、かえって彼を成長させてしまうのであれば、違う方法で闘うしかなかった。

意識の集中と同時に、春海は右手に握っていた剣の切っ先をサルに向けて指し出した。

「ふん！」

春海の短い呼気とともに、剣の刀身が爆発するように伸びた。

緑の光が、一直線にサルに向かって走る。

……ざす。


剣先がサルの左肩に滑り込んだ。

春海は目を疑った。

今の攻撃は、サルを威嚇《いかく》するためのものだったのだ。

伸びてくる剣に対して、サルがどのような反応を見せるのか。

躱すとするなら、どういう動きで躱すのか。

それを確かめるための攻撃だったのだ。

そのために、剣を伸ばすスピードは、最低限に抑えていた。

決して遅くはないが、避けようと思えば誰にでも避けられるスピードだ。

だがサルはそれを避けようともせず、真正面から受けたのだ。

躱せないはずはなかった。

その証拠に、サルは伸びてくる剣先を目で追っていたのだ。

鋭い切っ先が自分の肩に突き刺さる瞬間さえ、その目は捉えていたはずだった。

だが、それにも拘らず、サルはぴくりとも動こうとせず、平然と剣先の侵入を許したのだった。

そして今も、深々と剣を突き立てられている状態のままで、にやにやと笑いながら己の左肩と春海とを交互に見比べていた。

——やばい。

春海は、サルのにやついた笑いを見て直感的にそう思った。

——何か、やばい。俺はやつを観察しようとしたが、もしかしたら……。

春海は剣を引き抜こうとした。何故かは分からないが、とにかくこのままの状態でいるのは危ないと、彼の直感が告げていた。

だが、それは一瞬遅かった。

春海が剣を抜くよりも早く、サルが肩に刺さっている刀身を、右手で摑んだのだ。

すると次の瞬間、信じられないことが起こった。

眩しいくらいに光り輝いていた剣がすうっとその輝きを薄め、闇に溶けるように霧散したのだ。

サルと春海の間に真っ直ぐに伸びていた緑の光が跡形もなく消え去り、さらに次の瞬間、春海ががくりと地に膝を突いた。

嫌な予感が的中してしまったことを春海は悟った。

——……もしかしたら、どころの話じゃない。俺はやつを観察している気でいたが、それは間違いだった。観察しているのは俺じゃなかった。やつの方が……やつこそが俺を観察していたのだ。

立ち上がろうとした。しかし出来なかった。

体力とともに、霊力までをもごっそりと奪われていた。

アートマ・エネルギーで作られた剣。サルはその剣を通路として春海の霊力を根こそぎ吸い取ったのだった。

「ふわはははははははっ!!」

サルが甲高い笑い声を上げた。

「これが!　これがモナド・エネルギーか!　素晴ら

しいぞ！　素晴らしい力だ！　私は神となったのだ！　すべての人を超え、あらゆる生物を超越した！　私は神だ！　もう誰も私に逆らうことは出来ない！　お前も！　長瀬も！　お館でさえも！　誰も私には逆らえない！　わはははっ！　気分が良いぞ！　最高だ！　今まで私を馬鹿にしてきたやつらを、皆殺しにしてくれる！　皆殺しだ！」

よろよろと立ち上がる春海を見て、サルは嬉しそうににやついた。

「まずはお前だ！　お前をぶち殺し、聖域となったこの山への供物《くもつ》としよう！　光栄に思うんだな！　この山と私への、最初の生贄になるのだ！　この上なく名誉なことだと知れ！」

サルは己に酔い痴れていた。いくら酔い痴れても足りないといった様子だった。

しかしその酔い痴れ方が、決して大袈裟ではないほどの力を手に入れていたことは、違えようのない事実だった。

春海は歓喜に打ち震えるサルを横目に、再び意識をアートマ界へと飛ばした。

アートマ・エネルギーを体内へと導き、宝剣を発現させようとする。

と、サルがその動きに感付いたのか、左手を春海にかざしながら吼えた。

「おおっと！　下手な小細工はするなよ！　何をしてもお前の力では私には勝てん！　いくらアートマ界の力だと威張ってみても、所詮それは顕現世界での最高位の力に過ぎん！　その上位にある非顕現世界の力――モナド・エネルギーの前では何の役にも立たん！　何をしても無駄なんだよ！　それはお前自身も良く分かっていることだと思うがな！」

だが春海はサルの言葉に耳を貸さず、意識を集中させていた。

その行動がサルの癇に障った。

馬鹿にされていると思ったのだろう、サルの顔面が怒りにどす黒く腫れ上がった。

「貴様ぁっ！」

サルはかざしていた左手に力を込めた。

と、春海の体が弾かれたように後方へずれた。

ぐううう‼

喉の奥で呻き声を抑え込む。

サルから放たれた物質化した気の塊を、春海は出しかけていた剣で防ぎながら耐えた。

だがそれでも弾き飛ばされないようにするのが精一杯だった。

地面に、深い二本の溝が刻まれる。渾身の力を込めて踏ん張る春海の足が作る溝だ。

凄まじい威力だった。

サルが気の放射を止めた。

春海はすでに十メートルほど後ろにまで押し返されていた。

「くくっ！　持ち堪えやがったか！　なら、これではどうだ！」

サルは両手を胸の前に添え、ちょうどサッカーボールを持つような格好をした。

すると、何もなかったはずのその空間に、黄金に輝く球体が出現した。

モナド・エネルギーで作られた球体だった。と、その球体から無数の光が、春海に目がけて発射された。

「ふっ！」サルが短く息を吐き出した。

黄金の光は鋭い針となって春海に襲いかかった。

雨のように無限に降り注ぐ黄金の針。

春海は剣を激しく振り立てて、その針を次々と地面に叩き落としてゆく。

だが、針を弾き返すたびに、剣から緑の輝きが失われてゆくのが分かる。

モナド・エネルギーである針に、アートマ・エネルギーの剣が破壊されているのだ。

いつまでも防ぎきれるはずがなかった。

弾き損ねた針が、右の太腿に突き刺さった。

痛みに一瞬動きが鈍った。それが致命的だった。針が全身に立て続けに刺さった。

春海は剣による防御を放棄した。

両肘を立て、腕で頭部をガードしながら、剣の形状を変化させる。

緑の光が彼の全身を覆うように、楕円形に広がる。

盾だ。

しかしその盾も、モナド・エネルギーの針を完全には防ぐことが出来なかった。

針は盾に小さな穴を次々と開け、その穴を通って何本もの針が春海の体に刺さってゆく。

鋭い痛みが立て続けに全身に走る。

緑の盾は針が通り抜ける度に光を失い、今にも消えそうになっている。

防御だけでは太刀打ち出来ないと覚悟を決めたのか、春海は腰を沈め、力を溜めた。

と、次の瞬間、春海の姿が幻影のように掻き消えた。

たわめた膝の力で、上空に思い切り飛び上がったのだ。

まるで羽根が生えているかのような驚異的なジャンプ力で空に舞い上がった春海は、上空からサルへの間合いを一気に詰めながら、アートマ・エネルギーを再び剣の形に変えた。

飛びかかりざまにサルを斬りつけようというのだ。

モナド・エネルギーの威力は、凄まじいものだった。アートマ界の力を以てしても、とても敵うものではない。真正面からぶつかり合えば、敗北は必定だった。

だが、今サルはそのモナド・エネルギーを一点に集中させて攻撃をしている。

エネルギーの大半を攻撃に使っているため、防御力は半減しているはずだった。

春海は防御を考えていないサルの、その隙を狙おうとしていたのである。

——が。

その考えが甘過ぎたことを、次の瞬間春海は思い知ることになった。

サルが、目標を見失い視線を辺りに散らしたのは、ほんの一瞬のことだった。

サルはすぐに春海の気を読み、上空から襲いかかってくる春海の姿を捕捉した。

春海は剣を上段に構えて、いつでも斬りつけられる姿勢でサルに向かって落ちてゆく。

その春海へ、サルは両手の間に浮かんでいるモナド・エネルギーの球体を、高々と掲げた。

ドドン‼

春海とサルの体が接触するかに見えたその瞬間、高く持ち上げられたモナド・エネルギーの球体が、突然眩しく発光した。

辺り一帯が一瞬真昼になったのかと思うほどの光だった。

モナド・エネルギーが凄まじい圧力を伴って、球体から放射されたのだった。

春海の体が爆風に巻き込まれたように弾かれ、真後ろにぶっ飛んだ。

剣が跡形もなく消滅した。

受け身も取れずに、地面にぶち当たる。

がはっ！

春海の口から大量の血が吐き出された。

長瀬との闘いで折れてしまった肋骨がぎりぎりと軋む。

今の攻撃で痛みがさらにひどくなったようだった。もしかしたら、折れた肋骨が肺に突き刺さったのかも知れない。

モナド界の力は、圧倒的だった。

アートマ界とモナド界は次元階層でいえば一階層の差でしかない。だが、その一階層の差は、永劫に埋められない巨大な差だった。

春海はぶるぶると震える筋肉を無理矢理抑え込んで、ふらつきながら立ち上がった。

目が怒りに吊り上がっている。

口からは血が止まることなく溢れ出ている。

端麗な相貌だけに、春海の表情には凄絶なまでの美しさがあった。

アートマ界とモナド界の歴然とした差。

それは春海の怒りをさらに燃え上がらせただけだった。

火傷しそうな視線を向けてくる春海を見返しながら、サルが叫んだ。

「さすがだな！　よくよく粘るものよ！　何がお前をそこまで支えているのかは知らんが、そのしぶとさに敬意を表して、モナド・エネルギーを最大限に引き出してお前を殺してやろう！」

サルは両腕を左右に大きく広げた。

「神の偉大さを胸に刻み込め！」

同時に、サッカーボールほどの大きさだった球体が見る間に膨れ上がり、直径三メートルはあろうかというほどの巨大な球になった。

表面にバチバチと雷のような電流が走っている。

「モナド・エネルギーで作った重力球《グラヴィトン・ボール》だ！」

サルが得意げに吼える。

「神の業の重さをたっぷりと味わわせてやろう！　己の無力さと神へ抗うことの愚昧さを噛み締めながら死ね！」

高らかな哄笑を辺り一帯に轟かせながら、サルが重力球を春海に向けて押し出そうとした、そのとき。

「ぐおへひっ！」

サルが突然、内臓がすべて口から吐き出されようしているかのような、聞くに堪えない呻き声を上げた。

驚きと不審の入り混じった目を、サルは上空の闇へと向けた。

彼自身、己の身になにが起こったのか、理解出来ていないようだった。

突如とした肉体の異変に呆然としているサルに、更なる変化が襲った。

全身の筋肉という筋肉が細かく痙攣し始めたのだ。

広げていた両腕がさらに広がり、背中で触れ合いそうなほどに突っ張る。

痙攣は次第に大きくなり、びくんびくんとサルの肉体が波打ち出す。

あまりの激痛に、顎が外れんばかりに大きく開かれた口の中から、舌が、まるでそれ自体が生き物であるかのように蠢《うごめ》いているのが見える。

背骨が限界以上に反り返り、両目が白目を剝いた。

——……来た！

サルの様子を慎重に観察していた春海は、心の中で叫んだ。

拒絶反応だ。

モナド界から膨大なエネルギーを引き摺り下ろし、己の体内へ取り込むという作業には、やはり相当なリスクがあったのだ。

取り込もうとするモナド・エネルギーが巨大過ぎて、サルの魂——霊子が拒絶反応を起こしているのだった。

霊子とは本来、あらゆる次元階層に同時的に存在しているものであるが、人間の魂を形成している霊子の場合、それは第三層のメンタル界と最も強く結びついている。

これは同じく第三層に属する、肉体という物質に起因している。

霊子と違い、肉体は第三層のメンタル界以下にのみ存在するもので、第四層のブッディ界以上には存在しない。

というより、物質と霊子がひとつの同じ次元に混在している階層というのが、この第三層のメンタル界だけなのである。

人間が肉体という物質を持つことでしか存在し得ない以上、その肉体に宿る霊子が物質界であるメンタル界に強く引きずられてしまうのは、ある意味仕方のないことだった。

が、しかしそれは逆に言えば、人間の魂を形成している霊子には、肉体やそれに付随する生存本能などといった不純物が混ざり合っているということでもある。

霊子の純度がかなり低い状態なのだ。

サルは今回の儀式を行う前に、その準備として念入りに禊をしていた。

それによりサルの魂——霊子は、通常の状態より格段に純度を増してはいたが、しかしそれも所詮は、第三層のメンタル界の中での純化に過ぎなかった。

第六層のモナド界の霊子から見れば、サルの魂はまだまだ純度の低い、不純物にまみれたものでしかなかったのだ。

サルの失敗は、それを認識していないことだった。

不純物の入り混じった魂に、純度の高いモナド界の霊子を大量にぶつける。

そのリスクを甘く考えていたのだ。

魂が自らの崩壊を防ぐために、モナド界のエネルギーを拒絶するのも無理はなかった。

——ががん!!

制御を逃れた重力球がふらふらと宙を漂い出し、上空で大音響とともに割れた。

激しい痙攣を繰り返していたサルの体に、新たな変化が訪れていた。

全身がぼこぼこと膨れ上がり始めたのである。

顔も指も足も、全身のあらゆる部位が風船のように急速に膨張している。

腫れ上がる肉体の表面、皮膚のすぐ下に、拳大の瘤のような気泡がぼこぼこと発生し始めた。

ぱんぱんに膨れた肉体を、その瘤がもぞもぞと生き物のように動いている。

モナド・エネルギーの塊だ。

サルの魂との融合に失敗したモナド・エネルギーが、出口を求めて彼の肉体の中を駆け巡っているのだ。

と、体表を埋め尽くすほど発生していたモナド・エネルギーの瘤のひとつ、鳩尾の辺りを移動していたものが、ばちんと音を立てて弾け割れた。

どろどろとした体液が、肉の焦げる臭いとともに裂けた皮膚から噴出した。

ひとつの気泡が割れると、サルの体のあちこちで、連鎖反応的にモナド・エネルギーの塊が弾けた。

ぶしゅううう!!

血の混じった赤黒い体液が噴き出す音と、

「あぎぃゃあああああああ!!」

サルの甲高い絶叫が、この世のものとは思えないほどの不気味なハーモニーを奏でた。

急速に腫れ上がっていた体が、今度は急速に萎《しぼ》んでゆく。

春海は動かなかった。

じっとサルの様子を見つめていた。

モナド・エネルギーを吸収するという行為が、肉体と魂に大変な負荷をかけるということは、予想出来ていた。

高い次元の力を現界に引き降ろし、己の意志のままにコントロールするということは、並大抵のことではないのだ。

アートマ界へのリンクが生来から無自覚的に出来ていた春海でさえ、意識の大半をアートマ界へ留めておかなければならないというリスクを背負っているのだ。いくら儀式を介したところで、春海のような特異な才能を持たない人間が、高次元のエネルギーを体内に取りいれ、それを意のままに操るなどという離れ業を成せるはずがなかった。いずれ破綻が来るのは必定だったのだ。

そして今、破綻が現実の光景として眼前で展開されていた。

己の分をわきまえない傲慢さが招いた悲惨な末路。放っておいても勝手に自滅するだろうと、そう考えて傍観してしまえるなら、話は簡単だった。

だが。

春海はそれを許さなかった。

――勝手に自滅などされてたまるか。自分の手で引導を渡してやらなければ気が済まない。俺を虚仮にした報いをたっぷりと味わわせてやらなければ、俺の気持ちが収まらない。散々いたぶって、みっともなく命乞いするやつを嘲笑ってやるのだ。そして、その上でこの世の地獄を見せてやるのだ。それが俺を怒らせたことの報いだ。当然の罰だ。楽には死なせない。絶対楽には死なせてやらねえ。

どこまでも自分勝手で残虐なエゴが、満身創痍の体を支えていた。

春海は足を引きずるようにしながらも、サルに向かって一歩足を踏み出した。

体液をあらかた放出してしまったサルが、がっくりと地に膝を突いた。

元の体からさらに貧相に、乾ききった枯れ枝のようになってしまっている。

がさがさにひび割れた皮膚のあちこちに、モナド・エネルギーの弾け割れた傷跡が、大きな穴を作っていた。

「……何故だ！」

放心したように天を仰いでいたサルが、虚空に向かって叫んだ。

「何故なんだ！　私には神になる資格がないとでも言うのか！　天よ！　何故ここまで私を嫌う！　どこまで我ら福溝一族を辱めるのだ！　何故だ！　何故なんだ！」

がらがらに嗄《しゃが》れた声で、サルは叫び続ける。

「畜生！　あともう少しだったのだ！　あともう少しで私は、この世界に最高神として君臨出来るはずだったのだ！　そして私を小馬鹿にした人間達を皆殺しにするはずだったのだ！　皆殺しだ！　皆殺し‼　ふひっ！　ふひひひひっ！」

天を仰ぐサルの目が、大きく見開かれた。

口角から泡が吹き出している。

正気を失いつつあるサルの脳裏には、これまでの彼の恥辱にまみれた人生が蘇っていた。

現人神になるための才能など欠片もないことが分かったときの絶望。

父の、打ちひしがれたような、欠陥物を憐れむような目。

せめて孫の代で悲願を達成させせんと、女をあてがわれたこともあった。

だが、彼は不能だった。

いくら女を替えても、どのような方法を試みても、彼のモノは、ぴくりとも反応しなかった。

……あのときの、女達の、蔑んだ瞳。嘲るような笑み。

　こんなはずではない！

　私は神となるべき人間なのだ！

　その怨念にも似た妄執が、彼の人生を更に惨めなものに陥れた。

　彼の人生は、敗北者の人生だった。

　侮蔑と嘲笑と屈辱にまみれた人生だった。

　だがそれも、今になってようやく報われようとしていたのだ。

　あともう一歩。もう一歩で、己の存在が肯定されるはずだったのだ。

　サルは臓腑をひり出さんばかりに、叫んだ。

「どいつもこいつも馬鹿にしやがって！　俺を誰だと思っているんだ！　誇り高き福溝一族の末裔だぞ！　私や父がどんな思いで生きてきたか、お前らに分かるか！　脳みその腐りきったお前ら人間に、蔑視され嘲弄され蹂躙され続けた俺の気持ちが分かるか！　馬鹿にしやがって！　くそっ！　お前らなど皆殺しだ！　お前らを皆殺しにして、俺は俺の王国を新しく作り上げてやるのだ！　そおだ俺にはその資格がある俺は現人神なのだだから何でも出来るのだ私を愚弄したブタ野郎どもよ私を崇めるのだ崇め奉れ私が神だ私が神だ私が神だ私が神だ私が神だわぁたぁしぃがぁぁぁかぁみぃだあああああ！！！！」

　狂気の咆哮が闇に突き上がった。

　魂を削り取るような大絶叫だった。

「うううあああぁぁぁ！　えぐううおおぉぉぉぉ!!」

　サルは涙を流していた。

　舐めれば血の味がしそうな涙だった。

　神になり損なった男の、世界を砕くほどの雄叫び。

　それは地獄から轟く囚人達の慟哭《どうこく》のようだった。

　サルの咆哮は、大気を震わせ、山を鳴動させた。

　と、永遠に続くかに見えた絶叫が、突然ぴたりと止んだ。

　天に突き上げていた顔をぐるりと横に回し、凄まじい憎悪を孕んだ目を一点に向けた。

サルの視線の先——憎悪の終点には、ひとりの男がいた。

春海だった。

春海は痛む肋《あばら》を押さえながら、よろよろとサルに近付いていていた。

背中で無造作に束ねていただけの長髪が、吹き荒れる風にばらばらと舞い上がっている。

吐いた血がべっとりと染み付き、黒いコートをさらに濃く黒くしていた。

月明かりに冴え冴えと照らされた春海の姿には、身震いさせるほどの凄絶さがあった。

だが、その凄絶さを超えてなお、彼は美しかった。

立っているのがやっとなほどの深手を負い、息を荒げながら躙《にじ》り歩く春海は、しかし何故か寒気が走るほど美しかった。

血にてらてらと赤く光る唇。

月の光に蒼白く浮かび上がる肌。

大きく横に流れる、濡れたように艶やかな瞳。

その目が、敵意を剝き出しにしてサルへと固定されていた。

サルが憎悪と怨念に凝り固まった怪物ならば、春海もまた、強烈な自尊心に裏打ちされた、無慈悲さしか持たない悪魔だった。

「おぉぉまぁぁえぇぇかぁぁぁ!!」

春海の姿を確認したサルが、顔面をぐしゃぐしゃに歪めて吼えた。

「お前の所為だ！　お前の所為だ！　お前の所為だぁぁぁ!!　殺してやるぅぅぉぉおお!!」

「うるせえ!!」

サルの怨念にまみれた呪詛の怒号を、春海は一喝した。

アートマ・エネルギーを収束させ、緑光に煌く神剣を発現させながら、春海は渾身の力を振り絞って地を蹴った。

「お前の血迷った戯言《たわごと》はもう聞き飽きたぜ！　そんな

くだらねえもののために俺を嵌めやがって！　許さねえ！　存分に償ってもらうぜ！　ここからはお仕置きタイムだ！　くそ野郎‼」

叫びながらサルに詰め寄った春海は、剣を真横に薙ぎ払った。

肋骨の痛みと針のダメージによってスピードこそ格段に落ちてはいたが、受ければ間違いなく肉体を両断されてしまうだろうほどの、神気を一点に集約した爆発的なパワーだった。

「ひぅっ！」

サルは剣から体を庇うように反射的に手を上げた。

その手ごと体をぶった斬ろうと走る剣が、サルの体に当たる寸前で止まった。

きぃん！

鋭い金属音が鳴り響く。

掲げたサルの手の平に、黄金に光る球体が見えた。

モナド・エネルギーの球だった。

サルの体内に残留していたわずかなエネルギーが、剣の襲撃を押し留めたのだ。

「ちぃっ！」

春海が舌打ちをして、剣を引いた。

あまり長い時間接触させていると、またアートマ・エネルギーを消滅させられてしまう。

春海はそれを恐れたのだった。

今度消滅させられてしまえば、もう二度と生み出すことは出来ないだろう。

無理をすれば、触媒《しょくばい》としての春海の肉体まで破壊される。

アートマ・エネルギーを利用出来るのは、これが最後だった。

それが春海には直感として理解出来ていた。

「無駄な足掻《あが》きしやがって！」

飛び退く春海に、サルは手の平を向けた。

「うわあああ‼　畜生‼　お前さえ、お前さえいなけりゃ‼　くそおおおお‼」

サルの手の平からモナド・エネルギーが放出された。

それは長く鋭い槍となって春海に伸びた。

春海は大きく左にサイドステップして槍から逃れた。

すると、その春海を追尾するように、槍の軌道がぐにゃりと曲がった。

スピードは落ちず、生き物のように春海を追いかける。

春海は再び飛び上がろうとした。

だが、出来なかった。

膝が自重を受け止めきれず、がくりと折れた。

ずぶり！

U字に曲がった槍の先端が、一瞬動きの止まった春海の背中に突き刺さった。

「うぐっ！」

春海が呻き声を上げた。

刺された瞬間、背中から熱いどろりとした液体が全身に送り込まれたような感覚があった。

モナド・エネルギーが流入しているのだ。

かっと全身が燃え上がるほど熱くなり、次の瞬間、
どん！

体内で爆弾が爆発したかのような衝撃が走った。

一瞬気が遠くなる。

モナド・エネルギーが春海の体細胞を破壊しているのだった。

「ごぅふぁっ！」

喉が鳴ったかと思うと、口から大量の血が噴き出た。

槍は春海の背中に突き刺さったあとも、なお進行を止めずにずぶずぶと深く侵入してくる。

春海の体を貫こうとしているのだ。

その想像を絶する激痛に辛うじて意識を取り戻した春海は、かっと両目を見開くと、残る力を振り絞って地を蹴った。

脚力と、背後から押してくる槍の力を利用して、春海は一足飛びにサルの眼前へと詰め寄った。

「がぁぁぁあああ!!！」

背中を槍に突き刺されたまま、血を吐き出しながら、春海はサルに襲いかかった。

すでに限界以上に薄くなった剣を上段に振り上げる。

狙いは、サルの頭だ。

――脳天をかち割り、脳みそを撒き散らしてやる。

「ひぃいぃいぃっ！」

怯えたサルが、無我夢中に首を左へ傾けた。

春海の剣よりサルの方が一瞬速かった。

だが、それがサルに出来た最大にして最後の防御だった。

サルの頭頂をふたつに割るはずだった剣は、サルの右耳を削ぎ落とし、そのまま鎖骨に当たった。

「うおおおおあああああ！」

「あぎぃいぃいぃいぃ‼」

春海の怒声とサルの絶叫が重なる。

春海は全体重をかけて剣を押した。

こり。

音を立てて鎖骨が折れたかと思うと、
ずぶずぶずぶっ。

剣がサルの肩から真下に滑り落ちた。


「ぎぃにゃぁぁぁあああああ‼」

サルがおぞましい悲鳴を上げた。

それでも春海は剣を抜かず、ありったけの力を込めて押し下げる。

サルの、頭部の付いた左半身と、腕だけの右半身が、ずるりと裂けた。

血が噴出し、春海の顔を真っ赤に染めた。

内臓がどろりと剣に垂れ下がった。

サルの左手から光が消え、同時に春海の背中に刺さっていた槍が、音もなく闇に溶けた。

それでもなお春海は剣を止めなかった。

「ああああああ‼」

ずぶずぶとサルの体を縦断する剣は、股間にまで達し、尾骶骨に当たった。

そこでようやく春海は剣を止めた。

「っっがはっ！」

目が白目に反転し、顎が外れるほど大きく開いた口から舌を突き出した、凄まじい形相のまま、サルはどうっと地面に倒れた。

びくん、びくんと体が反射で痙攣を起こしている。

「……か、かかかか……」

サルの喉から声が漏れた。

「かみ、かみに……、かかか、かいみかみかみかみか
み……」

恐ろしい執念だった。

体を真っ二つに切り裂かれながらも、まだ息絶えていない。

意識などとうに無くしているはずだが、それでもサルの口はしゃべることを止めなかった。

壊れた玩具のように「神」と繰り返している、そのサルの口の中を狙って、

「やかましい!」

と春海が剣を突き立てた。

びくん。

サルの体が大きくしなり、それきり動かなくなった。

春海はそんなサルを、汚物でも見るような目で眺めていた。

情けや憐れみなどひと欠片もない、侮蔑しきった視線だった。

嘘のような静寂が、唐突に訪れた。

その状態が数分ほど続いただろうか、ふと気が付いたように、春海はコートの左袖でごしごしと顔を擦った。返り血を落とそうとしているのだ。だが、乾いた血はなかなか取れない。何度も顔を擦りつけている春海だったが、今度はまた急にそれを止め、すうっと視線を右へ流した。

背後を気にしているようだった。

と、突然大声を出した。

「おい!　いい加減出てきたらどうだ!」

すると、春海の真後ろ、二十メートルほどの高さの空間に、亀裂が走った。

まるで瞼が開いてゆくように亀裂に幅が生まれ、中からピンクの光が漏れ始めた。

ピンクの光の中には、ふたつの人影があった。

静流の作った特殊結界である。

そこからぱちぱちと拍手の音が聞こえた。

春海はゆっくりと振り向いた。

「ふたり揃って高みの見物かよ。良い身分だな、てめえら」

春海の言葉に、左側に座る、拍手をしていた男が、手を止めて応えた。

「勘解由小路春海君。君もなかなかやるじゃないか。面白いものをみせてもらったよ」

春海は目を細めて男を凝視した。

「……てめえが今回の黒幕か……確か〝お館〟とか呼ばれていたやつだな」

「覚えていただいて光栄だよ」

「残念だったな。お前の部下の野望は、俺がぶっ潰してやったぜ」

春海の台詞に、男は唇の端を吊り上げた。

「ふん。その男は私の部下でもなんでもない。それに、そいつが神になろうが化け物になろうが、私にはまったくどうでもよいことだった。まあ、志半ばで君に殺されてしまったのは少々残念だがね」

「……じゃあ、なんだ？　こんなご大層な仕掛けまで仕込んで、なにを企んでいる？」

「ふん。それはまだ、これからのお楽しみとしておこうか。今日はひとまず、お互いの顔合わせということで、な」

「……宣戦布告、ということか」

「……そうとってもらっても構わんよ」

亀裂が閉じ始めた。

細くなるピンク色の光の中で、男が盃を口に運んでいるのが見えた。

その男に向かって春海が叫んだ。

「俺をこのまま放っておいて良いのか。今度会えば、俺は容赦なくお前を殺すぜ」

ふははははっ！

亀裂から笑い声が響いた。

「満身創痍の君と闘ったところで面白くも何ともない。

それはまたいずれ、別の機会に譲ることにするよ」

男はそう言うと、再び笑い出した。

その笑い声に重なって、右側の人物が声を張り上げた。

「春海よ！」

嘉神静流の声だった。

「この度、敵味方に分かれてしまったのは、我にとっても残念なことじゃった。今からでも遅うない、我の客分にならぬかえ。そうすればそれ以上汝の美しい体に傷が付かずに済む。我は汝を気にかけておるのじゃ。どうじゃ、我の屋敷に来てはくれぬか？」

猫撫で声の静流に、春海が怒鳴った。

「うるせえ！　妖怪ババア‼　とっととくたばりやがれ！」

「うきぃぃぃぃ‼」

春海の言葉に、静流が奇声を上げた。

「許さぬ！　妖怪ババアじゃと！　誰であろうと我をそのような言葉で侮辱することは許さぬ！　次とは言わぬ！　今ここで我が汝の息の根を止めてくれるわ！ええい！　離せ！　離さぬか！」

すでに結界が閉じかかっている所為で良く分からないが、どうやら今にも飛び出そうとしている静流が、必死に引き止められているらしい。

爆笑する春海に、消えようとしている亀裂から何かが投げつけられた。

足元に転がってきたそれは、盃だった。

地面に当たって粉々に割れた盃を、春海はさらに足で踏み潰した。

結界が閉じた。

春海は、その閉じた結界の空間をじっと眺めていた。

いつの間にか朝が近付いているようだった。

白い靄のような光が、空に薄く広がっている。

びょうびょうと冷たい風が、雲を速く動かしていた。

天を見上げる春海の表情からは、何の感情も読み取ることは出来なかった。

春海は一体の美しい彫刻のように、じっとそこに佇んでいた。

「……みーっ……」

数分そうしていただろうか、どこか遠くから、声が聞こえた。

「春海ーっ！　聞こえるかぁ！　俺だ！　大丈夫か！」

松川の声だった。

松川はすぐに姿を見せた。

驚いたことに、やって来たのは松川ひとりではなかった。

横に、松川の肩を借りて立っている慈舜と、それに三枝祐子までいる。

松川は山の中腹で倒れている川崎を発見し、手当てをして車まで連れ戻した後、どうしても一緒に行くといって聞かない慈舜と三枝のふたりを連れて、春海を探してここまでやって来たのだった。

「もうあらかた終わった」

松川らの姿を認めた春海が声をかけた。

近付こうとした三人が、その口調にびくりと足を止めた。

松川と慈舜は、そのひと言で、春海の魔性が顕在化していることを悟ったようだった。

だが三枝は違っていた。

彼女は春海のその姿を知らないのだ。

知らない人に気安く声をかけてしまったときのように、困惑の表情を浮かべている。

春海はそんな三枝を無視するように、慈舜に目を向けた。

「おい、慈舜。ちょうど良い機会だ。出会ったときの続きでもしようか」

慈舜の眉がぴくりと動いた。

「嫌やなあ兄ちゃん、何もこんなときにそんなこと言わんでも。俺らふたりともすでにぼろぼろやんか。闘うどころか、満足に歩くことすら出来へんやん」

「だからお前には好都合だと言ってるんだ。お前、俺を殺しに来たんだろ？」

薄笑いを浮かべながら、春海は怖いことをさらりと言ってのけた。

「なんだと！」

松川が驚いてふたりの顔を見比べた。

中途半端に強張った表情で、慈舜は春海と数瞬、視線を絡めた。

そして諦めたようにふうっと溜息を吐くと、宙を仰いだ。

「……ああ、兄ちゃんにはホンマかなわんなあ。そうや、その通りや。俺は兄ちゃん抹殺の命を受けて、わざわざ京都まで来たんや」

「おい！　何言ってるんだお前！　どうしたって言うんだよ！」

ふたりの間に割り込んで話を止めさせようとする松川を、慈舜が押し退けた。

「いつバレたとか、何でバレたとか、そんな話はもうええわ。兄ちゃんが正真正銘の化け物やっちゅうことは、ここ何日間かでよう分かった。月占のじいちゃんの言うとった通りやった」

「どう言ってたんだ？」

「……稀代の天才にしてその性は凶、その業は邪。その救われぬ魂を救済に導けってな」

「……なるほど」

春海はサルの口に突き刺していた剣を引き抜いた。

「しかし疑問が一つある。長い間傍観を決め込んでいたはずの言家が、今になって何故俺を狙う？　俺を殺ろうというのなら、今までにチャンスはいくらでもあったはずだ。今さら俺の命を狙う意味が、どこにある？」

慈舜が軽く首を振って、春海の疑問に応える。

「……俺も詳しくは知らんけどな……。兄ちゃんが、京都を守護するはずの兄ちゃんという存在が、逆にこの京都を破滅に導くっちゅう卦《け》が出たらしい」

「……そうか」

春海が剣を一振りした。

血が、べたべたと地面に赤い斑点の線を描いた。

するとと三枝が、そこに無残な死体があることに初めて気がついたように、ひっと喉を詰まらせた。

慈舜が深く腰を落とした。

右足を前、左足を後ろ。同じように拳を作った右手を前に高く突き出し、左手を腰の位置に溜める。

一歩踏み出した松川が、その場でびくっと留まった。

ふたりの間にふいに生まれた気の渦に、気圧されてしまったのだ。

三枝に至っては、恐ろしくて声も出ないようだった。今にも座り込みそうなほど、膝をがくがくと震わせている。

ふたりの気の圧力が、一瞬にして高まった。

今までの闘いの疲労などものともしていないほどの、凄まじい圧力だった。

慈舜の気に、殺気が乗った。それに応えるように、春海も殺気を孕む。

びしびしと空気が鳴った。

——動く。

松川がそう確信したとき、唐突に慈舜の気が萎《しぼ》んだ。

構えを解き、ごきごきと首を鳴らす。

そしてまだ戦闘態勢の春海に向かって、呑気な声をかけた。

「……どうも、あかんなあ。調子出えへんわ。また今度にしよか。やっぱりこういうのは、お互いベストコンディションのときにせんと。今日は止め。いち抜けた」

春海がふっと薄く笑った。

ふたりの間に発生していた気の渦が、嘘のように掻き消えた。

慈舜も笑い返しながらしゃべり続ける。

「それになあ、俺、兄ちゃんのことが気に入ってしもたんや。こっちに来てからの方が、御山よりよっぽど面白いことが経験出来たしな。これからもしばらく厄介になろうかなと思てたとこやってん」

「……調子が良いな、お前」

「へへっ、それが一番の得意技や」

今まさに殺し合いをしようとしていたもの同士とは思えない、軽い会話を交わしているふたりに、松川が大きな溜息を吐いた。

「――それで」

気を取り直して松川が春海に問い質す。

「そいつが今回の事件の首謀者、福溝富士夫か？」

春海の背後に横たわっている亡骸を指す。

「そうだ」

「ということは、これで終わったんだな」

松川の言葉に、春海はくるりと振り向いてサルを眺めた。

そして独り言のように呟いた。

「……終わり……いや、始まったのかも知れんな」

太陽の光が、淀んだ山の大気を薄白く染め上げようとしていた。

その中で、春海は神になろうとして自滅した男の残骸をいつまでも見つめていた。

エピローグ

京都中を震撼させた鬼事件は、二週間経ってようやく沈静化し始めていた。

『比叡山北部にある強盗団の隠れ家を発見、これを強襲し、犯人が抵抗したため射殺。犯人のうちふたりは帝真会系暴力団朱能組《しゅのうぐみ》構成員宮内《みやうち》繁《しげる》（23）と鈴坂《すずさか》一道《かずみち》（24）と判明。残る犯人グループの身元照会に全力を挙げている』

警察はそのようにマスコミに発表した。

当然のことながら大きな話題と反発を呼んだが、それも今はある程度落ち着いてきている。

ＦＦ製薬の会長である福溝富士夫の名は、明かされることはなかった。

生贄に使われたであろう女性達や、鬼にさせられてしまった人達のことも言及されることなく、未だに失踪人扱いだった。

この一週間、松川は忸怩《じくじ》たる思いを噛み締めながらも、事後処理に忙殺されていた。

何しろ、マスコミや世間には絶対に公表出来ない事件なのだ。そして、松川はその全貌を知るたったひとりの警察官なのである。あらゆる書類や対マスコミ用の原稿が確認のために松川の元に殺到し、松川はそれらすべてに目を通さねばならなかった。

そして今日、ようやく少し時間の取れた松川は、病院にやって来ていた。

警察病院である。

事件に巻き込まれた被害者であり、松川の相棒である川崎の見舞いに来たのだ。

全身に包帯を巻かれたままベッドに横になっている川崎は、松川を見て驚いたように目を見開いた。

「……松川さん……」

川崎の声は、何故か寂しそうだった。

松川はそんな川崎に優しく微笑んで、

「……すまなかったな」と声をかけた。

パイプ椅子を引っ張り出し、それに腰を落とした松川は、ぐるりと病室を見渡しながら明るい声で話しかけた。

「それにしてもひでえな。誰も見舞いに来ていないのか。花も何にもねえじゃねえか。あ、かと言って俺も何にも持って来てねえがよ」

松川の軽口にも、川崎は天井をじっと見つめたまま反応しない。

「お、そうだそうだ。お前この間、携帯電話をぶっ壊されただろ。そのままだと不便だろうから、新しいのを支給してもらったぜ。ほら、これだ」

松川が携帯電話をポケットから取り出し、サイドテーブルの上に置いた。

視線だけを動かしてそれを一瞥する川崎に、松川は言葉を繋げる。

「それにしてもよ……」

しゃべろうとした松川に、川崎が突然叫んだ。

「松川さん！」

そして顔を横に向けて、きっと松川を睨む。

「どうして！　どうして謝るんですか！　僕は……僕は警察官ですよ！　危険は覚悟の上です！　今回僕がこんなことになったのは、僕が弱かったからです！　松川さんの所為じゃありません！　なのに何で謝るんですか！」

松川は川崎の剣幕に驚いて口をつぐんだ。

その松川に、川崎はさらに言い募る。

「今回の事件の真相を僕にはしゃべることは出来ない、だから謝るんでしょう！　運が悪かったと、早く忘れろと、そんなことを言うために謝ったんでしょう！　でも！　でも、僕も警察官なんです！　刑事なんですよ、松川さん！　単なる被害者じゃない！　刑事なんだ！　そして刑事なら、事件の真相を知りたいと思うのは当たり前でしょう！　松川さんだってきっと同じ事を思うはずだ！　ひとりだけ蚊帳《かや》の外に置かれて、何にも知らされずにいることなんて、それで平気でいることなんて出来ないはずだ！　違いますか、松川さん！」

一気にまくし立てたあと、厳しい目で松川を睨みながら、川崎はふうっと大きく鼻を鳴らした。

松川はそんな川崎の態度に心底驚いていた。

川崎がここまで激しい自己主張をするのを、初めて見たのだ。

松川の知っている川崎は、良くも悪くももっとおとなしくて従順な性格の人間だった。

何を考えているのか分からないくらい自分の意見を言わない、いや、もしかしたら自分の意見など最初から持っていないのかも知れない、そう思わせるような男だった。

その川崎が、激昂して自分の気持ちをぶつけようとしている。

必死に自分の気持ちを伝えようとしている。

それが松川には意外だったのだ。

「川崎……」

松川がぼそりと呟いた。

「お前、変わったな……」

そして思案するように口を閉ざした。

川崎も、松川が話し出すのを待ち構えるように、じっと松川を睨んだまましゃべろうとしない。

居心地の悪い静寂が数分続いた。

松川は困ったように眉を顰めて、頭をごりごりと掻いた。

「だがなぁ……」

しぶしぶといった様子でしゃべり始める。

「真相と言っても、お前にとっては辛い話だろうし……にわかには受け入れられんことだと思うぞ」

歯切れの悪い松川を、じぃっと見つめながら、川崎が応える。

「構いません。大丈夫です。僕はもう、大抵のことには驚きませんから」

松川がしゃべり出しそうなのを悟って、川崎の口調も穏やかなものに変わっている。

「どんな話を聞かされようと、決して口外はしません。僕はただ知りたいだけなんです。僕を食料にしようとした鬼達のこと、僕の足を喰い千切った少年のこと、そして、僕を助けてくれた、黒尽くめで緑の剣を持った不思議な男のこと……。彼らのことを、僕は知りたいだけなんです」

川崎の台詞に、松川は観念したように大きく溜息を吐いた。

「……分かった。そこまで言うなら、話してやろう。だが、真相を知れば、お前の中の何かががらりと変わるかも知れんぞ。それでも良いか？」

松川に、川崎は薄く笑って頷いた。

「……もう変わってしまってますよ」

「……そう……だったな」

松川はぽんと膝を叩いて、椅子から立ち上がった。

「少々長くなりそうだから、缶コーヒーでも買ってくるわ。お前、何が飲みたい？　あ、ジュース類はまだ駄目か？」

「いえ……大丈夫だと思いますよ。じゃあ僕は、コーラをお願いします」

「分かった」

そう言って松川は病室を出て行った。

ドアを出て行く松川の背中を見送った後、川崎はサイドテーブルに置かれた携帯電話を見た。

何気なく手に取り、電源を入れる。

液晶の画面が眩しく光って彼を迎え入れた。

習慣的に指先が、インターネットのいつも訪れているあのサイトに繋ごうと動いた。

と、その指が途中で止まった。

表情が、辛そうに歪む。

数十秒の苦悶の後、川崎は携帯電話の電源を切り、サイドテーブルへと戻した。

——五分後。

病室のドアが開いた。

「遅かったですね」

声をかけながら目を向けた川崎が見たのは、松川ではなく看護婦だった。

「ああ、すみません。ジュースを買いに行ってくれた上司かと思いまして……。ええと、検温の時間でしたっけ？　それとも、点滴？」

慌てて言い繕う川崎に、入ってきた看護婦は職業的な笑顔を浮かべながら近寄り、後ろ手に持っていたものをぽんとサイドテーブルに置いた。

缶のコーラだった。

「……は？」

怪訝そうな顔をする川崎に、

「さっき松川さんという方から、これを届けて欲しいと預かったんです。……どうしてもって言われたので今回は特別ですけど、でも駄目ですよ。まだこういったものは口にしないようにして下さい」

そう言うと、看護婦はくるりと後ろを向いて出て行こうとする。

と、また振り返って戻って来た。

「そうそう、忘れてました。このメモも一緒に渡して欲しいって頼まれてたんです」

ポケットから取り出した二つ折りの紙を川崎に手渡して、看護婦はさっさと病室を出て行った。

しばらく呆然と看護婦の出て行ったドアを眺めていた川崎だったが、ふと我に返ってメモを開いた。

そこには、殴り書きのような文字でこう書かれていた。

『半人前君へ

お前もまだまだ甘いな。取調べ中に容疑者を自由にしたら、逃げるに決まってるだろうが。刑事たるもの、いついかなるときも油断は禁ずるべし。分かったか？

——心優しき先輩より

P.S．事件のことは、またいずれ話してやる。今は体の回復だけを考えて、おとなしくしておけ』

目を通す川崎の手が、ぶるぶると震えていた。

「……とんずらしやがった……」

読み終えると、川崎はメモをぐしゃぐしゃと丸め、思いっきり壁に向けて投げつけた。

「痛ててて っ」

たったそれだけの動作で、全身が軋んだ。

体はまだまったく回復していなかった。

ベッドに倒れ込んで痛みを堪えながら、川崎は大声で叫んだ。

「畜生ーっ！　あんのクソ上司めーっ！」


川崎の追及をなんとか逃れた松川は、その足で、京報新聞社を訪れていた。

三枝の様子を窺うためである。

度重なる精神的なショックと極度の疲労のためしばらく入院していた三枝だったが、いまはもうすでに退院し、仕事に復帰しているはずだった。

三枝には、今回の事件のことを他言無用にしておいて欲しいと頼んでいた。

三枝も約束を守り、新聞には一行もあの夜の出来事が書かれることはなかった。

だが、すべてを納得したわけではないだろうと松川は思っていた。

なにしろあれだけ立て続けに、関わらなくても良い世界の事件に遭遇してしまったのだ、ちゃんと通常の生活に戻れているのかどうか、それが心配だった。

応対に出てきてくれた社員に、警察手帳を見せながら用件を伝える。

騒々しいフロアの片隅にある、磨りガラスのパーティションで区切られた応接間に通される。

出されたコーヒーを飲みながら待っていた松川の前に現れたのは、三枝ではなく、小太りの中年男だった。

冬だというのに、男はハンカチでせっせと汗を拭きながら、どかりとソファに腰を下ろした。

男は富岡と名乗った。

部長、つまり三枝の上司であるらしい。

「いやあ、ばたばたと騒々しくてすみませんね」

富岡は汗を拭きながらそう切り出した。

確かに、これだけ人の熱気がこもっているなら、エアコンの暖房は必要ないかも知れなかった。

「新聞社ってとこはどこも同じかもしれませんがね、ウチみたいな弱小は特に、走り回らんと仕事にならんのですわ。ま、言ってしまえば、この仕事は戦争ですな。で、ここは戦場の最前線てわけです。兵隊である記者らは、それこそ命懸けで走り回らんと駄目です。ひとり敵を倒しても――ああ、これは記事をものにしてもということですがね――またすぐに新しい敵、取材するべき対象が現れてくるんです。もう、休む暇もないくらいにね。人手が足らん何てことは分かりきっているんですが、しかしせやからといってやたら兵隊を増やすのも考えもんでして……下手に人数を増やしても仕事が楽になるわけじゃない。使えんやつはいつまで経っても使えんのですわ。訓練すりゃある程度は出来るようにはなりますが、やっぱり、正確に敵を狙い撃ち出来る――面白い記事をものに出来るってのは才能ですな、才能。才能がないやつには、一生面白い記事は書けません。ま、ウチはその、才能のないやつばっかりが集まってますがね」

そう言ってがははと笑った。

よくしゃべる男だった。

ようやくハンカチを持つ手が止まったかと思うと、今度は煙草を取り出し、すぱすぱと気忙《きぜわ》しく吸い始めた。

「……それで、あの……」

松川が用件を切り出そうとすると、富岡はまたそれを遮ってしゃべり出した。

「ああ、すみません。三枝のことでしたな。まったくおしゃべりで申し訳ない。今年小学三年生になる娘にもよく言われるんですわ。雄弁は銀、沈黙は金という言葉があるけど、お父さんはしゃべり過ぎるから一生メダリストにはなられへんね、とか、まったく誰に似たのか口ばっかり達者になって、もう……」

そりゃあんたに似たんだ、という言葉を松川は飲み込んだ。

松川は話を促すのを諦めた。

この手のタイプは、下手に相槌を打ったり口を挟んだりすると余計に話を広げてゆく。

黙っているのが一番の近道だった。

そんな松川の顔色を読んだのか、富岡がはたと気が付いたように膝を打った。

「そうそう、三枝のことでしたな。三枝は、もう三日前になりますか……退院してすぐに、ウチを辞めましたよ」

「——何？」

驚く松川に、富岡はまだ半分以上残っている煙草を灰皿に押し付けながら続ける。

「だから辞めたんですよ。退院した日にここへやって来て、ろくに挨拶もせんといきなり退職願いを置いて、そのまんま出て行ったんですわ。まったく女っていうのはこれだから始末に負えんのです。せっかく日頃の頑張りを認めて主任にまでしてやったのに、ちょっとしんどくなったらすぐ放り出しよる。……あいつには期待しとったんですけどね。あともう五、六年頑張ったら骨太のええ記者になれとったのに。所詮女は女っちゅうことですかね。仕事に責任もプライドもなんも感じてへんねやから。大体今回の事件でも、せっかく被害者になったんやから、被害者としての手記を書けって言うてるのにそれも書かへんままぷいと辞めやがって。部数倍増のチャンスやったのに。『本誌美人女性記者が襲われた！　やはり鬼は実在した⁉』とか派手な飾り文句付けりゃあスクープとして……」

「ちょ、ちょっと待ってください」

延々としゃべり続ける富岡を松川が手で制して問い質した。

「何で彼女は辞めたんです？　辞めた理由は、何かお聞きになりませんでしたか？」

「辞めた理由？」

新しい煙草に火を点けながら、富岡はふふんと鼻を鳴らした。

「そんなん聞いても応えますかいな。退職願いにも一身上の都合やとか通り一遍のことしか書いてあれへんしね。正直ホンマがっかりですわ。あんな無責任な人間やとは……」

口が止まらない富岡を放り出して、松川はソファから立ち上がった。

挨拶もそこそこに新聞社を後にする。

ビルを出て通りを急ぐ松川の顔には、苦い色が浮かんでいた。

まさか三枝が会社を辞めていたとは思わなかった。負けん気の強い三枝のことだ、なんとか不安定にならずに頑張っているのではと軽く考えていたことが間違いだった。

思えば、刑事である川崎でさえ松川に感情を剝き出すほど動揺していたのだ。

女性である三枝が、不安定になっていないはずがなかった。

松川はタクシーを拾って烏丸通まで乗りつけると、人の少ない裏通りに向かって歩いた。

そして、ある一軒の倒壊しそうなビルの前で足を止めると、最上階である三階の窓を一瞥して、エントランスへと足を踏み入れた。

体重をかけるとそれだけでがらがらと崩れてしまいそうな階段を昇り、三階に到着すると、踊り場のすぐ横にある扉をノックする。

春海霊障相談所と書かれたドアが、必要以上にびりびりと振動した。

松川は、三枝の退職のことを春海に相談しようと、ここを訪れたのだった。

生方次郎の例もある。三枝を不安定なまま放っておくことは出来なかった。

そのためには三枝の居場所を突き止めることが最優先だったが、松川は三枝の自宅の住所も電話番号も知らなかった。携帯電話の番号は別れ際に富岡から聞き出していたが、かけてみるとすでに解約されたあとだった。

悪い予感が胸の中で増幅する。

生方次郎に続いて三枝までが、質の悪い低級霊に憑かれて自滅するようなことがあれば、いくら後悔してもしきれないだろう。

松川はドアを乱暴に開けて、部屋に飛び込んだ。

「松川さん」

入ってすぐの、右側にある応接セットのソファに座る春海が、声をかけた。

隣に慈舜もいる。

慈舜も、春海も、本当ならまだ入院していなければならない体だったが、応急処置を済ませると勝手に退院してしまっていたのだった。

「おお、春海。いたか」

松川はふたりの正面のソファに腰を下ろした。

「ところで、何でふたり肩を寄せ合ってソファに座っているんだ？　まさか、今から客でも来るのか？」

松川が訊ねると、ふううと息を吐いて春海が首を横に振った。

「いえ、そうじゃないんですが……」

しゃべり出す春海を手で遮って松川が続ける。

「いや、良いんだ。今日はちょっと緊急の用件があってやって来たんだ。実は、あのクソ生意気な新聞記者の、三枝祐子が職場を辞めたって聞いたんでな……」

失踪でもしたんじゃないかと心配になって、と言葉を繋ぐ松川に、春海が黙ってまた首を振り、右手で松川の背後を指した。

「えっ？　何だ？」

怪訝そうに問い返す松川に、背中から声がかかった。

「クソ生意気で悪かったわね」

振り返ると、そこには四人分のコーヒーをトレイに乗せて立っている女性がいた。

三枝祐子だった。

「な、ななな、何でお前がここにいるんだ！」

驚いた松川がソファからずり落ちた。

慈舜が堪えきれなくなったように大笑いし、春海が盛大な溜息をひとつ吐いた。

「……で、どうなってるんだ?」

春海の隣に座り直した松川が、小声で春海に囁いた。

目の前の、背の低いテーブルを挟んだ向こう側に、三枝が澄ました顔でコーヒーを口に運んでいる。

「どうなってると言われても……」

春海も松川に顔を寄せて小さな声で応える。

「ご覧の通りと言いますか……。昨日突然やって来てね、会社を辞めたからここで雇ってくれって……」

「押しかけ女房か?」

「……どうなんでしょうか?」

目を剝いている松川と、今にも泣き出しそうな表情の春海との間に、ソファの後ろから慈舜がぬっと顔を突き出した。

「そりゃそうに決まってるやん。ええなあ兄ちゃん。モテまくりやんか」

「冗談じゃないですよ」

「それで、どうするんだ? まさか雇う気か?」

「まさか……。ここにこれ以上人間が必要だと思いますか?」

「思わん」

「ええやんか、雇ってあげたら。姉ちゃんみたいな美人がおったら、この事務所も華やかになるで」

「お前は黙ってろ」

「昨日は何だかんだと言い訳をしてお引き取りいただいたんですが、今朝またやって来ちゃって……」

「しかし、きっぱり言わねえとこのままずるずるいってしまうぞ」

「そうなんですけどねえ……」

「兄ちゃんモテモテやなあ、ええなあ」

「お前は黙ってろって。……しかしなんだな、思い切ったことをしたもんだな」

「やることが極端なんですよ」

がちゃん! と派手な音を立てて、三枝がカップをソーサーに置いた。

びくっと三人の肩が震える。

恐る恐る視線を向ける三人を、きつく睨んで三枝が言った。

「男三人で、頬寄せ合って何をこそこそしゃべってるのよ。どう言われたって私はここで働きますからね。もう決めたのよ。私は、ここで、働きます！　分かった！」

「はっ……はい！」

背筋を伸ばして返事をしてしまった春海を、横から松川が突っつく。

「おいおい、勢いに飲まれて頷くんじゃねえよ」

「はっ……！　ああ、そうですね」

松川の言葉に我に返った春海が、三枝に向き直る。

「いや、でも三枝さん。ウチに来てもお給料は出ないですよ。すでに僕ひとりが暮らしていくだけで一杯一杯なんですから」

「自分の喰い扶持《ぶち》くらい自分で何とかします」

「何とかって……」

「あら、私の生活の心配をしてくれてるの？　それじゃあ私もここに住まわせてもらおうかしら？」

「いや！　いくらなんでもそれは……」

「嫌なの？」

「えっ！　いえ、いやというのはそういう嫌じゃなくて何て言うかその……」

「私だっていっぱしの新聞記者だったんですからね。蓄えもそれなりにあるわよ。記者なんて、貰うばっかりで使う時間なんかないんだから。預金額を見たらきっとあなただってびっくりすると思うわ」

「そ……そうなんですか」

春海と三枝が言い合っている横で、松川と慈舜もぼそぼそと話をしている。

「……駄目だな、こりゃあ」

「そうやな」

「落ちるのも時間の問題だぜ」

「兄ちゃん女の人に弱いからなあ」

「特に押しの強い女にはな」

「そうそう」

「ぶん殴って追い出すってのはどうだ?」

「そんなこと、いざとなったら松っつあんも出来へんくせに」

「ああ、それだ」

「それってどれ?」

「前から言っときたかったんだが、その、松っつあんというのは止めてくれ」

「何で?」

「何かべたべたの関西芸人になったような気がする」

「もうなってるやん」

「やかましい」

そこで、三枝の矛先が慈舜と松川に向けられた。

「さっきから何をごちゃごちゃとしゃべっているのよ!」

春海と同じように、ふたりの背筋もしゃんと伸びる。

「大体、あの夜松川さんも私のこと役に立つって言ってくれたじゃない」

三枝はスーツの下になっていたネックレスを引っ張り出して、三人に自慢気にみせつけた。

「あっ!」

松川が声を上げた。

それは事件の夜、お守り代わりに預けた彼のロザリオだった。

そのまま返してもらうのを忘れていたのだった。

「松川さんから貰ったこのロザリオがあれば、私だってかなり使えると思うわよ」

「いや、それはあげたわけじゃないんだけど」

松川の反論を黙殺し、

「とにかく!」

三枝がぐいっと胸を張った。

「私はここで働きます! なんか文句ある!」

松川と春海の肩ががっくりと落ちた。

必死の抵抗も空しく、ふたりはあっけなく陥落したのだった。

「よっしゃー! 姉ちゃんおめでとー!」

慈舜が立ち上がって三枝に拍手を送った。

「ありがとー！」

「ほな早速、姉ちゃんの入社祝いに、ぱーっと飯でも喰いに行こか！」

「いいわねえ」

「肉喰お、肉。こないだの焼肉屋さんでもええで」

「まだ昼じゃないの」

「固いこと言わんと。どうせこんなとこ居《お》ったたって誰も来んのやから」

「そうかもね。暇そうだもんね、この事務所」

「そうや。廃業寸前や」

春海の体が、ますます小さくなる。

「臭いは凄かったけど、なかなかおいしかったよね、あの焼肉屋」と三枝。

「よっしゃ。決定や。松っつあんも兄ちゃんも、いつまでもいじけてんと、ほら立って。行くで！」慈舜が楽しそうに笑う。

「その松っつあんというのを止めろと言っているだろ」

松川が渋い顔をしながら、諦めたように立ち上がる。

「ええやんか。固いことは言いっこなしや。ほな、今回も松っつあんの奢りと言うことで」

「な、何でだよ。何でまた俺なんだよ。大体こないだの支払で俺の財布はすっからかんだぞ。奢ってくれるという約束を破ったのは向こうじゃねえか。今回はその埋め合わせをしてもらわないと」

「私はあのときも奢るなんてひと言も言ってないわよ。それに、何で自分の入社祝いに自分がお金を出さなきゃいけないわけ？」

「嫌ならやめろ。ついでにここも出て行け」

「話をごっちゃにしないでよ。終わったことにいつまでもうじうじしちゃって、みっともない」

つんと顔を背ける三枝に、怒りを露にしながら、松川が小さく言った。

「こ……殺してやりてえ！」

「……小声で言うところが松っつあんらしいというか

「……結局この人も女には弱いんやね」

慈舜が突っ込みを入れる。

わいわいと騒がしい事務所の中で、肩身を狭くしてソファに座っていた春海が、ぼそっと呟いた。

「……もう……どうにでもしてください……」

あとがき

巨大な拳で全身をごつんと殴られるような、あるいは激しい津波に呑み込まれて翻弄されるような、そんな肉体的な衝撃が体感出来る、骨太の『物語』を書きたいと思ったのです。

そう、思っていたはずなのです。

はず、だったのですが……。

自分で書いたこの小説を読み返してみて、愕然としました。

――どこでどう道を間違ったのか。

私の理想とする『物語』を、鉄のような意志と確固たる信念を持った格闘家の、体を徹底的に虐め抜いて作り上げられた、芸術品のような肉体美であると譬えるならば、今回のこれは、日曜日の午後に半分ずり落ちたパジャマのズボンに手を突っ込み、ぼりぼりケツを掻きながら呆けたようにテレビを見ている、三段腹のおっさんのようです。

しまりがない。

ゆるゆるであります。

それが『物語』の所為であるはずがなく、私の人間性の軽さに起因しているのは当然のことなのですが、深く考え始めると落ち込みそうなので、止めましょう。


話を変えるために、この小説の設定について、少し。

まず、時代設定に関して言えば、文中にある「修文十四年……」というところに触れておかなければならないでしょう。

これは元号です。

『昭和』から『平成』へと元号が変わろうとしていたとき、『平成』と並んで候補に挙がっていたのが、この『修文』なのです。

『修文』の他にも『正化』という候補もあったらしいのですが、ここではあえて『修文』を選んでみました。

意味はありません。

なんとなく、響きで選んだだけで。

……こういうところが、軽いと言われる原因かも知れませんが。

それから、地名の設定も説明しましょうか。

この小説は、京都が舞台です。

現在の京都の地名があちこちに出てきますが、それも、ある一定以下の場合だけです。

ある一定以上の地名は、すべて私の創作であります。

そんな場所は地図を見てもないぞ、とか、『ある一定』の根拠はなんだ、とかと問われても、私には分かりません。

なんとなく、フィーリングです。

……こういうところが、軽いと言われる原因かも知れませんが。

しかし、何故このような面倒な設定にしたのかと訊かれれば、答えることは出来ます。

つまり、「この小説は、現実の京都を舞台にしているわけではないんだよ」ということです。

「現実からは少しずれた、〝あったかも知れない〟世界の話なんですよ」ということなのであります。

それを私は、文中で高らかに宣言しているのです。

どうかご理解いただきますよう。

いやホント、分かってくれないと泣いちゃうぞ。

ところで、正義の味方、について。

私は昔から、ヒーローが好きでした。

漫画やアニメや、テレビの特撮ものなどで描かれる正義のヒーローが好きでした。

中学三年のときに、地元のスーパーに仮面○イダーショーがやって来て、友人とふたりで見に行ったくらい好きでした。そしてショーのあと、仮面ラ○ダーをふたりで挟んで、ポーズを取って写真に収まるくらい好きでした。

……今にして思うと、自分でも少し正気を疑いますが。


そんなヒーロー好きの私が、最近になってふと思ったこと。

――正義のヒーローって、なんであんなに頑張るんだろ？

この問いかけが、この小説を書かせたと言っても過言ではありません。

私がこの小説を通して言いたかったこと、それがこの問いにすべて収斂されるように思います。

善と悪、光と闇、聖と邪。

単純な二元論的世界観。

究極の善の存在としての正義のヒーローと、その対極に位置する悪の組織。

相反するもの同士の対立は、確かに分かり易くはあります。

しかしそのような世界観の中で、では、善とはなんなのか、悪とはなんだろう、そう考えたときに、私はふと戸惑ってしまうのです。

利己的な欲望を満たすために、手段を選ばず突っ走ることが悪とするのなら、善とはなんだろう？

利己的な欲望を満たそうとしなければ善なのだろうか。

手段を選んで突っ走れば、それはまだ善なのだろうか。

それとも最初から利己的な欲望など持っていない存在なら、善と呼べるだろうか。ね？

分からなくなるでしょう？

私も分からなかった。

今でも、分かりません。

しかし、この子供っぽいと言うなら限りなく子供っぽい問いに、私は今回の小説の中で、ひとつの回答を提示したつもりです。

当然今回の回答も、数多くある中のひとつであるというだけで、それがすべてということではありません。これからももっと別の答えを探しながら書いてゆくことになろうと思います。

探し出した答えを、エンターテインメントとして、小説とどのようにエクセレントに融合させるかということが、それはそれで大きな問題として立ち塞がってくるわけですが、まあ、そんなことはここでいくら述べても仕方のないことであります。

それを判断するのは私ではなく、この本を読んでくださった皆様なのですから。

最後に、この本を上梓するにあたって、ノベルス編集部渡辺克郎氏、小林晃啓氏、両氏に多大なるご尽力を賜わったことを、この場をお借りして厚くお礼申し上げます。

両氏ほどの歴戦の強者の方々が、私のようなずぶの素人を相手にするのは、精神的にもさぞご負担であったと思います。このご鴻恩には、更なる精励を以って報いたいと存じます。

ともあれ、この本が、あなたにひと時でも楽しい時間を提供出来れば、これに優る幸せはありません。

平成十五年六月

浅田　靖丸

解説

佳多山大地《かたやまだいち》（ミステリ評論家）

「KAPPA－ONE《カッパワン》登龍門」について

本書『幻神伝』で作家デビューを果たした浅田靖丸《あさだやすまる》は、光文社・ノベルス編集部が主催する新人開発プロジェクト――「KAPPA－ONE登龍門」――の第二期生にあたる。第二期新人のお披露目は、本年（二〇〇三年）五月既刊の相原大輔《あいはらだいすけ》『首切り坂』を皮切りに、六月新刊の本書、さらに七月に佐神良《さがみりょう》『リアル・ウォー（仮題）』と三カ月連続で行なわれる。相原作品は明治末の帝都東京で発生する連続首切り事件を描いた本格推理小説であり、佐神作品はカッパ・ノベルスとしては異色の〈戦闘美少女もの〉とだけ予告しておこう。――ところでこのあと、「KAPPA－ONE」の成立についてざっと纏めようと思うが、その内容は相原作品の「解説」で述べたこととの重複になる。そちらに目を通された向きは、本書『幻神伝』を解題するくだりまで読み飛ばされたい。

そもそも「KAPPA－ONE」というレーベルは、光文社文庫刊で好評を博してきた公募短篇集『本格推理』を母体としている。鮎川哲也《あゆかわてつや》が編集を担当し、広くアマチュアに門戸を開いたアンソロジー・シリーズから、プロデビュー前の北森鴻《きたもりこう》を筆頭に、柄刀一《つかとうはじめ》、光原百合《みつはらゆり》、黒田研二《くろだけんじ》、大倉崇裕《おおくらたかひろ》など錚々たる顔ぶれが巣立っていった。今は亡き〝本格ミステリの驍将《ぎょうしょう》〟が目利きした同シリーズは、長篇作品を対象とする鮎川哲也賞（東京創元社主催）にひけをとらぬ、本格派新人のオルタナティブな登龍門として斯界の注目を集めてきたのである。現在、同シリーズは二《に》階堂黎人《かいどうれいと》が二代目の編集人を務め、『新・本格推理』のタイトルで鮎川の業績を継承していることは周知のとおりだろう。

　さて、第一期の「KAPPA―ONE登龍門」は、『本格推理』並びに『新・本格推理』の常連投稿者のうち、複数の短篇が採用されたアマチュア作家に長篇の執筆を呼びかけることからスタートした。ノベルス編集部の求めに応じて多数寄せられた応募作のなかから、昨年（二〇〇二年）四月、一挙に四人の有力新人が処女長篇を上梓する運びとなった。選りすぐりのラインナップは、石持浅海《いしもちあさみ》『アイルランドの薔薇』、林泰広《はやしやすひろ》『見えない精霊』、東川篤哉《ひがしがわとくや》『密室の鍵貸します』、加賀美雅之《かがみまさゆき》『双月城の惨劇』。いずれも謎解きの興趣にあふれた力作で、「２００３　本格ミステリ・ベスト10」（探偵小説研究会編）でも加賀美作品が14位にランクインしたのをはじめ、四作すべてが年間三十傑に入る高評を得たことは記憶に新しい。

　ともかくも、第一期生については一応のところクローズな形式で選抜されたが、いよいよ「KAPPA―ONE」のレーベルはジャンルを本格ミステリに限定せず、「21世紀の新たな地平を拓く前人未到のエンターテインメント作品」の募集を打ちだした。ノベルス編集部が責任をもって評価を下し、優秀な作品はたとえ締め切りの途中でも即刊行に踏み切ると、応募規定の文言も勇ましい。かくして第一弾の刊行から一年余、自信の〝勝負作〟をひっ提げた第二期生の面々が、満を持して「KAPPA—ONE」の門を続々とくぐり抜けてゆく。

本書『幻神伝』について

浅田靖丸のデビュー長篇『幻神伝』には、やはり「伝奇小説」という謳い文句が躍ることだろう。しかしながら、大括りに「伝奇小説」と呼び慣らわされている小説ジャンルのイメージは、ほとんど固定化されえない。手もとの『類語大辞典』（講談社）で「伝奇」の語を引いてみれば、「珍しく、不思議な、また、怪奇で幻想に富んだ物語」とある。これではまったくジャンルの属性を明らかにしてくれていないと言うべきだろう。永の年月、語り継がれ読み継がれてきた物語とは、およそ「珍しく、不思議」で、享受する人々の心に深く根を下ろすインパクトに富んでいるからにちがいない。ホラー評論家の東《ひがし》雅夫《まさお》が企画編集した『永遠の伝奇小説』（学研M文庫）を繙《ひもと》けば、伝奇小説の射程には、西洋ならば聖書やギリシャ神話から、本邦ならば古事記や竹取物語までが含まれている。精選したブックガイドと銘打ちながらも、ゴシック・ロマンス、SF、ホラー、時代小説など、ジャンル横断的にベスト1000などという長大なリストが出来上がってしまうのも必至なのだ。

とまれ、凡庸で退屈をもよおす物語であれば、そもそも後世に残りえようはずもない。逆に言えば、古来人口に膾炙《かいしゃ》してきた物語とは、総じて「伝奇的に」秀でたところがあるはずなのだ。「珍しく、不思議」であることとは、不断の日常から逸脱し異化された〈反―現実〉の様相である。現世《うつしよ》ではなく夜の夢を、勝者の手になる正史ではなく歴史の闇に封じられた秘録をこそ伝奇小説は紡ぎだす。

いささか前置きが長くなったが、浅田靖丸の『幻神伝』もまた現代史を仮構しようとする意志において、伝奇ジャンルの王道を歩まんとしている。時は二十一世紀、近代的な発展を遂げた国内有数の都市であり、なおかつ神社仏閣の密集した霊的中心地である古都京都が本書の舞台である。まずはストーリーの、ほんのさわりだけ紹介することにしよう。

京都府警の松川刑事は、あまりにも異常な変死体を前にして絶句するほかなかった。裸にされた女性の骸《むくろ》は、頭皮が髪の毛ごと引っぺがされたうえ、腰部から肩にかけての背中の皮がべろりと捲《めく》りあげられていた。しかも、監察医の言を信じれば、傷口には生活反応があるという。つまり被害者は、生きながら皮を剥がれたのだ！　他方、京都市中で〈霊障相談所〉を開業する勘解由小路春海《かげゆこうじはるみ》のもとに、兄に腕を喰いちぎられたという少年が依頼人としてやって来る。割のよい新薬モニターのアルバイトを見つけたと喜んでいた兄は、やがて体中に獣毛を生やし、性格までもが「鬼」としかいいようのない化け物になってしまったらしい。くだんの「鬼」どもが市中を恐怖に陥れる非常事態の裏には、この国のかたちを根本から瓦解させようと企む邪悪な一派が暗躍していた……。

　魔都京都の時空を守護する勘解由小路春海の周囲には、エーテル合成獣をあやつる高野山の少年僧・慈舜《じしゅん》や、刑事とは仮の姿の〝気《き》の達人〟松川秀樹ら頼もしい面々が集結する。個性豊かな異能力者たちの群衆劇であることからも、本書が『魔獣狩り』シリーズをはじめとする〈夢《ゆめ》枕獏《まくらばく》ワールド〉から多大な影響を受けていることはまちがいない。大風呂敷の広げ方も堂に入ったもので、千枚級の大部の小説を読み通してなお、読者は〝食い足りない〟飢餓感に襲われてしまうだろう。

　ところで、本書の主人公である勘解由小路春海は、自らを「パラダイム・ガーディアン」と称している。ガーディアン（guardian）とは守護者のこと。パラダイム（paradigm）については作中で勘解由小路自身も説明するところであるが、科学史家のトーマス・S・クーンが科学論の用語として用いたもので、その意味は多義的で曖昧さを含むが、ある時代において支配的な科学哲学や価値観、とでもひとまずは要約できるだろう。クーンは科学の発展を累積的、単線的な過程と考えるのではなく、あるパラダイムが別のパラダイムに急激に取って代わられる非連続な局面を持つと唱えた。現代日本の多極的なパラダイムを守護する勘解由小路に対し、「サル」と綽名される怪老人・福溝富士夫は、本邦をあらゆる霊の源《みなもと》の国と位置づけ、仏教など異国の教えに毒される以前の〈神の国〉を復興しようとする古神道《こしんとう》の流れを汲む者だ。日食を〝天文ショー〟として興じるパラダイムから、天照大神《あまてらすおおみかみ》の怒りとして畏れるパラダイムへと——自らの肉体を太古神の依代《よりしろ》にして帰神法を行なう福溝の背後には、「お館様」と呼ばれる正体不明の黒幕が控えている……。

いずれ本書は、〈幻神伝シリーズ〉の第一巻に位置づけられるはずである。多様かつ異質な価値観を許容し均衡を保とうとする〝パラダイム・ガーディアン〟の側と、一神教的な原理でもって世界を統《す》べようとする対抗勢力との相克がシリーズを通して展開していくことだろう。むろん、『幻神伝』において仮構された文明《パラダイム》の衝突が、現実世界の映し鏡であることは改めて指摘するまでもない。

[登龍門]

Kappa-One

カッパ・ワン

KAPPA-ONEの「ONE」は「Our New Entertainment」。
新世紀に生きる私たちの
新しい小説の発信基地として、
「ベストセラー作家への登龍門」として、
つねに新鮮な驚きを満喫できる叢書を目指します。

光文社　ノベルス編集部

お願い――

この本をお読みになって、どんな感想をもたれたでしょうか。「読後の感想」を左記あてにお送りいただけましたら、ありがたく存じます。

なお、「カッパ・ノベルス」にかぎらず、最近、どんな小説を読まれたでしょうか。また、今後、どんな小説をお読みになりたいでしょうか。読みたい作家の名前もお書きくわえいただけませんか。

どの本にも一字でも誤植がないようにつとめておりますが、もしお気づきの点がありましたら、お教えください。ご職業、ご年齢などもお書きそえくだされば幸せに存じます。

東京都文京区音羽一-一六-六
(〒112-8011)
光文社 ノベルス編集部

長編伝奇小説 幻神伝《げんしんでん》

2003年6月25日 初版1刷発行

著者 浅《あさ》田《だ》靖《やす》丸《まる》
発行者 八木沢一寿
印刷所 豊国印刷
製本所 榎本製本

発行所 東京都文京区音羽1 振替 00160-3-115347 株式会社 光文社
電話 編集部 03(5395)8169
販売部 03(5395)8114
業務部 03(5395)8125

落丁本・乱丁本は業務部へご連絡くだされば、お取替えいたします。

ISBN4-334-07524-X
Printed in Japan

KAPPA NOVELS　KOBUNSHA

「カッパ・ノベルス」誕生のことば

カッパ・ブックス Kappa Books の姉妹シリーズが生まれた。カッパ・ブックスは書下ろしのノン・フィクション（非小説）を主体としたが、カッパ・ノベルス Kappa Novels は、その名のごとく長編小説を主体として出版される。

もともとノベルとは、ニューとか、ニューズと語源を同じくしている。新しいもの、新奇なもの、はやりもの、つまりは、新しい事実の物語というところから出ている。今日われわれが生活している時代の「詩と真実」を描き出す——そういう長編小説を編集していきたい。これがカッパ・ノベルスの念願である。

したがって、小説のジャンルは、一方に片寄らず、日本的風土の上に生まれた、いろいろの傾向、さまざまな種類を包蔵したものでありたい。かくて、カッパ・ノベルスは、文学を一部の愛好家だけのものから開放して、より広く、より多くの同時代人に愛され、親しまれるものとなるように努力したい。読み終えて、人それぞれに「ああ、おもしろかった」と感じられれば、私どもの喜び、これにすぎるものはない。

昭和三十四年十二月二十五日

KAPPA NOVELS

長編本格推理 黄昏の獲物《トワイライト・ゲーム》 愛川《あいかわ》 晶《あきら》

長編本格推理 光る地獄蝶《じごくちょう》 愛川 晶

長編推理小説 海の仮面 愛川 晶

長編本格推理 網にかかった悪夢 影の探偵と根津愛 四月 愛川 晶

長編本格推理【KAPPA-ONE登龍門】 首切り坂 相原大輔

長編推理小説 三毛猫ホームズの追跡 赤川次郎

長編推理小説 三毛猫ホームズの狂死曲《ラプソディー》 赤川次郎

長編推理小説 三毛猫ホームズの駈落《かけお》ち 赤川次郎

長編推理小説 三毛猫ホームズの恐怖館 赤川次郎

ユーモア・ミステリー傑作集 三毛猫ホームズのびっくり箱 赤川次郎

長編推理小説 三毛猫ホームズの幽霊クラブ 赤川次郎

ユーモア・ミステリー傑作集 三毛猫ホームズの感傷《かんしょう》旅行 赤川次郎

長編推理小説 三毛猫ホームズの歌劇場《オペラハウス》 赤川次郎

長編推理小説 三毛猫ホームズの登山列車 赤川次郎

ミステリー傑作集 三毛猫ホームズと愛の花束《はなたば》 赤川次郎

長編推理小説 三毛猫ホームズの騒霊騒動《ポルターガイスト》 赤川次郎

ミステリー傑作集 三毛猫ホームズのプリマドンナ 赤川次郎

長編推理小説 三毛猫ホームズの四季《しき》 赤川次郎

長編推理小説 三毛猫ホームズの黄昏《たそがれ》ホテル 赤川次郎

長編推理小説 三毛猫ホームズの犯罪学講座《はんざいがくこうざ》 赤川次郎

長編推理小説 三毛猫ホームズのフーガ 赤川次郎

長編推理小説 三毛猫ホームズの傾向と対策 赤川次郎

ミステリー傑作集 三毛猫ホームズの家出 赤川次郎

長編推理小説 三毛猫ホームズの心中《しんじゅう》海岸 赤川次郎

ミステリー傑作集 三毛猫ホームズの〈卒業〉 赤川次郎

長編推理小説 三毛猫ホームズの世紀末 赤川次郎

長編推理小説 三毛猫ホームズの正誤表《せいごひょう》 赤川次郎

KAPPA NOVELS

長編山岳推理小説　殺人山行　不帰《かえらず》ノ嶮《けん》　梓林太郎

長編山岳推理小説　槍ヶ岳《やりがたけ》　幻の追跡　梓林太郎

長編山岳推理小説　殺人山行　八ヶ岳《やつがたけ》　梓林太郎

長編山岳推理小説　殺人山行　燕岳《つばくろだけ》　梓林太郎

長編山岳推理小説　殺人山行　恐山　梓林太郎

長編推理小説　非法《ひほう》弁護士　姉小路祐《あねこうじゆう》

長編推理小説　人間消失　非法弁護士シリーズ　姉小路祐

長編推理小説　京都「洛北《らくほく》屋敷」の殺人　姉小路祐

長編推理小説　鳴風荘《めいふうそう》事件　綾辻行人《ゆきと》

傑作連作推理集　フリークス　綾辻行人

B6判ソフトカバー　贈る物語　Mystery　綾辻行人編

長編謀略小説　暗号　―BACK-DOOR―　阿由葉稜《あゆばりょう》

長編推理小説　鬼(ゴースト)　生島治郎

長編推理小説　誘拐捜査《ゆうかいそうさ》　―警察署長・松木充穂《みつお》の追跡―　石井竜生《たつお》／井原まなみ

長編推理小説　破戒《はかい》の航跡　―警察署長・松木充穂の困惑―　石井竜生／井原まなみ

長編本格推理【KAPPA-ONE登龍門】　アイルランドの薔薇　石持浅海《いしもちあさみ》

日本ミステリー文学大賞新人賞第1回受賞　クライシスF　四六判ハードカバー　井谷昌喜《いたにまさき》

長編推理小説　サラブレッドの亡霊《ぼうれい》　井谷昌喜

珠玉アンソロジー　十月のカーニヴァル　異形コレクション綺賓館Ⅰ　井上雅彦監修

珠玉アンソロジー　雪女のキス　異形コレクション綺賓館Ⅱ　井上雅彦監修

珠玉アンソロジー　櫻憑《さくらつ》き　異形コレクション綺賓館Ⅲ　井上雅彦監修

珠玉アンソロジー　人魚の血　異形コレクション綺賓館Ⅳ　井上雅彦監修

四六判ハードカバー　クリスマスの4人　井上夢人

長編推理小説　大蛇《おろち》伝説殺人事件　今邑　彩

四六判ソフトカバー　志麻子のしびれフグ日記　岩井志麻子

長編推理小説　白鳥殺人事件　内田康夫

長編推理小説　小樽《おたる》殺人事件　内田康夫

前人未到の
驚きを求む!

「KAPPA-ONE《カッパ・ワン》登龍門」

原稿募集要項

光文社・ノベルス編集部では、21世紀の新たな地平を拓く前人未到のエンターテインメント作品を広く募ります。新世紀の初頭を飾る傑作をお待ちしております。

光文社・ノベルス編集部

●募集対象

長編小説。ミステリー、本格推理、時代小説、SF、冒険小説、経済小説……ジャンルは問いません。ただし、自作未発表作品に限ります。プロ・アマは問いません。

●原稿枚数

原則として(400字詰め原稿用紙換算で)200枚以上1000枚以内とします。別紙に題名、簡単な梗概、原稿枚数、応募者の氏名、住所、連絡先電話番号、年齢、性別、職業、応募歴・作品発表歴を明記したものを添えてください。

ワープロ原稿で応募の場合、A4サイズの用紙に、1枚あたり縦書き30字詰め×20行〜40行を目安に作成してください。原稿には通しナンバーをふってください(糊付け、ホチキス止め不可)。フロッピーディスク等での応募は認めません。印刷したものでご応募ください。

●応募宛先

〒112-8011　東京都文京区音羽1-16-6
光文社　ノベルス編集部「カッパ・ワン」係

●応募締切り

次回の締切りは2003年6月末日とします。以後、毎年の12月末日および6月末日を締切り日とします(当日消印有効)。

●応募作品の評価、出版について

光文社・ノベルス編集部が責任を持って応募原稿を評価し、優秀作品はカッパ・ノベルス「KAPPA-ONE」のシリーズとして刊行させていただきます。

優秀作品は随時刊行を予定。ただし、編集部が即刊行と判断した作品については作者と合議のうえ、締切り途中での刊行も可能とします。投稿原稿の出版権等は光文社に帰属し、出版の際に規定の印税をお支払いします。

●その他

採否などのお問い合わせにはいっさい応じられません。応募原稿は返却いたしません。二重投稿は選考の対象外とします。

主催　光文社・ノベルス編集部
〒112-8011　東京都文京区音羽1-16-6
TEL03-5395-8169